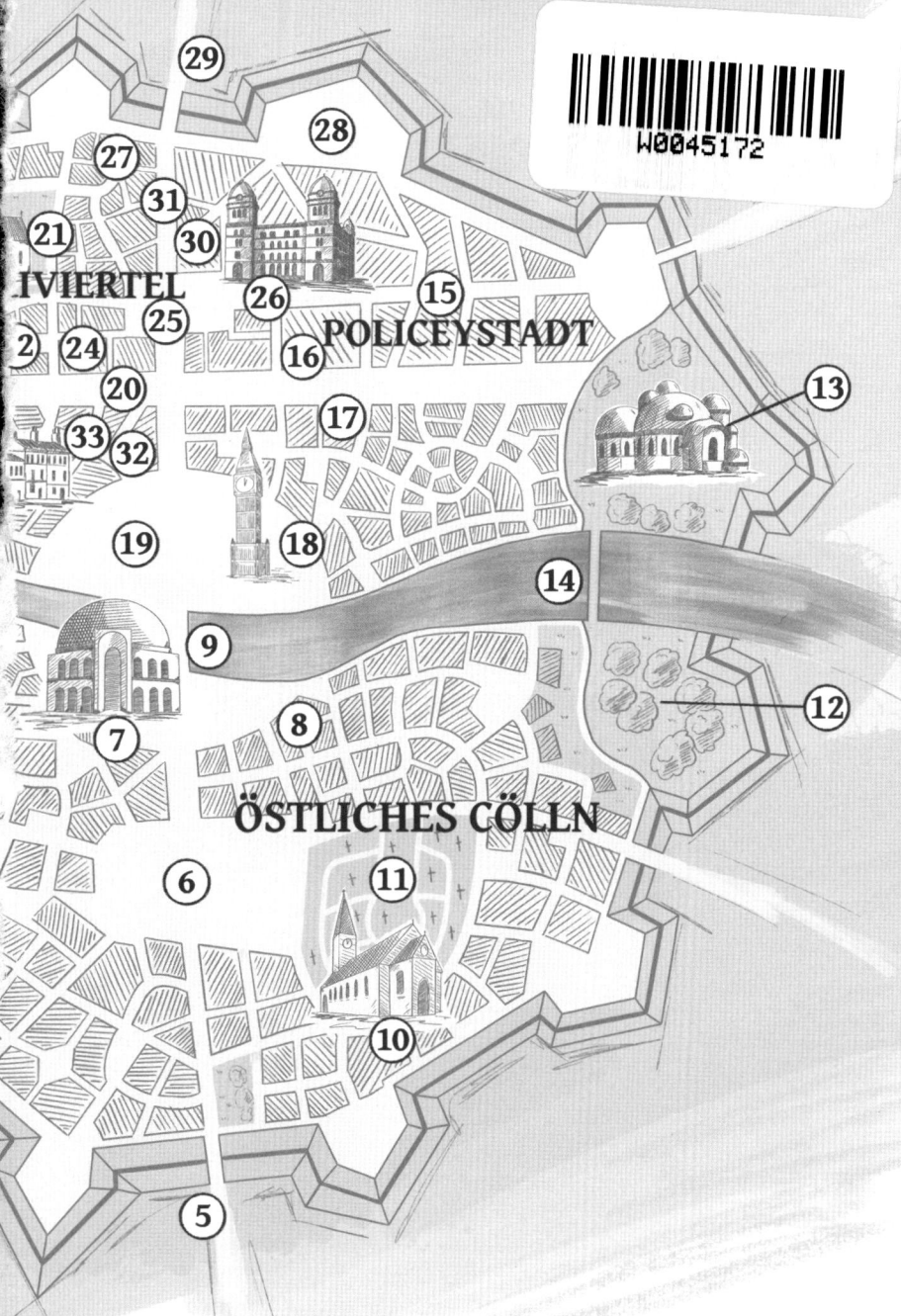

HNEICHEN

W0045172

29

28

27

31

21

30

IVIERTEL

26

15

POLICEYSTADT

25

2

24

16

13

20

33

32

17

19

18

14

9

12

8

7

ÖSTLICHES CÖLLN

6

11

10

5

**Hobbit
Presse**
Klett-Cotta

Wieland Freund

Dreizehnfurcht

Klett-Cotta

Hobbit Presse

www.hobbitpresse.de

© 2023 by J. G. Cotta'sche Buchhandlung Nachfolger GmbH,
gegr. 1659, Stuttgart

Alle Rechte vorbehalten

Umschlaggestaltung Artwork/Illustration: Birgit Gitschier, Augsburg
unter Verwendung von Bildern von Shutterstock

Karten: Thilo Corzilius

Gesetzt von Dörlemann Satz, Lemförde

Gedruckt und gebunden von GGP Media GmbH, Pößneck

ISBN 978-3-608-98658-7

E-Book ISBN 978-3-608-12194-0

Inhalt

Erster Teil: Die Weiße Frau

I Post für Moritz Bang 9
II Auszug mit Phönix 16
III Stackebrandt 20
IV Haus Wrota 27
V Ein Bewerbungsgespräch 31
VI Gute Vorsätze 39
VII *Das Diarium des Clemens vom Stein* 43
VIII Die erste Nacht 48
IX Raumschiff nach Berlin 51
X Die weiße Frau 56
XI Eine Kündigung 66
XII *Das Diarium des Clemens vom Stein* 73
XIII Die dreizehnte Tür 77

Zweiter Teil: Das Lid

I Ein Fall für Secundus Falke 95
II Das Lid 101
III *Das Diarium des Clemens vom Stein* 106
IV Ein Verhör 113
V Im Fundus 122
VI Fährmänner, Schwestern und die Legion 129
VII Leutnant Kammholz' zwölfter Übertritt 137
VIII Ein doppelter Fund 145
IX Die Brosche 153
X Friedhof für Kinder 166
XI Die Brüder Falke unter sich 181
XII *Das Diarium des Clemens vom Stein* 191
XIII Geheimnisse eines Telephons 199

Dritter Teil: Der zweite Herr vom Stein

I Der zweite Herr vom Stein 207
II »Die Dreizehn aber liegt in der Tiefe« 223
III Die Spur der Edelsteine 243
IV Sternenfest 256
V Lady Vintages Raritätenladen 271
VI Rauchwaren Hinckeldey 276
VII *Das Diarium des Clemens vom Stein* 292
VIII Doktor Murken 297
IX Zur Frau des Schusters Schikalla 312
X Ein Date mit Secundus Falke 322
XI Große Wäsche 330
XII *Das Diarium des Clemens vom Stein* 336
XIII Rettungsversuch für Minna Eisenmann 339

Vierter Teil: Mors porta vitae aeternae

I Durchbruch nach Unterbaum 349
II Ein halber Plan 354
III Demission 359
IV Mors porta vitae aeternae 369
V Eine Geschichte von zwei Fenstern 382
VI *Das Diarium des Clemens vom Stein* 389
VII Ein nächtlicher Besucher 397
VIII Am Kartentisch 404
IX Palais Alfart 412
X Philemon und Baucis 419
XI Exodus 426
XII Die letzte Tür 434
XIII *Das Diarium des Clemens vom Stein* 443

Erster Teil

Die weiße Frau

Momme war kein Zahlenmystiker. Der Poststempel war nicht das Problem. Ein 11. September konnte ihm nichts anhaben. Zwei Tage später, und er hätte den Brief nicht aufgemacht, sondern mit spitzen Fingern zur Papiertonne getragen und sich dabei dreimal an die Schläfe geklopft. Dreimal und dann noch dreimal, weil doppelt besser hält, und schließlich dreimal zum Dritten, weil er es die ersten beiden Male nicht richtig gemacht hätte. Die Klopfer wären wieder nicht deutlich genug voneinander abgesetzt gewesen, was ständig passierte, weil Momme ja nicht wollte, dass ihn jemand beim Klopfen erwischte. In seiner Vorstellung sah er wie ein Psycho aus, wenn er klopfte, weshalb er jedes Mal so tat, als würde er sich kratzen, was vollkommen psycho war.

Momme wusste das: Moritz Bang hatte einen Knall und der Knall war im letzten Jahr so schlimm geworden, dass dieser Brief seinen letzten, unwahrscheinlichen Ausweg bedeutete. Die Räumungsklage etwa war mit Poststempel 13. Juli bei ihm eingetroffen, geöffnet hatte Momme also erst das Versäumnisurteil, in dem unter anderem stand, dass man auf eine Räumungsklage antworten *musste*.

Er wog das Kuvert in den Händen. Poststempel 11. September, die Marke zeigte ein romantisches Gemälde, einen einsamen Baum. Adressiert war der Brief handschriftlich, in Tinte und Großbuchstaben, alles genauso wie beim ersten Mal. Dickes Papier – Momme fielen Begriffe wie *Bütten* oder *handgeschöpft* ein –, der Absender auf der Rückseite kryptisch: kein Stempel, kein Logo, keine Adresse, bloß *SCHWANSTEIN GMBH* in den gleichen tintensatten Versalien.

Momme hatte nicht mit einem zweiten Schreiben gerechnet. Die Schwanstein GmbH war kein Rechnungssteller, der einen mit jedem automatisierten Schreiben weiter in die Enge trieb. Die Schwanstein GmbH war eine Chance, die Momme eigentlich schon vertan hatte. Warum schrieben sie ihm zum zweiten Mal? Um ihn zu beschimpfen? Um ihm zum Tod seiner Großmutter zu kondolieren, die er nach ihrem Tod wenigstens noch ein Dutzend Mal beerdigt hatte, weshalb er den Termin zu seinem *großen Bedauern leider nicht* …? Hatten sie seine fadenscheinige, unoriginelle Ausrede durchschaut und rieten ihm, einen Psychotherapeuten aufzusuchen? Vorstellungstermine an einem 13. waren ausgeschlossen. Vorstellungstermine um 13 Uhr auch. Vorstellungstermine an einem 13. um 13 Uhr waren der blanke Horror, wenn man bloß daran dachte.

Momme sah sich im dunklen Hausflur um, einmal zur schmierigen Treppe, dann zur altersschwachen Tür, und klopfte sich dreimal an die Schläfe, um die Erinnerung zu neutralisieren. Ihm war der kalte Schweiß ausgebrochen, als er den ersten Brief geöffnet hatte. Dann war die Verzweiflung in ihm aufgestiegen wie Wasser in einem geschlossenen Raum. Er hatte an dem kaffeefleckigen Resopaltisch in der winzigen Küche gesessen – Kaffee war mittlerweile aus, zu teuer – und den Brief fallen lassen, als stünde das dicke Papier – Bütten, handgeschöpft – in Flammen.

Kommen Sie bitte am 13. September um 13 Uhr zum Objekt, um sich vorzustellen. Wir freuen uns darauf, Sie kennenzulernen.
Veil Wallasch, Schwanstein GmbH

Eigentlich war das ein Fall für die Papiertonne, aber Momme hatte dagegen angeklopft, in seiner Küche sah ihn ja niemand. Dann hatte er sich unter heftigen Anfeindungen seines Zwangs einen Tee gekocht. Die doppelte 13 hatte einen Sturm entfacht. Er zählte bis 120, während das Wasser in den Wasserkocher lief, und kippte das Wasser trotzdem in den Ausguss, weil er beim ersten Mal geschummelt und in Zehnerschritten gezählt hatte. 120 war die stärkere drei; 120 Jahre alt zu werden, das war quasi das ewige Leben, in dem einem 120 Jahre lang nichts wirklich Schlimmes, also zumindest nichts Tödliches widerfahren war.

Dann spülte Momme die einzige Tasse aus, die sicher kein Unglück brachte – die mit dem Bild von Ferkel aus dem Hundertmorgenwald –, und schließlich versagte er sich den Tee, den er mochte – *Neun Kräuter*, drei mal drei –, und kramte einen der alten staubigen Salbeiteebeutel hervor, denn sich etwas zu versagen half eigentlich fast immer, in diesem Fall allerdings nur bedingt, weil er sich plötzlich nicht mehr sicher war, dass er auch wirklich den ersten Salbeiteebeutel gegriffen hatte, der ihm in die Finger gekommen war.

Eigentlich war es ein ehernes Gesetz, immer bei der ersten Entscheidung zu bleiben. So schlug man den Zwang mit seinen eigenen Mitteln. In schlimmen Momenten aber wendete der Zwang auch dieses Gesetz gegen Momme, sodass Momme kein Ausweg mehr blieb: Der Salbeiteebeutel in seiner Hand hätte ebenso gut der erste, also ungefährliche, wie der zweite, also gefährliche, sein können: Momme konnte es einfach nicht mehr sagen und musste auf den Tee verzichten. Er hatte die Ferkel-Tasse zurück in den Schrank gestellt und dann so ausdauernd wie lange nicht mehr geklopft. 120 mal dreimal, sicher war sicher.

Er konnte den zweiten Brief unmöglich im Hausflur öffnen. Hier kam alle Nase lang jemand vorbei. Das Ganze war zu wichtig – oder würde sich als viel zu schrecklich erweisen –, um dabei Zuschauer zu riskieren. Momme würde sich in aller Ruhe an den Resopaltisch setzen. Er würde durchatmen und sich wappnen, auch wenn der Brief wahrscheinlich nur eine höhnische Absage war.

Momme schloss den Briefkasten ab – auch diesen Schlüssel würde er bald abgeben müssen – und schlurfte Richtung Treppe. Der Flur war schwarz und schmutzigweiß gefliest, aber davon wollte sein Zwang nichts wissen; eine Fuge war kein Rubikon. Die Treppe stöhnte wie immer. Die 13. Stufe ließ Momme, sich an die Schläfe klopfend, aus.

Worüber er nicht hinweggekommen war: *Telefonnummern*, in deren Abfolge sich eine 13 verbarg, selbst bei der automatischen Anwahl im Call-Center – leider hatte das Telefon dort ein Display. *Hausnummern* – das Abenteuer als Fahrradbote hatte nur einen einzigen Tag gewährt, obwohl Momme die Sendungsnummern wohlwissend ignoriert hatte. Die Kaffeebar in Treptow – Momme hatte an der Kasse gestanden, die Getränke, Sandwiches oder Kuchenstücke auf den Tabletts addiert und so lange es ging Beträge wie 13,80 kassiert – es ging nicht lange. Das Jobcenter war danach ein einziger langer Spießrutenlauf: *Wartenummern, Zimmernummern, Kundennummern* – nur bei den Sprechzeiten hatte es nie ein Problem gegeben, einer dort streng eingehaltenen Mittagspause sei Dank. Um 13 Uhr empfing einen dort niemand.

Geld war jedenfalls nie geflossen, in die Krankenkasse zahlte Momme auch nicht ein, er hatte nicht mal mehr Internetzugang oder auch nur ein Handy. Aber wenn man *Jobs in Berlin* googelte, sprang einen gleich auf dem ersten Screen doch nur so etwas wie *21 113 Stellenangebote* an, und also hatte er wieder klopfend in seinem Poäng-Sessel vom Sperrmüll gesessen und den Link nicht angeklickt. Momme führte mittlerweile eine rein analoge Existenz – anders wäre er auch gar nicht auf die gedruckte Anzeige der Schwanstein GmbH gestoßen.

HAUSHÜTER AM STADTRAND GESUCHT. EIN-
WOHNEN BEDINGUNG. VERGÜTUNG VER-

HANDLUNGSSACHE. AUSSCHLIESSLICH SCHRIFTLICHE BEWERBUNGEN.

Die Adresse, irgendwo draußen in Brandenburg, war auf wunderbare Weise ungefährlich gewesen, und das Fehlen einer E-Mail-Adresse oder Telefonnummer kam ihm zupass. Momme hatte sich handschriftlich beworben.

Es war nicht immer so gewesen. Insgeheim war der Zwang feige. Wie eine Zecke lauerte er im Unterholz des täglichen Lebens. In Phasen der Stärke machte er sich unsichtbar, jahrelang hatte es gereicht, dass Momme bloß *beschäftigt* gewesen war. Mit Partys, Freunden oder unbedeutenden Verliebtheiten, mit Abiklausuren oder der Idee, nach Berlin zu ziehen, Kreuzberg vielleicht oder besser Friedrichshain – Treptow oder Oberschöneweide hätten ihm damals nichts gesagt.

Es hatte allerdings eine Phase gegeben, als Kind, in der er jede Nacht gebetet hatte, obwohl bei ihm zuhause nicht mal die Großeltern religiös gewesen waren. Momme aber hatte irgendwann angefangen, abends im Bett vor dem Einschlafen das Vaterunser aufzusagen, das einzige Gebet, das er kannte, weil sie es in der Schule gelernt hatten. Erst hatte er es bloß einmal mit geschlossenen Augen und auf der Brust gefalteten Händen vor sich hingemurmelt, nachdem er das Licht ausgemacht hatte, dann hatte er das Licht dreimal an- und ausmachen und dreimal das Vaterunser aufsagen müssen, und schließlich musste es zwölfmal sein, weil sonst der Hund gestorben wäre.

Der Hund war natürlich trotzdem gestorben, aber das war Jahre später gewesen, und da betete Momme schon nicht mehr – er konnte sich nur leider beim besten Willen nicht daran erinnern, wie er davon losgekommen war. Es kam ihm vor, als hätte er es eines Tages einfach vergessen. Der Zwang zog halt in keine aussichtslose

Schlacht; er kämpfte nur die Kämpfe, die er gewinnen konnte – in Mommes Fall waren das mittlerweile leider die meisten.

Die Sache mit den Tassen und dem Besteck hatte es schon gegeben, als er – kurz, jedenfalls nicht für lange – mit Lena zusammengezogen war, die im Nebenfach Psychologie studierte und von der er zum ersten Mal Begriffe wie *obsessive-compulsive disorder* oder *magisches Denken* gehört hatte. Irgendwie war ihr aufgefallen, dass er an Freitagen, die auf einen 13. fielen, nicht zur Uni ging, und dann hatte sie auch noch seinen Taschenkalender gefunden, aus dem er erst Freitag, den 13. herausgeschnitten hatte und dann alle anderen 13. auch. Vielleicht hätte Lena ihn früher oder später sogar zu einem Psychotherapeuten geschleppt, aber der Zwang war stärker und dieser Typ aus ihrem Seminar am Ende auch. Momme zog mit seinem Zwang zusammen.

Natürlich lehnte sich Momme gegen ihn auf, manchmal brüllte er ihn innerlich an oder erklärte ihm betont nüchtern, dass es überhaupt keinen Zusammenhang gebe zwischen der 13 oder der Ferkel-Tasse und dem Tod oder einem Atomschlag oder einer schrecklichen, namenlosen Krankheit, die Momme oder vielleicht seinen Bruder, der überhaupt nichts von ihm wissen wollte, heimsuchen könnte. Aber der Zwang antwortete jedes Mal bloß: *Und wenn doch?*, und damit war die Sache eigentlich gegessen, und Momme ging auf Nummer sicher. Er stellte die falsche, potenziell gefährliche Tasse zurück in den Schrank, goss den Wasserkocher wieder aus und zählte, während er ihn zum zweiten Mal volllaufen ließ, pflichtschuldig bis 120. So rettete er sich oder seinen hochmütigen Bruder oder die ganze Welt, und falls das nicht stimmte, richtete er so doch wenigstens keinen Schaden an.

Eigentlich zahlte er einen kleinen Preis. Was war schon dabei, den Wasserkocher zweimal zu befüllen? Was war schon dabei, am 13. einfach im Bett zu bleiben? Was war schon dabei, kein Geld vom Arbeitsamt zu bekommen und erst das Versäumnisurteil aufzumachen? Es gab schlimmere Versäumnisse, solche, die nicht bloß ein bisschen Wasser, ein bisschen Geld oder ein paar Quadratmeter kosteten, sondern alles. Alles. Und nicht nur ihn. Diese Verantwortung war eigentlich das schlimmste, der große Totschläger seines Zwangs.

Momme schloss die Wohnungstür auf. Drinnen roch es nach Einsamkeit und Abschied. Er musste dringend mal lüften, aber irgendwie war es sogar dafür zu spät. Was immer im Brief der Schwanstein GmbH stand, das hier war zu Ende. In ein paar Tagen würde der Gerichtsvollzieher kommen – Momme, in solchen Dingen ahnungslos, ging zumindest davon aus, dass es ein Gerichtsvollzieher wäre, ein vermutlich unauffälliger Typ mit großem Durchsetzungsvermögen.

Er legte das Kuvert auf den Resopaltisch in der Küche. Den ersten Brief hatte er natürlich nicht mehr, aber die Versäumnisklage lag noch auf der Fensterbank, wie zum Hohn war sie dreizehnfrei gewesen.

Was würde er mitnehmen, wenn er ging? Er hatte kein Auto und er hatte keine Freunde, weder mit noch ohne Auto, also brauchte er auch keine Kartons. Er machte den Geschirrschrank auf, ein paar Tassen, ein paar Teller, eine Pfanne und ein Topf. Der Resopaltisch war auf dem Boden festgeschraubt, die Küche gehörte dem Vermieter, die schimmelnde Dusche natürlich auch.

Momme beäugte das Kuvert und floh zur weiteren Inventur in sein Wohn- und Schlafzimmer. Von der hässlichen Stehlampe abgesehen, hatte er es komplett auf seinen Beutezügen möbliert. Irgendwann nach Lena hatte er angefangen, nachts um die Häuser zu ziehen und im Sperrmüll zu kramen. Berlin war eine grandiose Sperrmüllstadt – groß, hart und vor allem unstet genug, dass ständig jemand aufgab oder von vorne anfing. So hatte Momme den Poäng-Sessel gefunden – vielleicht das Signal eines vollendeten Studentenlebens – und den selbstfabrizierten Couchtisch aus Europaletten – vielleicht hatte sich sein Erbauer irgendwie doch noch mit dem Konsumkapitalismus arrangiert und ihn bei Ikea durch etwas Gediegeneres ersetzt. Beides würde Momme so wenig mitnehmen können wie die billige Matratze, aus Hygienegründen selbst gekauft, und den schütteren Teppich vom Straßenrand. Er hatte tagelang gemüffelt, weil Momme ihm in einer Regennacht begegnet war.

Nichts davon war wichtig. Er würde die Sachen nicht vermissen – ein paar der Bücher allerdings schon. Momme hatte eigentlich erst so richtig zu lesen angefangen, als von seinem digitalen Leben nur noch der eingestaubte Router übrig war. Nachts auf seinen Streifzügen waren ihm irgendwann die Bücherboxen, Bücherbänke, Bücherzellen aufgefallen, barmherzige Wärmestuben für Lesestoff, den niemand mehr in seiner Wohnung wollte. Allerdings schmissen sich Bücher offenbar immer noch schwieriger weg als der übrige Kram, der sich bei Normalverdienern wie von selbst so ansammelte. Vielleicht lag es daran, dass Bücher selber so auf Bewahrung aus waren. Also wanderten sie statt in die Papiertonne in ausrangierte Telefonzellen oder Wäschekörbe im Schutz einer Häuserwand.

Momme hatte sich da und dort bedient, wenn er nichts anderes zu tragen hatte. So war er unter anderem an zwei Scheibenwelt-Romane und zwei Bände Narnia geraten, an einen dicken Dickens, den er nie gelesen hatte – »Der Raritätenladen« –, und an ein vergilbtes Exemplar der »Welt von gestern«, das immer noch nach Zigarrenrauch stank. Vielleicht würde er die Bücher ja zurück in eine dieser abgeklemmten Telefonzellen tragen, für den Moment der Übergabe wären dann drei Ausgemusterte beisammen, die Bücher, die Zelle und Moritz Bang.

Na ja, die 13. Kapitel hatte er sowieso nie gelesen und bei Seitenzahlen, die auf 13 endeten, hatte er meistens geklopft. An guten Tagen allerdings oder über guten Büchern war er, ohne dass er gewusst hätte, wie, plötzlich auf Seite 215 oder Seite 518 gewesen, so als hätte die Geschichte seinen Zwang überlistet und Momme unbemerkt an Seite 213 vorbeigeschleust.

Wirklich schade war es um seine Basteleien. Momme war nicht stolz auf sie, aber er konnte sie gut leiden. Sie waren der eigentliche Grund, warum er im Dunkeln immer noch die Straßenränder absuchte. Aus einem Designer-Wasserhahn und einer verkratzten CD-ROM hatte er Nessie gemacht, deren langer gebogener Hals aus der spiegelglatten Oberfläche von Loch Ness ragte. Zwei am Neujahrsabend gefundene abgebrannte Raketen hatte er zu Kopf und Schwanz eines Brontosaurus erklärt. Der Torso des Dinos war mal ein grellgrüner Gummiball gewesen, der jetzt auf vier Säulenbeinen aus Einwegfeuerzeugen stand. Der Drache schlug mit Flügeln aus hauchdünnen Cocktailschirmchen; ein Alien verbarg seinen außerirdischen Leib unter einem Fetzen glänzender Wärmefolie. Nur sein Kopf, ehemals eine Fernbedienung, ragte heraus und starrte aus vier bunten, eckigen Augen Mommes bestes Stück an: den Phönix. Der Phönix war aus einer Flaschenbürste, einer Wäscheklammer und einem Eiskratzer gemacht, er trug ein Federkleid aus Styroporchips, die nie mehr als Füllmaterial gewesen waren, und erhob sich aus einem leicht verbogenen Einwegaschenbecher.

Momme musste den Phönix minutenlang betrachtet haben, bevor sein Blick durchs Fenster auf die Straße ging, zum Späti, den er sich nicht mehr leisten konnte, zu der im Bürgersteig eingepferchten Platane, einem in zweiter Reihe parkenden Paketdienst und den Passanten, die nach wenigen Schritten aus dem Bild verschwanden. War er je einer von ihnen gewesen? Hatte er je auf der Poststelle deponierte Pakete voller Styroporchips abgeholt oder fluchend, weil er jetzt zu spät zur Arbeit kam, das Eis von der Windschutzscheibe seines geleasten Minis gekratzt? Hatte er abends, nach der Arbeit, je noch ein bisschen zu lange auf der Fernbedienung rumgedrückt? Einen Babysitter angeheuert, um samstagabends in einer Bar mit einem Cocktailschirmchen zu spielen? Vielleicht hatte er das alles in Wahrheit ja niemals gewollt. Vielleicht waren ihm Drachen, Außerirdische und das Monster von Loch Ness ja lieber.

Momme schnappte sich den Phönix und ließ ihn quer durch die traurige Wohnung bis auf den Resopaltisch in der Küche fliegen. Dann setzte er sich auf den Klappstuhl, rückte ihn ordentlich an den Tisch, klopfte sich dreimal an die Schläfe und öffnete, während er für seine Verhältnisse lässig in Zehnerschritten bis 120 zählte, das Kuvert.

Keine 13, nirgends, und auch sonst konnte Momme sein Glück kaum fassen. Veil Wallasch von der Schwanstein GmbH schrieb:

Da Sie zum ursprünglichen Termin verhindert sind, laden wir Sie neuerlich für den 14. September vor. Bitte finden Sie sich pünktlich um 16 Uhr im Gästehaus Wrota ein.

Momme gab seine Wohnung am frühen Morgen auf. Er war noch im Dunkeln wach geworden, nach einer unruhigen Nacht. Ohne das Handy hatte er keinen Wecker; er war sein eigener Alarm. Den Rucksack hatte er trotz allem am 13. gepackt, was er als Etappensieg über den Zwang verbuchte, zur Bücherzelle hatte er es allerdings nicht geschafft, schon der Weg zum Müll war ein Spießrutenlauf gewesen. Er hatte an der Hintertür gewartet, bis die Luft auch sicher rein gewesen war, dann war er klopfend zu den Mülltonnen gerannt.

14. aber waren Balsam; sie verströmten das Gefühl überstandener Gefahr. An 14. schien die Sonne morgens immer etwas heller, die Luft roch frischer, und Mommes Zwang schien jedes Mal in Urlaubslaune zu sein und es nicht so genau zu nehmen. Außerdem ließ Momme alles, was Unglück brachte, zurück: Außer ein paar Klamotten und den Sachen aus dem Bad hatte er nur die Ferkeltasse eingepackt, sein Abiturzeugnis, die ausgeschnittene Stellenanzeige der Schwanstein GmbH, Veil Wallaschs Briefe und den ungelesenen Dickens. Wenn er den Job nicht kriegte, würde er bis auf weiteres obdachlos sein.

Er hatte versucht, sich vorzustellen, wie das sein würde, wenn Veil Wallasch von der Schwanstein GmbH ihn wieder fortschicken sollte, wie er dann irgendwo in Brandenburg stünde und nicht weiterwüsste. Aber eigentlich war es bei dem Versuch geblieben, plastische Bilder von regenkalten Nächten im Freien stellten sich nicht ein. Wohnungslosigkeit war eben nicht der Tod, mit dem sein Zwang ihm ständig drohte, sie war nicht totale Schwärze und kein gefräßiges Nichts, für das es erstaunlich wenig Vorstellungskraft brauchte. So gesehen, dachte Momme, machte es sich sein Zwang ziemlich leicht: Er liebte die abstrakte Bedrohung und brachte konkretes Leid.

Die Schlüssel hatte Momme auf den Resopaltisch in der Küche gelegt. Dann war er noch einmal zurück ins große Zimmer gegangen und hatte den Phönix geholt. Der Drache, der Außerirdische, Nessie und der Dino würden zusammen mit den Möbeln dahinwandern, wo sie hergekommen waren. Müll zu Müll, der Kreislauf des modernen Lebens.

Noch vor dem Ostkreuz kam die Bahn zum Stehen. Die Gründe dafür blieben im Verborgenen, wie üblich. Momme verschränkte die Arme, lehnte sich ans Fenster und starrte, wie in solchen Situationen geboten, ins Nichts. Er versuchte auch das demonstrative Stöhnen der Frau gegenüber zu überhören, aber sie ließ ihn nicht.

»Jedes Mal dasselbe«, sagte die Frau und rückte die Henkeltasche auf ihrem Schoß zurecht. »In dieser Stadt klappt nichts. Alles kaputt, wenn Sie mich fragen.«

Momme hatte nicht gefragt. Er zuckte höflich mit den Schultern, was sie leider zu ermuntern schien.

»Sind Sie auch Student?«

Momme konnte sich nicht erklären, woher das *auch* kam. Die Frau war Mitte, Ende fünfzig.

»Unsere Tochter ist zum Studieren hergezogen.« Sie sah beinahe hasserfüllt aus dem Fenster. »Einmal im Monat besuche ich sie, und ich habe noch nie in einer pünktlichen Bahn gesessen. Nie!«

Momme zog sich noch tiefer in seinen Winkel zwischen Fenster und Bank zurück. Der Zug stand auf dem Gleis, als wäre er nach einer Partynacht dort eingeschlafen.

»Beim besten Willen, ich kann nicht verstehen, was euch junge Leute hierherzieht. Die Preise … Der Dreck überall … Drogen! Das hat doch keine Zukunft!« Mit fleißigen Händen walkte die Frau ihre Tasche durch.

Vielleicht, dachte Momme, war sie bloß wütend auf ihre Tochter, weil die weggezogen war. Er sah zum dunklen Wasserturm hinüber, einer dieser schlechtgelaunten Reste einer untergegangenen Stadt, durch die noch königliche Eisenbahnen fuhren.

»Gestern hat jemand bei meiner Tochter in den Hausflur gepinkelt.« Auf einmal beugte die Frau sich zu Momme vor. »Verraten Sie's mir!«

»Was?« Momme war über ihre Heftigkeit erschrocken.

»Was ihr Jungen an diesem Babylon findet!«

»Ich … Keine Ahnung.« Er wich ihrem Blick aus und sagte, eigentlich bloß, weil es stimmte: »Ich zieh weg.«

»So?«

Der Zug ruckte wieder an. Stotternd fuhr er in den Bahnhof Ostkreuz ein. Momme schnappte sich erleichtert seinen Rucksack.

»Ich muss hier raus«, sagte er, was auf vielerlei Weise stimmte.

Die Türen öffneten sich mit einem pneumatischen Ach.

»Gute Entscheidung«, rief die Frau ihm noch nach. »Hier kann man nichts werden. Das hab ich meiner Tochter auch gesagt!«

Das platte Land empfing ihn mit Bruthitze, die Sonne so grell, als wäre es Juli und nicht September. Momme kniff die Augen zusammen und roch Staub. Außer ihm war niemand an diesem Bahnhof ausgestiegen. Das kleine Backsteingebäude, an dem eine wohlmeinende 14 prangte, wirkte verlassen, Türen und Fenster waren verrammelt. Auf dem Vorplatz entdeckte Momme eine Bushaltestelle, die er mied. Ihm blieb Zeit genug zu laufen. Die mannshohe Karte hinter Glas zeigte vor allem Grün, unterbrochen nur von grauen

Straßen, ein paar hingewürfelten Gehöften und den blauen Flecken kleiner Seen.

Momme machte sich auf den Weg. Es lief sich gar nicht schlecht im Staub des Straßenrands, und wo keine Menschen waren, gab es auch keine 13. Niemand nummerierte Kiefern, und falls doch, wollte Momme es nicht wissen. Er murmelte die Straßennamen vor sich hin, um sie nicht zu vergessen, er spürte die Hitze im Gesicht. Vielleicht würde er sich sogar einen Sonnenbrand holen. Er war ewig nicht mehr rausgekommen; es kam ihm jetzt vor, als hätte er Jahre auf einer einsamen Insel verbracht. Er hörte einen Specht klopfen, ohne ihn zu entdecken. Er kam an einem plattgefahrenen Igel vorbei, für dessen langes Leben er sofort bis 120 gezählt hätte.

Natürlich war er in Vorstellungsgesprächen nicht gut. Er war ein Abbrecherkönig, ungelernt, aber er bewarb sich ja auch nicht gerade auf eine Festanstellung als Scrum Master oder Steuerfachgehilfe. Hatten Housesitter auch Hausmeisteraufgaben? Er konnte nicht handwerkern, er hatte selten etwas besessen, das sich zu reparieren lohnte, aber er war nicht ungeschickt. Größere Sorgen machte ihm, dass er womöglich nicht der einzige Bewerber war und seine zwanglosen Konkurrenten vermutlich schon gestern angerückt waren. Andererseits hatte man bei der Schwanstein GmbH seinetwegen einen zweiten Termin anberaumt. Vielleicht hatte es gestern gar keine Vorstellungsgespräche gegeben. Vielleicht hatte sich außer Momme überhaupt niemand auf die Stelle beworben. Vielleicht war an der Sache etwas faul. Immerhin schien die Schwanstein GmbH nicht mal über einen Computer, einen Drucker oder Adressaufkleber zu verfügen.

Aber vielleicht waren das dicke Papier und der Füllfederhalter auch eine Masche. Schon der Name Schwanstein deutete ja auf eine Retro-Nummer hin. Vielleicht hatte Haus Wrota ein Türmchen. Vielleicht standen in den Fluren Ritterrüstungen herum oder

23

im Treppenaufgang hingen goldgerahmte Porträts längst verblichener Junker. Genauso gut allerdings konnte dieser Veil Wallasch ein exzentrischer Start-up-Typ sein, der Formbriefe mit dem Füllfederhalter schrieb und trotzdem eine hippe Housesitting-Website betrieb. Ohne Internet hatten Momme die Möglichkeiten gefehlt, das zu überprüfen.

Momme taten langsam die Beine weh. Es musste jetzt früher Nachmittag sein. Er hätte sich besser auf diesen Trip vorbereiten müssen. Wahrscheinlich kam er nicht mal rechtzeitig an, und wenn doch, würde er es nicht wissen und viel zu früh klingeln. Am besten fragte er irgendwo nach der Zeit.

Er war jetzt auf einer mit Schlaglöchern übersäten Schotterstraße unterwegs. Halbrechts, jenseits eines abgeernteten Felds, lag ein von alten Bäumen umstandenes Gehöft, das erste seit einer Ewigkeit. Am Ende des Felds bog Momme in eine schmale Einfahrt und erreichte den schattigen, ungepflasterten Hof. Ringsum Wellblechdächer, unverputzte Wände und ausrangiertes landwirtschaftliches Gerät in Nestern aus hohen, halbvertrockneten Gräsern. In der Mitte des Hofs stand ein kleiner, antiker Traktor mit aufgeklappter Haube, davor eine ramponierte Werkzeugkiste. Es war niemand zu sehen.

»Hallo?«, rief Momme, was ihn einige Überwindung kostete.

Nach einer Weile trat der Bauer – Momme nahm an, dass es der Bauer war – aus einer dunklen Scheune. Er war mit einer Art Zange bewaffnet. Er war grau und stoppelbärtig und trug einen verwaschenen Blaumann.

»Was machen denn Sie hier?«

Momme ließ ihn näherkommen. Das hier war dreizehnfreies Gebiet, schien ihm.

»Entschuldigung«, sagte er. »Ich suche Haus Wrota. Das muss ganz in der Nähe sein. An einem See.«

Der Bauer hielt Abstand, wenigstens fünf Meter. Er war stämmig und sonnenverbrannt und niemand, dem man in Berlin begegnet wäre. Momme rang sich ein Lächeln ab.

»Das Gästehaus, ja?«

»Genau.« Momme nickte.

»Das Gästehaus ohne Gäste.«

Momme zuckte mit den Schultern. »Ich glaube schon, ja.«

»Kommen Sie aus Berlin?«

Momme nickte wieder.

»Zu Fuß?« Der Bauer wog seine schwere Zange. Sie war genauso ramponiert wie der Werkzeugkasten und wahrscheinlich auch der Traktor.

»Mit dem Zug«, sagte Momme. »Ich bin vom Bahnhof aus gelaufen. Schönes Wetter.«

»Viel zu heiß«, sagte der Bauer. »Viel zu trocken.« Er trug eine gewöhnliche Armbanduhr, was gut war. Digitaluhren bargen Gefahr. »Was wollen Sie denn da?«, fragte der Bauer.

»Vielleicht einen Job«, sagte Momme. »Ist es noch weit?«

»Machen die etwa wieder auf?«

Momme legte noch eine Frage drauf. »Haben die denn schon lange geschlossen?«

»Ewig«, sagte der Bauer. »Ich weiß nicht mal mehr, wem der Kasten gehört. Ist jetzt angeblich privat. Das mit den Investoren ist jedenfalls schiefgelaufen.« Das Wort *Investoren* spuckte er aus.

»Keine Ahnung, ob die wieder aufmachen«, sagte Momme. »Wenn, passe ich da bloß ein paar Tage auf.« Er trat einen Schritt vor und streckte dem Bauern die Hand hin. »Moritz Bang«, sagte er, als wäre der Bauer schon sein neuer Nachbar und begrüßte ihn mit Brot und Salz. »Nur ein Job, wie gesagt, für den Übergang. Ich weiß nicht mal, ob ich ihn kriege.«

Er hatte sich hinreichend kleingemacht. Der Bauer reichte ihm eine harte, trockene Hand. »Stackebrandt«, sagte er. »Das ist mein Hof.« Er wedelte mit der Zange.

25

Einen Augenblick lang laborierten sie an der plötzlichen Vertraulichkeit. Dann trat der Bauer, Stackebrandt, wieder einen Schritt zurück und brummte:»Der See ist gleich hinter dem Wald da. Können Sie gar nicht verfehlen. Das Haus liegt am andern Ufer, aber um den See gibt's einen Weg.«

»Danke«, sagte Momme.

Aber Stackebrandt war noch nicht fertig.»Hatten Sie mit dieser Frau zu tun, die manchmal herkommt?«

»Nein«, sagte Momme.»Es war eine Anzeige. Und eingeladen hat mich ein Mann.«

»So. Na, ist auch egal. Viel Glück dann.« Stackebrandt ließ das schwere Ende der Zange in die freie Hand klatschen.

»Danke«, sagte Momme wieder.»Könnten Sie mir vielleicht noch sagen, wie spät es ist?«

Stackebrandt sah auf seine Uhr.»Kurz nach zwei. Sagen Sie bloß, Sie haben kein Handy.«

Das Wäldchen erreichte Momme querfeldein. Er lief durch das raschelnde Laub, die Wipfel über sich, und fühlte sich seltsam schwerelos. Er hätte noch ewig so gehen können, aber durch die Bäume sah er jetzt den See glitzern. Er erreichte die Böschung und hatte plötzlich freie Sicht.

Haus Wrota lag märchenhaft am anderen Ufer, eher ein Landhaus als ein Schloss. Efeu wucherte bis zur dunklen Mütze eines tief herabgezogenen Dachs, unterbrochen von weiß gestrichenen Fensterreihen. Im Erdgeschoss ein lichtes Portal, das auf das schilfbestandene Seeufer wies, hinter dem großen Haus ballte sich das dichte Grün von Bäumen.

Einen Turm gab es nicht, aber Momme kam sich trotzdem irgendwie prinzenhaft vor, als er die Böschung zum Uferweg hinabstieg. Hier, auf dem Trampelpfad, begann für ihn ein neues Kapitel. Er atmete tief ein, roch den Wald und intensiver noch das Wasser und wandte sich nach links. Er hatte den Zwang in Berlin gelassen, in der kleinen, engen Wohnung. Immer dicht am leise gurgelnden Ufer, umrundete er den See.

Das große Haus wirkte still und verlassen, unter dem dichten Pelz aus Efeu bröckelte der Putz. Ein gewundener Asphaltweg führte einen Hügel hinauf, vielleicht zu einem Parkplatz, aber Momme blieb am Ufer und hielt gleich auf den Eingang zu. Eine halbkreisförmige Treppe – ungefährliche acht Stufen – führte zu einer von viel Fensterglas durchbrochenen Flügeltür hinauf. Eine

Klingel oder ein Schild konnte Momme nicht entdecken. Es war ohnehin viel zu früh, sich anzumelden.

Momme spähte durch die Scheiben in der Tür, sah aber wenig mehr als einen hell gekachelten Windfang und dahinter ein dunkles Foyer. Bestimmt war es noch nicht einmal drei, er würde warten. Er hatte ein gutes Gefühl und brach trotzdem mit seinen Vorsätzen und klopfte sich dreimal an die Schläfe – nicht um eine Gefahr zu bannen, sondern um sein Glück zu beschwören.

Einen Garten gab es nicht, nur das Ufer. Ein Steg, der nicht unbedingt verlässlich wirkte, führte ein paar Meter aufs Wasser hinaus. Ein Stück weiter, schon am Waldrand, stand ein Nebengebäude, vielleicht eine später hinzugekommene Garage. Altes Laub bedeckte den Weg dorthin, das Holztor war dunkel und wirkte schon aus der Entfernung morsch.

Am Ufer, auf dem verkrauteten Rasen, hatte vielleicht mal ein Gartentisch gestanden. Momme stellte sich etwas weiß Lackiertes, irgendwie Florales vor und dazu Sonnenschirme, klingende Gläser, weiße Kleider, helle Anzüge, Strohhüte – vor seinem inneren Auge lief ein Kostümfilm ab. Bestimmt hatte es auch mal ein Ruderboot gegeben, einen glänzend braunen Kahn. Momme sah das Wasser vom Ruderblatt rinnen, jemand ließ die Hand wie einen Kiel durchs Wasser gleiten.

Er würde es hier aushalten, ganz bestimmt.

Er wagte sich auf den Steg hinaus und hockte sich auf das sonnenwarme Holz. So gut es ging, behielt er den asphaltierten Weg im Blick, der irgendwo oben hinter dem Haus begann und sich in einer Serpentine bis zum Wasser wand. Wer immer nun kommen würde, er käme von dort.

Es geschah nichts. Momme verfluchte langsam seine Uhrlosigkeit. Der Kostümfilm war lange zu Ende, die Sonne schien nicht mehr mit derselben Intensität, Haus Wrota wirkte nun eher verlassen als verwunschen. Nach einer halben Stunde, die vielleicht auch nur eine Viertelstunde gewesen war, stieg Momme wieder die acht Stufen zur Tür hinauf und lugte noch einmal in den Windfang. Dann kehrte er auf den Steg zurück und wartete weiter, eine zehrende Unruhe stieg in ihm auf. Womöglich hatte er etwas falsch verstanden. Oder Veil Wallasch von der Schwanstein GmbH hatte es sich anders überlegt. Oder es war ihm etwas dazwischengekommen. Oder es war noch immer nicht vier. Momme wären am liebsten wieder aufgesprungen, um an die Tür zu klopfen und Gewissheit zu bekommen, aber zu früh wollte er auch nicht sein, und außerdem war doch niemand im Haus. Er hatte es lange genug angestarrt. Wenn jemand drinnen wäre, hätte er es bemerken müssen.

Er lauschte auf Autos, knirschende Reifen, schlagende Türen, aber nichts. Dann und wann raschelte es bloß im nahen Schilf und manchmal rief ein Vogel. Es konnte halb vier, vier, es konnte auch schon halb fünf geworden sein.

Momme lief wieder zum Haus hinüber, erklomm betont laut die Stufen, hob die Hand, um anzuklopfen, und ließ den Arm wieder sinken. Gab es eine andere Möglichkeit, sich bemerkbar zu machen?

Er folgte dem asphaltierten Weg den Hang hinauf. Warum war er nicht früher darauf gekommen, nachzusehen, ob es dort oben wirklich einen Parkplatz gab?

An der seeabgewandten Seite sah Haus Wrota noch ein bisschen verkommener aus. Büsche und krumme junge Bäume waren bis dicht an die Fassade gerückt. Der Hang ließ dem Haus auf dieser Seite wenig Platz. Die Kellerfenster waren halb von Laub verschüttet, das Efeu an der bräunlichen Fassade schütter, Dach und Regenrinnen wirkten morsch. Auf dem steilen Weg den Hang hinauf kam Momme ihnen näher.

Oben angelangt, stieß er auf eine schmale Straße. Der Parkplatz, platte Erde und ein bisschen Split aus lange vergangenen Wintern, war leer. Kein dunkler Dienstwagen, der Momme zugleich beruhigt und beunruhigt hätte, und leider auch kein Kastenwagen oder Kombi einer Dienstleisterflotte, auf dem *Schwanstein GmbH* gestanden hätte.

Jetzt war es ganz sicher nach vier. Momme stand auf dem verwaisten Parkplatz, schluckte und kämpfte die Verzweiflung nieder. Es half jetzt nicht mehr, noch länger zu warten. Er lief wieder den Weg zum Haus hinab und diesmal klopfte er, so laut es nur ging und schnell. Als er nichts hörte, klopfte er wieder. Dann klopfte er ein drittes Mal.

Nichts. Panisch lief er die Stufen hinab, trat zurück und sah zu den Fenstern hinauf.

»Hallo?«, rief er. »Hallo? Herr Wallasch?«

Wieder nichts.

»Ich bin Moritz Bang. Ich habe einen Termin. Hallo?«

Stille.

»Sie haben mir einen Brief geschrieben. Zwei sogar. Moritz Bang. Ich habe mich auf die Stelle als Haushüter beworben.«

Momme war immer leiser geworden. Er sprach ja offensichtlich bloß mit dem Haus und das Haus wollte nicht hören. Er zog sich bis zum Ufer zurück, rückwärts, immer noch Tür und Fenster im Blick, aber das alles führte zu nichts. Er drehte sich um und sah auf den See hinaus.

»Herr Bang?« Die Stimme traf ihn in den Rücken. »Ich bitte um Vergebung, ich habe mich verspätet.«

Veil Wallasch war eher klein, ziemlich dick und vielleicht Ende fünfzig. Er hatte einen großen, stellenweise noch mit gelblich-grauem Haar bedeckten Kopf und einen struppigen, genauso gelblich-grauen Walrossschnauzer, der ihm strähnig über die Oberlippe hing. Er trug einen hellen, irgendwie aus der Zeit gefallenen Leinenanzug; ein weicher Bauch schwappte über den Bund. Er stand in der Tür; also musste er die ganze Zeit im Haus gewesen sein.

»Ich wurde aufgehalten, treten Sie doch bitte ein.« Er glättete den über der Stirn verbliebenen Schopf. Vielleicht hatte er drinnen telefoniert?

Momme holte tief Luft und bemühte sich, zur Treppe zu schreiten. Er streckte viel zu früh die Hand aus und war erleichtert, als sein Gegenüber sie endlich zu fassen bekam.

Veil Wallasch lächelte und ersparte ihnen die Vorstellung. »Haben Sie gut hergefunden?«

Momme nickte. Er hatte einen Frosch im Hals.

»Sind Sie gelaufen?«

»Vom Bahnhof«, sagte Momme und räusperte sich. »Es war so schönes Wetter.«

»Hier hält ohnehin kein Omnibus.« Veil Wallasch führte ihn durch den Windfang. Es gab ein bisschen Theater mit den beiden Türen.

Im Haus empfing sie viel kühlere Luft. Das Foyer war ein hoher, ziemlich düsterer Raum, beinahe ein Saal, wäre die Treppe nicht gewesen. Türen aus dunklem Holz führten tiefer in das Haus hinein. Es gab einen offenen Kamin, vor dem eine abgewetzte Ledercouch und gleich ein halbes Dutzend Sessel standen. Links schwang sich die schöne, alte Treppe in den ersten Stock. Ein weinroter Teppich floss über ihre Stufen. Es waren ganz sicher mehr als 13.

»Wollen wir gleich hier Platz nehmen?« Veil Wallasch wies auf die Sessel und die Couch. »Darf ich Ihnen ein Glas Wasser bringen? Die Küche ist gleich nebenan. Sie müssen durstig sein.«

»Ja, gern.« Momme setzte den Rucksack ab und wartete im Stehen.

Veil Wallasch kehrte mit einem Wasserglas zurück. Dann sank er in die weiche Ledercouch, Momme nahm einen der Sessel. Er trank einen kleinen Schluck. Die Situation war quälend, denn Veil Wallasch redete nicht. Er hatte einen Arm auf der Rückenlehne des Sofas ausgestreckt und musterte Momme mit väterlicher Neugier.

Momme rettete sich ratlos in einen zweiten Schluck.

»Tja«, begann Veil Wallasch. »Das ist also das Haus. Im Wesentlichen ginge es darum, eine Weile hier zu *wohnen*.«

»Ja«, sagte Momme.

»Alles in allem ist es recht hübsch hier.« Veil Wallasch kämmte sich mit dem Finger den Schnauz und rieb sich dann die Hängebacken. Irgendwie passte der Mann nicht zu den förmlichen, knappen Briefen, die er schrieb.

»Ja«, sagte Momme.

»Wenn auch sehr einsam natürlich.«

»Das macht mir nichts«, sagte Momme schnell. »Ich komme ganz gern mal aus der Stadt raus.«

»So. Ja, das verstehe ich. Die Stadt …« Wallasch legte die Stirn unter dem grauen Schopf in ein paar wulstige Falten. »Ich nehme an, Sie müssten noch einmal zurück, um ihr Gepäck zu holen?« Er warf einen Blick auf Mommes Rucksack.

»Nein, nein. Ich, also … ich könnte gleich anfangen. Ich meine, Sie haben ja meinetwegen schon einen Tag verloren. Weil ich doch den Termin verschieben musste. Wegen der Beerdigung …« Die Vorstellung, nicht gleich anzufangen, war grauenhaft. Momme sah sich schon im Wald übernachten.

»Oh. Ja, natürlich. Ihre Großmutter … Vergeben Sie mir! Ich habe noch gar nicht kondoliert!« Veil Wallasch sprang auf, weshalb auch Momme aufsprang. »Ich bin sicher, Ihre Frau Großmutter war eine famose Frau«, sagte Veil Wallasch mit feierlichem Ernst.

Momme war verwirrt. Er litt an seiner Notlüge. Er litt eigentlich immer, wenn er log, und im letzten Jahr hatte er sehr oft gelogen. »Natürlich. Danke, ja, das war sie«, brachte er heraus. »Ganz bestimmt war sie das.« Ausführlich schüttelte er Veil Wallaschs Hand und nahm erst wieder Platz, als Wallasch in die Couch zurückgesunken war.

»Aber erzählen Sie mir von sich«, sagte Wallasch.

Jetzt wurde es heikel, ganz plötzlich. »Ich war im Dienstleistungsgewerbe«, sagte Momme, halbwegs zufrieden mit dem langen, unnahbaren Wort. »Dies und das. Ich lasse mich gern auf Neues ein.« Das klang nach Marketingseminar, aber klang es auch überzeugend?

»So.« Veil Wallasch verschränkte die Finger. »Dies und das. Öfter mal was Neues.« Er nickte.

Momme fühlte sich ertappt. Bis *Dienstleistungsgewerbe* war es gut gelaufen. Danach hatte er es gleich vermasselt.

»Ich hätte Sie für einen Studenten gehalten.«

»Das … das war ich auch.« Momme schwamm. Das lief nicht gut. Er hätte sich gern an die Schläfe geklopft.

»Aber jetzt nicht mehr«, sagte Wallasch. Eine Frage war das nicht.

»Nein«, sagte Momme und sah auf den verschlissenen Perserteppich. »Jetzt nicht mehr«, murmelte er.

»Jetzt ist es dies und das«, hörte er Wallasch sagen. »Nichts Richtiges, nichts Festes. Nichts, was eine Zukunft hätte.«

Momme schwieg. Schlechter konnte es sich kaum entwickeln.

»Nun, ich habe nicht erwartet, dass sich ein künftiger Bankdirektor auf diese Stelle bewirbt«, sagte Veil Wallasch.

Momme hob zaghaft den Kopf.

Wallasch beugte sich vor. »Keine Sorge, junger Mann«, sagte er. »Wenn man in der Welt nicht zurechtkommt, liegt das womöglich an der Welt.«

Schaute er jetzt neugierig?, fragte sich Momme. Oder gütig?

»Wissen Sie, dieses Haus könnte ein sicherer Hafen sein. Für eine Weile. Natürlich nur für den Fall, dass Sie einen sicheren Hafen brauchen. Ich hätte nichts dagegen einzuwenden. Im Gegenteil, es würde mich freuen. Dann hätte die ganze Sache ihr Gutes. Dann wäre es nicht bloß ein Job und nur des dummen Geldes wegen.« Wallasch sagte *Tschopp*, als wäre *Job* ein obskures Jugendwort, das er nur Momme zuliebe benutzte.

Momme wusste nicht, was er erwidern sollte. Er hatte eine ganz andere Sorte Gespräch erwartet. Glaubte Wallasch, er wäre vom rechten Weg abgekommen? Er *war* vom Weg abgekommen, aber Wallasch machte sich ja keine Vorstellung, wie. War das hier verdeckte Sozialarbeit? Etwas Kirchliches?

Veil Wallasch stülpte die bärtige Oberlippe vor. Dann lehnte er sich wieder zurück. »Es tut mir leid«, sagte er. »Ich wollte nicht indiskret sein.«

»Das … das waren Sie nicht.« Bekam er jetzt die Stelle? Wenn ja, war alles andere gerade egal. »Es ist wirklich nicht so gut gelaufen zuletzt, und ich würde sehr gern …«

Wallasch unterbrach ihn. »Haben Sie vielleicht Hunger?« Er machte Anstalten, sich aus der Couch zu stemmen. »Für diesen Fall habe ich etwas Leckeres mitgebracht.«

Wenige Augenblicke später fand sich Momme in einer geräumigen Küche wieder. Wallasch hantierte mit bemerkenswertem Ungeschick am Herd. Er füllte den Inhalt einer graublauen Steingutschüssel in einen Topf.

»Löffelerbsen«, sagte er, »deftig und köstlich, Sie werden sehen!« Er küsste Daumen und Zeigefinger. »Da im Schrank müssten Suppenteller sein.« Wallasch griff sich einen Holzlöffel, der aus einem Krug auf dem Kühlschrank ragte. »Na, nun machen Sie schon, mein Lieber.«

Der Küchenschrank war alt und groß. Momme fand zwei tiefe Teller, die nicht zusammenpassten. Einer hatte einen Goldrand.

Sie aßen im ehemaligen Salon, an einem von drei langen, kahlen Tischen. Die Fenster gingen auf den laubbedeckten Hang. Von einer Aussicht konnte keine Rede sein, eher schien der Wald gegen Haus Wrota vorzurücken.

Die Suppe war gelb und sämig, Veil Wallasch hatte sie, kaum dass sie lauwarm war, wieder in die Steingutschüssel gefüllt. Er löffelte lautstark und sprach mit vollem Mund. »Das hier war wohl mal der Frühstücksraum«, sagte er. »Na ja, da war kein Segen drauf. Zu entlegen, oder was meinen Sie? Ich spreche vom Haus.«

Momme wusste nicht, was er sagen sollte. Er kaute auf den gelben Erbsen und der zähen Fleischeinlage herum. Er hatte durchaus Hunger, aber nicht die Ruhe, auch zu essen. »Das Haus war ein Hotel?«

»Etwas in der Art.« Wallasch schöpfte sich Suppe nach. »Fragen Sie mich nicht nach Einzelheiten. Ich … wir … also die Schwanstein GmbH kümmert sich nur ums Einwohnen. Wissen Sie, wenn hier niemand ist über so lange Zeit … Das wäre nicht gut. Das Haus ist groß. Es liegt einsam.« Er gestikulierte mit dem Löffel. »Ich führe Sie natürlich noch ein wenig herum. Die meisten Gästezimmer befinden sich im ersten Stock. Aber es gibt auch einige im zweiten.«

»Oh ja, aha.« Auf einmal meldete sich der Zwang zurück. Veil

Wallaschs seltsamer Auftritt hatte ihn eine ganze Weile überdeckt. »Wie viele Zimmer sind es denn?«, fragte Momme. In ihm machte sich die vertraute Beklemmung breit.

Wallasch tunkte den Löffel in den Suppenrest. Einen Moment lang betrachtete er nur seinen Teller. Dann hob er den Kopf, reckte ein wenig das Kinn und schenkte Momme ein Lächeln. »Das ist eine kuriose Geschichte«, sagte er und Momme sank augenblicklich das Herz. »Die Zimmernummern reichen bis 15, obwohl es eigentlich nur 14 Zimmer gibt. Der alte Aberglaube, verstehen Sie? Die 13 hat man einfach ausgelassen.« Er strahlte Momme an. »Ein Zimmer mit der Nummer 13 gibt es nicht.«

Momme atmete aus. Der Drang zu klopfen, war mächtig.

»Tja.« Wallasch kratzte geräuschvoll seinen Teller aus. »Ihnen ist so etwas natürlich egal. Sonst hätten Sie Ihre Großmutter ja nicht an einem 13. beerdigt.«

»Nein«, murmelte Momme und spürte die Hitze in seinem Gesicht. Hilfsweise nahm er einen Löffel Suppe und kaute. Immerhin würde er an keiner Tür vorbeilaufen, auf der eine 13 prangte.

»Die Fleischeinlage ist das beste an der Suppe«, sagte Veil Wallasch, »nicht wahr? Das sind Schweineohren. Schmeckt es Ihnen?«

Die nächste halbe Stunde folgte Momme seinem neuen Arbeitgeber durch das Haus. Das Geschäftliche regelte Veil Wallasch im Vorübergehen, auf dem Weg durch ein Billardzimmer ohne Billardtisch, einen Konferenzraum mit vielen nicht zusammenpassenden Stühlen und eine Bibliothek, von der nur leere Regale übrig waren. Danach war Momme um 50 Euro Vorschuss reicher, pro Tag würde er 20 Euro verdienen, dazu kämen einige Lebensmittellieferungen.

»Sie können natürlich auch den weiten Weg zum Supermarkt laufen«, sagte Veil Wallasch. »Aber ich bin ohnehin regelmäßig in der Gegend und dann bringe ich Ihnen einfach etwas vorbei. Das wird Ihnen das Leben hier erleichtern. Sie haben dann …« – Wallasch warf Momme einen beinahe leuchtenden Blick zu – »… einfach mehr Zeit für sich.«

Sie stiegen die schöne Treppe hinauf, 24 Stufen, von denen Momme 23 betrat. Acht eher kleine Zimmer lagen dicht gedrängt im ersten Stock, nicht alle schienen ohne weiteres bewohnbar zu sein. Am ehesten unterscheidbar waren sie durch ihre Farben, auch wenn der Versuch, sie zu einem roten, gelben, blauen oder grünen Zimmer zu machen, offenbar nie sehr weit gediehen war. Mal gab es eine blaue Wand, mal waren es grüne Vorhänge, mal ein überwiegend roter Kunstdruck, billig gerahmt. Das gelbe Zimmer – Nummer 2 – sah noch am besten aus. Es hatte einen senffarbenen Teppich und holzvertäfelte Wände, das Doppelfenster mit den gelben Vorhängen ging auf den See.

»Ihr Zimmer?«, fragte Veil Wallasch, während Momme aufs Wasser schaute. Auf dem Steg dort hatte er gewartet, jetzt war er hier drin.

»Vielleicht«, sagte Momme und hatte plötzlich den Drang, wegzulaufen. »Also, wenn ich es mir aussuchen kann.«

»Sie haben die freie Wahl. Allerdings muss ich Sie warnen: Die Zimmer oben sind noch kleiner und so gut wie gar nicht möbliert. Und hier wäre das Bad auch gleich nebenan. Das ist ja praktisch.«

Im Bad waren sie noch nicht gewesen. Nur die Gästetoilette im Erdgeschoss hatte Momme gesehen. Ein wenig hilflos ließ er den Blick durch das kleine Zimmer wandern, vom Nachttisch mit der leeren, billigen Vase zum Bett, das schon oder noch immer mit senfgelber Bettwäsche bezogen war. Er würde die Sachen auslüften müssen.

»Wie lange, denken Sie denn …«

»Oh, das sehen wir dann.« Veil Wallasch winkte die Frage weiter, bevor Momme sie auch nur ausgesprochen hatte. »Wie gesagt, es würde mich freuen, Sie nutzten diese Aufgabe auch ein wenig für sich. Genießen Sie die Zeit, machen Sie sich ein paar Gedanken, kommen Sie zur Ruhe. Hören Sie, es geht mich nichts an, aber ich spüre doch: Sie suchen noch Ihren Platz in der Welt. Über die Dauer der Beschäftigung machen Sie sich also bitte keine Gedanken. Gegen die laufenden Kosten, die ein solches Gebäude verursacht, fällt ihr Entgelt kaum ins Gewicht.«

War das jetzt übergriffig? Sie kannten sich doch erst seit einer Stunde. Aber Momme hatte keine Wahl. Und vielleicht mochte er das Haus ja sogar. Es war so ganz anders als die Wohnung, die am Ende nur noch seinem Zwang gehört hatte. Statt der Vase, dachte er, würde er den Phönix auf den Nachttisch stellen.

»Kann ich Sie irgendwie erreichen? Falls was ist?«, fragte er.

In der Tür machte Wallasch ein zerknirschtes Gesicht. »Es gibt hier leider kein Telefon mehr«, sagte er bedauernd. »An der ein oder anderen Stelle spart man halt doch. Und Handyempfang hat man nur oben auf dem Hang.«

»Ach, das macht nichts.« Momme öffnete das Fenster. Es war seine erste Tat als Haushüter, so kam es ihm vor.

Als er sich wieder umdrehte, hatte Veil Wallasch eine altmodische Taschenuhr hervorgekramt: gold und kreisrund, sie hing sogar an einer Kette. »Es tut mir leid«, sagte Wallasch mit Blick auf die Uhr. »Ich müsste Sie jetzt alleine lassen. Ich habe noch einen Termin.«

Momme fragte sich, wie Wallasch überhaupt hergekommen war. Auf dem Parkplatz hatte kein Auto gestanden. Und ein Bus hielt hier auch nicht, hatte Wallasch gesagt. Nein, er hatte von einem *Omnibus* gesprochen.

»Richten Sie sich in aller Ruhe ein, einverstanden? Sehen Sie sich um, erkunden Sie das Haus. Ich schaue morgen, spätestens übermorgen bei Ihnen vorbei. Die Schlüssel hängen unten in der Küche an einem Brett.« Wallasch sah wieder auf die Uhr. »Entschuldigung, ich habe die Zeit vergessen, weil wir so nett geplaudert haben. Herr Bang, auf bald!«

Veil Wallasch war nicht mehr zu sehen. Momme hörte ihn nur noch rufen: »Und essen Sie die Suppe auf!«

Über Mommes Erkundungen war es dunkel geworden. Es musste auf acht zugehen, vielleicht war es auch schon viel später. Momme hatte ja keine Uhr und im Haus gab es keine. Dabei hätte eine altmodische Standuhr gut gepasst – am besten eine dieser gravitätischen mit Pendel, die immer aussahen, als würden sie die Zeit nicht bloß messen, sondern stocksteif über jede Minute wachen, damit auch keine aus der Reihe tanzte. Aber Momme mochte alte Uhren. Ihr Kreislauf reichte verlässlich bis zwölf und begann dann jedes Mal von vorne.

In den zweiten Stock wagte sich Momme erst mal nicht. Die Sache mit der ausgelassenen Zimmernummer war ihm nicht geheuer. Einerseits fühlte er sich für seine Verhältnisse erleichtert und wie befreit, andererseits traute er seinen Gefühlen nicht. Er war mit sich allein und das war, anders als Veil Wallasch glauben mochte, weder ungewohnt noch ungefährlich. Der Zwang lauerte hinter jeder Tür, er verbarg sich in jeder Verrichtung. Jeder neue Ablauf konnte ein neuer Abgrund sein. Alles, was Momme jetzt tat, konnte von seinem Zwang zum Gesetz erklärt werden: Drei Mal sollst du die Küchentür schließen, drei Mal dich räuspern, bevor du das Billardzimmer betrittst, und wenn du die Besteckschublade mit der linken Hand aufziehst, dann wird noch heute jemand sterben.

Nachdem Veil Wallasch so überstürzt verschwunden war – ohne Türenklappern, wie mit einem Fingerschnippen –, hatte sich Momme zunächst an die Inspektion der versprochenen Vorräte gemacht. Er fand sie teils in der Kühlung und teils im unteren Teil des großen Küchenschranks, in dessen Schubladen – er zog sie mit rechts auf – das Besteck verwahrt wurde und dessen Aufsatz dem zusammengewürfelten Geschirr vorbehalten war.

Veil Wallasch hatte definitiv einen Retrofimmel. Den Kühlschrank hatte er mit lauter Steinzeug vollgestellt, das so aussah wie die Schüssel mit der Löffelsuppe. Momme fand einen kleinen Topf mit gesalzener Butter und einen größeren mit Sauerkraut. Ein anderes, undefinierbares Gemüse schwamm in Öl und die in einer Schicht aus weißem, geronnenem Fett steckenden Würstchen riefen unschöne Erinnerungen an die Schweineohren wach. Im Schrank stieß er außerdem auf einen Laib Brot, Möhren und Kartoffeln in einer Kartoffelkiste, Mehl und Salz waren in unbedruckte Tüten aus Packpapier verpackt. Das Schinkenstück hatte jemand in Wachstuch gewickelt. Momme legte es in den Kühlschrank, wo es hingehört hätte.

Danach war er eine Weile durchs Erdgeschoss gestrichen. Es war ein bisschen schade, dass es wegen des unnützen Frühstücksraums kein richtiges Wohnzimmer gab. Vielleicht sollte er einen der Sessel oder sogar die Couch ins Billardzimmer schleppen, aber vielleicht durfte er das nicht. Das Konferenzzimmer war auf jeden Fall unwohnlich, am ehemaligen Salon störte ihn, dass der Hang so nah rückte. Allerdings gab es dort wie im Foyer einen Kamin. Gab es hier eigentlich sonst noch eine Heizung?

In der Küche und im Frühstücksraum fanden sich unter den Fenstern ungeschlachte Heizkörper, von denen die Farbe platzte. In seinem Zimmer, dem gelben, gab es auch einen. Er war kalt und an der Oberseite mit einer dunklen Schmiere bedeckt. Wenn er einen Eimer fände, dachte Momme, würde er putzen. Er wurde ja schließlich bezahlt.

Er trug den Rucksack nach oben und stellte den Phönix neben die leere Vase auf den Nachttisch. Wie durch ein Wunder hatte er nicht eine einzige Styroporfeder eingebüßt. Momme nahm das als gutes Zeichen und kehrte, eigentlich schon wieder auf dem Weg nach unten, noch einmal zum Nachttisch zurück und stellte die Vase um. Er roch am Bettzeug, trug es nach draußen und breitete es über einen Busch am Ufer, dann lief er ins Haus zurück, um das Schlüsselbrett zu suchen. Er fand es vom großen Küchenschrank verborgen an der Wand und atmete erleichtert aus, als er keinen Schlüssel mit der Nummer 13 fand. Dann lief er dreimal, mit drei verschiedenen Schlüsseln, zur Flügeltür und versenkte den passenden, als er ihn endlich gefunden hatte, in der Tasche seiner Jeans.

So war, über reichlich Hin und Her, der Abend gekommen. Momme wagte sich noch einmal vor die Tür, um das Bettzeug zu holen, und war überrascht, mit welchem Ernst die Dunkelheit hier draußen anrückte. Die Stadt machte ja immer gleich Licht, um sie schon im Keim zu ersticken. Hier war die Nacht noch eine Urgewalt.

Er raffte das Bettzeug zusammen, trug es ins Haus und suchte nach einem Lichtschalter. Er fand ihn am Fuß der Treppe und ein für seine Größe erstaunlich funzeliger Leuchter unter der Decke ging an. Neben dem Sofa stand eine wackelige Stehlampe, Momme schaltete sie mit einem Fußtritt ein. Das Bettzeug roch halbwegs frisch und oben breitete er es ordentlich über die Matratze – er hatte beschlossen, ordentlich zu sein. Haus Wrota war sein Job und er hatte keine Aussicht auf einen anderen.

Und vielleicht war es ja auch gar nicht so dumm, was Veil Wallasch gesagt hatte. Vielleicht konnte er sich in Haus Wrota wirklich Gedanken machen, wie es weitergehen sollte. Vielleicht konnte Wrota seine Entzugsklinik sein. Der Drang zu klopfen stellte sich beim bloßen Gedanken daran ein. Momme leistete Gegenwehr, indem er die Suppe aß und dabei die Schweineohrstückchen aussortierte.

Als der Abend von der Nacht nicht mehr zu unterscheiden war, hatte sich Momme im Foyer niedergelassen. Er saß auf dem abgewetzten Ledersofa und las im Licht der Stehlampe den mitgebrachten Dickens, auch wenn seine Konzentration immer nur für einen Absatz reichte. Die Stille machte die kleinen Geräusche groß. Das alte Haus stöhnte, jedenfalls knackte es ständig irgendwo. Das Foyer mit seiner hohen Decke war ein denkbar ungemütlicher Ort.

Im hellen Licht einer Deckenlampe inspizierte Momme noch einmal das Billardzimmer, wo die alten Dielen knarzten und seine Schritte hallten, dann hockte er sich für eine Weile aufs Gästeklo, einfach weil der Raum so klein und überschaubar war. Schließlich riss er sich zusammen, kehrte auf seinen Sofaplatz zurück und überblätterte Seite 13.

»Der Raritätenladen« war ein komisches Buch. Momme schaffte es bis zum Ende des dritten Kapitels, an dem der Erzähler einfach verschwand. Einen Namen hatte der Kerl ohnehin nie gehabt und jetzt verkündete er auch noch, seine Wenigkeit künftig einfach aus dem Spiel zu lassen.

Momme nahm es als Zeichen, löschte das Licht und bestieg – eins, zwei … zwölf, vierzehn – todesmutig die Treppe.

Das Diarium des Clemens vom Stein

Dreizehneichen, d. 14. September

Gestern habe ich eine Veranstaltung des Theosophischen Vereins besucht — zum Mittag hatte ich die 13. Stunde versäumt, und schlafen hätte ich doch nicht können, ich war auf beinahe schmerzhafte Weise wach. Kein Wunder, wenn man den lieben langen Tag den Hosenboden blank gewetzt und auf seiner Feder herumgekaut hat — einmal mehr ohne vorzeigbares Ergebnis.

Immer noch klebe ich am Blutgericht über die armen Sachsen und den gestrigen Tag über reimte sich schlicht nichts, was mich nicht müde, sondern immer unruhiger machte. Stunde um Stunde bin ich auf meinem Stuhl herumgerutscht, schließlich alle Augenblicke aufgesprungen und mit fliegenden Rockschößen durch meine beiden Zimmerchen gewetzt — womöglich habe ich dabei wie einer jener schändlichen Erfinder gewirkt, die sich zu keinem andern Zwecke den Kopf zerbrechen, als die ewige Ordnung anzugreifen. Jeden Augenblick habe ich mit dem Erscheinen des indignierten Eisenmanns gerechnet, dem meine polternden Stiefeltritte die verdiente Nachtruhe raubten — oder, mit dem sauertöpfischen Fräulein Labasch, das mich mit ihren Stricknadeln bedrohen käme wie der Elmar den Gero mit seinem sächsischen Schwert.

Kurzum, es war das Beste, die Flucht zu ergreifen, und so bin ich also, Hut auf dem Kopf, Mantel über dem Arm, aus dem Eisenmann'schen Hause auf die Straße geeilt. Die Nachtluft versprach Besserung und brachte sie auch. Bald klapperten meine Stiefelsohlen gar lustig über das dunkle Pflaster — es ist so etwas mit mir und dem Aufbruch, das ich beim besten Willen nicht dämpfen kann. Im Angesicht des Ungewissen — und sei es auch nur das Ungewisse einer stillen, klaren Nacht — fließt mir noch jedes Mal das Herz über. Dann frage ich mich, wohin die eine einsame Droschke fahren mag, der ich auf meiner ziellosen Wanderung begegne, und komme gar nicht auf den Gedanken, dass sie fahren könnte, wohin sie auch sonst immer fährt.

Eines Tages aber werde ich meine Abenteuerlust überwunden haben und dann, hoffentlich, nicht allzu streng ins Gericht gehen mit diesem, meinem jüngeren Ich, das sich bald unversehens in einer dunklen, gewundenen Gasse in Unterbaum wiederfand, wo die Erbauliche Gesellschaft, wie ich feststellte, einen Saal zur Aufrichtung in den 13. Stunden betreibt. Gestern Nacht jedoch wurde dieser Saal von den Theosophen bespielt — es wird damit zu tun haben, dass die Erbaulichen wohl mehrheitlich Tagmenschen sind und die 13. Nachtstunde seit jeher eher stiefmütterlich behandeln.

Am Saaleingang, nicht mehr als eine niedrige Tür, lud ein ans Holz gehefteter Handzettel zu einer Séance, und da mich ja ohnehin die unziemliche Abenteuerlust auf die Straße getrieben hatte und es bereits zu spät war, sich noch anderweitig umzutun, trat ich also ein und verewigte mich in der ausliegenden Liste, womit mein kleiner nächtlicher Ausflug schon einmal etwas Gutes hatte. Es ist ja nun einmal die Eigenart dieser unserer Gesellschaft, dass sie ihren Mitgliedern eine innere Fortbildung abverlangt und es dabei an äußerer Ordnung nicht fehlen lässt.

Der kleine Saal, den man durch einen engen Flur erreichte, erwies sich als allerliebst. Aus einem einsamen Fenster lugte die blanke Nacht, bemalt vom Widerschein der Kerzen. Bühne oder Podium gab es nicht, die Stuhlreihen wiesen auf zwei üppig gepolsterte Sessel, die man einfach auf den knarzenden Bohlen des Fußbodens abgeladen hatte, was zu meiner Überraschung weniger den Eindruck Eisenmann'scher Gediegenheit vermittelte als vielmehr eine gewisse, mir durchaus angenehme Verwegenheit.

Im Publikum saßen dennoch viele alte Leute, vielleicht weil die Last der Jahre den Menschen schlaflos macht, eher jedoch, wie mir bald klar wurde, weil in den Polstersesseln nichts anders als der Tod verhandelt wurde, der älteren Herrschaften nun einmal näher ist als Jungvolk wie mir. Doch was sag ich? Tod? Nein, hier galt's mal wieder dem ewigen Leben, und bald erschien auch dessen amtierende Hohepriesterin, wohlbeleibt und in weißen Rüschen, ein sehr weltliches Gespenst. Raunen im Saal, denn das war die Gräfin G., die im Theosophischen Verein eine bedeutende Rolle spielt und sich einen Namen als Medium gemacht hat — sogar zu mir in meine Klause, in der sich doch alles um Franken, Sachsen und die passenden Reime dreht, ist diese Kunde vorgedrungen.

Ihr zur Seite wurde ein beflissener Weißschopf gestellt, der in dem andern Sessel Platz nahm, aber eigentlich keine weitere Aufgabe hatte, als die Gräfin G. ins rechte Licht zu rücken. Einleitend sprach er naturgemäß von ewiger Seele und unverrückbarer Ordnung und bereitete so unser Rendezvous mit dem Jenseits vor, das die Gräfin G. daraufhin mit allerlei gestöhnten *Ohs* und gehauchten *Ahs* einläutete. Immer wieder legte sie dabei die kurzen Finger an die ergraute Schläfe, bis endlich, so man es glauben wollte, ein gewisser *Wilhelm* erschien, der einst, nicht lang nach Gründung Dreizeheneichens, im Müller'schen Kloster Dienst getan habe. Er sprach fortan aus der Gräfin Mund, abermals begleitet von vielen *Ohs* und *Ahs*, diesmal allerdings aus dem Publikum. Einerseits war man dort erfreut, in *Wilhelm* zumindest den klanglichen Beweis zu finden, dass die Seele wahrhaft unsterblich sei, andererseits ließ

Wilhelm es auch nicht an der Bestätigung fehlen, dass der Weg Dreizehneichens der richtige sei.

Denn der eifrige Weißschopf auf der Sesselkante erkundigte sich bald danach, ob *Wilhelm* von seinem himmlischen Ausguck wohl auch auf die Zwölfwelt herabschauen könne, und *Wilhelm*, der ein solches Kunststück natürlich vermochte, ging mit der Zwölfwelt sogleich hart ins Gericht. Sie sei, versicherte er mit seiner Gräfinnenstimme, schon so lange zum Teufel gegangen, dass quasi keine einzige Seele von dort mehr aufsteigen könne. Die Barbarei habe in diesem Teil der Welt gesiegt, alles Metaphysische sei verkümmert, die Maschinen seien an der Macht, der Niedergang mit Händen zu greifen. Auf Nachfrage des Weißschopfs glaubte *Wilhelm* gar, es könnten die elektromagnetischen Wellen sein, die die erlösungswilligen Seelen dort drüben am Boden halten, was meines Erachtens schon verdächtig nach unziemlicher Wissenschaft klingt.

Wer immer dies wann immer lesen mag, verstehe mich nicht falsch: Ich stehe fest im Glauben. Auch ich halte alles Elektrische für Teufelszeug und die Wissenschaft für das Unglück der Menschheit. Ich weiß und spüre es tief im Innern, dass ich als Künstler nicht einen Tag in der Zwölfwelt überdauern könnte. Ich würde welken wie eine Blume und nichts, aber auch gar nichts zieht mich dorthin — selbst wenn die Wege noch offen stünden, ich spürte keine Versuchung und wollte nicht hin.

Dennoch erschien mir das Treiben der Theosophischen an diesem Abend plump. Denn ist es keine Tatsache, dass wir das Leben lassen müssen und dass auch in Dreizehneichen wacker gestorben wird? Wahrlich, nichts wünsche ich mir mehr als die Aussicht auf ein Fortleben — von einer heißen Suppe, wenn mich der Hunger quält, mal abgesehen —, aber für mich liegt diese Hoffnung eben in jenem Werk begründet, mit dem ich am gestrigen Tage zwar nicht vorangekommen bin, das aber im Falle glücklichen Gelingens Anspruch erheben kann, im Gedächtnis jener fortzuleben, die nach mir kommen und Dreizehneichen erhalten, wie es immer war und bleiben soll. Das ist Tradition, scheint mir. Das ist die Ewigkeit, auf die wir hoffen dürfen! Und das ist die Ewigkeit, die der umstürzlerische Forschergeist angreift, weshalb er ohne Zweifel frevelhaft ist.

Nun, jetzt bin ich, statt mich meinem heldenhaften Sachsen zuzuwenden und bessere Reime als gestern zu finden, auch noch weltanschaulich geworden. Und nicht einmal meinen Bericht von der Séance habe ich vollendet, sondern erst Hölzchen und dann Stöckchen geritten wie ein Kind sein Schaukelpferd. Wohlan also, der eifrige Weißschopf schickte den *Wilhelm* nach einer Weile mit einem Fingerschnipsen in seine himmlischen Sphären zurück, derweil die Gräfin, zwinkernd und sich die Schläfen reibend, wieder zu sich selber kam. Es folgten die schon vertrauten *Ahs* und *Ohs* und ein ehrfurchtsvoll schüchterner Applaus, solange die schwankende Gräfin G. aus dem Saal geführt wurde. Erst als sie verschwunden war, wagte man, mit den Stühlen zu rücken, die Herren reichten ihren Damen den Arm, und ich sah zu, unter einen Himmel zu kommen, der weiter als der Himmel der Theosophischen war. Wie draußen die Sterne funkelten! Lange habe ich zu ihnen aufgesehen. Und auch die Öllichter an den über die Allee gespannten Ketten verbreiteten ihren ganz eigenen Glanz.

Momme erwachte vom Lichterschein. Die hellen Flecken strichen über die vertäfelte Wand und wanderten dann über die geschlossene Tür. Das Geräusch reiste langsamer. Ein brummender Motor, das musste ein Auto sein. Es war mitten in der Nacht. Vielleicht war es früher Morgen. Momme wusste ja nicht einmal, wann er ins Bett gegangen war.

Das gelbe Zimmer fiel in Finsternis zurück. Dann weiteten sich Mommes Pupillen und der Phönix auf dem Nachttisch trat aus dem Dunkel. Er stand über dem Einwegaschenbecher und reckte den Klammerschnabel. Momme war schon drauf und dran, sich wieder umzudrehen, als er draußen eine Autotür schlagen hörte. Danach saß er aufrecht im Bett.

Zuerst dachte er an Veil Wallasch, von dem er nicht wusste, wie er kam und ging. Dann dachte er an Einbrecher, weil man in solchen Situationen an Einbrecher denkt. Er sah zum Fenster hinüber, er hatte die Vorhänge nicht zugezogen. Es war, als er schlafen ging, ja schon dunkel gewesen. Jetzt schien der Mond, eher bleich als hell.

Musste er aufstehen und nachsehen? War er als Haushüter so eine Art Sicherheitsdienst? War er das nicht gerade? Darüber hatte er seltsamerweise noch gar nicht nachgedacht. Er war so verdammt groß darin, Angst zu haben, dass er oft vergaß, sich zu fürchten.

Momme schwang die Beine aus dem Bett und tappte bis zum Fenster. Er erkannte wenig, den See, vielleicht das Schilf, er sah kein Auto. Scheinwerfer leuchteten da unten sicher nicht mehr. Sollte er Licht machen, um zu signalisieren, dass Haus Wrota bewohnt war? Sollte er rausgehen und nach dem Rechten sehen? Sich wieder ins Bett legen und hoffen, dass es vorüberginge? Er könnte auch einfach hier am Fenster stehen und zusehen, was da unten geschah. Vielleicht war da gar kein Auto gewesen. Dafür, dass es seine erste Nacht in Haus Wrota war, hatte er tief geschlafen, erschöpft von einem langen und für seine Verhältnisse ereignisreichen Tag.

Und wenn Veil Wallasch ihn auf die Probe stellte? Wenn das ganze väterliche Getue nur eine Show gewesen war?

Momme tastete nach seiner Jeans. Er mühte sich mit den krumm gelaufenen Sneakern. Die Tür quietschte leise in den Angeln.

Momme stand lauschend im finsteren Flur, auf dem abgewetzten, dünnen Teppich. Das Haus war still. Er tastete nach dem Handlauf der Treppe. Er hatte beschlossen, kein Licht zu machen. Konzentriert nahm er Stufe für Stufe und ließ die dreizehnte aus. Das Foyer war ein schwarzer Schacht, nur im Windfang stand Licht, grau und diffus, wie Nebel.

Momme huschte zur Tür. Die innere hatte er gestern nicht abgeschlossen. Er drückte die Klinke, zog sie auf, sie quietschte nicht.

Auf den Fliesen im Windfang klangen seine Schritte heller. Er fummelte nach dem Schlüssel in seiner Jeans und beglückwünschte sich zu seinem Entschluss, ihn immer mit sich herumzutragen. Er traf nicht gleich das Schlüsselloch, dann sprang links vom Haus ein Motor an, Scheinwerfer blendeten auf und das Auto fuhr am Haus vorüber. Für einen Moment, so kam es Momme vor, stand er im Windfang in gleißendem Licht. Dann sah er nur noch rote Rückleuchten, es war kein großer Wagen.

Der Schlüssel drehte sich im Schloss. Momme stieß die Tür auf. In die kühle Nachtluft mischte sich schnell verfliegender Abgasgeruch. Er lief das Halbrund der Treppe hinab und sah noch, wie sich der kleine Wagen den schmalen Weg hinauf zum Parkplatz wand.

Dann verschwand das Scheinwerferlicht hinter dem Haus und das Motorengeräusch verebbte. Wahrscheinlich hatte der Fahrer Momme nicht einmal bemerkt. Es war ein kurzer Besuch gewesen.

Momme sah zurück, dahin, wo das Auto geparkt haben musste, während er auf dem Weg nach unten gewesen war. Irgendwo da stand die alte Garage, aber es war so dunkel, dass Momme nicht einmal ihre Umrisse erkennen konnte. Er hatte kein Handy, um damit zu leuchten. Er hatte auch keine Taschenlampe, zumindest wusste er nicht, wo eine war. Praktische Dinge hatte er mit Veil Wallasch eigentlich gar nicht beredet.

Sollte er zum Parkplatz laufen und nachsehen, ob das Auto noch da oben war? Allein die Vorstellung, jetzt den dunklen Hang hinaufzustapfen, war Momme unangenehm. Der beinahe unsichtbare, glucksende See war ihm auch nicht geheuer. Hastig kehrte er ins Haus zurück und drehte den Schlüssel so oft im Schloss, wie es ging.

Merle liebte diese Fahrten, insbesondere hier, wo es keine Ampeln gab, die ihr Fortkommen störten, und ganz besonders in den kleinen Stunden der Nacht, wenn die Straßen ihr gehörten. Dann trat sie genüsslich aufs Gas und verschmolz mit der Maschine, bis sie, die Hände am Lenkrad, die Füße auf den Pedalen, auch nichts anderes mehr als ein stampfender Zylinder oder eine funkenschlagende Zündkerze war und einfach funktionierte, reibungslos in das Ganze einer Maschine eingepasst, die dennoch ihrem Willen gehorchte, spielend große Distanzen überwand und nirgends bleiben musste. Manchmal stellte sich Merle während dieser Fahrten vor, dass sie einfach nie mehr anhalten und ewig so weiterfahren würde, für immer in den unwirklich grünen Schimmer der Armaturen getaucht. Ihr Auto war ein Raumschiff und es enthob sie allem da draußen: den Bäumen, den Feldern, den traurigen Gehöften an diesem Rand der Welt.

Sie hatte sich nie mit der Provinz anfreunden können. Vom ersten Tag ihres neuen Lebens an war sie eine Städterin gewesen, natürlich aus Gründen der Anonymität und der wunderlichen Gesetze der Zahl, aber genauso auch aus Überzeugung. Bis heute liebte sie die vollen Gehsteige und Plätze, den überquellenden Tauentzien, das Gewimmel auf dem Alexanderplatz, wo sie sich manchmal einfach auf den Brunnenrand hockte, um zuzusehen, sie mochte sogar das Stop-and-go auf der Leipziger Straße oder wenn sich eine Lawine aus Menschen vor dem Alexa auf die

Straße ergoss, während sie mit ihrer kleinen Rakete an der Ampel stand.

Sie gehörte nicht dazu, das nicht, aber manchmal tat sie dennoch so. Dann war sie, je nachdem, Lady Vintage, die im Netz den Old Curiosity Shop betrieb, die Sibylle, die manchmal um zehn Uhr abends noch ins Fitnessstudio ging, oder die spätberufene Frau Diesel, die den schmierigen Fahrlehrer zu schalen Namenswitzen inspirierte. Im Darknet war sie Ted, beim Frisör war sie Frau Meister, die seit einer Weile wieder ihr Haar wachsen ließ und nur noch zum Spitzenschneiden kam, weil sie immer noch nicht alt war und es auch niemals werden wollte. Sie war eine Städterin. Sie war die Stadt. Sie ließ die dräuenden Wälder hinter sich. Am Straßenrand funkelten die Reflektoren der Leitpfosten und die Augen eines Waschbären, der auch nicht hierhergehörte.

Sie fuhr auf die Bundesstraße und trat aufs Gas, bis endlich die auf die Wiese gewürfelten Möbelmärkte, Fliesenstudios und Autohäuser erschienen, riesenhaft, ungeschlacht und grell beleuchtet, die Außenposten von Außerirdischen. Sie passierte eine von der Straße eingekesselte, schäbige Kirche und eine zum Veranstaltungsort umfunktionierte Fabrikantenvilla, die unangenehme Erinnerungen an die 13. Stunden von damals wachrief, aber dann ragten wie zum Trost die ersten Plattenbauten Marzahns vor ihr auf.

Die allgemeine Überzeugung, dass sie hässlich waren, teilte Merle nicht. Die Versuche, ihre steil aufragende Brutalität zu kaschieren, fand sie lächerlich. Die Tünche, die vorgeblich freundlichen Farben, die auf die Fassaden gemalten Bäume und Vögel sahen ja doch bloß nach später Reue aus, so als wäre nicht so gemeint gewesen, was mal genauso gemeint gewesen war. Man hatte diese Häuser ja nicht umsonst WHH 17 oder QP 59 genannt, einmal hatten sie Raumstationen einer besseren Zukunft sein sollen. Häuser wie diese hätte man auf dem Mond gebaut, hätte man die Flüge dorthin nicht in einem Akt seltsamer Verzagtheit unterbrochen.

Sie gab Gas, kaum dass die Ampel umgesprungen war, schoss über die nächtlich leere Kreuzung und war froh, als sie Friedrichshain erreichte und die jungen Leute über die Fahrbahnen schwärmen sah, lachend und ihr Wegbier schwenkend, aufgedreht von einer langen und durchwachten Nacht. Ein kicherndes Mädchen in einem verwegenen schwarzen Umhang wäre ihr beinahe vor den Kühler geweht, aber statt ärgerlich zu werden, bremste Merle lächelnd ab und sah der Kleinen zu, wie sie auf der anderen Straßenseite auf den Bürgersteig sprang, mitten hinein in die Traube ihrer Freunde.

Merle hatte solche Nächte nie erlebt, jedenfalls nicht, solange sie im richtigen Alter dafür gewesen war, aber sie spürte keinen Groll, nicht gegen diese Kinder, denen dieser Teil der Stadt gehörte, Sommer für Sommer, Nacht für Nacht – ganz gleich, was die Alten auf ihren Zehlendorfer Couchgarnituren sagten.

Erst als schon die Zuckerbäckerbauten der Karl-Marx-Allee über ihr aufragten, dachte sie an Julius, so wie sie sonst eigentlich nie mehr an ihn dachte. Wäre er mit ihr so durch die Nacht getobt, in einem anderen, hiesigen, gegenwärtigen Leben? Hätte er, selbst unter anderen Umständen, überhaupt so unbeschwert sein können? Den jungen Julius konnte sie sich noch halbwegs vorstellen, den noch nicht verhärteten Mund, das noch ziemlich schüttere Bärtchen, aber in ein T-Shirt, eine dieser Konzert-Trophäen stecken konnte sie ihn nicht, und dann drängten sich ihr auch schon die Bilder auf, die sie nicht ertrug und nie ertragen würde, und sie blinzelte und räusperte das alles weg und warf einen schnellen Blick auf die Beute auf dem Beifahrersitz.

Mit Schwung bog Merle in den Kreisverkehr am Strausberger Platz und scherte dann gleich wieder aus, jetzt den Babelturm des Park Inn vor Augen, und das brachte sie auf eine Idee. Warum sollte sie sich in dieser Nacht nicht etwas gönnen, nach langer Fahrt und eingebrachter Ernte?

Alexanderplatz, Fernsehturm, Rotes Rathaus, die Spree – im Scheinwerferlicht des schwachen Gegenverkehrs flog das Berlin der Touristen vorbei, rechts der geschwollene Dom, links der gelbsüchtige Schlossneubau, der noch immer aussah, als würde er nach den Dreharbeiten wieder abgebaut, aber immerhin, dachte Merle, war er vollgestopft mit Technik. Das ganze riesenhafte Ding stand unter Strom. Es war ein Spezialeffekt aus Beton, Portal eines preußischen Disneylands – und wenn die Vergangenheit erst so weit weg war, dass man sie einfach so als Themenpark nachbauen konnte, dann tat sie auch nicht länger weh. Merle war unbedingt fürs Vergessen.

Sie verließ die Linden und tauchte in die Friedrichstadt ein, ein Ensemble aus noch mehr Kulissen, ein bisschen Paris, ein bisschen Rom und zu den vernünftigen Stunden des Tages von Leuten bevölkert, die ihr vieles Geld ebenso oft auch in Rom oder Paris ausgaben. Aber Merle hatte auch nichts gegen Geld, es war der Treibstoff der Verwandlung. Geld machte immer alles neu. Sobald Geld im Spiel war, hatte das Alte keine Chance.

Sie parkte in der nächstbesten Seitenstraße und stellte den Motor ab, und einen Moment lang bedauerte sie, nicht länger Teil der Maschine zu sein. Es war immer besser, loszufahren, als anzukommen. Die Armaturen erloschen, das Innere des Wagens füllte jetzt der gelbe Schein einer nahen Straßenlaterne. Merle beugte sich über den Beifahrersitz und wog den Beutel mit der Beute in der Hand. Sie hatte sich in Wrota kaum Zeit genommen, sie zu begutachten, aber das teuerste Stück war sicher das Collier mit den goldgefassten Kameen. Die geprägten Manschettenknöpfe und das Ohrgehänge waren eher Kleinkram, aber auch der würde sich summieren, und überhaupt hatte sie ja nur einen kurzen Blick darauf geworfen.

Das alles hatte Zeit bis morgen. Sie stopfte den Beutel in ihre Umhängetasche und stieg aus dem Wagen. Über den Dächern hing schon der letzte Rest der Nacht, blau gesäumt vom dämmernden Morgen. Kühle Luft und Kreise spannendes Laternenlicht, fernes Rauschen eines noch dünnen Verkehrs – lang würde es nicht mehr dauern, bis die Frühwerker erschienen, fleißige Lieferanten und die rumpelnden Müllwagen, die Platz für Neues schafften. Wie laut ihre Schritte auf dem Bürgersteig klangen. War sie überhaupt müde?

Unbeirrt hielt sie auf das kragende Vordach des Viktoria zu, bis der etwas bemühte rote Teppich ihre Schritte dämpfte und die Drehtür aus Messing und dickem Glas sie in das klimagekühlte Foyer spülte. Stolz erwiderte sie den Blick des jungen, hübschen, rotäugigen Concierge in seiner kleinen schwarzen Weste, der ihr tapfer zunickte, so als hätte er sie zuletzt am Abend gesehen, auf dem Weg zu beneidenswerten Festivitäten. Sie war ewig nicht mehr im Viktoria gewesen und kannte den Jungen nicht, aber sie schenkte ihm das leicht abgespannte Lächeln eines vom Luxusleben ermatteten Stammgasts, bevor sie, über den glänzenden Marmor schreitend, den Aufzug erreichte und mit einem finalen Pling hinter den sich schließenden Türen verschwand. Danach war sie mit ihrem Spiegelbild allein. Sie würde es in die prächtige Badewanne von Zimmer 13 legen, von dessen Existenz der Concierge nichts ahnte.

In den Schlaf fand Momme nicht mehr. Er erwartete den Tag in die senfgelbe Bettdecke gehüllt auf der Couch im Foyer. Der Wagen hatte ihn in Unruhe versetzt. Das Haus schien ihm nicht mehr dasselbe, auch wenn das natürlich lächerlich war. Am wahrscheinlichsten war doch, dass sich jemand verfahren und, als es nicht mehr weiterging, gewendet hatte. Andererseits hatte Momme eine schlagende Autotür gehört. Stieg man im Stockfinsteren aus, wenn man nicht wusste, wohin man geraten war? Momme wäre in einer solchen Situation nicht ausgestiegen. Bis der Morgen graute, lag er wie ein Wachhund an der Tür.

Immerhin hatte sich sein Zwang als Erster verkrümelt. Wann immer etwas Unvorhersehbares geschah, zog er sich in sein mieses kleines Versteck im hintersten Winkel von Mommes Schädel zurück. Vielleicht hatte Momme einen furchtbaren Fehler gemacht, als er sich in seiner Wohnung verbarrikadierte. Vielleicht hätte er sich viel früher hinauswagen sollen – nur eben nicht unbedingt zur Schwanstein GmbH. Denn etwas stimmte nicht mit Haus Wrota.

Ein gewöhnliches Frühstück ergab sich aus den Vorräten nicht. Momme verwarf den Gedanken an eine Expedition zum Supermarkt und begnügte sich mit einer Scheibe Brot mit gesalzener Butter, die er erstaunlich schmackhaft fand. Draußen war es jetzt taghell und die Sonne fand sogar einen Weg in den vom Hang belagerten Frühstücksraum. Feiner Staub wirbelte in Bahnen aus Licht über den Tischen.

Ein Schlüssel für die alte Garage hing nicht am Schlüsselbrett. Momme hatte den Gang lange hinausgezögert, aber wenn er sich nicht fürchten wollte, sobald es wieder dunkel wurde, musste es jetzt sein. Er schloss die Haustür auf und trat nach draußen. Es war wieder warm, der See wirkte malerisch, ein Entenpaar glitt aus dem Schilf. Die dunkle Nacht, das Auto, das gleißende Licht seiner Scheinwerfer – all das schien mehr Spuk als Erinnerung zu sein.

Die Hände lässig in den Hosentaschen vergraben, spazierte Momme über den unbefestigten Weg zur alten Garage hinüber, die zugleich jünger und verkommener als Haus Wrota war, eine dieser gedankenlosen Hinzufügungen späterer Jahre, die einmal praktisch gewesen und nun nur noch hässlich waren. Zwischen den unverputzten Mauersteinen quoll bröckelnder Mörtel hervor, vom Holztor schälte sich die Farbe. Überall Laub in verschiedenen Stadien des Verfalls.

Momme rüttelte an der billigen Klinke. Die Tür war verschlossen, Spuren, die Momme als Spuren hätte erkennen können, gab es nicht. Hatte er sich vielleicht getäuscht und gar keine Autotür gehört?

Einmal dabei, dem Spuk ein Ende zu machen, kehrte Momme ins Haus zurück und machte sich gleich an den Aufstieg in den zweiten Stock. Wrotas Gespenster hatte er, so hoffte er, verscheucht, jetzt rückte er gegen die Dämonen vor, die in ihm selber wohnten. Wollte er sich vor dem obersten Stockwerk nicht fürchten, musste er es endlich mit eigenen Augen sehen. Es gab kein Zimmer mit der Nummer 13, es gab nämlich mehr solche Spinner wie ihn, auch wenn das Wissen darum Momme nie geholfen hatte. Am Freitag, den 13. mit einem mulmigen Gefühl zur Arbeit zu gehen war das eine; es war etwas ganz anderes, jeden 13. damit zu beginnen, bis 120 zu zählen, um sich dann doch für den Rest des Tages im Bett zu verkriechen.

24 Stufen, die 13. ließ Momme mit geballten Fäusten aus.

Die Treppe in den zweiten Stock war ungleich schmuckloser, dunkel und glatt von den Sohlen all jener, die hier vor ihm aufgestiegen waren. Nach acht Stufen machte die Stiege kehrt, am Treppenabsatz fand sich ein kleines staubiges Fenster, durch das tröstendes Sonnenlicht fiel. Noch einmal acht Stufen, und weil Momme rechnen konnte, trat er nicht auf die fünfte.

Der Flur oben war schmal und dunkel, Momme legte einen altertümlichen schwarzen Schalter um, wie er ihn nur aus schauerlichen Kellern kannte. Gleich zwei Wandleuchten flackerten auf und fingen ungesund zu brummen an, eigentlich zu schwach für den fensterlosen Gang. Links und rechts zweigten Türen ab, auf dem Boden ochsenblutrote Bohlen, ein Anstrich aus vergessener Zeit.

Zimmer Nummer neun lag gleich an der Treppe, mit einer Ziffer aus Messing markiert. Momme riss die Tür auf und glotzte in eine winzige, unrenovierte Kammer, auf muffige, alte Tapeten und das Eisengerippe eines Betts. So stellte er sich ein verlassenes Kinderheim vor. In Zimmer zehn erwartete ihn ein einsamer Schrank, in elf gähnte ihn der nackte, abgewetzte Fußboden an, Zimmer zwölf war das letzte auf dieser Seite des engen Flurs, aber Momme fehlte die Ruhe, auch diese Tür zu öffnen. Er starrte auf die beiden Messingziffern – 1 und 2 –, dann fuhr er herum, als hätte ihm jemand die Hand auf die Schulter gelegt.

14. Die Tür der Türen.

Momme atmete aus. Er wartete, bis sein Herz sich beruhigte. Veil Wallasch hatte die Wahrheit gesagt. Zwischen den Zimmern 12 und 14 lag bloß die Stirnseite des Flurs, tapeziert und x-fach überstrichen, eine bloße weiße Wand.

Momme grinste vor Erleichterung. Es war einer dieser Momente, in denen sein Zwang zu einer Marotte schrumpfte. Ohne 13 war die Dreizehnfurcht ein Witz und Momme konnte über sich selber lachen. Aus reiner Neugier lugte er in Zimmer 14 – fadenscheinige Vorhänge und ein Bett wie in Nummer neun –, dann schloss er die Tür wieder und lief schulterzuckend an Zimmer 15 vorbei. Einen Moment lang war er sogar versucht, die Treppenstufen diesmal nicht zu zählen, aber so viel Tollkühnheit würde sein Zwang sofort bestrafen. Momme ließ nicht erst die dreizehnte, sondern zusätzlich schon die vierte Stufe aus – bei seinem Aufstieg war sie schließlich die 13. gewesen. Auf der großen Treppe wiederum tarnte sich die dreizehnte Stufe von unten als harmlose zwölf. Momme musste sich auf den Handlauf stützen, um gleich beide Stufen auszulassen. Er versuchte seine Hampelei von der komischen Seite zu sehen.

Den Rest des Tages war er von guten Vorsätzen erfüllt. Momme tat so, als wäre er in Wrota zuhause. Zum Mittagessen briet er sich zwei von Wallaschs Würsten und sah zu, wie das erstarrte weiße Fett in der gusseisernen Pfanne zerschmolz. Er wärmte sich sogar Sauerkraut auf und spülte nachher sorgfältig die Pfanne.

Danach sonnte er sich eine Weile auf dem Steg und überlegte, joggen zu gehen. Morgen würde er einmal rund um den See laufen wie ein normaler Mensch. Er würde fit werden, er würde seinen Zwang besiegen, er würde ganz von vorne anfangen. Wenn er die Augen schloss, spürte er die wärmende Sonne im Gesicht. Er konnte auch wieder den historischen Wrota-Film sehen: Herren mit Strohhüten und Damen mit Sonnenschirmen, zu Gast bei einem wohlmeinenden Patriarchen, der wie Veil Wallasch aussah.

Zurück im Haus blieb Momme vor der Treppe stehen. Plötzlich war er versucht, sie schnell und entschlossen zu erklimmen. Heute Abend, spätestens morgen würde er keine Stufen mehr zählen. Er würde joggen und bedenkenlos Treppen steigen, er würde Haus Wrota auf Hochglanz bringen.

Eimer, Besen und Aufnehmer entdeckte Momme kurioserweise in einem Baumarkt-Schrank im Konferenzzimmer, einen Staub-

sauger schien es nicht zu geben. Erst fegte er Küche und Frühstücksraum, bevor er, den Besen wie einen Apfelpflücker schwenkend, die Spinnweben im Billardzimmer bekämpfte. Er kehrte
den Fußboden und wischte mit dem Lappen über Kaminsims und
Fensterbänke, dann trug er die Stehlampe aus dem Foyer herein
und zerrte zwei der Sessel durch den Flur, den einen, um drin zu
sitzen, und den anderen, um die Beine hochzulegen. Am späten
Nachmittag schließlich weihte er sein neues Wohnzimmer mit
dem speckigen Dickens ein. Der Großvater im Buch entpuppte
sich als zwanghafter Spieler; seine Enkelin, die kleine Nell, war ein
Engel in Gefahr.

Als Momme wieder aufsah, stand der Abend in den Fenstern. Dunkelblaue Dämmerung drückte auf den See. Momme tat der Nacken
weh, seine Knie kamen ihm vor wie eingerostet. Unbemerkt hatte
ihn die Geschichte über Seite 113 getragen. Er rieb sich das Gesicht
und hörte eine Tür. Der Schreck kam seltsam verspätet.

Hörte er da oben Schritte? In seiner Wohnung hatte Momme
jedes Geräusch zuordnen können, in Haus Wrota kam alles von
überall. Konnte das Veil Wallasch sein? Aber würde Wallasch sich
nicht bemerkbar machen?

Momme stemmte sich aus dem Sessel. Jetzt hörte er keine
Schritte mehr und doch versuchte er, leise zu sein, so als gäbe es da
jemanden zu überraschen. Er schlich sich zur Tür und stahl sich in
den Flur. Die Sitzgruppe im Foyer lag schon wieder im Dunkeln,
wahrscheinlich war es die finsterste Ecke im Haus.

Momme passierte die Tür zum Frühstücksraum, er hielt sich an
der Wand. Er durfte sich in Haus Wrota nicht fürchten. Wenn er
sich fürchtete, war alles vorbei.

Das einfallende Licht schnitt das Foyer in zwei Hälften. Durch
die Doppeltür des Windfangs drang ein unwirklicher Schein. Der
Läufer dämpfte die fremden Schritte auf der Treppe.

Momme lief ein Schauer über den Rücken. Er rührte sich nicht. Er starrte auf den Fuß der Treppe und sah zu, wie der historische Wrota-Film zu einem Horrorstreifen wurde. Keine Spur mehr von Bootspartien im Sonnenschein, keine klingenden Gläser und kein wohlmeinender Patriarch, stattdessen wehte ein Gespenst die Treppe herab: Es trug ein schimmernd weißes Kleid.

Momme wurde übel. Er glaubte nicht einen Moment, dass er diese Frau wirklich sah, aber abschütteln konnte er das Traumbild auch nicht. Es bedrängte ihn mit seinen Details: dem kleinen Hut auf ihrem Kopf, dem Korb an ihrem Arm, dem schwingenden Saum ihres Kleids, als sie mit entschlossenen Schritten zum Windfang ging, die erste Tür öffnete und dann die zweite aufschloss, ohne das geringste Zögern.

Für einen Augenblick stand sie von der Tür gerahmt vor der Kulisse des dunkelnden Sees. Momme schaute auf ein Gemälde, bis dessen zentrale Figur über das Halbrund der Treppe verschwand und nur die Kulisse zurückließ, das glänzende Wasser und die schwarzen Bäume am anderen Ufer.

Momme Bang war nicht länger er selbst. Er war nach Wrota gekommen, um seinen irrlichternden Verstand einzufangen, aber er hatte ihn hier verloren. Wrota war kein Ausweg, es war der Kulminationspunkt der Krise. Die Dreizehnfurcht, das Klopfen, der Wasserkocher, das alles waren nur Vorboten eines viel schlimmeren Wahns gewesen. Alle Verrückten fingen als Halbverrückte an.

Vielleicht stand er nicht einmal am dunklen Ende dieses Foyers. Vielleicht hatte er dieses Spukhaus nie betreten, weil es dieses Spukhaus gar nicht gab. Vielleicht saß er in Wirklichkeit noch an seinem Resopaltisch in Berlin, katatonisch und gefangen in einer Wahnwelt aus Schwanstein GmbH und weißer Frau.

Quälend langsam hob Momme den Arm, ballte die Finger zur Faust und klopfte sich gegen die Schläfe – einmal, zweimal, dreimal. Er spürte sich noch. Er zählte stumm bis 120. Die Türen nach draußen standen immer noch offen. Momme nahm allen Mut zusammen und folgte seinem Gespenst hinaus.

Der Abend war blaustichig und beinahe kühl. Die Wärme des Tages war verflogen. Momme warf wilde Blicke nach links und rechts. Halb hatte er erwartet, sie einsam am Ufer stehen zu sehen, in einem Kleid aus Pinselstrichen. Doch da war niemand, nur der verkrautete Rasen, grau im Dämmer, das glatte Wasser und das aufragende Schilf. Das alles war keine Kulisse, das war auch kein Traum. Momme konnte den See riechen und die Farbverläufe am Himmel sehen: vom letzten, lichten Streifen hinter den dunklen Silhouetten der Bäume bis zum obersten, dunkelsten Blau. Er hörte seine Schritte auf der Treppe, er spürte den wechselnden Untergrund. Die Frage war nicht, ob er hier war, die Frage lautete: War diese junge Frau es auch?

Dass er durch eine offene Tür getreten war, war unbestreitbar. Wer sie offengelassen hatte, war hingegen weit weniger klar. Könnte er es nicht selber gewesen sein, früher, am Nachmittag, bevor er sein neues Wohnzimmer ausprobierte? Er hatte gelesen, war eingeschlafen und aufgeschreckt und noch halb versunken ins Foyer getappt. Er hatte sich über einem Buch vergessen, in dem Frauen Hüte und lange Kleider trugen, weiß oder nicht. Machte das nicht mehr Sinn als die Vorstellung, jemand käme in einem leeren Haus plötzlich die Treppe herab? Wie sollte die weiße Frau denn hereingekommen sein? Sie hatte die Tür ja erst öffnen müssen, er hatte doch *zugesehen*, wie sie den Schlüssel drehte!

Doch wenn er das gesehen hatte, wie konnte er die Tür dann selber aufgelassen haben? Und woher hatte sie überhaupt einen Schlüssel? Ob sie von Veil Wallasch kam? Warum war er darauf nur nicht früher gekommen? Wallasch hatte die weiße Frau geschickt! Bestimmt arbeitete sie für die Schwanstein GmbH! Vielleicht trug man dort einfach Hüte und Kleider, die aussahen, als hätte man sie von einer kopflosen Puppe im Kleidermuseum gerupft. Hatte nicht auch Veil Wallasch einen komischen Anzug getragen?

Die Erklärung war dürftig, aber sie reichte, um Momme in Gang zu setzen. Er wandte sich nach rechts, er würde auf dem Parkplatz nachsehen. Ihm fiel der Wagen von gestern ein. Vielleicht war sie das auch gewesen. Plötzlich hatte er es so eilig, dass er abzukürzen beschloss. Statt den Windungen des Wegs zu folgen, nahm er gleich den laubbedeckten, raschelnden Hang, an den Bäumen vorbei, immer nach oben, zum Parkplatz.

Die weiße Frau war nicht länger ein Gespenst, doch sie wurde es wieder, als er ihr Kleid auf dem Weg schimmern sah. Er war im Hang und sie war wieder auf dem Weg nach unten! Er sank ins Laub, sie war eine Erscheinung, eine Gestalt aus seinem sich verselbständigenden Wrota-Film. Er hörte ihre Schritte auf dem Weg, er sah, wie sie den Korb in ihrer Armbeuge zurechtrückte, unbeirrt ging sie am Ufer entlang, bevor das Haus sie verdeckte.

Eine Weile saß Momme einfach nur im zerbröselnden Laub, dann meldete sich etwas, das er für seinen Überlebensinstinkt hielt. Er konnte in seinem Wahn hier nicht bloß herumstolpern, er musste etwas tun! Er litt an Zwangsstörungen, er war ein magischer Denker, der vorzugsweise aus einer bestimmten Tasse trank, aber er war nicht rettungslos bescheuert. Er war nicht auf Droge und er hörte keine Stimmen, er brauchte keine Gummizelle, sondern Gewissheit. Er rappelte sich auf, schlitterte den Hang hinab und erreichte, vom Gefälle beschleunigt, wieder den Weg. Die weiße Frau war verschwunden, aber weit hinten in der alten Garage leuchtete ein schwaches Licht.

»Hallo? Hallo! He, Sie da!«

Mommes Stimme platzte in die Stille. Sie jagte ihm selber einen Schrecken ein. Bestimmt hallte sie über den ganzen See.

Das Licht in der Garage erlosch unmittelbar und mit ihm

Mommes nagender Zweifel an sich selbst. Da war wirklich jemand! Er war nicht verrückt, jedenfalls war er nicht verrückter als vorher.

»He! Hallo! Was machen Sie da?«

Momme rief noch einmal, er wäre auch gern losgelaufen, aber stattdessen stakste er bloß steifbeinig am Ufer entlang. Er versuchte, etwas zu erkennen, aber es wurde minütlich dunkler. Hinter den Bäumen am anderen Ufer glühte kein weißer Streifen mehr, der See war ein schwarzes Loch, der Himmel ein nachtblaues Tuch, das Haus eine dunkle Masse zu seiner Linken.

»Jetzt antworten Sie doch! Was wollen Sie hier?« Selbst wenn sie von der Schwanstein GmbH war, dachte Momme, er tat das Richtige. Drüben schlug das Garagentor zu. Er sah ihr Kleid, ein heller Fleck im Dunkeln, er sah sie laufen.

»Bleiben Sie stehen!«, rief Momme, unsicher, ob er das wirklich wollte. Furchtbarerweise, begriff er dann, lief sie auf ihn zu!

»Jetzt sagen Sie doch was!«

Momme fing erst an zu rennen, als er sie auf den Stufen sah. Sie lief ins Haus, vor seinen Augen! Die Haustür schlug zu, als er die Treppe erreichte. Ein Schlüssel kratzte im Schloss. Momme stolperte die Stufen hinauf, mit ausgebreiteten Armen klebte er an den Scheiben. Er sah sie durch den Windfang verschwinden, wieder ein Gespenst.

Mit der Faust hämmerte er gegen die Tür. Sie hatte ihn ausgeschlossen. Er brüllte wie ein wütendes Kind, bevor ihm einfiel, dass er ja einen Schlüssel hatte. Er brauchte quälend lange, um ihn aus der Jeans zu fummeln. Er brauchte noch länger, um das elende Schlüsselloch zu treffen, nichts von diesem Quatsch konnte wirklich geschehen. Seine Hände zitterten, die Tür sprang auf. Momme polterte in den Windfang. Dann stand er keuchend im Foyer und hörte sie auf der Treppe.

Er war krank genug, auch jetzt noch Stufen zu zählen, was ihn ziemlich aus dem Rhythmus brachte. Er ließ die dreizehnte aus, blieb an der vierzehnten, der dreizehnten von oben, hängen und musste sich an den Handlauf klammern. Er hörte ihre kurzen schnellen Schritte auf der Treppe in den zweiten Stock.

Wo wollte sie hin?

»Warten Sie! Halten Sie an!«

Momme stürmte an seinem Zimmer vorbei auf die kleine Treppe zu, acht Stufen, Absatz, er sah ihr weißes Kleid, sie war schon oben. Über die fünfte, addiert die dreizehnte Stufe, sprang er hinweg. Den baumelnden Korb über dem Arm eilte sie im Zwielicht schimmernd durch den Flur voller Türen. Hier führte kein Weg hinaus. Er würde sie stellen. Er würde … Momme hatte keine Ahnung, was er würde.

Zum ersten Mal sah er ihr Gesicht. Sie stand am Ende des Flurs und drehte sich zu ihm um, sie war nicht älter als er und in ihrem Ausdruck lag weniger Angst als Bedauern. Dann öffnete sie die Tür an der Stirnseite des Flurs, schlüpfte hindurch und die Tür schlug zu. Momme konnte die Messingziffern auf dem Türblatt nur allzu gut erkennen.

1 und 3.

Er stand vor Zimmer 13.

Lange war Momme wie betäubt. Er brauchte eine Ewigkeit, um auch nur den Arm zu heben. Dann verharrte seine Hand einen Fingerbreit über den beiden Messingziffern. Er konnte die Tür nicht berühren, er brachte es nicht über sich. Er war erst am Morgen hier oben gewesen und wusste: In Wahrheit stand er vor einer weißen Wand. Es gab kein Zimmer 13, es gab auch keine weiße Frau, so sehr er sich das hatte einreden wollen. Als er ihr nachgerannt war, hatte er es ja wirklich geglaubt. Und doch war es ganz anders gewesen. Er war im Billardzimmer eingeschlafen und in einer perfekten Wahnwelt aufgewacht, die ihm Schritte auf der Treppe, Lichter in der Garage, ein weißes Kleid und diese Tür vorgaukelte.

Mit größter Anstrengung kämpfte er die aufsteigende Panik nieder. Langsam, als würde er sonst stürzen, drehte er sich um. Hochkonzentriert, den Blick stur auf den Boden gerichtet, durchmaß er den Flur. Seine Sneaker auf den Dielen schimmerten beinahe wie ihr Kleid.

Schwankend erreichte er den altertümlichen Schalter und legte ihn mit einem Klacken um. In seinem Rücken flackerten die beiden Lampen auf und fingen gleich zu brummen an, als lägen sie im Sterben. Momme ahnte, was er sehen würde, wenn er sich jetzt umdrehte. Er tat es, und da war keine Tür. Da war die weiße Wand mit ihrer alten, dutzendfach überstrichenen Tapete, beleuchtet von schmutzigem Licht.

Er drehte den Schalter klackend zurück. Das Licht erlosch, das Brummen erstarb. Im Treppenfenster unter ihm stand der dunkelblaue Abend. Niemals im Leben war er so niedergeschlagen gewesen. Momme verharrte an der Treppe vor Zimmer neun und klopfte sich an die Schläfe, bis die Panik ihn überschwemmte und in sein gelbes Zimmer trug.

Er schulterte den Rucksack, den er nie ausgepackt hatte, er sah den Phönix auf dem Nachttisch stehen. Nach ihm zu greifen und ihn mitzunehmen, war sein letzter Akt des Widerstands. Sie flogen zusammen die Treppe hinab, auf Flügeln aus Styropor. Momme sah nur zurück, um noch die Tür abzuschließen. Dann war er am Ufer, Haus Wrota dunkel in seinem Rücken, und fing an zu laufen.

Momme kam sich vor wie ein gehetztes Wild. Er konnte kaum sehen, wo er hintrat, der Rucksack schlug mit jedem Laufschritt gegen seinen Rücken, den Phönix hielt er in der Hand. Bald begann seine Lunge zu schmerzen, aber er wurde erst langsamer, als der See zwischen ihm und Haus Wrota lag. Dann musste er anhalten, stützte keuchend die Hände auf die Knie, und das Styropor des Phönix quietschte. Eher unwillkürlich wanderte Mommes Blick über das Wasser, im Haus brannte jetzt schrecklicherweise Licht. Es war, als ließe es ihn nicht aus den Augen. Er glaubte sogar, eine Stimme zu hören, die ihn über den See hinweg anwehte.

»Herr Bang! Herr Bang!«

Das Grauen schnürte ihm den Hals zu. Er fuhr herum, verließ den Uferweg und krabbelte panisch den bewaldeten Hang hinauf. Es war der Weg, den er gekommen war, aber im Dunkeln war er nicht wiederzuerkennen. Jeder Baum war ein Räuber, das Laub knisterte gefährlich. Mommes Puls raste, es rauschte in seinen Ohren, sein Hals war schmerzhaft trocken. Momme wollte schreien, um sich schlagen, er wollte sich hier im Laub zusammenrollen und einschlafen – irgendwas, nur damit es aufhörte.

Er wurde verfolgt, er war sich sicher, er war sich fast sicher, er wusste es nicht. Rufe, eine klappernde Tür, ein schwankendes Licht oder, vielleicht, auch gar nichts davon. Keine weiße Frau, kein Zimmer 13, nur Momme Bang, der den Verstand verlor und vor sich selber weglief.

Er war oben am Hang, das schwarze Loch des Sees lag endlich unter ihm, er rannte durch den schütteren Wald, strauchelte, sank in knackende Zweige, tastete nach dem Phönix und rappelte sich wieder auf. Schwankend erreichte er den Waldrand und atmete zum ersten Mal auf. Er konnte Stackebrandts Hof erkennen, davor ein graues Tuch aus Feldern und die bleiche Naht des Wegs.

Es gab noch andere Häuser als Wrota, Momme war nicht allein auf der Welt, und Stackebrandt mit seinem Schraubenschlüssel war doch bestimmt keiner, der an Geister glaubte. Momme hörte auf zu rennen, er folgte dem Weg mit langen Schritten, und sein Atem beruhigte sich ein wenig. Er war fest entschlossen, sich nicht umzusehen. Stackebrandts Hof kam immer näher, ein Camelot der Normalität, halb im Verfall und halb im Aufbau begriffen, mit schadhaftem Bitumen-Dach und kecker Satellitenschüssel, einer Funkverbindung zur Wirklichkeit.

Momme erreichte den zugemüllten Hof, blaues Fernsehlicht drang aus dem Gebäude neben der Scheune, das also musste das Wohnhaus sein. Momme drückte den Rücken durch und fuhr sich ordnend durchs wirre Haar. Er verließ eine Welt, in der er auch nicht klargekommen war. Er musste nur noch den Schlüssel loswerden und seine Kündigung. Vor Stackebrandt würde er den Schlussstrich ziehen. Sollte der es doch Veil Wallasch sagen.

Momme klopfte.

Nach einer Weile hörte er ein Schlurfen, dann knackte ein Schlüssel im Schloss und im erleuchteten Türspalt erschien Stackebrandts Schädel, wettergegerbt, grau und unrasiert, der Ausdruck teils misstrauisch, teils ratlos. Am liebsten wäre Momme ihm um den Hals gefallen.

»Ach, Sie.« Stackebrandt hatte ihn erkannt und zeigte sich in ganzer Pracht: Pantoffeln, Blaumann, Holzfällerhemd. »Brennt's?« Stackebrandt legte die Stirn in Falten und Momme sah an sich hinab. Der Sturz im Wald hatte Spuren hinterlassen, der Phönix in seiner Hand sah aus wie in der Mauser.

»Nein, ich …« Jetzt wusste er nicht, wie weiter. Erst hatte er gar nicht gedacht und dann nicht weiter als bis zu diesem Moment, seinem Wiedereintritt in die Atmosphäre. »Ich …«

»Ja?«, sagte Stackebrandt.

»Ich … wollte den Schlüssel bei Ihnen abgeben«, sagte Momme. Mit der freien Hand kramte er in seiner Jeans. Es entging ihm nicht, dass Stackebrandt den Phönix beäugte. Kaum zurück in der Wirklichkeit, kam sich Momme schon wieder bescheuert vor.

»Was für'n Schlüssel?«, sagte Stackebrandt.

»Den vom Gästehaus.« Momme bekam den Schlüssel zu fassen. Er zog ihn aus der Jeans.

»Und was soll ich damit?« Stackebrandt verschränkte die Arme.

»Vielleicht könnten Sie ihn für mich abgeben, wenn … Also, der Herr von der Schwanstein GmbH schaut regelmäßig vorbei. Sie könnten ihm dann bitte von mir ausrichten, dass ich …«

»Ja?«, sagte Stackebrandt. »Dass Sie was …?«

Momme zuckte die Schultern. Zögernd hielt er Stackebrandt den Schlüssel hin.

»Keine Lust mehr oder wie? Ist nicht Berlin, was?« Stackebrandt musterte ihn abfällig.

Momme fühlte sich ertappt – und ungerecht behandelt. Aber was sollte er sagen? Dass er nach einer Nacht in Haus Wrota den Verstand verlor? Dass er an OCD litt? Dass er ein Triskaidekaphobiker war, unbehandelt und nicht medikamentiert? Da war ja die Geschichte von der weißen Frau noch besser.

»Herr Bang! Hallo, Herr Bang!«

Die Stimme traf Momme in den Rücken. Er fuhr herum und ließ vor Schreck den Phönix fallen.

Veil Wallasch schlingerte über den Hof. Er erreichte Momme und Stackebrandt schnaufend, mit schweißfleckigem Hemd. »Ich ... habe ... Sie ... davonlaufen ... sehen. Was machen Sie denn ... Herr Bang?« Veil Wallasch rang nach Luft. Er förderte ein riesiges Taschentuch zutage und wischte sich die Stirn.

Stackebrandt hob den abgestürzten Phönix auf und musterte ihn voller Befremden.

Momme spürte den Schlüssel in seiner Hand. Seine Hand war feucht. Er schwitzte. Er war nicht sicher, ob Wallasch wie Stackebrandt zur Wirklichkeit zählte. Er wusste auch nicht, was er sagen sollte. Die ärgste Not war vorüber. Der Rest war Scham, wie immer.

»Entschuldigung«, sagte Momme und starrte auf den Schlüssel. »Ich wollte den Schlüssel hier deponieren, weil ich ... also, ich ... also, der Job ... Das ... ist nichts für mich, Herr Wallasch. Ich kann das nicht.« Jetzt war es raus. Momme schluckte.

»Haben Sie's mit der Angst gekriegt?«, sagte Stackebrandt. Er hielt immer noch den Phönix. »Ist ein großes, leeres Haus, ja?«

Momme nickte, beschämt und zugleich dankbar für Stackebrandts unerwartete Vorstellungskraft.

»Dafür kriegen Sie Geld bloß fürs Füßehochlegen«, sagte Stackebrandt. »Hat alles seine Vor- und Nachteile.« Er drückte Momme den Phönix in die Hand. »Sie beide müssen das aber nicht in meiner Küche klären, oder?«

»Nein«, sagte Veil Wallasch und stopfte das riesige Taschentuch zurück in seine Hose. »Bitte entschuldigen Sie die Störung.«

Momme kam sich wie verraten vor. Er klammerte sich mit einem Blick an Stackebrandt, aber der hatte offenkundig genug von ihm. Der Alte zuckte bloß mit den Schultern, wünschte einen guten Abend und schloss dann die Tür hinter sich.

Momme war jetzt mit Veil Wallasch allein, zwischen ihnen ein heikles Schweigen.

Endlich sagte Wallasch: »Ich verstehe mehr, als Sie denken, Herr Bang.«

Momme schüttelte den Kopf. Für den unwahrscheinlichen Fall, dass Stackebrandt lauschte, machte er ein paar Schritte in den Hof. »Sie wissen gar nichts«, sagte er schließlich. »Es geht mir einfach nicht gut.«

Veil Wallasch zupfte an seinem hellen Hemd herum, im Versuch, es zu trocknen. Offenkundig hatte er sich verausgabt, um Momme einzuholen. Momme wusste nicht recht, ob ihm das auch Angst machen sollte. Immerhin wirkte Wallasch ehrlich besorgt. Auf seine Art war er rührend.

»Sie wüssten doch gar nicht, wo Sie hinsollten, oder?«, sagte Wallasch. »Ihr Rucksack und dieser herrlich komische Vogel – das ist doch alles, was Sie haben, nicht wahr?« Er zeigte auf den Phönix.

Momme war drauf und dran, es zuzugeben, aber er ließ es. Der Phönix war ihm peinlich, so wie alles andere auch. Das dreizehnte Zimmer, die weiße Frau, das alles war in weite Ferne gerückt – wie ein Albtraum, den man nach einer Weile kaum noch zu fassen kriegt.

»Wollen wir ein paar Schritte gehen?«, fragte Wallasch. »Auf dem Hof hier können wir schlecht bleiben.«

»Zum Haus zurück?«, fragte Momme, als wäre es gar nicht seine Entscheidung. Dann wurde ihm bewusst, dass er schon eine ganze Weile darauf wartete, dass Wallasch ihm die Entscheidung abnahm. »Ich hab Angst bekommen«, sagte Momme. »Das war schrecklich. Es war, als würde ich verrückt. Ich habe wirklich geglaubt, dass ich verrückt werde.« Es tat seltsam gut, das zuzugeben, auch wenn er die Einzelheiten mied.

»Wirklich verrückt ist nur, wer nie glaubt, verrückt zu werden.« Veil Wallasch stand jetzt neben ihm. Momme spürte eine Hand in seinem Rücken. »Kommen Sie. Ich kann auf dem Rückweg Ihre jungen Augen brauchen. Und wenn Sie wirklich kündigen wollen, können Sie das später immer noch.«

»Ja«, sagte Momme. Vor ihnen lag das weite Feld und dahinter der dunkle Riegel des Walds. Und hinter dem Wald lag der See und hinter dem See lag Haus Wrota.

»Wissen Sie, Moritz«, sagte Veil Wallasch. »Ich glaube, Sie haben ein ganz besonderes Talent. Man hat Ihnen nur weisgemacht, es wäre eine Krankheit.«

Das Diarium des Clemens vom Stein

Dreizehneichen, d. 15. September

Der alte Eisenmann hat mich im Herrenzimmer an die Chaiselongue gefesselt. Worte waren seine Stricke und er hat sich wahrlich ein dickes Seil geflochten, das auch mit der unverschämtesten
Interessenlosigkeit nicht zu durchtrennen war. Kein noch so blut-
leeres *Was Sie nicht sagen!* hat ihn entmutigen, kein noch so geschickt eingestreuter Verweis auf andere, schneller zu bestellende
Felder ihn von seinem Thema abbringen können.

Hüte! Natürlich ging es wieder um Hüte — man sehe es mir
nach, wenn ich die Einzelheiten übergehe. Ich habe auch beileibe
nicht das ganze Jahrhundert, das ich auf der Chaiselongue herum-
rutschend den Jüngsten Tag der Hutmacherei, wenigstens aber des
Eisenmann'schen Hutgeschäfts herbeisehnte, so zugehört, wie es
die Höflichkeit gegen meinen großzügigen Patron wohl verlangt
hätte.

Längstens ist es, so viel kann ich sagen, um Zylinder gegangen,
und zwar in Besonderem um die Vorzüge des Biberfilzes im Ver-
gleich zur Seide, wobei ich in Eisenmanns verlässlich modula-
tionsfreiem Vortrag einen leisen Vorbehalt gegen den Glanzzylin-
der herausgehört habe. Das passt zu ihm und seinem männlichen

73

Widerwillen gegen zu viel Putz, verdankt sich in Wahrheit aber wohl ganz allein der gesunden Eisenmann'schen Opposition gegen jedwede Mode, die ihn ja überhaupt erst in den Stand setzt, ein respektables Hutgeschäft zu führen, das nicht im Widerspruch zu unseren hiesigen Überzeugungen steht. Die Mode ist schließlich nichts als der Bastard des unseligen Fortschritts, der sich schmeichelnd der Eitelkeit bedient, um uns mit dem fatalen Geist des Neuen anzugreifen.

Nur das Abgetragene verdient Ersatz, so habe ich es Eisenmann schon oft und gewiss auch an diesem zähen Nachmittag sagen hören — selbst wenn dieser treffliche Satz, sollte er heute gefallen sein, diesmal zum Überhörten zählt. Natürlich, Biberfilz oder Seide — das ist am Ende auch eine weltanschauliche Frage, nur stand mir der Sinn eben nicht nach Politik, und ich musste mich mit einem zweiten und schließlich sogar einem dritten Tortenstück über den Ernst der Lage hinwegtrösten.

Auch konnte ich ganze Passagen lang den Blick nicht von der Schnurrbarttasse des alten Eisenmannes wenden, die über einen speziellen, durchbrochenen Deckel verfügt, um zu verhindern, dass er seinen Schnurrbart in den Hagebuttentee tunkt. Er trägt ihn zwar an den Enden gewichst und aufgezwirbelt, aber Vorsicht ist eben die Mutter allen Porzellans und insbesondere des Eisenmann'schen.

Gerettet hat mich endlich die kleine Minna. Das Fräulein Labasch war zu einer ihrer epischen Besorgungen aufgebrochen, der alte Eisenmann einmal mehr nicht im Geringsten großväterlich gestimmt, und so oblag es mir, Minnas neues Schaukelpferd zu bewundern — gewissermaßen ritt ich auf ihm aus dem Herrenzimmer hinaus und hätte dabei am liebsten das Tischtuch als Fahne meiner Erleichterung geschwenkt. Oh Minna, einziger Eisenmann'scher Lebensfunke, was täte ich ohne dich!

Das Schaukelpferd ist übrigens wirklich allerliebst. Mähne und

Schweif sind aus fester roter Wolle und fliegen beim wilden Galopp über den Teppich fast so schön wie Minnas Locken. Ich selbst war für einen so temperamentvollen Ritt zu schwer, wusste aber immerhin eine hübsche Kulisse beizusteuern, indem ich Minna von meinen Franken und Sachsen erzählte, die, wie ich ihr versicherte, gleichfalls wilde Reitersleut gewesen waren.

Minna wollte auf ihrem Pferdchen denn auch gleich den tapferen Elmar darstellen. All meine Versuche, ihr den Part der Hildegunde schmackhaft zu machen, scheiterten kläglich. Also stellte ich kurzerhand selbst die schöne Fränkin dar, und wir spielten unter einigem Gejohle ein wenig Sachsenkrieg — schade und auch ein wenig rätselhaft, dass mir derselbe Stoff an meinem Schreibtisch nicht dieselbe Freude macht.

Aber es ist eben etwas an den Kindern, das immer fröhlich nach vorne drängt. Sie können die Zukunft nicht erwarten, weil alles Kommende für sie einzig und allein Verheißung ist. Man frage nur die kleine Minna, wie alt sie denn jetzt sei, und sie wird ein jedes Mal mit *schon sechs Jahre* antworten — strahlend stolz auf das Erreichte und sich eifrig vergewissernd, dass es genauso zügig weitergeht.

Und weiter, weiter, immer weiter ging auch unsere Reise auf dem Schaukelpferd, während derer Minna allerlei fremde Länder kennenlernte, derweil ich als keusche Hildegunde treuherzig in meiner Kemenate saß. Gut möglich, dass man der kleinen Minna ihren Forschergeist noch austreiben muss, aber wofür wären der graue Eisenmann und das gestrenge Fräulein Labasch besser geeignet, sind sie doch Bollwerke der Beharrlichkeit, Heroen nicht des *Weiter*, sondern des *Wieder*, wovon die kleine Minna natürlich noch nichts weiß. Denn noch ahnt sie ja nicht, dass sie auf einer paradiesischen Insel lebt, die sich Tag für Tag gegen einen Ozean der Neuerung erwehrt, geschützt durch wenig mehr als die Entschiedenheit ihrer Bewohner und das Geheimnis ihres Orts. Aber der Hang zum Neuen ist eben vor allem eine Anfechtung der Jugend und Minna wird von ihrem Forschergeist lassen und lassen müssen, so wie ich.

Das gesagt: Mich hat schon wieder der Hafer gestochen! Der kleine Saal, den ich vorgestern besucht habe, wollte mir nicht aus dem Kopf — nicht weil mir die genossene Geisterbeschwörung unvergesslich gewesen wäre, sondern weil ich mich ständig selber auf der kleinen Bühne sah, das Manuskript des ersten Gesanges in der Hand und im Takt meiner Verse auf- und abklabasternd wie ein fleißiges Pferdchen. Also habe ich heute, bevor mich der alte Eisenmann verhaftet hat, beim Betreiber vorgesprochen, dem ehrbaren Primus Falke, seines Zeichens Vorsitzender der Erbaulichen Gesellschaft und, so mein Eindruck, ein grundgütiger Mann, weicher als der alte Eisenmann, vielleicht sogar ein Stück weit *ungewöhnlich*, aber dabei doch ganz zweifellos respektabel. Man munkelt gar, dass er in Diensten der Abt. XIII gestanden habe und seither nur umso fester im Glauben sei. Einerlei, er hat sich, das ist das Entscheidende, sehr für meine Sachsen und Franken begeistert, eine Lobrede auf das Versepos und seine unauslöschliche Tradition gehalten und mir, auf mein, ich fürchte, ungestümes Drängen hin, den Saal gleich heute zu einer ersten Lesung offeriert. Zwar hat er meine Begeisterung zu dämpfen versucht — zur Nachtstunde sei der Saal nur schlecht besucht, zudem fehle die Zeit, meinen Auftritt wirksam anzukündigen, usw. usf. —, aber ich habe nun mal einen Hang zu übereilten Entschlüssen. Kurzum: Ich gehe zur dreizehnten Stunde hin. Ach was, ich werde fliegen! Und ich hoffe, in vielen Jahren erinnere ich diesen Abend als ersten, zarten Triumph.

Sie kehrten zurück wie müde Krieger, Momme mit wunder Seele, Veil Wallasch taten eher die Knochen weh. Im Hang stützte er sich schwer auf Mommes Arm. Momme war umso gerührter, dass er ihm den ganzen Weg zu Stackebrandt nachgelaufen war. Glücklich am Ufer angekommen, zog Wallasch wieder sein gewaltiges Taschentuch hervor, um sich umständlich die Stirn zu wischen.

Haus Wrota lag wie ein schlafender Riese auf der anderen Seite des Sees, aber seltsamerweise wollte sich bei Momme kein Unbehagen mehr einstellen. Es mochte an Veil Wallasch liegen – seinem Alte-Leute-Gebaren, seinem aus der Zeit gefallenen Anzug, seinem Taschentuch und seiner Fürsorge –, aber das große, dunkle Gebäude kam Momme jetzt weniger wie ein Spukhaus als wie ein Sanatorium vor.

Trotz Dunkelheit und Mommes Aufzug – der Rucksack, der gerupfte Phönix, die Spuren seiner wilden Flucht – ähnelte ihr Weg um den See den paar Schritten im Kurpark, die Rekonvaleszenten machen. Nur die Rollen waren auf ihrem Gang nicht klar verteilt: Teils kam sich Momme wie ein Pfleger vor, der einen gebrechlichen Alten stützte, teils schien er ein Patient zu sein, den ein gütiger Chefarzt nach einem Anfall zur Vernunft brachte.

Anfall traf es vielleicht ganz gut. Tatsächlich fühlte sich Momme, als wäre er erst vor Stackebrandts Tür wieder zu sich gekommen und als wäre es der schwitzende Wallasch gewesen, der ihn erlöst hatte. Nur zu der alten Garage wollte Momme nicht hinübersehen, als sie schließlich das Haus erreichten. Er war dankbar und erleichtert, dass sie unsichtbar im Dunkeln blieb. Sollte er sich die weiße Frau, und den rätselhaften Wagen bloß eingebildet haben, war er noch viel verrückter als gedacht.

Veil Wallasch schnaufte zur Tür hinauf. Sie traten durch den Windfang ins Foyer, und Momme stieg der vertraute Wrota-Geruch in die Nase. Er tastete nach dem Lichtschalter und der funzelige Leuchter ging an. Das Foyer sah aus wie eine Bühne nach Vorstellungsschluss, aber Momme schien es jetzt unvorstellbar, jemals hier gespielt zu haben. Allenfalls kehrte er als Hausmeister zurück, um noch ein wenig aufzuräumen. Unbedrängt stand er unter der hohen Decke und hörte seinen Begleiter durch den Frühstücksraum schlurfen. Abgekämpft, aber lächelnd kam Wallasch mit einem großen Bierkrug zurück. Er klapperte mit dem Zinndeckel und zwei Gläsern.

»Wir haben eine kleine Stärkung nötig, finden Sie nicht?«

So hatten sie schon einmal dagesessen, Veil Wallasch auf der Couch und Momme im Sessel. Wallasch goss das Bier in die Gläser und entschuldigte sich, dass es ein wenig schal geworden sein könne. Momme, der sonst nie Alkohol trank, nahm einen tiefen Schluck. Das Bier schmeckte herb, er bettete die Arme auf die Sessellehnen. Er genoss die Ruhe des Moments und fühlte sich behütet, seit langer Zeit zum ersten Mal.

Wallasch goss nach und ließ eine halbe Ewigkeit verstreichen. »Wollen Sie darüber sprechen, Moritz?«, fragte er schließlich. Auf Stackebrandts Hof hatte er Momme zum ersten Mal Moritz genannt und offenbar wollte er dabei bleiben.

»Ich weiß nicht«, sagte Momme.

Wallasch schien fest entschlossen, ihn nicht zu drängen. Er schwenkte den Rest Bier in seinem Wasserglas, als wäre es Cognac. »Vielleicht sollten wir den Kamin anzünden«, sagte er. »Dann wären wir auch dieses unbehagliche Licht los.« Er legte den Kopf in den Nacken und sah zum Leuchter an der Decke auf. »Ich bin kein Freund von künstlichem Licht. Ich mag es, wenn ein Feuer prasselt. Ich mag sogar rauchende Kerzen.« Er lächelte Momme an. »Sind Sie zufällig irgendwo auf Feuerholz gestoßen?«

»Nein. Nein, bin ich nicht.« Was sollte das jetzt werden? Mommes Unsicherheit kehrte zurück.

»Bestimmt draußen. Ich schaue mich schnell um. In der Küche sind Streichhölzer und auch ein wenig Papier. Wollen Sie schon alles vorbereiten?« Wallasch kämpfte sich aus dem Sofa.

»Sie wollen wieder raus?« Momme sprang auf.

»Soll ich nicht?« Veil Wallasch musterte ihn neugierig. »Da draußen ist nichts, Moritz. Ich versichere Sie. Sie müssen sich keine Sorgen machen.«

»Nein«, sagte Momme. »Nein, natürlich nicht.« Er würde Wallasch nichts von der weißen Frau erzählen. Er ging Richtung Küche wie ein normaler Mensch.

Wenig später prasselte wirklich ein Feuer im Kamin, Wallasch hatte einiges Geschick damit bewiesen. Sie saßen im warmen Schein der Flammen, und Wallasch schien für nichts anderes Augen zu haben als für ihr Spiel. Momme trank das dritte Glas Bier, um etwas zu tun zu haben.

»Ich bin sehr froh, dass ich Sie noch eingeholt habe«, begann Wallasch schließlich zum zweiten Mal. Diesmal klang er vorsichtiger und beinahe beiläufig.

Momme nickte. Musste er jetzt sagen, dass auch er froh war? Er war froh, dass er nicht alleine war. Er war froh, dass er keinen Drang verspürte, sich gegen die Schläfe zu klopfen. Er war froh, dass er ein Glas hatte, um sich daran festzuhalten. Das Bier entspannte ihn. Wahrscheinlich war das eine gefährliche Entdeckung.

»Ich würde wirklich gern ins Gespräch mit Ihnen kommen, Moritz. Glauben Sie mir, es hilft, darüber zu sprechen.« Wallasch wandte den Blick nicht vom Kamin. Sein Gesicht war immer noch gerötet, aber vielleicht sorgte auch einfach die Wärme des Feuers dafür.

Momme hätte sich bedrängt fühlen können, aber das tat er nicht. Eher quälte ihn, dass er Wallasch enttäuschen würde. Über seine Zwänge zu reden, festigte sie nur. Jedenfalls war das seine Überzeugung. Er trank noch einen Schluck. »Herr Wallasch, ich weiß das zu schätzen, wirklich, aber … ich kann das nicht. Es geht mir auch schon besser. Ich laufe nicht mehr weg.«

»Sie können laufen, wohin Sie wollen, Moritz. Darum geht es nicht.«

»Nein«, sagte Momme und hoffte, dass es stimmte.

»Wissen Sie, was mir gefallen hat?«, fragte Wallasch unvermittelt.

Momme sah ihn ratlos an. Wallasch hatte sich vorgebeugt. Er zeigte auf den Styroporchips mausernden Phönix zu Füßen des niedrigen Tischs. Momme hatte ihn dort abgestellt, als sie hereingekommen waren.

»Mir hat gefallen, dass Sie den Vogel dabeihatten. Sie hätten ihn zurücklassen können, nicht wahr? Ich nehme doch an, Sie sind überstürzt aufgebrochen. Aber Sie haben ihn mitgenommen! Sie haben ihn den ganzen Weg getragen.«

»Ich hatte mehr solche Figuren«, sagte Momme halblaut. »In meiner Wohnung.« Er hatte sie alle dort zurückgelassen. Veil Wallasch täuschte sich.

»Ach ja? Es sind Kunstwerke, habe ich recht? Es sind Ihre Kunstwerke.«

»Nein.« Momme war kein Künstler. »Echt nicht.«

»Doch, doch.« Veil Wallasch strahlte ihn an, zumindest sah es im unruhigen Feuerschein so aus. »Bitte, ich weiß, dass Sie nicht eitel sind, Moritz. Aber natürlich ist es Kunst. Ich finde, sogar auf eine sehr direkte Weise. Das ist ein Phönix, oder? Ein Phönix, der sich aus dem Müll der Konsumgesellschaft erhebt. Das ist doch hochsymbolisch!«

»Ja?« Irgendwie klang das furchtbar, fand Momme. Es klang nach Deutschunterricht.

»Aber natürlich!« Veil Wallasch kam in Fahrt. »Ich erkenne in diesem Vogel Ihren Wunsch nach mehr, verstehen Sie? Nach etwas, das über die Welt da draußen hinausreicht. Das Sie transzendiert, wenn Sie ein solches Wort gestatten. Es ist nicht alles Geld verdienen und Geld ausgeben. Produktion, Konsumtion, Produktion, Konsumtion – aber dann wird auf einmal ein solches Wesen wie Ihr Phönix flügge und erhebt sich auf Schwingen aus Müll über eine in seelenlosen Abläufen gefangene Welt. Das ist großartig, Moritz! Das ist ganz und gar großartig! Es begeistert mich!«

Momme wusste wirklich nicht, was er darauf sagen sollte. »Er hat ein paar von den Styroporchips verloren«, murmelte er.

»Die kleben Sie wieder an! Oder, noch besser, Sie lassen ihn, wie er ist. Dann trägt er die Narben Ihres inneren Kampfes!«

Was wusste Veil Wallasch von seinem inneren Kampf? Momme rutschte ein Stück nach vorn und starrte auf den verblichenen Teppich.

»Ich habe gemeint, was ich draußen zu Ihnen gesagt habe, Moritz«, sagte Veil Wallasch. »Es ist mir ernst damit. Sie halten es für eine Krankheit, aber es ist eine Gabe.«

»Was?«, fragte Momme. »Wovon sprechen Sie?« Er erinnerte sich gut an Wallaschs rätselhaften Satz, aber er verstand ihn noch immer nicht.

Wallasch seufzte. »Es wäre mir wirklich lieber, Sie würden es mir erzählen, Moritz. Es wäre einfacher.«

»Was soll ich Ihnen erzählen? Herr Wallasch, ich weiß wirklich nicht, worauf Sie hinauswollen.«

»Oh doch, Moritz, das wissen Sie. Aber gut, dann sage ich es Ihnen auf den Kopf zu und bitte Sie herzlich, mir meine Direktheit nicht zu verübeln.« Wallasch beugte sich vor, die Ellbogen auf die Knie gestützt, die Hände verschränkt. »Moritz, Sie leiden an der Dreizehnfurcht.«

»Das …« Im ersten Augenblick wollte Moritz leugnen, rundheraus alles abstreiten. Er war sogar bereit, sich zu empören, beleidigt oder gekränkt zu sein, rumzubrüllen oder Veil Wallasch anzufauchen, er solle mit dem verdammten Therapeutengequatsche aufhören. Aber so war Momme einfach nicht, er brachte nichts davon fertig. Er schrumpfte bloß in seinen Sessel und sagte leise: »Wie kommen Sie darauf?«

Wallasch schien erleichtert, keine heftigere Reaktion provoziert zu haben. Er hockte jetzt auf der Sofakante, Momme so nahe wie möglich. »Wir hatten einen Termin am 13., nicht wahr? An dem dann leider Ihre werte Frau Großmutter beerdigt wurde. Sie wollten unbedingt wissen, wie viele Zimmer es hier gibt. Und wenn Sie Treppen steigen, Moritz, zählen Sie die Stufen.«

Momme konnte Veil Wallasch nicht ansehen. Er starrte ins Feuer, er fühlte sich entwürdigt. Er war eine lächerliche Existenz und sogar ein Fremder konnte das sehen.

»Nein, Moritz, nein. Ich weiß, was Sie jetzt denken. Glauben Sie mir, ich kenne mich mit so etwas aus – unendlich viele besser als andere. Ich kann es bemerken, andere nicht. Bitte, Moritz!«

»Bitte, was?«, sagte Momme. Plötzlich war er den Tränen nahe. Er hätte wirklich am liebsten geheult, hoffentlich bloß vor lauter Wut auf Veil Wallasch, der ihn so bloßstellte. Er hob sein Glas und stürzte den Rest Bier hinunter.

»Bitte schämen Sie sich nicht dafür«, sagte Veil Wallasch. »Denken Sie daran, was ich gesagt habe: Es ist eine Gabe.«

»Wieso soll das eine Gabe sein?« Momme goss sich Bier nach. Er war entschlossen, sich schrecklich zu betrinken. Hoffentlich reichte der Krug. Er trank. »Ich habe deshalb das Studium abgebrochen«, sagte er dann. »Und jeden Job verloren, diesen heute beinahe auch. Im Call-Center waren es die Telefonnummern. Als Fahrradbote sind es die Hausnummern gewesen. Eine tolle Gabe ist das! Ich habe einen Knall, Herr Wallasch. Ich bin nicht ganz richtig im Kopf. Mittlerweile sehe ich sogar Gespenster. Ich klopfe gegen meine Schläfe. Ich zähle, wenn ich einen Wasserkocher befülle.«

»Bis wohin?«, sagte Veil Wallasch.

»Bitte?« Die Frage brachte Momme aus dem Konzept. Sie kam plötzlich und unerwartet.

»Bis wohin Sie zählen, wenn Sie zählen.«

»Was spielt das für eine Rolle? Hören Sie, man nennt das OCD, *obsessive-compulsive disorder.* Sie können auch Zwangsstörung dazu sagen. Es ist eine verdammte Krankheit. Psychisch.« Momme verstörte, wie aggressiv er jetzt klang.

»Wessen Krankheit?«, fragte Veil Wallasch. »Wessen Krankheit ist das?«

»Meine natürlich. Wessen denn sonst?«

»Ich finde es nicht krank, wenn sich etwas in einem dagegen wehrt, jeden Tag Pakete auszutragen«, sagte Veil Wallasch ruhig. »Oder wenn es einen krank macht, acht Stunden pro Tag Leute anzurufen und ihnen etwas aufzudrängen, das sie weder wollen noch brauchen.«

»Es waren selten Pakete«, sagte Momme. »Ich war Fahrradbote.«

»Einerlei«, sagte Veil Wallasch. »Die Krankheit bleibt dieselbe. Und es ist nicht Ihre Krankheit, Moritz. Sie reagieren bloß. Sie reagieren auf ein Ungenügen. Auf eine ungenügende Gesellschaft, die Ihnen keinen Phönix zu bieten hat. Hören Sie, Moritz, hören Sie gut zu: Die Dreizehnfurcht ist Ihre Seele, die rebelliert, weil sie dabei ist zu verkümmern!«

Zum ersten Mal seit einer Ewigkeit sah Momme Wallasch ins Gesicht, nicht weil er ihn überzeugend fand, es war Wallaschs Heftigkeit, die ihn überraschte. »Haben Sie das Vorstellungsgespräch etwa mit Absicht auf den 13. gelegt?«, fragte er.

Veil Wallasch vergrub den Kopf zwischen den Schultern. »Verraten Sie mir, bis wohin Sie zählen, wenn ich es Ihnen sage?«

»Von mir aus.« Es war auch schon egal. Momme spürte jetzt das viele, ungewohnte Bier. Seine Zunge war schwer, ein feuchter Klumpen.

»Also gut«, sagte Wallasch. »Ja, es war mir bewusst, dass unser erster Termin auf einen 13. fiel, und ja, ich hatte den Verdacht, dass Sie einen zweiten Termin wahrnehmen würden. Ich habe Sie nicht gesucht, Momme, denn ich wusste nicht von Ihnen, aber ich habe Sie gefunden. Erschreckt Sie das?«

Ohne das Bier hätte es Momme wahrscheinlich erschreckt. Vermutlich wäre er aufgesprungen und hätte Haus Wrota verlassen. So goss er sich nochmal nach. »Sie haben für diese Stelle einen Triskaidekaphobiker gesucht?«

»Kein schönes Wort«, sagte Veil Wallasch.

Momme kippte sich das Bier in den Mund.

»Jetzt sind Sie dran«, sagte Wallasch. »Bis wohin zählen Sie?«

»Hundertzwanzig.« Momme stellte das leere Glas ab. Es fiel ihm überraschend schwer, den Tisch zu treffen. »Manchmal in Zehnerschritten.«

»Sehen Sie.« Veil Wallasch lehnte sich zurück. Er faltete die Hände auf dem Bauch.

»Sehe ich was?«

»Die Zwölf.« Wallasch strich sich über den buschigen Schnauzer. »Sie kämpfen mit der Zwölf gegen die Dreizehn. Sie haben nur eine Null angehängt. Aber das ist nicht weiter ungewöhnlich. Die Zwölf ist geschickt. Sie maskiert sich. Zum Beispiel klopfen die Leute dreimal auf Holz. Was daran liegt, dass die Drei eine kleine Zwölf ist. Drei, sechs, zwölf, das halbe und das ganze Dutzend … Haben Sie je darüber nachgedacht? Moritz?«

»Worüber nachgedacht?«

»Über diese angeblich *erhabene* Zahl. Und die jahrhundertealte

Propaganda dahinter. Über das Duodezimalsystem, Moritz. Über das Dutzend und das Gros. Wussten Sie, dass der Schöpfer der Zwölftonmusik an der Dreizehnfurcht litt? So wie Sie?«

»Ich kenne das *Dezimal*system«, sagte Momme.

»Ah!« Veil Wallasch lachte auf. »99 Euro und 99 Cent. Ich weiß schon, das ist die bedauernswerte Welt, aus der Sie kommen. Aber glauben Sie mir, die 99-Cent-Welt ist nur die geschichtsvergessene Erbin der Zwölf oder einfach das, was die Maschinen aus ihr gemacht haben. Nein, die Herrschaft der Zwölf ist älter, sie ist grundlegender und sie hat die besseren Geschichten. Die zwölf Apostel, Moritz! Die zwölf Tierkreiszeichen! Die zwölf Ritter der Tafelrunde!«

»Ja?«, sagte Momme. Was wollte Wallasch ihm sagen?

»Zwölf ist alles, was passt. So viel Maß! Man kann wunderbar mit der Zwölf rechnen. So viele Teiler! Und nie etwas, das übrigbleibt und sich nicht fügen will – jemand wie Sie, Momme, und etwas wie Ihr Phönix. Die Dreizehn hingegen, die *Überzählige*, die Dreizehn hat man ständig diffamiert. Sie war die Judaszahl, die Teufelszahl – nicht Glaube, sondern Aberglaube. Lassen Sie sich das Wort auf der Zunge zergehen: *Aber*glaube. *Aber, aber:* was für ein schreckliches, rebellisches Wort, nicht wahr? Die Dreizehn ist die Zahl, die die Ordnung überschreitet. Die sie gefährdet, Moritz! Verstehen Sie jetzt besser, warum Sie die Dreizehn fürchten?«

»Ich weiß nicht«, sagte Momme. Er fühlte sich überfahren. Er fühlte sich überfordert. Außerdem war ihm auch schwindelig. Was bestimmt am Bier lag und nicht an Veil Wallasch.

»Sie fürchten die Dreizehn, weil sie selbst die Dreizehn sind, Moritz«, sagte Veil Wallasch. »Oder weil Sie sich doch heimlich nach ihr sehnen. Auch wenn Sie sich das gar nicht eingestehen. Wenn Sie nicht auf die dreizehnte Stufe treten, dann, weil Sie die Versuchung meiden. Weil Sie genau wissen oder doch tief in Ihrem Innern spüren, dass da ein Dreizehntes ist. Ein Dreizehntes, das über die profane Zwölfwelt hinausweist.«

»Reden Sie von Religion?« Momme langte wieder nach dem Bierkrug. Leider war er fast leer. Veil Wallasch hatte nur ein Glas getrunken.

»Nein. Wenn Sie die Kirche meinen, sie war immer eine Propagandistin der Zwölf. Die Apostel habe ich ja schon erwähnt. Ich spreche von innerer Erfüllung, von einer Abweichung, die uns bereichert, ich spreche von einer Seele, für die sich die hiesige Kirche nicht interessiert. Wissen Sie, was Montaigne gesagt hat?«

»Wer?«, sagte Momme, was Veil Wallasch überging.

»Er hat gesagt, in einer Notlage würde er wohl leicht eine Kerze dem Heiligen Michael opfern, eine zweite jedoch dem Drachen.«

Momme starrte Wallasch an. Hoffentlich war sein Blick nicht glasig. Es fühlte sich so an.

»Dem Drachen, Moritz! Dem Phönix. Da ist noch etwas, da ist mehr!«

»Mehr was?«, fragte Momme. Lallte er?

Wallasch rutschte wieder bis zur Sofakante vor. »Moritz«, sagte er, »wollen Sie mir jetzt sagen, warum Sie fortgelaufen sind?«

»Das habe ich Ihnen doch gesagt. Ich habe Gespenster gesehen.«

»Waren es denn wirklich Gespenster?«

»Ich hoffe«, sagte Momme. »Echt. Ich hoffe.«

»Sagen Sie es mir dennoch. Erzählen Sie mir von dem Gespenst.«

»Nein.« Momme rutschte auf seinem Sessel herum. Dann fing er plötzlich zu klopfen an. Es war ihm egal, ob Veil Wallasch zusah. Er wusste ja ohnehin Bescheid.

»Klopfen Sie nur, Moritz. Klopfen Sie nur, aber erzählen Sie mir, was Sie gesehen haben. Waren Sie oben? Waren Sie im zweiten Stock?«

Momme klopfte, nickte und würgte ein ersticktes »Ja« hervor.

»Und?«, fragte Veil Wallasch.

Momme schüttelte den Kopf. Ein dreizehntes Zimmer, das es nicht gab – das konnte man niemandem erzählen, nicht einmal einem Esoteriker, der die Dreizehn offenbar für etwas Göttliches hielt. Aber vielleicht hatte Momme Veil Wallasch da auch falsch verstanden. Es war kompliziert und Momme war einfach müde vom Bier.

»Passen Sie auf, ich zeige Ihnen etwas.« Veil Wallasch lehnte sich zurück und fing an, in seiner Hosentasche zu kramen. Dann zog er seine Taschenuhr hervor und streckte sie Momme hin: eine goldene Uhr mit einem weißen Zifferblatt und schwarzen Zeigern, das Metall schimmerte im Widerschein des Feuers. »Zwölf Monate hat das Jahr, zwölf Stunden hat der Tag«, hörte Momme Veil Wallasch sagen. »Denn die Zwölf herrscht vor allem anderen über die Zeit, nicht wahr? Sie knechtet die Menschen mit ihren Stunden. Sie lässt ihnen im Hamsterrad des Tages keinen Raum. Aber jetzt schauen Sie genau hin, Moritz! Schauen Sie auf meine Uhr! Schauen Sie auf die römischen Ziffern! Konzentrieren Sie sich!«

»Ja.« Mommes Blick verschwamm. Er musste ihn erst wieder scharf stellen. Er beugte sich schwankend vor. Er erkannte eine X, eine XI, eine XII und ganz oben eine … XIII.

»Die dreizehnte Stunde, Moritz«, flüsterte Wallasch. »Wenn Sie es wirklich wollen, Moritz, dann gehört diese Stunde Ihnen. Und dazu eine ganze Welt.«

Momme starrte auf die Uhr. Er hatte schon lange aufgehört zu klopfen. Er wartete auf die Panik, aber sie stellte sich nicht ein. Vielleicht war er einfach zu betrunken. Vielleicht war das hier auch alles einfach zu grotesk. Wallaschs Uhr zeigte halb zwölf. In einer Stunde wäre es halb dreizehn. Beinahe hätte Momme gelacht.

»Und jetzt sagen Sie mir: Was haben Sie oben im zweiten Stock gesehen?« Veil Wallasch zog die Uhr zurück und verbarg sie wieder in seiner Hosentasche.

»Das dreizehnte Zimmer«, sagte Momme. Er flüsterte. Er konnte nicht lauter sprechen. Er hatte einen Frosch im Hals.

»Und hatten Sie das Bedürfnis einzutreten?«

»Ich bin weggelaufen. Ich bin vor dem dreizehnten Zimmer weggelaufen«, sagte Momme. Er wusste, dass er lallte. »Die Tür war vorher nicht da gewesen. Ich habe sie erst gesehen, als …« Nein, die weiße Frau würde er nicht erwähnen. Er brach ab. Sein Kopf war eigentlich zu schwer für seinen Hals. Das hatte er noch nie so empfunden.

Veil Wallasch war aufgestanden. Er beugte sich jetzt über ihn. »Ich bin froh, dass Sie mir von der Tür erzählt haben, Moritz.« Er legte Momme die Hand auf die Schulter. »Ich wusste, dass Sie sie sehen können. Dass Sie sie früher oder später sehen würden. Das ist die Dreizehn in Ihnen, Moritz. Sie zeigt Ihnen den Phönix – *und die Tür*. Die Welt ist voller dreizehnter Zimmer, Moritz, glauben Sie mir!«

Momme spürte Wallaschs Hand auf seiner Schulter. Es rauschte in seinem Kopf. War Veil Wallasch vielleicht auch betrunken? Was für ein seltsamer Abend das war!

»Hören Sie mich, Moritz?«

Momme nickte, weil seine Zunge ihm nicht mehr helfen wollte. Das Feuer im Kamin zog Schlieren. Wallasch und seine ruhige Stimme waren zugleich nah und fern.

»Sie müssen jetzt schlafen, Moritz, und einen klaren Kopf bekommen. Und dann können Sie morgen eine Entscheidung treffen. Nur treffen Sie diese Entscheidung bitte nicht ohne mich. Ich werde Sie begleiten, wenn Sie das wollen. Ich komme wieder, und wir gehen zusammen hinauf und dann sehen wir weiter. Glauben Sie mir, Moritz, es wird alles gut. Ihr Leid hat bald ein Ende. Vertrauen Sie mir!«

Es kostete Momme eine gewaltige Anstrengung, den Kopf zu heben und Veil Wallasch anzusehen. »Morgen«, sagte er und in diesem Augenblick liebte er Veil Wallasch.

Er musste eingenickt sein – offenbar nickte er in Wrota ständig ein, um dann seltsam verdreht wieder aufzuwachen. Er saß immer noch in dem Sessel, aber das Feuer war mittlerweile heruntergebrannt. Mehr als ein Haufen Glut war nicht von ihm übrig. Der schwere Krug und die beiden Gläser standen noch auf dem Tisch, Spuren der seltsamsten Party, an der Momme je teilgenommen hatte.

Veil Wallasch war nirgends zu sehen. Mommes Rachen war eine Wüste. Momme setzte sich auf und stöhnte. Er fuhr sich durchs Haar und schüttelte sich wie ein nasser Hund.

»Herr Wallasch?« Er krächzte. »Herr Wallasch, sind Sie noch da?«

Er war immer noch beduselt, aber er fühlte sich eigentlich gar nicht schlecht. Er beugte sich vor und tastete nach den Gläsern. In einem stand noch ein Rest Bier und Momme kippte ihn hinunter. Er konnte nur ein paar Minuten weg gewesen sein. Er hatte das deutliche Gefühl, dass Veil Wallasch noch im Haus war. Er hörte ihn bloß nicht.

»Herr Wallasch?« Momme stand auf. Er sah sich um. Im Windfang stand wieder dieser eigenartige Nebel aus Licht. »Herr Wallasch? Ich will das machen. Ich gehe mit Ihnen hinauf!«

Das Haus antwortete mit Schweigen. Veil Wallasch antwortete nicht. Der Mann hatte bloß Unfug geredet, aber Momme ging es besser. Er fühlte sich weniger verdruckst – vielleicht, weil er Veil Wallasch jetzt für noch verrückter hielt als sich selbst. Oder war das eine besonders verschrobene Art Therapie? Was wäre denn, wenn sie zusammen nach oben gingen und statt des von Wallasch beschworenen dreizehnten Zimmers die unausweichliche weiße Wand vorfänden? Wären Sie dann enttäuscht, weil die Welt nichts Dreizehntes zu bieten hatte?

Mommes Erinnerung an Wallaschs leidenschaftlichen Vortrag war einigermaßen verschwommen, aber die Uhr sah er noch vor sich, glänzend im Feuerschein. Natürlich konnte man sowas anfertigen lassen. Das war nicht weiter schwer, nur teuer. Man musste aber erst darauf kommen.

»Sind Sie oben, Herr Wallasch?«

Er tapste auf die Treppe zu, unsicher, aber seltsam schwerelos. Er griff nach dem Geländer und spähte die dunklen Stufen hinauf. Er dachte an seine guten Vorsätze. Hatte er sie erst an diesem Morgen gefasst? Es kam ihm plötzlich vor, als wäre er schon eine Ewigkeit hier und als könnte er nicht eine Sekunde länger warten.

Ja, einen Moment lang wollte er klopfen, gewissermaßen, um Anlauf zu nehmen und seiner Unternehmung ein letztes, ein allerletztes Mal Glück zu wünschen, aber dann stapfte er unvermittelt und ganz ohne Beschwörung los. Er trat fest auf die erste Stufe, die zweite, die dritte und, nein, er ließ die dreizehnte Stufe nicht aus.

Auf der zweiten Treppe blieb er sogar auf der dreizehnten Stufe stehen. Vielleicht hatte Wallasch ja recht und sie war etwas ganz Besonderes. Auf jeden Fall fühlte sich dort zu verharren plötzlich nicht mehr nur gefährlich, sondern auch verlockend an. Dann musste Momme aufstoßen. Das kam vom Bier.

»Herr Wallasch?« Warum glaubte er bloß, dass Wallasch hier oben wäre?

Klackend legte er den Schalter um, die beiden Lampen brummten schon, bevor sie den Flur erhellten: den ochsenblutroten Fußboden, die vielen Türen links und rechts und die eine ganz am Ende.

Zimmer 13.

Momme kniff die Augen zu und öffnete sie wieder. Er ließ die Arme sinken. Er verschränkte sie vor der Brust und löste die Abwehrhaltung wieder auf. Er steckte die Hände in die Hosentaschen und zog die Schultern hoch. Er räusperte sich, um etwas anderes als die ungesund brummenden Lampen zu hören, aber es blieb die ganze Zeit dabei.

Zimmer 13. Momme spürte die ungeheure Anziehungskraft dieser Tür.

»Herr Wallasch?« Er war allein im Haus, aber was spielte das für ein Rolle? Momme ging seinem Wahnsinn entgegen, aber vielleicht auch seiner Erlösung.

Dann stand er vor der Tür und einen Moment lang überlegte er ernsthaft zu klopfen – an der Tür, nicht an der Schläfe –, aber, nein, so funktionierte das nicht. Momme griff nach der Klinke.

Zweiter Teil

Das Lid

Er hatte Bäder aus Marmor gesehen, automatische Toiletten, die einem den Hintern brausten, kaum drei Schritte vom Bett entfernt. Und er hatte glitzernde Wände aus Spiegeln gesehen, indirekt elektrisch beleuchtet, in einer Hotelsuite nahe dem Kottbusser Tor. Er hielt all das für Verschwendung, aber eine klammheimliche Verachtung für sein Nachtgeschirr war Secundus Falke von diesen Eindrücken doch geblieben, und so schlug er seufzend das Federbett zurück und tastete mit den Füßen nach den Pantoffeln. Weil er das Schlafzimmer noch nicht beheizen ließ, schlüpfte er erst in den Schlafrock, bevor er die Öllampe entzündete, den Glaszylinder über die Flamme stülpte und seine Expedition zum stillen Örtchen im Hof begann.

Er kam nicht weiter als bis in die Stube, die er im Hellen eigentlich nur sommers beim Frühstück sah. Jemand hämmerte gegen die Wohnungstür, als stünde der Dachstuhl in Flammen. Secundus verfluchte den Klopfer oder den schmerzhaften Harndrang – beides zusammen vertrug sich nicht. Aber es entsprach nicht seinem Rang, den Klopfer einfach klopfen zu lassen. Secundus nahm Haltung an und schritt durch den Flur, während er sein drahtiges Haar zu glätten versuchte. Er öffnete kraftvoll die Tür und sah im Schein seiner Öllampe zwei Pickelhauben, die, von seinem schnellen Erscheinen überrascht, ihre Glieder sortierten, um zu salutieren.

Secundus blinzelte die beiden an, ganz offensichtlich hatte Kammholz sie geschickt. Er knurrte, um seinen Aufzug zu kompensieren. Er hatte einen Ruf als harter Hund zu verlieren, Harndrang hin oder her. »Ja, die Herren?«

»Herr Oberst!«, bellte der kleinere von den beiden, der vielleicht nicht ganz so tumb wie der andere war, ein käsiger Kerl mit schütterem Schnurrbart, Secundus hatte ihn schon mal gesehen. Leberecht Irgendwie, dämmerte es ihm. Nicht, dass es eine Rolle spielte.

»Stehen Sie bequem«, brummte Secundus, was an der Haltung der beiden nichts änderte. »Ich gehe davon aus, Sie haben einen guten Grund, mich aus dem Schlaf zu reißen?«

»Jawohl, Herr Oberst!« Dem Kleinen stand der Schweiß auf der Stirn. Der Große hatte ein Pferdegesicht, vermutlich hatte er bis eben an einem Pfeiler gelehnt und seine Nachtschicht verschlafen.

»Dann mal raus mit der Sprache, Wachtmeister. Wir stehen ja nun schon eine Weile hier.« Der Harndrang verursachte ihm Schmerzen bis in den Oberbauch. Secundus hatte nicht übel Lust, das Pferdegesicht und den käsigen Kleinen anzufauchen. Er war ein Raubtier, wenn auch eines auf der Jagd nach einem Klo.

»Leutnant Kammholz schickt uns mit einer Droschke, Herr Oberst. Er bittet Sie höflich, keine Zeit zu verlieren.«

»So? Und in welcher Angelegenheit?«

»Darüber haben wir keine Kenntnis, Herr Oberst. Wir haben nur Weisung, Sie abzuholen. Bitte um Verzeihung.«

Secundus strich sich über den Knebelbart. Da hatte Kammholz also wirklich den Deckel auf dem Topf gehalten. Das war mehr, als er ihm zugetraut hätte. Secundus grunzte. »Unter diesen Umständen: Warten Sie einen Augenblick, Wachtmeister.«

Er schloss die Tür, und hätte man ihn nicht hören können, er wäre ins Schlafzimmer gerannt. So beschleunigte er seine Schritte erst in der Stube. Sich in den Nachttopf zu erleichtern, war ein paradiesisches Gefühl. Secundus schob den Topf unters Bett. Es war weniger drin, als er erwartet hätte. Die Menge entsprach nicht dem erlittenen Schmerz. Unzweifelhaft war er nicht mehr der Jüngste.

Secundus beerdigte den Gedanken und beeilte sich. Er stieg in die Uniformhose und trat ungeduldig in die Stiefel. Dann kämmte er sich eine zu große Portion Pomade ins Haar, strich sich die Schnurrbartenden glatt, fuhr mit den Fingern über den immer noch dunklen Bart und schlüpfte hemdlos in den Rock. Er reckte das Kinn, um den hohen Kragen zu knöpfen, griff nach der Tellermütze und zog sie mit einem entschlossenen Ruck zurecht, bevor er das Licht löschte und im Dunkeln zur Tür zurückkehrte.

»Ja, worauf warten Sie noch?«, herrschte er den käsigen Kleinen an, kaum dass er die Tür wieder aufgerissen hatte. Dann folgte er den absatzklappernden Wachtmeistern gemessenen Schritts zur Treppe.

Die Droschke wartete am Rinnstein. Er nahm allein auf der kühlen Lederbank Platz und vermisste die Handschuhe, die er sich in diesem Augenblick von den Fingern gezupft hätte, hätte er sie zu seinem Ärger nicht vergessen. Stattdessen schob er den Vorhang beiseite und starrte in die Nacht. Sie fuhren Richtung Westen, Secundus erahnte das Tannhäuser Tor. Entweder war das Vorkommnis erheblich oder Kammholz hatte einen schrecklichen Fehler gemacht.

Die Droschke war von der Allee der Inneren Einkehr abgebogen, in jenes schlecht beleuchtete Gassengewirr von Unterbaum, das Secundus seit jeher ein Graus war: Er wollte schnurgerade Straßen und Laternen, die den Namen verdienten, statt dieser Funzeln, die die Leute nur deshalb vor die Türen hängten, weil die Policey es befahl. Letztlich spendeten sie weniger Licht, als dass sie Schatten warfen, in denen Gott weiß was geschah.

Secundus hatte eine Stadt zu bewachen, an schlechten Tagen wollte er Gas – wohl wissend, dass schon die Einführung von Argand-Lampen und Stahlfedern in der Abteilung ein Glaubenskrieg gewesen war. Alfart bemängelte bis heute die nachlassende

Qualität der Handschrift in Berichten, die er doch bestenfalls mit halbem Auge las.

Die Droschke wurde immer langsamer, unter den Kopfsteinen dieser Winkelgassen mussten Maulwürfe wühlen, die sich von gebrochenen Speichen ernährten. Wahrscheinlich wäre er zu Fuß schneller.

Secundus hieb mit einer wegwerfenden Bewegung gegen das Droschkendach, aber offenbar kam die Droschke aus anderen Gründen zum Stehen. Der käsige Wachtmeister öffnete den Schlag. Secundus schälte sich unbehandschuht aus der Tür, rammte den Stiefel auf den Tritt und fand sich einer ganzen Traube von Pickelhauben gegenüber, die eine kleine, schäbige Tür verstellten. Einer nach dem anderen nahm Haltung an, aber Secundus wischte sie alle unwirsch zur Seite. Im Vorübergehen las er die veraltete Ankündigung einer Séance, die er so glücklich versäumt hatte wie alle anderen Aufrichtungen zur 13. Nachtstunde, dann stieß er die Tür auf, bemerkte im engen Vorraum das Fehlen der vorgeschriebenen Teilnehmerliste und erreichte mit wenigen Schritten genau jene triste Sorte Saal, die ihm der Zettel draußen versprochen hatte. Ein paar Stuhlreihen, getrennt durch einen schmalen Mittelgang, eine winzige Bühne mit einem Pult – und das alles beleuchtet von rußenden Kerzen und erfüllt von zum Schneiden schlechter Luft.

Auch hier drinnen traten sich die Pickelhauben auf die Füße, aber immerhin ragte der lange Kammholz aus ihnen hervor, schnieke wie immer, an diesem Abend sogar in Ausgehuniform. Kammholz war ein Geck – noch etwas, das Secundus nicht an ihm mochte –, aber immerhin hatte der Milchbart ihn endlich entdeckt und eilte auf ihn zu.

»Herr Oberst!«

»Leutnant?« Von allzu weit unten warf Secundus einen skeptischen Blick zu Kammholz hinauf. Kammholz hatte nur diesen einen Moment, sich zu erklären. Secundus war auf Ärger aus.

»Ein Übertritt, Herr Oberst. Vor reichlich einer Stunde.«

»Oh.« Beinahe war er enttäuscht: Da hatte Kammholz trotz mangelnder Erfahrung also alles richtig gemacht. Dann setzte Secundus' fachmännisches Interesse ein. Es hatte seit Jahren keinen Übertritt mehr gegeben. Dies war eine besondere Nacht. »Wo?«, bellte er Kammholz an.

»Hinter der Bühne, Herr Oberst.«

»Und wer?«

»Ein junger Mann. Ahnungslos, wenn Sie mich fragen.«

»Ich frage Sie nicht.«

»Außerdem betrunken«, sagte Kammholz furchtlos. Er hatte so eine Art, sich nicht von Secundus einschüchtern zu lassen, die Secundus jeden Tag aufs Neue missfiel.

»Ach ja?«

»Er roch stark nach Bier.«

»Ist er noch da?« Secundus ließ den Blick durch den Saal schweifen. Links vorn, am anderen Ende, saß jemand, von Pickelhauben umstellt.

»Nein, Herr Oberst. Wir haben ihn vorschriftsgemäß abtransportiert. Er müsste bereits abgesondert sein. Den jungen Mann da vorne haben wir als Zeugen hierbehalten. Ich dachte, Sie würden ihn gleich befragen wollen.«

»Noch mehr Zeugen?« Durchaus möglich, dachte Secundus, dass selbst ein so schäbiger Saal zur 13. Nachtstunde halbwegs gut besucht gewesen war.

»Vier, Herr Oberst. Wenn ich es richtig verstanden habe, hat der junge Mann hier heute Abend ein Gedicht vorgetragen. Zu so etwas kommen nicht viele Leute und im Voraus angekündigt war die Veranstaltung offenbar auch nicht. Ich habe die vier gehen lassen, Herr Oberst. Wir haben ihre Namen und Adressen.«

Deshalb also hatte die Liste im Vorraum gefehlt; Kammholz hatte sie schon an sich angenommen. »Aussagen?«

»Haben wir aufgenommen. Stimmen alle überein. Kein Wunder, der Übertritt fand praktisch auf offener Bühne statt.«

Secundus legte die Stirn in Falten. »Er ist einfach so auf die Bühne gelaufen?«

»Jawohl, Herr Oberst. *Gestolpert* trifft es wohl eher.«

»Gut so weit, Leutnant. Jetzt eins nach dem anderen. Zuerst will ich hinter die Bühne. Ist die Abteilung XII schon da?«

»Oberst Jochum, Herr Oberst. Wir waren beide auf derselben Veranstaltung, ganz in der Nähe.«

»Was Sie nicht sagen.« Kammholz' perennischen Eifer konnte Secundus auch nur schlecht ertragen.

»Ein Vortrag über die vedischen Gesänge, Herr Oberst. Sehr erhebend. In meinen Augen zumindest. Oberst Jochum hat ja gewisse Vorbehalte gegen den Orientalismus.«

Secundus nickte uninteressiert. Jochum war ein Narr und Purist. Er schritt schon durch den Mittelgang und warf im Vorübergehen einen Blick auf den kleinen Dichter, der mit leuchtenden Augen in der vordersten Reihe saß.

Hinter der Bühne wurde es eng. Secundus verscheuchte die nächste unnütze Pickelhaube, der der Kinnriemen ins Doppelkinn schnitt, dann trat er in einen Schlauch von Raum, verstellt von zwei ausladenden Sesseln, die offenbar zur Requisite zählten. In einem Regal lagerten Kerzen minderer Qualität.

Jochum hatte eine Öllampe aufgetrieben, seine hohe Stirn glänzte in ihrem Schein. Er trug einen Frack und sah aus, als hätte er einen Ball besucht, offenbar warf man sich für einen Vortrag über die Veden heutzutage in Schale. Jochums Schwalbenschwänze fegten den Boden, er kniete vor einer Tür und leuchtete mit seiner Lampe in den Spalt. Entweder war er konzentriert oder unverschämt. Secundus grunzte, um sich nicht wie ein unerwarteter Gast zu räuspern.

»Ah, guten Abend!« Jochum wandte sich um. Secundus hielt selbst nicht viel von übertriebener Förmlichkeit, das galt allerdings nicht für einen jüngeren Offizier, der in seinen Augen viel zu schnell Karriere gemacht hatte – und das nicht aufgrund seiner Fähigkeiten. Jochum hatte die falschen Freunde. Leider hatte er sie im Rat.

»Herr Oberst?«, sagte Secundus, als würde er Jochums Rang bezweifeln.

»Tja.« Jochum erhob sich mit bemerkenswerter Leichtigkeit. »Ein Lid, würde ich sagen.« Mit der freien Hand wies er auf die Tür. »Mit einiger Sicherheit sogar.«

101

Secundus trat näher, auch damit Jochum weichen musste. Er musterte den zurückgezogenen Vorhang aus schwerem, grauem Filz und die Vorhangstange über dem Türrahmen. Er legte die Hand auf das Türblatt und lugte in den Spalt, und weil da nichts zu sehen war, ging er in die Knie. Er unterdrückte das übliche Ächzen, weil Jochum so nahe war, nahm die Mütze ab, damit der Schirm nicht störte, und versuchte durchs Schlüsselloch zu spähen. Alles dunkel, aber das war eigentlich immer so. Er hatte in all den Jahren schon einige Lider gesehen und noch nie hatte eines preisgegeben, was hinter dem Auge lag.

»Und seit wann ist es offen, Herr Oberst?« Er stemmte sich in die Höhe, zog zackig wieder die Mütze über und baute sich vor Jochum auf.

»Das wäre die Frage.« Jochum wich aus. »Der Vorhang war wohl ursprünglich zugezogen. Und sehen Sie diesen Bottich dort?«

Neben dem Regal stand ein mittelgroßer Holzbottich ohne erkennbare Funktion. Secundus nickte.

»Den haben erst wir zur Seite geschoben. Er stand wie zufällig vor dem Vorhang. Doppelt gesichert sozusagen. Oder sagen wir: kaschiert.« Jochum schien mächtig stolz auf seine Schlüsse zu sein.

»Und was folgern Sie daraus, Jochum?«

»Dass sich das Lid nicht erst heute geöffnet hat, Herr Oberst.«

Offenbar hatte Secundus Jochum lange genug angestiert. Noch ein bisschen und Jochum würde sich entschuldigen, in Zivil erschienen zu sein. Secundus schaute ein wenig milder, um Jochum dann den nächsten Schlag zu versetzen.

»Brillant. Ich sehe, die Abteilung XII hat ihren besten Mann geschickt. Dass dieser Vorhang wenig fachmännisch angebracht ist, ist Ihnen gewiss auch schon aufgefallen?«

»Das wäre mein nächster Hinweis gewesen, Herr Oberst.« Jochum stand jetzt stramm. Der Abend im Frack und der Vortrag über die Veden schienen vergessen. Mit Jochums zur Schau gestellter Lässigkeit war es vorbei. Die Policey hatte ihn wieder, Secundus Falke sei Dank.

»Prächtig. Das Lid wurde also genutzt und zu diesem Zweck verborgen. Sind wir da einig?«

»Jawohl, Herr Oberst.«

Secundus nickte zufrieden. Damit war die Abteilung XII im Großen und Ganzen aus dem Spiel. Sie war ohnehin zu nichts gut, was nicht auch Secundus' Leute leisten konnten. Lider öffneten sich nun mal von der anderen Seite, was aus Leuten wie Jochum nichts weiter als bessere Kartografen machte. Sie waren zur Reaktion verdammt, alle Aktion war Sache der Abteilung XIII.

»Liegt der Grundriss des Gebäudes schon vor?«, brummte Secundus. Die Frage vollendete Jochums Demütigung. Denn erstens war das wahrscheinlich nicht der Fall, womöglich hatte es von einem solchen Haus in einer solchen Gasse nie einen Bauplan gegeben, und zweitens wusste Secundus so gut wie Jochum, dass diese Tür auf keinem Plan der Welt verzeichnet sein würde. Sie war aufgetaucht, wie solche Türen eben auftauchten: Plötzlich sperrte die Zwölfwelt ein Auge auf und glotzte. Umgekehrt galt das im Endeffekt natürlich auch – aus Policey-Perspektive war das kein geringeres Problem.

Nichts für Stümper.

Nichts für Jochum.

Nichts für die Abteilung XII.

Jetzt zwängte sich auch noch Kammholz an den Sesseln vorbei, sein viel zu junger Leutnant mit den polierten Knöpfen.

»Haben wir eine Vorstellung, was hinter der Tür ist, Kammholz? Hat er geredet?« Immerhin war es Secundus ein Vergnügen, diese Frage schon nicht mehr an Jochum zu richten. Ab jetzt war er nur noch ein Lampenhalter.

Kammholz zog eine Schnute. »Das meiste war wirres Zeug, Herr Oberst. Er hat von einem Zimmer mit der Nummer 13 gesprochen, was auf ein Hotel schließen lässt. Vielleicht haben wir sogar einen Namen. Als die ersten beiden Wachtmeister erschienen, wollte er unbedingt nach *Wrota* zurück. Die Wachtmeister haben ihn dann festgehalten. Er war wohl ziemlich erregt. Ist auch laut geworden. Ich kam allerdings erst nach seinem Zusammenbruch.«

»Wrota, ja? Schon mal gehört?« Secundus äugte zum nutzlosen Jochum hinüber.

»Könnte ein Dorf sein«, murmelte der und wurde rot.

»Könnte«, brummte Secundus. »*Könnte*. Ein Dorf mit *Hotel*. Vielleicht werfen Sie einfach mal einen Blick auf Ihre Karten?«

Jochum nickte. Secundus nahm ihm einfach die Lampe ab. »Nun denn, Herr Oberst. Ich glaube, Sie sind hier fertig. Ich lese Ihren Bericht.«

Jochum schob sich wortlos am langen Kammholz vorbei.

»Papiere hatte er keine bei sich?«, fragte Secundus, kaum dass er mit seinem Leutnant alleine war. »Ein Ausweis? Eine Adresse?«

»Nichts. Er trug eines dieser *T-Shirts. Turnschuhe*.« Kammholz nahm solche Begriffe mit verdächtiger Leichtigkeit in den Mund. »Aber draußen ist es für die Jahreszeit sehr warm. Drüben auch, nehme ich an. Wir wissen also nicht einmal sicher, ob auf der anderen Seite wirklich ein Gebäude ist. Ich würde allerdings davon ausgehen. Ach ja, er hatte einen Schlüssel in der Hosentasche. Ich habe ihn konfisziert.«

Kammholz zauberte einen Zwölfweltschlüssel hervor, passend für ein Zylinderschloss, industriell gefertigt, kulturlos und, allein schon weil der lange Halm mit dem Schlüsselbart verschmolzen war, geradezu entsetzlich praktisch. Drüben schlossen sogar Briefchen aus Kunststoff Türen auf, wusste Secundus. In einem bemerkenswert wirren Wächterbericht hatte er neulich sogar von Türen gelesen, die Gesichter erkannten. Während er mit Alfart über das Für und Wider von Stahlfedern diskutierte, wurden drüben die Dinge lebendig und wandten sich gegen ihn.

»Gut«, sagte Secundus. *Schlecht* wäre richtiger gewesen. »Wir lassen den Kerl noch etwas schmoren und nehmen ihn uns später vor. Den Saal lassen Sie sperren, wenn wir hier fertig sind, Kammholz. Zwei Wachtmeister, rund um die Uhr. Aber die sollen nicht draußen auf der Gasse stehen, verstanden? Keine unnötige Aufmerksamkeit.«

»Jawohl, Herr Oberst.« Kammholz wollte erkennbar noch eine Frage loswerden. »Werden wir, äh, selbst übertreten, Herr Oberst? Im Rahmen der Ermittlungen?«

Legte es Kammholz darauf an? Wollte er ein bisschen die Zwölfwelt bestaunen? »Davon gehe ich aus, Leutnant«, sagte Secundus. »Es wird uns nichts anderes übrigbleiben. Solange wir nicht wissen, wo die andere Seite ist, können wir ja schlecht den Wächter hinschicken.«

»Soll ich uns im Fundus …?« Kammholz brach ab, vielleicht befürchtete er, sich schon zu weit vorgewagt zu haben. Waren ihm *T-Shirts* und *Turnschuhe* vielleicht nicht ganz so zuwider, wie er sonst tat?

»Eins nach dem anderen, Leutnant«, sagte Secundus und drückte Kammholz die Lampe in die Hand. »Noch scheint mir unsere Seite dieser Tür interessanter.« Er schob sich an den dummen Sesseln vorbei und betrat die leere Bühne. Der junge Mann in der ersten Reihe starrte ihn voller Erwartung an. Er hatte einen Lockenkopf und wuchernde, romantische Koteletten. Er konnte kaum älter als zwanzig sein. Secundus seufzte und fluchte still. Er hatte genug von Kindern.

Das Diarium des Clemens vom Stein

Dreizehneichen
in den frühen Morgenstunden des 16. Sept.

Himmel, wie pocht mir immer noch das Herz! Ich glaube fast, es wölbt mir mit jedem Schlag die Hemdbrust — ich weiß gar nicht, wo ich anfangen soll! Aber was macht's — ich notiere ja doch nur, was mir auf ewig unvergesslich sein wird.

Womöglich allerdings ist die Unmittelbarkeit meiner Niederschrift von Wert. Denn ich ahne, dass ich in den vor mir liegenden Jahren so oft von dieser denkwürdigen 13. Nachtstunde berichten werde, dass die Routine meiner Erzählung Gefahr liefe, die eigentlichen Eindrücke zu überdecken — gäbe es nicht dieses Tagebuch, um ihre wahren Farben aufzufrischen. Und so will ich also niederschreiben, was mir jetzt, nur wenige Stunden später, noch unverfälscht vor Augen steht — zu keinem anderen Zweck bin ich gleich nach der Befragung in meine Kammer beim alten Eisenmann geeilt. Und — Hand aufs Herz — nie hatte ich an meinem Schreibtisch mehr zu sagen!

Wohlan: Ich stand also auf der Bühne — vor einem kleinen, aber feinen Kreis — und trug die Beschreibung des Klosters aus dem ersten Gesange vor, genauso wie ich es mir zurechtgelegt hatte.

Und ich war auch schon ein gutes Stück weit vorgedrungen — *der Arbeit für der Seele Heil vergaßen sie mitnichten*, deklamierte ich —, als ein unerklärliches Geräusch meinen Vortrag plötzlich störte. Auf diese Weise aus dem Konzept gebracht, stolperte ich durch die folgenden Verse — *Süßer Schlag der Heidelerche* usw. usf. —, da freilich noch mehr um meinen nun stockenden Vortrag als wegen des unerklärlichen Geräusches besorgt, das, wie ich glaubte, von *hinter* der Bühne herkam. *Friedensboten, Himmelsschlüssel*, hob ich gerade an, als es an selber Stelle rumpelte — jetzt weiß ich, dass der Arme da gerade über einen unglücklich platzierten Bottich gestolpert war.

Im Publikum natürlich große Augen und viel *Ah* und *Oh* — nicht unähnlich jenem Raunen während der Séance, zumal wir diesmal wirklich Schritte hörten, von dort, wo doch, wie jeder wusste, niemand war und niemand sein konnte!

Himmel, ja: Die Worte erstarben mir auf den Lippen! *Ein frohes Frühlingsahnen rauschte durch die Sachsengaue*, murmelte ich noch, leiser und schließlich gar sprachlos werdend, während *er* erschien, ja, während er eigentlich auf die Bühne *brach* — wie ein ungelenkes Füllen, das in seinem Ungestüm den Koppelzaun überwindet, zu seiner eigenen, unheilvollen Überraschung!

Nun, über die Zwölfwelt habe ich nur Schulwissen und kenne darüber hinaus nur das eine oder andere Gerücht, doch kann ich jetzt, nach dieser einschneidenden Erfahrung sagen: Einen Zwölfweltler erkennt man gleich. Es ist etwas an seiner Haltung, das ihn sogleich als wesensfremd ausweist, etwas Biegsames vielleicht, vielleicht aber doch eher etwas Haltloses, was in seinem liederlichen Aufzug auch Bekräftigung fand: die nackten Arme, der fehlende Kragen, das verwaschene Beinkleid, das Schuhwerk aus einem Stoffe giftigster Wissenschaft — wir alle im Saal wussten, was da soeben geschehen war, nach all den ungestörten Jahren zum ersten Male wieder!

Tatsächlich glaube ich, dass das ein oder andere ältere Semester im Publikum mit einer Ohnmacht rang, muss allerdings gestehen, dass ich allein Augen für den Zwölfweltler hatte, dem ich, mein Manuskript in der zitternden Hand, so plötzlich gegenüberstand.

Ich weiß nicht, wie lange wir da so verharrten und schwiegen — er und ich, vor kleinem Publikum —, aber es ist lange genug gewesen, dass ich mich in ihn hineinfühlen konnte und sozusagen mich selbst mit seinen Augen sah: Ich trug, ich erwähne es nur des Gegensatzes halber, meinen schönen samtgrünen Rock und eine strahlend weiße Binde, und mochte ich auch einen Kopf kleiner sein als er, so überragte ich ihn doch an Haltung. Gewissermaßen stand er, wurde mir klar, dem gegenüber, was seine Gesellschaft an Tradition, Anstand und heiliger Gewissheit verloren hat. Dass er demoralisiert wirkte, nahm mich schon deshalb nicht wunder.

Entsprechend fing er auch gleich stotternd sich zu entschuldigen an und wich mit weit aufgerissenen Augen zurück — abwechselnd Blicke auf mich und in das erstarrte Publikum werfend, von denen ich nicht sagen kann, ob sie eigentlich loderten oder schon erloschen waren.

Dann machte er auf dem Absatz kehrt, und damit begann ein großes Durcheinander. Denn natürlich konnten wir den armen Kerl nicht ziehen lassen! Das Publikum rührte sich, und ich stürzte dem Bedauernswerten nach — in ebenjene enge Kammer, in der ich zuvor meinem Auftritt entgegengefiebert hatte. Dort allerdings verlangsamten die beiden ausladenden Sessel seine Flucht — jene Sessel, in denen die Gräfin G. und ihr willfähriger Weißschopf den Geist des wackeren *Wilhelm* beschworen hatten.

Und das war mein Glück, denn so bekam ich seinen bloßen Arm zu fassen! Er wollte sich losreißen und rief mich an, und obwohl nur der Schein aus dem Saal die Szenerie erhellte, glaube ich, in seinem Blick ein wildes Flehen erkannt zu haben. Überdies vernahm ich den säuerlichen Geruch von Bier — womöglich verschlimmerte Trunkenheit seine Verfassung. Ihn festzuhalten jedenfalls fiel mir nicht schwer. Zugleich redete ich beruhigend auf ihn ein, bat ihn, als wäre anderes denkbar gewesen, doch zu bleiben und flüsterte, alles, alles werde gut — und wirklich ist das ja meine feste Überzeugung. Aus der Zwölfwelt heraus nach Dreizehneichen zu finden, kann schließlich nur Erlösung sein! Hätten sie mit ihrem Tun nicht das heilige Gesetz verletzt, ich hätte, wäre ich denn damals auf der Welt gewesen, Verständnis für die Fährmänner der Vergangenheit gehabt.

Andererseits ist mir jetzt an meinem Schreibtisch durchaus bewusst, dass ich dort hinter der Bühne, seinen bloßen, schönen Arm in meiner Faust, auch eine Verpflichtung eingegangen bin. In seiner Welt mag das sinnlose Gesetz des Zufalls herrschen, meine jedoch wird von der Fügung regiert — einer Fügung, die ihn und mich in diesem Augenblick verband und nun wohl für immer verbindet, obwohl ich bis jetzt nicht einmal seinen Namen weiß.

Fürs Erste allerdings wurden wir wieder auseinandergerissen. Ein Wachtmeister stürmte heran und schob mich unsanft zur Seite. So grob fasste er meinen andersweltlichen Besucher an, dass dieser sogleich laut zu rufen und zu wehklagen begann. Er wolle sich entfernen, er habe sich nur in der Tür geirrt, er wolle zurück nach *Wrota* — diesen Namen erinnere ich genau, aber es war auch schon das Letzte, was ich verstand, denn nun wurde ich von einem zweiten Wachmann zurück auf die Bühne gezerrt —, draußen auf der Gasse erklangen schon jene durchdringenden Pfiffe, mit denen die Nachtwachen einander rufen, ist die Ordnung empfindlich gestört.

Mit welchem Aufwand sie wiederhergestellt wird, das konnte ich als Nächstes beobachten, denn auf die ersten beiden Wachtmeister folgten bald viele mehr. Sie sperrten sogleich den Saal, während sie mich und mein treues Publikum separierten und den verzweifelten Eindringling so lange hinter der Bühne festhielten, bis ein schmucker junger Mann in Galauniform erschien, unverkennbar

Befehlsgewalt ausstrahlte und sich mir als Leutnant Kammholz von der Abt. XIII vorstellte.

Ich wurde befragt und gab auch gewissenhaft Auskunft, war jedoch gleich doppelt abgelenkt — zum einen von der schieren Aura dieser sagenumwobenen Policey, die ungeachtet aller äußeren Gefahren und inneren Anfechtungen unseren Schutzwall aufrechterhält. Zum anderen konnte ich nicht umhin, mit meinem Schicksalsgenossen hinter der Bühne zu fühlen: Wie tief erschüttert musste er in diesem Augenblick sein! Später, nachdem der fesche Leutnant es befohlen hatte, musste ich gar zusehen, wie er aus dem Saal geführt wurde: leichenblass, mit trübem Blick und kaum noch imstande, sich auf den Beinen zu halten. Wie gern hätte ich ihn begleitet, um ihm zuzusprechen! Wie gern hätte ich das Loblied Dreizehneichens für ihn gesungen, um ihm ein wenig Mut zu machen! Doch als wichtigster Zeuge musste ich natürlich bleiben — und wurde für mein Bleiben auch belohnt.

Ich glaube, eines Tages wird man dem Oberst Falke ein Denkmal errichten! Man wird ihn auf Panoramen verewigen und heroische Balladen über ihn schreiben, und wenn ich erst alt bin und das Ende nahen spüre, dann werde ich mir sagen: Aber du hast den Oberst Falke gekannt! Du bist ihm in jener denkwürdigen 13. Nachtstunde *begegnet* — und kaum, dass er den Saal betrat, hast du seine Gegenwart gespürt. Mit welch entschlossener Miene er den hübschen Leutnant rapportieren ließ! Wie zielgerichtet er hinter die Bühne strebte! Und was für eine Gedankenschärfe er bewies, als er endlich zu mir kam, um das Wort an mich zu richten!

Oh, ich habe schon immer viel an den Oberst Falke gedacht — eigentlich jedes Mal, wenn ich das geheimnisvolle Bildnis der *Elise* sah. Ihr Steckbrief hängt ja allerorten aus, sogar im Eisenmann'schen Hutgeschäft habe ich schon davorgestanden und mich dem Zauber dieser romantischen Erscheinung nicht entziehen können, obwohl ich natürlich weiß, dass sie sich schrecklichster

Verbrechen schuldig macht und alles in allem wohl die größte Gefahr für Dreizehneichen ist — größer als Bahnen und Lider, die uns der Zwölfwelt offenbaren könnten, ja, größer als der Lockruf des übrigen Berlins und seiner abscheulichen Sucht nach Veränderung!

Das Seltsame aber ist: Der Steckbrief der Elise sieht gar nicht danach aus. Das Porträt ist so lieblich, die Pose so unschuldig — allein wie sie, sich scheu vom Betrachter abwendend, das zarte Kinn auf das noch zartere Schlüsselbein stützt, verbietet recht eigentlich den Gedanken an ihre böse Profession und macht einem die Vorstellung, sie könnte tatsächlich der Kopf der Schwestern sein, beinahe ganz unmöglich. Weil es aber doch so ist, wie die Policey nicht müde wird zu betonen, habe ich mir angewöhnt, an den Oberst Falke zu denken, sobald mir der Steckbrief der Elise erscheint. Der Oberst schließlich ist es, der Elise dingfest machen soll, und lange wird es gewiss auch nicht mehr dauern, bis er dem Spuk ein Ende macht.

Der Oberst ist ein Mann von eher kantigem Äußeren und doch ist seinen Bewegungen die Eleganz nicht abzustreiten. Es mag an seinem Knebelbart liegen, der überdies sein starkes Kinn betont, aber ich habe in ihm Geschmeidigkeit des Musketiers gesehen, wie ihn Dumas so vortrefflich beschreibt. Natürlich ist er in die Jahre gekommen, aber er zählt zu den Männern, denen nicht der Bauch, sondern der Brustkasten schwillt, was seine schlichte Uniform — ganz ohne Orden und Rangabzeichen — noch betonte.

Ich fürchte, ich habe die ganze Zeit ein wenig blöd auf seine breite Brust gestarrt und bin ihm darüber hinaus keine allzu große Hilfe gewesen — was sollte ich auch sagen, was ich nicht schon dem feschen Leutnant mitgeteilt hätte? Es endete damit, dass ich mich erbot, den armen Zwölfweltler baldigst zu besuchen, was, fürchte ich, nicht auf Oberst Falkes dringlichstes Interesse stieß. Jedenfalls ließ er sich bald von seinem Leutnant abrufen. Dass ich ihm anbot, eine Abschrift meines Versepos zu den Akten zu geben, hat er, mit Wichtigerem beschäftigt, wohl einfach überhört. Doch was soll's, ich bleibe unverdrossen und werde, sobald ich meinen Erfahrungsrausch erst ausgeschlafen habe, das Angebot erneuern. Ohnehin muss ich, der Fügung gehorchend, baldmöglichst nach meinem Zwölfweltler sehen.

E r teilte sich die Droschke mit Kammholz, sie ratterten durch
die Nacht, die über die Allee gespannten Lichter zogen Schlieren. Kammholz roch nach einem Duftwässerchen, was in Secundus
ein Gefühl der Verachtung aufsteigen ließ. Er schwieg entschlossen
und stierte auf die Straßen, ohne eigentlich etwas zu sehen. Der
kleine Dichter – Clemens vom Stein … als hätte er sich diesen Namen selber ausgedacht – war eine Zumutung gewesen. Ständig war
er auf sein verdammtes *Epos* zu sprechen gekommen, als ob es eine
Rolle spielte, was für ein Zinnober da unterbrochen worden war.

Secundus war grundsätzlich gegen zeitgenössische Kunst, seines
Erachtens trug sie in jedem Fall den Keim der Rebellion in sich,
und wenn nicht, ertränkte sie einen in Langeweile. Reichte es nicht,
wenn die Leute in den Kirchen ihre Choräle sangen oder sich wie
Kammholz nach Lavendel stinkend Ur-Wahrheiten auseinander-
setzen ließen, die in irgendeinem orientalischen Winkel der Welt
überdauert hatten? Arbeit, Pflichtbewusstsein, der Dienst am eigenen Volk – und mochte es auch so klein sein wie seines –, das waren
Traditionen, an denen man sich aufrichten konnte. Einen jungen
Mann hingegen einzig und allein dafür durchzufüttern, dass er dieselben Reime wie seine Großväter setzte, schien Secundus eine abwegige Idee. Sie war aus Weichheit geboren und gebar Weichlinge
wie Clemens vom Stein, denen man besser auf dem Exerzierplatz
Disziplin eingebläut hätte, statt sie in schummerigen Sälen unnüt-
zes Zeug brabbeln zu lassen. Die kostbare alte Ordnung hielt man

nicht mit Versen aufrecht, man schützte sie mit Policey-Arbeit! Secundus warf einen düsteren Blick auf Kammholz. Ein Vortrag über die vedischen Gesänge … Er machte sich keine Illusionen über die Jugend.

»Darf ich fragen, wie Sie die Lage einschätzen, Herr Oberst?« Jetzt sprach Kammholz auch noch. Besser, dachte Secundus, er hätte ihn nicht angesehen. Junge Leute begriffen selbst abschätzige Blicke als Ermunterung, schon weil sie es gar nicht anders kannten. Wie sollte sich eine derart naive, niemals abgehärtete Generation einer Welt erwehren, die so unendlich viel größer und besser ausgerüstet war als ihre? Himmelherrgott, der Beschleunigungskrise drüben entsprach eine Dummheitskrise hier. Secundus legte die Stirn in Falten und durchbohrte Kammholz mit dem Säbel seines Blicks.

»Das Lid könnte sich schon vor Wochen oder Monaten geöffnet haben, nicht wahr, Herr Oberst?« Kammholz war nicht kleinzukriegen. Er war im Dienst, aber er benahm sich, als tränke er gerade aus einem geblümten Tässchen Tee.

Das verdammte Lid konnte seit Jahren offen sein, dachte Secundus. Die eigentliche Frage war doch: *Wer* hatte es bemerkt und geschwiegen?

»Vermuten Sie die Schwestern dahinter?«, bohrte Kammholz weiter. »Haben Sie die Wachtmeister deshalb nach drinnen beordert? Wollen Sie ihnen eine Falle stellen?«

Die Droschke rumpelte jetzt nach Norden, zurück Richtung Tannhäuser Tor. Secundus kam es vor, als hätte man ihn mit Kammholz eingesperrt. Er setzte die Tellermütze ab und bettete sie in seinen Schoß. »Warten Sie ab, Leutnant. Warten Sie es ab.« Und weil Kammholz den Mund offenbar partout nicht halten konnte, schob er leidend nach: »Und? Was haben Sie über die Veden gelernt, Kammholz? Lesen Sie schon Sanskrit?«

Das Kastell war ein Riese, es verzwergte die Gebäude ringsum. Jedes Mal, wenn er im Dunkeln herkam, hatte Secundus das Gefühl, auf einen Berg zuzufahren, ein Felsmassiv aus Backstein, grau in der Nacht. Große Gefühle waren Secundus fremd – er wusste das und fand es besser so –, aber auf seine unterkühlte Art empfand er das Kastell als Zuhause, diese Trutzburg mit ihren glatten Mauerzügen und den vier abweisenden, kantigen Türmen verkörperte seinen Heimatsinn. Das Präsidium *war* Dreizehneichen, es war das Kraftzentrum der Stadt, immer verteidigungsbereit, eigentlich dauerhaft belagert, doch bis heute uneinnehmbar und für die Ewigkeit gebaut. Das Müller'sche Kloster im Park schien Secundus dagegen ein exzentrisches Spielzeug zu sein, Raum gewordener Okkultismus, der ihn mit zunehmendem Alter immer ungnädiger stimmte.

Kaum dass die Droschke zum Stehen gekommen war, floh er vor Kammholz die breiten Stufen hinauf, missachtete den Wachtmeister, der die schwere Tür für ihn aufstemmte, und sog zufrieden den mineralischen Duft des Gebäudes ein, während er über die weite, leere Ebene der Eingangshalle auf das von mächtigen Säulen getragene Treppenhaus zustrebte. Ein paar Mal, erinnerte er sich, war er drüben Aufzug gefahren, in Käfigen aus Spiegelglas. Er schnaufte, weil ihn das Stufensteigen erschöpfte. Kammholz holte ihn schon auf dem Treppenabsatz ein.

Im ersten Stock, den die Abteilung XIII komplett belegte, roch es wie immer nach Bohnerwachs. Im kühlen, dunklen Flur hallten ihre Schritte, im Bureau war es gespenstisch still. Leere, buckelnde Schreibtische, soweit das Auge reichte, nur ganz am Ende, in seinem Vorzimmer, brannte zu Secundus' Überraschung Licht. Einen Augenblick hielt er inne, die Hand auf eine stoffbezogene Tischplatte gestützt, dann wurde ihm klar, dass die Schaf nicht schlafen konnte. Es wunderte ihn nicht. Was hatte die alte Jungfer anderes als seine Abteilung? Was sollte sie in ihrem kalten Bett?

Tatsächlich gab es Tage, an denen er die Traurigkeit ihrer Existenz als Zumutung empfand, so sehr, dass er sie am liebsten hätte versetzen lassen. Am Ende aber hatte ihn jedes Mal weniger sein Mitleid als ihr Bienenfleiß davon abgehalten. Er konnte nicht leugnen, dass sie selbst mit ihren beschränkten Mitteln eine Stütze der Abteilung war. Nur sah er sie eben so ungern welken – seinet- und nicht ihretwegen –, und weil sie unverheiratet war, welkte sie naturgemäß schnell. Es war nicht recht, wenn Frauen keine Kinder hatten, dachte Secundus. Das Fräulein Schaf hatte nichts als seine Akten und ihre ausgeklügelte Ablage für den Wächterbericht.

Einen Moment lang sah er zu, wie sie im steten Schein der neuen Argand-Lampe mit zitternden Händen Blätter sortierte, dann schreckte er sie mit einem zackigen *Guten Morgen* auf. Das war nicht frei von Bosheit: Unvorteilhaft zuckend ließ sie die Papiere fallen. Dann rückte sie, um sich zu fassen, die Schubertbrille zurecht und ordnete mit hunderttausendfach geübter Geste ihren staubgrauen Dutt.

»Herr Oberst!« Sie erhob sich. Nicht mal ihr kaftanartiges Kleid konnte ihre Birnenform verschleiern. »Was machen Sie denn schon hier? Guten Morgen.« Sie nestelte an ihrem geklöppelten Kragen. »Und der Leutnant Kammholz …« Über Secundus' Schulter hinweg nickte sie Kammholz zu. »Gibt es einen Notfall?« Es schien ihr peinlich zu sein, dass es nun Zeugen ihrer schlaflosen Einsamkeit gab. Secundus beschloss, die Uhrzeit nicht zu erwähnen.

»Ein Übertritt, Fräulein Schaf«, brummte er. »Ein unbekanntes Lid in Unterbaum.«

»Oh«, sagte sie spitz. »Ich verstehe.« Sie senkte den Blick und ordnete ein wenig fahrig die Papiere auf dem Tisch.

Keines davon, dachte Secundus seltsam zufrieden, würde ihn morgen kümmern müssen. Er hatte jetzt Wichtigeres zu tun. Es hatte einen Übertritt gegeben. Durch ein bis dato unbekanntes Lid. Zum ersten Mal in dieser Nacht spürte er den alten Kitzel.

»Möchten Sie Tee, Herr Oberst? Sie, Herr Leutnant?«, fragte die Schaf.

Secundus schlug ihr Angebot nicht einmal aus. Er wandte sich Kammholz zu, der den schon halb geöffneten, offenbar ausgetrockneten Mund gleich wieder zuklappte.

»Holen Sie ihn jetzt her«, knurrte Secundus. »Direkt in mein Bureau. Und Sie, Fräulein Schaf«, sagte er noch, schon auf dem Weg hinter seinen mächtigen Schreibtisch, »zügeln bitte Ihre Neugier.«

Secundus war jetzt ganz bei sich. Er entzündete die Lampe und regulierte den Docht. In einem Wächterbericht hatte er neulich von *Mikrophonen* gelesen, denen man auftragen konnte, Licht zu machen. Er hatte das Prinzip so wenig verstanden wie Nusselt, der spürbar verwirrte Verfasser des Berichts, aber die Sache selbst war ihm bedeutsam erschienen, weil sie die Beschleunigungskrise so anschaulich illustrierte. Der Strom war drauf und dran, die Welt da drüben mit sich fortzureißen. Es würde der Moment kommen, in dem sie tatsächlich nicht mehr *menschlich* war und er nach einem Übertritt einen *Automaten* würde verhören müssen, wenn auch vielleicht einen, dem noch ein Rest menschliches Blut durch die Adern floss. Schon jetzt hatte er das Gefühl, seine Wächter auf den Mond zu schicken, und oft kehrten sie *beschädigt* von ihrer Mission zurück, unfähig, das eine und das andere Berlin noch zusammenzudenken. Selbst wenn sie fest im Glauben waren und außerhalb der Mauern des Kastells pflichtgemäß über ihre Erfahrungen schwiegen, blieb doch oft ein gewisser Glanz in ihrem Blick zurück: Sie hatten Wunder gesehen und waren wundergläubig geworden. Alle Wunder drüben aber waren Wunder ohne Gott. Wiewohl man sich ja vielleicht göttlich wähnte, befahl man einem Mikrophon, es werde Licht.

Secundus stülpte den Glaszylinder über die Flamme und hatte plötzlich nicht übel Lust, es einmal selber zu probieren. Über kurz oder lang, dachte er, würde er in Verhören wie dem anstehenden um seine Autorität ringen müssen. Früher oder später würde er einem Zwölfweltler begegnen, der in ihm nicht den Oberst der mächtigen Policey Dreizehneichens, sondern einen unterentwickelten Wilden sehen würde, auch wenn es in Wahrheit natürlich genau umgekehrt war. Er, Secundus Falke, war Mensch geblieben – der Mann jedoch, den Kammholz gleich in sein Bureau bringen würde, war schon ein halber Automat, Opfer eines vermeintlichen Fortschritts und Täter, denn der Fortschritt fraß alle seine Kinder auf. Er machte sie schwach und überheblich.

Secundus musste oft daran denken, wie verändert Primus nach seiner Wächterzeit zurückgekehrt war. Aber Primus hatte schon immer etwas Beichtvaterhaftes umgeben. Am Ende hatte er wahrscheinlich auch ihn einfach an den Okkultismus verloren, der in Dreizehneichen grassierte wie die Pest.

Sollte er die Mütze auflassen oder absetzen? Secundus rückte den Stuhl zurecht und brachte sich in Positur. Er legte die Mütze auf den Tisch und lehnte sich zurück. Er verschränkte die Arme vor der Brust. Er hörte Schritte. Von Kammholz überragt, erschien der Zwölfweltler in der Tür, und Secundus begrub augenblicklich alle Ängste um seine Autorität. Es war eine Nacht voller Kinder: Da stand ein verschreckter Junge, weiß wie ein Leintuch.

Kammholz schob ihn in den Raum. Der Kleine hielt sich kaum noch auf den Beinen. Das Kinn klebte ihm auf der Brust, das ungeschnittene, maulwurfsfarbene Haar fiel ihm in die Augen. Er wagte erst aufzusehen, als Secundus ihm barsch befahl, Platz zu nehmen, was aber nur gelang, weil Kammholz ihn rüde auf den Besucherstuhl drückte. Einen Moment lang starrte der bleiche junge Mann mit weit aufgerissenen Augen an Secundus vorbei, dann senkte er schnell wieder den Blick, hob eine Hand und drückte die Fingerknöchel wieder und wieder gegen seine Schläfe. Wenn er Pech hatte, dachte Secundus, dann hatte dieses Männchen den

Verstand schon verloren. An der Wand hinter seinem Rücken hing ja nichts weiter als die Uhr. Aber gut, ja, es war eine Uhr mit dreizehn Ziffern.

Secundus stützte die Hände auf den Tisch. »Ich bin Oberst Falke«, sagte er. »Ich bin der ranghöchste Offizier, mit dem Sie es zu tun haben werden. Ich leite nicht nur dieses Verhör, sondern sämtliche Ermittlungen bezüglich Ihres Eindringens. Meine Befugnisse reichen weit. Was Sie angeht, sind Sie quasi unendlich. Ich rate Ihnen also, umfassend und ehrlich auszusagen. Haben Sie mich verstanden?« Er hielt einen Augenblick inne. Dann wurde er unvermittelt laut. »Und nehmen Sie verdammt nochmal die Hände aus dem Gesicht!«

Der junge Mann zuckte zusammen und ließ das dünne Ärmchen sinken. Er hatte jetzt eine Gänsehaut. Vielleicht fror er ja in dem ungeplätteten Lappen, der seine Hühnerbrust bedeckte. Vielleicht würde er sich auch gleich in seine grässliche Nietenhose machen.

»Sie heißen?« Das war noch zäher als erwartet. »Sie heißen?«, brüllte Secundus.

Kammholz, der steif wie ein Besenstil hinter dem Kerlchen stand, mischte sich ein. »Moritz Bang«, sagte er. »Er hat mir seinen Namen auf dem Weg hierher genannt.«

In Secundus stieg der alte Kammholz-Ärger auf. Allerdings wollte er sich in dieser Situation nicht die Blöße geben, seinen Leutnant anzufahren.

»Moritz Bang«, wiederholte er. Er musste sich zügeln. Er durfte *Moritz Bang* nicht weiter verschrecken. Wenn *Moritz Bang* jetzt umfiel, hatte niemand etwas davon. Dann würde Kammholz bloß mit dem Riechsalz hantieren, als hätten sie es mit einem blutleeren Fräulein zu tun, das soeben theatralisch auf eine Chaiselongue gesunken war.

Ja, genau, Moritz Bang hatte etwas Weibisches. Das war in der Zwölfwelt weit verbreitet und wurde immer schlimmer: Die Männer verwandelten sich in Frauen und die Frauen verwandelten sich in Männer. Secundus strich sich über den Bart. Es sollte ihn beruhigen. Er dachte über seine nächste Frage nach.

»Wo bin ich? Können Sie mir bitte sagen, wo ich bin?« Zum ersten Mal sah Moritz Bang ihn wirklich an, scheu, verschreckt, ein Reh im Angesicht eines flintenschwingenden Jägers. Der Jäger war Secundus selbst.

Secundus verschränkte die Finger. Er beugte sich vor. Väterlich tun war etwas für den anderen Falke-Bruder, aber er konnte es ja wenigstens versuchen. »Sie sind in Berlin, Herr Bang«, sagte Secundus. »Sie befinden sich in Dreizehneichen, dem dreizehnten Bezirk Berlins.«

Moritz Bangs Rechte fuhr schon wieder zu seiner Schläfe hinauf, dann jedoch flackerte sein auf Secundus gerichteter Blick und er ließ den Arm wieder sinken. Sein Gesicht war eine Maske aus Verzweiflung. Er sperrte den Mund auf, aber heraus kam nicht mehr als ein schwaches Krächzen.

»Oh ja«, sagte Secundus. »Ich weiß. Das kommt für Sie überraschend.« Er ließ eine Kunstpause folgen. »Kennen Sie Ihre Klassiker, Herr Bang?«

Es war ihm nicht ganz klar, ob der Junge ihn überhaupt noch erkennen konnte. Sein Blick war verschleiert, das Weiße in den Augen rot. Natürlich kannte er seine Klassiker nicht. Drüben kannte niemand seine Klassiker, das war vorbei. »Es gibt mehr Ding' im Himmel und auf Erden, als Eure Schulweisheit sich träumt, Horatio«, sagte Secundus, obwohl Moritz Bang eher ein geschrumpfter Hamlet war, ein Zauderer und nahe am Wahnsinn gebaut. Aber bestimmt war auch das zu viel der Ehre. »Hören Sie mich noch, Herr Bang?«

Zu seiner Überraschung nickte Moritz Bang. Dann flüsterte er: »Entschuldigung, aber ich bin nicht sicher, ob es Sie gibt.«

»Bitte?« Wahrscheinlich war das eine Unverschämtheit, aber

Secundus ließ sie ungeahndet passieren. Er musste hier vorwärtskommen, das Ganze war schon umständlich genug.

»Ich habe Wahnvorstellungen«, sagte Moritz Bang. »Schon seit ein paar Tagen. Ich sehe Türen, die es nicht gibt, und hinter diesen Türen ...«

»Ja?«, sagte Secundus, weil der Junge schon wieder stockte.

»Sie«, sagte Moritz Bang. »Und ihn.« Er meinte Kammholz. »Das alles hier. Die Uhr.« Mit seinem Mädchenfinger wies er auf die Wanduhr in Secundus' Rücken. »Wallasch hatte auch so eine.«

»Wallasch?«

»Ich habe OCD«, sagte der Junge, statt Secundus' Frage zu beantworten. »Ich bin Triskaidekaphobiker, unbehandelt. Ich leide an magischem Denken.«

Secundus stöhnte. Für diesen Dreck hatte er jetzt keine Zeit. Er wusste, dass viele Zwölfweltler schwermütig waren. Es wunderte ihn nicht. Er sagte: »Wie bedauerlich, Herr Bang.« Und dann sagte er: »Erzählen Sie doch ein bisschen von diesem Wallasch.«

Der Fundus ist unbesetzt?« Secundus verkürzte seine Schritte, damit die Schaf auch mithalten konnte. Er durchmaß den hallenden Gang und sie hielt trippelnd Anschluss. Es roch unverkennbar nach Bohnerwachs. Hinter der langen Fensterreihe zum Hof wurde es nur zögerlich Tag. Natürlich war noch niemand im Fundus.

»Um diese Zeit schon, Herr Oberst. Aber ich kann Ihnen zur Hand gehen. Ich bin ja eine alte Frau. Falls Sie sich um die Schicklichkeit …«

Er grunzte, nur damit sie nicht weitersprach. Die Schaf und Fragen der Schicklichkeit band man besser nicht in einem Gedanken zusammen. Wollte sie etwa einen Blick auf Kammholz' Weißwäsche werfen? Er verscheuchte den Gedanken wie eine Pferdebremse und nahm die Treppe in Angriff. Das breite, steinerne Geländer überließ er ihrer wächsernen Altfrauenhand.

»Ist denn das Verhör zu Ihrer Zufriedenheit verlaufen?« Mit der Linken hatte sie ihren schwarzen Leichensack gerafft. Sie fragte beiläufig.

Er grunzte wieder, nicht ganz so sehr in Gedanken, wie er tat. Was ging es die Schaf an, wie seine Verhöre verliefen? Andererseits: Es war ein Lid. Ihre Neugier war begreiflich. »Wir stehen noch ganz am Anfang, Fräulein Schaf«, brummte er halb versöhnlich zu ihr hinauf, während er sie auf dem Treppenabsatz erwartete.

»Sie haben keine Vermutung?« Ein blanker Vogelblick über den

Rand der Schubertbrille, dazu ein großmütterlich verschmitztes Lächeln. Er wusste: Die Schaf hielt große Stücke auf ihn. Sie war nicht dumm und schätzte seinen scharfen Verstand. Und nach einer einsamen Nacht über alten Wächterberichten stand ihr der Sinn vielleicht auch einfach nach ein bisschen Unterhaltung. »Mir«, sagte sie, neuerlich den Kaftan raffend, weil es wieder treppab ging, »ist der junge Mann ja eher bedauernswert vorgekommen. Wie er so durch das Vorzimmer schlich. Herr Oberst.«

»So?«

»Ja, Herr Oberst.«

»Ein armer Tropf, meinen Sie …«

»Eher ein reiner Tor.« Ein schneller, fragender Blick, ob sie zu weit gegangen war. Dann konzentrierte sie sich wieder auf den Abstieg.

»Reinheit ist drüben selten, wertes Fräulein Schaf. Sie ist dort abhandengekommen, nicht wahr?«

»Gewiss. Und doch: Er ist noch fast ein Kind.«

»In unseren Augen, Fräulein Schaf. Nur in unseren Augen«, sagte er, sich großmütig einschließend, obwohl Frauen doch erkennbar schneller alterten als Männer. Für Frauen gab es keine besten Jahre. »Sie machen sich ja keine Vorstellung, wie das drüben ist«, sagte er. »Sogar die Kindheit wird den Kindern dort immer schneller geraubt.« Er hörte sie anteilnehmend seufzen, fast kam er ein wenig in Fahrt. »Und zugleich«, sagte er, »bleiben die Erwachsenen drüben auf ewig Kinder. Das plärrende Wollen, Fräulein Schaf, das bewahren sie sich. Verzicht und Demut und alles andere, was Reife ausmacht, ist ihnen dafür gänzlich unbekannt. Sie lesen doch den Wächterbericht, gewinnen Sie da nicht denselben Eindruck?« Betrieb er jetzt Konversation oder meinte er es ernst? Oder machte er nur seinem Ärger über die allzu zahlreichen Kinder Luft, die in dieser Nacht seinen Weg gekreuzt hatten? Wenn er darüber nachdachte: Moritz Bang war nicht das schlimmste unter ihnen gewesen. »Ja«, sagte er etwas unvermittelt zur leise schnaufenden Schaf. »Vermutlich verdient er Ihr Bedauern.«

»Dann ist er kein Spion, Herr Oberst?«

»Aber Fräulein Schaf!« Er gab seinem Tadel einen spielerischen Anstrich. Andererseits: Sie las den Akt ja doch. Sie musste ihn schließlich pflegen. Er räusperte sich. »Ich kann es mir nicht vorstellen.« Er überblickte jetzt die enorme, fast völlig verwaiste Eingangshalle und das versetzte ihm einen Stich: Drüben machten sie die Nacht zum Tag, das andere Berlin schlief nie, und im Kastell hielt außer dem Pförtner nur eine alte Jungfer die Stellung. Und selbst wenn seine Leute am Morgen erschienen: Zur 13. Stunde streiften sie die Ärmelschoner ja schon wieder ab, um sich in Kirchen oder Vortragssälen *aufzurichten*. Er brauchte eine Nachtschicht im Kastell. Er brauchte mehr Männer. Und nein, Moritz Bang war nicht das Problem. Die Zwölfwelt war viel zu sehr mit sich selbst beschäftigt, um Spione zu schicken. Wenn es ein Problem gab, dann hieß es Veil Wallasch.

»Dann steckt ein Fährmann dahinter?«, fragte die Schaf.

Sie hatten die weite Ebene der Eingangshalle erreicht. Kühle, noch nächtliche Luft wehte sie an. In der Ferne leuchtete das Gesicht des tatenlosen Pförtners über dem einsamen Lichtlein am Empfang.

»Wie kommen Sie darauf?« Die Treppe ins Untergeschoss war schlecht beleuchtet. Ganz Kavalier, reichte er ihr seinen Arm.

»Nun, wenn er kein Spion ist … Nach einem Entdecker sah er mir nicht aus.« Lag da leiser Spott in ihrer Stimme? Mochte sie den jungen Mann nun oder nicht? Er hielt sich bedeckt und schwieg bedeutsam.

»Ich hätte gedacht«, fuhr sie fort, als hätte er ihr Antwort gegeben, »es gäbe gar keine Fährmänner mehr.«

»Vielleicht gab es nur keine Bahn, die wir nicht kontrolliert haben«, brummte er.

»Dann gehen Sie von einem Fährmann aus, Herr Oberst?«
Jetzt reichte es aber.

»Hat er denn jemanden erwähnt?«, fragte die Schaf ungerührt
weiter.

Im Untergeschoss brannte Licht. Kammholz musste es entzündet haben. Sie schritten durch die schwankenden Schatten. Es roch
nach Gruft.

»Doch«, sagte er nach einer Weile. »Ich habe entsprechende Anweisungen hinterlassen.« Eigentlich sprach er jetzt mit sich selbst.
»Wir brauchen einen Handelsregistereintrag. Und eine Personen-
überprüfung. Wenn ich zurück bin, sollte das erledigt sein.«

Keine neugierigen Nachfragen dazu. Stattdessen nickte sie wie
ein Vogel. Am ehesten war sie ein seltsam farbloses Huhn.

»Wissen Sie denn, was Sie auf der anderen Seite erwartet, Herr
Oberst?«

Sie hatten den Fundus erreicht. Die Tür stand offen. Kammholz
hatte Moritz Bang schon abgeliefert. Er hatte sich beeilt.

»In etwa, Fräulein Schaf.« Er ließ ihren Arm los und machte sich
groß. »So in etwa.«

Der Fundus war mit den Jahren erheblich gewachsen. Er nahm
mittlerweile zwei große Kellerräume ein, vollgestellt mit Schränken
und Regalen. Etabliert worden war er zeitgleich mit dem Wäch-
tersystem, aber Secundus hatte diese bessere Kleiderkammer bald
in eine durchdachte Requisite verwandelt. Er hatte sogar einen
richtigen Requisiteur vom Stadttheater zwangsversetzen lassen,
einen gewissen Hofmann, der mit einer Abstecknadel im Mund
zur Welt gekommen zu sein schien, aber diesen Hofmann hatte er
bald an die Schwindsucht verloren und durch keinen neuen Thea-
termann ersetzt. Stattdessen hatte er das Amt einem ehemaligen
Wächter übertragen, der ohnehin gern auf dem Hintern saß und
seinen Nachfolgern immerhin nicht das Gefühl gab, sie würden

drüben den Karl Moor spielen. Zu viel Staffage war gefährlich, gerade für unerfahrene Wächter bedeutete ein auffälliges Äußeres ein nur noch größeres Risiko. Besser, sie blieben graue Mäuse und brachten ein paar genaue Beobachtungen zur Kleiderordnung drüben mit und nicht, wie der arme Hofmann damals angeregt hatte, überkandidelte Modezeitschriften.

Der eitle Kammholz hätte das vermutlich anders gesehen. Er erwartete sie mit übergeschlagenen Beinen in einem Sessel, der gleich neben dem Empfangstisch stand, und erhob sich aufreizend langsam. Die langen Finger stützte er auf den marmorierten Einband des Hauptbuchs, in dessen Spalten sich jetzt die Schaf würde zurechtfinden müssen. Sie würde das schon schaffen.

»Ich hatte an Polizeiuniformen gedacht, Herr Oberst«, sagte Kammholz.

Secundus lachte kurz und trocken. Beinahe war es tragisch, Kammholz fehlte es an Realitätssinn *und* an Fantasie. Ganz abgesehen davon, dass es im Fundus nicht eine einzige echte Polizeiuniform gab. Wie hätte ein Wächter auch darankommen sollen? Das ganze System war auch ohne geheime Raubzüge ein unkalkulierbares Risiko. Tatsächlich fuhr er nachts manchmal aus dem Schlaf und war plötzlich fest entschlossen, den amtierenden Wächter abzuziehen. Dann saß er senkrecht und schweißnass im Bett, schlaflos meist bis in den frühen Morgen, und malte sich aus, was alles schiefgehen konnte. Unfälle, die den Wächter ins Spital brachten. Zufälle, die die Polizei auf ihn aufmerksam machten. Nachbarn, denen er komisch vorkam. Primus war seinerzeit einmal Zeuge eines Verkehrsunfalls geworden und musste nachher Name und Wohnung wechseln.

Manchmal fand Secundus in solchen Nächten dennoch wieder in den Schlaf, oft aber grübelte er so lange, bis ihm wie ein Traumbild Elise erschien. Elise und ihr letzter, endgültiger Verrat. War sie dazu fähig? Hatte sie die Mittel dazu? Am Ende wurde Dreizehneichen vielleicht wirklich nur vom Unglauben der Zwölfwelt geschützt. Das Kastell, die Policey, seine Abteilung XIII waren nur die Verteidigungslinie dahinter.

Er baute sich vor Kammholz auf. »Oh nein, Leutnant«, sagte er. »Keine Polizeiuniformen, gewiss nicht. Reichen Sie mir doch mal das Licht.«

Immerhin war es eine Argand-Lampe, die ihm Kammholz zerknirscht – oder bockig? – reichte, und Secundus regulierte sie fachmännisch, bevor er in ihrem Schein an einem hohen Schuhregal entlangstrich, darin, in verschiedenen Größen, vor allem diese grässlichen Turnschuhe in kreischenden Farben – durch und durch unmännliches Zeug und überdies Schuhwerk, das die Haltung verdarb. Der Gang bekam notwendig etwas Schleichendes, Schlaffes, wenn man sie trug – und natürlich hatte Moritz Bang solche Schuhe getragen, wenn auch immerhin nicht in einem elektrischen Gelb oder Grün. Angeblich gab es solche Schuhe ja sogar mit Batterien. Secundus' Ekel vor ihnen war körperlich. Überhaupt waren ihm sogenannte Kunstfasern zuwider. Es kam ihm vor, als tauchten sie ihre Körper drüben tagein, tagaus in ein Säurebad.

Seine Finger glitten über das glatt geschliffene Holz des Regals. Holz wurde seines Wissens drüben mittlerweile auch künstlich hergestellt. Es war eine Welt aus Surrogaten. Natürliche Stoffe hatte man dort ebenso eliminiert wie die natürliche Ordnung. Kein Wunder, dass die Menschen drüben unglücklich waren. Primus war damals regelrecht erschüttert zurückgekehrt. Erschüttert vom Unglück ihrer Entfremdung. Secundus' Mitgefühl hielt sich in Grenzen.

»Was suchen Sie denn, Herr Oberst?« Die Stimme der Schaf kam aus dem Dunkel, in dem er sie zurückgelassen hatte. Es war nächtlich kalt hier unten. Dazu der beißende Geruch von Mottenkugeln. »Was vermuten Sie denn auf der anderen Seite?« Die Neugier der Schaf war weiterhin unbefriedigt.

127

»Eine verlassene Herberge.« Kammholz konnte wieder nicht an sich halten. »Weit außerhalb der Stadt. Einsam gelegen. So hat er es im Verhör beschrieben.«

Secundus schwieg. Er zog ein paar schwere schwarze Schuhe aus dem Regal und drückte mit der freien Hand auf ihnen herum. Offenbar hatten sie Stahlkappen. Er überlegte. »Sagen Sie, Fräulein Schaf: Haben wir auch welche von diesen Kattunanzügen?«

Unverständiges Schweigen. Dann, nach einer Weile: »Sie meinen diese Schutzanzüge?«

»Was die Handwerker tragen, genau.«

»*Overalls* heißen die«, meldete sich Kammholz aus dem Dunkel. Secundus hasste Englisch.

Diesmal rumpelten sie durch die lichte Stadt. Der Tag war angebrochen und Dreizehneichen wurde geschäftig. Alte Frauen, noch im Dunkeln von ihren Höfen jenseits der Zollmauer aufgebrochen, schleppten krumm ihre Körbe zum Obstmarkt, ein Straßenfeger zerrte seinen Karren über das Trottoir, ein Droschkenkutscher, noch ohne Kundschaft, las, auf dem Bock in seinen Paletot versunken, das Mitteilungsblatt. Der Zylinder saß schief auf seinem Kopf, dann war er auch schon vorüber.

Erste, frische Sonnenstrahlen trafen die Fassaden, die schmucker wurden, je näher die Allee der Inneren Einkehr kam. Ein Milchwagen brachte sich vor den Bürgerhäusern in Stellung. Der Gaul ließ den Kopf hängen, während der Milchmann um seinen klirrend vollen Wagen schlich und die erste, noch schlaftrunkene Magd erwartete, mit Häubchen und gerade erst vorgebundener Schürze.

Als sie die Allee erreicht hatten, verlangsamte ein müßig daherzuckelnder Omnibus ihre Fahrt, auf dem Oberdeck saß ein einsamer Herr mit gefalteten Händen, vielleicht so müde wie Secundus, aber zweifellos besser gekleidet.

Natürlich waren diese *Overalls* keineswegs aus Kattun, man fühlte sich geradezu räudig darin. Außerdem waren sie rot, Secundus kam sich vor wie ein Zirkusclown, wozu die billige, gleichfalls schreiend rote Mütze mit dem steifen Schirm ihr Übriges tat. Kammholz hatte ihren – natürlich englischen – Namen genannt, aber anders als Kammholz' impertinentes Grinsen, als sein Oberst sie sich im Fundus erstmals über den Schädel zog, hatte Secundus den Namen verdrängt. Das Hutband war aus hartem Kunststoff und drückte.

Kammholz trug die gleiche Mütze und sah damit vollkommen blödsinnig aus. Vor allem das kleine Kavaliersbärtchen rebellierte gegen seinen Aufzug. Seltsamerweise aber schien es ihm nichts auszumachen. Vielleicht überwog einfach die Schadenfreude, seinen Oberst derart entwürdigt zu sehen.

Secundus streckte, soweit die Droschke das zuließ, die Beine aus. Immerhin waren die Schuhe leidlich bequem. Und er blieb dabei: Sich als Handwerker zu tarnen, war die beste Idee. Im Notfall konnten sie vielleicht sogar vorschützen, des Deutschen gar nicht mächtig zu sein. Drüben beschäftigten sie ja massenhaft fremde Arbeitskraft. Natürlich war auch das ein Dekadenzphänomen, und wenn es nicht Teil der allgemeinen Beschleunigungskrise war, wovon Secundus prinzipiell ausging, dann war es doch ebenso prägend. Auf den Straßen dort trieb sich ja mittlerweile das halbe Morgenland herum.

Sie waren nun zurück in Unterbaum, wo sein Tag begonnen hatte, bevor der vorangegangene ordnungsgemäß beschlossen war. In den Hohlwegen der sich neigenden Giebel wurde es niemals richtig hell. Es war ein im Wortsinn zwielichtiges Viertel, und in den krummen Kammern hinter den kleinen Fenstern drängten sich Menschen, die es sich gar nicht leisten konnten, allzu gesetzestreu zu sein. Hier, dachte Secundus, und nicht in den Bürgerhäusern nistete der Widerstand. Auf einmal stand ihm der Sinn nach einer Policey-Aktion, nach eingetretenen Türen, scharfen Befehlen und Gebrüll.

Das Lid hatte sich zur Unzeit geöffnet. Jetzt jagte er nicht nur die ungreifbaren *Schwestern*, sondern einen obskuren *Fährmann* dazu. Es war, als kehrte die Vergangenheit zurück, und augenscheinlich war das *nicht* immer etwas Gutes. Wie die schnell kombinierende

Schaf hatte er eigentlich geglaubt, dass das Missionswesen lange hinter ihnen läge.

Er hatte es nie verstanden. Was trieb einen Menschen, Kopf, Kragen und das Wohl eines Gemeinwesens zu riskieren, bloß um einen Zwölfwelter nach Dreizehneichen zu schaffen? Ja, die Gesellschaft drüben war verrottet. Ja, die Beschleunigungskrise beförderte den Prozess der Entmenschlichung. Und ja, es war kein Unrecht, Mitleid mit den armen Seelen zu haben, besonders mit jenen, die auf ihre Art ein Dreizehntes ahnten. Aber bestand die Lösung darin, einzelne Unglückliche zu erlösen? In einem Akt der Übertölpelung zudem? Nein, bestenfalls konnte Dreizehneichen sich selbst retten – und zwar durch Abschottung *und* Beobachtung. Selbst ein Schwächling wie dieser Bang trug, sollte er an seinem Übertritt nicht zerbrechen, doch nur falsche Vorstellungen in die Stadt. Eine vernünftigere Gesellschaft hätte ihn gleich einen Kopf kürzer gemacht.

Wieder kam Secundus der Gedanke, den Wächter abzuziehen. Aber dann stünde er quasi blind vor einem übermächtigen Gegner, dem wie der Medusa täglich neue Köpfe wuchsen. Es wäre der Anfang vom Ende der Abteilung XIII. Es wäre der Anfang vom Ende Dreizehneichens.

Hatte Kammholz wohl mittlerweile so weit wie die Schaf gedacht? *Vermuten Sie die Schwestern dahinter?*, hatte er in seiner blagenhaften Abenteuerlust gefragt. Secundus hätte gern einen Leutnant an seiner Seite gehabt, der etwas taugte.

»Ich gehe davon aus, Sie sind über die Geschichte des Missionswesens informiert, Leutnant?«, sprach er ihn an.

Auf der Bank gegenüber wurde Kammholz etwas steifer. Ein liederlicher Kopfstein versetzte der Kutsche einen Schlag.

»Selbstverständlich, Herr Oberst. Teil der Ausbildung, Herr Oberst. Aber natürlich lange vor meiner Zeit.« Kammholz legte die Hand an die lachhafte Mütze, so sehr ruckelte es jetzt.

»Nun, das war im Großen und Ganzen auch vor *meiner* Zeit«, brummte Secundus. Für wie alt hielt ihn Kammholz eigentlich? »Sie wissen, dass es oft nicht gut ausgegangen ist?«

»Jawohl, Herr Oberst. Viele Selbstmorde, Herr Oberst.« Kammholz' militärische Förmlichkeit machte seinen Aufzug nur noch schlimmer.

»Selbstmord, Wahnsinn, Hysterie. Hysterie vor allem.« Secundus nickte, soweit sich das im Gerüttel der Fahrt bewerkstelligen ließ. »Auch bei den Männern. Es gibt allerdings auch Missionierte, die sich *entwickelt* haben. Denken Sie an den Geheimrat Hinckeldey.«

»Jawohl, Herr Oberst. Ein hochangesehener Mann. Bewunderungswürdig. Eine Stütze der Gesellschaft.«

»Wussten Sie, dass er ursprünglich Mario hieß?«

In Kammholz' Milchgesicht leuchtete ein Grinsen auf. »Ich dachte Heinrich. *Mario* …« Das Grinsen wurde breiter. »Kein Wunder, dass er sich umbenannt hat.«

»Das ist dreißig Jahre her«, wiegelte Secundus ab. Es lag ihm fern, Kammholz zu amüsieren. Er zog den Vorhang zurück und sah auf die graue Gasse hinaus. Ein abgerissener, schmutziger Junge drückte sich, der Droschke ausweichend, gegen eine Häuserwand. »Hinckeldey hat seinen Fährmann später ausgeliefert, wussten Sie das?«

»Nein, Herr Oberst.« Jetzt grinste Kammholz nicht mehr. Dann murmelte er: »Gott sei Dank, Herr Oberst. Undankbar vielleicht, aber korrekt, nicht wahr?«

Secundus ließ die unsichere Nachfrage unbeantwortet. »Der Mann war Wächter«, sagte er. »Er war Hinckeldey in seinem Wächterdienst begegnet. Er hatte Hinckeldey *leiden* sehen. Eine schwere, körperliche Unverträglichkeitsreaktion auf den Strom. Hinckeldey war ein Wrack, drüben.«

»Das war mir unbekannt, Herr Oberst.«

Die Droschke quälte sich durch eine enge Kurve.

132

»Wenn wir vom historischen Missionswesen absehen, Kammholz«, fuhr Secundus fort, »wenn wir all die seit langem verbotenen Vereine zur Läuterung, Umkehr und Abkehr mal beiseitelassen, dann sind es eigentlich immer Grenzer oder Wächter gewesen. Oder Männer, die solche Dienste zuvor versehen hatten.«

»Sie sprechen jetzt von den Fährmännern, Herr Oberst?«

»Von wem sonst?« Secundus verschränkte die Arme vor der Brust. Für einen Augenblick hatte er fast vergessen, dass er diesen *Overall* trug.

»Entschuldigung.« Augenscheinlich dachte Kammholz nach. »Sie wollen damit sagen, Herr Oberst, dass wir …«

»Dass wir es hier kaum mit den Schwestern zu tun haben, junger Mann«, sagte Secundus. »Das haben Sie messerscharf erkannt.« Es tat ihm gut, das festzustellen. Es tat ihm immer gut, wenn er Kammholz eines Besseren belehrte.

Die Droschke hielt mit einem letzten, vergleichsweise milden Ruck, und Secundus, gerüttelt und geschüttelt, angegriffen von seinem Leutnant und ihrer grässlichen Verkleidung, sprang förmlich aus dem Schlag. Er bereute es, kaum dass er auf den Wellen schlagenden Kopfsteinen aufgekommen war, denn unversehens fand er sich drei traurigen Gestalten gegenüber, einem gelbgesichtigen Grauschopf sah er genau ins Gesicht.

Oh, er kannte diesen sauertöpfischen Ausdruck, diese ins reduzierte Minenspiel eingegrabene, auf ewig unabänderliche Kränkung und diese Positur, die bei hängenden Schultern immer nur Affront und Ehrverletzung schrie. Und natürlich drückte sich dieser Wurm eines der neuerdings unvermeidlichen Pappschilder vor die weiche Beule seines Bauchs. *Wacht über die Tore zum Paradiese!*, stand in zittrigem Sütterlin darauf.

Secundus wollte das Kerlchen schon anbrüllen, aber dann wurde er sich seines Aufzugs bewusst, und das Blut schoss ihm aus anderen Gründen ins Gesicht. Mutmaßlich wurde er so rot wie seine Mütze, deren unbeugsamer Kunststoff ihm in die Kopfhaut schnitt. Er rang mit sich. Er holte tief Luft und blies den Brustkorb auf. Zunächst nur gefasst, dann bereits drohend schritt sein Blick alle drei Mitglieder dieser Mahnwache ab: den Graukopf mit seinem traurigen Schildchen, ein jüngeres, schwachbrüstiges Männlein, dem der Fanatismus in den wasserhellen Augen stand, und eine böse Alte, von deren Mund nach jahrelanger Verbitterung nur ein schmaler, farbloser Strich geblieben war. Natürlich trugen sie die Binden, die Alfart ihn einfach nicht verbieten ließ, darauf das lächerliche, von einem Flammenkranz umgebene Schwert – ein groteskes Symbol an sich, aber an diesen saft- und kraftlosen Armen vor allem eine Unverschämtheit und so anmaßend wie der Name, den sich dieser Verein gegeben hatte: *Legion des Erzengels Uriel.*

Seit geraumer Zeit tauchten seine miesepetrigen Mitglieder in immer kürzeren Abständen an den verschiedensten Ecken auf: um gegen – sich tatsächlich häufende – Einbruchsdiebstähle zu protestieren (nichts, was in den Aufgabenbereich der Abteilung XIII gefallen wäre), um sich über eine bitter notwendige Baumaßnahme zu beschweren (weil sie angeblich das historische Stadtbild verschandele, als würde in Dreizehneichen nicht immer auf dieselbe Weise gebaut), oder (das vor allem) weil sie ein Haar in der Suppe der 13. Stunden gefunden hatten – vielleicht waren sie ja sogar vor Kammholz' Veden-Vortrag erschienen, vorwürfig wie immer und wie immer stumm. Sogar im Park hatten sie schon gestanden, unweit des Müller'schen Klosters, und hatten gegen fremdartige fernöstliche Einflüsse auf die Seelenpflege protestiert, aber nicht einmal da war Alfart eingeschritten.

Aber mittlerweile hatte Secundus begriffen, dass nicht nur mediokre, machtlose Gestalten wie dieses ihn hier erwartende Empfangskomitee der *Legion* angehörten, sondern dass es darüber hinaus in den Logen und Palais, in denen Alfart sich herumtrieb, auch durchaus einflussreiche Uriel-Anhänger gab, solche, mit denen es sich Alfart keinesfalls verderben wollte. Himmelherrgott, es hatte Secundus seit jeher gestört, dass sich der Generalpoliceydirektor wie ein Politiker benahm!

Secundus' Wut brauchte Erleichterung. Er baute sich vor dem Grauschopf auf, dampfte ihn mit seinem Drachenatem an und riss ihm dann das jämmerliche Pappschild aus den Händen, um es genüsslich auf die Kopfsteine zu schmettern und dann mit der modernistischen Gummisohle seines Stahlkappenschuhs mehrfach darauf zu treten. Er mochte in einem lächerlich roten Overall aus juckenden Kunststofffasern stecken, aber wer, bitte schön, war hier denn der Wächter am Tor zum Paradiese? Diese Phalanx der Kleingeister etwa? Wenn hier jemand der Uriel Dreizehneichens war, dann doch Secundus Falke!

Den seines Pappschilds beraubten Grauschopf würdigte er keines weiteren Blicks. Secundus schnaubte, stürmte am verdatterten Kammholz vorbei und stieß mit übertriebener Wucht die niedrige Tür zum Saal auf. Am Türblatt heftete noch immer der Hinweis auf die Séance – eine Sache mehr, die den orthodoxen Jüngern Uriels nicht passte. Dann durchmaß er mit schnellen Schritten den bedrückend engen Flur und platzte in den schäbigen Saal. Zwei Pickelhauben, die hier ihren Dienst verdämmert hatten, rappelten sich erschrocken auf und grüßten.

Secundus grüßte nicht zurück. Stattdessen herrschte er sie an: »Woher wissen diese Leute da draußen, was hier vor sich geht?« Dann erst wurde ihm klar, dass das traurige Häuflein hier drinnen das traurige Häuflein da draußen nicht einmal hatte bemerken können. Er hatte ja selbst verfügt, dass sich die Wachtmeister im Saal aufzuhalten hatten – um Protestler wie die da draußen gar nicht erst anzulocken.

Er fuhr herum. »Kammholz, wo bleiben Sie denn?«

Sein Leutnant stand schon hinter ihm, hochaufgeschossen in Kunstfaserrot.

»Haben Sie eine Erklärung dafür?«, fauchte Secundus.

Kammholz blieb erstaunlich gefasst. »Sowas spricht sich leider herum, Herr Oberst. Man kennt sich im Viertel, und hier ist nach der 13. Stunde einiges los gewesen. Das bleibt nicht unbemerkt.«

»Na prima.« Vermutlich misslang es ihm, seine plötzliche Ratlosigkeit zu verbergen. Dann war es also raus, dass es einen Übertritt gegeben hatte. Das machte die Sache nicht leichter und setzte ihn zusätzlich unter Druck. Alfart würde umso schneller Antworten haben wollen. Secundus holte tief Luft, um die Fassung zurückzugewinnen. »Dann lösen Sie die Versammlung da draußen mal auf, meine Herren«, sagte er scheinbar gelassen zu den Pickelhauben. »Und Sie, Leutnant, kommen mit mir.«

Bis er die kleine Bühne erklommen und die enge Kammer dahinter erreicht hatte, hatte er sich halbwegs beruhigt. Er ließ Kammholz ein Licht entzünden und sah sich noch einmal um. Das Regal mit den billigen Kerzen, die dick geschwollenen Sessel, die den Weg versperrten, auch der verdächtige Bottich war noch da.

Secundus heftete den Blick auf den die gefährliche Tür verhängenden Filz, dann zwängte er sich an den Sesseln vorbei und riss den Vorhang mit einem Ruck zur Seite. Länger, als ihm lieb war, starrte er auf die Klinke. Fast bedauerte er, nicht mehr so wütend wie gerade eben zu sein. Es war immer ein Risiko, durch ein Lid zu treten, und er trug sich nicht gern mit Bedenken.

Er wechselte den Ton, vielleicht aus Schwäche. »Wie oft waren Sie jetzt drüben, Herr Leutnant?«, fragte er.

»Das ist mein zwölftes Mal, Oberst. Ausgerechnet.«

»Nun denn.« Secundus straffte sich, soweit seine Verkleidung das zuließ. »Sie bleiben besser hinter mir.«

In aller Regel war Verlass auf die Beschränktheit der Zwölfwelt. Im Zweifel traute man drüben den eigenen Augen nicht, zwinkerte, so man jemanden aus einer Wand treten sah, zweifelte an sich und schwieg aus Furcht vor dem Irrenhaus. Und auch das schien Secundus ein Phänomen der Beschleunigungskrise zu sein: Jedermann rechnete jederzeit mit seinem seelischen Zusammenbruch – auch wenn so ein Gedanke natürlich verdächtig nach dem weich gewordenen Primus klang.

Aber so war es: Der gemeine Zwölfwelter stand immer am Rande des Kollaps. Dazu kam, dass man drüben in einer Gesellschaft voller Fälschungen lebte, was, wenn Secundus die Wächterberichte richtig deutete, vor allem an einer Inflation vermeintlicher Abbilder lag, die in Wahrheit gar keiner beobachtbaren Wirklichkeit mehr entsprachen. Secundus hatte Photographien gesehen, deren grelle Farben die Natur nicht kannte. Er hatte von Filmen gehört, in denen man *zusehen* konnte, wie Raketen ferne Planeten umkreisten, Drachen auf Burgzinnen landeten oder Menschen sich in Maschinen verwandelten – verräterischerweise. Und vielleicht musste man ja nur genug von diesem Unfug gesehen haben, um sich nicht länger darüber zu wundern, dass sich ein in einen schreiend roten *Overall* gehüllter Oberst der Policey Dreizehneichens mir nichts, dir nichts aus einem Stück Mauerwerk schälte.

Natürlich hatte es auch unschöne Szenen gegeben. Spiegelzersplitterndes Kreischen, als ein Aufzug in einem 13. Stockwerk hielt, das es nach dem Dafürhalten der mitreisenden Hysterikerin gar nicht gab; ein böser Anfall auf einem Trottoir irgendwo im zersiedelten Köpenick, als ein unvorsichtiger Wächter aus dem Gartentörchen von Hausnummer 13 trat, einem Wohnhaus, das der ansässige, nun auf den Gehsteigplatten zuckende Zwölfwelter mangels Begabung einfach nicht sehen konnte.

Ernste Folgen hatten solche Unfälle Gott sei Dank nie gehabt, für den Augenblick aber machten sie durchaus Kummer. Wem so etwas geschah, der musste das Weite suchen, im Zweifel, auch ohne Hilfe zu leisten. Die weitgehend nutzlose Abteilung XII machte dann eine Aktennotiz und überarbeitete ihre Karten, die sämtliche Inseln verzeichneten und alle Lider dazu – solche, die sich von selbst wieder geschlossen hatten, und solche, die man dreizehnseits hatte tilgen lassen.

Denn leider war es das Wesen einer jeden Grenze, durchlässig zu sein. Grenzen schienen, so widersinnig das klingen mochte, zum Übertreten gemacht. Die Abteilung XIII führte letztlich einen verzweifelten Abwehrkampf, und in seinen stillen Stunden, wenn er schlaflos wie die Schaf in seiner dunklen Stube hockte, glaubte Secundus nicht an Rettung. In der Zwölfwelt fielen die Grenzen täglich – die sichtbaren wie die unsichtbaren, die des Anstands und immer öfter sogar die der Natur –, während Dreizehneichen sich immer ängstlicher verbarg und selbst überlebensnotwendige Veränderungen scheute. Ihm jedenfalls war von Mal zu Mal mulmiger, wenn er die Grenze übertrat.

Secundus Falke stieß die Tür auf. Für einen Augenblick – und zwar genauso lange, wie der auf einmal verzagte Kammholz brauchte, ihm über die Schwelle zu folgen – war der schmale Rückraum des schäbigen Saals eine offene Wunde.

»Jetzt machen Sie schon!« Secundus schloss blindlings die Tür, sein Blick wanderte über die ochsenblutroten Dielen eines heruntergekommenen Flurs. Nummerierte Türen links und rechts und am Ende des Gangs eine Treppe, in der das Licht des frühen Morgens stand. Sie hielten den Atem an und lauschten, aber einstweilen blieb die entfremdete Welt stumm. Nur die leisen Töne, die ein altes Haus eben machte, drangen an Secundus' Ohr. Zu seiner Erleichterung unterschieden sie sich nicht vom Ächzen und Stöhnen der altehrwürdigen Gebäude Dreizehneichens.

Menschliches war nicht zu hören. Keine Stimmen, keine Schritte und auch nicht das Geklapper morgendlichen Eifers. Moritz Bang hatte von einem verlassenen Haus weit draußen gesprochen, und Secundus hatte ihm schon in der Nacht geglaubt. Jetzt war er sich beinahe sicher: Sie hatten es mit einer traurigen Ruine zu tun, dem, was die Zwölfwelt allein aus Teilnahmslosigkeit von der Tradition übrigließ, denn so sie ihre Denkmäler nicht aushöhlte und elektrifizierte, ließ sie sie verrotten und verfallen, um sie schließlich in einem Akt der Barbarei ganz wegzureißen.

»Sichern Sie die unteren Stockwerke, Leutnant«, befahl Secundus, sobald er sich ganz sicher war. Er sah zu, wie Kammholz den Flur durchmaß und das lächerliche rote Käppchen Stufe für Stufe treppab verschwand.

Dann begann er, das Stockwerk zu durchsuchen, und fing bei Zimmer 14 an. Es stand nicht mehr als ein eisernes Bettgestell darin. Es roch nach Staub und einer toten Maus unter den Dielen. Nummer 15 sah so ähnlich aus, auch wenn es dort ein wenig besser roch.

Mechanisch nahm sich Secundus die andere Flurseite vor. Er rechnete eigentlich nicht damit, hier oben etwas zu finden. Er sicherte Zimmer neun, öffnete in Nummer zehn einen gähnend leeren Schrank, in Nummer elf konnte er nicht mehr als eine Steckdose entdecken – ehemals weiß, nicht schwarz wie die Lichtschalter draußen. Wahrscheinlich waren alle Wände hier oben von Aluminiumleitungen durchzogen, bestimmt hatte man sie nachträglich dafür aufgestemmt – in einer grauen Vorzeit, an der Dreizehneichen nicht teilgehabt hatte. Über kurz oder lang also würde ein unbeherrschbarer, widernatürlicher Funken alles hier in Schutt und Asche legen.

Er öffnete die Tür zu Zimmer zwölf und verharrte beinahe lustlos auf der Schwelle. Sein Blick wanderte vom halbblinden Fenster zum obligatorischen Bett mit seinem Gitterrost. Er hörte Kammholz' Schritte, der sich nun offenbar auf den Weg ins Erdgeschoss machte, und war schon drauf und dran, umzudrehen, als sein Instinkt ihn doch ins Zimmer schickte. Einen Augenblick lang stand er bloß vor dem Bett, dann schob er es mit einem heftigen Ruck zur Seite, weil da etwas unter dem Gitter zu liegen schien. Das alles machte mehr Krach, als ihm lieb war, aber dann kniete er schon im flockenden, verdächtig ungleichmäßig verteilten Staub, den Blick fest auf die fingernagelgelbe Steckdose oberhalb der Fußleiste gerichtet, in der ein blütenweißer Stecker steckte, aus dem sich ein ebenso blütenweißes Kabel wand.

Secundus hatte seine Hausaufgaben gemacht: Er wusste sehr genau, was er da gefunden hatte. So füllte man die neuartigen Telephone mit Strom. *Ladekabel* – das Wort hatte ihm gefehlt. Mit einem *Ladekabel* verband man Gerät und Steckdose und verschaffte sich so einen Vorrat an Strom, damit man die Telephongeräte einfach mit sich herumtragen konnte. *Akkumulator* nannte man die neue Sorte Batterie, die dafür in die tragbaren Telephone verbaut wurde – Secundus hatte diese Begrifflichkeiten gepaukt wie zu Schulzeiten lateinische Vokabeln. Ein Telephon allerdings war im Staub unter dem Bett nirgends zu entdecken, Secundus zog allein Stecker und Kabel aus der Wand und erhob sich ächzend.

Moritz Bang hatte beim Übertritt kein Telephon bei sich gehabt, und im Kastell hatte er ausgesagt, auch keines zu besitzen. Wenn das hier also nicht Moritz Bangs *Ladekabel* war, wem gehörte es dann? Etwa »Veil Wallasch«? Aber wenn es »Veil Wallasch« gehörte, wo war dann das eigentliche Gerät? Hatte »Wallasch« es durch das Lid getragen? In Dreizehneichen nützte es ihm nichts. Niemand konnte in oder nach Dreizehneichen telephonieren – und das Risiko, mit einem Gerät voller Strom aufgegriffen zu werden, war so unnötig wie groß.

Secundus bändigte das widerspenstige Kabel, indem er es sich in die Tasche stopfte – Taschen hatte sein abscheulicher *Overall* ja genug. Dann rückte er das schwere Bett zurück an seinen Platz und machte sich auf den Weg ins nächste Stockwerk, wo er das von Bang beschriebene gelbe Zimmer fand. Hinter dem Fenster lag ein stiller, von der Sonne beschienener See.

»Leutnant?« Er verharrte am Fuß der Treppe. Zu seiner Rechten ging es durch einen gekachelten Windfang hinaus. Der schlecht beleuchtete Rückraum der Eingangshalle war mit zu vielen Sesseln und einem ledernen Sofa vollgestellt, alles auf einen abgewetzten Teppich gewürfelt. In der Luft hing säuerlicher Biergeruch, Secundus hörte Kammholz' hallende Schritte in einem nicht allzu weit entfernten, offenbar leeren Raum. »Leutnant?«

»Niemand hier, Oberst. Alles verlassen.«

Secundus nickte, nur für sich. Dann trat er zur Sitzgruppe vor, legte eine Hand auf eine kühle Sessellehne und betrachtete den tiefen Tisch. Die Gläser waren zwölfweltlich, aber der Zinnkrug stammte im Zweifel aus Dreizehneichen. »Veil Wallasch« war offenbar ein fürsorglicher Mensch. Womöglich hatte er Bang durch das Lid mit Lebensmitteln versorgt.

Plötzlich stand Kammholz neben ihm, Secundus war so in Gedanken gewesen, dass er ihn gar nicht kommen gehört hatte. »Und?« Er hatte gezuckt, was ihm unangenehm war.

»Nur das hier.« Kammholz warf ein speckiges, halb zerfleddertes Buch auf den Tisch, geklebt, nicht gebunden, und wie das allermeiste hier drüben zum Wegwerfen gemacht. Es war Dickens' »Raritätenladen«.

»Unwichtig«, brummte Secundus nur, und sein Blick wanderte zurück zum Zinnkrug. »Gibt es hier eine Küche, Kammholz?«

Sein Leutnant wies mit dem Kinn auf eine Tür.

»Durchstöbern Sie die mal«, sagte Secundus, während ihm etwas höchst Sonderbares ins Auge fiel. »Was, um Himmels willen, ist das?« Er bückte sich und hob das Ding auf. Es hatte gleich neben dem Sessel gestanden, zusammen mit einem Rucksack, den er auch erst jetzt bemerkte. Wo hatte er nur seine Augen gehabt? War er früher nicht aufmerksamer, schneller gewesen?

Das Ding war abstoßend hässlich. Die aufgeklebten gallegelben Flocken fühlten sich ganz besonders widernatürlich an. Der Fuß, aus dem es wackelnd ragte, sah nach Blech aus, fasste sich aber auch wie Kunststoff an. Secundus erkannte eine Wäscheklammer – wozu der borstenbesetzte Stil in der Mitte ursprünglich gedient hatte, entzog sich seiner Kenntnis. »Was ist das, Kammholz?«, murmelte er mit in Falten gelegter Stirn.

»Ich würde sagen, das stellt einen Vogel dar, Oberst. Bunt wie es ist, würde ich sagen: vielleicht ein Papagei?«

»So?« Secundus stellte das Ding auf dem Tisch ab, gleich neben dem zerlesenen Buch. Wahrscheinlich hatte beides nichts zu sagen. Dass Moritz Bang nicht ganz bei Sinnen war, war ihm schon vorher klar gewesen. Aber konnte das wirklich ein Vogel sein? Handelte es sich womöglich um eine Art Spielzeug? War die Infantilisierung der Zwölfwelt so weit fortgeschritten? Er bückte sich nach dem Rucksack, froh zu wissen, welchem Zweck ein Rucksack diente. Dann herrschte er, um seine Verwirrung zu überspielen, Kammholz an. »Die Küche, Leutnant!«

Kaum dass Kammholz verschwunden war, ließ er sich in den Sessel plumpsen, setzte die störende Kappe ab und begann den Rucksack auszupacken. Er fand eine mit einem Kinderbild bemalte Tasse, die ihn nun nicht mehr wundern konnte, außerdem förderte er das – schlechte – Abiturzeugnis von Moritz Bang zutage, auf dem die Fächer Griechisch und Latein natürlich fehlten. Dann endlich stieß er zum Wesentlichen vor, dem Schriftverkehr mit »Veil Wallasch«, den Bang Gott sei Dank bei sich getragen hatte. Secundus schob den Zinnkrug, die Gläser, den Dickens und den wackelnden, so überaus hässlichen Papagei zur Seite und breitete die Papiere auf dem Tischchen aus: die ausgeschnittene Annonce ebenso wie die beiden Briefe, die »Wallasch« Bang geschrieben hatte: Das Briefpapier stammte mit einiger Sicherheit aus Dreizehneichen, es hatte nichts mit den hier drüben üblichen verholzten Blättern gemein.

»Schwanstein GmbH«, murmelte er, während er eines der zugehörigen Couverts in den Fingern wog. Das klang ausgedacht, aber was klang hier drüben anders? Nun, in dieser Sache würde ihm der Handelsregistereintrag Klarheit verschaffen, die Schaf würde ihn hoffentlich bald haben. Und alles Übrige war eigentlich sonnenklar. »Veil Wallasch« war tatsächlich ein Fährmann, er hatte gezielt nach jemandem gesucht, den die Dreizehnfurcht empfänglich machte. So musste es gewesen sein: Sämtliche Zusagen, sich am 13. des Monats um 13 Uhr in Wrota einzufinden, hatten ihn nicht gekümmert, er hatte allein auf die eine briefliche Antwort reagiert, die um eine Verschiebung auf ein anderes, unbelastetes Datum bat:

Da Sie zum ursprünglichen Termin verhindert sind, laden wir Sie neuerlich für den 14. September vor ...

Damit war die Falle zugeschnappt – auch wenn »Wallasch« sicherlich in anderen Begriffen dachte. Secundus musterte wieder das Couvert.

Er starrte auf die Handschrift.

Es überkam ihn heiß und kalt.

»Hier, Oberst.« Kammholz war zurück, in der Hand eine Steingutschüssel. »In der Küche ist noch mehr davon«, sagte er.

Secundus schluckte, nickte. Er war nicht ganz bei sich, er musste sich jetzt zusammenreißen. Er verjagte den fetten Frosch in seinem Hals. »Das haben sie alles durch das Lid geschafft«, sagte er mit immer noch belegter Stimme. »So wie den Krug.«

»*Sie*, Oberst? Es sind *mehrere?*« Plötzlich schien Kammholz' Blick zu funkeln, als hätte ihn das Jagdfieber gepackt. »Was ist mit den Briefen?« Er wies mit dem Steinzeug auf den Tisch.

»Ich weiß es noch nicht.« Secundus sammelte die Papiere hastig wieder ein. »Etwas stimmt nicht damit«, hörte er sich sagen, zu seiner eigenen Überraschung. Dann stopfte er einfach alles zurück in den Rucksack, die Annonce, die Briefe – nur nicht die beiden Couverts. Hoffentlich wirkte er nicht fahrig, als er sie sich in den Overall steckte. Er bereute jetzt, den Leutnant mitgenommen zu haben, aber der sah gar nicht hin.

»Den Krug, die Schüssel und dieses Ding da nehmen wir auch mit«, brummte Secundus und stemmte sich aus dem Sessel. »Packen Sie's ein, Leutnant. Wir sehen uns draußen. Ist die Tür da offen?« Er wies zum Windfang hinüber.

»Das habe ich noch nicht überprüft, Oberst.« Kammholz stand immer noch mit seiner Schüssel da, voller Erwartung und offenbar enttäuscht darüber, dass Secundus so maulfaul war. »Entschuldigung«, wagte er sich dann vor. »Eines verstehe ich nicht …«

»Nämlich?«

»Wenn Veil Wallasch ein Fährmann ist, warum hat er Bang dann nicht durch das Lid geleitet?«

Secundus grunzte. Dann bückte er sich nach der elenden Kappe, die er beinahe auf dem Tisch vergessen hätte. Er zog sie sich über und justierte den idiotischen Schirm. »Weil hier etwas schiefgelaufen ist, Kammholz. Oder hier ist etwas faul.«

Die Haustür war unverschlossen, es überraschte ihn nicht. In der Nacht von Moritz Bangs Übertritt war augenscheinlich nichts nach Plan verlaufen. Er atmete einmal tief durch, bevor er über die Treppe nach draußen trat. Schon wieder war er nicht der scharfe Beobachter, der er hätte sein sollen. Er sah bloß ein Entenpaar im Schutz des Schilfs verschwinden, dann wanderte sein Blick über den sonnenverdorrten Steg aufs Wasser hinaus bis hinüber ans andere Ufer, der Herbst hatte die Bäume schon angehaucht. Weit und breit war niemand zu sehen, Wrota schien eine Art Dornröschenschloss zu sein, aber am Ende fand sich ja sogar im Märchen immer ein Prinz, der die Ruhe störte. Er fingerte nach dem Ladekabel, das er sich oben in die Tasche gestopft hatte. Das Ladekabel passte nicht. Es passte nicht zu dem Zinnkrug und dem Steinzeug in der Küche. Es passte nicht zum Briefpapier und der Handschrift auf den Couverts, die ihn so erschüttert hatte. Es machte ihm Hoffnung.

Secundus wandte sich nach rechts, eine halbe Drehung seines müden Körpers. Eine schmale Asphaltstraße wand sich in einer ausführlichen Kehre den Hügel hinauf, um dann hinter dem Haus zu verschwinden. Für ein Automobil war sie auf jeden Fall breit genug, auch wenn die Automobile, wie er wusste, immer größer wurden. Er stellte sich vor, wie eines den Hang hinabkam, sah es im Geist an sich vorbeibrausen und drehte sich nach ihm um.

Sein Blick blieb an einem Nebengebäude hängen, einem nachlässig gemauerten Schuppen mit krummer Doppeltür, eingebettet in altes, moderndes Laub, das Ende einer Sackgasse. Den Blick auf den Boden gerichtet, stapfte er darauf zu. Er war sich ziemlich sicher, dass er Spuren erkannte. Im Schotter, der an die Asphaltdecke anschloss, waren sie schwerer auszumachen, aber im Laub waren sie deutlich ausgeprägt. Ein paar Schritte weiter war er sich sicher: Hier hatte vor nicht allzu langer Zeit ein Automobil geparkt, und es war nicht das Automobil »Veil Wallaschs« gewesen, denn der war aus Zimmer 13 gekommen, zu Fuß, treppab, mit seinem dummen Bierkrug in der Hand.

Laub raschelte unter seinen Gummisohlen. Die Tür zum Schuppen stand einen Spalt offen. Er riss sie auf, als vermutete er einen Einbrecher dahinter, und der Schuppen gähnte ihn an, ein einziger, im ersten Augenblick dunkler Raum, leicht feucht, dem Geruch nach zu schließen, und ohne Funktion wie alles hier.

Secundus' Augen brauchten einen Moment, sich anzupassen. Draußen stand so helles Licht. Er erkannte einen Stapel Reifen auf rostigen Felgen – vermutlich gehörten sie zu einem lange verschrotteten Automobil –, einen Bierkasten voller staubbedeckter, von Spinnfäden verknüpfter Flaschen und ein Sammelsurium windschiefer Regale an den unverputzten Wänden, darauf ein verrostetes Radkreuz, Öldosen, ein eiserner Werkzeugkasten – Requisiten der Automobilisierung, die Secundus weit besser verstand als alles, was die eigentliche Beschleunigungskrise ausmachte. Verglichen mit dem, was danach gekommen war, bargen Kutschen ohne Pferde kein Geheimnis.

Seltsamerweise jedoch war die Staubschicht auf den freien Regalflächen nicht gleichmäßig verteilt. Neben dem Radkreuz hatte noch vor kurzem etwas gestanden, das dort jetzt fehlte. Im Staub fand sich eine Schleifspur. Wurde der Schuppen noch benutzt? Hatte sich Moritz Bang hier herumgetrieben? Leider war Bangs Aussage, was seinen einsamen Aufenthalt in Wrota betraf, ziemlich unzuverlässig gewesen. Er hatte von Wahnvorstellungen gesprochen; er hatte Gespenster gesehen, über die nichts Näheres aus ihm herauszubringen gewesen war, aber wann wusste ein Zwölfwelter schon, ob er Gespenster sah oder etwas, das sich schlicht nicht in sein Weltbild fügte?

Secundus ging mal wieder in die Knie. Er hatte das Gefühl, wie ein altes Schaukelpferd zu knarzen. Die Lichtverhältnisse waren schlecht, er wischte mit der flachen Hand über den unebenen, schmutzigen Boden, stieß vor den Fuß des Regals und hatte plötzlich eine Schachtel in der Hand, federleicht und weiß und neu, nichts, was hier länger als höchstens ein paar Tage liegen konnte.

»Sieh an!« Er sprach sonst nicht mit sich, aber die Überraschung war gewaltig. Auf einmal saß er auf dem Hosenboden seines idiotischen *Overalls* und hielt das Schächtelchen ins Licht. Er hatte einige davon in der Asservatenkammer des Kastells gesehen, konfisziert auf den Schwarzmärkten in Dreizehneichen. Der Name des Medikaments sagte ihm nichts, aber mit großer Wahrscheinlichkeit würde es ein Antibiotikum sein, und vermutlich hatte es niemand anders als »Elise« vor ihm in der Hand gehalten.

Plötzlich brach ihm der Schweiß aus, es war eine wilde, ungekannte Mischung aus Jagdglück, Nervosität und einer Erleichterung, für die er sich schämte. Mit der freien Hand schob er die Kappe zurück und wischte sich mit dem Ärmel die Stirn. Diese Pillen, dieses rappelnde Schächtelchen bedeuteten eine doppelte Lösung, wenn er es nur richtig anstellen würde. Denn was spielte der Fährmann noch für eine Rolle, wenn von Wrota aus eine Spur zu »Elise« führte, die erste seit entsetzlich langer Zeit?

Gut, es gab die Briefe, es gab die Annonce, und – nicht zu vergessen – es gab Moritz Bang. Aber letztlich könnte außer ihm nur Kammholz das Rätsel lösen, und für Kammholz war das Rätsel zu schwer.

»Leutnant!« Secundus stützte sich auf und kam auf die Beine, es

147

war nicht weise, hier herumzubrüllen, aber er war nur ein Mensch. »Leutnant?« Er sah Kammholz am Ufer stehen, schmuck selbst in seinem lächerlichen Aufzug aus dem Fundus. Dann wandte sich Kammholz um und kam mit jugendlicher Leichtigkeit gelaufen. Den schäbigen Raum verdunkelnd, stand er nur Augenblicke später in der Tür.

»Schauen Sie sich das an, Kammholz.« Triumphierend, hoffentlich nicht zitternd hielt ihm Secundus die kleine, weiße Schachtel hin.

»Mein Gott!« Kammholz sah ihn beinahe ungläubig an. »Das ist …« Er lugte an Secundus vorbei in den Schuppen, dann wanderte sein Blick zurück zur Schachtel in Secundus' Fingern, und dann starrte er mit aufgerissenen Augen in Secundus' Gesicht. »Habe ich es nicht gesagt, Oberst?« Ein schiefes Grinsen stahl sich in sein Milchgesicht. Sein kleiner Kavalierbart zuckte. Seine Stimme wurde hell. »Die Schwestern! Ich habe es schon gestern Nacht gewusst! Stimmt's, Oberst? Erinnern Sie sich?« In seiner Verblüffung wurde er seltsam vertraulich, aber für diesmal ließ ihn Secundus gewähren. Die Schwestern, genau. Es waren die Schwestern und *allein* die Schwestern, die in ihrem verdammten Weltverbesserungsfuror verbotene Medikamente nach Dreizehneichen schmuggelten. Es war »Elise« selbst, die unfassbare »Elise«!

Vor Secundus' innerem Auge schien für einen Moment der ikonische Steckbrief auf, das Halbprofil aus Alfarts Besitz, aus dem »Elise« geworden war. Natürlich sah sie schon lange nicht mehr so aus. Wenn seine Erinnerung ihn nicht trog, hatte sie eigentlich nie so ausgesehen.

»Ganz richtig, Leutnant, ganz richtig«, brummte er, auch wenn Kammholz' Selbstlob kindisch und reichlich übertrieben war. Schließlich hatte sein Leutnant in der Nacht nur nach dem erstbesten Gedanken gegriffen, und obendrein nach dem, der ihm in seiner unreifen Abenteuerlust der liebste war. »Wir sind auf die

Schmuggelroute gestoßen«, sagte Secundus, hob den Arm und rappelte mit dem Schächtelchen. »Das ist ein bedeutender Fund.« Wie bedauerlich, dass er ihn nicht genießen konnte. Fast tat er sich in diesem Augenblick leid.

»Sie glauben, alle Arznei wird durch dieses Lid geschafft?« Kammholz kriegte den Mund kaum wieder zu.

Secundus nickte.

»Und wie passt der Fährmann dazu?« Kammholz spähte über Secundus' Schulter wieder in den Schuppen, so als verberge sich der Fährmann dort.

»Tja, Kammholz.« Secundus' Miene war jetzt fest. Er log nicht gerne, aber er hatte sich entschieden, und wenn er wollte, log er gut. »Beinahe«, sagte er, »wären wir auf dieses Ablenkungsmanöver hereingefallen.«

»Ablenkungsmanöver?« Ein dummes Echo und der dazu passende Blick. Wie gut es doch war, dass sein Leutnant nichts taugte! Ein schärferer Verstand hätte dieses Spiel nicht mitgespielt.

»Vergessen Sie Veil Wallasch, Kammholz«, sagte Secundus. »Kombinieren Sie! Wir sollen glauben, dass es hier um einen Fährmann geht.« Er brachte es überzeugend vor. Hätte er es nicht besser gewusst, er hätte es vielleicht sogar selbst für möglich gehalten. Es hatte immer einen ganz eigenen Reiz, derart um die Ecke zu denken. Außerdem: Sie hatten es hier mit »Elise« zu tun, der ungekrönten Königin des Um-die-Ecke-Denkens.

»Aber, Oberst … Bang hat diesen Wallasch *gesehen*! Wallasch hat ihn hier *empfangen*!« Noch zappelte Kammholz in Secundus' Netz. Noch leistete er gedanklichen Widerstand.

»Und wenn er ein Strohmann ist? Denken Sie unvoreingenommen, Leutnant! Könnte es nicht sein, dass dieser Wallasch nicht einmal wusste, wofür genau er hier bezahlt wurde?«

»Bezahlt?« Kammholz sah ihn mit den großen Augen eines Zwölfjährigen an. »Sie meinen …«

»Ja. Genau. Vielleicht haben sie ihn nur angeheuert. Muss ihm denn klar gewesen sein, was er hier tat? Bedenken Sie: Nach allem, was Bang sagt, hat er hier in fremdem Auftrag Dienstpersonal angeworben.«

Kammholz dachte nach – man sah ihm die Anstrengung an –, aber Secundus erging es nicht besser. Er war auf das Hochseil einer Lüge gestiegen, von nun an würde er über einem Abgrund balancieren. Ab jetzt wollte jeder Schritt gut überlegt sein.

»Wir stellen uns diesen Fährmann als einen späten Missionar aus Dreizehneichen vor«, sagte Secundus. Er hatte seinen Leutnant schon lange nicht mehr mit einer so ausführlichen Erklärung bedacht. »Und genauso *sollen* wir auch denken. Aber jetzt überlegen Sie doch mal: Wenn er ein Zwölfwelter wäre, würde das nicht erklären …«

»… wieso Bang alleine übergetreten ist?«, sagte Kammholz. Beinahe war es zu einfach: Kammholz folgte ihm, ohne zu zögern, auf das straff gespannte Seil. »Die Briefe, das Steinzeug …«, sprudelte es aus ihm heraus. »Das war dann alles Tarnung, für den Fall, dass das Lid entdeckt würde.« Kammholz sprach jetzt rasend schnell und eine Spur zu laut. »Das meinen Sie mit *schiefgelaufen*, Oberst! Bangs Übertritt war ein Unfall! Aber die Tarnung hätte gehalten. Wenn Sie nicht die Arznei gefunden hätten … Wenn Sie nicht diese Arznei hier gefunden hätten, dann hätten wir tatsächlich an einen Fährmann geglaubt. Und nicht an die Schwestern! Und den Fährmann hätten wir nie gefunden, weil er …«

»… weil er gar kein Fährmann war.« Secundus nickte bedeutungsschwer. Er gab den zufriedenen Mentor. Er schenkte dem Jungen einen wohlwollenden Blick.

Kammholz war jetzt Feuer und Flamme. »Ist da noch mehr, Oberst? Lassen Sie mich mal schauen!« Er drängte sich an Secundus vorbei. Dann kroch er schon auf allen vieren durch den Schuppen.

Secundus trat ins Licht. Sein Gesicht war ganz hart vor Anspannung und Verstellung. Er versuchte, seine Züge zu entspannen, aber das gelang ihm nicht. Er, Oberst Secundus Falke, unbeschränkter Herrscher über die Abteilung XIII, behinderte gerade die Arbeit der Policey – und das ganz allein aus persönlichen, also per se niederen Gründen. Konnte er das verantworten? Konnte er damit leben? Konnte er – danach, wenn der Verdacht auf einen Fährmann ein für alle Mal ausgeräumt war – noch weitermachen wie vorher?

Und ob! Er blies die Backen auf. Es gab keinen Grund, auf einmal sentimental zu werden, obwohl sich die ganze Misere natürlich allein seiner Sentimentalität verdankte. Aber das würde auf lange Sicht keine Rolle spielen. Am Ende war »Veil Wallasch« bloß ein Zeuge, auf dessen – vertrauliche – Vernehmung er ja keineswegs verzichten musste. Am Ende verzichtete er nur auf die Aktennotiz. Zum Henker, sie hatten eine Spur von »Elise«! Daneben würde ohnehin bald alles andere verblassen …

Mit wiedergewonnener Entschlossenheit fuhr er herum. »Kammholz? Ist da noch was?«

Kammholz saß auf dem Schuppenboden und starrte auf etwas in seiner Hand. Dann streckte er Secundus die Hand entgegen. Es lag ein flaches, glänzend schwarzes Telephon darin. »Da in der Ecke, Oberst. Als hätte es jemand fallen gelassen.« Der Leutnant schien verstört. In seiner Hand wirkte das Gerät außerirdisch. Wie fremdes Gestein, das einfach vom Himmel gefallen war.

»Geben Sie her!« Secundus schnappte sich das Telephon, es war unwirklich glatt und erstaunlich schwer, und auch, wenn es lange nicht das erste Mal war, dass er eines in Händen hielt, so fühlte sich das Gerät doch denkwürdig an. Es war die Verdinglichung der Beschleunigungskrise, das, was wie nichts anderes zwischen hier und Dreizehneichen stand. Vielleicht gab es ja doch so etwas wie eine unüberwindliche Grenze, aber wenn, dann war diese Grenze nichts, was man mit einem Schritt überwand, sondern mit einer

Erfahrung, die man machte. Denn wenn er nur auf die richtige Stelle dieses gläsernen Gehäuses drücken würde, würde es plötzlich in den kräftigsten Farben zu leuchten beginnen und ihm lauter Wege eröffnen in eine Welt, die dieses Gerät einfach herbeizaubern konnte.

Wie lange hatte er jetzt schon auf dieses schwarze Ding gestarrt? Kammholz' Stimme holte ihn aus einer geradezu unheimlichen Versenkung.

»Es ist leer, Oberst«, sagte sein Leutnant, noch immer auf dem dreckigen Fußboden des Schuppens, die roten Arme jetzt um die roten Knie geschlungen. »Es muss hier schon eine Weile liegen. Der Strom hat sich verflüchtigt.«

»Ach ja?« Dann machte es also keinen Sinn, auf dem Ding herumzudrücken. Natürlich hatte Kammholz es gleich ausprobiert.

Sein Leutnant sprang auf die Füße. Bei ihm knarzte sicherlich nichts.

»Dann sollten wir es mal wieder auffüllen, oder, Leutnant?«

»Bitte?«

Secundus fingerte das Ladekabel aus der Tasche. »Das ist das passende Zubehör, nehme ich an.«

Heute hatte Merle Glück. Beinahe auf Anhieb fand sie einen Parkplatz. Die Nacht im Viktoria hatte sie erfrischt, die darauf in ihrer kleinen Wohnung war nicht ganz so erholsam gewesen. Unproduktive Tage mündeten meist in einen unruhigen Schlaf, aber sie hatte sich gestern einfach nicht aufraffen können, die Beute zu sichten und einzustellen. Dafür war es ihr gelungen, eine ganze Menge Cortison zu ordern – in einer der wenigen sinnvoll verbrachten Stunden eines zu langen Tages, an dem sie bis tief in die Nacht auf das erlösende Zeichen gewartet hatte. Es war nicht leicht für die Mädchen, sich loszumachen, und oft brauchte es Tage, bis der erlösende Anruf kam und Mathilda da oben auf dem Schotterparkplatz stand, weil Wrota ein verdammtes Funkloch war und das Haus kein WLAN hatte. Die Mädchen riskierten Kopf und Kragen, »Elise« hingegen riskierte fast nichts.

Merle legte die Hände wieder ans Lenkrad, fast so, als wollte sie, kaum angekommen, gleich wieder losfahren. In Wahrheit, dachte sie, war sie doch bloß in die Verbannung gegangen, und es gab Tage, da wünschte sie sich an Lottes Platz. Untergrund war besser als Exil. Gefährlich war besser als öde. Es rumorte schon so lange in ihr. Gute Taten waren keine Rache. Die Pistole, eine Glock 22, hatte sie sich schon vor langer Zeit beschafft.

Merle seufzte und sah auf die Straße. Vor ihr lag ein Tag im Büro. Nicht mal ihre wunderliche Form der Hehlerei schien länger als 48 Stunden ohne Verwaltung auszukommen.

Der Trick war, die Inseln im Alltag zu meiden, die Wächter waren auf die 13 fixiert. Lady Vintage aber residierte schon seit Jahren in diesem billigen zweistöckigen Komplex in einem durch und durch zwölfweltlichen Winkel am Rand von Kreuzberg. Sibylle Diesel besaß einen guten – und teuren – gefälschten Pass und hatte den Laden angemietet. Verändert hatte Merle so gut wie nichts. Immer noch verhängten dieselben gelb gewordenen Lamellen das schäbige Schaufenster und auch den Schriftzug hatte Merle kleben lassen: *ÄNDERUNGSSCHNEIDEREI* fand sie im Großen und Ganzen recht passend; nur den Namen des alten Inhabers hatte sie eines Nachmittags mit den Fingernägeln abgekratzt. Sogar die ursprüngliche Ladentheke gab es noch, dahinter hatte sie Schreibtisch und Safe gestellt. Wo einmal die Kleider auf ihren Stangen gehangen hatten, lagerte sie jetzt die Kartons und Luftpolstertaschen, die sie alle paar Tage zum Postamt trug – je nachdem, wie viele Bestellungen beim *Old Curiosity Shop* eingegangen waren, der im Netz so viel hübscher als in seiner Kreuzberger Wirklichkeit war. Die Website hatte Sibylle Diesel in Auftrag gegeben, aber die Fotos hatte Merle selbst gemacht. Unter das kurze Autoplay zu Anfang hatte sie Beethovens »Für Elise« legen lassen. Zu den besonders geschmacklosen Stücken, fand sie, passte es besonders gut.

Mit einem Daumendruck schloss sie den Wagen ab, dann lief sie, den Beutel im Arm, über den rissigen Asphalt und winkte mit der freien Hand der Spanierin zu, die rauchend vor dem Tappasladen stand. Merle hatte über die Zeit nur wenige Worte mit ihr gewechselt und wusste nicht einmal ihren Namen.

Für die jungen Leute, die nebenan die Eventagentur betrieben, war es noch zu früh. Sie tauchten meist erst am Nachmittag auf, dafür saßen sie oft noch auf dem Bürgersteig, wenn der Tag zu Ende ging und schon die ersten Partygäste kamen, um in einem der aseptischen Säle im Obergeschoss Hochzeit, Geburtstag oder das

Zuckerfest zu feiern und sich in ihren überkandidelten Kleidern und ungewohnten Anzügen in den Treppenaufgängen zu drängen, die ebenso gut in eine Spielhölle oder eine Muckibude hätten führen können.

Normalerweise waren die Säle fest in türkischer Hand, Merle hatte manchen Abend in einer orientalischen Klangwolke verbracht. Im Frühsommer aber fanden oben auch Abibälle statt, die sie unten in der Agentur organisiert hatten, und dann verlagerte sich die Party über kurz oder lang auf die Straße. Wenn Merle so spät noch im Laden war, kam sie manchmal heraus, schnorrte eine Zigarette und stand einfach rauchend im zusehends derangierten Pulk, der Abendball spielte, ohne zu ahnen, was für eine entsetzliche Einrichtung so ein Abendball mal war. In solchen Momenten kam es Merle vor, als wäre sie seit zweihundert Jahren auf der Welt, für die jungen Leute jedoch schien eine solche Sommernacht immer die erste von allen zu sein, und genauso hatte sie ja auch selber gefühlt, vor dreißig Jahren in Dreizehneichen, wo es angeblich nichts Allererstes gab. Manchmal, wenn es die jungen Leute lachend und verschwitzt nach unten auf die Straße spülte, wünschte sich Merle dann, ihre Mädchen wären hier, einfach um unter aller Augen die Zukunft zu *sein*, statt im Verborgenen um sie zu *kämpfen*. Merle fasste den Beutel fester und spürte die harten Kanten des Schmucks.

Es gab Momente, da fielen die Erinnerungen über sie her wie Krähen über ein abgeerntetes Feld. Dann sah sie, bloß weil oben Party war, den jungen Julius im Frack neben den Falke-Brüdern stehen, sah sich selbst als unsicheren, vor Aufregung rotwangigen Backfisch auf der Tanzfläche, spürte wieder das weiche Plaid, das sie zur ersten 13. Nachtstunde getragen hatte, zu der sie mit Julius allein gegangen war, spürte wieder ihre idiotische Zuversicht von damals und rannte dann fuchtelnd und brüllend hinaus auf das Feld, bis die Krähen der Erinnerung krächzend aufstoben und sie allein hier zurückblieb, einsam, aber vom schlimmsten Gedanken unbehelligt.

Sie schloss den Laden auf. Das Glöckchen über der Tür, Überbleibsel aus den vergangenen Tagen des Kundenverkehrs, bimmelte hell, und Merle wurde, weil das fast immer half, geschäftig. Im Vorübergehen warf sie den Rechner an, dann kochte sie in der übernommenen Pantry-Küche Kaffee und hockte sich mit dem dampfenden Becher hin. Über Nacht waren zwei Bestellungen eingegangen, und Merle kramte, nachdem sie den Zahlungseingang überprüft hatte, die georderten Stücke aus dem Safe: eine antikisierende Haarnadel aus Elfenbein (*inselgriechische Elemente, archäologischer Stil*, hatte sie formuliert) und einen überladenen Armreif mit einer aquarellierten Porträtminiatur in der Mitte, die, wie nur Lady Vintage wusste, das frühverstorbene Fräulein von Quast abbildete, eine breitgesichtige Schöne mit einem blauen Tuch im unwirklich glänzenden Haar.

Hemmungen, solche Provenienzen zu erfinden, hatte Merle schon lange nicht mehr. Was die Materialien anging, arbeitete sie nach bestem Gewissen, schon weil ihre Kunden mit ihren neuerworbenen Schätzen manchmal zu beckmessernden Juwelieren rannten. Die Vergangenheit der Stücke aber erfand sie mit derselben lustvollen Verachtung, mit der sie ihren Namen unter den *Provenienznachweis* setzte, das urkundliche Äquivalent zur Fantasieuniform eines dahergelaufenen Diktators. *Lady Vintage*. Merle unterschrieb in geschwungenen Bögen aus Tinte.

Unvorstellbar eigentlich, dass irgendjemand den Quatsch glaubte, aber Geschichte war eben auch nicht mehr als eine kollektive Fantasie, und wenn jemand für sein Seelenheil unbedingt Herkunft, Ursprung, Abstammung brauchte, erfand ihm Merle halt ein preußisches Fräulein von Quast oder eine leider spurlos verschwundene Goldschmiedewerkstatt am Fuß der Wartburg. Kenner kauften ohnehin nicht in einem Internetshop, der nach einem schlechten Dickens-Roman hieß und von einer Frau betrieben wurde, deren Künstlername nach einer mit ihren Klunkern rasselnden Domina klang. Den Dickens übrigens, gleich zu Beginn ihres Exils in einem Büchertempel in der Friedrichstraße erworben, hatte sie vor gar nicht so langer Zeit in einer zum Büchergrab umfunktionierten Telefonzelle beerdigt. Sie las den alten Kram nicht mehr. Sie las eigentlich gar nicht. Das war vorbei.

Merle verachtete ihre leichtgläubigen Kunden nicht, sie fand ihre historische Einfalt vielmehr erfrischend. Alle Vergangenheit war doch Ballast, Vergessen war Erleichterung. Und ein Fräulein von Quast, dessen Geburtsurkunde ein Provenienznachweis der unmöglichen Lady Vintage war, war allemal besser als ein Fräulein von Quast, das in Wirklichkeit auf seiner Chaiselongue vertrocknet war, angebetet als aquarellierter Engel und als lebendige Frau missachtet, gedemütigt und verächtlich gemacht.

Merle öffnete den Beutel aus Wrota und schüttete die frische Beute auf den Tisch, ein matt glänzendes, leicht metallisch riechendes Häuflein: das Collier mit den Kameen, die geprägten Manschettenknöpfe, das Ohrgehänge, eine Perlenkette, ein vielfach durchbrochener Ring mit einem kleinen Saphir, ein Medaillon aus schwarzem Email mit ausgeprägtem Witwen-Charme, eine goldene Krawattennadel mit eingeprägter Swastika und eine Taschenuhr, die 13 Stunden zeigte und die sie nicht verkaufen konnte – Uhren aus Dreizehneichen verschwanden in der Spree. Bestimmt hatten die Mädchen sie im Dunkeln einfach gegriffen, während der Gockel, dem jetzt auch die Manschettenknöpfe und die Krawattennadel fehlten, nebenan mit offenem Mund schlief.

Schau an, seinen Siegelring würde er auch vermissen. Merle stupste das klobige Teil mit dem Fingernagel an. Je länger sie Lady Vintage war, desto ekliger war ihr der ganze Schmuck geworden. Gold stank, und was für die Ewigkeit gemacht war, sammelte in Wahrheit nur den widerlichen Schmier der Jahre an. Die Ringe, die sie selbst getragen hatte, als sie geflohen war, hatte sie als Allererstes versetzt. Eigentlich war Lady Vintage in einer Charlottenburger Pfandleihe zur Welt gekommen.

Sie fischte ihr Handy aus der Umhängetasche, dann legte sie das dunkle Stück Samt zurecht, auf dem sie die Stücke fotografierte. Der einheitliche Hintergrund tat der Seite gut. Zuerst drapierte sie die Manschettenknöpfe und dann fing sie zu knipsen an, dankbar, dafür keine Kamera mehr zu brauchen. Sie machte viel bessere Bilder als früher. Sie bearbeitete sie sogar.

Die Perlenkette hatte sich leider verheddert, es war eine ziemliche Fummelei, die Anstecknadel einer Brosche war aufgesprungen und hatte sich verhakt. Die Brosche war Merle bisher gar nicht aufgefallen. Sie löste sie mit einiger Mühe aus ihrer Perlenfessel. Es war eine ovale Kammee, ein kleiner Engel mit Harfe, auf der Rückseite verglast, um …

Plötzlich stand alles still. Merle hielt die Brosche zwischen Daumen und Zeigefinger. Sie starrte, bis ihre Hand unkontrollierbar zu zittern begann und die Brosche zurück auf den Tisch fiel.

Kinderhaar. Merle stützte die Ellbogen auf, vergrub das Gesicht in ihren immer noch zitternden Händen, schloss die Augen, aber das Bild wollte nicht mehr verschwinden: eine Strähne Kinderhaar hinter dem ovalen Glas, hellbraun und weich und ein wenig verblichen – es hätte Sophias Haar sein können. Für den Bruchteil einer Sekunde, als der unerwartete Schmerz ihr den Atem verschlug, war es tatsächlich Sophias Haar gewesen.

Natürlich war es das Haar eines anderen Kindes, das in einem anderen abgedunkelten Krankenzimmer jeden Tag ein bisschen weniger geworden war, bis es an seinem letzten winzig und weiß in den Kissenwolken lag. Denn so starben die Kinder in den Prachtbauten an der Allee, wo die Schwiegermutter nach dem Ende mit der Schere anrückte, der umsichtige Gatte den Juwelier holen ließ und man den Schmerz der Mutter in Gold und Achat einfasste, damit sie ihn bitte nur *über* dem Herzen trug und sonst keinen Ärger machte, sondern schnell ein neues Kind.

Auf ihre kalte Wut konnte sich Merle verlassen. Ihre Hände zitterten nicht mehr, als sie die Brosche wieder nahm, den winzigen weißen Engel mit seiner Harfe betrachtete und dann auch wieder die eingeklemmte blasse Strähne hinter dem Glas. Julius hatte es nicht gewagt, ihr so ein Stück zu schenken. Sie hätte ihm mit der goldenen Nadel die Augen dafür ausgestochen.

Die Mutter, die diese Brosche genommen hatte, tat ihr trotzdem leid. Gewiss dachte sie anders als Merle und dennoch hatte sie gefühlt, was auch Merle gefühlt hatte, und fühlte, was Merle fühlte, noch jetzt. Sollte sie trotzdem ein Foto machen, etwas wie *Trauerbrosche, um 1840* drunterschreiben und einen Fabelpreis aufrufen, um Geld zu machen, das half? Hatten die Mädchen gesehen, was sie da mitnahmen? Es gab Stücke, die sie nicht stahlen, Merle wusste das, und das hier war eines, das sie besser nicht gestohlen hätten. Es gehörte zurück an seinen Platz, die Mädchen würden das genauso sehen, nicht mal Lotte würde Widerstand leisten.

Aber stimmte das? Um wessen Schmerz drehte sich das hier? Den der Frau, der diese Brosche gehört hatte, oder um Merles eigenen? Von Sophia war ihr nichts geblieben, *deshalb* musste die verdammte Brosche zurück.

Merle legte sie zur Seite und fegte die übrigen Stücke in ihre hohle Hand, um sie achtlos in den Safe zu stopfen. Dann griff sie nach dem Post-it-Block und schrieb auf den obersten Klebezettel ZURÜCK. Der Tag im Büro ging vor der Zeit zu Ende. Sie brach sofort zum Friedhof auf.

Eine Viertelstunde später bretterte sie über die elenden Kopfsteine der Großgörschenstraße und stellte den Wagen bestenfalls halblegal im Wendehammer ab. Es war fast Mittag, zu heiß für September, die Sonne brannte auf den leeren Spielplatz gegenüber und die blanken Grabsteine des Steinmetz nebenan. Ein junger Vater schob gerade seinen Kinderwagen durch das überwucherte Tor; der Alte St. Matthäus-Kirchhof gehörte nicht nur den Toten, sondern genauso den Neugeborenen Schönebergs. Dass er auch der Policey Dreizeheneichens gehörte, lag an den Wundern der Zahl. Eines der verfallenen Mausoleen an der Ostseite konnte einer lange vergessenen Nummerierung zufolge kein vernünftiger Zwölfwelter sehen. Merle war hier in die Freiheit geschlüpft, unter einem verwitterten Gespenstergiebel. Schon damals war das Mausoleum die Bahn der Wächter gewesen, die einzige, die die Abteilung XIII offenhielt. Auf der anderen Seite lagen der alte Cöllner Friedhof und Sophias Grab. Eigentlich waren es nur ein paar Schritte, aber Merle konnte sie seit einer Ewigkeit nicht gehen.

Sie passierte das Friedhofstor, eilte am kleinen Café und der zu großen Kapelle vorbei und unter den erschöpften Linden über den Hauptweg hügelaufwärts. Es war ihr alter Weg ins Exil, nur in umgekehrter Richtung. Die Brosche in ihrer Tasche rief die Erinnerungen wach, aber die Frau, die damals über diesen Weg in ein neues Leben gestolpert war, gab es seit vielen Jahren nicht mehr. Menschen änderten sich, nicht einmal ihre Friedhöfe blieben dieselben.

Merle hatte das erst nach und nach verstanden, bei jedem Mal, das sie herkam, ein wenig mehr. Heimweh nach Dreizeheneichen hatte sie nie gehabt, doch Sophias wegen hatte dieser Friedhof sie auch in den ersten, einsamen Jahren angezogen – selbst als sie sich nur im Dunkeln herwagen konnte, obwohl manchmal selbst dann ein verdächtig unverdächtiger Wächter über die schmalen Kieswege strich.

Merle hatte sie immer erkannt, nicht nur am Inkognito ihrer Trauerkleider, die hier sonst niemand mehr trug, sondern vor allem an den befremdeten Mienen, ihrem kaum verhohlenen Ekel und ihrer komischen Überforderung, wenn sie mehr ahnten als begriffen, dass der Alte St. Matthäus-Kirchhof nicht mehr die Erbbegräbnisstätte des großbürgerlichen Geheimratsviertels, sondern der Friedhof der Schöneberger Schwulen- und Lesbenszene war. Merle hatte Julius' steife Häscher fassungslos vor den auf einem Grabstein aufgereihten Tuntenpüppchen stehen sehen und angewidert vor der Gedenkstätte für die Opfer von Aids. Meist hatten sie sich dann schnell den Gräbern der Brüder Grimm zugewandt, wo noch alles beim Alten zu sein schien: Vier polierte schwarze Stelen schmückten die Gräber der Männer, den Frauen hatte man später einen faden, farblosen Gedenkstein am äußersten Rand der Reihe zuerkannt. Auf der Bank daneben aber hatte eines Tages Lotte gesessen – seitdem gehörte der Alte St. Matthäus-Kirchhof auch den Schwestern. Sogar von Veil Wallasch und Wrota hatte Merle hier erfahren. Lotte hatte die Nachricht in ihrem toten Briefkasten deponiert.

Merle eilte am Grab eines Hell's Angels vorbei, bog am Mitscherlich-Mausoleum ab und prallte zurück, als wäre sie vor eine Wand gerannt. Von den Grimm-Gräbern kam ihr Thorwald Nusselt entgegen, bleich wie immer und wie immer offenkundig paranoid. Sein gebückter Gang war so unverkennbar wie sein unstet ruckender, mausernder Vogelkopf.

Merle unterdrückte einen Fluch. Sie hätte es wissen können, heute war Nusselts Wochentermin, aber die Brosche hatte sie aufgewühlt und durcheinandergebracht. Sie zog ihre große Sonnenbrille aus der Tasche, schob sie sich auf die Nase und spähte, um ihm den Rücken zuzuwenden, durch eine schmutzige Scheibe ins nächstbeste Mausoleum. Auf dem Fußboden stand eine ausrangierte Büste.

Schnaufend und seine Schweißfahne schwenkend zog Nusselt an ihr vorbei. Er konnte sie gar nicht erkennen, und doch war es auch über den Geruch hinaus unangenehm, einem Wächter derart nahezukommen – selbst einem, der so eklatant unfähig war wie

Nusselt. Im Mai, zwei Monate nach seinem Dienstantritt, hatte ihr Lotte von seinen wirren, vollkommen nutzlosen Berichten erzählt, in denen die Zwölfwelt täglich unterging, ohne dass es irgendjemand außer Nusselt merkte.

Sie ließ ihn ein paar Meter gewinnen, dann heftete sie sich an seine Fersen. Natürlich strebte er auf die Ostseite zu, eingehüllt in Schweißgeruch und Bedeutung, ein verwahrloster Spion. Am Ehrengrab der Hedwig Dohm blieb sie stehen – »Die Menschrechte haben kein Geschlecht«, stand auf dem Grabstein – und sah ihm aus dem Augenwinkel zu, wie er vor den verwitterten Mausoleen auf und ab lief, immer das eine mit dem spitzen Giebel im Blick. Weit und breit war sonst niemand zu sehen. Nusselt knetete seine ungewaschenen Finger, fuhr sich immer wieder durchs schüttere Haar, duckte sich unter seinen Buckel und streckte sich auf einmal wieder, denn plötzlich trat Lotte auf den Plan. Selbst Merle, die diesen Weg doch selbst gegangen war, fand es jedes Mal verblüffend: Mit einem leisen Quietschen öffnete sich die schwere, gusseiserne Tür, und Lotte übertrat, bloß indem sie den Fuß von der Schwelle auf den Kiesweg setzte, die Grenze.

Sie war ein Profi und sogleich in ihrer Rolle. Kein sichernder Schulterblick und nicht der Hauch von Unsicherheit. Lotte stand auf dem Weg, als hätte sie dort nur einen Augenblick lang Halt gemacht, um zu verschnaufen. Vielleicht wohnte sie in der Nähe und erging sich ein wenig hier, vielleicht hatte sie auch ein Gesteck zum Grab ihres lang verstorbenen Gatten getragen, der unweit der Monumentenstraße in Berlins tausendmal umgegrabener Erde lag.

Lotte hatte ihren fülligen Körper in einen schwarzen Staubmantel gehüllt und sich die Henkeltasche in die Armbeuge geklemmt, sie rückte die kleine runde Brille zurecht und grüßte den auf sie zustrebenden Nusselt wie einen alten Bekannten, den sie zufällig hier traf. Merle konnte nicht hören, was gesprochen wurde, doch der Eindruck täuschte ganz gewiss. Was wie ein Gespräch über das Wetter oder das werte Befinden wirkte, war ein konspiratives Treffen: Charlotte Schaf, von Oberst Secundus Falke geschickt, instruierte den Wächter vom Dienst. Merle sah Lotte ein Briefcouvert aus ihrer Henkeltasche kramen, dann zog sie sich unauffällig zurück. Sie hatte schon zu lange am Grab der Hedwig Dohm gestanden.

Der tote Briefkasten lag vis-a-vis vom Grab Heinrichs von Treitschke und neben einer zur Lesben-Grab-WG umgewidmeten Urnenwand. Die Schrift auf dem hoch aufragenden Stein war bis zur Unleserlichkeit verwittert und hinter dem bröckelnden Mäuerchen, das die Grabstelle vom Weg abtrennte, wucherten Girsch und neuerdings auch ein paar kleine, abtrünnige Rhododendren. Unter dem Blattwerk verborgen lag die rostige Hülle eines lange erloschenen ewigen Lichts, in die Merle die Brosche mit dem Post-it hatte stecken wollen. Jetzt blieben Schmuckstück und Zettel in der Umhängetasche, während sich Lotte drüben an der Ostseite mit dem verblödeten Nusselt plagte. Bis sie endlich um die Ecke bog, verging eine halbe Ewigkeit.

»He!« Merle lupfte die Sonnenbrille, aber Lottes Blick hinter den runden Gläsern war todernst. Sie warf einen Blick zurück, wohl um sicherzugehen, dass Nusselt ihr nicht folgte, dann hatte sie Merle erreicht und griff für einen Augenblick nach ihrem Ellbogen.

»Du solltest nicht hier sein, aber ich bin froh, dass du's bist.« Lotte sprach leise und schnell, es klang, als wäre sie ein wenig außer Atem. »Sie haben das Lid entdeckt.« Lotte war schon immer das Gegenteil von umständlich gewesen.

»Was?«

»Er hat jemanden rübergeschafft. Bist du nicht da gewesen?«

»Doch. Vorgestern Nacht. Aber das Haus war dunkel. Was … was heißt denn *rübergeschafft*?« Es war plötzlich schwer, sich zu konzentrieren. Sie hatten nur das eine Lid.

»Er hat den Fährmann gespielt. Er hat es wirklich getan. Er muss vollkommen verrückt geworden sein!« Lotte starrte auf das grün überwucherte Grab. Der Zorn färbte ihre Wangen rosig.

»Bist du … sicher?« Hoffnung stellte dumme Fragen. Aber das konnte, das durfte einfach nicht sein!

»Natürlich bin ich sicher. Sie sind schon drüben. Ich habe Nusselt gerade den Namen gegeben. Er soll jetzt den Handelsregistereintrag prüfen. Schwanstein GmbH, Veil Wallasch, das haben sie. Sieht nicht so aus, als wollte Secundus halbe Sachen machen.«

Merle hatte sich einigermaßen gefangen. Sie hoffte nicht mehr, jetzt ging es nur noch um Schadensbegrenzung. »Mehr weiß er nicht?«

Lotte zuckte mit den Schultern. »Ich weiß nicht, was er weiß. Der Zwölfer ist bloß ein Junge, Moritz Bang, heißt er, ich habe ihn gesehen. Ich kann mir nicht vorstellen, dass er irgendwas verstanden hat.«

»Haben sie ihn verhört?«

»Gleich in der Nacht.«

»Und? Hast du gelauscht?«

Ein Lächeln huschte über Lottes Wangen. Natürlich hatte sie das. »Du bist nicht vorgekommen«, sagte sie. »Und das Mädchen auch nicht. Er hat keine Ahnung, wer Veil Wallasch ist.«

»Dieser verdammte Idiot«, sagte Merle. »Dafür schmeißt er alles weg?«

Lotte schnaufte voller Verachtung. »Sie werden das Handy finden«, sagte sie dann. »Noch was?«

»Nichts von uns«, sagte Merle. Sie überlegte. Sie ging alles durch. Die Garage, die Treppe, das oberste Stockwerk, Primus' angemieteten Saal auf der anderen Seite hatte sie niemals gesehen. »Nur das Handy und das Kabel«, sagte sie. »Reifenspuren vielleicht. Wenn es hochkommt.«

»Kann er was mit dem Handy anfangen?«

»Es ist passwortgeschützt. Da kommt er nicht rein.«

»Nicht?«, fragte Lotte.

Merle ließ den Zweifel stehen. »Was ist mit dem Saal?«

»Gesperrt. Wachen rund um die Uhr. Das ist vorbei. Sie werden es zumauern, wenn Secundus fertig ist.«

»Und Julius?«, fragte Merle.

»Noch nicht aufgetaucht«, sagte Lotte. »Was machen wir jetzt?«

»Nichts.« Merles kühler Kopf war zurück. »Wir gehen in Deckung. Wir stellen alles ein. Wir können jetzt nur abwarten. Verschaff dir so viele Gänge wie möglich. Und halt mich auf dem Laufenden.« Sie meinte den toten Briefkasten, das erloschene ewige Licht. »Ich komme jeden Tag her und schaue.«

»Er ist nicht dumm, Merle«, sagte Lotte leise.

Nein, dumm war Secundus nicht. Aber seine heißeste Spur war ein Mann namens Veil Wallasch. Wahrscheinlich wusste er es noch nicht, aber Oberst Secundus Falke bekam gerade ein großes Problem. »Wir werden ein neues Lid brauchen«, sagte Merle. »Aber darum kümmern wir uns später. Hier. Ich hab noch was für dich.«

Sie zog die Trauerbrosche aus der Umhängetasche. Das Post-it war schon abgefallen. Sie hielt sie Lotte hin. »Können die Mädchen das hier zurückbringen? Dahin, wo es hergekommen ist?«

Es wurde langsam Abend, er hatte Kammholz abgehängt. Secundus war allein, zurück in seiner Wohnung. Er hatte sich, kaum dass die Tür hinter ihm ins Schloss gefallen war, einen Augenblick gegen ihr Blatt gelehnt und wie nach einer großen körperlichen Anstrengung war ihm der Schweiß aus den Poren getreten. Danach hatte er sich allerlei Verrichtungen gewidmet, erst den kratzenden *Overall* vom Leib gerissen und dann auch das Unterzeug gewechselt. Er hatte sich gewaschen und rasiert – die Konzentration auf die über seine Wangen schabende Klinge hatte ihm so gutgetan wie das kalte Wasser aus der Schüssel und das raue Leintuch, mit dem er sich abgerieben hatte. Er war in den Hausmantel und in die Pantoffeln geschlüpft, hatte sich ans Fenster gestellt und auf die Straße geschaut und reglos darauf gewartet, im Schutz der eigenen Wohnung zur Ruhe zu kommen.

Das Telephon, die Briefe und der entsetzliche Papagei warteten auf dem Tisch. Er hatte nichts davon ins Kastell getragen, nur Kammholz mit der Arznei dorthin geschickt – den enttäuschten Kammholz, der so gern dabei gewesen wäre, wenn das mit sündigem Strom gefüllte Telephon zum Leben erwachte. Doch kaum, dass es mit dem Rattenschwanz seines Kabels an der erstbesten Steckdose in Wrota lag, hatte er Kammholz nach draußen geschickt, um ihre Position zu bestimmen, und als der Leutnant zurückgekehrt war, hatte er es in einer seiner vielen Taschen verschwinden lassen.

»Das schauen wir uns in Ruhe an«, hatte er zu Kammholz gesagt, aber es war ein majestätisches *wir* gewesen, das Kammholz vorerst nicht einbegriff. Er war Secundus Falke, er konnte es sich leisten, erratisch zu sein. Er konnte es sich sogar leisten, wichtige Beweisstücke in seiner Wohnung zu horten, während Kammholz im Kastell mit der Pillenschachtel rappelte und von den Schwestern raunte. Je mehr Wind sein Leutnant gerade machte, desto schneller würde sich Secundus' hastig vor dem Schuppen improvisierte Geschichte vom Fährmann, der kein Fährmann war, verbreiten.

Wie immer war die Reihenfolge entscheidend. Alfart würde er selbst berichten, umstandslos und privatim, am besten noch an diesem Abend. Primus wiederum würde er als Vorsitzenden der Erbaulichen Gesellschaft aufsuchen – ganz offiziell, aber allein. Unwillkürlich hob sich sein Brustkorb. Er stand im Hausmantel am Fenster, aber er nahm Haltung an. Dann drehte er sich zum Tisch um, über dem Moritz Bangs komischer Vogel wie ein Geier kreiste.

Secundus setzte sich mit militärischer Exaktheit. Er zirkelte den Stuhl zurecht und starrte auf das Telephon. Undurchsichtig lag es auf dem Damast, schwarz und schwer und scheinbar außerirdisch. Nichts, was Menschen geschaffen hatten, war der Zauberei je nähergekommen. Unwillkürlich wurde man zum Schwarzmagier, wenn man es bediente – deutend, weisend, wischend und die Finger spreizend verkehrte man die Gesetze der Natur. Hinter dem makellosen Glas wartete eine Welt, die wollte, dass man sie mit kleinsten, hingeworfenen Bewegungen beherrschte.

Doch das war ein Pakt mit dem Teufel. Wer ihn nicht eingegangen war, wurde genarrt. Rasend schnell wechselten dann die Farben und Bilder hinter dem Glas, und die Welt in diesem kleinen Kasten spielte so lange verrückt, bis man hilflos und gedemütigt nach einem Schalter suchte, um den flackernden Irrsinn zu beenden. Die wiederkehrende Schwärze danach war Strafe und Erleichterung.

Man kam sich dumm und ausgeschlossen vor und zugleich so, als wäre man gerade noch einmal davongekommen.

Secundus hatte es mehr als einmal ausprobiert, turnusmäßig brachten die Wächter die neuesten Telephone mit, allerdings blieben jedes Mal nur Stunden, sich mit ihnen vertraut zu machen, bevor der sündige Strom verronnen war und die Geräte sich verdunkelten. Sie wieder hinüberzuschaffen und in der Wächterwohnung oder einer Insel aufzufüllen, war eine Aufgabe, um die sich junge Offiziere wie Kammholz rissen und die Secundus schon deshalb lieber skeptischen Alten wie der Schaf übertrug.

Meist jedoch sah er auch davon ab. Strom – und sei es in geringen Dosen – blieb ein Sakrileg, die Telephone waren wie giftige Substanzen unter Verschluss zu halten, und Alfart hätte selbst ihre probeweise Verwendung am liebsten untersagt. Wirklich offiziell war sie ohnehin nie geworden; Secundus schwieg und tat. Denn auch darin war Alfart nicht Polizist, sondern Politiker: Im Zweifel wusste er lieber von nichts. Bis Secundus sicher war, wem das Gerät auf seiner Tischdecke gehört hatte, war das unbedingt ein Vorteil.

Er streckte die Hand nach dem Telephon aus, wie um den unheimlichen Magnetismus herauszufordern, diese unsichtbare Kraft, mit der selbst das noch leblose, verdunkelte Gerät die Blicke auf sich zog und alles ringsum verblassen ließ: die Briefe aus Wrota in den idiotischerweise mit der Hand beschrifteten Couverts, Moritz Bangs dekadenten Papagei, die Tischdecke aus der Aussteuer ihrer Mutter, den Armleuchter aus Messing und das Licht der immer tiefer stehenden Sonne, das an den Vorhängen vorbei durch die gekreuzten Fenster drang, ein Stück weit die dunkel bespannte Längswand erhellte und vor dem Nussholzsekretär im schweren Teppich versickerte.

Widerwillig zog er das Gerät zu sich heran. Dann presste er die Spitze seines Zeigefingers in die kaum merkliche Vertiefung am unteren Ende des Glases. Nichts geschah. Er musste zeitgleich noch einen der seitlich angebrachten Schalter bedienen und mühte sich damit. Vielleicht waren seine Finger zu klobig, vielleicht war er auch einfach ungeschickt. Oder es war so, dass sich drüben selbst die gewöhnliche Fingerfertigkeit veränderte. Er hatte Zwölfwelter gesehen, die ihr Telephon allein mit zwei wirbelnden Daumen bedienten, so als wäre der Daumen nicht die Eiche unter den Fingern, nicht der Anker der Hand, sondern der erste der neuen Tentakel, die der Menschheit jetzt wuchsen.

Er erschrak, weil das Gerät urplötzlich zum Leben erwachte. Auf dem schwarzen Bildschirm leuchtete der typische, blendend helle Apfel auf, Hohn auf die Idee vom Sündenfall oder Einladung in einen Garten Eden, in dem es weder Gott noch Schlange, sondern nur noch stilisierte Äpfel gab. Dann schien genauso plötzlich ein Ziffernfeld auf, als sollte man eine Nummer wählen, doch Secundus blieb nicht genug Zeit, es zu erfassen, bevor das Bild schon wieder wechselte. Diesmal zeigte es ihm einen Regenbogen – noch ein Symbol, das drüben seine kindliche Unschuld verloren hatte und dort für nichts mehr als übelste Unzucht stand. Darüber prangten überscharf Uhrzeit, Wochentag und Datum, so als wollte das Gerät ihm beweisen, dass ihm selbst in seinem stromlosen Schlaf nicht ein einziger Augenblick entgangen war.

NICHT STÖREN, stand da jetzt in einem gegrauten Feld, wie um ihm zu vermitteln, dass er das Gerät belästige. *Anrufe und Mitteilungen stumm geschaltet, SIM-Karte gesperrt …* Herrgott, natürlich konnte man von Dreizehneichen aus nicht telephonieren!

Er presste den Finger wieder in die untere Vertiefung, die jetzt im üblichen Kauderwelsch der Zwölfwelt als *Home-Taste* ausgewiesen wurde, und auf einmal war das Ziffernfeld zurück.

Code eingeben

stand da nun über den in Kreise gebetteten Zahlen.

Code? Die Maschine verlangte ihm eine Parole ab, irgendeine Zahlenfolge, die er nicht kannte, und er bekam die nackte Wut. Er sprang so heftig auf, dass der Stuhl umstürzte. Dann schlug er mit der flachen Hand auf den Tisch, sodass das Telephon einen Satz machte und Moritz Bangs furchtbarer Vogel peinlich berührt dazu nickte.

»Das kann doch nicht wahr sein!« Er fuhr sich durchs Haar und kämpfte den Drang nieder, das Gerät zu greifen, gegen die Wand zu schleudern und darauf herumzutrampeln, bis es in tausend Stücke zersprungen war. Aber vermutlich würde es nicht einmal zerspringen. Wahrscheinlich war es in irgendeinem chemischen Drachenblut gebadet und sogar gegen seine rohe, altmodische Gewalt gefeit.

Von der eigenen Unbeherrschtheit gedemütigt, stellte Secundus den umgeworfenen Stuhl zurück an seinen Platz. Er war schon wieder in Schweiß geraten, er musste an die Luft. Er musste sich ein paar Gedanken machen. Er musste Julius Alfart einnorden wie einen Kompass. Angewidert griff er nach dem widerspenstigen Gerät und ließ es in die Tasche seines Hausmantels gleiten. Dann steuerte er sein Schlafzimmer an, um sich ein nächstes Mal umzuziehen. Der Tag wollte einfach nicht enden.

Zum Palais Alfart hatte er eine Droschke genommen; dass er sie gleich fortgeschickt hatte, bereute er jetzt. Der hohe Herr war nicht zugegen. Geöffnet hatte der alte Friedel mit dem mumifizierten Gesicht. Buckelig hatte er in der schweren Tür gestanden und zahnlos bedauert: Wo der Herr sei, wisse er leider nicht, und auch nicht, wann er wiederkehre, aber selbstverständlich könne der Herr Oberst warten.

Aufs Warten aber verstand sich der Herr Oberst nicht. Allein die Vorstellung, dem Tattergreis in den Salon zu folgen und von seinem unterwürfig klappernden Tablett einen Likör zu greifen, hatte Secundus abwinken lassen. Ohnehin hielt er sich ungern in Alfarts

Privaträumen auf. Im Palais Alfart hing die Einsamkeit in den Vorhängen und stank. Nicht allein Alfart, auch sein Palais war verlassen worden und zur prächtigen Kulisse einer unauslöschlichen Ehrverletzung erstarrt. Der Herr Generalpoliceydirektor, der zweitmächtigste Mann Dreizehneichens, laborierte an einer Wunde, die sich niemals schloss, und in seinem leeren Palais, durch das meist nur sein untoter Diener schlurfte, bekam man diese Wunde unwillkürlich zu Gesicht.

Kaum, dass die Tür zugefallen war, trat Secundus also wieder auf die Straße, froh, die frische Luft nicht gegen den Wundgeruch getauscht zu haben. Sein Blick wanderte die schnurgerade Allee Richtung Klostergarten hinab. Von fern kam ihm der Lampenanzünder entgegen und steckte der Stadt seine Lichtlein auf. Über den dunkelnden Himmel trieben langgestreckte Wolken.

Secundus war sich ziemlich sicher, was ihm Alfarts Mumie verschwiegen hatte, und beschloss, bis zum alten Friedhof zu laufen. Er wandte sich nach Westen, ging zügig bis zum Tannhäuser Damm, und als eine patrouillierende Pickelhaube für ihn strammstand, nickte er gegen seine sonstige Gewohnheit freundlich und tastete in seiner Rocktasche nach dem Telephon. Es kam ihm vor, als hätte er die Seiten gewechselt. »Guten Abend, Herr Wachtmeister! Alles in Ordnung?«

Im nördlichen Teil des Rondells war bereits Ruhe eingekehrt, die großen, mehrstöckigen Geschäfte – Weißwaren Friedrich, Hüte Eisenmann, Rauchwaren Hinckeldey, Porzellan von Besser – hatten schon zugesperrt. Nur da und dort wurde vor den Eingängen noch gefegt, der ein oder andere Verkäufer strebte nach vollendetem Tagwerk auf seine Stube in Cölln oder dem Petriviertel zu. Ein betuchtes Paar – sie im Krinolinenrock, er auf den Silberknauf seines Spazierstocks gestützt – debattierte im Schatten des hochaufragenden Uhrturms, angestrengt darum bemüht, niemanden merken zu lassen, dass sie stritten.

Secundus hielt nur umso schneller auf die Opernbrücke zu. Er konnte die Spree schon riechen, kalt und fischig und frisch. Von fern grüßte der überlebensgroße Gründer Dreizehneichens, dessen bronzenes Abbild auf einem hohen Sockel in der Brückenmitte stand, den Blick flussabwärts nach Kloster gerichtet, wo sich sein vergeistigter Nachfahr der Pflege ihrer aller Seelen hingab. Secundus hatte den geistigen Führer tatsächlich seit Jahren nicht mehr gesehen – so wenig wie jeder andere Bürger Dreizehneichens; allein Alfart sprach regelmäßig im Kloster vor und hüllte sich über die Begegnungen dort in Schweigen. Gut möglich, dass der geistige Führer Dreizehneichens nur noch über uralte Ur-Weisheiten sprach. Das Kloster lag nicht umsonst im Osten.

Beinahe trotzig wandte sich Secundus, auf der Brücke angekommen, nach Westen. Für einen Moment stützte er die Ellbogen auf das steinerne Geländer und sah auf den treibenden Fluss, der unaufhaltsam nach Unterbaum strebte. Nichts und niemand hielt ihn an. Die Spree floss auch zur dreizehnten Stunde.

Secundus hörte das Wasser noch gurgeln, als er schon die Cöllner Seite des Rondells erreicht hatte, die antikisierende Oper und die langen, stuckgeschmückten Fensterreihen des Ballhauses vor Augen. Wie viel Wasser wohl durch den Fluss geflossen war, seit er das letzte Mal dort gewesen war?

Unwillkürlich schloss sich seine Hand wieder um das Telephon, und für einen Moment kam es ihm wie ein Kassiber vor, den sie durch die Zeit geschmuggelt hatte. Wie hoffnungsfroh sie damals gewesen war. Wie schön und unerreichbar. Secundus grunzte. So zu denken, passte nicht zu ihm. Er straffte die Schultern, marschierte stramm weiter und warf keinen Blick mehr zurück. Vor ihm ragte nun der Turm der Gertraudenkirche auf, dunkel im fahlen Himmel. Besser, er legte sich langsam seine Worte für den Generalpoliceydirektor zurecht. Einiges würde Alfart schon wissen. Secundus musste aufpassen, dass er jetzt nicht auf falsche Gedanken kam.

Eine gute Viertelstunde später hatte er die Friedhofsmauer erreicht. Vor dem einzig verbliebenen Tor standen, wie es sich gehörte, zwei bewaffnete Wachen. Secundus, maulfaul wie immer, kündigte sich durch überlaute Stiefeltritte an. Wahrscheinlich waren die beiden gottfroh, dass er sie nicht beim Kartenspielen, Pfeiferauchen oder Austreten erwischt hatte.

»Aufsperren«, bellte er über ihren verhaspelten Gruß, und dann rasselte auch schon einer von den beiden mit dem Schlüsselbund, und das schmiedeeiserne Tor öffnete sich quietschend auf den Friedhofsgrund. Über knirschenden Kies betrat Secundus den Hochsicherheitstrakt der Toten.

Für den Fall, dass ihm die Wachen nachsahen, ging er noch ein paar Schritte. Dann blieb er stehen und sog die Luft ein, die hier viel frischer und kühler war als im Rest der Stadt. Die alten Bäume streckten sich in den abendlichen Himmel: eine stolze Eiche, eine Ulme, eine Trauerweide mit geflochtenen Zöpfen. Überall auf dem Rasen waren verwitterte Grabsteine verteilt, auf den prunkvolleren Grabmälern hockten die Engel im Zwielicht wie Krähen. Ein schimmernd heller Obelisk wuchs aus dem Quadrat eines schmiedeeisernen Zauns, über dem Grab eines Geheimen Rats ragte der Geheime Rat selber auf, versteinert und in unabänderlicher Pose. Hinter ihm, vom Wandgrab der Familie Krammer halb verborgen, lagen die ungenutzte Trauerhalle und die hochherrschaftlichen Mausoleen, knochenbleiche Kuppelbauten oder Pyramiden, Kapellen oder säulengestützte Tempel, zu klein zum Leben, aber zu groß für den Tod. Es rührte sich ja doch nichts in den Grabwänden oder treppab in den gusseisernen Sarkophagen.

Selbst von hier konnte Secundus den feinen Lichtschimmer sehen. Die Wachen hatten ihre Laternen schon entzündet und an das Tor gehängt, das den Zutritt zum Mausoleum Brusedorff versperrte, ein Pantheon im Schrumpfformat, in dessen sandsteinernem Giebel MORS PORTA VITAE AETERNAE stand, das aber keineswegs die Pforte zum ewigen Leben war, sondern die Bahn der Abteilung XIII in die Zwölfwelt. Denn wer dort eintrat, fand im feuchtkalten Dämmer nicht nur die bronzenen Grabplatten diverser Brusedorffs vor, sondern auch einen lichtlosen Gang, an dessen Ende die Grabstelle Nummer 13 lag, die auf sämtlichen erhaltenen Plänen des Alten St. Matthäus-Kirchhofs fehlte. Der Alte St. Matthäus-Kirchhof aber lag nicht in Dreizehneichen, sondern in Schöneberg, mitten im Getümmel der modernen Stadt. Unzählige Male war Secundus wie ein Zeitreisender dort aufgetaucht, nicht in der Uniform eines Obersten natürlich, sondern im schlichten schwarzen Anzug eines Beerdigungsgasts. Und tatsächlich gab es Tage, an denen ihm die Ironie nicht entging: Er kam aus dem Diesseits der Toten und stieg ins Jenseits der Lebendigen auf; MORS PORTA VITAE AETERNA.

Noch öfter allerdings gingen die Passierenden einfach ihrer Arbeit nach: Wächter traten hier ihren Dienst an und kehrten nach Jahresfrist an derselben Stelle verändert zurück; Offiziere der Abteilung XIII nahmen hier die vermeintlichen Spuren der spurlosen »Elise« auf. In gewisser Weise war »Elise« im Mausoleum Brusedorff sogar erst zu »Elise« geworden; Secundus hatte es sich immer wieder vorgestellt, wie sie an den Gräbern vorbeigeeilt war, auf die verdutzte Wache zu – damals war es, sträflicherweise, eine einzige gewesen –, und dann hatte sie mit der Autorität einer Trauernden einfach Einlass verlangt, verweint, aber stolz, im Dämmer, an einem Abend wie diesem.

Wieder tastete er nach dem Telephon. Wenn er die Parole wüsste, dachte er, war er womöglich nur Schritte von ihrer Stimme entfernt. Wenn er die Parole wüsste, müsste er nur bis zum Mausoleum hinübergehen und dann drüben, auf der anderen Seite, eine einzige Taste drücken. Würde er ihre Stimme erkennen, nach all den Jahren? Was würde er ihr sagen?

Er wandte sich ab. Heute würde ihn sein Weg nicht zum Mausoleum führen. Er hatte keine Lust, die Wache zu inspizieren, und außerdem lief ihm die Zeit davon. Secundus setzte sich wieder in Gang. Von einem Grabmal grüßte eine trauernde Schöne – Engel, Witwe oder »Elise«.

Anders als Primus war er nicht sentimental, und doch stieg er jedes Mal ungern die Senke zum Kinderfriedhof hinab. Er mochte die auf steinerne Kissen gebetteten Kleinen, die in die Grabsteine gemeißelten Kinderköpfe, die zahllosen geflügelten Putten nicht sehen. An schlechten Tagen kamen sie ihm wie Denkmäler für den Typhus, die Cholera und die Motten vor oder wie Mahnmäler für die gottverdammten Stümper im Petrispital. Doch das waren Gedanken, die er sich meist mit eiserner Strenge verbot. Die Entscheidung über Leben und Sterben war höheren Mächten vorbehalten; es gab keine Rebellion gegen den Tod. Hier lag der größte Irrtum der Schwestern, und wenigstens, wenn er nicht richtig hinsah, war er im Glauben fest. Dann tat es ihm allenfalls leid, dass der Friedhof der Bahn wegen die meiste Zeit gesperrt war und die Kleinen in seiner Erde so mutterseelenallein.

Alfart war da; er hatte richtig gelegen. Secundus sah seine Laterne schon von weitem flackern; Alfart hatte sie genau vor dem schlichten Grabstein abgestellt. Den Hut in der Hand stand er reglos davor, und obwohl er Secundus gehört haben musste, rührte er sich nicht.

Secundus nahm die Mütze ab und stellte sich wortlos neben ihn. Das Laternenlicht zuckte in Alfarts schmalem, immer leicht kränklichem Gesicht, das er keinen Augenblick lang Secundus zuwandte, sondern fest auf den gespenstisch erleuchteten Grabstein gerichtet hielt.

Sophia Alfart
24. März 2003
16. Juli 2007

»Julius?« Secundus hatte lange gewartet, aber er konnte nicht ewig hier stehen. Er musste einen Anfang machen. Er kam so gottverdammt ungern hierher, aber am Grab war Alfart immer allein.

»Musste das sein?«, fragte Alfart.

Anstelle einer Entschuldigung ließ Secundus ein Räuspern hören und neigte den Kopf. Er war viel größer als Alfart und stand auch viel breitbeiniger da in seinen Soldatenstiefeln. Alfart trug wie immer Zivil. Er war noch genauso feingliedrig wie als junger Mann. Alt und hart machten ihn nur die Trauer und dieses Gefühl, von dem Secundus nie recht wusste, ob es schon Hass oder noch bittere Enttäuschung war.

»Was mir nicht in den Kopf will«, sagte Alfart leise, »ist, wie sie es aushält, nie an dieses Grab zu treten. Es bleibt mir einfach unbegreiflich, Secundus. Ich komme her, wann immer ich kann – und bestimmt nicht, damit du mich hier aufstöberst. Und sie? Sie hat ihr Kind verlassen. Sie hat ihr totes Kind verlassen. Kann eine Mutter monströser sein?«

Es schien Secundus nicht klug, darauf zu antworten. Es war ja auch gar keine Frage.

»Sie verrät ihre Heimat. Sie verrät ihren Ehemann. Sie verrät ihr totes Kind.« Alfart sprach einfach weiter, leise und drohend, und starrte unverwandt den Grabstein an, über den die Schatten zuckten.

24. März 2003. 16. Juli 2007. Secundus konnte sich an beide Tage erinnern. Die Todesnachricht hatte ihm damals Primus überbracht. Sie waren beide auf der Beerdigung gewesen, und er sah sie noch unter ihrem schwarzen Schleier an haargenau dieser Stelle stehen: Merle Alfart, deren Name nur Tage später zum Unwort wurde. Merle Alfart, wiedergeborene »Elise«. Er ließ die Tellermütze durch seine Hände kreisen. Diesmal tastete er nicht nach ihrem Telephon.

»Ich nehme an, du bist wegen des Lids hier?«, sagte Alfart. Er sah ihn noch immer nicht an, aber er klang jetzt fester. Seine Stimme brodelte nicht mehr.

»Ja«, sagte Secundus knapp. »Du bist im Bild?«

»Halbwegs«, sagte Alfart. »Der junge Kerl wird morgen aus dem Kastell geschafft. Das Mittel, das ihr gefunden habt, ist ein Antibiotikum. Genau genommen warte ich seit dem Nachmittag darauf, dass du mir erklärst, wie das zusammenpasst. Einen Bericht hast du ja nicht geschrieben.«

»Du hättest ihn ja doch nicht gelesen.«

Alfart zuckte abschätzig mit den Schultern. »Also? Ist sie es?« Secundus konnte seine Anspannung spüren. Wahrscheinlich hatte Alfart hier auf ihn gewartet, wurde ihm jetzt klar. Wahrscheinlich brodelte er schon seit Stunden. »Nun?« Zum ersten Mal sah Alfart ihn an, das Laternenlicht schimmerte in seinen dunklen Augen.

»Es könnte sein«, sagte Secundus. »Ich bin mir noch nicht sicher, aber es könnte tatsächlich so sein.« Er hatte Alfarts Blick nicht erwidert, sondern sah wieder auf den Grabstein hinab. Es war besser, Julius zappeln zu lassen. Es verbesserte Secundus' Position.

»Was?« Alfarts Stimme wurde kalt. »Das ist alles, was du hast? Ein *vielleicht?* Und damit kommst du zu mir? Hierher?«

»Es ist schwierig«, sagte Secundus, hörbar unbeeindruckt, was ihm Mühe machte. »Der Junge verkompliziert die Sache. Er passt nicht ins Bild, oder?« Damit war die Leimrute ausgelegt. Secundus lag jetzt auf der Lauer.

»Du glaubst nicht, dass es ein Fährmann war?«

Secundus entspannte sich ein bisschen. Diesmal zuckte er mit der Schulter. Es lief. Es lief sogar gut.

»Falls du es noch nicht weißt«, sagte Alfart, »das Haus gehört diesem Veil Wallasch. Genauso wie die Schwanstein GmbH. Die eigentlich Schwanstein e. V. heißen müsste – wahrscheinlich, um die Kosten zu senken. In meinen Ohren klingt das nicht, als würde es diesen Fährmann nicht geben.«

Secundus traute sich zu grinsen.

»Jetzt mach schon den Mund auf, sturer Bock.«

»Ich habe doch gar nicht gesagt, dass es ihn nicht gibt«, murmelte Secundus. »Ich glaube nur nicht, dass er ein Fährmann ist.« Er machte eine Pause. »Wenn du mich fragst, kommt er nicht einmal aus Dreizehneichen.«

»So?« Noch hatte er Alfart nicht überzeugt. »Wir haben es hier mit einem Fährmann zu tun, der gar nicht weiß, dass er ein Fährmann ist?«

»Wir haben es hier mit jemandem zu tun, der bezahlt wird«, sagte Secundus. Er würde den Teufel tun, sich in Einzelheiten zu verlieren. »Was er weiß und was er nicht weiß, kann ich dir nicht sagen. Und ich glaube auch kaum, dass das im Augenblick eine Rolle spielt. Was ich dir sagen kann, ist, dass wir an einen Fährmann glauben *sollten*. Und wahrscheinlich hätten wir das auch – ohne die Tabletten. Meinst du nicht?«

Diesmal blieb Alfart lange still, nur seine seltsam zarten Kiefer mahlten. »Dann ist sie es also wirklich«, sagte er schließlich. »Sie selber, ja? Sie ist dort gewesen. Ist es das, was du mir sagst?«

Secundus nickte. Er holte jetzt die Leimrute ein. Er hatte den Vogel gefangen. »Sie war dort und jemand hier, auf unserer Seite. Sie bringt die Medikamente und jemand anders holt sie ab. Wir dürfen jetzt nur keine Fehler machen, Julius. Ich brauche Zeit.«

Er hörte Alfart Luft holen. Der kleine, gefährliche Mann bebte. Es fiel ihm sichtlich schwer, aber er beherrschte sich. »Ich will Berichte, Secundus. Persönliche Berichte. Nicht von deinem Leutnant. Ich will sie von dir.«

»Natürlich.«

Alfart setzte den Zylinder auf.

»Danke«, sagte Secundus so unterwürfig, wie es ihm möglich war. Er trat einen Schritt zu Seite. Wie es aussah, war die Unterredung beendet.

»Da ist noch was.«

Das traf ihn unvorbereitet. Was sollte denn da noch sein? Er drehte sich zu Alfart um. Alfart stand kerzengerade. Der Zylinder machte ihn viel größer.

»Ja?«, sagte Secundus voller Misstrauen.

»Der Übertritt wird für Unruhe sorgen. Die Legion macht zunehmend Druck.«

Secundus war klar, dass es Alfart nicht um die traurigen Gestalten ging, die vor dem kleinen Saal in Unterbaum gewartet hatten. Die Legion des heiligen Uriel hatte Unterstützer im Geheimen Rat. Die ewig Unzufriedenen waren nur ihre Beute. Secundus seufzte. »Der Übertritt war ein Unfall, Julius. Und als solchen solltest du ihn im Rat auch schildern. Der Junge ist harmlos. Er weiß von nichts. Ein armer Tropf.« Waren das die Worte der Schaf gewesen?

Alfart rieb sich mit den Fingerspitzen das Kinn. »Es geht nicht um diesen Kerl, Secundus, auch wenn wir eine Lösung für ihn brauchen werden. Es geht um die Bahn und das neue Lid. Der Übertritt gibt ihnen ein Argument mehr, sie zu schließen. Und ich habe wenige Argumente dagegen. Keine Übergänge, keine Tabletten, kein Schwarzmarkt, keine Schwestern. Oder sehe ich das falsch?«

»Es war nicht die Bahn«, entgegnete Secundus. »Und das weißt du sehr genau. Wir haben die Bahn im Griff. Bang ist ja nicht durchs Mausoleum in die Stadt spaziert.« Er zeigte vage in Richtung des Mausoleums Brusedorff. »Es war ein Lid, Julius. Und Lider kann man nur zumauern, wenn man sie kennt. Richtig?«

»Und wenn ich dieses dann zumauern ließe? Zum Beispiel sofort?«

»Dann würde ich die Spur vermutlich verlieren«, sagte Secundus. »Willst du das?«

»Ich brauche einen Erfolg, Secundus«, sagte Alfart. »Und ich brauche ihn schnell.«

Secundus dachte an das Telephon. Es war zu früh. Es war zu gefährlich. Am Ende täuschte er sich und es gehörte gar nicht zu ihr.

»Ich hatte gehofft, du könntest mir wenigstens einen Fährmann liefern«, sagte Alfart. »Jetzt stehe ich mit leeren Händen da.«

Secundus dachte an die Briefe. Er musste die Couverts verschwinden lassen. Sobald er sie nicht mehr brauchte, mussten sie weg.

»Es sei denn …«, sagte Alfart.

»Was?«, fiel Secundus ihm ins Wort.

»Diese Diebstähle, Secundus …«

»Das ist nicht meine Sache, Julius. Setz meinetwegen sämtliche anderen Abteilungen darauf daran. Aber bitte nicht meine.«

»Ich setze meinen besten Mann darauf an. Wie klingt das? Secundus, ich brauche etwas in der Hand. Ich muss etwas *tun*, hörst du? Und sei es bloß, dass ich diese verdammten Raubzüge beende. Dass du sie beendest. Mein Gott, sie haben den Familienschmuck der Kuglers gestohlen. Damit fing meine letzte Ratssitzung an. Es war sogar eine Trauerbrosche dabei. Kugler …« Sein Blick wanderte zum Grabstein. »… hat auch ein Kind verloren.«

Secundus stöhnte. »Ich muss mich um Wrota kümmern. Wo soll ich die Zeit dafür hernehmen?«, sagte er, aber insgeheim wog er schon die Vorteile gegen die Nachteile auf. Er könnte Kammholz auf die Diebstähle ansetzen. Dann wäre er ihn für eine Weile los. Hatte er denn überhaupt eine Wahl?

Die Laterne flackerte. Alfart schwieg. Er wartete auf eine Entscheidung. Die meisten Wendungen dieses Gesprächs hatte er gewiss vorhergesehen. Im Dunkeln war er nur über Secundus' Motive.

Secundus vergrub die Hände in den Rocktaschen und stieß mit den Fingerknöcheln gegen das Telephon. »Gut«, sagte er. »Ich kümmere mich darum. Zufrieden?«

Über ihrem Gespräch war es stockfinster geworden. Der Grabstein der kleinen Sophia leuchtete hell.

Menschen veränderten sich nicht. Sie wurden älter, machten Erfahrungen, wurden vom Schicksal begünstigt oder geschlagen, aber im Kern blieben sie dieselben, und wenn sie einen überraschten, dann hatte man einen Fehler gemacht. Insofern schien es paradox, dass ausgerechnet sein Bruder – der Mensch, den er am längsten kannte – Secundus immer wieder verblüffte.

Da war der Primus, der erst im Gymnasium strauchelte, um dann im Kastell scheinbar mühelos Karriere zu machen. Da war der Primus, der sich auf einmal gegen die Karriere und für den Wächterdienst entschied. Und da war der Primus, der, zurück in Dreizehneichen, die Uniform an den Nagel hängte und sich zurückzog, um endlich als philanthropische Lichtgestalt wiederaufzutauchen. Als Vorsitzender der Erbaulichen Gesellschaft war Primus Falke nun der Inbegriff des leicht verschrobenen, alten, weisen Manns – ausgerechnet Primus, der nicht mal als großer Bruder zum Beschützer getaugt hatte, hatte sich als Vatergestalt neu erfunden. Secundus grunzte und schritt noch etwas kräftiger aus. Vorsichtshalber hatte er den Kutscher schon auf der Allee halten lassen, die krummen Gassen von Unterbaum durchmaß er zu Fuß.

Natürlich war Unterbaum eine melodramatische Wahl. Andere Gesellschaften residierten an der Allee oder dem Tannhäuser Damm, hinter täglich polierten Messingschildern und unter hohen Decken zogen sie Leute wie Kammholz oder Jochum an und verwandelten die obligatorische Seelenpflege in einen Salon mit funkelnden Lüstern, klingenden Gläsern und einem bebrillten Sanskritgelehrten für das Rahmenprogramm. Primus' Erbauliche Gesellschaft hingegen hatte seit jeher etwas von einer geistigen Armenspeisung gehabt. Sie bespielte kleine und schäbige Säle wie den, in dem Moritz Bang aufgetaucht war, verwechselte Religion und Kunst wie der Theosophische Verein Glaube und Aberglaube und lockte so vermeintliche Künstler wie den kleinen vom Stein, die mit Primus' Hilfe ihre ungelenken Verse vortrugen, ohne dass irgendjemandem damit gedient gewesen wäre.

Aber Primus glaubte eben fest ans Himmelreich der Kunst – vermutlich war auch das ein Mitbringsel aus seiner Zeit in der Zwölfwelt, in der Religion und Tradition derart auf den Hund gekommen waren, dass den Unglücklichen drüben scheinbar nur noch ihre schrille Kunst aus dem Schlamassel half – Musik ohne Melodie, Bilder, auf denen man nichts erkennen konnte, oder Gedichte, die sich nicht reimten. Secundus kam Moritz Bangs hässlicher Papagei in den Sinn, und mit diesem lästigen Gedanken erreichte er sein Ziel.

Die Erbauliche Gesellschaft war in einem alten, schlecht verputzten Fachwerkbau untergebracht, in dem man eher ein billiges Wirtshaus oder eine traurige Werkstatt voller verwahrloster Kinder vermutet hätte. Aus einem verschmierten Fenster gegenüber linsten eine alte Frau und ihre missgelaunte Katze auf Secundus herab, und bevor die beiden ihn mit ihrem Hexenfluch belegen konnten, drückte er die Klinke, rettete sich in einen engen, düsteren Flur und nahm sogleich die ausgetretene Treppe in Angriff.

»Primus?« Im zweiten Stockwerk klopfte er an eine bloß angelehnte Tür. Dann schob er sie auf und übertönte ihr Wimmern mit seinen zackigen Stiefeltritten. Das Vorzimmer war nicht besetzt, was er zufrieden zur Kenntnis nahm. Lauscher konnte Secundus heute nicht gebrauchen. Sein Blick schweifte über den Tisch mit

Öllampe, Tintenfass und Federkiel und einen Kontorschrank, den offenbar niemand polierte. Dann hörte er Schritte im Nebenraum und Primus erschien in der Tür.

»Oh. Guten Morgen, Secundus.«

Menschen veränderten sich nicht. Selbst in dem dick und grau gewordenen Mann im Türrahmen konnte Secundus noch den mageren, blonden Jungen von früher erkennen. Noch war ein Rest Gelb in Primus' über der Stirn verbliebenem Schopf, und auch wenn er nicht mehr mit derselben Stimme sprach, so war der Tonfall gespielter Überraschung doch immer noch derselbe. Denn natürlich hatte Primus mit seinem Erscheinen gerechnet.

»Ja«, sagte Secundus, »da bin ich«, und zupfte sich die schwarzledernen Handschuhe von den Fingern.

»Du bist dienstlich hier, nehme ich an?«, sagte Primus, als schneite Secundus regelmäßig auf eine Tasse Tee herein. War hier überhaupt eine Tasse Tee zu bekommen? Secundus' Blick wanderte noch einmal durchs Vorzimmer. Vielleicht beeilte er sich besser, bevor der Schreiber erschien. Aber noch war es dafür zu früh am Morgen. Viel geschlafen hatte Primus nie. Wenig Schlaf zu brauchen, hatte Secundus gehört, sei das Privileg der Begabten.

Weit gebracht hatte Primus seine Begabung nicht.

»Du weißt genau, warum ich hier bin«, sagte Secundus.

»Der Übertritt?« Dass Primus daraus eine Frage machte, war beinahe eine Unverschämtheit.

»Es ist dein Saal«, brummte Secundus. »Nicht wahr?«

»Es war einer der Säle, die die Erbauliche Gesellschaft angemietet hat«, sagte Primus, lehnte sich gegen den Türrahmen und verschränkte die Arme vor der Brust. »Es gibt nicht gerade wenige davon. Du würdest es wissen, wenn du die dreizehnten Stunden ernster nähmest. Oder wenn du dich öfter nach Unterbaum bemühen würdest.«

»Jetzt bin ich ja hier«, sagte Secundus.

»Und ich freue mich, dich zu sehen«, sagte Primus, als hätte er ihn nicht eben erst attackiert. »Komm doch in mein Büro und setz dich.« Er machte den Weg frei, indem er einen Schritt zur Seite trat. »Noch bin ich allein. Also hat niemand eingeheizt. Vergib mir.«

Secundus schritt an ihm vorbei, kerzengerade, um jeden Zoll Größenunterschied auszuspielen. Dann kam er sich dumm dabei vor und ließ die Schultern sinken. Er dachte an die Couverts und an das Telephon in den Taschen seines Rocks. Lieber hätte er hinter dem Schreibtisch Platz genommen als im Besucherstuhl davor, aber dafür hätte er Primus ins Kastell laden müssen und angesichts ihrer beider Lage war das keine gute Idee. Zum Teufel, machte sich Primus überhaupt eine Vorstellung, wie viel er seinetwegen riskierte?

»Also, der Saal.« Primus ließ sich ungelenk in seinen Bürostuhl fallen und stützte die Arme auf den mit Papieren übersäten Tisch. »Ich fürchte, ich muss dich enttäuschen, Secundus. Ich bin nicht sehr oft da gewesen. Ich weiß so gut wie nichts.«

»Dabei ist es gar nicht weit«, sagte Secundus. »Von hier aus sind es zu Fuß nur ein paar Minuten. Und anders als ich bist du in den dreizehnten Stunden doch fleißig.« Er schlug die Beine in den gewichsten Stiefeln übereinander und bettete die leeren Handschuhe in seinen Schoß.

»Stimmt«, sagte Primus. »Ich besuche viele Veranstaltungen, nur eben selten dort. Ich war auch an dem Abend nicht da, wie du natürlich schon weißt. Aber ich habe den Saal an den jungen Dichter gegeben, richtig. Sehr kurzfristig übrigens. Er hat mich hier aufgesucht. Er hat da auf deinem Platz gesessen. Ein wirklich munteres Kerlchen.« Primus lächelte, vorgeblich beim Gedanken an den jungen Clemens vom Stein, der Secundus überhaupt nicht interessierte.

»Der Hutmacher Eisenmann ist sein Patron«, sagte Primus. »Aber auch das weißt du natürlich schon.«

Noch nickte Secundus dienstlich, noch machte er bei diesem Theater mit. Vielleicht wollte er einfach wissen, wie weit Primus es damit treiben würde.

»Mehr kann ich dir eigentlich gar nicht sagen«, fuhr Primus fort, weil Secundus eisern schwieg. »Von dem Lid wusste ich natürlich nichts. Es ist ja wohl auch hinter der Bühne. In einer Kammer, die niemand benutzt.«

»Na ja, jemand hat da einen Vorhang angebracht«, sagte Secundus.

»So? Ich nehme an, wir haben den Saal so übernommen. Aber, offen gestanden, ich weiß es nicht.« Primus zuckte mit den runden Schultern. Glaubte er wirklich, so davonzukommen? Machte er sich über ihn lustig?

»Sind wir jetzt mit Lügen fertig?«, fragte Secundus. Er hatte ein paar Augenblicke verstreichen lassen.

»Bitte?« Wenn Primus wirklich überrascht war, dann nur von der Plötzlichkeit des Angriffs. »Wovon sprichst du, Secundus?«

Secundus holte tief Luft. »Von Haus Wrota, mein Lieber? Oder von Veil Wallasch und der Schwanstein GmbH? Von der Anzeige, die du aufgegeben hast? Oder von Moritz Bang?« Er knöpfte den Rock auf und zog die Couverts heraus. Dann legte er sie in das Durcheinander auf dem Tisch. »Du bist nicht mal halb so schlau, wie du denkst, Bruder. Glaubst du wirklich, ich erkenne deine Handschrift nicht? Oder glaubst du, dass nur ich sie erkenne und die Sache schon regele? Oder hast du etwa gar nicht daran gedacht?« Secundus lehnte sich wieder zurück. Primus griff nicht einmal nach den Couverts. »Fährmann Primus Falke«, sagte Secundus. »Wie bist du nur darauf gekommen?«

Primus schluckte hörbar. Vielleicht hatte er ja wirklich gehofft, unerkannt zu bleiben. Und war es nicht auch ein dummer Zufall, dass Moritz Bang die Briefe samt Couverts mit sich herumgeschleppt hatte? Allerdings war da immer noch der Saal der Erbaulichen Gesellschaft, deren Vorsitzender Primus war. Sein Bruder musste ihn wirklich für dumm halten.

»Dann willst du mich jetzt in Gewahrsam nehmen?«, fragte Primus. »Bist du deshalb hergekommen?«

»Ich will Antworten«, sagte Secundus. »Deshalb bin ich hier. Und ich habe keine Zeit für Lügen.«

»Dann frag.«

»Du bist Veil Wallasch.«

»Frag doch nach Sachen, die du noch nicht weißt.« Primus lächelte schmal. »Oder nein. Lass es lieber bleiben.«

»Wie bist du an das Haus gekommen?«

»Zufall? Nein …« Er lächelte wieder. »Fügung. Natürlich war es Fügung.«

»Und womit hast du es bezahlt?«

Primus zuckte mit den Schultern.

»Unterschlagung? Komm schon.«

»Einverstanden. Unterschlagung. Ich war Wächter. Es gab Mittel, die ich abzweigen konnte.«

»Du sollst doch nicht lügen.«

»Hör mal, der Übertritt war ein Unfall. Ich wollte nicht, dass er alleine geht. Der Junge ist furchtbar arm dran. Und zugleich sehr begabt. Er kam dort nicht zurecht. Ich habe lange mit ihm gesprochen. Seine Dreizehnfurcht ist ausgeprägt. Er hat förmlich darum gebettelt. Ich wollte ihn *retten*, Secundus. Ich *musste* ihn retten.«

Secundus schwieg. Moritz Bang war gar nicht wichtig, wenigstens nicht ihm.

»Wo ist er jetzt?«, fragte Primus. »Wie geht es ihm?«

»Jetzt, wo du ihn gerettet hast? Fantastisch, nehme ich an.« Secundus konnte es sich einfach nicht verkneifen. »Wenn wir beide hier fertig sind, bringe ich ihn ins Spital.«

Primus nickte.

»Dennoch ein gutes Manöver«, sagte Secundus. »Nach ihm zu

fragen, meine ich. Nur leider bin ich nicht abgelenkt, Primus. *Ich hatte dir eine andere Frage gestellt.*«

»Nach dem Haus?« Primus verschränkte die Hände und sah ihn an. »Die Bücher stimmen. Niemand wird etwas finden. Darum musst du dir keine Sorgen machen.«

»Sorgen? Um wen? Um dich? Um mich? Um Dreizehneichen? Ich verstehe dich nicht, Primus. Wie kannst du die Sicherheit dieser Stadt gefährden und sie gleichzeitig als sicheren Hafen für diesen armen Kerl begreifen? Wenn es diesem Bang hier besser geht als drüben, dann verdient diese Stadt doch deinen Schutz. Dann musst du mit mir arbeiten und nicht gegen mich.«

Primus schüttelte den Kopf. »Als wäre es so einfach. Du kennst nur schwarz oder weiß, nicht wahr? Unseren Weg oder den von drüben. Abschottung oder Untergang. Du bist mitleidlos, Secundus. Du kennst das Leiden drüben nicht. Zumindest hast du es nicht gesehen wie ich.«

»Ach nein?«

»Ach nein. Wann denn? Wenn Alfart mal wieder ein Lid zumauern lässt? Hör zu, wenn das hier die bessere Welt ist – warum haben wir dann nie, nie, nie freiwillig auch nur ein einziges Opfer der schlechteren gerettet? Warum ist verboten, was ich getan habe? Und worum geht es wirklich, wenn ihr Lider schließt? Darum, dass niemand reinkommt oder niemand raus?«

»Du lenkst ab, Primus.«

»Nein, du lenkst ab. Ich will einen dritten Weg, Secundus. Wir verhärten in unserem Abwehrkampf. Du verhärtest. Die Welt drüben geht zum Teufel, ja. Aber wir hier gehen auch zum Teufel, wenn wir so weitermachen. Wer ein Herz hat, sollte hier leben können. So sehe ich das.«

»Ein Herz?«

»Herz, Seele, Glaube, spirituelle Bedürftigkeit – nenn es, wie du willst. Glaubst du wirklich, es ist damit getan, sich jeden Tag zur dreizehnten Stunde in eine Liste einzutragen und einen Vortrag zu verdämmern oder den immerselben Choral zu singen?«

»Du willst Veränderung? Lass das nicht Alfart hören.«

»Veränderung ist unausweichlich, Secundus. Schau uns doch an!«

»Das ist nicht Veränderung. Das ist Zeit.«

»Und wenn das dasselbe ist?« Primus kramte seine Uhr heraus und hielt sie ihm hin. »Wir schenken Tag und Nacht eine zusätzliche Stunde, in der wir uns irgendeiner Form von Ewigkeit versichern. Drüben hingegen wollen sie, dass ihre Zeit erst gar nicht abläuft. Der Kampf ist derselbe, nicht wahr? Die Angst ist dieselbe. Nur die Mittel sind verschieden. Und ich finde, beide haben ihr Recht. Beide sind notwendig. Ich will Diesseits *und* Jenseits, Secundus. Ein gerechtes, erfülltes, langes Leben, und wenn das Leben vorbei ist, einen Tod, mit dem man seinen Frieden machen kann. Und dafür kannst du mich meinetwegen in deinen Kerker werfen.«

Einen Augenblick war es still in Primus' tristem Zimmer. Dann sagte Secundus: »Fertig?« Er hatte keine Lust auf eitle Philosophie. Und Zeit dafür hatte er auch nicht. Sollte ihn Primus doch für einen groben Klotz halten. Er sah schon ein ganzes Leben auf seinen kleinen Bruder herab. So viel zur Veränderung. So viel zu Primus' hochmögendem Herz.

Secundus stand auf, die Beine des Besucherstuhls schrammten über die Dielen. Er trat ans Fenster und sah hinaus. Ein typischer Hinterhof in Unterbaum. Ein paar magere Kinder spielten mit einem Reifen. Heute kam ihm alles herbstlicher vor als gestern.

»Ich war in Wrota«, sagte er nach einer Weile. Noch immer wandte er Primus den Rücken zu.

»Und?«

»Ich habe dort etwas gefunden.«

»Und was?«

Klang Primus besorgt? Bekam er jetzt Angst? Bisher hatte Secundus Fragen gestellt, auf die er selber eine Antwort wusste. Jetzt ging es zur Sache.

Secundus drehte sich um. Er kehrte zum Tisch zurück und griff in die Rocktasche. Dann legte er das Telephon auf die verstreuten Papiere.

»Oh. Ist es geladen?«

Gottverdammt, Primus war schlau. Für den Augenblick war das die entscheidende Frage, und er hatte sie sofort gestellt.

»Ja.« Die Antwort musste so lauten. Selbst, wenn es nicht gestimmt hätte. »Ist es deins?«

Primus sah zu ihm auf. »Ich muss jetzt Acht geben, was ich sage, nicht wahr?«

»Ja. Du kannst nur in eine Richtung lügen«, sagte Secundus.

»Weil es passwortgeschützt ist?«

Primus war Wächter gewesen und darüber nicht nur weicher geworden. Secundus zuckte mit den Schultern.

»Wenn ich also ja sage, forderst du mich als Nächstes auf, das Passwort einzugeben.«

Primus lächelte schmal und auf einmal kam Secundus der Gedanke, dass er über dieses Telephon mit Merle gesprochen haben könnte. Und dass er glaubte, dass er, Secundus, diesen Gedanken nicht ertrug. Was für ein gottverdammter Unfug!

»Ich habe Briefe geschrieben, Secundus. Ich habe kein Handy, und ich habe dieses Gerät noch nie gesehen. Wenn du es in Wrota gefunden hast, gehört es vielleicht Moritz Bang?«

War das ein Satz zu viel gewesen? Versuchte er jetzt, Merle zu schützen? Secundus sammelte das Telephon ein und ließ es wieder in seine Rocktasche gleiten. »Vernichte die Couverts«, sagte er. »Und sprich mit niemandem. Nicht über meinen Besuch, nicht über den Saal – über gar nichts, hörst du? Und halt dich von Moritz Bang fern. Um jeden Preis.«

Primus nickte nicht einmal. Natürlich nickte er nicht, schon gar nicht aus Dankbarkeit und erst recht nicht für seinen kleinen Bruder. Er war hochmütig und würde es auf ewig bleiben. Menschen veränderten sich nicht.

Secundus ging zur Tür. Dann drehte er sich doch noch einmal um. »Sag mal, wenn dieser Bang eine Frau gewesen wäre, hättest du sie auch rübergeschafft?«

»Nein«, sagte Primus. »Frauen ist hier nicht zu helfen.«

Secundus ging grußlos hinaus.

Das Diarium des Clemens vom Stein

Dreizehneichen
in der Dunkelheit eines denkwürdigen 17. September

Mir zittert die Hand, kaum habe ich mit der Feder das Tintenfass getroffen, und jetzt schlagen die Federstriche aus wie stetige
Droschkengäule. Auch scheint mir, ich schreibe kein Tagebuch
mehr, sondern eine Räuberpistole. Aber wenn mein Diarium schon
zum Abenteuerroman wird, dann will ich wenigstens seinen Gesetzen gehorchen und eines nach dem anderen schildern.

Heute habe ich mich auf den Weg zum Kastell gemacht, um
meinem zwölfweltlichen Schicksalsbruder einen Besuch abzu-
statten. Fröhlich winkte ich der kleinen Minna zu, die mich vom
Fenster aus aufbrechen sah, und bald schritt ich munter über den
Obstmarkt, mit wenig mehr befasst als den Worten, die ich an den
Diensthabenden richten würde, damit er mich auch vorließe. Doch
kaum, dass der Markt mit seinen duftenden Äpfeln, Birnen und
Pflaumen hinter mir lag, schien die Stadt nicht mehr dieselbe zu
sein. Im Nachhinein — jetzt, im flackernden Schein der Kerze,
in einer gänzlich veränderten Welt — glaube ich fast, dass ich da
schon den Aufruhr spürte wie ein nahendes Gewitter. Auch war die
Kastellstraße ungewöhnlich belebt, und während doch sonst um

diese Tageszeit alles zum Obstmarkt strebt, wandte sich diesmal alles nach Osten auf die trutzigen Türme.

Bald fand ich mich in einem richtigen Pulk wieder, blickte ein ums andere Mal erschrocken in zornige Gesichter und sah auch das erste Mal das Schwert — dieses noch flammenumkränzt auf einer der Armbinden, wie sie die Legionäre des Erzengels Uriel tragen —, ich hatte ja keine Vorstellung, wie viele es von ihnen gibt. Unversehens war ich Teil ihres reißenden Stroms, der mich fast gegen meinen Willen zu meinem Ziel hintrug, und so fand ich mich schließlich vor dem Kastell wieder, eingezwängt in eine dichte Menge, die Arme, Hälse und selbst gefertigte Schilder reckte und nichts als brodelnder Unmut war — ziellos wie die Knüffe und Püffe, die mir im Gedränge zuteilwurden, schien mir zunächst, aber dann wurde mir klar, dass der Unmut niemand anders als meinem zwölfweltlichen Bruder galt.

KEIN FREMDES BLUT, las ich auf einem über Köpfen und Fäusten tanzenden Schild. »Hängt ihn auf«, brüllte ein ungeschlachter Kerl in meiner Nähe, worüber ich furchtbar erschrak. Schon immer war ich empfindlich gegen Grobheiten wie diese, nun aber sah ich mich zwischen lauter Grobianen eingeklemmt, kam weder vor noch zurück und wähnte mich in einem Albtraum gefangen.

Wohin ich den Blick auch wandte, schlug mir blanker Hass entgegen, der sich in schrecklichen Parolen entlud und nicht einmal vor der Policey, ja nicht einmal vor ihrem vornehmsten Vertreter, dem Oberst Falke, Halt machen wollte. Nicht alles Gebrüll wollte sich mir ohne weiteres erschließen — ja, nicht alles schien mir so ohne weiteres *menschlich* zu sein —, doch nach und nach, während ich Kopf und Schultern einzog und manchmal auch die Hände schützend an die Ohren legte, begriff ich, dass es dem wütenden Pulk um Bahnen und Lider ging und die Menge Schutz und Schließung forderte und ein Ende der Abt. XIII gleich mit.

FESTUNG DREIZEHNEICHEN, stand auf einem der Schilder und ein anderes zeigte den Steckbrief der Elise, deren zartes Abbild mit schreiend roter Farbe ausgestrichen war. »Wir allein! Wir allein! Wir allein!«, skandierte ein Teil der Menge an der Treppe zum Portal. Dazu reckten sie Bilder des Erzengels Uriel in die Höhe wie Uriel selber das Schwert, mit dem er die Pforte zum Paradies verteidigt.

Nun, was die Erzengel anbetrifft, so habe ich es immer mit dem schmucken Gabriel gehalten und an den apokryphen Uriel kaum je einen Gedanken verschwendet — auf einmal aber war mir seine geflügelte Gestalt ausgesprochen zuwider, er kam mir jetzt wie ein böser Raubvogel vor, vom Himmel gefahren, um der Stadt ihr Auge — will sagen die Abt. XIII — auszuhacken. Tatsächlich empörte mich, während ich mich vor der wogenden Menge zu schützen versuchte, vor allem deren Undankbarkeit: Wie konnte sie nur so auf die Hüter ihrer Ordnung losgehen, namentlich auf den tadellosen Oberst Falke?

Mag sein, es ist die Wut selber, die wütend macht — auf mich sprang sie jedenfalls wie ein Feuer über, wenngleich meine Flamme in die entgegengesetzte Richtung schlug. War ich erst drauf und dran gewesen, den Rückzug anzutreten, beschloss ich nun das Gegenteil. Ich wollte mich bis zum Portal vorkämpfen und Einlass erbitten, ganz wie ich es mir ursprünglich vorgenommen hatte — jetzt aber wollte ich nicht allein meinen Zwölfweltler sehen, nein, ebenso sehr wollte ich dem Oberst Falke nunmehr Mut zusprechen und ihn meiner Empörung über den Pöbel versichern. Bisher hatte ich an Politik keinen Gedanken verschwendet, von nun an aber, so würde ich ihm offenbaren, habe die Legion des Erzengels Uriel einen erbitterten Gegner mehr.

In diesem Geist begann ich mich an den Leibern vorbeizuzwängen, gelegentlich angeherrscht oder von Ellbogenstößen bestraft. Aber ich ließ nicht nach und kam voran, geduckt, derweil die Menge ihr Drachenhaupt reckte und Feuer spuckte. Dann jedoch schien sich der Lindwurm umzuwälzen! Ich rang um mein Gleichgewicht, während die Parolen auf einmal erstarben und eine seltsame Ruhe entstand, unterbrochen nur von einzelnen, unverschämten Anwürfen, die alle dem Oberst Falke galten.

Zunächst konnte ich nicht erkennen, was die Stimmung so verändert hatte. Ich musste mich erst auf die Zehenspitzen stellen und auch auf eine fremde Schulter stützen, wofür man mich mit einem hässlichen Fluch belegte. Dennoch erhaschte ich einen flüchtigen Blick — auf die Droschke, die am fasernden Saum der Menge gehalten hatte, und dann erkannte ich Tellermütze und Knebelbart! Der Oberst Falke war erschienen und teilte den Pöbel wie Moses das Meer! Ungehindert durchschritt er die schäumende Menge, und ich beschloss, die Gelegenheit zu ergreifen. Allerdings blieben mir nur wenige Augenblicke dafür, näherte er sich doch strammen Schrittes dem Portal, auf dessen Stufen nun ein halbes Dutzend Wachtmeister Stellung bezogen hatte, um das Kastell vor der Wut der Menge zu schützen. Rücksichtslos und halbherzig ein paar Entschuldigungen murmelnd kämpfte ich mich durch die Masse der Leiber jetzt umso schneller voran, tauchte unter allerlei Achselhöhlen durch und schweige in diesem Moment von den unbeschreiblichen Gerüchen, die ich dabei erdulden musste.

Und es gelang mir, mein Plan ging auf! Ich durchbrach die letzte, fanatische Phalanx und stolperte die ersten Stufen hinauf — genau in dem Augenblick, als auch der Oberst die Treppe erreichte. »Herr Oberst!«, rief ich in die dräuende Stille, zuversichtlich, dass er mich erkennen würde, doch er hörte mich offenbar nicht.

»Herr Oberst!« Ich sprang die Stufen hinauf und nun, seine starke Schulter nur noch eine Armeslänge entfernt, wandte er sich um und schien mich auch gleich zu erkennen, was seine Miene allerdings nicht aufhellen konnte. Ich glaube, er sagte nicht mehr als: »Herrgott, was machen Sie denn hier?«, aber die Erinnerung daran ist von der Überraschung überlagert, die ich empfand, als ich seine Hand in meinem Nacken spürte und er mich durch die eilig geöffnete Tür ins Kastell bugsierte. Verblüfft und nach seinem heftigen Stoß abermals mein Gleichgewicht suchend, fand ich mich in der hohen, grauen Eingangshalle wieder, die unverkennbar nach Pantheon roch. Kurz wanderte mein neugieriger Blick die mächtige steinerne Treppe mit ihren baumstarken Säulen hinauf, einen Augenblick blind für das hektische Treiben um mich herum, denn nun strebten immer mehr Wachtmeister an mir vorbei nach draußen, wobei ich ihnen offenbar im Wege stand. Ich aber wusste so recht nicht, wohin. Mich reckend und streckend suchte ich den weiten Raum nach Oberst Falke ab und fand ihn schließlich am Fuß der Treppe wieder, wo er — man stelle sich mein Entzücken vor — den herabschreitenden Leutnant Kammholz empfing, der niemand anderen als meinen Zwölfweltler führte!

Was war das für ein freudiges Wiedersehen — für meinen Teil zumindest, denn mein Schicksalsbruder hatte mich ja noch gar nicht erspäht und schien zu freudigem Erkennen auch nicht in der rechten Verfassung. Vielmehr trug er den Kopf gesenkt und ließ die Schultern hängen und schien recht eigentlich nicht in der Welt — willenlos und wie blind ließ er sich vom Leutnant leiten. Leutnant und Oberst wiederum hielten sich mit Grußworten nicht auf. Sie tauschten, während ich glücklich auf sie zueilte, nur bitterernste Blicke. Dann — gerade hatte ich die Gruppe erreicht — fiel der Blick des Leutnants auf mich, was mich dem Oberst offenbar in Erinnerung brachte; jedenfalls bellte er dem Leutnant »Den müssen wir wohl mitnehmen« zu, und dann spürte ich abermals seine Hand im Nacken, und so strebten wir vier fort vom Portal — ich weiß nicht mehr, durch wie viele Gänge und Türen. Es blieb keine Zeit, meinem Zwölfweltler herzlich die Hand zu schütteln oder mit dem gebotenen Ernst den Oberst Falke meines Abscheus vor dem Pöbel draußen zu versichern — jenes Pöbels, der uns nun nötigte, wie das Gesinde die Hintertür zu nehmen. Aber wo wollten wir eigentlich hin?

Für einen Augenblick habe ich die Feder beiseitegelegt — es fällt mir schwer, das Folgende zu beschreiben. Ein Teil daran ist Heldenmut, mir aber ist das Grauen mindestens genauso gegenwärtig, und ich weiß nicht recht, wie ich je wieder unbefangen über Sachsenschwerter schreiben soll — tatsächlich habe ich mich eben gefragt, ob es in den Heldengeschichten so viele Drachen gibt, damit ihre Recken keine Menschentöter sind. In Wirklichkeit nämlich kann kaum etwas hässlicher sein als ein aufblitzendes Schwert, und auch diesen barbarischen Schrei werde ich niemals vergessen. Doch ich will nicht abkürzen, wo das Geschehen Ausführlichkeit verdient. Andererseits ist meine Erinnerung tatsächlich ein wenig verschwommen. Eigentlich sehe ich nur die letzte Tür aufgehen und sich auf ein Rechteck aus hellem Tageslicht öffnen, und dann stürzten wir alle vier hinaus, der Leutnant mit meinem Zwölfweltler und dahinter der schnaufende Oberst und ich.

Ich hörte den Schrei — ein viehisches Brüllen —, noch bevor ich den Angreifer sah. Er trug eine dunkle Henkersmütze, und wenn ich an die weit aufgerissenen Augen hinter den Schlitzen denke, tritt mir noch jetzt der kalte Schweiß auf die Stirn. Das Schwert hielt er mit beiden Händen, und die Klinge fuhr, schien mir, auf meinen willenlosen Bruder hinab — *wäre* auf ihn hinabgefahren, will ich sagen, hätte der Leutnant Kammholz den Armen nicht mit einem Stoß außer Reichweite gebracht. Im nächsten Augenblick fand ich mich neben dem so knapp Geretteten auf dem Trottoir — war ich gestolpert? — hatte Oberst Falke mich gestoßen? Ich weiß aber noch, ich streckte die Hand nach meinem Gefährten aus, und mein entsetzter Blick traf seinen.

Dann klirrte das schreckliche Schwert aufs Pflaster und fast mit demselben Atemzug sah ich den Leutnant Kammholz fallen. Irgendwie war es ihm gelungen, den Angreifer zu entwaffnen, dabei aber war er rücklings gestürzt. Oberst Falke hingegen stand dem Schurken nun gegenüber wie ein Bär — und im nächsten Augenblick sah ich den Henker laufen, die Straße hinab und ohne sich umzusehen. Der Leutnant rappelte sich auf und wollte ihm schon nachstürzen, aber Oberst Falke hielt ihn mit fester Hand zurück. Ich sehe ihn noch vor mir, wie er halb gebeugt seinen Leutnant zu Boden drückte und zugleich laut nach einer Droschke rief. Ein herbeigeeilter Wachtmeister half mir auf, und dann sah ich Oberst Falkes Gesicht vor mir, heftig gerötet packte er mein Revers und stieß hervor: »Hören Sie zu, Mann! Hören Sie mich?«

Ich glaube, ich habe ihn nur blöde angestarrt. Ich hörte ihn sehr wohl, aber ich konnte nichts sagen. Ich zitterte am ganzen Leib, aber vielleicht schüttelte der Oberst mich auch. »Kommen Sie, los! Ich brauche Ihre Hilfe!« Mittlerweile war die Droschke vorgefahren, und Oberst Falke zerrte mich zum offenen Schlag — ich plumpste neben meinem verstörten Bruder aufs Polster. Unwillkürlich ergriff ich seine Hand — ich weiß nicht, ob zu seinem Trost oder meinem. Kammholz, ich sah es aus dem Augenwinkel, erkletterte den Bock, und dann zogen auch schon die Pferde an und wir jagten übers Pflaster — ich hatte keinerlei Vorstellung, wohin. Die Hand meines Schicksalsbruders ließ ich erst los, als Oberst Falke sich in der rumpelnden Kutsche zu mir beugte, um uns unsere Lage zu erklären.

Ich will redlich sein: Den genauen Wortlaut kann ich nicht wiedergeben, obwohl Oberst Falke ruhig und besonnen sprach — es war ihm sichtlich bewusst, dass ich drauf und dran war, den Verstand zu verlieren, und mein Gefährte ihn einstweilen wohl verloren hatte. Nach einigem Stutzen aber begriff zumindest ich, dass der Oberst nach dem Anschlag — von einem Legionär Uriels geführt — um die Sicherheit meines Schicksalsbruders fürchtete, dessen Namen ich in diesem Augenblick erfuhr: Er heiße Moritz Bang, erklärte mir Oberst Falke, aber ich solle diesen Namen gleich vergessen und durch Moritz vom Stein ersetzen, der — meine Augen wurden immer größer — mein überraschend angereister Vetter sei. Er, Oberst Falke, werde dem alten Eisenmann alles erklären, ich solle mir deshalb keine Sorgen machen, der alte Eisenmann sei ein vernünftiger Mann, und Moritz — meinen Moritz — müsse man jetzt vor den Feinden Dreizehneichens verbergen.

Habe ich Einwände vorgebracht? Habe ich Bedenken geäußert und den tollkühnen Plan tollkühn genannt? Offen gestanden kann ich mich gar nicht erinnern, gesprochen zu haben, gefühlt aber habe ich nicht Angst, fortan die Bedrohung mit meinem Moritz zu teilen — vielmehr hat mich dieselbe Gewissheit erfüllt, die ich schon von unserer ersten Begegnung her kannte: Nichts anderes als das Schicksal hat uns zusammengeführt — eng und bei jedem Mal noch enger. Dass Moritz ausgerechnet in meiner Stube Zuflucht findet, und zwar inkognito als mein Blutsverwandter, ist Fügung und also der Wille einer höheren Macht! Und genauso empfinde ich es auch jetzt, während meine Hand ermüdet und Moritz nebenan in meinen Kissen schläft. Der alte Eisenmann ist eingeweiht, und was kümmert uns der Rest der Welt? Ich werde mir jetzt eine Decke holen und die Nacht auf den Dielen verbringen — mein Moritz nämlich soll um keinen Preis allein erwachen. Und was — was immer! — dann auch kommen möge: Ich will fortan sein Schutzengel sein.

Secundus hatte die Droschke in einer Seitenstraße warten lassen. Bewegung vorm Haus des Hutmachers Eisenmann konnte er nicht gebrauchen. Der Fall nahm ungeahnte Dimensionen an. Tief in Gedanken bog Secundus auf die unzureichend beleuchtete Allee, fester denn je überzeugt, dass die Ruhe täuschte. Er hatte den Fanatismus der Legion unterschätzt, schlimmer noch: Er hatte nicht geahnt, wie mächtig sie geworden war. Er hatte immer nur an die verirrten Jünger Uriels gedacht, die in traurigen Häuflein ihre komische Kränkung auf die Straße trugen, und dabei ihre Hintermänner übersehen. Den Pöbel aber hatte jemand vors Kastell *beordert*, daran hatte er keinen Zweifel. Die Frage lautete allenfalls, ob das stümperhafte Attentat eine Drohung oder ein Unfall gewesen war, ein Preis, den man eben zahlte, wenn man solche Geister rief, oder eine Machtdemonstration. So oder so aber hatte Secundus begriffen, dass die Gefahr ab jetzt von außen *und* von innen kam. Nach innen aber würde ihm Alfart nicht helfen.

Secundus hatte noch am Abend bei ihm vorgesprochen, es hatte einen Anschlag gegeben, es musste sein. Doch Alfarts Interesse an Moritz Bang war auffallend gering gewesen. Fast schien er zu bedauern, dass das Attentat fehlgeschlagen war und die Legion das Problem Bang nicht aus der Welt geschafft hatte. Über den flüchtigen Attentäter und den skandalösen Aufmarsch der Legion war gar nicht mit ihm zu reden gewesen. Die Legion, das hatte Alfart klargemacht, ging die Abteilung XIII nichts an – Secundus' Widerrede hatte er unwirsch unterbunden. Alfart pflegte Allianzen, Freunde kannte er nicht. Fast hatte Secundus bedauert, Bangs Versteck preisgegeben zu haben.

Natürlich hatte er improvisiert, als er Bang beim alten Eisenmann untergebracht hatte. Andererseits machte der Aberwitz seiner Entscheidung das Versteck erst zu einem Versteck. Zumal er Bang so auch dem Apparat entzogen hatte. Beim Hutmacher Eisenmann würde niemand Fragen nach »Veil Wallasch« stellen.

Secundus wechselte die Straßenseite, dem Eisenmann'schen Haus gegenüber löste sich sein Leutnant aus dem Schatten eines Zauns. Er trug Zivil, wenn auch nicht gerade überzeugend.

»Irgendwelche Vorkommnisse, Kammholz?«

»Der kleine Dichter hat gerade sein Licht gelöscht.« Kammholz steckte die Hände in die Taschen. Nachts wurde es mittlerweile herbstlich kühl.

»Die Ablösung ist unterwegs«, sagte Secundus, den Blick auf die Eisenmann'schen Fensterreihen gerichtet. Secundus hatte allein den Hausherrn eingeweiht. Er hatte ihn kurzerhand bei seiner Eitelkeit gepackt. Theodor Eisenmann würde schweigen, mit gewichstem Schnurrbart und vor Stolz geschwellter Brust.

»Halten Sie's kurz, wenn Sie die Stellung übergeben«, setzte Secundus sein Gespräch mit Kammholz fort. »Außer dem Direktor weiß einstweilen niemand, wen wir hier bewachen.«

»Waren Sie bei ihm, Herr Oberst?«

Secundus nickte. »Früher oder später wird man Bang einen Mentor schicken. Aber alles unter der Hand. Jedenfalls solange wir nicht wissen, wer hinter dem Anschlag steckt.«

»Mit Verlaub, Herr Oberst, ich würde mich lieber darum kümmern als um diese Schmuckgeschichte.«

Secundus nickte wieder. Seit Kammholz den Attentäter entwaffnet hatte, hatte er ein wenig mehr Geduld mit seinem Leutnant. Außerdem würde es ohne einen Verbündeten nicht gehen. »Das kann ich verstehen, Kammholz«, brummte er. »Aber die Legion fällt nicht in unser Feld. Darum sollen sich andere kümmern.«

»Gestohlener Schmuck fällt auch nicht in unser Feld, Herr Oberst. Wenn ich das bemerken darf.«

Secundus stampfte auf und rieb sich die behandschuhten Hände, dabei war ihm gar nicht kalt. »Der Schmuck fällt ins diplomatische Feld, Herr Leutnant. Weshalb Sie morgen gleich in der Früh auch im Palais Kugler vorsprechen. Und ich erwarte, dass Sie Feuer und Flamme sind, verstanden?«

»Jawohl.« Kammholz' Blick wanderte wieder zum Eisenmann'schen Haus. Alle Fenster waren dunkel, Bang und der kleine Dichter schliefen im Souterrain. »Und Sie?«, fragte Kammholz.

»Ich?« Einen Augenblick überlegte Secundus, ob er, gab er jetzt ehrlich Auskunft, schon zu viel verraten würde. Dann entschied er, dass Kammholz so weit gar nicht dachte. Er hatte einen Attentäter entwaffnet, aber das machte ihn nicht zum Genie. »Ich, Leutnant«, sagte Secundus also, »bin auf dem Weg nach Wrota.«

In der dreizehnten Stunde kam es zum Übertritt. Genau achtundvierzig Stunden, nachdem Moritz Bang nach Dreizehneichen gestolpert war, kehrte Secundus nach Wrota zurück. Er machte nicht viel Aufhebens darum; er trat einfach in den heruntergekommenen Flur, durchschritt ihn blind, tastete nach dem sündigen Schalter und machte elektrisches Licht. Er würde sich nie an diese flirrende Helligkeit gewöhnen. Den windigen Hinckeldey hatte sie, soweit er wusste, richtig krank gemacht – und das war dreißig Jahre und mutmaßlich ein paar zwölfweltliche Lichtrevolutionen her.

Auf dem Weg ins Erdgeschoss kam ihm der befremdliche Gedanke, dass das alles Primus gehörte und er auch dieses Problem irgendwann würde lösen müssen – vielleicht sollte er das alte Gemäuer einfach anstecken und niederbrennen lassen, sobald er es nicht mehr brauchte. Dann wäre auch der Name Veil Wallasch verbrannt und nur noch ein unlösbares Rätsel für die hiesige Polizei.

Er machte auch im ersten Stockwerk Licht, um auf der großen Treppe nicht zu stolpern, das Erdgeschoss beließ er im Halbdunkel des Scheins von oben. Er trat an den Windfang und sah über den dunklen See hinaus in die Nacht. Dann machte er kehrt, setzte sich in einen der Sessel und schnaufte durch. Drückte er sich? War er nervös? War er sich vielleicht gar nicht sicher? Für den Fall der Fälle hatte er auch das Ladekabel dabei, aber das war gar nicht notwendig. Das Telephon sprang auch ohne neuerliche Stromzufuhr an. Der angebissene Apfel begann anstandslos zu leuchten, und Secundus suchte sich mit angehaltenem Atem seinen Weg durch das Gerät, bis es ihm die erste Parole abverlangte. Es gab zwei – Code und PIN –, Secundus hatte sich das mehrfach vergegenwärtigt, aber er ging davon aus, dass das launische, herrische Ding ihm einen Irrtum gestatten würde und mehr als einen möglichen Irrtum gab es nicht. Es gab nur Geburt- und Todestag.

Er konnte nicht anders, er sah wieder Merle vor sich, schwarz verschleiert und trauriger, als Alfart je würde ermessen können. Tatsächlich hatte Secundus den Gedanken zum ersten Mal gehabt, als Alfart am Grab der kleinen Sophie behauptet hatte, Merle habe ihr Kind verraten. Natürlich hatte sie das nicht. Keine Mutter verriet ihr Kind, und auch der Tod konnte Mutter und Kind nicht scheiden. Und mit dieser Gewissheit gab er den Todestag der kleinen Sophia in das Zahlenfeld ein: 160707.

Das Telephon öffnete die Tür. Dann forderte es ihm die PIN-Nummer ab: 240303 – natürlich beging Merle diesen Tag Jahr für Jahr. Secundus orientierte sich auf der erhellten Glasscheibe. Könnte er jetzt eine Telephonnummer wählen? Würde dann, wagte er es, irgendwo in der weiten Zwölfwelt ein anderes Telephon läuten?

Es fiel ihm so gottverdammt schwer, den Überblick zu behalten.

Brauchte er *Einstellungen, Kamera, Fotos?* Wohl kaum. Er drückte auf ein Symbol, das er für einen Telephonhörer hielt, und fand eine *Anrufliste*, die eine einzige, immer wieder gewählte Nummer enthielt. Unwillkürlich begann sein Herz schneller zu schlagen. Er mochte sich wie ein Blinder durch diesen Kasten tasten, aber das wusste er doch: Wenn er auf diese kräftige schwarze Ziffernfolge drückte, würde er kurz darauf ihre Stimme hören.

Merle Alfart.

Was würde er ihr sagen?

Für sie hatten ihm schon immer die Worte gefehlt.

Dritter Teil

Der zweite Herr vom Stein

Momme starrte auf seine nackten, feucht glänzenden Knie. Er rutschte ein Stück tiefer, was es auch nicht besser machte. Jetzt stand ihm das Wasser bis zum Hals, dafür wusste er gar nicht mehr, wohin mit seinen Beinen. Versuchsweise schob er die tropfenden Füße über den Messingwulst des Wannenrands, dann rutschte er in der schwappenden Brühe wieder zurück und stieß sich den Kopf am anderen Ende. Er fror erbärmlich an der bleichen, doch noch nass gewordenen Brust. Warmes Wasser war ein Wettlauf, und die Mägde – Lisbeth und Jenny mit einem Berliner Jott – verloren das Rennen immer. Jeden Freitag schleppten sie das Wasser kannenweise aus der Küche ins Souterrain, und während Clemens einfach weiterschwatzte, war es Momme immer peinlich, ihnen beim Schuften zuzusehen.

Er tastete nach der Veilchenseife, einem harten, himmelblauen Klotz, und fing an, sich damit abzureiben. Dann tauchte er mit angelegten Armen ein letztes Mal unter und kletterte aus der schwappenden Brühe auf die Leintücher ringsum. Es war ein kalter Oktobertag und durch das vergitterte Fenster zog es. Bibbernd rieb er sich mit den bereitgelegten Tüchern trocken, stieg in die knielange Unterhose und nestelte an der Hüftschnur – Gummibündchen gehörten seiner unaussprechlichen Vergangenheit an. Er trat an Clemens' Waschtisch und spähte in den kleinen Spiegel an der Wand.

Vor ein paar Tagen hatte ihm Clemens unter großem Hallo die Haare geschnitten, und außerdem hatte sich Momme einen

Bart wachsen lassen – Leutnant Kammholz hatte sein »Inkognito« gelobt, der alte Eisenmann das schüttere Ergebnis vornehm beschwiegen und Clemens jeden neuen Millimeter begeistert kommentiert. Eines Tages war er sogar mit einer übelriechenden Bartwichse angerückt, auf die Momme verzichtete wie auf die Lappen, die sich Clemens in Ermangelung eines Deos in die Achselhöhlen schob.

Alles in allem, fand Momme, sah er dennoch besser aus. Natürlich war er blass – er durfte das Eisenmann'sche Haus ja nicht verlassen –, andererseits, schien ihm, flackerte sein Blick nicht mehr so. Stattdessen kam es ihm vor, als sei er in den tiefen Brunnen seiner Dreizehnfurcht gestiegen und hätte es sich an seinem Grund bequem gemacht – einem Ort, der *Dreizehneichen* hieß und gegen alle Vernunft behauptete, der dreizehnte Bezirk Berlins zu sein. Die Uhren zeigten hier eine dreizehnte Stunde, die man mittags und nachts auch noch feierlich beging, und es war die »Abteilung XIII« der hiesigen »Policey«, die ihn bewachte – weil ihm ein als Henker verkleideter Mann mit einem Schwert aufgelauert hatte. Zum Glück fehlte Momme daran die Erinnerung, ins Gedächtnis rufen konnte er sich nur Clemens, der wie ein sterbender Siegfried auf dem Gehweg lag.

Natürlich war das alles Wahnsinn. Und zumindest theoretisch hielt Momme es durchaus für möglich, dass er noch immer an seinem Küchentisch in Treptow saß, gefangen in einer Psychose, aus der es kein Erwachen gab. Momme jedenfalls erwachte jeden Morgen in seinem museumsreifen Bett.

Praktisch war er also unbestreitbar hier, im Souterrain des alten Eisenmann mit Blick auf eine Allee, auf der keine Autos, sondern Kutschen kreuzten. Warum? Wie ein Träumender hatte Momme lange nicht nachgefragt, und als er sich an einem dunklen, verregneten Nachmittag doch einmal drucksend vorgewagt hatte, hatte Clemens sich zu ihm auf die Bettkante gehockt, seine Hand genommen und »Schhh« gemacht, als wäre Momme gerade aus einem bösen Traum erwacht.

»Das liegt jetzt hinter dir, mein Freund«, hatte Clemens geraunt und mit »das« hatte er offenbar fast alles gemeint: die Autos, die in Dreizeicheichen nicht fuhren, den Strom, der im Haus des alten Eisenmann nicht floss, und auch den Zwang, der rätselhafterweise immer öfter Ruhe gab. »Du bist jetzt in Sicherheit, Momme«, hatte Clemens gesagt, was einerseits absurd war, weil ihm doch der Henker aufgelauert hatte, und andererseits vollkommen glaubhaft, weil Clemens fester davon überzeugt war, als Momme je von irgendwas.

Tatsächlich kam es Momme manchmal vor, als wäre er unter die Prepper geraten, nur dass man in Dreizeicheichen keine Waffen und Konserven, sondern Überzeugungen hortete. Abends im Herrenzimmer sprach der alte Eisenmann oft von göttlicher Ordnung und noch öfter von den altehrwürdigen Gesetzen der Hutmacherzunft, und danach dozierte Clemens gern Ewigkeiten über die Ewigkeit der Kunst. Wenn Clemens dabei fuchtelnd von der Chaiselongue aufsprang, musste Momme manchmal an Veil Wallaschs Vortrag über die Dreizehn denken, aber auch nach Veil Wallasch hatte ihn nie wieder jemand gefragt. Es war, als hätte es den Mann nie gegeben – so wenig wie Mommes vorheriges Leben hinter der unaussprechlichen Tür.

Der Phönix übrigens, der Wallasch so begeistert hatte, stand jetzt nebenan auf Mommes Nachttisch, Leutnant Kammholz hatte ihn eines Tages mit breitem Grinsen vorbeigebracht. Es musste also einen Weg zurück nach Wrota geben, aber Momme dachte nur selten – und wenn, dann unangenehm berührt – daran.

»Momme?« Draußen pochte Clemens an die Tür. »Wenn du noch länger brauchst, muss ich mir erst ein Loch ins Eis hacken.«

Verstohlen grinste Momme sein Spiegelbild an. Clemens war nach ihm mit der Wanne dran.

Auf dem Weg nach oben – Momme in einem Anzug, den er nicht ausfüllte, Clemens in blauem Samt – begegneten sie der kleinen Minna und Jenny mit Jott in ihrer nächsten Rolle. Diesmal brachte sie Eisenmanns Enkelin ins Bett, jetzt nicht mehr mit aufgekrempelten Ärmeln, sondern mit dunkler Bluse, weißen Manschetten und Spitzenschürze. Momme fragte sich, ob sie sich wieder umziehen musste, bevor sie, während er aß, die Wanne leeren ging; Clemens stellte ganz andere Fragen.

»Minna!«, rief er und ging, ohne Jenny zu beachten, vor der Kleinen auf die Knie. »Hast du dem Fräulein auch artig Gute Nacht gesagt?«

Minna hatte, ihre Locken wippten. »Aber du bist nicht artig gewesen«, sagte sie mit ihrer kleinen Stimme. »Du hast mir heute gar nicht vorgelesen. Und Onkel Moritz auch nicht.« Minna krauste die Stirn.

Es war großzügig, dass sie Momme überhaupt erwähnte. Bisher hatte er ihr nur einziges Mal vorgelesen und war dabei bloß ein müder Abklatsch von Clemens gewesen, der die Stühle im Esszimmer in einen Märchenwald verwandeln konnte und als Rotkäppchen einen von Fräulein Labasch gehäkelten Eierwärmer trug. Minna lachte dann ihr Kinderlachen und hörte furchtlos zu, wenn es unheimlich wurde. Sie steckte jede Grimmsche Grausamkeit weg und bedankte sich nachher artig. Ihre Mutter war – O-Ton Clemens – »im Kindbett geblieben«, und ihr Vater, Eisenmanns einziger Sohn, an der Tuberkulose gestorben – Momme hatte unwillkürlich geklopft, als Clemens davon erzählte. Schlimme Krankheiten waren Futter für seinen Zwang, und er hatte ein paar Tage gebraucht, um nicht mehr alle Nase lang *Tuberkulose*, *Typhus* oder *schwarze Pest* zu denken. Zum Glück hatte er nie an einem Waschzwang gelitten, und irgendwie war es vorbeigegangen.

»Morgen wieder«, hörte er Clemens zu Minna sagen. »Feierlicher Sachsenschwur.« Und dann verschwand Eisenmanns Enkelin mit der schweigsamen Jenny treppauf im ersten Stock, so als wären Kinder, die nicht ins Bett wollten, die abstruse Erfindung einer vergangenen Zeit.

»Hunger?«, fragte Clemens. »Ich könnte einen Bären verspeisen.« Er knuffte Momme in die Seite, und während Momme noch an seinem Kragen zupfte und den allabendlichen Frosch im Hals verscheuchte, klapperte Clemens schon ins Esszimmer und verbeugte sich lustig vor dem sauertöpfischen Fräulein Labasch.

»Guten Abend, guten Abend!«, rief er, kaum aus der Tiefe seines Bücklings aufgetaucht, »ich habe meinem lieben Vetter *und* einen gesegneten Appetit mitgebracht. Was wird denn heute aufgetischt?«

Fräulein Labasch hatte die Gabe, die Welt mit Blicken für ihr Sosein zu strafen. Sie sprach eigentlich nur, wenn man das Wort an sie richtete, und auch dann sprach sie nicht mit jedem. Dem Gesinde trieb sie mit einem gezielten Augenaufschlag die Röte ins Gesicht, bei Clemens verdrehte sie meist bloß die Augen, und Momme traf ihr Blick in der Regel aus gefährlichen Schlitzen: Offenkundig hatte sie ihn sofort als *Zwölfweltler* erkannt, doch niemand hatte sie eingeweiht und also stellte sie sich notgedrungen dumm, nannte ihn voller Selbstverachtung den zweiten Herrn vom Stein und erkundigte sich eher höhnisch als höflich nach seiner *Genesung*. Schüchtern nickte Momme ihr zu.

Sie rückten schweigend ihre Stühle zurecht. Clemens hantierte theatralisch mit der Serviette. Kerzenlicht spiegelte sich im Kristall. Der Herr des Hauses fehlte. Vielleicht stieg er gerade aus der Droschke, den Spazierstock unter dem Arm, vielleicht aber hatte er auch schon das Haus betreten und reichte Lisbeth wortlos Mantel und Zylinder, bevor er im Geschäftsanzug auf der Bühne seines Esszimmers erschien. Einstweilen aber saß sein Publikum vor leeren Tellern, und Clemens schielte nach dem Wein. An manchen Abenden ging er spät noch eine »Bouteille stibitzen«, die er dann auf einem der Betten lümmelnd mit großer Geste trank. Momme fand es meist schon nüchtern schwer genug, sich nicht für stockbetrunken zu halten.

Vorsichtig löste er den Blick von seinem schimmernden Teller mit dem Verteidigungsring aus makellos poliertem Silber. Er kam aus einer Welt der weißen Wände, im Hause Eisenmann aber war nur die Wäsche weiß, all die Decken und Deckchen, Kragen und Leibchen, frisch gewaschen, gebügelt und steif. Der Rest war dunkle Gediegenheit. Möbel aus Mahagoni verbarrikadierten braune Tapeten, und selbst die roten Polster der Stühle, die Farbtupfer im Perserteppich und die schweren, sauerkirschfarbenen Vorhänge wirkten eigenartig gedämpft. In Eisenmanns Höhle schien schon morgens Abend zu sein, ganz gleich, was die Uhr auf dem Kaminsims zeigte.

Schrecklicherweise hatte sie 13 römische Ziffern, *daran* hatte sich leider nichts geändert: Fiel Mommes Blick auf sie, wurde ihm mulmig. Doch solange das Fräulein Labasch ihn musterte, klopfte er nicht. Zum einen wollte er sich nicht noch verdächtiger machen, als er in ihren strafenden Augen ohnehin war, vor allem aber war es eine Frage der Zuständigkeit.

Bevor er in Wrota die dreizehnte Tür geöffnet hatte, hatte sein Zwang ihn für alles verantwortlich gemacht – Mommes Entscheidungen, den Wasserkocher wieder auszukippen oder im Angesicht einer beliebigen 13 klopfend bis 120 zu zählen, hatten über Leben und Tod entschieden. Alles Schlimme – so vage es auch sein mochte – lag in seiner Hand. Beim alten Eisenmann aber hatte er gar nichts zu sagen; er entschied nicht, über ihn wurde entschieden, und das war eine gewaltige Erleichterung. Die 13 der Kaminuhr war Eisenmanns 13, und die 13 Dreizehneichens gehörte dem einschüchternden Oberst Falke, der doch ganz bestimmt wusste, was er tat. Momme hingegen war Gast, ein Gulliver im Land der Riesen, und die meiste Zeit über fühlte er sich eigentlich als Patient.

Es war dasselbe Gefühl, das er zum ersten Mal nachts auf dem Weg zurück nach Wrota gehabt hatte, mit dem Chefarzt Veil Wallasch an seinem Arm. Sogar der närrische Clemens konnte Momme ein Gefühl von Sicherheit geben.

Momme stierte auf die Uhr, sie zeigte kurz nach sieben, und dann ging mit einem Ruck die Tür auf, und der alte Eisenmann erschien.

»Guten Abend«, sagte er mit seinem volltönenden Bass. »Ich bitte um Nachsicht. Die Geschäfte hielten mich fest.« Er hatte so eine Art, im Präteritum und nie im Perfekt zu sprechen, wie in einer schlecht synchronisierten Serie oder wie der Erzähler eines dicken Romans.

Momme und Clemens rappelten sich auf, weil sich das so gehörte. Der alte Eisenmann nahm am Kopf der Tafel Platz, wartete gnädig, bis auch Momme und Clemens wieder saßen, und sprach dann mit fester Stimme das Tischgebet:

»Stärk die Leiber, stärk die Seelen,
die wir Dir jetzt anbefehlen …«

Danach faltete er die Serviette aus und drapierte sie kunstvoll auf seinem Schoß.

»Na, wo bleibt sie denn, die Lisbeth?«, dröhnte er, aber Lisbeth schleppte schon die Suppenschüssel an. Der alte Eisenmann nickte zufrieden, zückte den Löffel und sprach, bevor er ihn zum ersten Mal in die Suppe tunkte, den sichtlich hungrigen Clemens an. »Nun, junger Dichter, was macht die Kunst? Fortschritte, hoffe ich doch?«

Soweit Momme wusste, hatte Clemens am Schreibtisch seit Tagen bloß Faxen gemacht, aber das ließ sich Clemens nicht anmerken. Der alte Eisenmann, so viel hatte Momme nach und nach verstanden, war Clemens' *Patron*. Er kam für Kost, Logis und ein

Taschengeld auf, damit Clemens ungestört dichten konnte. In Dreizehneichen, hatte Clemens erzählt, sei das üblich: Reiche Männer opferten der Kunst, und die Künstler – das hatte Clemens nicht gesagt, Momme hatte es sich zurechtgelegt – galten so viel wie Priester, als Priester noch was galten. Diese Rolle allerdings füllte Clemens nur unter großen Schwierigkeiten aus. Er war ganz gut darin, auf der Suche nach Inspiration durch ihre beiden Zimmer zu wetzen, aber eher erfolglos, wenn es darum ging, mit seinem zitternden Gänsekiel auch etwas aufs Papier zu bringen.

»Ah, Momme!«, rief er dann, meist früher als später. »Heute geht mir einfach zu viel im Kopf herum. Wie wäre es mit einer Partie Mühle?«

Vor dem Bad hatten sie den halben Tag lang Mühle gespielt.

»Ich mache guten Fortschritt, werter Herr Eisenmann! Erst gestern habe ich mit dem dritten Gesang begonnen. Sie werden es nicht glauben, weil es einfach zu schön passt, aber darin wird gleich zu Anfang ein zünftiger Imbiss geschildert. Der edle Elmar hat mit seinem Jagdgesinde einen Bären erlegt.« Clemens, das Kinn tief über der dampfenden Suppe, fuchtelte plötzlich mit dem Löffel herum, als wäre er ein Jagdspieß.

»Stolzer Bursch, er schlug sich wacker,
Bis ihm an der Gurgel hingen
Greif und Kneif, die grimmen Packer.«

Momme kannte die Szene schon, Clemens hatte sie ihm mehrfach vorgelesen; das musste letzte Woche gewesen sein.

Clemens tunkte den Löffel entschieden in die Suppe, das Fräulein Labasch verdrehte die Augen, der alte Eisenmann tupfte sich mit der Serviette den steifen, glänzenden Bart. Dann, nachdem ihm offenbar nichts Besseres eingefallen war, sagte er: »Schön, sehr schön, ganz famos. Das hat … das hat …« Er bettete die Serviette wieder auf seinen Schoß. »Wer sind Greif und Kneif, lieber vom Stein?«

»Die Hunde, Patron. Die Jagdhunde. Mir gefiel, dass sie sich reimen. Als Meute sind sie ja quasi eins. Es ist ein unauslöschlicher Zusammenhang, den ich hier veranschaulichen möchte. Es ist schließlich kein Zufall, wenn sich etwas reimt, nicht wahr, Moritz? Ein Reim offenbart tiefe Verbindungen – weit über den bloßen Klang hinaus. *Hut* und *Mut* zum Beispiel, geschätzter Herr Eisenmann. Das muss Ihnen doch unmittelbar einleuchten. Oder *Hut* und *gut*.« Er löffelte schnell etwas Suppe in sich hinein. Dann strahlte er das entgeisterte Fräulein Labasch an.

»Genau. *Gut*«, sagte der alte Eisenmann nach leichtem Zögern. »Ich freue mich jedenfalls, dass es mit Ihrem Epos vorangeht.« Er schob den Suppenteller zur Seite. »Was ist als Hauptgang vorgesehen?«

Ans Essen hatte sich Momme auch erst gewöhnen müssen. Die gebackenen Kalbsfüße hatten ihn schockiert, die Ochsenzunge hatte er mit so viel Wein heruntergespült, dass er nachher im Herrenzimmer eingenickt war, und über dem Aal in Aspik war er blass genug geworden, um in den schmalen Augen des Fräulein Labasch als *unpässlich* durchzugehen und sich *zurückziehen* zu dürfen. In der Regel aber verließ er das Speisezimmer tonnenschwer, als Kloß voller Klöße, die sogar in den Fruchtsuppen schwammen. Alles war Mehl und Eier, Butter und Schmalz, es trieb Momme, noch während er mit dem schweren Silber hantierte, den Schweiß auf die Stirn und machte den ohnehin engen Kragen mit jedem Gang noch enger. Wenn Lisbeth schließlich abräumte, saß er oft atemlos da, verschwitzt und, so glaubte er, rotgesichtig, und tags darauf hatte er im Toilettenhäuschen im Hinterhof fast genauso viel damit zu tun, das alles wieder loszuwerden. Womöglich waren es nur die Umstände – die unbequeme Haltung, der in den Bretterwänden sitzende Gestank oder die herbstliche Kühle an den blanken Stellen –, aber vielleicht war es auch die schiere Menge, die Momme jedes Mal eine Ewigkeit dort festhielt. Oder aber sein Stoffwechsel hatte sich verlangsamt, wie sich beim alten Eisenmann sein ganzes Leben verlangsamt hatte; vielleicht schiss Momme nunmehr einfach mit Bedacht. Immerhin, in der Buttermilchsuppe hatten ein paar verschrumpelte Backpflaumen getrieben. Die wirkten so abführend wie früher die ewige Angst.

Nach Sandkuchen und Sahne erhob sich der alte Eisenmann, einige Pfund schwerer, die er unter seiner glänzenden Weste verbarg. Er würde jetzt in seine Hausjacke schlüpfen, Clemens und Momme steuerten schon das Herrenzimmer an. Es war wie jeden Abend, und wie jeden Abend ließen sie das angesäuerte *Fräulein* zurück. Momme hatte eine ganze Weile gebraucht, das Wort überhaupt über die Lippen zu bringen, aber tatsächlich bestand die Labasch darauf. *Frau* wäre ehrenrührig gewesen.

Clemens goss sich ungefragt einen Kräuterlikör ein und machte es sich auf der Chaiselongue mit der wellenförmig geschwungenen Lehne bequem. Absinth war die Farbe des Herrenzimmers: die Chaiselongue, die Sessel, die Rauten der fingerdicken Tapete, das Grün fand sich sogar auf den Rücken der in Schweinsleder gebundenen Bücher wieder, die sich im Schrank gegen diverse Kantenköpfe lehnten, pilzartige, scheinbar wuchernde Gebilde aus glatt geschliffenem Holz, mit deren Hilfe der alte Eisenmann, als er noch ein junger Eisenmann gewesen war, seine ersten Hüte gefertigt hatte. Sogar die drei Stiche Dreizehneichens an der Wand waren in giftig grüne Passepartouts gefasst. Das Kastell, auch wenn er erst später erfahren hatte, dass man es so nannte, hatte Momme gleich an seinem ersten Herrenabend wiedererkannt, die beiden anderen Motive hatte Clemens ihm erklären müssen: Der eine Stich zeigte die Türme des Petriviertels, angeblich vom Cöllner Ufer der Spree, der andere das *Rondell*, einen weiten, mehr oder minder kreisförmigen Platz, an dem der alte Eisenmann sein Hutgeschäft hatte und aus dessen Mitte ein Uhrturm ragte. Auf dem Stich zeigte er natürlich die dreizehnte Stunde.

Die Bücher im Schrank allerdings hatten Momme beinahe noch mehr verstört. Als er zum ersten Mal nicht nur auf die soufflé-artigen Hutformen geachtet, sondern ein paar der Gold auf Grün geprägten Titel entziffert hatte, war er sich für einen atemlosen Augenblick sicher gewesen, in Wahrheit noch an seinem Treptower Küchentisch zu sitzen, katatonisch und mit einem anschwellenden, augenlosen Kantenkopf. Wieso las ein Hutmacher, der vor der Kohlroulade gewöhnliche Dankgebete sprach, die Bhagavad Gita, das Tao-te-king, den Koran, eine »Theologica Teutsch« und das Leben Buddhas? War es vorstellbar, dass der alte Eisenmann seine respektable Gestalt nachts in eine safrangelbe Kutte hüllte, sich gen Mekka auf einen Gebetsteppich kniete oder auf seinem bulligen Schreibtisch mit Runensteinen würfelte? Dass er nicht wusste, wer Marsilius Ficinus war, dessen »Opera omnia« an einer eher kerzen-förmigen Hutform lehnten, fand Momme dagegen fast beruhigend; das Buch klang nach klassischer Bildung und nicht nach Religion, die ihm doch bloß immer Angst einjagte, weil er in unbedrängteren Momenten eigentlich wusste, dass auch sein Zwang nichts ande-res als Gottesdienst war: zähneklappernde Beschwörung einer un-ausrechenbaren Macht, die alles entschied und sich um gar nichts scherte. Doch dann, während Momme noch auf die Buchrücken stierte, war Clemens hinter ihm aufgetaucht und hatte zielgerichtet einen der unteren Bände aus dem Schrank gefischt.

»Goethe«, hatte er gerufen und dazu auf Clemensart gegrinst. »Kennst du Prometheus?« Und dann war er plötzlich, den Takt auf den Ledereinband trommelnd, durchs Herrenzimmer gehüpft und hatte gerufen: »Ich kenne nichts Ärmeres unter der Sonn als euch, Götter!«

Unglücklicherweise war genau in diesem Moment der alte Eisenmann aufgetaucht und Clemens war brandrot zurück zum Bücherschrank geschlichen und hatte den ungebührlichen Goethe zurückgestellt.

Momme sank wie ein Sack Mehl in einen der giftig grünen Sessel und zupfte träge an den Aufschlägen seines zu großen Rocks. Er sehnte sich nach seinem Bett, aber zuvor würde ihn der alte Eisenmann noch für eine Weile in Pfeifenrauch hüllen. Er schloss die Augen und hörte Clemens in seinem Rücken schon wieder mit der Karaffe klimpern, und dann hörte er Stimmen im Salon: den Bass des alten Eisenmann und einen zweiten Mann, der leiser, aber umso eindringlicher sprach.

Clemens stürzte den zweiten Likör hinunter und zimmerte das leere Glas zurück aufs Tablett. »Momme« sagte er. »Ich glaube, wir kriegen Besuch.«

»Meine Herren! Ich darf Ihnen Geheimrat Heinrich Hinckeldey vorstellen!« Der alte Eisenmann hatte überfallartig das Herrenzimmer betreten. Sein ausgestreckter Arm hob sich so steif, als gehörte er einer Marionette, und wies auf einen ungleich kleineren Mann, der in diesem Augenblick auf der Schwelle erschien. Momme war, kaum dass er sich aus dem tiefen Sessel gekämpft hatte, versucht, die Hacken zusammenzuschlagen, stattdessen straffte er nur die Schultern.

»Herr Geheimrat«, hörte er Clemens sagen, aber Heinrich Hinckeldey blieb stumm. Er musterte Momme und Momme schluckte. Es war eine Art Röntgenblick.

Der kleine Mann auf der Schwelle hatte graues, in der Mitte gescheiteltes Haar und sehr feine Züge, vor allem aber war er in einen auffälligen, fuchsroten Pelz gehüllt, der ihm fast bis zu den Knöcheln reichte. Aus irgendeinem Grund hatte er nicht abgelegt, den glänzenden Zylinder trug er in den winzigen, beinahe farblosen Händen vor dem dick bepelzten Bauch.

Als die Stille immer drückender wurde, fasste sich der alte Eisenmann endlich ein Herz. »Der Herr Geheimrat hat sich zu später Stunde herbemüht, um Ihnen eine gute Nachricht zu überbringen, Moritz«, sagte er. »Möchten Sie nicht Platz nehmen, Herr Geheimrat? Dort im Sessel vielleicht? Sie auch, meine Herren.«

»Gern, vielen Dank. Guten Abend, die Herren vom Stein.« Plötzlich war ihr Besucher wie verwandelt. Auf Heinrich Hinckeldeys schmalen, farblosen Lippen erschien sogar ein dünnes Lächeln. »Ich verspreche, ich störe auch nicht lange, aber eine solche Nachricht will nicht warten.« Er strich den Pelzmantel zurecht wie ein Kleid, hockte sich auf die Sesselkante und drapierte den Zylinder auf seinen Knien. Dann wandte er sich wieder an den alten Eisenmann, der als Einziger nicht Platz genommen hatte, sondern wie ein Adjutant auf der Schwelle verharrte. »Weiß der zweite Herr vom Stein schon von meiner Wenigkeit, lieber Eisenmann?«

»Äh, nein. Bitte. Ich wollte nicht vorgreifen.« Der alte Eisenmann schüttelte den Kopf, nickte, er konnte sich nicht entscheiden. Offenbar fühlte er sich nicht wohl in seiner Haut.

»Nun.« Geheimrat Hinckeldey fixierte für einen Augenblick den Zylinder auf seinen Knien. Dann spürte Momme wieder seinen alles durchleuchtenden Blick. »Ich betreibe eine Kürschnerei, gleich neben dem Hutgeschäft des werten Herrn Eisenmann. Was in Dreizehneichen sonst jedermann weiß, nicht wahr, Herr vom Stein?« Hinckeldeys Blick wanderte kurz zu Clemens, der sofort heftig nickte. »Was ich nur«, fuhr Hinckeldey fort, »der Vollständigkeit halber erwähne. Denn ebenso gehöre ich dem Rat dieser herrlichen Stadt an und – wie soll ich sagen? … Ich leiste meinen bescheidenen Beitrag zu ihrem Gedeihen. Es ist ja eine besondere Stadt, nicht wahr? Moritz? Darf ich vielleicht Moritz sagen?«

Momme fühlte sich an den langen Abend mit Veil Wallasch erinnert. Da saß also der nächste ältere Herr, der wild entschlossen war, auf ihn einzuwirken. Vor Veil Wallasch allerdings hatte er weniger Angst gehabt. Er starrte auf Heinrich Hinckeldeys befremdlichen Pelz und nickte schwach.

»Wunderbar. Sprechen wir wie Vater und Sohn, auch wenn wir

uns gerade erst kennenlernen. Sie müssen wissen, Moritz, das Väterliche spielt hier in Dreizehneichen eine besondere Rolle. Weisheit. Güte. Erfahrung. Die Weitergabe von Tradition. An-lei-tung. Aber ich schweife ab.« Hinckeldey legte die kleine bleiche Hand beinahe zärtlich auf den Zylinderdeckel. »Wo war ich stehen geblieben? Meine Aufgabe im Rat, genau … Sie besteht im Wesentlichen in Diplomatie. Ich bin um Ausgleich bemüht. Ich halte … die Verbindung. Auch zu Kräften, die …« Er sah zum alten Eisenmann auf. »Sie haben über die Legion des Erzengels Uriel gesprochen, meine Herren?«

Momme hörte den Namen zum ersten Mal und fand ihn so befremdlich wie den Fuchspelz. Zum Glück kam ihm der alte Eisenmann zu Hilfe.

»Bedaure«, sagte der, immer noch stocksteif an der Tür. »Die Politik ist draußen auf der Straße geblieben, Herr Geheimrat. Uns ist es allein um Rekonvaleszenz gegangen und entsprechend lauteten auch die Anweisungen des Obersts.«

»Natürlich. Die Anweisungen des Obersts. Ich verstehe. Falke … selbstverständlich.« Hinckeldey musste seine Jovialität erst wiederfinden. Er senkte den kleinen, grauen Kopf, und als er ihn wieder hob, war das schmale, ein wenig angestrengte Lächeln zurück. »Für Einzelheiten ist später Zeit. Moritz, Sie haben etwas erlebt, was ich zutiefst bedaure. Man hat einen Anschlag auf Ihr Leben verübt – mich erfüllt das mit tiefer Scham, und ich habe, während Sie hier beim gütigen Eisenmann wieder zur Ruhe kamen, keine Mühe gescheut, nach dem Verantwortlichen für diese schändliche Tat zu fahnden. Jetzt mögen Sie sagen, das ist Sache der hiesigen – und, lassen Sie mich das betonen, äußerst fähigen – Policey. Andererseits, wie ich eingangs schon sagte, ich habe Verbindungen – auch zur Legion des Erzengels Uriel, aus deren Reihen, wie es hieß, der Attentäter kam.«

Momme wäre am liebsten aufgestanden und ins Souterrain geflüchtet. Er wollte vom Anschlag nichts hören. Er hatte ihn ziemlich erfolgreich verdrängt und mehr konnte man nicht von ihm erwarten.

»Moritz!« Hinckeldey schien sich selbst anzufeuern. »Die gute Nachricht, die ich überbringe, ist: Sie sind außer Gefahr! Alles ist in Ordnung gekommen! Der Attentäter ist gerichtet.«

»Gerichtet, Herr Hinckeldey?«, sagte der alte Eisenmann ziemlich leise an der Tür.

»Nun.« Hinckeldey rutschte in seinem Sessel noch ein Stückchen weiter nach vorn. »Er hat sich selbst gerichtet. Die Legion hat – auf mein Bemühen hin – die eigenen Reihen durchforstet. Man hat den Mann enttarnt, und ich darf sagen, die Legion ist nicht beschmutzt. Da und dort mag sie ein gäriger Haufen sein, aber sie verfügt, wo sie irrt, auch über Selbstheilungskräfte. Der Attentäter – nicht mehr dazu – war eine einsame, verwirrte Seele. Ein Narr aus den Winkelgassen Unterbaums. Er wurde gestellt und … Meine Herren, die Einzelheiten sollen Ihre Freude und Erleichterung nicht trüben. Nur so viel: Es war ein Fenstersturz. Er ist nicht mehr. Moritz! Ihr Leben in Dreizehneichen kann beginnen! Die Zeit, da Sie sich verbergen müssen und Schutz brauchen, ist ein für alle Mal vorbei!«

Hinckeldey hatte zuletzt die Stimme gehoben, weshalb es jetzt umso stiller war. Momme fühlte sich wie betäubt. Musste er sich nun bei Hinckeldey bedanken? Sollte er sich freuen? Beim Wort »Fenstersturz« hatte er sich eine verdrehte, zerschmetterte Gestalt vorgestellt, auf die er von hoch oben hinabsah, aber alles weitere hatte ihn kaum weniger verstört. Was sollte das denn heißen: ein Leben in Dreizehneichen? Ging sein Sanatoriumsaufenthalt beim alten Eisenmann zu Ende? Momme spürte es in diesem Augenblick ganz deutlich: Er wollte nicht hinaus in irgendeine Welt – nicht mal in eine, die wie eine Filmkulisse vielleicht bloß einen Straßenzug weit reichte. Er hatte den starken Drang, zu klopfen oder wenigstens tonlos bis 120 zu zählen. Hinckeldey, so kam es ihm vor, hatte ihn aus seinem Brunnen ans Tageslicht gezerrt.

»Famos!«, rief Clemens plötzlich in seinem Rücken. »Moritz, ich zeig dir die ganze Stadt!«

Momme drehte sich zu ihm um und versuchte zu lächeln, und als er sich wieder umwandte, stand Heinrich Hinckeldey schon aufrecht, ein Fuchs mit Zylinder.

»Geduld, junger Dichter, Geduld«, sagte er zu Clemens. »Ihr …« – er machte eine winzige Pause – »… *Vetter* braucht Ruhe und …« – die nächste kleine Pause – »… *Ordnung*. Bedenken Sie, er kommt aus einer fehlgeleiteten, irregegangenen Welt. Die muss er erst abschütteln, nicht wahr, Moritz?« Hinckeldey sah auf Momme herab. »Auch, um ihr krankes Gedankengut nicht nach Dreizehneichen zu tragen, jaja.« Hinckeldey nickte ihm zu wie einem Kind. »Wir müssen Sie entgiften, lieber Moritz. Wir müssen Sie auf Ihren Alltag hier vorbereiten. Und diese Aufgabe, meine Herren, werde ich übernehmen. Jawohl, ich bin von höchster Stelle als Ihr Mentor bestellt, lieber Moritz. Ich werde Ihr Weg in ein geistig gesundes Leben sein.«

Huh … Vielleicht warten wir noch einen Augenblick?« Clemens hatte den Kopf aus der Tür gestreckt und zog ihn eilig wieder ein. Der Regen prasselte auf die Kopfsteine der Allee, das Wasser rann die Stufen zum Gehsteig hinab, und Mommes neu gewonnene Freiheit lag hinter einem Schleier windverwehter Gischt. »Das wird gleich nachlassen, glaub mir«, sagte Clemens und fischte einen reichlich unförmigen Regenschirm aus dem Ständer neben der Garderobe. »Ach, was soll's? Dann effeminieren wir uns eben.« Er strahlte Momme an.

»Bitte?« Momme stand stocksteif im Flur, er hatte schon den neuen Hut auf dem Kopf, einen Wollfilzzylinder, den ihm der alte Eisenmann höchstpersönlich angepasst hatte und der ihm gewichtig auf dem Schädel saß. »Effe–was?«

Clemens hantierte mit dem offenbar kiloschweren Schirm. »*Effeminieren*, mein Freund.« Mit dem Stiefel sperrte er die Tür auf, um ungehindert den Schirm aufspannen zu können. Er rüttelte planlos am Gestänge und die ölige Haut sträubte sich wie Gefieder. »Das will sagen: Wir betragen uns weibisch.« Und als Momme noch immer nicht verstand, fügte er hinzu: »Der Schirm, Herrgott! Du kommst wirklich vom Mond, Momme. Männer, die auf sich halten, lassen sich mit sowas nicht blicken. Der Alte wird damit höchstens mal zur Droschke geleitet. Und dann muss Lisbeth diesen Drachen zähmen.« Clemens rüttelte mit plötzlicher Heftigkeit und der Schirm offenbarte sein Skelett aus Holz und etwas, das ernsthaft nach Fischgräten aussah. Dann stemmte Clemens die schwere Konstruktion in die Höhe und trat in den Regen, der gleich so laut auf die Ölhaut einschlug, dass Momme kein Wort mehr verstand. Offenbar aber konnte Clemens die Droschke sehen. Jedenfalls winkte er fröhlich mit der freien Hand, und dann brandete in einer Aureole aus Spritzwasser tatsächlich die Kutsche an.

»Kapitän Kammholz zur See!«, rief Clemens voller Entzücken, hakte Momme unter und zog ihn hinaus.

In den ungewohnten Kleidern – dem Mantel, dem Rock, der Weste, all den darunterliegenden Schichten und mit dem steifen Hut auf dem Kopf – war Momme so unbeweglich wie ein Laternenmast. Dazu kam, dass er das Haus gar nicht verlassen *wollte*. Er war schon mit einem mulmigen Gefühl eingeschlafen, mit einem noch mulmigeren aufgewacht und litt jetzt an enttäuschter Hoffnung, weil es trotz Wolkenbruch doch noch zu seinem ersten Termin mit Hinckeldey kam.

Unter der Glocke des Schirms lotste ihn Clemens über den patschnassen Bürgersteig, und als Clemens vor der Kutsche den Schirm einholte, rief er: »Voilà, die Damen vom Stein!«

Der Leutnant schob Momme kurzerhand in die Droschke; drinnen kam sich Momme wie in einem Leichenwagen vor. Er sackte auf das schwarze Lederpolster, das nach totem Tier und Kölnisch Wasser roch. Clemens zerrte am triefenden Schirm, den Kammholz, als er mit seinen langen Beinen darüber hinwegstieg, mit einem Stirnrunzeln bedachte. Es tropfte von seinem Mützenschirm.

Der Schlag fiel zu, die Kutsche ruckte an, und Momme schloss die Augen. Er war nicht aus der einen Welt gefallen, um in einer anderen aufzuschlagen, dachte er, und das war ein in seiner Klarheit so überraschender Gedanke, dass er die Augen gleich wieder aufsperrte. In der Droschke dampfte es vor Feuchtigkeit und die Fenster waren blind vom Regen.

»Schau!«, rief Clemens überlaut. »Der Himmel weint vor Freude über deine erste Ausfahrt, Moritz!«

Momme nickte, eine Bewegung, die mit einem Zylinder auf dem Kopf auch nicht ganz dieselbe war.

»Aufgeregt?« Clemens stützte die ausgestreckten Arme auf den Schirm.

Momme krächzte Zustimmung.

Kammholz lüftete die Uniformmütze, um sich die nasse Stirn zu wischen, was Gott sei Dank reichte, um Clemens' Aufmerksamkeit umzulenken.

»Fabelhaft, dass Sie uns begleiten, Herr Leutnant. Wir bedanken uns artig. Zumal ich doch annehme, dass selbst an einem so verregneten Tag wie diesem wichtige Policeyarbeit drängt?«

Kammholz polierte mit dem Ärmel seinen Mützenschirm.

»Offen gestanden«, fuhr Clemens den Regen übertönend fort, »ich kann mir kaum vorstellen, dass der große Oberst Falke auch nur ein klitzekleines Stündchen auf ihr eifriges Zutun verzichten kann. Wo steckt er überhaupt? Wir haben ihn ja seit Wochen nicht mehr zu Gesicht bekommen!«

Momme wandte sich ab. Allein der Name des Obersts schüchterte ihn ein. Die Kutsche rumpelte über Kopfsteinpflaster, hinter dem Fenster lag ein verwaschener Straßenzug, der eher nach Budapest aussah als nach Berlin.

»Äh, nein … obwohl …« Clemens' unverhohlene Neugier traf Kammholz offenbar unvorbereitet. »Selbstverständlich bin ich Geheimnisträger. Sie wissen doch, die Abteilung XIII …«

»Aber ja! Ja doch. Natürlich! Kein Wort mehr.« Clemens beugte sich vor, als wollte er mit dem so bedrängten Leutnant flüstern. »Ist denn der hochgeschätzte Oberst noch … ähm … mit dem …« Er räusperte sich verschwörerisch. »*Fall* meines … *Vetters* … betraut?«

»Herr vom Stein!« Kammholz versuchte es mit freundlicher

Strenge. »Sie sehen doch, der Oberst hat mich hergeschickt, Sie zum Mentor Ihres Vetters zu geleiten. Er selbst ist gerade unabkömmlich. Ich bin sogar …« Kammholz' schmaler Schnurrbart zuckte. »… im Augenblick mit seinen hiesigen Sonderaufgaben betraut.«

»Nein! Was sie nicht sagen!« Clemens riss die Augen auf. »Ein Kriminalfall? Sie wissen, ich bin Dichter!«

Kammholz lächelte halb geschmeichelt, halb gequält.

Momme war plötzlich nicht mehr ganz so angespannt. Es ging nicht mehr um ihn, das machte die Sache besser. Draußen schien der Regen nachzulassen. Jedenfalls hieb er nicht mehr ganz so heftig auf das Dach der Droschke ein.

»Sapperlot! Jetzt zerreißt es mich aber vor Neugier!« Clemens riss theatralisch die Arme hoch; Kammholz bekam den kippenden Schirm gerade noch rechtzeitig zu fassen. »Mord?«, rief Clemens. »Eifersucht? Eine Familienfehde? *Romeo, oh Romeo, warum bist du nur Romeo?*« Clemens ließ die Arme sinken. »Ah! Shakespeare!«

»Nein«, sagte Kammholz. »Nichts dergleichen. Ich muss Sie enttäuschen. Es geht um schnöden Diebstahl.«

»Schnöde?« Clemens kam immer mehr in Fahrt. »Kein Fall, den man der Abteilung XIII anvertraut, kann schnöde sein, lieber Leutnant! Nein, das machen Sie mir nicht weis. Gewiss ist vielmehr etwas äußerst Rätselhaftes daran. Ich kann es spüren. Ist es ein pikanter Brief, Leutnant? Oder … warten Sie … hat es womöglich mit dem Mysterium der Elise zu tun?«

»Es ist nur Schmuck.« Kammholz lächelte abgeklärt. »Eine Reihe von Diebstählen. Bestimmt haben Sie sogar …«

»Oh ja! Oh ja!« Clemens fiel ihm ins Wort. »Ich habe im Mitteilungsblatt davon gelesen. Leider nur eine winzig kleine Notiz.« Er ließ einen schmalen Spalt zwischen Daumen und Zeigefinger. »Und das ist auch schon eine ganze Weile her. Die Berichterstattung …«

»… ist im Augenblick nicht erwünscht«, sagte Kammholz. »Der Generalpoliceydirektor hat sie unterbunden.«

Momme hörte das alles nur mit halbem Ohr. Die Droschke rumpelte über eine breite Kreuzung. Es tröpfelte nur noch, und durchs Fenster hatte er halbwegs klare Sicht auf eine scheinbar endlose, schnurgerade Prachtstraße.

»Der Tannhäuser Damm, Herr vom Stein«, sagte der aufmerksame Kammholz, hörbar erleichtert, das Thema wechseln zu können. »Er durchschneidet die Stadt von Norden nach Süden. Vom Tannhäuser bis zum Cöllner Tor. Wenn wir jetzt rechts abbögen, würde er uns zum Rondell führen und dann über die Opernbrücke ans Südufer der Spree.«

»Eine wunderbare Brücke, Momme!« Jetzt schaute auch Clemens pflichtschuldig aus dem Fenster, obwohl die Droschke schon über die Kreuzung war. »Pass nur auf, bald werden wir uns auf ihr herrliches Geländer stützen und abends der Sonne zum Abschied winken.« Er wandte sich, als wäre das damit erledigt, wieder dem Leutnant zu. »Stehen Sie denn schon vor der Lösung des Falls, lieber Kammholz?«

Kammholz seufzte. Die Stadtführung war zu Ende. »Nun …«

»Ich bin überzeugt, Sie haben eine Spur!«

»Nun ja …«

»Kommen Sie schon, Leutnant! Wir sind doch unter uns.«

»Schauen Sie!« In seiner Verzweiflung beugte sich der Leutnant vor und tippte auf Mommes Knie. »Wir nähern uns bereits dem Klostergarten. Hier reiht sich ein Palais ans nächste. Krammer, Brusedorff, Markstein …«

»… die Hautevolee …«, krähte Clemens, während die Kutsche einen sandfarbenen Palast nach dem anderen hinter sich ließ, teils mit säulengestützten Portalen, teils grüßten steinerne Gestalten hoch oben vom Dach. »Hier wohnt doch auch der Herr Generalpoliceydirektor, nicht wahr? Und ich nehme an, er ist in

Ihren Fall involviert? Sprachen Sie nicht eben von einer *Sonderaufgabe*?«

»Gewiss.« Kammholz klang konsterniert. »Aber … ich kann wirklich nicht darüber sprechen. Nur so viel …« Er wandte sich an Momme. »Ich werde Sie noch zum vereinbarten Treffpunkt bringen, aber dann bitte ich untertänigst darum, mich entschuldigen zu dürfen. Es gibt da nämlich tatsächlich etwas Neues in der … *Sache*.« Er zwinkerte Clemens zu.

»Ach!« Clemens warf sich gegen das dicke Rückenpolster und schnellte gleich wieder nach vorn. »Sagenhaft! Der nächste Juwelendiebstahl?«

»Nein«, sagte Kammholz. »Im Gegenteil. Offenbar im Gegenteil.« Er legte die Hand ans Kinn, als käme er auf einmal ins Grübeln. »Vielleicht haben Sie ja recht«, murmelte er, »und es ist doch etwas Rätselhaftes daran.«

Die Droschke hielt vor einem langgestreckten schmiedeeisernen Tor, dessen offener Flügel auf einen bekiesten Platz unter alten, herbstlich braun belaubten Bäumen wies. Der Klostergarten, unter dem Momme sich nichts Rechtes hatte vorstellen können, war offenbar ein Park. Momme stierte aus dem Fenster und alles in ihm sträubte sich. Er wollte nicht aussteigen; er wollte auf den Grund seines Brunnens zurück; er wollte in einem der absinthfarbenen Sessel des alten Eisenmann versinken oder Clemens im Souterrain beim Spitzen seiner Feder zusehen.

Clemens war schon ausgestiegen, Momme hatte es nicht einmal bemerkt. Er stand vor der offenen Kutschentür und kühle, regenfeuchte Luft drang ein. »Na, komm schon.«

Draußen reichte ihm Leutnant Kammholz die behandschuhte Hand, um sich zu verabschieden. »Keine Sorge«, sagte er. »Hören Sie einfach zu. Das kriegen Sie hin.« Er hielt Mommes Hand immer noch fest. »Und wahren Sie Ihr Inkognito, *Herr vom Stein.*

Niemand, der es nicht ohnehin weiß, muss wissen, wer Sie sind. Die Stadt ist unruhig. Vergessen Sie das nicht!«

Momme nickte. Auch wenn er es nicht recht verstand, klang das bedrückend. War er denn weiterhin in Gefahr? War es nicht schon schlimm genug, einen Termin mit Heinrich Hinckeldey zu haben? Ihm graute vor dem kleinen Mann im Pelz.

»Auf bald!« Kammholz ließ endlich seine Hand los, und Momme zog, als die Droschke in weitem Bogen wendete, wie selbstverständlich den Hut, nur um das Ding dann anzustarren, als habe er es zufällig auf seinem Kopf gefunden.

»Habe ich es nicht prophezeit? Es konnte ja nicht ewig regnen!« Wie nach getaner Arbeit stemmte Clemens die Hände in die Hüften.

Vorsichtig, als könnte etwas dabei schiefgehen, setzte Momme den Hut wieder auf.

»Auf! Auf!« Clemens pflügte durch den Kies. Unter den Bäumen blieb er stehen und spähte in ihr ausladendes Astwerk. Die mächtigen Stämme waren dunkel vom Regen und überall tropfte es. Auf dem Kiesweg glänzten nasse Blätter.

»Ich … bin schon da.« Momme gab sich einen Ruck und schloss zu Clemens auf. Ein Tropfen schlug auf sein Zylinderdach wie auf die straff gespannte Haut einer Trommel.

»Was passiert denn jetzt?« Wenn Momme zu langsam wurde, fasste ihn Clemens am Arm und drängte ihn behutsam vorwärts.

»Nichts. Ihr werdet reden. Na ja, sagen wir: Hinckeldey wird reden. *An-lei-tung.*« Clemens äffte Hinckeldey nach. »Ini-tia-tion.« Er lachte. Dann schlug er sich mit der flachen Hand gegen die Stirn. »Verdammt, Momme, ich habe den Schirm in der Droschke vergessen. Na, macht nichts.« Er fischte seine kleine Taschenuhr aus der Westentasche und ließ den Deckel aufspringen. Momme kannte die Uhr. Natürlich hatte sie dreizehn Ziffern. Er wollte eigentlich nicht hinsehen, aber er konnte nicht anders. Es war kurz vor elf. Sie waren pünktlich. Er klopfte, aber nur dreimal und ganz flüchtig.

Clemens ließ die Uhr wieder verschwinden. »Du erfährst alles Nötige über Dreizehneichen, und das aus berufenem Mund. *Ich habe mich ja zurückhalten müssen.*«

Sanft schlängelte sich der Weg auf und ab, zwischen Baumgruppen, Rasenflächen und dem Gewirr kahl gewordener Sträucher hindurch. In einer Senke lag ein vom Regen dunkler Teich. Da und dort warteten schmiedeeiserne Bänke am Wegesrand.

»Warum hier?«, fragte Momme.

»Weil es hübsch ist?« Clemens lachte und legte ihm die Hand auf die Schulter. »Er wird's dir erklären. Schau, da ist er schon! Pünktlich wie ein König!« Clemens riss den Arm hoch und winkte. »Hier, Herr Geheimrat! Hier sind wir!«

Hinckeldey kam ihnen entgegen, dunkel gekleidet, mit einer runden Melone auf dem Kopf und einem toten Blaufuchs um den Hals. Der leere Balg war um seine Schultern geschlungen, der Kopf, vier steife Beine und der buschige Schwanz ruhten auf Hinckeldeys Brust. Momme konnte, selbst als er Hinckeldey die Hand gab, den Blick nicht davon abwenden; die Augen des Fuchses waren zugenäht.

Momme schüttelte es vor Ekel, weshalb er vergaß, den Hut zu lupfen, die beiden Männer im Hintergrund bemerkte er erst jetzt. Der Geheimrat war mit einer Entourage erschienen, einem kräftigen, untersetzten Mann und einem ausdruckslosen Zwei-Meter-Riesen, die beide offenbar keiner Vorstellung bedurften und sich diskret im Abseits hielten. Immerhin trugen sie keinen Pelz.

Momme murmelte eine Begrüßung und hörte Clemens sagen: »Ich warte drüben am Eingang auf dich. Sollte es regnen, habe ich ja Gott sei Dank einen Schirm.« Er hob seine leeren Hände.

Momme quälte sich ein Lächeln ab. Einen Augenblick lang sah

er dem davonstapfenden Clemens nach, dann zwang er sich, nicht wieder auf den Blaufuchsbalg zu starren.

»Gehen wir ein paar Schritte«, sagte Hinckeldey. »Wir haben Glück mit dem Wetter.«

Hinckeldey trug über den schwarzen Schuhen graue Gamaschen. Momme dachte das erste Mal seit Jahren wieder an Dagobert Duck. Er vermisste den munteren Clemens und den aufrechten Leutnant. Hinckeldey belauerte ihn. Er schwieg, und das war eine Machtdemonstration. Momme musste etwas sagen.

»Wo sind wir hier eigentlich, Herr … Geheimrat?«

Hinckeldey hatte nur Augen für den Weg. »Im Allerheiligsten, Moritz. Oder auf dem Weg dahin.« Wieder schwieg er unangenehm lange. War das eine Aufforderung nachzufragen? Momme wusste es nicht und hielt den Mund.

»Was wissen Sie über die Dreizehn, Moritz?«

»Nichts. Gar nichts.« Momme sprach schnell. »Nur, dass ich mich vor ihr fürchte.«

»Das spricht für Ihre Begabung.« Hinckeldey blieb unvermittelt stehen und sah nun doch zu Momme auf. »Das ist ein gutes Zeichen, Moritz. Es bedeutet: Sie gehören hierher.« Selbst sein Lächeln war bedrohlich.

Es juckte Momme. Es juckte ihn jetzt überall. Er verspürte einen starken Drang zu klopfen.

»Und es hat wirklich noch niemand mit Ihnen über die Dreizehn gesprochen? In ihrem Verhältnis zur Zwölf und zur satanischen Zehn?«

Satanisch. Momme schluckte. Sein Kragen saß sehr eng.

»Nicht einmal«, fuhr Hinckeldey fort, »dieser Mann, der … Wie hat er sich noch gleich genannt?«

»Veil Wallasch«, sagte Momme. Seit dem peinigenden Verhör durch Oberst Falke, an das er sich kaum besser erinnerte als an eine Fiebernacht, war der Name nicht mehr gefallen.

»Veil Wallasch … richtig«, aber das klang nicht besonders überzeugend. Hinckeldey hatte den Namen nicht vergessen, er hatte ihn von Momme hören wollen. »Und was hat dieser Veil Wallasch über die Dreizehn gesagt?«

»Ich … ich weiß nicht mehr so genau«, sagte Momme.

»Tja, vielleicht ist das ja besser so. Wir werden später noch einmal über diesen Mann sprechen, Moritz. Aber einstweilen vergessen wir ihn und fangen ganz von vorne an. Was halten Sie davon?«

Momme nickte. Was auch sonst?

»Unser Allerheiligstes …«, Hinckeldey setzte neu an, »… nennen wir das Müller'sche Kloster. Wir laufen geradewegs darauf zu. Sie werden staunen, wenn Sie es sehen, warten Sie ab. Es ist die Heimstatt unseres geistigen Führers. Über belanglose Namen ist er lange hinaus, aber er hat einmal von Müller geheißen – so wie sein Vater zuvor. Müßig, den einen vom anderen zu scheiden, aber noch sind Sie ja wohl einem Denken verhaftet, dass sich die Zeit als Linie denkt, und so mag es ihrer Vorstellungskraft ein wenig helfen. Stellen Sie sich die von Müllers als unsere Gründerväter vor.«

»Sie meinen, der ältere Herr von Müller hat Dreizehneichen entdeckt?« Hatte dieser Mann auch an der Dreizehnfurcht gelitten? War er durch dieselbe unaussprechliche Tür gekommen wie Momme? Das konnte doch nicht sein!

»*Entdeckt?* Nein, ein Begriff wie *Entdeckung* ist hier ganz fehl am Platz, mein Lieber«, sagte Hinckeldey. Er hatte sich erneut in Bewegung gesetzt und sie schlichen wieder knirschend über den Kiesweg. »Entdeckung … da denken Sie, Moritz, doch an Neuerung. Zeitenwenden. An Veränderung. An Kolumbus. Darwin. Den teuflischen Szientismus, der die Menschheit ins Unglück stürzt. Nein, Entdecker stellen die Welt auf den Kopf, junger Mann. Wir in Dreizehneichen aber stellen sie vom Kopf zurück auf die Füße. Weshalb unsere Scheidung von der Welt, aus der Sie kommen,

Moritz, unausweichlich ist. Ich habe von Entgiftung gesprochen, als ich Sie beim werten Eisenmann aufsuchte, erinnern Sie sich? Und Entgiftung fängt mit der Sprache an. Vergessen Sie also diesen Begriff: *Entdeckung*. Und vergessen Sie Ihre hohe Meinung von den *Entdeckern* gleich mit. All dieses entsetzliche Fortschrittsgeraune. Fortschritt! Auch das ist ein Unwort. Zieht man den ideologischen Gehalt ab, ist es quasi gleichbedeutend mit Unglück. Sie selbst zum Beispiel sind unter dem Regime des Fortschritts doch todunglücklich gewesen. Habe ich nicht recht?« Zum ersten Mal hatte Hinckeldey zu gestikulieren begonnen. Der Fuchs auf seiner Brust schwenkte die steifen Beine und nickte mit dem toten Kopf.

Momme wollte nicht schon wieder etwas Falsches sagen, also sagte er lieber nichts. Er warf einen schnellen Blick zurück. Der untersetzte und der große Mann folgten ihnen mit einigem Abstand.

»Beachten Sie die beiden nicht«, sagte Hinckeldey. »Konzentrieren Sie sich ganz auf mich.« Er schwieg, als würde er sich sammeln. »Ich möchte Ihnen etwas über mich verraten, Moritz. Etwas sehr Persönliches, woraus Sie ersehen können, warum man mich zu Ihrem Mentor auserkoren hat.« Er war wieder stehen geblieben und sah zu Momme auf. Sein Gesicht war so grau wie sein Haar. »Ich komme aus derselben Welt wie Sie. Ja, auch ich bin übergetreten. Das ist Jahrzehnte her. Ich war elend wie Sie – mögen sich die Umstände auch graduell unterscheiden. Ich weiß, wie es Ihnen da drüben ergangen ist. Ich *weiß* es, Moritz.«

Momme räusperte sich. Er versuchte Hinckeldeys Blick zu meiden. Die schwarze Nase des toten Fuchses sah aus wie geschrumpft.

»Haben Sie schon mal von Elektrosensibilität gehört? Nein? Wirklich nicht? Ein schreckliches Leiden, das derart verräterisch ist, dass der unerbittliche Szientismus seine schiere, unbestreitbare Existenz einfach verleugnet. Der Strom, Moritz, der allgegenwärtige Strom dort drüben hat mich krank gemacht. Heftiger Ausschlag – am ganzen Körper! Starker Schwindel, der sich allein dem Schwindel des Fortschritts verdankte! Ewiger, niemals nachlassender Kopfschmerz, ein mechanisches Pfeifen im Ohr … Ich war halb tot, als ich endlich hier anlangte, wo der Strom verboten ist. Und was soll ich sagen? Ich genas. Ich gesundete an der Seele. So wie auch Sie an der Seele gesunden werden, hier.«

»Sind Sie denn auch durch, äh, diese Tür … in … Wrota …?« Eigentlich war das alles zu viel für Momme. Da, wo er herkam, hätte man Hinckeldey einen Aluhut genannt. Er musste das erst sacken lassen.

»Oh, eine praktische Frage.« Hinckeldey wirkte einen Moment lang enttäuscht. Dann fing er an weiterzugehen. »Nein, gut, handeln wir das ab, obwohl es wahrlich nicht besonders wichtig ist. Tatsächlich wäre es eher eine Frage für Oberst Falke, der sich für derlei Dinge interessiert. Aber gut, aber gut. Passen Sie auf! Sie, Moritz, sind durch ein sogenanntes *Lid* geschlüpft. So nennt man hier Verbindungswege, die sich auf einmal zwischen Zehn- und Dreizehnwelt auftun. Manche davon schließen sich wieder, je nachdem, was auf der anderen Seite geschieht, andere werden diesseitig geschlossen – was, wenn Sie mich fragen, das gebotene Vorgehen ist. Hält man sie dennoch offen, spricht die zuständige Abteilung XIII von einer *Bahn* – ein technizistischer Ausdruck für meinen Geschmack. Und zuletzt, und um das ein für alle Mal abzuschließen, finden sich in der Zehnwelt sogenannte *Inseln* – und es sind einsame Inseln, weiß Gott! Traurige Überreste eines gewaltsam unterdrückten Anderglaubens, die keine Verbindung zum hiesigen Festland haben, denn wir haben sie mit der nötigen Entschlossenheit gekappt!«

»Festland?«, fragte Momme. Ihm schwirrte der Kopf. Er hatte nur mit Mühe folgen können.

»Lassen wir das. Nichts davon ist für Sie wichtig, mein Lieber. Vertrauen Sie mir.«

Sie hatten einen sanft geschwungenen Hügel erklommen, auf dessen Anhöhe ein kleiner Brunnen lag. Die steinerne Einfassung war von Flechten überwuchert, das stille Wasser himmelgrau.

»Setzen wir uns einen Augenblick«, sagte Hinckeldey und steuerte eine der schmiedeeisernen Bänke an. Dann zupfte er ein Schnupftuch aus seinem Ärmel, wischte, während der Fuchsbalg baumelte, die Sitzfläche trocken und nahm umständlich Platz. »Bitte.« Der aufgestörte Fuchs schmiegte sich wieder an ihn.

Momme setzte sich. Er nahm den Zylinder ab. Er hatte einen steifen Nacken. In der feuchten Luft glaubte er den Fuchsbalg zu riechen und bekam plötzlich eine Gänsehaut.

»Schauen Sie aufs Wasser, Moritz. Nehmen Sie sich einen Augenblick Zeit und schauen Sie aufs Wasser. Was sehen Sie?« Hinckeldey verschränkte die Arme vor der Brust. Der tote Fuchs bettete das Kinn auf seinen Unterarm.

»Einen Teich?«, sagte Momme.

»Gut«, sagte Hinckeldey. »Und weiter?«

»Er ist künstlich«, sagte Momme.

»Auch das. Und noch?«

»Rund. Er ist kreisrund. Also, die Einfassung ist kreisrund.«

»Richtig. Er ist rund. Wir blicken auf ein stilles Wasser in einem vollkommenen Rund. Nichts fließt. Das ist wichtig, mein Lieber. Denn wo Sie herkommen, ist man vom Fließen besessen. Alles strebt dort unablässig irgendwohin, nicht wahr? Alles treibt – oder *wird* getrieben. Und wohin? Können Sie mir sagen, wohin, Moritz?«

»Zum Meer?«, fragte Momme unsicher. Immerhin war doch von Wasser die Rede, oder nicht?

»Ha! Haha!« Hinckeldey und der Fuchs hüpften einmal auf und ab. »Da hinge meine Zustimmung davon ab, wie Sie das schreiben. Mit einem *h*? Einverstanden. Mit Doppel-*e*? Dann nicht.«

Momme rang sich ein Lächeln ab. Er dachte an den betrunkenen

Abend mit Veil Wallasch. Hatte er das alles nicht so oder so ähnlich schon einmal gehört?

»Nein, Moritz.« Hinckeldey nahm den Faden wieder auf. »Sie können mir nicht sagen, wohin. Denn das Treiben ist ziellos. Es hat keinen tieferen Sinn. Es geht einfach weiter und weiter – bis es an einem beliebigen Tag eben nicht mehr weitergeht. Richtig?«

Momme nickte hilflos.

»Ein vollkommenes Rund.« Hinckeldey hatte die Arme immer noch verschränkt, er wies mit dem schwachen Kinn aufs Wasser. »Sagen wir versuchsweise: ein Rund, so vollkommen wie die Zwölf.«

Jetzt kamen die Zahlen. Momme schluckte. Ja, er kannte das alles schon von Veil Wallasch. »Die Zwölf ist alles, was passt«, sagte er. »Wollen Sie darauf hinaus, Herr Geheimrat? Und die … Dreizehn ist das Überzählige.« Wie leicht ihm das Wort jetzt über die Lippen kam, dachte Momme. *Dreizehn. Dreizehn.* Er hatte nur ganz kurz gestockt. »Die Dreizehn ist das, was sich nicht fügen will«, schob er noch nach. Er kam sich vor wie ein Streber.

»Bitte?« Hinckeldey starrte ihn an. »Wo haben Sie das denn her?«

Momme wurde rot. Offenbar hatte er wider Erwarten etwas Falsches gesagt. Etwas ganz und gar Ungutes. Jetzt klopfte er doch, kurz und heftig.

»Von diesem Veil Wallasch?«, fragte Hinckeldey zu laut.

Momme ließ die Hand sinken. Er nickte schwach.

Hinckeldey seufzte. Er war erkennbar verärgert. »Das ist regelloser, esoterischer Unfug, den Sie besser ganz schnell vergessen!« Er seufzte noch einmal, diesmal eher demonstrativ. »Ich höre so etwas leider nicht zum ersten Mal, mein Bester.« Seine eben noch scharfe Stimme bekam wieder etwas Schmeichelndes. »Nein, Moritz, wir bringen das lieber gleich wieder ins Lot. Es gibt keinen Grund, auf die Zwölf herabzusehen. Zwölf Steine gründen die himmlische Mauer Jerusalems, zwölf goldene Löwen tragen König Salomons Thron, und zwölf Söhne treten das Erbe Jakobs an. Die Zwölf ist also keineswegs die Zahl einer irgendwie überkommenen Ordnung, sondern vielmehr ein Garant der Beständigkeit – und ganz gewiss kein szientistisches, technizistisches Werkzeug wie die Zehn, die den Menschen vergisst und nur den Maschinen dient, die wir, wie Sie unschwer bemerken, aus Dreizehneichen verbannt haben. Nein, Moritz", sagte er wieder, »die Zwölf ist rund und in sich geschlossen wie dieser Brunnen dort, sodass ihre Teile in ihr aufgehen und das Ganze das Einzelne überwiegt. Eine wunderbare Eigenschaft, nicht wahr? Die Zwölf stellt jeden an seinen Platz. Es gibt gar keinen Grund zur Abweichung und, ja, auch keine Gelegenheit. Ein vollkommenes Rund, fest eingefasst. Mit anderen Worten: unser Brunnen.« Hinckeldey störte abermals den toten Fuchs auf, weil er mit der Hand aufs Wasser wies. »Haben Sie das verstanden, junger Mann?«

»Ja. Ja, hab ich«, sagte Momme schnell. Vielleicht würde Hinckeldey dann endlich ablassen.

Doch den Gefallen tat Hinckeldey ihm nicht. »Wozu dann aber die Dreizehn, wenn die Zwölf derart vollkommen ist? Ist das vielleicht die Frage, die Sie sich gerade stellen, Moritz?«

Momme hatte sich gar keine Frage gestellt. Außer vielleicht, wie lange er noch hier würde sitzen müssen.

»Ich will es Ihnen verraten.« Hinckeldey hob die Stimme. Sie wurde hell. »Die Zwölf ist das Wasser, das wir sehen. Vollkommen rund, weil wir es so wollen. Und vollkommen glatt, wenn kein unguter äußerlicher Einfluss es aufstört. Die Dreizehn aber liegt in der Tiefe. Sie ist der … Grund! Besser noch, Moritz: Sie ist der *Ur*grund. Sie ist der Quell. Und dahin, mein Lieber, wollen wir zurück. Das ist die Müller'sche Mission. Das ist die Mission Dreizehneichens! Wir wollen zum Quell uralter Weisheit zurück. Zu unserem *gemeinsamen* Quell, Moritz! Und nicht zu weiterer Vereinzelung. Begreifen Sie den Unterschied? Für Dreizehneichen ist dieser Veil Wallasch mit seiner abnormen Botschaft ein gefährlicher Mann!«

»Oh«, machte Momme. »Ich, äh …« Musste er sich jetzt entschuldigen?

»Schon gut. Ich bin froh, dass wir das geradegerückt haben. Kommen Sie jetzt! Ich will Ihnen noch etwas zeigen. Jaja, unsere kleine Führung ist noch nicht vorbei … Aber es liegt auf dem Weg. Bitte.« Der Fuchs ließ den Kopf baumeln, denn Hinckeldey beugte sich vor, um aufzustehen.

Auch Hinckeldeys Männer setzten sich wieder in Bewegung. Sie hatten mit gehörigem Abstand gewartet, die Hände in den Manteltaschen und stumm. Die beiden schienen wie geschaffen für dunkle Straßenecken, und Momme fragte sich, ob sie wohl bewaffnet waren. *Greif und Kneif, die grimmen Packer*, dachte er, um schlimmere Gedanken abzuwehren.

Es ging den bisher steilsten Hügel hinauf und aus dem Augenwinkel sah Momme, wie sich weit entfernt ein Fluss durch den Park schlängelte. Womöglich – eigentlich *un*möglich – war es die Spree.

Hinckeldey holte hörbar Luft, als sie den Hügelkamm erreichten und eine Art Hain betraten, überdacht von einer noch voll belaubten, großen Eiche, neben die sich allerlei nadelige Friedhofsgewächse drängten, hochgewachsenes, seltsam verschlossenes Immergrün, dessen Spalier sie folgten, bis Hinckeldey vor einem steinernen Denkmalsockel stehen blieb. Auf dem Sockel erhob sich eine verregnete, vage mittelalterlich anmutende Figur, ein Mann mit hohlen Wangen, scharfer Nase und Topfhut. Der Körper wurde von einem langen, Falten werfenden Umhang verhüllt, in den mageren Händen hielt er einen Folianten. Hinter dem Denkmal öffnete sich das Spalier der Friedhofspflanzen auf ein Tal, aus dem eine große, runde Kuppel bis in Mommes Blickfeld ragte.

»Darf ich vorstellen?«, sagte Heinrich Hinckeldey, wieder zu Atem gekommen. »Marsilius Ficinus. Er hat für die dekadenten Medici in Florenz arbeiten müssen. Wenn Sie also so wollen, hat er Ihre *Entdecker*, all diese Neuerer, Wucherer und Szientisten, persönlich gekannt.«

Momme war nicht sehr bewandert in Geschichte. Er las ja erst regelmäßig, seit er kein Internet mehr hatte. Er schaute möglichst bewundernd zu Marsilius Ficinus hinauf und dabei fiel ihm der Eisenmann'sche Bücherschrank ein. Ficinus, natürlich – eines der Bücher zwischen den Kantenköpfen. Er wusste sogar noch den Titel.

»Opera omnia«, sagte er. Das Buch hatte ihn weniger verstört als die anderen. Vermutlich zu Unrecht, dachte er.

»Sieh an!« Hinckeldeys helle Augen blitzten auf.

»Oh … nein. Das Buch steht bloß bei Herrn Eisenmann im Regal.« Momme hob abwehrend die Hände.

»Natürlich. Dumm von mir.« Ganz konnte Hinckeldey seine Enttäuschung nicht verbergen. »Es steht bei jedem Bürger Dreizehneichens, der auf sich hält. Aber es ist Ihnen aufgefallen. Sie sind ein scharfer Beobachter, Moritz. Das ist … gut.«

Wenn hier jemand ein scharfer Beobachter war, dachte Momme, dann war es der Zwang, der unablässig Nahrung suchte. Bestimmt hatte der elektrosensible Hinckeldey in seinem früheren Leben auch jede Stromquelle schon von weitem ausgemacht.

»Nun, warum steht der weise Mann hier? In seinem eigenen Hain, auf diesem malerischen Hügel?« Hinckeldey breitete die Arme aus und weckte mal wieder den toten Fuchs. »Weil er, statt wie seine Zeitgenossen den Sternen nachzustellen, den Blick nach innen gerichtet hat. Marsilius Ficinus ist der Begründer der immerwährenden Philosophie, Moritz. Der *Philosophia Perennis*, wie die Gelehrten sagen. Er hat sich zuerst auf die Suche nach der verschütteten Weisheit der Ur-Religion gemacht, oder besser: der ursprünglichen *Tradition*, von der nur wenige, kümmerliche Reste auf uns gekommen sind. Die Veden etwa, das Corpus Hermeticum.« Hinckeldey hielt inne.

Momme sah, um seinem Blick auszuweichen, zum tropfnassen Marsilius Ficinus hinauf.

»Ich überfordere Sie, Verzeihung.« Hinckeldey räusperte sich. »Vielleicht nimmt Sie der kleine vom Stein zur 13. Stunde mal zu einem Vortrag über das Corpus Hermeticum mit. Es muss ja nicht immer eine Dichterlesung sein. Wobei …« Er zupfte am Fuchs. »Ich habe nichts gegen die Kunst. Solange sie erhebend und nicht zersetzend ist, hat sie meinen Segen. Wie auch immer. Marsilius Ficinus, deshalb steht er hier, ist der Lüge vom Fortschritt nicht aufgesessen. In seinem Geist begehen wir die 13. Stunden.« Er holte eine Uhr hervor. Sie hatten hier alle eine. »Oh ja, gleich ist es so weit. Kommen Sie!«

Sie ließen den Begründer der Philosophia Perennis auf seinem Sockel zurück und folgten dem Friedhofsspalier bis zum Ende, während die Kuppel, die Momme zuvor nur hatte erahnen können, Zentimeter für Zentimeter in die Höhe wuchs. Dann endlich gab der Hain den Blick auf das ganze Gebäude frei.

Momme hatte so etwas noch nie gesehen. Unten im Tal lag eine Art riesiger, seltsam deformierter Schildkrötenpanzer. Die Kuppeln, von denen er nur die größte und höchste gesehen hatte, drängten sich ohne Zwischenräume dicht an dicht, ein glattes Rund schmiegte sich ans nächste, kleinere, größere und zwei besonders große in der Mitte, alle mit schwarzem Schiefer gedeckt, der vor Nässe glänzte. Das Ganze hatte etwas von einem vervielfältigten Dom, der Fiebertraum eines irre gewordenen Architekten oder vielleichte eine von einem extraterrestrischen Virus befallene Raumstation.

»Das Müller'sche Kloster«, sagte Hinckeldey neben ihm. »Rundbauten rufen im Menschen bekanntlich die Empfindung des All-

Göttlichen hervor. Und falls Sie sich noch nicht die Mühe gemacht haben, nachzuzählen: Ja, es sind dreizehn Kuppeln. Ihr Form ist runde Vollkommenheit, ihre Zahl versinnbildlicht die Tiefe.«

»Und hier …«, sagte Momme.

»… residiert unser geistiger Führer, jawohl. Raimar von Müller, falls Sie einen Namen brauchen. Er ganz allein.«

»Allein?« Das Gebäude war riesig! Mommes Blick folgte der hohen Mauer, die das Areal umschloss. Es schien nur eine einzige Zufahrt zu geben, eine schnurgerade, dicht mit Bäumen bestandene Allee.

»Ja, allein mit sich und der ewigen Tradition. Unser geistiger Führer hat sich vor vielen Jahren aus der Öffentlichkeit zurückgezogen, um ganz im Ewigen aufzugehen. Ich habe ihn in all den Jahren hier nur zwei Mal gesehen. Als junger Mann, quasi. Nein, er zeigt sich nicht. Und doch führt er mit langem Arm die Regierungsgeschäfte.«

War das sarkastisch gemeint? Es hatte so geklungen. Momme löste den Blick von dem irren Gebäude, aber Hinckeldeys Miene verriet nichts. Sein Blick ruhte nach wie vor dort unten, der Blaufuchs schlummerte ungestört an seiner Brust.

»Sehen Sie die Straße dort unten? Sie wird einzig und allein vom Policeydirektor genutzt. Oft kommt er nachts her, um dem geistigen Führer Bericht zu erstatten und seine Anweisungen in den Rat zu tragen. Julius Alfart. Generalpoliceydirektor Julius Alfart. Wurde der Name schon erwähnt? Vom Oberst womöglich?«

Momme schüttelte den Kopf.

»Nun, dann haben Sie ihn jetzt gehört«, sagte Hinckeldey. »Er ist ein wichtiger Mann. Ich bin auf seine Veranlassung hier, Moritz.« Hinckeldey fischte erneut seine Uhr aus der Tasche. Ihr Deckel sprang auf und Momme schaute schnell wieder ins Tal auf das Kloster. Die Uhren waren das Schlimmste. Sie setzten ihm jedes Mal zu.

»Jetzt ist es so weit«, sagte Hinckeldey und zog den Hut, und als irgendwo in ihrem Rücken eine einsame Glocke zu läuten begann, zog Momme auch seinen, den Wollfilzzylinder vom alten Eisenmann.

»Die dreizehnte Stunde«, sagte Hinckeldey. Er hatte sich die Melone unter die Achsel geklemmt und zupfte sich die Handschuhe von den Fingern, bevor er die Hände wie zum Gebet verschränkte. Momme fiel der große Ring an Hinckeldeys Zeigefinger auf. Das Siegel zeigte ein brennendes Schwert.

Momme zählte die Glockenschläge und hielt seine Klopfhand im Zaum.

Das einzig Gute an Wrota war das Wasserklosett. Secundus besuchte es mit einiger Befriedigung und, weil ein Tag in Wrota lang und der Weg so kurz war, öfter als eigentlich nötig. Besonders nachts, wenn das Alter ihn vom Sofa zwang, war es außerordentlich praktisch. Er tappte dann einfach im Dunkeln hin, barfuß und im Unterhemd aus dem Fundus. Nachher lag er meist noch eine Weile wach, starrte auf den Windfang, in dem bei klarem Himmel das Mondlicht stand, und lauschte auf die Geräusche der Nacht: das Rauschen der Bäume am Ufer oder die fluchenden Füchse im Wald. War es ganz still, hörte er oben im gelben Zimmer Thorwald Nusselt schnarchen.

Nusselt war das Schlimmste an Wrota, sah man einmal davon ab, dass Secundus nunmehr seit Wochen nicht vorwärtskam. Nusselt war sogar schlimmer als Kammholz, was Secundus sich mittlerweile offen eingestand. Er hatte ihn selbst als Wächter ausgewählt, aber das – insoweit konnte er sich beruhigen – deutete weniger auf sein mangelndes Urteilsvermögen als auf das sich in der Beschleunigungskrise zuspitzende Wächterproblem hin. Um von den Reizen der Zwölfwelt nicht fortgetragen zu werden, war ein gewisses Phlegma erforderlich, zudem brauchte ein Wächter jene eiserne Treue, die sich mit letzter Gewissheit nur bei den Vernagelten fand – wie Primus' abschreckendes Beispiel zeigte. Secundus jedenfalls hätte seinen Bruder nie nach drüben geschickt. Er schickte Männer wie Thorwald Nusselt und litt dann daran.

Zumal Nusselt, obwohl hinreichend fest im Glauben und hinreichend schwach im Geist, Zeichen der Zerrüttung zeigte. Im halben Jahr, das seit seiner Entsendung vergangen war, hatte er an Gewicht verloren und war unter seinem dünnen karottenroten Haar noch fahler geworden. Offenbar schlief er in der lauten Wächterwohnung schlecht, auch vertrug er das Essen drüben nicht besonders, weil es, wie er glaubte, »fremdländische Stoffe« enthalte, auf die sein preußischer Leib nicht eingerichtet sei. Heillos erleichtert, dass Secundus für Verpflegung aus Dreizehneichen sorgte, hatte er seinen zitternden Löffel am ersten Tag geradezu euphorisch in den Gekröse-Eintopf getunkt.

Beim Zittern aber war es auch danach geblieben, trotz altgewohnter Küche und obwohl Nusselt nachts nun hörbar besser schlief. Insbesondere über dem technischen Gerät, dessentwegen Secundus ihn überhaupt herbestellt hatte, verschlimmerte sich Nusselts Tremor. Die Versagensangst trieb ihm dann sogar den Angstschweiß auf die Stirn. Mit einigem Ekel hatte Secundus ihn auf der erleuchteten Glasscheibe herumdrücken sehen, was außer an Nusselts unmännlicher Nervosität auch an seinen langen gelben Fingernägeln liegen mochte und daran, dass es Merles Telephon war. Secundus hatte es sehr ungern aus der Hand gegeben. Aber ohne Nusselt hatte er sich einfach nicht erklären können, warum es selbst in Wrota keinen Anschluss fand.

Immerhin das hatte der aufgelöste Nusselt klären können. Wrota lag zu abgeschieden für einwandfreien Empfang, und so war Secundus seinem Wächter nach draußen gefolgt, wo Nusselt wie ein Wünschelrutengänger umherirrte, bis er oberhalb des Hauses auf einer schotterbedeckten Fläche endlich das Ersehnte fand: zwei winzige, flackernde Striche in einer oberen Ecke des Telephons.

»Ich habe Netz!«, verkündete Nusselt dort oben im Heureka-Ton, und Secundus hatte ihm das Telephon im selben Moment entwunden, vielleicht aus kindischer Eifersucht, vor allem aber weil er ein doppeltes Spiel spielte und nicht wissen konnte, ob Merles Gerät nicht nur Merles, sondern auch Primus' Verräter war.

Doch was Botschaften neueren Datums anging, war das Telephon leider gar kein Verräter. Seit Kammholz im Schuppen darauf gestoßen war, hatte es keine einzige mehr empfangen, dafür las Secundus die alten mehrmals täglich. Mit dem Geburtstag der kleinen Sophie erwachte das Gerät zum Leben – auch wenn das, wie er gelernt hatte, noch nicht bedeutete, *Netz zu haben*. Verriegelt hingegen war es mit Sophies Todestag. Jedes Mal, wenn er die Botschaften noch einmal lesen wollte, gab er *160707* ein, und genauso machte er es, wenn er im Herbstwind die schmale Straße zum Schotterplatz hinaufstapfte, um zu sehen, ob endlich eine neue Botschaft eingetroffen war. Der ganze, mehrfach im Gerät belegte Vorgang musste sich bloß wiederholen, damit er zuschlagen konnte, aber es war, als wäre Merle gewarnt worden, denn er wiederholte sich nicht.

Secundus stieg stündlich, manchmal halbstündlich den Hügel hinauf, aber immer vergebens. Er hatte sogar schon tief in der Nacht da oben gestanden, im kühlen Dunkel, das unirdisch leuchtende Telephon in der Hand, und nachher hatte er nicht übel Lust gehabt, es an den Mauern Wrotas zu zerschmettern. Das Ding war bloß ein Gängelband, aber weil es Merles Gängelband war, konnte er einfach nicht anders und holte es auch jeden Abend hervor, kaum dass Nusselt im gelben Zimmer verschwunden war und Secundus sich auf das lederne Sofa gebettet hatte. Dann gab er wieder Sophies Todestag ein, drückte auf das grünweiße Quadrat mit den abgerundeten Ecken und las, was er schon tausend Mal gelesen hatte:

Fr. 18. Mai, 23:37
Alles wie gehabt. Nummer ist eingespeichert. 5.6.

Di. 12. Juni, 23:12
30.6. Cortison kompliziert. Dauert.

Mi. 4. Juli, 4:32
Erreiche dich nicht. Besser schnell!

Mi. 4. Juli, 19:07
Alles gut. Ihr seid fantastisch!
23.7. (inkl. Cortison)

Mo. 23. Juli, 0:15
Von den blauen kriege ich mehr.
9.8.

Do. 8. August, 23:57
Lieferung noch da. Alles in Ordnung? Neue gleich daneben. Gib Zei-
chen!
25.8.

Fr. 24.8., 22:49
Es sind ZWEI Tüten.
14.9.

Mehr war es nicht, vielleicht, weil das Gerät die Botschaften nicht
länger vorhielt, viel wahrscheinlicher aber reichten die Botschaften
nicht weiter zurück, weil Merle am 18. Mai ein neues Telephon
unter dem Bett von Nummer 12 deponiert hatte. Oder hatte das
neue Gerät im Schuppen auf seine Empfängerin gewartet, Merles
weiterhin namenlose Komplizin? Auch das war möglich, obwohl
Secundus größeren Gefallen daran fand, sich Merle dort im Windfang vorzustellen, eine zarte Gestalt aus Mondlicht und Nacht-
schatten, die dann leise die Treppe hinaufschlich.

Wahrscheinlicher war, dass sie das Haus nicht betreten hatte. Vernünftigerweise hatte sie das neue Telephon hinterlegt, wo sie auch die Arzneien hinterlegte, etwa das lang erwartete, schwer zu beschaffende Cortison am 23. Juli oder das Antibiotikum, das ihre Komplizin verloren hatte, als sie am 15. September vor Moritz Bang geflüchtet war. Merle hatte es erst tags zuvor gebracht, aber schon am 24. August eine Botschaft geschickt, dass sie es am 14. bringen würde.

Dieser Vorlauf war leicht zu ergründen. Jedes Mal, wenn Merles Komplizin das Lid benutzte, ging sie ein großes Wagnis ein. Sie konnte es sich nicht leisten, die verbotene Grenze auf gut Glück zu überqueren; ja, sie konnte nicht einmal mit Gewissheit sagen, wann sich überhaupt die Gelegenheit dazu ergäbe, und offenbar ergab sie sich teils über Wochen nicht: Vielleicht weil der Saal bespielt wurde oder die Komplizin sich nicht freimachen konnte.

Zwischen dem 23. Juli und dem 9. August etwa hatte sie es gar nicht durch das Lid geschafft, denn als Merle am 8. August tief in der Nacht in Wrota aufgetaucht war, hatte sie die letzte »Lieferung« aus dem Juli unberührt im Schuppen aufgefunden und sich Sorgen gemacht. Secundus stellte sich vor, wie sie nachher in ihrem Automobil gesessen und die Botschaft in ihr Telephon eingegeben hatte – eine Botschaft, die ihre Komplizin immer erst lesen konnte, wenn sie es durch den Saal, hinter den Vorhang und in Zimmer 12 geschafft hatte, wo sie das Telephon unter dem Bett vom Ladekabel löste und es nach draußen auf den Hügel trug. Erst dort erfuhr sie alles Nötige: dass Merle zwei Tüten voller Arznei gebracht hatte etwa und vor allem, wann sie wiederkommen sollte: *nach* dem 9.8., *nach* dem 24.8. und *nicht vor* dem 14. September – dem Tag, an dem Moritz Bang in Wrota aufgetaucht war.

Tatsächlich konnte Secundus mithilfe des Telephons exakt bestimmen, wann die Komplizin jeweils erschienen war, denn jedes Mal, nachdem oder bevor sie sich der Arzneien bemächtigt hatte, war sie auf den Hügel gestiegen, wo sich das Telephon mit dem *Netz* der Zwölfwelt verband, und hatte Merle angerufen. Und nur ein einziges Mal, zu nachtschlafender Zeit, in den frühen Morgenstunden des 4. Juli, hatte sie Merle nicht erreicht. Gott sei Dank, dachte Secundus, denn so kannte er immerhin eine Botschaft auch von ihr: *Besser schnell!*

Diese beiden Worte bereiteten ihm das meiste Kopfzerbrechen, was auch daran lag, dass er sich die Komplizin weniger gut vorstellen konnte. Um Merles Wege nachzuvollziehen, musste er nicht einmal die Augen schließen, die Komplizin hingegen blieb in seiner Vorstellung ein blinder Fleck, ein bloßer Schemen, selbst wenn er sich, nachts auf dem Sofa, die Fingerspitzen gegen die Schläfen gepresst, noch so bemühte. Zum einen stahl sich ständig Merle ins Bild – er hörte ihr Automobil vorfahren, er sah, wie sie sich im Schuppen nach dem Regalfach streckte, er sah sie, unrealistischerweise, im Windfang erscheinen –, zum anderen hatte er bei der Befragung Moritz Bangs Bockmist gebaut. Er war einfach derart auf den Fährmann versessen gewesen – »Veil Wallasch«, er konnte es ja nicht ahnen! –, dass er alles andere vorschnell abgetan hatte. Denn natürlich hatte Bang in Wrota keine Gespenster, sondern vermutlich erst Merle und dann ihre Komplizin gesehen. Nur hatte er eben, für einen Zwölfweltler nicht ungewöhnlich, Befindlichkeit über Beobachtung gestellt und Wirklichkeit mit Wahn verwechselt. Tatsächlich hatte Secundus schon überlegt, Bang ein zweites Mal zu befragen, dann aber doch Abstand davon genommen. Erstens hielt er Bang für einen unverbesserlichen Idioten und zweitens konnte er hier nicht weg. Jederzeit konnte eine neue Botschaft von Merle eintreffen und mit ihr – auch wenn sie davon nichts ahnte – das Datum ihres Wiedersehens. Herrgott, warum schickte sie nichts?

Secundus legte das Telephon zur Seite – er hatte so lange reglos darauf gestarrt, dass es darüber schwarz geworden war. Wenn sie schon nicht von selber kam, könnte er sie locken? Könnte er mithilfe des Telephons in die Rolle ihrer Komplizin schlüpfen? *Besser schnell!* Was sollte das heißen? War es auf das Cortison bezogen, das auf sich warten ließ, obwohl ein Günstling der Schwestern es dringend brauchte? Secundus war lange davon ausgegangen, aber eigentlich wollte Merles Antwort nicht recht dazu passen. Sie war noch am selben Tag nach Wrota gereist und früher als sonst dort eingetroffen – am Abend und nicht wie sonst erst mitten in der Nacht. Das dringend gewünschte Cortison aber hatte sie nicht gebracht, denn das hatte sie am selben Tag per Telephonbotschaft ja erst für das nächste Mal versprochen. Warum also war sie so schnell gekommen? Und was war deshalb »gut« geworden? Und warum dieses überzogene, unverkennbar weibische Lob, das sich nicht auf die Komplizin beschränkte, sondern auch andere Schwestern einbegriff, die – ja, was? – phantastisch *barmherzig* waren?

Secundus ließ den Kopf ins Kissen sinken und widerstand dem Drang, noch einmal nach dem Telephon zu greifen. Für den Fall, dass er nicht in den Schlaf finden würde, hatte er sich den von Moritz Bang zurückgelassenen Roman bereitgelegt. Aber vorher ging er besser nochmal auf dieses praktische Klo.

»Kammholz? Sie können hier nicht einfach … und dann auch noch in Uniform!« In Wahrheit fühlte sich Secundus ertappt. Den Blick fest auf das Telephon geheftet, war er blindlings von einem seiner ergebnislosen Ausflüge auf den Hügel zurückgekehrt, als plötzlich der strammstehende Kammholz vor ihm aufragte.

»Vergebung, Herr Oberst. Ich …«

Secundus schnitt ihm mit einem Seufzer das Wort ab, versenkte das Telephon in seinem lachhaften *Overall* und ließ Kammholz einfach stehen. Er hielt auf die Küche zu, weil er plötzlich ein Ziel brauchte, da tauchte Thorwald Nusselt im Türrahmen zum

Speiseraum auf, ungekämmt und mit einem Schnurrbart aus Milch. »Leutnant Kammholz! Was verschlägt Sie denn hierher?«

»Nusselt, guten Tag.« Kammholz hob die Stimme. »Herr Oberst, ich komme vom Palais Kugler. Die Sache duldet keinen Aufschub!«

»Ach nein?« Secundus schob sich am ungewaschenen Nusselt vorbei. Er erfuhr seit Wochen nichts als Aufschub. Die Disziplin ging darüber zum Teufel. Er hatte sein Sofabett nicht gemacht, Nusselt kaute den ganzen Tag lang Fingernägel, und in der Halle roch es wie im Schlafsaal der Fremdenlegion. Die sinnlose Warterei ging ihm an die Nieren. In der Küche stapelte sich das Geschirr.

»Herr Oberst? Hören Sie?«

Secundus ließ den Wasserhahn laufen, beugte sich zum Strahl hinunter und trank. »Ich höre gar nichts«, rief er, während das Wasser noch über das angeschlagene Geschirr im Ausguss rann. »Und ich will von dieser Schmucksache auch nichts hören, Kammholz.« Er wischte sich den Bart. »Kümmern Sie sich darum und lassen Sie mich damit in Frieden. Ich habe hier Wichtigeres zu tun.« Er drehte das Wasser ab. Er tat hier gar nichts. Er saß fest.

Kammholz war ihm in die Küche gefolgt. Herrgott, er stand in Uniform in Feindesland! Noch so eine Disziplinlosigkeit. »Diese Brosche, Oberst.« Kammholz streckte ihm die behandschuhte Hand mit einem Schmuckstück hin. »Sie war gestohlen und jetzt ist sie wieder aufgetaucht.«

»Ach ja? Und? Haben Sie den Hehler, Leutnant? Haben Sie wenigstens seine Spur?« Er schnappte sich ein fleckiges Küchentuch und trocknete seine Finger.

»Kein Hehler, Oberst. Die Brosche war einfach wieder da. Frau Kugler fand sie in der Schatulle im Schlafzimmer. Als wäre sie nie gestohlen worden.«

»Nun, vielleicht ist sie ja auch nie gestohlen worden, Kammholz. Wäre das nicht ein naheliegender Gedanke, wenn eine Brosche in einer Schatulle im Schlafzimmer ist? Ein bevorzugter Aufenthaltsort von Broschen, soweit ich weiß.« Auf der Suche nach einem neuen Ziel schob er sich am langen Kammholz vorbei. Vermutlich würde er einfach aufs Sofa plumpsen. Thorwald Nusselt stand ihm nun auch im Weg.

»Nein, nein.« Kammholz drückte sich auch an Nusselt vorbei. Secundus schob das verknitterte Bettzeug zur Seite. Es war ihm peinlich. »Die Schatulle war leer. Diese und eine zweite. Ich bin selbst Zeuge. Geheimrat Kugler hat mir beide Schatullen bei meiner ersten Begehung gezeigt. Komplett ausgeräumt. Nichts zurückgelassen. Die Brosche stand auch auf der Liste der gestohlenen Stücke.« Wie zum Beweis fischte er einen gefalteten Bogen Papier aus dem Rock.

Secundus sank tief ins Sofa. Er legte den Arm auf die Rückenlehne und sah zu Kammholz hinauf. »Dann haben Sie alle die Brosche übersehen?«

»Wohl kaum, Herr Oberst.« Jetzt klang Kammholz beleidigt. Er ließ die Liste wieder verschwinden.

»Und wie lang ist das gute Stück schon zurück?«

»Schwer zu sagen. Es hatte ja niemand Anlass, die Schatullen zu öffnen, wo sie doch leer waren. Meine Begehung liegt Wochen zurück. Die Nachricht aus dem Palais Kugler kam gestern. Ich bin dann gleich hin, nachdem ich Bang zum Geheimrat Hinckeldey eskortiert hatte.«

»Oh, Hinckeldey.« Secundus konnte Hinckeldey nicht leiden, aber das beruhte auf Gegenseitigkeit. Vermutlich würde er Moritz Bang binnen Wochen in einen Eiferer und treuen Diener der Legion verwandeln, die Alfart im Rat die Hölle heiß machte. Immerhin das ging ihn während seiner Belagerung Wrotas nichts an. Stärken konnte er Alfart nur, indem er »Elise« fand.

»Wollen Sie sich das Stück nicht doch einmal ansehen, Herr Oberst?« Wieder streckte ihm Kammholz das Ding hin. »Es ist eine Trauerbrosche. Die Reaktion der Frau Geheimrat war rührend.«

Ach. Die Trauerbrosche. Alfart hatte sie auf dem Friedhof erwähnt. Damals war Secundus noch mehr auf Zack gewesen. *Kugler hat auch ein Kind verloren …* »Dann zeigen Sie schon her!« Secundus beugte sich vor und nahm die Brosche von Kammholz' behandschuhter Hand. Es war eine schwarz emaillierte ovale Kammee mit Goldrand und einem blütenweißen Engelchen in der Mitte, das die Harfe spielte. Die Rückseite war unterhalb der Ansteckknadel verglast, darunter war eine dünne Strähne blassbraunen Kinderhaars zu sehen.

»Sie hieß Helene«, sagte Kammholz. »Blausucht, soweit ich weiß.«

Secundus nickte. Er starrte die Brosche an wie zuletzt nur Merles Telephon. Jetzt, wo sie ihm wieder eingefallen war, ging ihm Alfarts Bemerkung vom Friedhof nicht mehr aus dem Kopf. Helene. Sophia. Jemand stahl eine Trauerbrosche und brachte sie zurück. Welcher Dieb würde so etwas tun? »Und die anderen Schmuckstücke, Kammholz?«

»Nach wie vor verschwunden, Herr Oberst. Das ist ja das Seltsame. Nicht ein einziges ist wieder aufgetaucht. Soweit ich weiß, ist das sehr ungewöhnlich, nicht wahr? Man kann sowas ja nicht essen.« Er deutete auf die Brosche. »Man muss es irgendwann zu Geld machen.«

»Muss man«, murmelte Secundus. »Muss man. Obwohl es von Vorteil ist, sich dabei Zeit zu lassen.«

»Aber Jahre, Oberst? Wir reden hier von Jahren, wenn man alle Fälle zusammennimmt. Welcher Dieb würde … Ich meine, in diesen Kreisen … Wir haben es ja wohl nicht mit einem Sammler zu tun.«

»Darf ich mal sehen?« Thorwald Nusselt hatte sich zu ihnen gesellt und streckte seine schmutzige Pfote aus.

»Nein«, sagte Secundus. »Sie holen mal Ihr Rechengerät her.«

»Den Computer?«

Secundus mied den Begriff. »Genau den. Na los, machen Sie schon!« Er sollte jetzt endlich seinen verdammten Wächterdreck herschaffen.

Nusselt stieg aufreizend langsam die Treppe hinauf.

Secundus legte die Brosche behutsam auf den Tisch, gleich neben den Dickens, den er auch gestern nicht aufgeschlagen hatte.

»Ich, äh … verstehe nicht, Herr Oberst.« Sein Leutnant schaute dumm aus der Wäsche. Das konnte er gut.

»Ich auch noch nicht, Kammholz«, brummte Secundus. »Ich auch noch nicht. – Nusselt?« Er brüllte ins erste Stockwerk hinauf. »Wo bleiben Sie denn? Warum dauert das so lange?« Dann wandte er sich wieder an seinen Leutnant. »Die Liste. Ich brauche Ihre Liste. Na, geben Sie schon her …«

Der Fortschritt war ein Heuchler; er versprach Vereinfachung und machte alles kompliziert. Doch statt Mitleid mit Nusselt zu haben, wuchs in Secundus bloß die Ungeduld. So schwierig konnte es doch nicht sein, sich im Feindesland der Mittel des Feindes zu bedienen! Was zum Henker hatte Nusselt denn das letzte halbe Jahr gemacht, außer abzumagern und diesen traurigen Tremor zu entwickeln? Konnte man von einem Wächter nicht erwarten, dass er ohne große Umstände einen *Computer* in Gang setzte und seinem Vorgesetzten Zugang zum *Internet* verschaffte? War das etwa zu viel verlangt? War das nicht vielmehr selbstverständlich? War das, Herrgott nochmal, nicht Thorwald Nusselts oberste Direktive? Den Anschluss nicht zu verlieren? Mit der großen Lüge Schritt zu halten? Die richtigen Knöpfe zu drücken, so es ans Knöpfedrücken kam, auch wenn, zugegeben, die Knöpfe seit der Beschleunigungskrise keine Knöpfe mehr waren, sondern nur noch Attrappen, Hilfskonstrukte für einen seit langem überforderten menschlichen Geist.

Ein Knopf war kein Knopf, ein Netz war kein Netz, die Begriffe hatten alles Greifbare verloren, aber dann kamen plötzlich doch wieder nach Kunststoff, Gummi und diversen Legierungen stinkende Gerätschaften ins Spiel, Rechengeräte, die einander nicht erkannten, widerspenstige Kabel und babylonische Steckverbindungen, greifbar allesamt, wenn auch nicht für Thorwald Nusselts erbärmlich zitternde Finger.

Nusselt hatte sein Rechengerät auf einem der Tische im Speiseraum aufgebaut und es dort feierlich aufgeklappt, dann hatte er, weil es, wie der plötzlich schulmeisternde Kammholz voller Eifer bestätigte, in Wrota an *WLAN* fehlte, auch noch sein Telephon geholt, und schließlich, als Nusselt rotgesichtig anfing, nach Kabeln zu kramen, und schweißüberströmt in seinem Telephon nach einem *Hotspot* suchte, hatte Secundus sich angewidert abgewandt. Er starrte durch das große Fenster auf den nahen, dick mit Laub bedeckten Hang und versuchte, Nusselts Klappern, seine Ausflüchte und Kammholz' streberhafte Einwürfe zu überhören. Natürlich war sein Leutnant der bessere Mann, aber zugleich war offensichtlich, wie anfällig er für die Verheißungen der Zwölfwelt war. Im Grunde war Kammholz keiner für den Einsatz an der Front, und wenn das alles vorbei wäre, dachte Secundus, würde er ihn versetzen lassen. Sollte Kammholz doch in Jochums überflüssiger Abteilung nutzlose Karten sortieren.

»Herr Oberst, wir wären so weit.«

Auf dem Weg zum Tisch hätte Secundus gern mit den Stiefelabsätzen geklappert, leider trug er die Gummischuhe aus dem Fundus. Mit verschränkten Armen baute er sich neben Kammholz und hinter dem über sein Gerät gekrümmten Nusselt auf und sah über Nusselts schütter bewachsenen Hinterkopf hinweg auf den weiß erleuchteten Bildschirm. Jetzt brauchte er den passenden Suchbefehl, verständlich formuliert für eine Maschine. Jetzt brauchte er Ruhe, das vor allem.

»Was suchen wir denn, Herr Oberst?«, fragte Kammholz.

»*Wir* suchen gar nichts, meine Herren. Ich komme mit dem Gerät alleine zurecht. Ich nehme an, dass dienstliche Pflichten auf Sie warten, Leutnant? Jenseits unseres Lids?«

»Äh …« Kammholz' Kindergesicht war blank vor Enttäuschung.

»Und Sie könnten sich in der Küche nützlich machen, Nusselt. Der Abwasch wartet. Und schließen Sie die Türen hinter sich.«

Secundus konnte es jetzt kaum noch abwarten, dass die beiden das Feld räumten. Nach Wochen des Dahindämmerns war das Jagdfieber zurück. Vielleicht war er doch noch der Alte. Diese Schmuckgeschichte allerdings hatte er sträflich lange unterschätzt. Er war blind gewesen, über Jahre.

Als Kammholz und Nusselt endlich verschwunden waren, faltete er die Liste neben dem leise rauschenden Rechengerät aus und fuhr mit dem Finger die makellose Kolonne hinab, Segnung des Schreibens mit der Stahlfeder.

Eine Krawattennadel mit Swastika.

Eine goldene Taschenuhr mit weißem Ziffernblatt.

Ein Collier aus dreizehn Schneckenkameen mit den Köpfen griechischer Götter.

Manschettenknöpfe – Geheimrat Kugler hatte sehr viele gehabt.

Eine Perlenkette, offenbar ohne besondere Merkmale.

Ein durchbrochener Goldring mit einem Saphir.

Eine Goldbrosche im Stil einer etruskischen Fibel mit einer auffällig fein gearbeiteten Ente.

Ein silberner Armreif mit einem aquarellierten Porträt auf Emaille – ein Jugendbildnis der Frau Geheimrat mit glänzend schwarzem Haar.

Secundus schob die Ärmel seines Overalls bis zu den Ellbogen hoch und streckte die Finger, als hätte er sich soeben ans Klavier gesetzt. Und dann formulierte er, mit dem Zeigefinger über der Tastatur wie ein Bussard über der Wiese, einen ersten Befehl an Nusselts Gerät.

E s war eine klare Oktobernacht, aber in seinem wollenen Über-
zieher, noch ein Geschenk des praktisch denkenden Eisenmann, spürte Momme die Kälte kaum. Außerdem lag das Rondell
geschützt; die prächtigen Geschäftshäuser beschirmten den Platz,
und die letzte Öllaterne, die der Lampenanzünder gleich neben der
kleinen Bretterbühne hatte brennen lassen, verbreitete die warme
Atmosphäre von Kerzenlicht. Außerdem: Wo so viele Menschen
zusammenkamen, wurde es ja niemals richtig kalt.

Seit elf Uhr strömten die Besucher auf das Rondell, fein gemacht
wie zum Kirchgang, auch wenn man das im Dunkeln mehr ahnte als
sah. Damen mit Pelzhüten und bodenlangen Mänteln, Herren mit
Zylinder und Paletot wandelten wie Schattenrisse über den Platz.
Paare blieben vor den Auslagen der zugesperrten Geschäftshäuser
stehen, Kinder rannten lachend um den Uhrturm, einen freistehen-
den, auf Traufhöhe geschrumpften Big Ben, der Momme, sobald
er hinsah, mit seinen 13 Ziffern drohte, auch wenn man die im
Finstern gar nicht sah. Gediegene ältere Herren standen nickend
beieinander, ihre Gattinnen verbreiteten an ihren Hauben nestelnd
Ungeduld, und Clemens hatte die kleine Minna an den Händen
gefasst und tanzte mit ihr über das Kopfsteinpflaster, bis er den
Hut verlor und so tat, als könnte er ihn im Dunkeln nicht wiederfinden. Minna, vom Fräulein Labasch mollig warm eingepackt, hob
ihn kichernd für Clemens auf, der mit dem Ärmel über die Krone
wischte, ihn sich mit beiden Händen auf den Schädel setzte und

dann zu Minna sagte: »Was meinst du, hat der Himmel schon geöffnet? Riskieren wir einen Blick?«

Momme hatte einen solchen Himmel noch nie gesehen, nicht einmal im entlegenen Wrota, wohin der grelle Schein Berlins nicht reichte. Statt dass die Dunkelheit, wie er es gewohnt war, einen Vorhang zuzog, zog sie ihn in Dreizehneichen auf und offenbarte den Himmel als unendlichen Raum. Momme hatte Sterne bisher nur als schwache, allesamt gleich weit entfernte Lichter gekannt, jetzt sah er sie in der schwarzen Tiefe leuchten, weit, weiter oder viel weiter entfernt, kleiner oder größer, als strahlende Rosette oder als scharf umrissenen Punkt, sogar ihre Färbung schien sich zu unterscheiden. Über Dreizehneichen, wo die Nacht noch Nacht sein durfte, leuchteten die Sterne in Silber und Gold, und manche schimmerten, wenn man nur lange genug hinsah, sogar sacht rötlich oder eisig blau.

Immer wieder legte Momme den Kopf in den Nacken, die Hand am immer noch ungewohnten Zylinder, und sah hinauf, bis das Pflaster sich wie ein Karussell drehte und er zu taumeln glaubte. Er war klein, aber das Universum war groß: Vielleicht war ja das die Lektion dieser nahenden 13. Stunde; vielleicht fühlte er sich deshalb, seit er in Dreizehneichen war, so unheimlich erleichtert. Alles war größer und lange vor ihm da gewesen, man musste sich dieser Einsicht nur fügen, um frei von Angst vor irgendwelchen Entscheidungen zu sein, denn in Wahrheit traf man gar keine. Unter diesem Himmel spielte es keine Rolle, aus welcher Tasse man trank oder ob man dreimal bis 120 zählte, und die vielen Vaterunser, die er als Kind gebetet hatte, damit der Hund nicht starb, hatten auch nie dem Leben gegolten, sondern dem großen, uralten Tod: *Vater unser im Himmel, dein Wille geschehe.* Momme hatte erst hierherkommen müssen, um das zu verstehen. Er klopfte aus lauter Angst, diese Einsicht einzubüßen, und dann hielt sich sein Blick unwillkürlich am munteren Clemens fest, der Minna auf den Arm genommen hatte, mit der freien Hand auf ein Sternbild zeigte und ihr von Pegasus erzählte, dem Dichterpferd.

»Ich reite es jeden Tag, Minna. Auf meiner Milchstraße im Souterrain. Und es ist beinahe so wild wie dein Schaukelpferd.«

Der Milchstraße wegen waren sie da. Zur 13. Nachtstunde hatte die Erbauliche Gesellschaft zum Sternenfest geladen, und weil Clemens den alten Eisenmann bequatscht hatte, durfte Minna zum ersten Mal mit. Vor lauter Vorfreude war sie den ganzen Tag singend und summend durchs Haus gehüpft, hatte sich klaglos zum Mittagsschlaf hingelegt und, kaum dass es dunkel wurde, alle halbe Stunde an Clemens' und Mommes Tür im Souterrain geklopft.

»Seid ihr denn bald wohl mal fertig?«

Momme war für jede Unterbrechung dankbar gewesen, denn auf Rat des alten Eisenmann las er Aldous Huxleys »Ewige Philosophie« und kam einfach nicht über die Upanischaden hinaus, von denen er zum ersten Mal hörte: *Der* atman *bringt alle Dinge zum Leuchten,* las er, *wird aber selbst von nichts zum Leuchten gebracht.* Momme hatte keine Ahnung, was es mit dem *atman* auf sich hatte.

Doch dann war zum x-ten Mal die kleine Minna erschienen, rief: »Jetzt seid ihr aber so weit!«, und er legte erleichtert das Buch zur Seite und sagte: »Schon ewig«, obwohl sich Clemens nebenan noch mit der Halsbinde mühte, wozu er jedes Mal eine Ewigkeit brauchte.

Zum Rondell waren sie dann zu dritt marschiert, Minna aufgekratzt in ihrer Mitte, und hatten, kaum dass sie auf den Tannhäuser Damm gebogen waren, den Lampenanzündern beim Lampenlöschen zugesehen. Kein künstliches Licht sollte das Sternenfest stören. Diese 13. Stunde gehörte der unbehelligten Nacht.

Clemens war mit Minna gerade ins Sternenmeer gesegelt – zum Wal, den Fischen und dem Wassermann –, als sich die Menge vor der kleinen Bühne regte. Das Stimmengewirr wich einem allgemeinen Räuspern. Plötzlich standen alle dicht an dicht, reckten die Hälse oder schoben ihre Kinder auf die besseren Plätze. Nach und nach legte sich eine feierliche Stille über den Platz, sodass sogar Clemens aufhörte, Minna flüsternd von Perseus zu erzählen, der der Medusa den Kopf abgeschlagen habe, damit Pegasus dem blutenden Hals der Medusa entsprang. Momme hatte verpasst, wie er vom Wassermann zurück zu seinem Dichterpferd gefunden hatte.

Ein steinalter Mann erklomm nun steifbeinig die Bühne und ergriff mit brüchiger Stimme das Wort, begrüßte die Anwesenden und nestelte dann nach seiner Taschenuhr. »Die 13. Stunde«, fistelte er, »hat fast begonnen. Verehrte Damen, geehrte Herren, in wenigen Augenblicken feiern wir das Sternenfest – zum letzten Mal in diesem Jahr. Einmal noch werden Sie, wenn die letzte Laterne gelöscht ist, die Milchstraße am Himmel sehen, aber die Macht des Sommerdreiecks ist bereits gebrochen. Leier, Schwan und Adler sind zum Untergang verdammt – Ziege, Hund und Stier haben sich auf den Weg gemacht.« Der Greis hielt inne, um das Gesagte wirken zu lassen oder seine angegriffene Stimme für einen Augenblick zu schonen. Von Sternbildern wie Hund oder Ziege hatte Momme noch nie gehört.

Der Greis auf der Bühne war wieder halbwegs bei Stimme. »Ja, es wird Winter, meine Damen und Herren«, krächzte er weiter, »und umso eindringlicher bitte ich Sie alle, sich zu vertiefen, auf dass die Aufrichtung bis in den Frühling reicht, wenn das Wintersechseck wieder dem Großen Wagen Platz macht und der südliche Löwe erneut sein majestätisches Haupt erhebt.« Er schaute wieder auf die Uhr. »Geben Sie Ihren Augen Zeit«, sagte er, »kosten Sie die ganze 13. Stunde aus und spüren Sie die Aura der Nacht. Denn die Nacht ist so gottgewollt wie der Tag und in Wahrheit nur finster, wenn wir sie auszusperren versuchen. Was« – der Greis auf der Bühne hob jetzt den Zeigefinger – »nicht nur ein vergebliches Unterfangen, sondern auch widernatürlich ist. Geben Sie sich der Dunkelheit hin und entdecken Sie ihr Licht. Es wird Ihre Seele wärmen.«

Der Greis schien mit seiner Rede zu Ende zu sein, und einige Herren im Publikum, die voller Andacht den Zylinder abgesetzt hatten, stülpten ihn mit geübter Geste wieder über. Ganz zum Schluss gekommen aber war der Redner noch nicht. Er hatte nur wieder auf seine Uhr gesehen und offenbar abgewartet, bis der Zeiger auf die 13 sprang. Momme schloss bei dieser Vorstellung kurz die Augen und atmete einmal durch.

»Verehrte Damen, geehrte Herren! Die 13. Stunde hat begonnen!«, stieß der Alte heiser hervor. »Der Vorsitzende der Erbaulichen Gesellschaft, der wir zu großem Dank verpflichtet sind, wird nun die letzte Laterne für uns löschen. Ich begrüße den ehrenwerten Primus Falke. Bitte, Herr Vorsitzender, walten Sie Ihres Amtes!«

Es wurde verhalten geklatscht, während unterhalb der Bühne ein untersetzter Mann mit Paletot und breitem Filzhut eine lange Stange in Empfang nahm und sie zur letzten brennenden Laterne trug, wo er sie dem Öllicht entgegenstemmte. Er hatte den Kopf in den Nacken gelegt, und für einen kurzen Moment, bevor es ihm gelang, die Flamme zu ersticken, fiel das Licht in sein Gesicht. Momme reckte sich, weil sich in diesem Augenblick alle reckten, und dann erlosch die letzte Laterne und die Menge raunte und applaudierte und Momme stand da wie gelähmt: Er hatte gerade Veil Wallasch gesehen!

War das möglich? Bestimmt hatte er sich geirrt! Er stellte sich auf die Zehenspitzen, aber der Mann mit dem Filzhut war nicht mehr auszumachen. Es war einfach zu dunkel und in die Menge war Bewegung gekommen. Alle starrten jetzt zum Himmel hinauf, und Mommes Blick war von Zylindern, hochgehobenen Kindern und deutenden Händen versperrt.

»Clemens, wer war das?«

»Wer war wer?« Clemens hatte immer noch Minna auf dem Arm. Dann, während Momme noch nach Worten suchte, wich Clemens' Unverständnis. »Ah! Natürlich. Das habe ich dir den ganzen Tag erzählen wollen, und dann habe ich es einfach vergessen. Jaja, du hast ganz recht. Primus Falke ist der ältere Bruder unseres Obersts. Genau, die Namen lügen nicht. Primus und Secundus, aber einen Tertius gibt es nicht, soweit ich weiß. Kurios, nicht wahr? Da grüßt das kolossale alte Rom.«

»Du sprichst von dem Mann, der die Laterne gelöscht hat?«

»Aber sicher, na sicher.« Clemens beugte sich zu Momme, bis sein Gesicht ganz nah war, und flüsterte dann im Verschwörerton. »Und stell dir vor, ich kenne jetzt beide. Den berühmten Secundus deinetwegen. Und Primus Falke hat mir den Saal zur Verfügung gestellt. Bei ihm habe ich damals vorgesprochen. Was für ein zuvorkommender Mann! Ich spreche von *dem* Saal, Momme. *Unserem* Saal. Du weißt schon …« Er zwinkerte Momme zu, dann wandte er sich an Minna. »Manchmal muss man Vetter Moritz einfach das ein oder andere erklären«, sagte er zu ihr. »So ist das, wenn einer vom Land kommt, Herzchen.«

»Primus … Falke?«

»Genau, wie ich gesagt habe. Aber das muss dich doch jetzt nicht erschüttern, Momme. Sie sind halt Brüder. Momme?«

Momme suchte schon wieder die Menge ab, ein Meer aus Schatten im dünn vom Himmel rieselnden Sternenlicht.

»Momme, ist alles in Ordnung? Geht es dir gut?«

»Ja, bestens.« Er sah Clemens nicht einmal an. »Du kümmerst dich um Minna? Ich würde mal … Ich schau mich ein bisschen um.«

»Momme? Würdest du mir bitte sagen, was …«

Aber Momme hatte schon angefangen, sich einen Weg durch die Menge zu bahnen. Entschuldigungen murmelnd drängte er sich an den Besuchern vorbei, immer auf die Bretterbühne zu.

»Verzeihung, dürfte ich …?«

»Danke, vielen Dank.«

»Bitte, wenn Sie einen Schritt …«

»Sehr freundlich.«

Sein Blick ging stur geradeaus. Mit jeder Reihe, die er vorwärts-kam, war er sich sicherer: Der Mann mit dem Filzhut war Veil Wallasch gewesen – ganz egal, wie er eigentlich hieß und wessen Bruder er sein mochte. Er sah ihn noch in Wrota auf dem Leder-sofa sitzen, er hörte ihn vom Phönix schwärmen und, auf dem Weg zurück vom verstockten Stackebrandt, sagen, dass Mommes Drei-zehnfurcht keine Krankheit wäre, sondern ein Talent. Ein Talent … Momme wollte Veil Wallasch wiedersehen. Er wollte ihm zeigen, wie weit er gekommen war.

Er zwängte sich durch die erste Reihe und erreichte die ver-waiste Bretterbühne. Umringt von einem halben Dutzend Fräu-lein Labaschs versperrte der Greis, der alle begrüßt hatte, den Weg. Momme erklomm kurzerhand die Bühne, um das neue Hinder-nis zu umgehen. Von hier oben machte er in einer dicht gedräng-ten Gruppe gleich unter der erloschenen Laterne den Umriss des auffälligen Schlapphuts aus. Seine Schritte hallten dumpf auf den Bohlen der Bühne. Es kam ihm vor, als sähe Veil Wallasch zu ihm auf. Dann war Momme mit einem Satz zurück auf dem Pflaster und hielt auf Wallaschs Gruppe zu.

Es waren nur noch ein paar Meter, als der Schlapphut sich plötz-lich aus der Gruppe löste. Einen Augenblick lang ging er, seinen überstürzten Aufbruch offenbar erklärend, rückwärts, hob noch einmal den Kopf, um nach Momme zu sehen, und dann wandte er sich ab und strebte fluchtartig auf die lange, dunkle Silhouette des Uhrturms zu.

Momme musste erst an den Stehengelassenen vorbei und bei-nahe hätte er laut *Herr Wallasch* gerufen. Aber einen falschen Na-men brüllte man nicht über den Platz, und wollte Momme kein

Aufsehen erregen, dann durfte er auch nicht laufen. Er versuchte mit extralangen, schnellen Schritten Boden gutzumachen. In Wrota hatte es Wallasch doch nur mit Mühe durch den Wald geschafft!

Auf dem Rondell aber kam er ziemlich schnell voran. Wallasch tauchte in Trauben von Sternguckern unter und tauchte dann plötzlich wieder auf. Immer öfter verlor Momme den Schlapphut aus den Augen. Warum lief Veil Wallasch vor ihm weg? Weil Momme jetzt seinen richtigen Namen kannte? Er würde ihn niemandem verraten, nicht dem Oberst, vor dem er eine Heidenangst hatte, und ganz bestimmt nicht dem windigen Hinckeldey, der Wallasch für einen »gefährlichen Mann« mit einer »abnormen Botschaft« hielt. Momme hielt Wallaschs Botschaft nicht für abnormer als sich selbst. Und auch wenn er keine Ahnung hatte, was hier eigentlich lief, hätte er jederzeit geschworen, dass Wallasch ehrlich war und Hinckeldey log.

Die Menge franste langsam aus. Vor ihm eilte Wallasch unbedrängt über das Pflaster. Momme sah nicht mehr als einen Schatten. Nähme Wallasch den auffälligen Hut ab, würde er ihn verlieren. Momme wich einem erschrockenen Kind aus, rempelte einen jungen Mann an, der nur Augen für die Sterne hatte, murmelte eine Entschuldigung und ließ die entrückte Versammlung mit Riesenschritten hinter sich.

Er roch den Fluss, dann sah er die Brücke, von der ein unförmiges Denkmal aufragte. Das Rondell öffnete sich, Veil Wallasch hatte die Brücke schon erreicht, aber Momme war ihm auf den Fersen. Sterngucker stützten sich auf das Brückengeländer, Wallasch hastete an ihnen vorbei. Momme – jetzt vielleicht noch zehn, höchstens zwanzig Meter zurück – glaubte schon, ihn schnaufen zu hören. Rechts und links schimmerte das schwarze Band der Spree im Sternenlicht. Die Absätze von Mommes genagelten Stiefeln schlugen auf die Kopfsteine. Am Ende der Brücke begann Wallasch zu laufen – mit wehendem Paletot, die Hand am Hut.

»Hallo! Bitte!« Momme rief zum ersten Mal, aber davon wurde Wallasch nur schneller. Kurz nach der Brücke bog er scharf rechts ab und verschwand im Schatten eines gewaltigen Gebäudes, das wie ein Wal durchs dunkle Wasser der Nacht zu treiben schien.

Momme rannte jetzt und tauchte, kaum dass auch er das Gebäude erreicht hatte, in völlige Finsternis ein. Die hohen Mauern zu seiner Linken sperrten selbst das Sternenlicht aus. Wie ein Blinder tastete er nach der kalten Fassade und hangelte sich so weiter. Er lauschte auf Wallaschs eben noch hallende Schritte, aber da war nichts zu hören. Er tappte jetzt buchstäblich im Dunkeln.

Und dann war da plötzlich keine Fassade mehr. Momme wurde nach links gerissen, trat ins Leere, weil da eine unsichtbare Stufe war, und wurde rücklings gegen eine Tür gedrückt, offenbar der Seiteneingang in einen Keller.

»Schhht!«, machte Veil Wallasch. Er stemmte sich mit seinem ganzen Gewicht gegen ihn. Momme spürte die Krempe des Huts an seinem Kinn. Er wollte den Mund aufmachen, aber eine behandschuhte Hand legte sich über seine Lippen.

»Ganz still!«, zischte Wallasch und drückte ihn noch fester gegen das grobe Holz der Tür. Wallasch schwitzte – Momme konnte es riechen – und atmete schwer. Über ihnen ragte meterhoch das walfischgroße Gebäude auf. Von der Brücke kamen Schritte.

Momme hielt den Atem an. An der Hüfte spürte er Wallaschs weichen, vorspringenden Bauch. Die Schritte kamen näher. Die behandschuhte Hand drückte jetzt schmerzhaft auf Mommes Mund. Reglos verharrten sie ein Stück unterhalb der Gasse. Mommes Zylinder war verrutscht.

Dann hatten die Schritte sie erreicht. Ein Mann tauchte auf Höhe des Kellereingangs auf. Er war höchstens ein paar Meter von ihnen entfernt, und doch konnte Momme nicht mehr als seinen kräftigen Körperbau und den Umriss einer Schiebermütze erkennen. Waren sie hier unten zu sehen? Doch der Kerl hatte es eilig. Sekunden später war er vorüber, aber Wallasch presste sich noch gegen Momme, als die Schritte des Mannes schon lange verklungen waren. Zögernd löste er endlich seinen Griff, trat einen Schritt zurück und holte tief Luft.

»Das war knapp, Moritz. Das wäre beinahe ins Auge gegangen.«

»Herr Wallasch …« Momme richtete den Zylinder.

»Psst. Nennen Sie mich nicht so. Nie wieder. Verstanden?«

»O … kay.« Erst jetzt löste sich Momme von der Tür, gegen die Wallasch ihn gedrückt hatte.

Wallasch – nein, Primus Falke – wagte sich einen Schritt weit auf die Gasse. Einigermaßen beruhigt kehrte er zurück in ihr unzureichendes Versteck. »Haben Sie diesen Mann schon mal gesehen?«, fragte er.

»Nein! Ich weiß nicht. Ich hab ihn ja jetzt kaum gesehen.«

»Sie werden verfolgt, Moritz, ist Ihnen das nicht klar?«

Momme schüttelte den Kopf. Sein Wiedersehen mit Veil Wallasch hatte er sich anders vorgestellt. »Von wem? Von der Legion des Erzengels Uriel?« Er wusste so wenig. Kammholz, Clemens, der alte Eisenmann – alle ließen ihn im Dunkeln oder wussten selber nichts. Hinckeldey war der Einzige, der ihm etwas erklärte, und Hinckeldey traute er nicht.

Wallasch hatte den Hut abgesetzt und wischte sich mit dem Ärmelaufschlag die Stirn. Er war noch immer außer Atem. »Nein, das war keiner von diesen armen Verblendeten. Das war einer von Hinckeldeys eigenen Leuten, extra auf Sie angesetzt. Sie werden beschattet, Moritz. Was glauben Sie, warum ich vor Ihnen davongerannt bin?« Er setzte den Hut wieder auf. Leicht vornübergebeugt behielt er die Gasse im Blick.

»Aber warum denn? Hinckeldey ist mein Mentor. Er kann mich jederzeit überallhin bestellen. Was will er denn von mir?«

»Mich. Er will mich. Ihren Fährmann, Moritz. Ich habe sie rübergebracht – auch wenn das nicht so abgelaufen ist, wie ich es geplant hatte … Menschen zu helfen gilt in Dreizehneichen als Verbrechen.«

»Oh … ich hätte nicht allein …« Momme dachte an die letzte Nacht in Wrota, aber für das, was damals geschehen war, fehlten ihm immer noch die Worte.

»Mit mir an Ihrer Seite wäre Ihr Übertritt unbemerkt verlaufen, ja. Und Sie hätten auch gewusst, worauf Sie sich einlassen, Moritz. Ich habe einfach nicht damit gerechnet, dass Sie die Tür auf eigene Faust öffnen würden. Aber nicht Sie haben den Fehler gemacht. Ich hätte Sie in dieser Nacht nicht allein lassen dürfen. Es ist mein Versagen. Ich bin froh, dass ich mich jetzt bei Ihnen entschuldigen kann.«

»Sie müssen sich nicht entschuldigen, Herr Wa…« Momme brach ab. Dann sagte er leise: »Es geht mir besser. Es geht mir viel besser, seit ich hier bin.«

»Das ist gut. Das freut mich sehr. Eisenmann ist ein aufrechter Bürger. Mit ihm haben Sie es gut getroffen. Aber …«

»Was aber?«

»Es ist kompliziert. Viel komplizierter als Sie sich vorstellen können, Moritz. Der Oberst, der in Ihrem Fall ermittelt …«

»… ist Ihr Bruder. Das weiß ich.«

Primus Falke nickte. »Hören Sie, Moritz. Hinckeldey ist ein brandgefährlicher Mann. Der Aufruhr vor dem Kastell, der vermeintliche Anschlag auf Sie – das war sein Werk.«

»*Vermeintlich?*« Momme schwirrte der Kopf. Primus Falke sprach schnell und leise, beinahe hastig, und er konnte nur mit Mühe folgen.

»Der Anschlag war fingiert, ja. Hinckeldey will alle Verbindungen zur Zwölfwelt kappen. Ein solcher Aufruhr nach einem Übertritt ist dafür ein gutes Argument. Und außerdem war es eine

Machtdemonstration. Hinckeldey beherrscht die Legion. Die Policey hat den Attentäter nicht gefunden, Hinckeldey schon.«

»Der Attentäter ist aus einem Fenster gestürzt …« Momme hatte, seit Hinckeldey beim alten Eisenmann erschienen war, versucht, nicht daran zu denken.

»*Irgendjemand* ist aus dem Fenster gestürzt«, sagte Primus Falke. »Ich schwöre, der Attentäter war einer von Hinckeldeys Männern. Vielleicht war es der, der gerade hier vorbeigeschlichen ist …« Er spähte wieder aus ihrem Versteck. »Wir haben nicht viel Zeit, Moritz. Der Kerl wird umkehren, sobald er merkt, dass er uns verloren hat. Und ich muss wieder zum Sternenfest zurück. Es bleibt nicht lange unbemerkt, wenn der Vorsitzende der Erbaulichen Gesellschaft an einem solchen Abend fehlt.«

Momme nickte schwach. Er war von allem überfordert. »Aber was will Hinckeldey denn von mir?«

»Er will sie benutzen. Sie sollen seine Waffe sein, vor allem gegen meinen Bruder. Moritz, das meiste davon führt jetzt zu weit, aber die Macht in Dreizehneichen liegt in den Händen des Policeydirektors, der auf die Unterstützung des Geheimen Rates angewiesen ist, in dem auch Heinrich Hinckeldey sitzt. Julius Alfart. Haben Sie den Namen schon mal gehört?«

»Hinckeldey hat ihn erwähnt. Wir waren am Kloster …«

»Ich verstehe.« Primus Falke wischte sich wieder die Stirn, diesmal ohne den Hut abzusetzen. »Mein Bruder, Secundus, ist Alfarts Mann. Er leitet die Abteilung XIII, die im Wesentlichen Spionage betreibt. Zum Beispiel ist er zuständig für den Wächter, den wir in die Zwölfwelt entsenden – ein Wächter, wie ich einmal einer war, vor hundert Jahren. Diese Wächter sind Hinckeldey ein Dorn im Auge. Und mein Bruder ist ein sehr unabhängiger Geist. Wenn ich mich nicht täusche, wird Hinckldey versuchen, ihn zu stürzen. Erst ihn – und dann womöglich auch Alfart. Und Sie, Moritz, sind das Mittel zum Zweck.«

»Ich?« Momme schüttelte ungläubig den Kopf. Er bereute jetzt, Wallasch nachgerannt zu sein. Besser, er wäre gar nicht zum Sternenfest gegangen, sondern beim alten Eisenmann geblieben – auf dem Grund des Brunnens seiner Angst.

»Wie schon gesagt: Es ist kompliziert, und ich fürchte, ich selbst spiele eine sehr unrühmliche Rolle dabei. Sagen Sie, hat Hinckeldey je die Schwestern erwähnt? Oder eine Frau namens Elise?«

»Nein. Nie. Wer ist das?« Irgendwo hatte Momme den Namen schon einmal gehört, aber es war nicht Hinckeldey gewesen, der ihn ausgesprochen hatte.

»Eine sehr mutige Frau, deren Namen Sie besser nie in den Mund nehmen. Moritz – in jener Nacht in Wrota haben Sie davon gesprochen, Gespenster zu sehen. Was haben Sie beobachtet?«

»Beobachtet?« Momme lief ein Schauer über den Rücken. Die weiße Frau. Die 13. Tür. Er war beinahe verrückt geworden darüber. Und jetzt war sein Wahn eine *Beobachtung*?

»Moritz? Uns bleibt nicht viel Zeit …«

»Einmal ist ein Auto vorgefahren, mitten in der Nacht«, platzte Momme heraus. »Und dann …« Er stockte.

»Ja?«

»Eine Frau. In einem weißen Kleid. Mit einem Korb. Sie ist …« Er sah sie wieder die Treppe herabwehen, er stolperte wieder durch den Hang zum Parkplatz, er rannte auf die Garage zu, im kahlen Flur oben drehte sie sich zu ihm um – mit einem Ausdruck des Bedauerns. »Das dreizehnte Zimmer«, stieß er hervor. »Ich habe sie durch die Tür gehen sehen. Ich bin ihr nachgerannt, Herr Wall … Entschuldigung. Ich meine, ich sollte doch auf das Haus aufpassen. Offiziell.«

»Schon gut, Moritz. Sie müssen sich nicht erklären. Aber hören Sie gut zu: Erzählen Sie niemandem von dieser Frau. Und auch nicht von dem Automobil. Das bringt alle nur in Schwierigkeiten. Sagen Sie einfach, Sie haben in Wrota niemanden gesehen. Niemanden außer Veil Wallasch, über den Sie nicht mehr wissen, als dass er die Schwanstein GmbH vertrat. Verstanden?«

»Ja.« Momme nickte heftig. Dann sagte er: »Wer war sie?«

»Die Frau mit dem Korb? Ich kenne ihren Namen nicht. Ich habe sie nie gesehen.«

»Aber …«

»Es ist, wie ich sage, Moritz.« Primus Falke setzte hörbar einen Punkt. »Auch für mich gilt, was jetzt für Sie gilt: Besser, man weiß es nicht.« Er legte Momme eine Hand auf die Schulter. »Moritz, wenn alles gut geht, werden wir uns nicht wiedersehen. Ich hoffe inständig, dass Sie hier Ihr Glück finden – trotz allem. Wenn nicht, habe ich mich noch schuldiger gemacht, als ich ohnehin bin.«

»Aber …« Er klang wie ein blöder Automat. *Aber, aber, aber.* Er war so sonderbar froh gewesen, Veil Wallasch wiederzusehen.

»Es tut mir leid.« Primus Falke schien mit sich zu ringen. Er fuhr mit den Fingern über seinen struppigen Schnauzer. Dann seufzte er laut. »Na gut. Wenn Sie in großer Not sind, Moritz … Wenn Sie überhaupt nicht weiterwissen … Wenn Ihnen niemand anders helfen kann … – dann gehen Sie nach Unterbaum. Kommen Sie nie ins Bureau der Erbaulichen Gesellschaft, fragen Sie nie jemand anders nach mir. Aber in Unterbaum gibt es eine kleine Schusterwerkstatt. Der Name ist Schikalla. Dort können Sie sich an die Frau des Schusters wenden, die meist im Laden ist. Nicht an den Schuster, hören Sie? An seine Frau! Nennen Sie auch dort nicht meinen Namen. Nennen Sie Ihren. Moritz vom Stein, nicht wahr?«

»Ja. Ja! – Und dann?«

»Alles weitere erfahren sie von ihr. Die Frau des Schusters Schikalla. In Unterbaum. Merken Sie sich das! Aber denken Sie daran: Sie werden beschattet. Auf dem Weg dahin müssen Sie abhängen, wer immer Ihnen gerade folgt. Schaffen Sie das?«

Momme nickte, obwohl er sich da gar nicht sicher war.

»Moritz, ich muss jetzt zurück.« Primus Falkes Hand löste sich

von Mommes Schulter. »Warten Sie, bis ich über die Brücke bin.
Dann gehen Sie selber. Und wenn jemand fragt: Sie haben sich in
der Dunkelheit verlaufen.« Primus Falke wagte sich mit einem vor-
sichtigen Blick hinaus auf die Gasse. »Adieu, Moritz vom Stein«,
raunte er. »Alles Gute!« Er verschwand in der Dunkelheit. Bald
hörte Momme auch seine Schritte nicht mehr.

»Unterbaum. Schikalla«, murmelte er. Er würde sich an diesem
Namen festhalten, so gut es ging. Dann atmete er durch, zählte,
weil er das jetzt brauchte, inbrünstig bis 120 und kam aus seinem
Versteck.

E s war dunkel über seiner Ermittlung geworden. Plötzlich stand
die Nacht am Fenster und spähte in den kahlen, nur von Nusselts Gerät erhellten Raum. Secundus hatte die Zeit vergessen.
Seine Augen juckten und sein Rücken schmerzte. Er streckte die
Arme, rollte die Schultern und rieb sich die fieberwarme Stirn. Die
ganze Zeit hatte er hier beinahe reglos gesessen und doch kehrte
er erst jetzt nach Wrota zurück. Er war an einem Unort gewesen,
ach was, es mussten Hunderte Unorte gewesen sein, die in immer
schnellerer Folge immer schwächere Eindrücke hinterließen.

Man hatte ihm angeboten, Japan-Krawatten zu kaufen, ohne dass
er je herausgefunden hätte, was Japan-Krawatten waren; hätte ihm
die »etruskische Toreutik« erklärt, wäre er nicht gleich wieder abgebogen; man hatte ihm »Porträts mit Katze« oder »900+ Armreif-
Ideen« offeriert, während er doch eigentlich nach dem Armreif mit
dem Jugendbildnis der späteren Frau Geheimrat suchte. Die Maschine schoss mit Schrot auf jedes Ziel, das er ihr vorgab, und danach irrte Secundus endlos durch den Pulverdampf, hoffnungsfroh,
wenn es, wie die Maschine verkündete, nur »ungefähr 8 Ergebnisse«
gab, und zwischen Wut und Verzweiflung schwankend waren es,
nach nur leicht umformuliertem Befehl, auf einmal neunzigtausend.

Secundus wurde aufgefordert, die Vorhöllen von *Redbrain*, *Wizz-
led*, *Smec* und *Shopping24* zu besuchen, oder mit babylonischen Be-
griffsketten konfrontiert: *Vintage Elgin Gold Gefüllt Manuell Wind
Weißes Zifferblatt*, stand da etwa blau auf weiß, und wenn er den

kleinen weißen Handschuh, mit dem er der Maschine etwas zeigte, auf eine solche Zeile richtete, wurde der Unfug auch noch unterstrichen.

Die Kunst des maschinellen Findens bestand offenbar darin, das Allermeiste zu übersehen, zumal man für vorschnelle Entscheidungen oft mit Nachsitzen bestraft wurde. Streifen für Streifen, von oben nach unten, entstand dann auf dem Bildschirm ein Bild, von dem man lange, bevor es vollendet war, wusste, dass man keinen Blick daran verschwenden würde. Der Rückweg aber war einstweilen versperrt; es blieb einem nur, der Maschine ihren Willen zu lassen und sich irgendwie zu beherrschen.

Ein paar Mal hatte Secundus entmutigt nach dem geschirrklappernden Nusselt rufen wollen, damit der dem Spuk ein Ende machte, aber dann hatte er ihn nicht mal angesprochen, als Nusselt sich auf Zehenspitzen aus der Küche schlich. Zitternde Hände hatte Secundus selber. Nusselt richtete sich hinter der Tür auf dem Sofa ein. Secundus' kreisender Zeigefinger formulierte im Telegrammstil der Maschine einen Befehl: *durchbrochener Goldring Saphir*, schrieb er, um dann in der bellenden Babysprache der Beschleunigungskrise noch hinzuzufügen: *antik kaufen*.

Kaufen war gut, das Wort machte Nusselts Gerät Beine, aber *Vintage* war besser als *antik*, ohne dass Secundus gewusst hätte, was es besagen sollte. Vielleicht hieß es einfach *alt*, wahrscheinlicher bedeutete es *alt und teuer*, nur eben ohne griechisch-römischen Beigeschmack. Er blieb dabei, als er seine Befehlsketten weiter ergänzte: *durchbrochener Goldring Saphir Vintage kaufen Versand Berlin*. Man türmte die Begriffe einfach aufeinander, ein kleines Babylon für sich.

Manchmal waren die aufgerufenen Summen beinahe schwindelerregend. So viel wusste er schon, bevor seine Suche ihr Ziel fand: Die Schwestern machten ein gutes Geschäft. Er schwankte zwischen Anerkennung und Verachtung. Drüben übersetzte sich alles in Geld, der Gedanke aber, dass Merle Alfart, die Dreizehneichen mit nichts außer ihren Kleidern verlassen hatte, drüben reich geworden sein könnte, war ihm auch darüber hinaus fast schmerzhaft unangenehm. Es war leichter gewesen, sie sich als Engel der Notleidenden vorzustellen, die um der Barmherzigkeit willen das Recht brach, denn als mit allen Wassern gewaschene Hehlerin.

Zum Ziel geführt hatte ihn, als seine Finger schon lange verkrampften, das Collier mit den dreizehn Kameen. Nach und nach, Streifen für Streifen, war es ihm auf schwarzem Grund erschienen, mit einem fett gedruckten Preis, für den man drüben wohl ein Automobil erwerben konnte, und einer Geschichte wie vom Baron Münchhausen: *Klassizistisches Collier mit 13 intagli gefasst, darunter 7 antike römische Gemmen. Provinienz: Mailänder Sammlerbesitz.*

Tatsächlich hatte Secundus, als er das las, sich zunächst ein weiteres Mal auf falscher Fährte gewähnt, aber dann hatte Nusselts Gerät auf einmal leicht scheppernd Musik gemacht: *tedededim, tedededim,* spielte es auf einmal Beethovens federleichtes Rondo »Für Elise«, und Secundus' altes Herz hatte einen Sprung gemacht. Es war dasselbe Gefühl gewesen, das ihm ihr Telephon bescherte. Es war, als käme ihm Merle – *tedededim, tedededim* – entgegen, so wie früher, als er jung gewesen war.

Von da an hatte er sich nur noch auf diesen Blättern aus Licht bewegt und atemlos zugesehen, wie ihm – *tedededim, tedededim* – ein Kugler'sches Schmuckstück nach dem anderen erschien, versehen mit Fabelpreisen und Beschreibungen, dass ihm der Mund offenstand. Die goldene Fibel mit der Ente, las er, habe sich seit 1850 in bayerischem Familienbesitz befunden, und aus der jungen Frau Geheimrätin mit dem glänzend schwarzen Haar hatte Merle eine elbische Baronin aus dem erloschenen Geschlecht derer von Fink gemacht. Die Krawattennadel mit Swastika trug bereits einen stilisierten Stempel mit dem Schriftzug *VERKAUFT*, das Klavier klimperte dazu wie mit Münzen, und von Kammholz' Liste konnte er überhaupt nur die Taschenuhr und die Trauerbrosche nicht finden, die nebenan in der Eingangshalle auf dem Sofatisch lag. Jetzt war Secundus sich sicher: Die Komplizin hatte sie zurückgebracht; vor dem Haar der toten Helene hatte Merles Frechheit haltgemacht.

Es war, wenn er es richtig sah, ihr erster großer Fehler seit Jahren. Ihre Trauer – nicht ihr Zorn – hatte sie ihm offenbart. Ein Herz, davon verstand Secundus seit Neuestem etwas, machte verwundbar. Er hatte Primus, seinen unbelehrbaren Bruder; Merle hatte die tote Sophie; und Julius Alfart, der glaubte, seine flüchtige Frau habe das Andenken ihre Tochter verraten, hatte weder Herz noch Verstand. Fast tat es Secundus leid, Merle nun an sein Messer liefern zu müssen – nicht einmal jetzt, dreißig Jahre später, hatte Alfart sie verdient.

Er zwang sich zu mehr Nüchternheit. Er hatte den Kugler'schen Schmuck gefunden, aber genau genommen wusste er nicht einmal, wo. Das Internet war eine Bibliothek, die man nicht durch eine Tür betrat, sondern indem man auf irgendeiner Seite irgendeines Buches landete, das in irgendwelchen Regalen stand. Voller Angst, dabei vom Weg abzukommen und das eine Buch nicht wiederzufinden, machte er sich also auf die Suche nach Titelblatt und Sigel. Er brauchte einen Namen, der gewiss nicht Merle Alfart lauten würde, und eine Adresse, vermutlich in Berlin, doch als er endlich bis zum Titel vorstieß, war er doch ziemlich überrascht: Er hatte den Schmuck in *Lady Vintage's Raritätenladen* gefunden, betrieben von einer Sibylle Diesel in der Markgrafenstraße in 10969 Berlin.

Secundus sprang auf, während das Gerät unverdrossen »Für Elise« spielte und eilte – *tedededim, tedededim* – zur Tür. Er brauchte sofort Feder und Tinte, um die Anschrift zu notieren, aber kaum, dass er den nutzlosen Nusselt nebenan aus dem Schlaf geschreckt hatte, griff er zuerst nach dem lange missachteten Buch. Charles Dickens' *Raritätenladen*; Secundus ließ den Daumen durch den Buchblock gleiten. Wie war er nur auf den Gedanken verfallen, Moritz Bang habe das Buch nach Wrota gebracht?

Momme wusste nie so recht, wo er die zusätzliche Stunde hinstecken sollte, in jedem Fall aber war es früher Nachmittag, und er war soeben Meister Eckhart entronnen. Eine geschlagene Stunde lang hatte ihn ein todernster junger Mann mit großer Ergriffenheit verwirrt, indem er über den Unterschied von *Gott* und *Gottheit* sowie *Sein* und *Werden* gesprochen hatte. Auf dem Höhepunkt seiner immer schrilleren Predigt war sogar von *Entwerden* die Rede gewesen, weshalb sich Momme hilfesuchend zu Clemens hinüberbeugte, aber der hatte offenbar gar nicht zugehört.

Nach dem Vortrag hatten sie sich in die ausliegende Liste eingetragen – *Moritz vom Stein* unter *Clemens vom Stein*; Momme hatte versucht, seine Unterschrift irgendwie zu verschnörkeln –, und dann waren sie von dem kleinen Cöllner Saal aus durch die feuchtkühle Luft nach Norden spaziert, wobei Momme die eigentlich nachrangige Angst niederkämpfte, Hinckeldey könnte ihm Fragen zu dieser 13. Stunde stellen.

Auf der Opernbrücke ließen sie das Denkmal des ersten von Müller hinter sich, der mit blindem Blick nach Osten stierte, aber da war Momme in Gedanken schon zurück in der Nacht des Sternenfests. Hier war er im Stockfinsteren Veil Wallasch nachgelaufen, dort in der Gasse hatte Primus Falke ihn gegen den Seiteneingang des Ballhauses gedrückt. Clemens, der jetzt von der *Ballsaison*, von *Soupers* und *Mitternachtseinlagen* sprach, glaubte immer noch, dass Momme sich in dieser Nacht bloß verirrt hatte.

Momme drückte den Rücken durch und machte sich kerzengerade, wie er es jetzt manchmal tat, wenn ihn der Zwang überkam, und seit dem Sternenfest überkam ihn der Zwang wieder öfter. Im Prinzip wollte er klopfen und dreimal bis 120 zählen, sobald er nur an Hinckeldey dachte.

»Wir sind pünktlich«, sagte Clemens, als der entsetzliche Uhrturm in Sichtweite kam. »Hast du einen Groschen für die Droschke?«

Momme nickte, obwohl er keinen *Groschen* hatte. Sollte Hinckeldey ihn wieder aus seinen Fängen lassen, würde er mit Freuden zu Fuß nachhause gehen. »Weißt du, warum er mich in sein Geschäft bestellt hat?«, fragte er.

»Oh.« Clemens legte einen Finger an die Lippen, als würde er angestrengt überlegen. »Vielleicht will er dir einen Pelz vermachen? Wenn ja, tippe ich auf Iltis.« Er lachte. »Weißt du, wie die stinken? Nein, das weißt du natürlich nicht.«

Sie liefen über den weiten Platz auf die Reihe mehrstöckiger Geschäftshäuser zu, zwei nichtsnutzige Kavaliere zwischen vielen dienstbaren Geistern. Mägde wie Lisbeth und Jenny eilten mit gesenktem Blick an ihnen vorbei. Laufburschen lungerten an den Häuserecken. Eine resolute Dame lenkte einen Schwarm Zofen an zwei hemdsärmeligen Männern und ihrem Fass vorbei. Ein spitzbärtiger Mann klemmte sich den Spazierstock zwischen die Knie, um seinen blütenweißen Schal zu richten. Ein dicker Junge in Kniestrümpfen lief feixend seinem Kindermädchen davon.

Clemens lupfte nach ungeschriebenen Gesetzen den Hut; Momme war vor allem übel. *Zehn, zwanzig, dreißig*, zählte er, tonlos und mit so wenig Lippenbewegung, wie ihm der Zwang erlaubte. Jetzt wünschte er sich doch an seinen Küchentisch zurück. *Hundertzehn*, zählte er. *Hundertzwanzig.*

»Schau, da ist es. Gleich neben der Münze unseres Wohltäters. Hüte links, Pelze rechts. Die ersten Häuser am Platze.«

Momme starrte auf das große, sandfarbene Haus.

RAUCHWAREN HINCKELDEY, stand in Versalien an der Fassade, quer über die schwere Rundbogentür und das schockierende Schaufenster gepinselt. Unter *Rauchwaren* hatte Momme sich bis gerade eben noch Pfeifen und Zigarren vorgestellt, Hinckeldey aber warb mit ausgestopften Tieren. Ein Rot- und ein Blaufuchs starrten ihn aus blinden Glasaugen an, rechts erhob sich ein tapsiges Bärenjunges, dahinter klebten ein paar Marderähnliche auf einem sich windenden Ast.

»Soll ich dich hineinbegleiten?« Clemens hatte eine Hand auf Mommes Ellbogen gelegt.

Momme sah, um nicht länger in Hinckeldeys Schaufenster zu starren, zum Nebenhaus hinüber und las erleichtert *HÜTE EISENMANN*. Keine Schrumpfköpfe im Fenster, nicht einmal augenlose Kantenköpfe wie die im Herrenzimmer waren zu sehen. »Nein, nein, ich schaff das schon«, log er. »Geh nur.« Er rang sich ein Lächeln ab. »Schreib was. Ein halber Gesang, bis ich zurück bin, abgemacht?«

»Uff!« Clemens blies die Backen auf. »Da muss ich mich aber sputen.« Er ging ein paar Schritte rückwärts. »Empfiehl mich dem Geheimrat, lieber Vetter.« Er verbeugte sich, winkte, und dann war er weg, und Momme fand sich allein vor dem scheußlichen Schaufenster wieder.

Beim näheren Hinsehen sah der kleine Bär staubig und ziemlich zerfleddert aus; die Marder hatte man an den Birkenast genagelt. Neben dem Hinterlauf des Rotfuchses, in unmittelbarer Nähe zur Tür, entdeckte Momme ein auf den Schaufensterboden gestelltes Bild in schwarzem Rahmen. Erst auf den zweiten Blick erkannte er es als eigenwilliges Fahndungsplakat, ein Steckbrief wie im Wilden Westen, nur mit dem Profil einer jungen Frau: *ELISE*. Er las, was unter dem Porträt stand: *GESUCHT WEGEN VERBRECHEN GEGEN DIE NATÜRLICHE ORDNUNG*.

»Gefällt Sie Ihnen?«

Das traf ihn in den Rücken. Momme fuhr, die Hand an Eisenmanns idiotischem Zylinder, herum. Vor ihm stand Kneif, der Kleinere von Hinckeldeys Begleitern aus dem Park. Er trug eine Schiebermütze auf dem Kopf. Er war der Mann in der Gasse gewesen. Momme erkannte ihn unmittelbar.

»Folgen Sie mir etwa?« Momme wusste selbst nicht, warum er das sagte. Es war ganz sicher dämlich, aber es kam einfach so heraus.

»Ich? Wie kommen Sie denn darauf?« Der Mann grinste und rieb sich mit dem Ärmelaufschlag über das unrasierte Kinn. »Ich arbeite hier«, sagte er. »Für den Herrn Geheimrat. Das wissen Sie doch.« Spöttisch deutete er einen Diener an. »Kergel mein Name. Zu Ihren Diensten, Herr vom Stein.«

War dieser Mann auch der Henker gewesen? Der Mann mit dem Schwert? Das war weniger leicht zu sagen.

»Kergel«, wiederholte Momme und versuchte seine Angst hinter Eisenmann'scher Herablassung zu verbergen; vermutlich ein sinnloses Unterfangen, denn natürlich wusste dieser Kergel, wer er eigentlich war: ein verkrachter Student aus Treptow, der ohne einen Cent in der Tasche hergekommen war. »Sie verkaufen hier Pelzmäntel? In diesem Laden?« Er staunte über sich selbst, aber er wollte diesen Mann erniedrigen. Er wollte ihn so klein machen wie möglich.

»Sehe ich so aus?« Kergel rammte die Hände in die Taschen seiner ausgebeulten Hose. »Nee, aber früher habe ich in der Gerberei vom Geheimrat draußen vor dem Cöllner Tor gearbeitet. Das haben wir beide, der Hermann und ich.«

»Der Hermann?«, fragte Momme, als gebiete das die Höflichkeit.

»Mein Kollege? Der Lange?« Kergel reckte den Arm, um die Größe von Greif aus dem Park anzuzeigen, und ließ die Hand gleich wieder in der Tasche verschwinden. Jede seiner Bewegungen war entweder Drohung oder Trick. »Da haben wir den Blaufüchsen den Hals umgedreht.« Sein Kinn ruckte kurz in Richtung Schaufenster. »Wenn man ihnen das Genick bricht, hat man den Ärger mit den Einschusslöchern nicht. Dann haben wir ihnen das Fell über die Ohren gezogen, den Balg entfleischt – sowas. Stinkt ein bisschen, ist aber gute Arbeit. Man lernt was übers Leben, steht man da so im Blut, wissen Sie? Ist kein langer Weg, bis so ein Viech nur noch ein Lappen zum Abschaben ist. Die letzten Brocken picken dann die Hühner. Fressen oder gefressen werden. Ist schon immer so gewesen. Nicht wahr?«

»Aber das liegt ja jetzt hinter Ihnen«, sagte Momme. Er hatte einigermaßen erfolgreich versucht, sich die Arbeit in der Gerberei nicht vorzustellen. Wollte dieser Kergel ihn schockieren? Wollte er ihm drohen?

»Ich mach nur, was der Geheimrat mir sagt.« Kergel wies wieder mit dem Kinn zum Schaufenster. »Gefällt Sie Ihnen nun? Die Hexe?«

Momme war gewarnt. Er wusste nichts von »Elise«. Er hatte noch nie von den Schwestern gehört. »Ich sollte jetzt hineingehen«, sagte er knapp. »Ihr Herr und Meister wartet.« Er schob sich an Kergel vorbei und ging zur Tür. Ihm war sehr danach zu klopfen, aber diese Blöße gab er sich nicht.

»Man sagt, dass Sie mal eine vornehme Dame war, wussten Sie das?«

Momme drehte sich unwillkürlich um. Dabei wollte er wirklich nichts über »Elise« wissen. Nichts über »Elise«, nichts über die Schwestern, nichts über die Brüder Falke und vor allem nichts über Heinrich Hinckeldey und seine Machenschaften. »Ich dachte, sie wäre ein Mysterium«, sagte er. Das war eines von Clemens' Wörtern. Es fiel ihm erst jetzt wieder ein: Kammholz gegenüber hatte Clemens den Namen »Elise« einmal erwähnt.

Kergel zog die breiten Schultern hoch. »Manche Leute sagen was anderes. Fragen Sie doch mal in der Legion. Da lässt man sich kein X mehr für ein U vormachen. Das ist vorbei.«

»*Ich* soll in der Legion nachfragen?« Momme hatte kühl klingen wollen, aber leider klang er bloß schrill. »Ich dachte, die wollten mir das Fell über die Ohren ziehen. Wie einem Blaufuchs.« Er strich glättend über seinen Mantel. Kergel hatte ihn hier nicht aus bloßer Neugier angequatscht. Hinckeldey hatte ihn vorgeschickt. Wieso kam er erst jetzt darauf?

»Nicht doch!« Kergel wiegte den Kopf hin und her. »Die sind wie ich. Die machen, was der Geheimrat will. Unter uns, er hat ein gutes Wort bei der Legion für Sie eingelegt. Er kommt ja selbst von … drüben.« Er zog die Augenbrauen hoch und wackelte mit der Schiebermütze. »Ist trotzdem ein Geheimrat aus ihm geworden. Und Sie haben doch auch das Zeug zum hohen Herrn. Sie haben da was zu erwarten, verstehen Sie?« Er zauberte wieder seine Hand hervor und zeigte auf die Tür.

»Ich verstehe vor allem, dass ich erwartet *werde*.« Das, fand Momme, war gut retourniert. Brüsk wandte er sich um, aber Kergel war schon an ihm vorbei und hielt ihm die Tür auf.

Momme fand sich in einem kathedralenartigen Verkaufsraum wieder, die Decke meterhoch, mit Galerien zu beiden Seiten. Schwere Teppiche dämpften jedes Geräusch, es roch nach Leder, Kampfer, Mottenpulver. Auf der Stirnseite der Galerie, hoch oben im zweiten Stock, kauerte ein ausgestopfter Luchs, als lauerte er auf einem Felsen. Eine Etage tiefer baumelten Pelze wie Fahnen von den stützenden Säulen. Noch mehr Pelze waren über die Balustraden drapiert, die buschigen Schwänze baumelten herab wie Stricke. Im Erdgeschoss schwebte ein Mann in weißem Kittel durch einen Parcours aus Kleiderständern, über dem Arm trug er einen Nerz wie eine ertrunkene Braut. Kergel, der vorausging, fuhr mit der Hand durch einen sich sträubenden Pelz – Biber vielleicht oder Bisamratte. Im Halbdunkel unter der Galerie schichteten zwei weitere weißbekittelte Männer lakengroße Häute um.

Kergel ließ die Kulisse wirken und blieb stumm. Wortlos führte er Momme eine Treppe hinauf. Oberhalb des Messinggeländers klebte ein vertrockneter Dachs. Feine Härchen juckten jetzt in Mommes Nase. Kaum, dass sie die Galerie erreicht hatten, hatte Momme die Härchen auch im Mund.

Hier oben flossen weich gegerbte Schaffelle von brusthohen Stapeln. Fuchsstolas, wie Hinckeldey eine im Park getragen hatte, wanden sich um eine Säule. Die Köpfe mit den verschrumpelten Nasen baumelten wie Schwerter über einem glasäugigen Feldhasen, der sich angsterfüllt gegen das Geländer drückte und auch nicht weglaufen konnte. Am Ende des Gangs wartete Greif, der eigentlich Hermann hieß, und grüßte sie mit einem steifen Nicken. Dann pochte seine Riesenhand zweimal an die schwere Tür – dreimal wäre besser gewesen. Auf Füßen, die sich kaum noch heben ließen, betrat Momme einen großen, mit dunklem Holz vertäfelten Raum.

Hinckeldey saß im Bug eines wuchtigen Schreibtischs, der ihn noch zarter und durchsichtiger erscheinen ließ als sonst. Vor dem Schreibtisch standen zwei Stühle. Auf dem einen saß ein kahler, uniformierter Mann.

»Nicht so schüchtern, Moritz. Treten Sie näher!« Hinckeldey sprang auf und winkte ihn heran.

Hinter Momme fiel die Tür ins Schloss. Er stand auf dem dicken, dunklen Teppich, die Beine zu schwer, um weiterzugehen.

»Na, kommen Sie schon!« Hinckeldey kam hinter dem Schreibtisch hervor, griff nach Mommes schlaff herabhängender Hand und zog ihn tiefer in den Raum. Der uniformierte Mann erhob sich; er war recht jung. Irgendwo hatte Momme ihn schon mal gesehen. »Darf ich Ihnen Oberst Jochum vorstellen? Er leitet die Abteilung XII der hiesigen Policey. Sie dürfen offen mit ihm sprechen.«

Während Hinckeldey wieder hinter dem Schreibtisch Position bezog, streckte Oberst Jochum Momme die Hand entgegen. Momme schüttelte sie, ohne hinzusehen; sein Blick war auf ein großes, in die Täfelung eingelassenes Gemälde gefallen. Auf der Lichtung eines idealisierten Walds hatten zwei langgliedrige, schimmernd braune Jagdhunde einen struppigen, buckeligen, zähnefletschenden Wolf gestellt. Vom Bildrand nahte ein märchenhafter Jäger mit der Flinte.

»Ich nehme an, Sie erinnern sich nicht?«, sagte Jochum.

»Woran?« Momme wandte den Blick von der Jagdszene an der Wand.

»An mich.« Jochum wies auf den freien Stuhl, bevor er sich selbst wieder setzte, die langen Beine übereinanderschlug und selbstvergessen an der Bügelfalte seiner Uniformhose zupfte. »An Ihrem großen Tag war ich einer der beiden ersten Offiziere vor Ort. Leutnant Kammholz und ich waren zufällig in der Nähe. – Nein? Dämmert da nichts? Nun ja, Sie waren nicht in bestem Zustand damals, Herr … *vom Stein*. Sie waren sehr … *aufgewühlt*, natürlich.«

Momme sank langsam auf den Stuhl. Er erinnerte sich, wenn auch nur schemenhaft und unfreiwillig. Man hatte ihm dem Arm auf den Rücken gedreht und zu zwei großen Männern gestoßen, die prächtige Uniformen trugen. Einer davon war Kammholz gewesen. An den anderen hatte er nie wieder gedacht.

»Wie ich schon sagte …« Hinckeldey hatte die Hände auf die lederbezogene Platte seines Schreibtischs gelegt, nicht weit von einem silbernen Tintenfass. »Oberst Jochum führt die Abteilung XII, die unter anderem für die Kartierung der Übergänge in die Zehnwelt zuständig ist, die Löcher in unserem Verteidigungswall. Er ist, wenn ich das hinzufügen darf, eine der großen Hoffnungen im Kastell. Ein Mann mit Perspektive, lieber Moritz. Und er genießt mein Vertrauen.«

Anders als Oberst Falke, dachte Momme im Stillen und nickte

brav. Warum war er hier? Warum war er hier mit diesem Jochum?

»Ich bin davon ausgegangen, wie würden heute weiter …«

»… ewige Wahrheiten ergründen?«, unterbrach ihn Hinckeldey jovial. »So wichtig das ist, lieber Moritz. Heute widmen wir uns praktischen Fragen. Man könnte fast sagen: politischen. Ich hatte ihnen ja bereits angekündigt, dass wir über diesen Veil Wallasch würden sprechen müssen. Nicht wahr?«

Weil er weder Hinckeldey noch Jochum ansehen wollte, fiel Mommes Blick wieder auf das große Gemälde. Den verzweifelten Wolf, die triumphierenden Hunde, den Jäger, kurz bevor er anlegen würde. »Ich kann dazu nicht viel sagen …«, nuschelte er. »Alles, was ich dazu sagen konnte, habe ich Oberst … also, ich wurde dazu ja schon verhört. Gleich, nachdem …«

»… Sie übergetreten waren. Von Oberst Falke, genau.« Hinckeldey beherrschte sich, aber Momme hörte seine Ungeduld. »Darf ich vertraulich sprechen, Moritz? Schwören Sie mir, dass das Folgende unter uns bleibt? Unter allen Umständen?«

Das war keine Frage, auf die man Nein sagen konnte. Momme nuschelte: »Ja.«

»Gut.« Hinckeldey räusperte sich. »Oberst Jochum hat Ihren Akt studiert, Moritz. Das hat – nur, damit Sie sich keine falschen Vorstellungen machen – alles seine Ordnung. Oberst Jochum versieht im Kastell ein hohes Amt und tat es zudem auf meine Veranlassung hin, der ich immerhin kein ganz unbedeutendes Mitglied des Geheimen Rates bin …«

Momme nickte steif. Er war froh um das Wenige, das Primus Falke ihm verraten hatte. Außerdem hätte er gern gezählt, geklopft, sich an der Ferkeltasse festgehalten. Die Ferkeltasse hatte er eingebüßt. Sie war in Wrota zurückgeblieben. Nur den Phönix hatte er wieder.

»Nun. Ich sollte zur Sache kommen«, fuhr Hinckeldey fort. »In diesem Akt ist festgehalten, dass dieser Veil Wallasch, den Sie als

Abgesandten eines Schwanstein genannten Unternehmens kennengelernt haben, mit Sicherheit aus der Zehnwelt stammt. Genau daran aber haben Oberst Jochum und ich, gelinde gesagt, gewisse Zweifel. Daher meine Frage, Moritz: Ist Veil Wallasch Ihnen als einer der Ihren erschienen? Als Geschöpf der Zehnwelt – so wie Sie selbst?«

Mit einer solchen Frage hatte Momme nicht gerechnet. Er überlegte, bestimmt zu lange, dann sagte er: »Ich wusste doch gar nicht, dass es ...« Er stockte. »... eine Zehnwelt gibt. Wie hätte ich denn ...?«

»Schon gut, schon gut.« Hinckeldey wedelte mit der wachsbleichen Hand. »Ich meine *im Nachhinein*, Moritz. Wenn Sie sich Ihre Begegnung jetzt noch einmal vor Augen führen. Ihre Bewerbung bei der Schwanstein-Gesellschaft Revue passieren lassen. Aus welcher Welt stammt dieser Veil Wallasch Ihres Dafürhaltens dann?«

»Das kann ich nicht sagen«, rettete sich Momme, aber vermutlich nicht weit. »Mir ist damals nichts Ungewöhnliches an ihm aufgefallen.« Er spähte zu Jochum hinüber, weil er dessen Blick zu spüren glaubte. »Er war ganz normal. Ja, gut möglich, dass er aus der Zwölfwelt stammte. Ich würde sagen, das tat er.« Er hatte mit Absicht *Zwölfwelt* gesagt.

»So.« Hinckeldey hatte sich wieder ein Stück weiter hinter seinen Schreibtisch zurückgezogen. Zumindest hatte er sich aufgesetzt.

»Sie wissen, was ein Fährmann ist, Herr vom Stein?« Oberst Jochum hatte das Wort ergriffen.

»Nein. Also doch, schon, ja. Jemand, der mit einem Boot ...«

»So jemanden meinen wir nicht.« Jochum beugte sich leicht vor. »Unter einem Fährmann verstehen wir hier einen Mann, der Menschen wie Sie nach Dreizehneichen bringt. In der Zehnwelt würde man wohl sagen: einen Schleuser.«

»Oh«, sagte Momme. »Und Sie glauben ...«

»… dass Ihr Veil Wallasch womöglich ein solcher Schleuser ist?«, sagte Jochum. »Wir halten das für möglich.«

»Was der Akt nicht tut«, ergänzte Hinckeldey. »Um nicht zu sagen: Oberst Falke, der für den Akt verantwortlich zeichnet, schließt es kategorisch aus.«

»Ich weiß nichts von diesem Akt«, sagte Momme. Lieber hätte er *Akte* gesagt. Es hieß doch Akte. *Diese Akte.*

»Das können Sie auch gar nicht. Darum geht es nicht.« Auf Hinckeldeys Schreibtisch stand auch ein silberner Federhalter mit einem Gänsekiel darin. War Federhalter das richtige Wort? Bedeutete Federhalter nicht Füller? Warum konnte er sich so schwer konzentrieren? Auf seinem Stuhl drückte Momme den Rücken durch.

»Worum geht es denn dann?«, fragte er. »Ich bin allein durch die … dreizehnte Tür gegangen. Wallasch hat sie mir nicht einmal gezeigt.« Im Großen und Ganzen entsprach das sogar der Wahrheit. »Und dann stand ich plötzlich …« Er hob hilflos die Schultern und schaute Jochum an. »Sie waren doch quasi dabei, Herr Oberst.«

Jochum lächelte. »Das stimmt. Sie sind auf die Bühne unseres tapferen Dichterleins gestolpert. Darüber herrscht Einigkeit und so steht es auch im Akt. Wir fragen uns nur, wer dieser Veil Wallasch eigentlich ist.« Er hielt einen Augenblick inne. »Manchmal braucht selbst der beste Ermittler ein wenig Hilfe, verstehen Sie? Sogar der große Oberst Falke. Der Geheime Rat Hinckeldey und ich, wir denken einfach mit. Das sind wir Dreizehneichen schuldig.« Jochums hohe Stirn lag jetzt in Dackelfalten.

»Schon. Natürlich. Aber von mir?« Momme dachte an seine wenigen Begegnungen mit Oberst Falke zurück. Das schreckliche Verhör hatte er beinahe verdrängt. Viel besser konnte er sich an die grauenhafte Uhr in Oberst Falkes Rücken erinnern. Und dann an ihre Flucht durchs Kastell. Das war der Tag gewesen, an dem Clemens wieder aufgetaucht war.

»Wissen Sie, woran ich gerade denke?« Hinckeldey schien einen neuen Anlauf zu nehmen. »An unser Gespräch im schönen Klosterpark. Da haben Sie mir doch einiges erzählt, Moritz, was Sie über die Dreizehn zu wissen glaubten. Lauter Irrlehren, wie ich Ihnen hoffentlich klarmachen konnte.«

Momme räusperte sich. Was genau hatte er im Park gesagt? Was immer es gewesen war, er bereute es jetzt.

»Und diese Irrlehren hatten einen Ursprung, nicht wahr? Veil Wallasch hatte Ihnen von der Dreizehn erzählt. Wie war das noch? Die Dreizehn wäre, was sich nicht fügen will? Helfen Sie mir auf die Sprünge, Moritz.« Er wedelte wieder mit seiner kleinen wächsernen Hand.

»Ja, so … in etwa.« Auf halber Strecke holte Momme tief Luft.

»Und glauben Sie wirklich, so redet ein Zehnweltler? Moritz! Überlegen Sie nochmal! Und überlegen Sie gut. Antworten Sie nicht vorschnell. Wir haben Zeit. Wir wollen … gründlich sein miteinander.«

Plötzlich waren seine Handflächen feucht. Momme rieb sie über die Mantelschöße. Ihm war warm. Heiß. Er hätte den Mantel ablegen sollen. Hinckeldey und Jochum trugen doch auch keinen.

»Moritz?«

»Ja. Wenn Sie das so sagen … Ich weiß es nicht. Ich habe nicht darüber nachgedacht.«

»Warum auch?« Hinter seinem Schreibtisch lehnte sich Hinckeldey merklich zufrieden zurück. »Halten wir einfach fest, dass es tatsächlich sehr wohl sein könnte, dass dieser Veil Wallasch aus Dreizehneichen stammt. Halten wir fest, dass es womöglich sogar wahrscheinlich ist – ganz unabhängig davon, was dieses Wrota auf der anderen Seite des Lids darüber hinaus zu bieten hatte.«

Wrota. Hinckeldey wusste auch vom Herrenhaus. Was wusste er sonst noch alles? Momme nickte und ärgerte sich, dass er nickte. Es fühlte sich an, als perlte jetzt ihm der Schweiß von der Stirn. Er hatte keine Ahnung, ob das stimmte.

»Sollte der Mann, der sich in Wrota Veil Wallasch nannte, aber ein Bürger Dreizehneichens sein, lieber Moritz, dann besteht ja die Möglichkeit, dass Sie ihm hier bereits über den Weg gelaufen sind, habe ich nicht recht?«

»Na ja …«

»Habe ich recht?«

»Theoretisch. Also wenn …« Es war ein einziges Rückzugsgefecht. Hatte Kergel ihn und Primus Falke beim Sternenfest gesehen? Im Schatten des Ballhauses war er an ihnen vorbeigelaufen, aber was hieß das schon? Würde ihn Hinckeldey als Nächstes nach dieser Nacht fragen?

»Bitte, Oberst«, sagte Hinckeldey, und Jochum zog etwas aus seiner Uniform.

»Wenn Sie bitte einen Blick auf dieses Dokument werfen würden?« Jochum reichte ihm ein rosafarbenes, etwas schmieriges Stück Papier. Es war, Momme brauchte einen Moment, es zu begreifen, ein alter Führerschein, Relikt einer Zeit, als noch nicht jeder Ausweis wie ein Kreditkarte ausgesehen hatte. Nicht, dass in Dreizehneichen irgendetwas wie eine Kreditkarte aussah. »Klappen Sie ihn auf!«, sagte Jochum.

Verunsichert sah Momme zu Hinckeldey hinüber. Irgendwie fand er den Führerschein schockierend. Er gehörte sichtlich nicht hierher. Beim alten Eisenmann erinnerte außer ihm selbst und dem Phönix nichts an die Welt, der er entstammte. Dem Führerschein haftete etwas Verbotenes, geradezu Obszönes an.

»Sie brauchen eine Erklärung, Moritz?«, fragte Hinckeldey. »Nun, dann sollen Sie eine bekommen. Die Abteilung XIII, der der wackere Oberst Falke vorsteht, entsendet seit langem einen Beobachter in die Zehnwelt. Man spricht hier von einem Wächter, was womöglich einen falschen Eindruck erweckt, da Wächter ja gemeinhin für Sicherheit sorgen, statt eine Gefahr darzustellen. Ein solcher Wächter nun – oder sagen wir: Spion – muss natürlich mit falschen Dokumenten ausgestattet werden, was vor der Beschleunigungskrise erheblich leichter war als heute. Und ein solches falsches Dokument halten Sie jetzt gerade in Ihrer Hand, Moritz.«

»Ah«, machte Momme und starrte auf den rosafarbenen Lappen. Er war jetzt in Schweiß gebadet, jedenfalls fühlte es sich so an. Primus Falke war ein Wächter gewesen. Vor hundert Jahren, hatte er gesagt. Momme befahl seinen Gesichtszügen stillzuhalten und klappte den Führerschein auf. Ein sehr viel jüngerer Veil Wallasch sah ihn an. Der Führerschein war auf den Namen SCHMITT, PETER ausgestellt.

»Achten Sie nur auf die Photographie. Sie stammt«, Hinckeldey sagte es mit hörbarem Ekel, »aus einem Automaten. Haben Sie diesen Mann schon mal gesehen?«

»Nein«, sagte Momme und legte den Führerschein allzu schnell auf Hinckeldeys Tischkante. »Sollte ich?« Kergel hatte gesehen, wem er in der Sternennacht nachgelaufen war. Hinckeldey und Jochum wussten es. Leugnen war die falsche Strategie. Aber jetzt hatte er einmal damit angefangen.

»Sind Sie sicher, Moritz?« Hinckeldeys Züge waren auf einmal wie vereist. Momme hatte sich soeben zu seinem Gegner gemacht. Und vielleicht ging es hier ja auch gar nicht um Primus Falke, sondern um ihn. Hinckeldey wusste doch offenbar schon, dass Primus Falke Veil Wallasch gewesen war. Aber wusste auch Primus Falke, was Heinrich Hinckeldey wusste? »Der Mann auf der Photographie ist heute älter«, sagte Hinckeldey. »Grauer. Mit lichterem Haar. Schauen Sie sich die Photographie doch noch einmal an, Moritz.« Hinckeldey streckte seine Hand über die Schreibtischplatte. Seine farblosen Fingerspitzen berührten das wasserabweisende, rosafarbene Papier. Er schob Momme noch einmal den Führerschein hin.

»Wenn Sie meinen.« Momme faltete das Dokument wieder auf. Er starrte auf das Foto, ohne es wirklich zu sehen. Dann legte er die Hand ans Kinn, klassische Denkerpose. Auch als Schauspieler war er eine Null. »Also …« Er versuchte bloß, Zeit zu gewinnen. Er hätte tatsächlich gerne nachgedacht. Aber an Denken war nicht zu denken. Es rauschte bloß in seinem Kopf.

»Erkennen Sie ihn, Moritz?«

»Ja.« Momme hob den Kopf und lächelte Hinckeldey schüchtern an. »Kann es sein …? Also, wo Sie *älter* sagen …« Jetzt fand er doch noch in sein Spiel. »Ich bin nicht sicher, Herr Hinckeldey …«

»… aber?« Hinckeldey hatte die Ellbogen auf den Schreibtisch gestützt und beugte sich erwartungsvoll zu ihm herüber.

»Kann es sein, dass ich diesen Mann beim Sternenfest gesehen habe? Ich war zur 13. Stunde auf dem Rondell, wissen Sie?« Natürlich wusste Hinckeldey das. »Er hat da … Ach, ich weiß nicht genau. Ich glaube, der Mann war irgendwie in offizieller Funktion da. Er hat … er hat die letzte Laterne gelöscht. Kann das sein?« Momme schaute so unschuldig wie möglich. »Hilft Ihnen das weiter?« Er sah zu Jochum hinüber. »Herr Oberst?« Er durfte es nur nicht übertreiben. Er schwitzte nicht mehr. Am liebsten hätte er stolz die Faust geballt.

Jochum und Hinckeldey tauschten einen Blick. Plötzlich wirkten sie ernüchtert. Jochum zupfte ihm den Führerschein aus der Hand und ließ ihn wieder in seiner Uniform verschwinden. »Das wäre möglich, Herr vom Stein«, sagte er ungefähr. »Aber der Mann auf der Photographie ist nicht Veil Wallasch. Sind Sie da sicher? Verstehe ich Sie richtig?«

»Nein«, sagte Momme. »Also ja. Veil Wallasch sah anders aus.« Ein wenig ungeschickt verschränkte er die Arme vor der Brust.

»Und wie sah er aus?«, fragte Hinckeldey, jetzt wieder vollkommen tiefgefroren.

Das brachte Momme aus dem Konzept. Vielleicht stand ihm der Schrecken sogar im Gesicht. »Er … hatte keinen Bart«, rettete er sich. »Er war schlanker. Glaube ich.«

»So.« Hinckeldey faltete die Hände wie zum Gebet. »Nun gut, Moritz. Dann hätten wir das geklärt. Schade.«

»Schade? Ich … Es tut mir leid. Ich hätte Ihnen gern …«

»Natürlich.« Hinckeldey erhob sich.

Auch Jochum stand jetzt auf.

Mommes Blick fiel auf das Gemälde und den sich windenden Wolf. Er hatte Primus Falke nicht verraten. Er hatte seine Sache überraschend gut gemacht, aber er schwitzte wieder.

Hinckeldey sah ihn beinahe feindselig an. »Das wär's für heute, Moritz. Aber wir sehen uns wieder. Forschen Sie nur so lange weiter der Wahrheit nach.«

Momme kam auf die Füße. »Sie meinen …«

»Die dreizehnten Stunden«, sagte Hinckeldey. »Was sonst?«

»Ja.« Momme strich sich über den Mantel. Dann ging er zögernd zur Tür. Hinckeldey hatte offenbar beschlossen, ihn nicht hinaus zu begleiten.

»Ach ja, eines noch, Moritz.«

»Ja?« Langsam wandte sich Momme wieder um. Er war schon fast draußen gewesen, bei Kergel und Hermann vor der Tür.

»Sie haben sich schriftlich bei der Schwanstein GmbH beworben, nicht wahr?«

Momme versuchte, die Überraschung wegzuzwinkern. Dann nickte er.

»Und dieser Wallasch hat Ihnen auch schriftlich geantwortet? Per Brief?«

Die Briefe waren in seinem Rucksack gewesen. Der Rucksack war in Wrota geblieben. »Ja.«

»Danke, Moritz«, sagte Hinckeldey, und ohne, dass Momme hätte bestimmen können, wie und warum, fühlte sich sein Besuch bei Hinckeldey jetzt doch wie eine Niederlage an.

Das Diarium des Clemens vom Stein

Den 30.Oktober, in finsterer Nacht

Wie zerbrechlich das Glück ist, wie flüchtig und hinfällig! Eben noch ist man fröhlich und ausgelassen und badet im Sonnenschein des Lebens und plötzlich spürt man diesen kalten Hauch. Eine dunkle Wolke hat sich hinterrücks angeschlichen, stiehlt das Licht und taucht, was eben noch bunt und farbenfroh war, in ihren Schatten. Ein Wind kommt auf, der durch die viel zu dünnen Kleider fährt, und plötzlich steht man da und friert, schaut sorgenvoll zum Himmel auf und hat in einem Augenblick vergessen, dass das Leben je nicht diese alles verdunkelnde Sorge war.

Hat Momme die Wolke vor mir kommen sehen? Mit der Angst, das weiß ich, steht er auf vertrautem Fuß. Er hat so eine Art, sich mit den Knöcheln über die Schläfen zu streichen, wenn er die Götter um Gnade bittet. Und auch wenn er diese Geste zu verbergen sucht, ist mir doch aufgefallen, dass er ihrer seit einigen Tagen wieder häufiger bedarf. Nur ist es eben die Angst und nicht die Furcht, scheint mir, die er auf diese Weise beschwichtigt — und diese Angst, zu diesem Schluss bin ich gekommen, muss die verkümmerte Furcht der Zwölfwelt sein. Tief in seiner Seele spürt mein guter Momme noch, wie grausam das Schicksal sein kann und welche Schrecknisse es für uns bereithält. Und doch — das feste Wissen darum hat mein Momme drüben verloren, sodass ihn sein vages Bangen in die Irre schickt. Zwar erkennt er den Geheimrat Hinckeldey als gefährlichen Mann, aber das, so glaube ich, nur, weil Hinckeldey auf ebensolche Vagheit setzt. Der Mann ist ja das bloße Raunen, mit dem er die Legion beherrscht, die wiederum nichts als ein angstvolles Raunen zusammenhält. Dass sich aber jemand viel Gefährlicheres als Hinckeldey ins Haus des alten Eisenmann geschlichen hat, erkennt mein lieber, guter Momme nicht. Er weiß nicht, wie zerbrechlich nicht nur das Glück, sondern das Leben selber ist — und ich bringe es nicht übers Herz, es ihm zu sagen. Und so bin ich nun mit meiner drückenden Sorge hier unten allein, verstelle mich, wenn Momme einen Gefährten braucht, und warte, bis er in den Schlaf gefunden hat, bevor ich nach der Feder greife. Denn auch ich muss mein Herz einmal ausschütten und sei es auch dem unter dem Druck der Feder stöhnenden Papier.

Am Nachmittag habe ich den armen Momme vor Hinckeldeys Geschäft zurückgelassen und bin den Damm hinaufspaziert, wobei ich versuchte, die Gedanken auf mein Werk zu lenken, mit dem es in diesen unruhigen Wochen nicht vorwärtsgehen will. Ich kam nicht weit damit und jetzt ist es mir auch unerklärlich, wie ich es überhaupt versuchen konnte. Denn vor dem Haus bin ich dem Doktor Murken begegnet, der mit schlenkernder Tasche und baumelndem Monokel aus der soeben vorgefahrenen Droschke sprang. Oh, ich wusste gleich, warum man ihn gerufen hatte! Beim Frühstück war mir aufgefallen, wie fiebrig das Gesicht der kleinen Minna glänzte — zur Hälfte war es weiß wie Schnee, zur andern brannte es wie Feuer. Doch der Mensch, der immer hoffen will, vermag dergleichen zu verdrängen, bis er auf einen Schlag dessen gewahr wird, wie lange er geleugnet hat. War denn die kleine Minna nicht schon seit Tagen seltsam missgestimmt gewesen? Greinte sie nicht oft und ohne erkennbaren Grund — nichts, was wir sonst von unserem Sonnenschein kennten? Gestern hat sie aus der Nase geblutet — das aber hat mir die treue Lisbeth erst heute Nacht erzählt.

Ja, Doktor Murken hat schon Minnas Mutter und Vater zu Grabe getragen — dem alten Eisenmann, der uns am Tor entgegeneilte, muss er wie ein böser Geist erschienen sein. In Eisenmanns Rücken rang derweil das Fräulein Labasch die knochigen Hände, und ich blieb unbeachtet im Eingang zurück, stand nur da und lauschte den Schritten auf der Treppe, hörte die Stimme des Fräulein Labasch wie ein Vögelchen flattern und vernahm Doktor Murkens ernsten Bass. Mein lieber Momme, der am späten Nachmittag zurückkehrte, hat offenbar gar kein Gespür dafür, alle anderen Hausbewohner aber — namentlich die Mägde und ich — wissen, auch ohne dass man uns einweihen müsste, wie besorgniserregend die Lage ist. Wir haben eine Kranke im Haus und fürchten, der Tod schleiche unsichtbar durch alle Zimmer. Jede knarzende Bohle, jeder rückende Stuhl kann Zeichen seines Nahens sein.

Am Abend haben Momme und ich allein gespeist — es servierte eine mit jedem Gang heftiger seufzende Jenny —, vom Eisenmann, der Labasch oder Lisbeth habe ich, bis wir uns in unsere Kammern zurückzogen, gar nichts gesehen. In der Küche aber ist Aufruhr gewesen. Alle Stunde, so schien mir, wurden Bäder bereitet; zum Glück hatte Momme, ganz offenbar von anderen Sorgen belastet, dafür kein Ohr. Von Hinckeldey war er noch schweigsamer als sonst zurückgekehrt und bald darauf ging er zu Bette — blind und taub für alles, was sonst noch im Hause geschah.

Ich hingegen bin, da war die Nacht schon angebrochen, noch einmal oben gewesen, wo die dunkle Wolke nun unter jeder Zimmerdecke hängt und alle Kerzen im kalten Windhauch flackern. Das Fräulein Labasch war soeben zu Bett gegangen — nicht um zu schlafen, nehme ich an, sondern um sich für den nahenden Tag zu rüsten —, und auf dem harten Stuhl vor Minnas Zimmer hatte

Lisbeth Platz genommen. Still und im stummen Gebet saß sie da, die Stirn ganz blass und unter den Augen tief gefurchte Ringe. Sie hörte mich kommen, aber sie sprach mich nicht an, und so schwiegen wir zunächst miteinander und tauschten sorgenvolle Blicke, bis ich es nicht mehr aushielt und mit brechender Stimme zu flüstern begann.

Schläft sie?, fragte ich. — Die ganze Zeit, antwortete die treue Lisbeth. — Isst sie denn?, wollte ich wissen. Trinkt sie? — Darauf schüttelte Lisbeth den Kopf und erzählte stockend von der Kur, die der Doktor verordnet hatte und derentwegen ich nun das Schlimmste fürchte. Denn tatsächlich hat Murken Bäder befohlen, deren heißes Wasser vom Fußende her zu erkalten ist, und überdies hat er den kleinen Mund der kleinen Minna mit allerlei Läppchen ausgetupft. Und auch wenn die erschütterte Lisbeth keine Verfärbungen des Zahnfleisches erkannt haben will und auch von Flecken auf der Haut nichts wusste, scheint mir des Doktors Kur doch eine gegen das Fleckfieber zu sein. Wenn es aber das Fleckfieber ist, dann kämpft unsere kleine Minna um ihr Leben, und der Tod schleicht nicht mehr durch die Flure, sondern hockt bereits an ihrem Bett. Kann Doktor Murken ihn verscheuchen? Hat er denn überhaupt die Mittel dafür? Und ist es wirklich Schicksal, ist es der Götter Wille, wenn ihm diese Mittel fehlen?

—

Jenny ist gerade an meiner Tür gewesen, mit aufgekrempelten Ärmeln, roten Händen und von der Pflege der kleinen Minna sichtlich erschöpft. Sie hat nicht gewagt zu klopfen, aber ich habe auch so aufgesperrt, den Gänsekiel noch in den Händen, und sie stand wortlos da, als wäre sie ein Spuk. In ihren Augen aber glänzte — wie soll ich es sagen? — ein Fordern, bis sie endlich leise und eindringlich sprach: Herr vom Stein, sprach sie, werden Sie jetzt helfen? Und natürlich, im ersten Augenblick wollte ich sie meiner Gebete versichern, meiner Hoffnung und all meiner seelischen

Kraft — bis ich gewahr wurde, dass sie nichts von alledem von mir wollte, sondern von etwas gänzlich anderem sprach — das heißt nicht sprach, weil wir von dergleichen ja nicht sprechen. Ich kann es hier unmöglich niederschreiben, und doch, ja, ich weiß, dass es, so sagt man, ein Drittes neben Hoffnung und Fügung gibt. Doch sonst weiß ich nichts darüber, wollte auch nie davon wissen und wüsste nicht mal, wie ich es anstellen sollte. Weiß es Jenny? Ist sie gekommen, um mir das zu bedeuten? Es quält mich, es quält mich, was soll ich tun?

Momme hatte sich in den Schlaf geflüchtet, er wachte zögernd wieder auf. Eine Weile lag er mit geschlossenen Augen da und gab sich Illusionen hin: Niemand hatte ihm Primus Falkes gefälschten Führerschein gezeigt; er war gar nicht in Hinckeldeys Pelzgeschäft gewesen; nie durch die dreizehnte Tür gegangen; er saß an seinem Küchentisch in Treptow; Dreizehneichen war ein Produkt seines Wahns.

Im nächsten Moment begann er manisch zu klopfen – zwölf Dreiersätze links und zwölf Dreiersätze rechts, während er zugleich versuchte, bis 120 zu zählen, was schon aus Gründen der Koordination scheitern musste und notwendig Unglück brachte und nicht allein ihm. Flach auf dem Rücken, die Augen eher zugekniffen als geschlossen, versuchte er einfach zu atmen.

Was sollte er nur tun? War es jetzt das Richtige, die Frau des Schusters Schikalla aufzusuchen oder war das jetzt genau das Falsche? Musste er Primus Falke warnen oder sich erst recht von ihm fernhalten? Die Briefe, die Veil Wallasch ihm geschrieben hatte, waren in seinem Rucksack gewesen; der Rucksack war in Wrota geblieben. Hatte ihn Kammholz an sich genommen wie den Phönix? Was interessierten Hinckeldey diese Briefe überhaupt? Momme versuchte, sich an Primus Falkes genaue Worte zu erinnern, was sich unter dem Druck des Zwangs unmöglich bewerkstelligen ließ; er klopfte also wieder, zählte dabei in seiner Hast aber nur in Zehnerschritten, was geschummelt und somit nutzlos war. Schließlich öffnete er die Augen, um dem Teufelskreis zu entkommen. Es musste noch früh am Morgen sein und er stöhnte, weil ein langer Tag mit vielen Stunden vor ihm lag. Immerhin: Er hatte keinen Hinckeldey-Termin. Er versuchte, positiv zu denken.

Er schwang sich auf die Bettkante. Das knöchellange Nachthemd mit der unbequemen Knopfleiste war verknittert und verschwitzt. Der Boden unter seinen nackten Füßen fühlte sich an wie gefroren, das Wasser im Krug war kaum wärmer. Momme putzte sich die Zähne; wie üblich verklebte ihm die Schlämmkreide den Mund. Er wäre jetzt gern in eine Jogginghose geschlüpft, aber die Kleiderordnung in Dreizehneichen kannte keine Gnade. Momme knöpfte, schnürte und band. Draußen wurde es langsam heller.

»Clemens?« Normalerweise fand Clemens weder ins Bett hinein noch aus ihm heraus, es war unfair, ihn um diese Zeit zu wecken. Aber Momme brauchte dringend Gesellschaft. Er hatte sogar beim Anziehen geklopft.

»Clemens?« Er stand im engen Flur und streckte den Kopf in Clemens' kaltes, ungelüftetes Zimmer. Das Bett war unbenutzt, Clemens schlief, den Kopf auf die Arme gebettet, an seinem wackeligen Tisch. Er musste die Nacht über seinem Epos verbracht haben.

Einen Moment überlegte Momme, ihn zu wecken, damit er sich wenigstens ins Bett legen konnte, aber dann zog er die Tür doch wieder zu und machte sich allein an den Aufstieg. Vielleicht konnte er mit dem alten Eisenmann frühstücken oder sich am unbeirrbaren Fleiß von Jenny und Lisbeth festhalten. Vielleicht war die kleine Minna wach und würde ihm von ihrem Schaukelpferd erzählen; es musste ja nicht gleich das Fräulein Labasch sein, das ihm mit Blicken vorhielt, ein ungebetener Gast zu sein.

Im ersten Stock hörte er Schritte, eine Tür fiel zurück ins Schloss, und dann kam ihm natürlich doch die Labasch entgegen – kalkweiß im Gesicht, mit einem Strich als Mund –, herrschte ihn an, er möge heute – *wenigstens heute* – nicht im Weg stehen, raffte das Kleid und flog die Stufen hinauf.

Was war hier los? Das Speisezimmer war verwaist und ungeheizt, die sauerkirschroten Vorhänge noch zugezogen, aus der offenen Tür zum Herrenzimmer drang schwadenweise Pfeifenrauch. Der alte Eisenmann saß zusammengesunken in einem der absinthgrünen Sessel und dampfte wie eine Lok.

»Guten Morgen«, sagte Momme in der Tür.

Der alte Eisenmann brauchte ewig, um ihn zu bemerken. Schließlich hob er den Kopf, schaute ihn aus leeren Augen an und nickte, bevor er wieder zusammensank und sich hinter der Rauchwolke eines Seufzers verschanzte. Momme schloss die Tür, weil der Alte offensichtlich nicht gestört werden wollte, kehrte ins Speisezimmer zurück und öffnete einen der Vorhänge auf einen fahlen Tag. Auf dem Trottoir gegenüber stand der lange Herrmann. Momme wich zurück und setzte sich, weil er nicht wusste, wo sonst hin, an den ungedeckten Tisch. Nichts war, wie es sein sollte – wobei: Wie es sein sollte, wusste Momme auch nicht. Er bettete die Hände auf die schwere Tischdecke und starrte auf die Kaminuhr. Noch fünf Stunden bis zur schrecklichen Dreizehn, und er war zu einem Vortrag über *Welt und Überwelt* bestellt. Auch dorthin würden ihm Herrmann oder Kergel folgen. Wenn er zur Frau des Schusters Schikalla wollte, musste er die beiden abhängen. *Schaffen Sie das?*, hatte ihn Primus Falke in der Sternennacht gefragt.

Nein, dachte Momme. Wie denn?

Er hörte wieder Schritte im Treppenhaus, und dann stand plötzlich Jenny im Raum, das wirre Haar nur notdürftig unter ihre Haube gestopft.

»Oh, Sie sind schon wach?« Sie wischte sich die feuchten Hände an der Schürze. »Ich mache gleich Frühstück, einen Augenblick. Verzeihung.«

Momme stand auf – jedes Zusammentreffen mit den Mägden

war ihm peinlich. »Ich … Sie müssen sich nicht entschuldigen. Ich habe gar keinen Hunger. Ich … konnte nur nicht mehr schlafen.«

Sie nickte, ohne ihn anzusehen. Sie krempelte die Ärmel zurück.

»Was ist los, Jenny? Heute …« Er warf einen Blick in Richtung Herrenzimmer, hinter dessen Tür der alte Eisenmann brütete. »Heute ist alles so anders.«

Jenny war mit ihren Ärmeln fertig. Sie strich die Schürze glatt und richtete das Häubchen. »Minna ist krank«, sagte sie. »Wir erwarten jeden Augenblick wieder den Doktor.«

»Wieder? Was fehlt ihr? Ist es ernst?« Momme wusste nicht, wohin mit seinen Händen. In der Not griff er mit beiden nach der Stuhllehne.

Jenny verzog den Mund. Sie nickte heftig. Für einen Augenblick schien sie mit den Tränen zu kämpfen, aber dann antwortete sie mit fester Stimme. »Der Doktor spricht nicht mit uns Mädchen. Und das Fräulein Labasch will uns nichts sagen …«

»Aber?« Jenny hatte nicht *aber* gesagt. Momme hatte es aber gehört.

»Wir haben sie alle Stunde gebadet. Ich habe die Flecken gesehen.«

»Flecken?« Momme musste so ratlos aussehen, wie er war.

»Ich sollte mich jetzt wirklich um Ihr Frühstück kümmern.«

»Was für Flecken, Jenny? Jetzt helfen Sie mir doch!«

»Ich sollte nicht darüber sprechen.«

»Aber niemand spricht mit mir!« Momme machte sich keine Illusionen: Natürlich wussten Jenny und Lisbeth, wer er war. Was für ein Idiot er war, weil er herkam, wo er herkam. Was konnte an Flecken so furchtbar sein? Windpocken, Röteln, Masern fielen ihm ein.

»Jenny …« Er wusste nicht, was er sagen sollte. Sie sprachen nicht dieselbe Sprache, auch wenn es so klang.

»Jenny!« Die Tür ging auf und Clemens platzte herein. Das

Hemd hing ihm lang aus der Hose, das Haar hing ihm wild ins Gesicht. »Jenny, ich mache das!« Er schien Momme gar nicht zu bemerken. Er baute sich vor Jenny auf, die einen Schritt zurückwich, und redete heftig auf sie ein. »Du musst mir nur sagen, wie. Du weißt es doch, oder? Ich mache mich gleich auf den Weg. Brauche ich Geld? Bestimmt kann ich welches beschaffen. Wo muss ich hin? Mit wem muss ich sprechen? Jenny, sag, dass du es weißt!« Clemens schien drauf und dran, sie an den Schultern zu packen und zu schütteln.

»Psst!« Jenny zischte. Auf einmal wirkte sie ärgerlich. »Nicht jetzt!« Warnend schaute sie zum Herrenzimmer. Dann wanderte ihr Blick prüfend an Momme herab.

»Bitte«, stotterte Momme. »Ich … verstehe nicht. Clemens … worum geht es hier?«

»*Nicht* jetzt!«, zischte Jenny wieder. Sie huschte zum Fenster. »Der Doktor ist da.« Sie wandte sich zu Clemens um. »Mit ihm müssen Sie sprechen. Aber der Herr und das Fräulein dürfen es nicht merken. – Herr Eisenmann?« Sie hob die Stimme. Dann ging sie mit schnellen Schritten zum Herrenzimmer und klopfte. »Doktor Murken ist eingetroffen.«

Momme und Clemens blieben allein im Speisezimmer zurück, die Stimmen im Flur wanderten treppauf und verloren sich im ersten Stock. Momme sank zurück auf seinen Stuhl. »Kannst du mir das bitte erklären, Clemens? Was ist mit Minna? Und was habt ihr da gerade beredet, du und Jenny?«

»Nichts.« Clemens sah furchtbar aus, sein Blick flackerte. »Minna ist sehr krank«, sagte er dann leise. »Schlimm krank. Sie … sie glauben, dass es das Fleckfieber ist.«

»Ich weiß nicht, was das ist, Clemens.«

»Fleckfieber? Oh.« Clemens rieb sich mit beiden Händen das Gesicht. »Typhus?«, fragte er dann. »Hast du mal von Typhus gehört?« Voller Unglauben schüttelte er den Kopf. »Aus was für einer Welt du kommst, Vetter.«

Typhus. Genau genommen wusste Momme nicht, was Typhus war. Das Wort hatte einen Gespensterklang. Es war ein Schrecken, von dem nur noch der Name übrig war. »Aber ihr habt doch bestimmt … der Doktor hat doch … Muss sie jetzt ins Krankenhaus?«

Clemens lachte hell auf. »Momme!« Er rang die Hände. »In Dreizehneichen tut man alles dafür, nicht in Spital zu müssen. Da schneidet man armen Kerlen die Arme und Beine ab, damit sie nachher am Wundbrand sterben. Wer halbtot hingeht, kommt ganz tot zurück. Nein, Minna kommt nicht ins Spital, mein Lieber. Nicht solange der alte Eisenmann noch einen letzten Heller hat …«

»Aber …«

»Minna braucht jetzt Medizin, Momme.« Clemens hatte sich zu ihm heruntergebeugt. Er flüsterte heiser.

»Ja, aber der Arzt ist doch jetzt da. Ich … ich verstehe dich nicht.«

»Medizin, Momme. Medizin!« Clemens' Hände gruben sich in Mommes Schultern. »Herrgott, du verstehst wirklich kein Wort von dem, was ich sage, oder?« Er zog an ihm und Momme kam auf die Beine. »Komm. Nicht hier.«

Clemens nahm Mommes Hand, zerrte ihn ins Herrenzimmer und schloss die Tür. Mommes Blick fiel auf den wuchtigen Schreibtisch, die giftig grünen Polstermöbel, die Kantenköpfe im Bücherschrank. An manchen Abenden war es hier beinahe gemütlich gewesen.

Clemens hockte sich auf die Kante der Chaiselongue. Müde sah er zu Momme auf. »Ich habe dich nie gefragt, wie das Leben drüben ist, nicht wahr?«

»Nein. Hast du nicht.«

»Und warum nicht?«

»Ich weiß nicht. Weil …«

»Weil es verboten ist? Ja. Und nein! Ich wollte nicht in Versuchung kommen, Momme. Ich bin fest im Glauben, hörst du? Ich weiß, dass der Szientismus ein Unglück ist. Dass all die Bequemlichkeiten drüben bloß teuflische Schwäche sind. Zerstörungen! Entfremdungen! Tünche für eine vom Menschen und nicht vom göttlichen Willen beherrschte Welt! Die zum Untergang verdammt ist, Momme! Deren Weg notwendig ins Chaos führt!«

»Du klingst wie Hinckeldey«, sagte Momme.

»Ja, mag sein. Dabei kann ich ihn so wenig ausstehen wie du. Aber hat er denn darin nicht recht? Schau, ich bin kein Geheimrat – ich bin ein Dichter! Aber drüben, da, wo du herkommst, da gibt es keine Kunst, sondern nur noch Maschinen. Die ganze Zwölfwelt ist doch nichts anderes als eine Maschine. Die Maschinen beherrschen euch! Die Poesie ist tot! Deshalb bist du doch hergekommen. Weil es noch etwas anderes als das Maschinenleben gibt.«

»Clemens, ich … es war ein … Unfall?«

»Was?«

»Dass ich hergekommen bin?«

»So ein Unfug!« Clemens sprang auf. »Es war das Schicksal, Momme! Das Schicksal! Das Schicksal hat dich hergeführt, und das Schicksal ist es, das …« Clemens' Stimme erstickte. Er zog lautstark die Nase hoch. »Wir glauben hier an das Schicksal, Momme. Wir glauben an den Willen der Götter. Wir glauben, dass …« Er fuhr sich wieder ungestüm über das Gesicht. »Wir glauben, dass die Abschaffung der Krankheit die Krankheit ist!«

Momme versuchte ernsthaft zu folgen.

»Verstehst du mich?«

»Nein.«

»Herrgott! Dann sage ich es so, dass du es verstehst: Wir haben hier keine Medizin, Momme! Medizin ist verboten! Strom ist verboten! Eure Automobile sind verboten! Der ganze vermeintliche

Fortschritt ist verboten! Wir wollen das hier alles nicht! Außer ...«
Clemens wandte ihm den Rücken zu. Momme sah, wie seine
Schultern sich senkten und hoben. »... außer, dass ich jetzt doch
Medizin für Minna will«, sagte Clemens.

»Darüber hast du mit Jenny gesprochen?«

Clemens nickte. Momme sah nur seinen Hinterkopf.

»Und wo gibt es die Medizin, wenn sie verboten ist?«

Ganz langsam drehte Clemens sich um. Er sah Momme in die
Augen. »Kann ich dir vertrauen? Kannst du für mich und Minna
schweigen? Bist du mein Gefährte, so wie ich deiner bin?«

»Ja. Ja!«, sagte Momme, auch wenn ihm das eigentlich zu viel
war. Manchmal war ihm Clemens' Pathos unangenehm.

»Gut. Hat Hinckeldey in eurem Kursus jemals die Schwestern
erwähnt? Den Bund der rätselhaften Elise?«

Clemens hatte sich einen Rock übergeworfen, jetzt stand er vor
dem kleinen Spiegel über dem Waschtisch und fummelte fahrig
an seiner Halsbinde herum. Momme lehnte im Türrahmen und
versuchte zu verstehen: Es gab einen Schwarzmarkt für Medikamente, die irgendwie aus der Zwölfwelt nach Dreizehneichen fanden, und irgendwie hatten »Elise« und ihre »Schwestern« damit
zu tun. »Elise« wiederum war die junge Frau auf dem absurden
Steckbrief in Hinckeldeys Schaufenster – Primus Falke hatte sie
»mutig« genannt und Kergel eine »Hexe« –, und nach allem, was
Clemens ihm erklärt hatte, mussten die Medikamente ihr *Verbrechen gegen die natürliche Ordnung* sein. Anders gesagt: Gemessen an
den Gesetzen Dreizehneichens wurde Momme gerade kriminell.
Er hatte sich eben erst Heinrich Hinckeldey zum Feind gemacht,
indem er Primus Falke deckte, und jetzt war er drauf und dran,
sich mit Dreizehneichens Polizei anzulegen. Er dachte an den einschüchternden Oberst Falke.

»Hörst du was? Kommen Sie schon?« Clemens schob sich an

ihm vorbei in den Flur. Er lauschte. »Alles wie besprochen, hörst du? Wir warten draußen – und dann bitten wir ihn, uns mitzunehmen.«

Das war Clemens' Plan, ausgeklügelt noch im Herrenzimmer, während Momme versuchte, weder zu klopfen noch zu zählen: Um den Doktor unbemerkt zu sprechen, wollte sich Clemens in dessen Droschke stehlen. Denn im Haus, so glaubte Clemens, würde sich dazu keine Gelegenheit ergeben. Clemens traute weder dem alten Eisenmann noch dem Fräulein Labasch, was Momme so unglaublich wie entsetzlich fand. Waren die beiden bereit, Minna sterben zu lassen? Starb man an Typhus? War das in Dreizehneichen ausgemacht?

»Clemens?«

»Was?«

»Ich kann nicht einfach in die Droschke steigen ...«

»Wieso nicht? Der Doktor wird nichts dagegen haben. Es ist vollkommen unverfänglich. Gut, der Alte wird sich vielleicht ein wenig wundern, wenn wir weg sind, aber ...«

»Das ist es nicht.«

»Nein? Was ist es dann?«

»Ich werde beschattet, Clemens.«

Der eben noch so zappelige Clemens stand ganz still. »Bitte?«

»Gegenüber, auf der anderen Straßenseite steht einer von Hinckeldeys Leuten. Es ist so ein großer Kerl, der Herrmann heißt. Sie bewachen mich die ganze Zeit, Clemens. Er und noch ein anderer Mann namens Kergel. Sie waren im Park dabei. Und beim Sternenfest. Und als wir gestern zum Rondell gegangen sind, war dieser Kergel auch hinter uns. Ich habe es erst nicht bemerkt. Aber heute morgen habe ich den Großen – Herrmann – vom Fenster aus gesehen. Sie ... also ... wenn wir jetzt mit dem Doktor, dann ... Hinckeldey ... das ist doch verboten ...« Seine Erklärung verlor sich. Er konnte nur hoffen, dass Clemens ihn auch so verstand.

»Hinckeldey lässt dich überwachen? Aber warum?« Clemens hatte ihn recht gut verstanden. Er wirkte auch gar nicht ungläubig, sondern nur ehrlich überrascht.

»Weil …« Wie sollte er das erklären? Er begriff es doch selber kaum. »Weißt du, was ein Fährmann ist, Clemens?«

Clemens nickte.

»Ich glaube, ich hatte einen. Jemand hat mir hierhergeholfen. Oder hatte es jedenfalls vor.« Momme war kurz davor, Namen zu nennen. Er hatte versprochen, es nicht zu tun. »Ich … kann nicht darüber sprechen.«

»Hast du das dem Oberst Falke gesagt? Leutnant Kammholz?« Da war es wieder, dieses Durcheinander: Hinckeldey, die Falke-Brüder … Auf welche Seite würde sich Clemens stellen?

»Sie wissen, dass da jemand war, aber …«

»In Wrota?«, unterbrach ihn Clemens. »Du hast Wrota gesagt, als du zu mir auf die Bühne kamst. Du wolltest nach Wrota zurück. Was ist das?«

»Ein altes Herrenhaus außerhalb der Stadt. Ich habe da aufge-passt. Und da war … der Mann nannte sich Veil Wallasch, aber das ist nicht sein richtiger Name. Hinckeldey glaubt, dass er aus Dreizehneichen ist. Er glaubt, dass ich ihn hier wiedererkannt habe. Und dass ich ihn aufsuchen könnte. Deshalb steht Herrmann drau-ßen. Ich soll Hinckeldey zum Fährmann führen.«

»Hast du ihn denn wiedererkannt?«

Für einen Augenblick standen sie sich stumm, beinahe lauernd gegenüber. Doktor Murken konnte jederzeit die Treppe herunter-kommen.

»Ich werde ihn nicht verraten«, sagte Momme.

Clemens nickte. »Gut, dann verrate ich ihn auch nicht.« Er fasste ihn am Ellbogen; er wollte etwas sagen. Dann zögerte er – und dann sagte er es doch. »Es ist Primus Falke, nicht wahr? Du hast ihn beim Sternenfest erkannt, richtig?«

Momme schluckte. War er so leicht zu durchschauen?

Jetzt drangen Stimmen von oben herab. Das eine war der Bass des alten Eisenmann; die andere Stimme konnte nur die des Doktors sein.

»Da sind sie!« Durch Clemens ging ein Ruck. »Hör mal, ich schweige wie ein Grab, Momme. Aber dafür musst du mich jetzt begleiten. Wir hängen diesen Herrmann einfach ab, verstehst du? Was soll er denn machen? Sich eine Droschke rufen? Bis er in der sitzt, sind wir über alle Berge. Komm, wir lassen einfach nicht locker. Bis wir die Arznei haben!«

»Aber ...«

Aber Clemens schlich schon die Treppe hinauf. Die Stimmen waren jetzt klar vernehmlich.

»Ich komme am Abend wieder.« Das war Doktor Murken. »Wie gesagt: Halten Sie das Fieber möglichst niedrig. Und setzen Sie die Bäder fort.«

Der alte Eisenmann murmelte Dankesworte.

Dann ging die Haustür auf – Momme glaubte, den kalten Luftzug zu spüren. Clemens stand eine Stufe über ihm, lehnte rücklings am Geländer und hielt still.

»Auf Wiedersehen, lieber Eisenmann.«

»Bis zum Abend, Doktor.«

Die schwere Haustür fiel ins Schloss, Momme hörte Eisenmanns Schritte, Clemens hob den Arm, als gäbe er Befehl zum Angriff, und stürmte, kaum dass der Alte nicht mehr zu hören war, zur Garderobe. Er rupfte Hut und Mantel vom Haken und riss die Tür auf.

»Herr Doktor!«, hörte ihn Momme lauthals rufen, und als er endlich selber auf dem Treppenabsatz stand, sah er Clemens schon vor der Droschke auf den Doktor einreden.

Mommes Blick wanderte an den beiden vorbei und über die Straße, wo der lange Herrmann reglos zu ihm herüberstarrte. Sie sahen sich an, und weil Momme nichts Besseres einfiel, nickte er Hermann zu und hob verhalten grüßend die Hand.

Doktor Murken war ein distinguierter Mann mit silbrigen Schläfen und einem silbergrauen Bart, der aussah wie gemalt. Er hatte die feinen Hände in den Schoß gebettet, die Beine elegant übereinandergeschlagen und quittierte ihren Überfall allein mit einer Augenbraue. Die Braue hob sich ein zweites Mal, als Clemens ihn in den Mantel schlüpfend mit seinem spitzen Ellbogen traf, und zuckte wieder, als Clemens auf die höfliche Frage, wo er, Doktor Murken, sie denn absetzen könne, antwortete, das sei nunmehr ganz egal.

»Bitte?«, sagte Doktor Murken.

Die Kutsche war soeben losgefahren und ließ den großen Herrmann auf dem Trottoir zurück. Momme hatte das sichere Gefühl, die Sache würde sich noch rächen.

Clemens sagte: »Doktor, darf ich offen sprechen?«

Murken schwieg. Er sah nicht Clemens an, sondern Momme. Momme hatte einen furchtbar trockenen Mund.

»Wir wissen, dass es das Fleckfieber ist«, sagte Clemens. »Wie schlimm steht es?«

»Das kann ich noch nicht sagen.« Murken ließ Momme nicht aus den Augen, obwohl er doch eigentlich mit Clemens sprach. »Meine Herren, eigentlich darf ich es Ihnen auch nicht sagen. Ich verspreche Ihnen: Ich tue, was ich kann.«

»Alles?«, sagte Clemens schnell.

»Wie meinen Sie das?« Endlich löste der Arzt den Blick von Momme. Wirkte er überrascht? Oder spielte er die Überraschung?

»Herr Doktor! Wie gesagt, wir möchten offen reden. Es gibt Möglichkeiten, die …«

Doktor Murken schnitt Clemens das Wort ab. »Mein Herr, Ihr Patron ist ein gottesfürchtiger Mann und ein gesetzestreuer Bürger.

Wenn Sie hinauswollen, worauf ich glaube, dass sie hinauswollen, sollten Sie sich eine andere Mitfahrgelegenheit suchen. Sie sind bei mir an der falschen Adresse, Herr vom Stein.«

»So?«, sagte Clemens. »Da habe ich aber …«

Murken schnitt ihm schon wieder das Wort ab. »Und selbst wenn Sie an der richtigen Adresse wären, junger Mann – wissen Sie denn gar nicht, was gerade in der Stadt geschieht?«

»Bitte?«, sagte Clemens.

»Sie sprechen von mir, oder?«, sagte Momme. »Sie wissen, wer ich bin.«

Doktor Murken sah auf seine makellosen Hände. Kein Nein schien in diesem Fall ein Ja zu sein.

»Was geschieht denn in der Stadt, das wir wissen sollten?« Er musste jetzt weiterreden. Sie waren einen entscheidenden Schritt weiter. Momme hatte gut daran getan, etwas preiszugeben.

»Die Legion gewinnt an Einfluss«, sagte Murken. »Was wiederum Einfluss auf Ihr Anliegen hat, meine Herren. Sie wollen, dass ich etwas beschaffe – wobei Sie wie selbstverständlich davon ausgehen, dass es die Rettung bedeuten würde. Das ist Ihr erster Irrtum, denn so einfach ist es aus ärztlicher Perspektive nicht. Selbst wenn ich den Großvater der Patientin im Unklaren ließe und auf eigene Faust handeln würde, hätte ich doch nur, was ich hätte. Aber ich habe nichts.«

»Wie? Nichts?« Clemens mischte sich wieder ein, was Momme nicht recht war. »Es gibt doch Mittel und Wege. Sie …«

Doktor Murken hob die Hand und brachte Clemens so zum Schweigen. »Sie machen das zum ersten Mal, nicht wahr, junger Mann?«

Clemens schluckte. Die Kutsche war abgebogen. Momme erkannte den Tannhäuser Damm.

»Auf welchen Wegen, glauben Sie denn, kommen die Mittel in die Stadt?«, sagte Doktor Murken. »Sie kommen durch ein Nadelöhr. Dann und wann, ein Korb voll, für alle Menschen zwischen diesen Mauern. Und seit Wochen kommt nichts mehr, meine Herren. Woran Sie«, der Doktor deutete mit dem silberbärtigen Kinn auf Momme, »nicht vollkommen unschuldig sind.«

»Ein Korb voll?« Momme wiederholte ungläubig, was Murken da gesagt hatte. *Ein Korb voll.* Konnte das sein? Die weiße Frau war mit einem Korb über dem Arm auf der Treppe in Wrota erschienen. Und sie war mit dem Korb über dem Arm durch die dreizehnte Tür verschwunden. Er war sich ganz sicher: In dieser Nacht hatte er eine der Schwestern gesehen. Und dann war da am Abend zuvor dieses Auto gewesen. »Lassen Sie die Kutsche halten. Bitte!«, platzte er heraus.

Doktor Murken verstand, aber er verstand nicht alles. Er beugte sich vor. »Junger Freund, es tut mir leid, dass ich das gesagt habe. Sie konnten nichts davon vorhersehen. Sie trifft tatsächlich keine Schuld. Aber der Weg ist nun einmal versperrt.«

»Bitte! Ich möchte aussteigen!« Er vertraute dem Doktor, aber was immer Murken von Wrota wusste, Momme konnte das jetzt nicht erklären.

»Was?« Clemens war ganz durcheinander.

Murken klopfte kopfschüttelnd dem Kutscher. Nach einer halben Ewigkeit kam die Droschke zum Stehen. Hut und Mantel noch im Arm, rutschte Momme über die Polsterbank zum Schlag.

»Was hast du denn vor, Momme?«

Es tat ihm leid, aber er konnte es Clemens jetzt nicht erklären. »Wie komme ich von hier nach Unterbaum?«, fragte er.

»Unterbaum? Was willst du denn jetzt in Unterbaum?«

»Laufen Sie hinunter bis zur Spree«, sagte Doktor Murken. »Dann folgen Sie dem Fluss nach Westen. Es ist ein armes Viertel. Sie erkennen es.«

»Warte. Ich komme mit«, rief Clemens.

Momme öffnete die Tür. »Tust du nicht«, sagte er. »Such dir

lieber eine besonders abwegige 13. Stunde. Nicht den Vortrag zur Überwelt. Nimm irgendwas, womit Hinckeldey nicht rechnet. Und trag uns beide in die Liste ein.« Sein Fuß fand den Tritt; er schälte sich aus der Droschke; jetzt stand er irgendwo oberhalb des Rondells auf dem Tannhäuser Damm und schlüpfte in den Mantel.

Doktor Murken warf ihm einen warnenden Blick zu. »Machen Sie jetzt keinen Fehler«, sagte er.

Momme nickte. Dann drückte er die Droschkentür zu, erwiderte den neugierigen Blick des dick eingepackten Kutschers und murmelte: »Hoffentlich.«

Bei der erstbesten Gelegenheit bog Momme rechts ab: Bestimmt würden Kergel und Herrmann nach ihm suchen, eine Verkehrsader wie der Damm schien ihm deshalb ein gefährlicher Ort zu sein. Bis er wiederum abbog – diesmal nach links; er glaubte: in Richtung Rondell –, kamen ihm nur zwei plaudernde Ammen entgegen, die zwei enorme Kinderwagen schoben. Da und dort tat sich die dunkle Grotte eines Hinterhofs auf. Er machte Platz für eine Dienstmagd mit zwei schweren, emaillierten Eimern und erschrak, als ihm ein Mann mit vorgespanntem Bauchladen eine Wurzelbürste anbot. Momme fing mit dem Schrittezählen wieder von vorne an. Er zählte bis 120 und wieder und wieder und noch einmal bis 120, bis er am Ende einer Gasse, an der er sonst vorbeigelaufen wäre, das schimmernde Band der Spree entdeckte.

Am Wasser angekommen, beugte er sich über das eiserne Geländer der Uferpromenade, erkannte die Opernbrücke mit dem Müller-Denkmal darauf und lief, schon wieder zählend, in die entgegengesetzte Richtung. Der Tag war grau und der sich träge dahinwälzende Fluss noch grauer. Unterhalb der Ufermauer lag da und dort ein Kahn vertäut; jeder Mann, der ihm entgegenkam, sah Kergel zum Verwechseln ähnlich. Momme klopfte, zählte und bekam Seitenstechen, und obwohl es herbstlich kühl war, schwitzte er sein Hutband nass. In einer einsamen, ringsum von Kopfsteinen bedrängten Weide zwitscherten Vögel.

Nach und nach wurde die Ufermauer flacher und vor ihm

tauchte eine Brücke auf, die sich in mehreren Bögen über den Fluss spannte. Windschiefe Treppen führten jetzt hinunter zum Wasser, wenig vertrauenswürdige Stege wagten sich ein paar Meter weit auf den Fluss, hölzerne Lastkähne und Fischerboote dümpelten dicht beieinander, Pfähle, Ruder und Masten ragten auf, zwei Jungen mit kurzen Hosen und rot gefrorenen Beinen verkauften Fliegenfänger. Auf einer absurd langen, seltsam tiefgelegten Schubkarre wurden Ziegel auf einen Kahn geschafft, die Karre rumpelte über eine Bohle, die sich unter der Last gefährlich bog.

War das hier Unterbaum? Erkannte man ein armes Viertel daran, dass alle schuften mussten? Momme wandte sich an die beiden Jungen mit den Fliegenfängern; er drückte auf die Stimme, um zu klingen wie ein Herr, der nicht hierhergehörte. Dreizehneichen, das hatte er begriffen, war aus Unterschieden gemacht. »He! Ihr beiden! Sagt mal, wie finde ich zum Schuster Schikalla?«

Die Jungen sahen sich an, dann zuckte der eine von ihnen mit den Achseln.

Momme fingerte in seinen Hosentaschen nach einem Groschen. Diesmal hatte er sogar einen. »Na?«, sagte er, als er ihn hervorholte. »Jetzt sagt schon.« Er machte das, fand er, ganz gut.

Der Achselzucker streckte eine schmutzige Hand aus. »Nächste rechts«, sagte er und entblößte einen abgebrochenen Schneidezahn. »Und wenn Sie die Allee sehen, wieder.« Sein ausgestreckter Arm wurde noch ein bisschen länger. Momme legte ihm den Groschen in die flache Hand. »Steht draußen dran«, sagte der Junge, während die Hand mit dem Groschen in seiner Tasche verschwand. »Können Sie gar nicht verfehlen. Brauchen Sie vielleicht einen Fliegenfänger, der Herr?«

Momme schüttelte den Kopf, tippte an den Zylinder und eilte, bevor er noch einen Fehler machte, weiter. Von einem der Fachwerkhäuser am Ufer züngelte ein Schwall Seifenlauge auf ihn zu. Die Gasse, in die er einbog, war eine Furche aus blanken Kopfsteinen; ein struppiges Pony zog einen schwankenden Karren. Momme machte Platz und konnte den sauren Schweiß des Tieres riechen, als es auf breiten Hufen vorüberklapperte.

Ein paar Minuten später tauchte am lichten Ende der Gasse eine Droschke auf, gemächlich gefolgt von einem Milchwagen. Momme hielt das für die Allee, also wandte er sich bei der nächsten Gelegenheit wieder nach rechts und hielt zwischen schmutziggrauen Fassaden nach der Schusterwerkstatt Ausschau. Als er sie entdeckte, musste er zum ersten Mal, seit er die Jungen nach dem Weg gefragt hatte, wieder klopfen. Vor lauter Nervosität atmete er plötzlich ganz flach. *SCHUHMACHEREI* stand in ehemals weißen Lettern auf dem Fenster und darunter, kleiner, aber mit genauso viel Patina: *BESOHL REPARATUR-WERKSTATT Ludwig Schikalla.*

»Guten Tag?« Irgendwie hatte Momme beim Eintreten ein Bimmeln erwartet, die Tür aber hatte einfach bloß gequietscht. Jetzt stand er auf grau gewordenen Bohlen, vor sich keine Ladentheke, sondern einen einfachen, wenig vertrauenerweckenden Tisch. Weiter hinten war ein schmutziggelber Vorhang über die ganze Breite der Werkstatt gespannt. Von dort hörte Momme es leise und stetig hämmern. Leider war kein Mensch zu sehen.

Momme räusperte sich lautstark, setzte den Zylinder ab und wischte sich die verklebte Stirn.

Der Vorhang wurde ein Stück zur Seite gezogen und eine kleine, ausgemergelte Frau erschien – in ihrem Rücken ein graubärtiger, gebeugter Mann auf einem Schemel. Die Frau zog den Vorhang wieder zu und trat, Momme misstrauisch musternd, hinter den wackeligen Tisch. Ihr Haar war straff zu einem Dutt gebunden, der Mittelscheitel ein langer, gerader, gespenstisch weißer Strich. Über dem grauen Kleid trug sie eine speckige Lederschürze.

»Guten Tag?«, sagte Momme noch einmal – und wieder klang es unwillkürlich wie eine Frage. Er krallte die Hände in die Krempe des Zylinders. Besser wäre es gewesen, er hätte ein paar Schuhe in der Hand gehabt. Die Frau hatte einen entsetzlich stechenden Blick.

»Frau Schikalla?«, flüsterte Momme. Nach allem, was er von Primus Falke wusste, durfte ihn der Schuster hinter dem Vorhang nicht hören. »Ich …« Er trat an den Tisch und lehnte sich zu ihr hinüber. Eben noch war er sich wie ein Verschwörer vorgekommen, jetzt fühlte er sich nur noch wie ein Depp. »Ich bin Moritz vom Stein«, sagte er so leise wie nur möglich in ihr hartes, abweisendes Gesicht. War er hier richtig? War das überhaupt die Frau des Schusters Schikalla?

Eine Ewigkeit verging, bevor sie endlich den Mund aufmachte und so laut sprach, dass Momme erschrak: »Natürlich. Sie können die Stiefel jederzeit bringen lassen.«

Und jetzt? Momme wusste nicht mehr weiter und erntete einen erbosten Blick. Dann kam die Frau hinter ihrem Tisch hervor, ging einfach an ihm vorbei und hielt ihm die Tür auf. »Auf Wiedersehen, der Herr. Beehren Sie uns bitte wieder!«, sagte sie katzenfreundlich und bedachte ihn mit einem Raubtierblick.

Hatte sie ihn gerade abgewiesen? Hatte er sich durch sein bloßes Erscheinen unmöglich gemacht? Mit einem flehentlichen Blick schlich Momme zur Tür. Sie konnte seinen Abgang erkennbar nicht erwarten. Jetzt stand er neben ihr – es war seine letzte Chance, und er musste sie nutzen. Er sperrte den Mund auf, sie zischte ihm »Mittags, unter der Unterbaumbrücke« ins Ohr. Dann stand er schon, den Hut in der Hand, auf der Straße, und die Frau des Schusters Schikalla schloss mit reichlich Schwung die Tür. Sie hatte ihn keines Blickes mehr gewürdigt. Gegenüber bot ein *Tapetenmaler* seine rätselhaften Dienste an.

Momme war zurück zur Spree gestolpert. Er war sich keineswegs sicher, aber eigentlich musste die Brücke, auf die er die ganze Zeit zugelaufen war, die Unterbaumbrücke sein. Was aber hieß *unter?* Und wie spät war es überhaupt? Zehn? Elf? Natürlich hatte er keine Uhr – er hätte sich eher die Hand abgehackt, als eine der hier üblichen Uhren auch nur anzufassen. Und was hieß schon mittags, wo es eine dreizehnte Stunde gab? Er wusste ja nicht mal, auf wen er warten würde. Auf Frau Schikalla? Auf Primus Falke? Eine der Schwestern? Womöglich auf die weiße Frau?

Er stand hilflos am Ufer und sah fremden Menschen beim Arbeiten zu. Er hatte Durst und ihm war übel vor Hunger. Dann gab er sich einen Ruck und lief auf die steinernen Bögen der Brücke zu. Eine ausgetretene Treppe führte in ihrer unmittelbaren Nähe zum Ufer hinab, und schließlich stand Momme im Schatten des ersten Brückenbogens. Dort war es dunkel und kühl. Das Wasser, das schwarz den massiven Pfeiler umspülte, gluckste und stank. Momme sah sich nach einer Sitzgelegenheit um, fand keine und hockte sich auf das kalte Pflaster. Alle paar Minuten trieb in der Flussmitte ein Kahn vorbei, einmal wagten sich zwei vorwitzige Enten in Ufernähe, ein anderes Mal war es ein Schwan, der ihn anschaute wie sonst nur das Fräulein Labasch.

Die Zeit verstrich so langsam wie der träge dahintreibende Fluss. Momme war beinahe überrascht, als fernes Glockengeläut über das Wasser wehte – das musste die dreizehnte Stunde sein. War Mittag damit vorüber? Was würde er tun, wenn überhaupt niemand kam? Minna war krank. Sie durfte nicht sterben. Er umschlang seine Beine und bettete die Stirn auf die angewinkelten Knie. Er würde eine Ewigkeit warten. Und, wenn es sein musste, auch zwei.

Als er wieder aufsah, hatte sich ein Angler zu ihm unter die Brücke gesellt. Er wandte ihm den breiten Rücken zu und warf seine Leine in den dunklen Strom. Er stand kaum einen Meter entfernt und doch hatte Momme ihn nicht kommen hören. Schlechter konnte es nicht laufen. Zuhörer konnte Momme, falls doch noch jemand erscheinen würde, nicht gebrauchen. Er rappelte sich auf;

er würde weiter vorne warten, am besten gleich am Fuß der Ufertreppe. Genervt las er seinen Zylinder auf.

»Ich hoffe sehr, Sie haben einen guten Grund, hier zu sein, Moritz«, sagte der Angler.

»Herr Falke?« Momme hatte seine Stimme sofort erkannt.

»Jetzt haben wir uns beide einmal beim Namen genannt. Das sollte reichen.« Primus Falke wandte ihm nach wie vor den Rücken zu. »Ich angele, Sie reden. Was haben Sie zu sagen?«

Das war eine böse Frage; Momme war mit einem Schlag blockiert.

»Ich habe Ihnen die Adresse für den äußersten Notfall gegeben. Vergessen?«, sagte Primus Falke. Gerade hatte er nichts mit dem alles verstehenden, alles verzeihenden Veil Wallasch gemein.

»Nein, nicht vergessen.« Momme versuchte, seine Lähmung abzuschütteln. Er musste sich sortieren. Er starrte auf Primus Falke, der eine Joppe und eine Mütze wie Kergel trug. »Sie haben mir Ihren Führerschein gezeigt«, sagte er.

»Wer?«

»Hinckeldey. Und ein Oberst Jochum.«

»Jochum …« Primus Falke zog an seiner Angel. »Haben Sie meinen Bruder erwähnt?« Seine Stimme klang jetzt finster.

»Sie trauen ihm nicht«, sagte Momme. »Weil er behauptet, dass es keinen Fährmann gibt.«

»Alfart?«

»Den haben sie nicht erwähnt. Ich habe gesagt … dass der Mann auf dem Foto nicht … nicht mein Fährmann gewesen ist. Aber mir trauen sie auch nicht.«

»Nein«, sagte Primus Falke. »Sie trauen niemandem.« Dann, nach einer kurzen Pause: »Ich möchte Ihnen danken, aber Sie hätten dennoch nicht herkommen sollen. Haben Sie eine Geschichte, wenn Sie zurückkommen?«

»Ich bin noch aus einem anderen Grund hier«, sagte Momme.

Er musste jetzt zur Sache kommen. »Minna Eisenmann ist krank. Eisenmanns kleine Enkelin. Sie ist sechs.«

»So?«

»Es ist Typhus«, sagte Momme. Lieber hätte er das Primus Falke ins Gesicht gesagt. Es klang wie ein Vorwurf, und das sollte es auch.

»Das ist schrecklich. Es tut mir leid.«

»Der Arzt hat keine Medikamente mehr.« Momme feuerte den Satz wie eine Waffe ab. Er spürte, dass er wütend war – auch wenn ihm nicht ganz klar war, auf wen.

Primus Falke ließ die Angel sinken. »Worauf wollen Sie hinaus?« Plötzlich klang er unsicher.

»Die weiße Frau«, sagte Momme. »Sie hat in Wrota Medikamente abgeholt. Das wussten Sie doch, oder? Sie wussten die ganze Zeit, wer sie ist. Und was sie da machte.«

Primus Falke brachte die Angel wieder in Position. »Darüber sollten wir nicht reden«, murmelte er. »Das hatten wir doch schon.«

»Wir müssen aber darüber reden«, sagte Momme. »Minna braucht die Medikamente. Sie müssen helfen, bitte!«

Eine ganze Weile schwieg Primus Falke. Dann sagte er leise: »Ich kann nicht helfen. Nicht mehr.«

»Gibt es denn keinen anderen Weg als Wrota? Eine Bahn? Ein Lid?« Jetzt sprach Momme die Sprache Dreizehneichens. Wenigstens das hatte ihm Hinckeldey beigebracht.

»Nein«, sagte Primus Falke. Er klang bedrückt.

»Wrota war der einzige Weg?« Momme wurde immer wütender. Für diesen ganzen Schwanstein-Schwachsinn hatte dieser Mann die einzige Route der Schwestern riskiert?

»Der einzige, von dem sie nicht wussten, ja.«

»Und jetzt ist er meinetwegen versperrt?«

»Er ist wohl eher meinetwegen versperrt, nicht wahr?« Zum ersten Mal drehte sich Primus Falke zu ihm um. Es war dunkel unter der Brücke, vielleicht wirkte er deshalb so grau im Gesicht. »Sie haben alles Recht, mir das vorzuwerfen, Moritz. Ich bin selbstsüchtig gewesen. Ich wollte das Lid doppelt nutzen. Zum Guten, glauben Sie mir, zum Guten. Aber jetzt wird etwas Böses daraus.« Er senkte den Kopf. »Typhus ist eine schlimme Sache. Meist hat unsere Hilfe in solchen Fällen nicht gereicht.«

»Aber wir *müssen* ihr helfen«, sagte Momme. »Wir müssen.« Er würde Primus Falke nicht davonkommen lassen.

»Genauso habe ich auch gedacht«, sagte Primus Falke. »In Ihrem Fall. Und jetzt sehen Sie, was daraus geworden ist. Ich kann der Kleinen nicht helfen. Nicht bevor sich nicht ein neues Lid auftut. Und wir es vor der Policey finden.«

»Wir?« Über ihren Köpfen rumpelte eine schwere Kutsche auf die Brücke.

Primus Falke blieb stumm.

»Sie und – *Elise?*«

»Sie sollten nichts davon wissen. Um Ihrer selbst willen.«

»Aber ich weiß es doch schon.« Momme würde sich nicht mehr mit Andeutungen abspeisen lassen. »War sie die Frau in dem Auto? Damals in der ersten Nacht? Sie ist drüben, nicht wahr? Jetzt sagen Sie schon! Habe ich recht? Elise ist die Verbindung zur Zwölf-welt.« Das war geraten, aber nicht schlecht.

»Hören Sie, nach Elise wird mit allen Mitteln gefahndet. Nicht zuletzt von meinem Bruder.« Primus Falke stöhnte. »Ich habe mich schon schuldig genug gemacht.«

»Wir machen uns noch viel schuldiger, wenn wir Minna nicht helfen.«

»Ja. Aber wo wäre der Ausweg?« Jetzt mischten sich Ärger und Trotz in Primus Falkes Stimme. Momme hatte ihn in die Ecke ge-drängt. »Weshalb sind Sie hier? Was wollen Sie von mir, Moritz?«

»Ich will zurück«, sagte Momme, dabei hatte er das gar nicht sagen wollen. Ganz bestimmt war er nicht mit diesem Vorsatz her-gekommen. »Ich will zurück und ich will Minna mitnehmen. In ein ganz normales Krankenhaus. Kein Schicksal, kein nichts, verstehen Sie? Ich gehe mit ihr rüber und ihr wird geholfen.«

»Und wie wollen Sie das anstellen?«

»Das verraten Sie mir.« Er würde nicht lockerlassen. Er würde so erbarmungslos sein wie der Zwang. »Sie haben mich doch auch hergebracht.«

»Ich …« Primus Falke schien aufrichtig verzweifelt und Momme kam sich grausam vor. Primus Falke hatte die Angel, aber Momme hatte ihn am Haken. Er hätte sich eine solche Härte nicht zugetraut.

Primus Falke fing an, die schlaff herabhängende Schnur seiner Angel einzuholen. Er wickelte sie langsam um die Rute. War er verletzt? Fühlte er sich von Momme verraten? »Es wäre ein tollkühnes Manöver«, sagte er. »Und ich habe das nicht zu entscheiden. Und selbst, wenn wir das kleine Mädchen so retten könnten – wir brächten viele andere in Gefahr.«

»Wir reden von den Schwestern?«, fragte Momme. »Können Sie mit ihnen sprechen?«

Primus Falke hantierte immer noch mit seiner Angel.

»Wenn Sie es nicht tun, spreche ich mit ihnen. Dann gehe ich wieder zu Frau Schikalla.« Das war ein Bluff. Die Frau des Schusters würde nicht mal eine Minute brauchen, um ihn aus ihrem Laden zu schmeißen. »Hinckeldey würde mir zuhören«, sagte er leise.

Für einen Moment sah Primus Falke wie ein Untoter aus.

»Ich kann nichts versprechen«, sagte er, als er sich wieder gefangen hatte, und klemmte sich ruckartig die Angel unter den Arm. »Tatsächlich sehe ich überhaupt keine Möglichkeit, Ihre Bitte zu erfüllen. Aber Sie lassen mir ja keine Wahl, also werde ich es versuchen. Geben Sie mir ein paar Tage.«

»Und dann?« Momme stellte sich ihm frech in den Weg. Er wusste nicht, wie viele Tage zu Minnas Rettung blieben.

»Man kann den Schwestern nichts befehlen, Moritz«, sagte Primus Falke. »Aber Sie werden von ihnen hören. Würden Sie mich jetzt bitte gehen lassen?«

»Wie höre ich von ihnen?«

»Das weiß ich nicht«. Primus Falke war schon an ihm vorbei. Momme sah ihn aus dem Schatten der Brücke treten und dann in seinem Kergel-Kostüm beschwerlich die Treppe zum Uferweg erklimmen. Momme hatte ihn erpresst; er hatte gerade den wohlmeinenden Veil Wallasch verraten. Es kam ihm vor, als hätte er mit dem Phönix auf ihn eingeschlagen. Und da war noch etwas, das ihn quälte: Irgendwas hatte er noch sagen wollen. Aufgewühlt wie er war, wusste er aber einfach nicht mehr, was.

Merle hatte sich auf Neubauten spezialisiert. Es war eine pragmatische Entscheidung. Seit Wochen fuhr sie kreuz und quer durch die Stadt, von einem Besichtigungstermin zum nächsten, manchmal wusste sie kaum noch, wo sie war, weil sich die Tage, die Bauten, die Abläufe so glichen. Man ließ sich vom Navi an den Stadtrand dirigieren, stellte den Wagen vor den ewigselben Baugittern ab, lief über frisch gepflasterte Zufahrten an Bauarbeitern vorbei und stellte sich dann in die Traube der Interessenten – zumeist waren es die charakteristisch verkrampften Paare, denen die Angst vor falschen Entscheidungen, verpassten Chancen, Festlegung und hohen Schulden ins Gesicht geschrieben stand. Merle mochte Menschen mit Zukunft, aber sie hatte etwas gegen Angst.

Selbst die Maklerinnen, die bald darauf erschienen, glichen sich, von ihrem DIN-normierten Townhouse-Schick bis zum Mikrozement ihres Make-ups. Sie alle wedelten mit den gleichen Hochglanzbroschüren und Formularen und erhoben auf die gleiche Art die Stimme, bevor es in die Musterwohnung ging, wo sie die Interessenten nach der immerselben Choreografie durch Wohn- und Schlaf- und Kinderzimmer schleusten. Vom Balkon oder dem Panoramafenster sah man einen Streifen Wasser, den fernen Fernsehturm oder wenigstens ein unverbautes Nichts, die Straße, die S-Bahn, die Flugzeuge hörte man durch die dreifach verglasten Fenster nicht einmal zu Stoßzeiten.

Die Aussicht aber kümmerte Merle so wenig wie die Kücheninseln und Gästetoiletten. Merle sonderte sich meist schon vor der Musterwohnung ab, stahl sich in nagelneue, nach Farbe riechende Treppenhäuser und lief in den oberen Stockwerken die Appartementtüren ab, an der Zehn, der Elf, der Zwölf vorbei, um dann jedes Mal enttäuscht vor einer Dreizehn zu landen, die keineswegs sie allein sehen konnte. Bei Rasterbauten wie diesen wurde durchgezählt, die künftigen Eigenheimbesitzer fürchteten nicht die Zahl, sondern die Summe. Augen nach Dreizehneichen öffneten sich an solchen Orten nicht.

Weiter draußen, wo ganze Siedlungen entstanden, waren die Wege weiter. Dann machte Merle schon vor dem Musterhaus die Biege und klapperte die strahlend weißen Doppelhäuser ab, an zukünftigen Parkplätzen und handtuchgroßen Vorgärten vorbei, über den frischen Asphalt entstehender Zufahrtsstraßen, die schon jetzt Fliederweg oder Lerchenstraße hießen, obwohl es hier weder Flieder noch andere Vögel als Krähen gab. Einen Fliederweg 13 hingegen gab es immer, meist sogar in A und B. Eine Insel oder gar ein Lid konnte Merle weder in Lankwitz noch in Schmöckwitz noch im Norden Pankows finden, und eigentlich glaubte sie auch gar nicht daran.

Oft war sie nicht mal richtig bei der Sache. Die Zukunft, die sie hier besichtigte, gehörte ihr nicht. Seit Wrota entdeckt worden war, war etwas zu Ende, und sie tat, was sie niemals wieder hatte tun wollen: Sie hielt am Alten fest. Sie suchte ein Lid, um weiterzumachen wie bisher, dabei bettelte sogar das Wetter um Veränderung. Der viel zu lange, heiße Sommer war zu Ende, der Oktober hatte sich seltsam gestaltlos dahingeschleppt, und die paar Bäume, die man vor den neuen Passivhäusern hatte stehen lassen, waren beinahe ausnahmslos schon kahl.

An allerlei Absperrbändern vorbei lief Merle durch verschrumpeltes Laub zurück zum Wagen. Ab heute war November, sogar das Jahr war drauf und dran, bald Schluss zu machen, sogar der Safe in

Lady Vintage's Raritätenladen leerte sich. Merle fuhr nur noch für Stippvisiten hin.

Viel lieber besuchte sie den Friedhof, der sie wieder so magisch anzog wie zu Anfangszeiten. Jeden Tag eilte sie den Hauptweg unter den immer schütterer werdenden Linden hinauf, prüfte die kleine rostige Laterne im Girsch, um dann an der Ostseite herumzulungern, als gäbe es für sie sonst nichts weiter zu tun. Manchmal stand sie minutenlang vor dem verwitterten Giebel, den niemand außer ihr sehen konnte, und starrte auf die schwere Tür, bis sie sie mit ihrem Blick zu durchdringen glaubte und der Weg nach Dreizehneichen zumindest in Gedanken frei war. Dann trat sie wie sonst Lotte über die Schwelle und durchquerte mit hallenden Schritten den lichtlosen Gang, bis sie auf die bronzenen Grabplatten der Brusedorffs stieß und Dreizehneichen erreichte. MORS PORTA VITAE AETERNA, so stand es am Brusedorff'schen Mauseoleum, aber Merle nahm in ihrem Tagtraum ja den umgekehrten Weg: Sie kam aus dem ewigen Leben und ging in den Tod. Sie spürte eine sonderbare Lust auf eine Entscheidung.

Es war nach halb fünf, als sie in der Großgörschenstraße einen regulären Parkplatz fand. Die Sonne war gerade untergegangen, in vielen Fenstern ringsum brannten schon die Lichter, und weil ihr kaum eine halbe Stunde blieb, bis das Tor geschlossen würde, strebte sie mit langen Schritten auf das Friedhofsgelände, nach dem letzten Neubauprojekt froh über das Kontrastprogramm. Die Linden streckten ihre kahlen Äste wie arthritische Finger in den dunklen Himmel, darunter jedoch glühten links und rechts des Hauptwegs rote Lichter, wie an Allerheiligen eigentlich nur auf katholischen Friedhöfen üblich, aber der Alte St. Matthäus-Kirchhof nahm es mit den Traditionen nicht genau oder hatte sich gleich seine eigenen erfunden.

Merle gefielen die schwankenden, zuckenden Flämmchen und ihr kleiner, dramatischer Schein. Die Luft war kühl, der Abend ein wenig verhangen, und auch das war nach ihrem Geschmack. Es war die richtige Atmosphäre für ein Rendezvous mit Gespenstern, und fast bedauerte sie, dass der wirre Geist Thorwald Nusselts nicht länger auf dem Kirchhof umging, sondern im von Secundus belagerten Wrota.

Nusselts wenige Aufgaben in der Stadt hatte Lotte übernommen, die deshalb alle zwei, drei Tage auf dem Kirchhof erschien, leider zu unvorhersehbaren Zeiten. Meist hatte Merle sie also verpasst, dafür hatte sie viele Kassiber aus der Laterne gefischt, und manchmal las Merle, die das Lesen doch aufgegeben hatte, Lottes Berichte wie einen Roman. Julius klammerte sich an seine schwindende Macht – offenbar waren ihm nur der exklusive Zugang zum Kloster und die Abteilung XIII geblieben. Doch wie erwartet spielte auch Secundus sein eigenes Spiel. Merle hatte ihn fast ein wenig bewundert, als sie erfuhr, dass er den armen Moritz Bang beim Hutmacher Eisenmann untergebracht hatte und so dem Zugriff Alfarts entzogen.

Und doch gab es auch jede Menge blinde Flecken, dunkle Ecken, in die Lottes Licht nicht fiel. Da war zum Beispiel die dem jungen Leutnant Kammholz übertragene Ermittlung, von der Lotte nichts erfuhr, weil Kammholz allein an Secundus berichtete, der Wrota seit Wochen nicht mehr verließ. Da war das Handy, das er dort mit Sicherheit gefunden hatte, das aber im von Lotte gepflegten Akt nicht erschien. Und natürlich war da Heinrich Hinckeldey, der ihnen allen immer gefährlicher wurde: Primus, Secundus, Julius und, wenn er mit denen fertig war, auch Lotte, den Mädchen und ihr. Hinckeldey aber war ein radikaler Mann; es fiel ihr schwer, ihn auszurechnen. Als sie Dreizehneichen verließ, hatte es solche wie ihn dort nicht gegeben.

Merle hatte den toten Briefkasten erreicht. Im Dunkeln beugte sie sich über die niedrige Mauer und fingerte im Laubwerk nach der Laterne. Es lag ein neuer Brief darin, ein mehrfach gefalteter

Bogen aus dem Kastell, und Merle musste die Taschenlampe ihres Handys zur Hilfe nehmen, um ihn gleich auf dem Friedhof zu lesen. Zeile für Zeile tastete sich das Licht voran, Lottes Schrift war so gestochen scharf wie ihre Analysen, aber das Folgende hatte sogar sie verblüfft, die sonst fast gar nichts überraschte: Moritz Bang hatte Kontakt zu Primus aufgenommen und ihm, wenn Merle es richtig verstand, ein Ultimatum gestellt. Bang wollte zurück, was ohne Lid ein Ding der Unmöglichkeit war, aber das war gar nicht alles: Er wollte Eisenmanns Enkelin mitnehmen, ein sechsjähriges Kind, das, schrieb Lotte, den Typhus hatte. Murken konnte nicht helfen, Lotte hatte ihn gleich kontaktiert. Die kleine Minna Eisenmann war zum Tode verurteilt wie damals Sophia.

Merle ließ den Briefbogen sinken und starrte auf das vergessene, verwahrloste Grab, und bevor es komplizierter wurde, spürte sie nichts als blanken Hass auf Primus und sein selbstverliebtes Erlöserding, eine Männerkrankheit von vielen. Dann kam die unheilbare Trauer hoch, dann ein Anflug von Respekt für den törichten Moritz Bang, und dann war sie schon bei den Einzelheiten eines Plans, den sie Sekunden später wieder begrub: Ohne Lid war die Sache aussichtslos, und so sah es auch Lotte.

Sollte der wild gewordene Bang Primus doch ans Messer liefern.

Sollte Secundus doch sehen, wie er Primus noch half.

Die kleine Minna Eisenmann würde in jedem Fall sterben.

Es brach Merle, es brach Lotte, es brach offenbar sogar Moritz Bang das Herz.

Merle faltete den Briefbogen zurück in seine Kassiber-Form und steckte ihn in die Tasche. Dann warf sie einen Blick auf ihr Handy. Es war kurz vor fünf. Der Alte St. Matthäus-Kirchhof würde gleich schließen, und sie wusste nicht, wohin.

Eine Zeitlang war sie einfach durch die Stadt gefahren, deren Lichter heute seltsam planlos gegen die Dunkelheit anbrüllten, irgendwann aber hatte ihr innerer Autopilot übernommen und sie, weil er es nicht besser wusste, in die Markgrafenstraße geführt. Sie parkte am Straßenrand und sah auf die dunkle Ladenzeile, den Tappas- und den Raritätenladen, oben in einem der Säle brannte Licht, das da und dort auf die Platten des Bürgersteigs fiel. Es war noch zu früh für eine abendliche Geburtstagsfeier oder eine rauschende sil-berne Hochzeit, also nahm sie an, da oben würde aufgebaut. Ein DJ sortierte seinen Kram, Caterer deckten die Tische, der Typ im roten Overall allerdings schien ein Handwerker zu sein – einer von denen, die vorzugsweise rumstanden, in diesem Fall vor ihrer Tür.

Hatte sie etwas verpasst? Hatte sich jemand zum Stromzähler-tausch angekündigt, hatte Sibylle Diesel einen Brief des Vermieters nicht geöffnet? Hatten Handwerker nicht schon seit einer Stunde Feierabend? Merle verspürte nicht die geringste Lust auf ein Ge-spräch – es sei denn, es wäre eines mit Lotte. Wobei: Eigentlich wollte sie nicht einmal das, denn mit Lotte konnte sie sich ja doch nur darauf einigen, dass Minna Eisenmann sterben musste. Bes-tenfalls konnte Merle Lotte ein Medikament mitgeben; zur Not würde sie dafür den ganzen Tag auf dem Kirchhof warten, doch vermutlich war es dafür zu spät. Murken und die Medikamente konnten nicht in jedem Fall helfen – trotz Wrota waren Kinder gestorben, Merle wusste das und konnte es doch nicht mehr ertra-gen. Etwas rebellierte in ihr, nicht allein gegen das Sterben Minna Eisenmanns, etwas in ihr rebellierte gegen das ganze Modell, gegen den jahrelangen Versuch, das Elend, das Dreizehneichen war, im Kleinen und im Verborgenen zu lindern. Sie drückte die Autotür auf, die Innenraumbeleuchtung sprang an, und im selben Moment setzte sich der Mann im Overall in Bewegung. Beinahe hastig trat er von seinem Posten vor dem Raritätenladen zurück, ihren Wagen im Blick.

Sie klappte die Tür wieder zu, das Licht erlosch, sie saß erneut im Dunkeln, unsichtbar für ihn, aber im Licht der Säle oben war er nicht unsichtbar für sie.

Sie starrte ihn an, plötzlich voller Misstrauen, und dann erkannte sie ihn, nicht auf einen Schlag, sondern eher Schicht für Schicht, so als würde eine alte Erinnerung entblättert. Secundus war alt geworden, aber Secundus geblieben, selbst in diesem dämlichen Overall, der bestimmt aus seinem dämlichen Fundus stammte. Der glatte Felsen seiner Stirn und die vorspringende Klippe seines Kinns, Haar und Bart wie windzerzaustes Unkraut, dazu der massig gewordene Oberkörper, quasi ein unverrückbarer Berg: So viel anders war das nicht als früher; es gab sogar noch diesen letzten Rest Unsicherheit, den er eher ungelenk verbarg. Früher hatte ihre Anwesenheit diese sichtbare Beklemmung in ihm ausgelöst, an diesem Abend war es die Zwölfwelt, die ihn ihretwegen umgab.

Natürlich: Er hatte das Handy nicht nur gefunden, er hatte auch die Geheimzahl erschlossen. Er war ja auf seine stille Art dabei gewesen damals. Und stiege sie jetzt aus dem Wagen, er würde sie wiedererkennen, wie sie ihn wiedererkannt hatte; Lady Vintage kannte er schon jetzt. Er war der Spur des Schmucks gefolgt, und da stand er – seit jeher nicht so dumm wie Primus, nur eben auch weniger weise.

Sie lehnte sich im Sitz zurück und schloss für einen Moment die Augen. Das alles hier war jetzt vorbei, Lady Vintage war soeben verschieden, aber sie verdiente ein Begräbnis mit Pomp – so wie Sibylle Diesel einen letzten Sonderauftrag verdiente und Merle Alfart, dass wenigstens Minna Eisenmann am Leben blieb. Und verdienten nicht auch Lotte und die Mädchen, dass es nicht einfach sang- und klanglos zu Ende ging?

Secundus, die Hände in den Taschen vergraben, rührte sich nicht. Er war kaum gekommen, um sie in Kreuzberg zu verhaften und bis zum Kirchhof zu schleifen, er prüfte die Lage, mehr nicht. Er hatte keinen Plan, er lag auf der Lauer, er sammelte Informationen, um ihr in Wrota eine Falle zu stellen, und die Falle konnte er haben. Sibylle Diesel musste nur vorher die nötigen Papiere beschaffen, bei Kindern machten falsche Fotos ja wohl keine Probleme.

Wie lange würde Sibylle dafür brauchen? Wie lange brauchten Lotte und die Mädchen? Wie viel Zeit blieb der kleinen Minna noch? Merle zog ihr Handy hervor und suchte in den Kontakten nach *Wrota*, das hatte sie wochenlang nicht getan. Dann tippte sie mit beiden Daumen:

Bin zurück.

9.

Sie drückte auf den Pfeil, um die Nachricht zu versenden, und dann wandte sie sich blitzschnell zum spionierenden Secundus um, der in diesem Moment das *Pling* hören musste und schon in seiner Brusttasche nach dem Handy fischte. Wahrscheinlich stand ihm gerade der Schweiß auf der Stirn.

Merle startete den Motor mit einem kleinen, bitteren Lächeln.

Da hatte Secundus seine *Beschleunigungskrise*.

Da hatte er endlich sein *Date*.

Keiner dieser Tage wollte vergehen. Die wohlige Ordnung war zum Teufel, das geregelte Nacheinander – die morgendliche *Toilette*, das Frühstück, der Gang zur befohlenen dreizehnten Stunde – dahin. Nicht mal eingeheizt wurde verlässlich, jedenfalls nicht unten, die Mahlzeiten verliefen unter Seufzen und Schweigen, die Tischgebete waren inbrünstiger und länger als sonst, und oft saßen Momme und Clemens allein am Tisch, weil der alte Eisenmann sich, statt appetitlos im Gemüse zu stochern, lieber in seinem Geschäft vergrub und die Labasch nun allabendlich in die Petrikirche rannte, ganz in Schwarz, mit Handschuhen und Schleier, als wäre die kleine Minna schon tot.

Wenn Doktor Murken erschien – mehrmals täglich und oft noch spät am Abend –, warf er Momme düstere, unausdeutbare Blicke zu, ohne je ein Wort mit ihm zu wechseln. Sogar Clemens blieb die meiste Zeit stumm, nur manchmal packte ihn ein wildes Gemisch aus Hoffnung und Verzweiflung. Dann hockte er auf der Bettkante im Souterrain, rang die Hände – Momme wusste nicht, ob im Gebet – und ließ die Tränen laufen, bis er plötzlich wütend aufsprang, zum Fenster rannte und durch das Gitter auf die Beine von Herrmann oder Kergel starrte, die sich, einmal ausgetrickst, jetzt ungeniert vorm Haus postierten. »Sie kommen, Momme!«, zischte Clemens dann, ballte die Faust und zog die Nase hoch. »Ich bin ganz sicher! Sie kommen!«

Momme hatte ihm lange nicht alles, aber das Wesentliche erzählt – ohne Primus Falke und die Frau des Schusters Schikalla zu erwähnen. Die Schwestern würden Minna holen kommen, daran hielt sich Clemens seitdem fest. Darüber, dass sie, *falls* sie kämen, auch Momme holen würden, verlor er hingegen niemals ein Wort. Er schien es nicht zu glauben oder einfach nicht wahrhaben zu wollen, aber vielleicht spielte ja auch Clemens das ein oder andere magische Spiel. Vielleicht hatte er dem Schicksal seinen Schicksalsbruder angeboten, im Tausch gegen Minnas Leben. Wochenlang hatte er nichts von der Zwölfwelt wissen wollen, aber jetzt bedrängte er Momme mit Fragen. Was würde mit Minna geschehen, sobald sie auf der anderen Seite wäre? Wie sahen die Spitäler dort aus? Was genau war eigentlich ein Tropf? Momme gab dann Auskunft, so gut er konnte, und kam sich, wenn er in Clemens' immer heller leuchtende Augen schaute, doch wie ein Märchenerzähler vor, der die drachengleichen Rettungshubschrauber und die weißen Zauberer von der Visite einfach erfand.

Minna fieberte unterdessen immer heftiger, Jenny, Lisbeth und die Labasch fanden nur stundenweise Schlaf. Nachts, wenn Momme wach lag und überlegte, welche Optionen ihm noch blieben, hörte er sie im ersten Stock rumoren. Ja, er hat Primus Falke erpresst, aber eigentlich wusste er gar nicht so richtig, womit. Zu Hinckeldey zu gehen würde Minna nicht gesund machen. Momme war auf Primus Falkes guten Willen angewiesen oder aber auf Primus Falkes Angst. Manchmal klopfte er, um diese Angst wie einen bösen Geist zu beschwören, und wenn er zählte – und er zählte oft –, dann nie in Zehnerschritten.

Hundertachtzehn.

Hundertneunzehn.

Hundertzwanzig.

So alt sollte Minna werden. Momme zählte langsam jedes Jahr.

Nachts warf er sich im Bett herum, und so fiel sein Blick ein paar endlose Tage nach dem Rendezvous an der Unterbaumbrücke auf den Phönix, der es ganz ohne sein Zutun hergeschafft hatte. Jetzt stand er, bloß um ein paar Styroporfedern leichter, auf seinem Nachttisch – fest auf seinen Wegwerfaschenbecher gegründet, das Flaschenbürstenrückgrat intakt. Momme setzte sich auf, dann schlüpfte er im Dunkeln in die Hose und stopfte das Nachthemd in den Bund. Er hatte einen Entschluss gefasst, der nicht mehr warten konnte. Er griff nach dem Phönix und schlich barfuß die eiskalte Treppe hinauf.

Jenny saß vor der Tür zum Krankenzimmer, eine Kerze flackerte neben ihrem Stuhl. Als sie Momme bemerkte, legte sie den Finger an die Lippen. Licht und Schatten huschten über ihr Gesicht.

Momme hob den Phönix wie einen Blumenstrauß, und Jenny verstand ihn sofort. »Ich gebe ihn ihr, wenn sie wach ist«, flüsterte sie, nahm ihm den Phönix ab, und Momme wusste gleich nicht mehr, wohin mit seinen Händen. Er versteckte sie in den Hosentaschen und starrte Jenny an. Sie konnte schweigen und er nicht. Sie hatte alles in Gang gesetzt und ihm seither nicht eine einzige Frage gestellt. Wusste sie auch so über seine Expedition Bescheid oder konnte sie die Ungewissheit bloß besser ertragen? War das Gottvertrauen, wahrer Mut oder war sie ihm noch in etwas anderem über?

Jenny stellte den Phönix auf den Fußboden. Der wippende Plastikschnabel beruhigte sich. Die Klammer glänzte im Widerschein der Kerze. »Danke«, flüsterte Jenny und dann, mit der Spur eines Lächelns und als ginge ihn das irgendetwas an: »Morgen ist große Wäsche.«

Von *großer Wäsche* hatte sich Momme keine Vorstellung gemacht. Schon im Morgengrauen erschienen die Waschfrauen, angeheuert im Vermietungscomptoire im Petriviertel – Momme wurde vom Klappern ihrer Pantinen aus einem unruhigen Schlaf gerissen. Er hatte von Primus Falke geträumt, aber in seinem Traum war Primus der uniformierte Secundus gewesen und hatte ihn unter der grässlichen Uhr verhört. »Klopfen Sie nur! Klopfen Sie nur!«, hatte er gebrüllt, als die Waschküche auf der anderen Seite des Souterrains zum Leben erwachte. »Wir haben alle Schwestern verhaftet!«

Hin und her ging es plötzlich draußen auf dem Gang, und die Labasch rief vom Treppenabsatz Befehle. Fenster wurden aufgerissen, Zuber schrammten über den Steinfußboden, Ofenklappen quietschten, und die novemberkalte Luft strömte auf einmal durch alle Ritzen bis an Mommes Bett. Und kaum dass er sich die Augen reibend aus der Tür getreten war, stand er auch schon im Weg. Er wich zurück und ließ die Prozession vorüberziehen, eine weiß gewandete Gewichtheberin mit Schulterjoch, an dem zwei Wassereimer baumelten, noch eine mit einem Stapel Brennholz, erst Jenny, den Arm voller Wäsche, ließ ihn passieren.

Sogar das Frühstück wurde quasi im Vorübergehen serviert – der alte Eisenmann war gewarnt und hatte das Haus schon verlassen. Clemens köpfte mit unruhigen Händen ein Ei, während in seinem Rücken die Labasch aufmarschierte und in einem marmorierten Waschbuch ausbesserungswürdige Laken, Tischdecken und Taschentücher notierte; die Armee der Wäscherinnen trug das Zeug gleich körbeweise die Treppen herab. Als die Labasch dann auch noch mit einem handkoffergroßen Nähkasten anrückte, ergriffen Clemens und Momme die Flucht. Sie spazierten durch einen kühlen, lichtgrauen Novembermorgen, bis sie nicht mehr wussten, wohin, und den langen Herrmann verblüfften, indem sie einfach kehrt machten.

Im Haus war mittlerweile Nebel aufgezogen. Im Flur roch es nach Soda und Seife, feuchtwarme Schwaden krochen die Treppe zum Souterrain herauf. Momme und Clemens stiegen durch wabernde Dunstwolken hinab, die Tür zur Waschküche stand offen. Die Wäscherinnen aber waren bloße Schemen, die gewaltige Paddel in gewaltige Bottiche stießen oder schwere Waschstücke an martialischen Waschbrettern rieben. Momme kamen sie wie mythische Wesen vor, Walküren in einem undurchsichtigen Zwischenreich.

Sowohl Mittag- als auch Abendessen wurden improvisiert, im Herrenzimmer sortierte die Labasch Leibwäsche. Der alte Eisenmann sah in Murkens Schlepptau nach Minna und ging dann wortlos zu Bett, sorgenzerfressen und von der Wäsche in seinem mannhaften Leiden gestört. Momme und Clemens spielten unten teilnahmslos Mühle, bis das Wäschekommando mit dem gleichen Klappern abzog, mit dem es angerückt war. Die Wäsche würde über Nacht in Zubern, Kesseln und Bottichen weichen. Der Dampf hatte sich verzogen, aber der Seifengeruch blieb. Draußen hörte Momme den langen Herrmann nach den Waschfrauen pfeifen.

Danach kehrte Ruhe ein, was alles nur noch schlimmer machte. Maulfaul wechselten sie sich am Waschtisch ab und dann im Häuschen im Hof. Momme ging als Zweiter, im Hemd und mit einer kleinen, an ihrem Bügel quietschenden Laterne. Im Stehen erleichterte er sich in das kreisrunde, stinkende Loch, knöpfte und fingerte die Hosenträger zurecht. Dann schob er den Riegel zurück und zog an der Brettertür und hatte eine Erscheinung. Die Kleider waren andere, aber auch diese waren weiß.

Momme ließ die Laterne los.

Die Laterne fiel scheppernd zu Boden.

Das kleine Licht erlosch.

Im Hof war es auf einmal stockfinster, aber sie war hier. Sie stand ihm genau gegenüber.

»Erkennst du mich?«

Er hörte zum ersten Mal ihre Stimme, leise, aber fest. Er stand da wie auf den Bretterboden des Klohäuschens genagelt. »Ja.« Natürlich brachte er das nur mit Mühe heraus. »Du bist die weiße Frau.«

Lachte sie jetzt? Sie konnte das unmöglich begreifen. Was wusste sie von seinen Nöten? Andererseits: Als armen Idioten kannte sie ihn. Er erinnerte sich an ihren mitleidigen Blick, oben, im ochsenblutroten Flur von Wrota. Er hatte, als die Wäscherinnen kamen, nicht einen Augenblick an die Schwestern gedacht. Morgen, hatte Jenny gesagt, ist große Wäsche.

»Ich bin Mathilda«, sagte sie.

»Mathilda«, krächzte Momme. Ein wenig gewöhnten sich seine Augen an die Dunkelheit. Mathilda war ein heller Fleck im finsteren Tal des Hofs, schartige Mauern ringsum, darüber ein sternenloser Himmel, der Mond hatte sich die Decke über den Kopf gezogen. In keinem der rückwärtigen Fenster des Hauses stand Licht.

»Hörst du mir zu, Moritz Bang?«, fragte sie. »Kannst du dir merken, was ich dir jetzt sage?«

Momme war sich da keineswegs sicher. Langsam hob er die Hand und klopfte sich an die Schläfe. Dreimal links, dann dreimal rechts. Hatte sie das Joch mit den Eimern getragen? Wie viele Wäscherinnen waren im Haus gewesen? Er hatte so wenig nachgezählt wie der lange Herrmann.

»Ich … ich höre zu, ja.«

»Gut«, sagte Mathilda. »Morgen Nacht ist es so weit. Und alles, was ich dir jetzt sage, musst du haargenau so deinem fahrigen Vetter erklären.«

335

Das Diarium des Clemens vom Stein

Den 9. Nov., ein unruhiger Abend

Nun ist die Zeit des Abschieds also gekommen — ich sehe sie nahen, seit mein guter, tapferer Momme aus Doktor Murkens Kutsche gesprungen ist! Heute Nacht werden wir das feste Schicksalsband zerreißen, das Momme und mich zu Brüdern macht — der Gedanke daran erfüllt mich seit nunmehr einer Woche mit einem mal dumpfen, meist aber wie Feuer lodernden Schmerz. Manches Mal in den vergangenen Tagen habe ich Mommes holden Anblick deshalb kaum noch ertragen — und das allein aus dem Grund, dass ich wusste, dass er mir genommen wird! Ja, alles, wahrhaft alles und noch das Schönste im Leben ist Schmerz, wenn man nicht vergessen kann, was man vergessen muss, um, wenn schon nicht glücklich, dann wenigstens <u>nicht unglücklich</u> weiterzuleben: nämlich, dass man es verlieren wird! Nichts bleibt, nichts hält, nichts, das einem nicht schon im Augenblick des Erlebens das kleine, wunde Herz zerreißt!

Am ärgsten ist es eben gewesen, als Momme sich dort am Waschtisch den Bart abgenommen hat, denn für unsere Charade darf er ihn nicht tragen — er wird gehen, wie er kam. Und wie er da so schnitt und dann schäumte und schabte, verschleierten die

Tränen mir den Blick, eine Locke von seiner Wange aber habe ich mir doch stibitzen können. Wie eine getrocknete Blume werde ich sie zwischen diese Seiten betten, denn sehen darf dieses Tagebuch von nun an ohnehin kein Mensch mehr. Ab heute schließlich ist es unwiderruflich: Clemens vom Stein, vor wenigen Wochen noch ein aufstrebender, wenngleich vielleicht verzagter Dichter, ist von nun an ein Rebell. Habe ich mir das träumen lassen? Hielt das Schicksal dieses Joch für mich bereit? Oder ist es vielmehr der Preis, den ich entrichte, weil ich die Fügung partout nicht Fügung sein lassen konnte? War das Stärke? Oder war ich, im Gegenteil, schwach?

Wie es auch sein mag: Was immer das Schicksal mir nun auch abfordern wird — zur Strafe, weil ich ihm seinen Willen nicht ließ —, ich werde es ertragen. Ich lasse Momme ziehen und werde, selbst wenn ich unentdeckt bleiben sollte, fortan ein Ausgestoßener sein — keiner, der noch hierhin gehörte oder guten Gewissens die Segnungen seines treuen Patrons in Anspruch nehmen könnte. Geht alles gut, bin ich zurück, bevor der Morgen graut, die Labasch bemerkt, dass Minna verschwunden ist, und Jenny, Lisbeth und ich unser Schauspiel beginnen, an dessen Ende der Verrat allein des guten Momme steht. Nichts habe ich gehört, die ganze Nacht habe ich geschlafen — ich weiß, was ich der Policey zu sagen habe, wenn sie denn morgen in meiner Türe steht. Natürlich, mir graut vor diesem Augenblick, zumal ich es für möglich halte, dass mich der Oberst Falke selbst befragen könnte, in Gedanken aber werde ich mich wappnen und dann bei Momme und bei Minna sein — drüben, wo man nicht bloß gegen menschengemachte Gesetze aufsteht, sondern gegen die ewige Herrschaft von Gevatter Tod.

Und ist es am Ende nicht auch das, was ich getan habe? Habe nicht auch ich mich — für meine Minna — gegen das ewige Gesetz des Sterbens gestellt? Grämt mich deshalb allein der Abschied, während mich sonst so etwas wie ein verwegener Stolz erfüllt? Ist das Hoffart? Schiere Dummheit? Oder ist es meine alte, mich stetig überfallende Abenteuerlust, in der — wer weiß? — vielleicht ja schon immer etwas Rebellisches keimte? Ist es auch jetzt jener unziemliche Drang, der mich einmal mehr auf die dunkle Straße treibt, um Ungewissheit zu atmen wie kühle, frische Luft? Ich habe mich oft treiben lassen, um vom Wohin nichts zu wissen und sogar zu vergessen, woher.

Auf meinem Bett habe ich nach dem Abendessen alles vorgefunden, genauso wie Momme es mir beschrieben hat: eine dickwollene Joppe, eine Arbeitshose, ein derbes Paar Schuh und eine Mütze, die ich mir tief in die Stirn ziehen muss, damit mich keiner der Wachtmeister später wiedererkennt. Und, oh, mich kribbelt's beim Gedanken, dieses Kostüm anzulegen, um für eine Nacht ein anderer und auch danach nie mehr derselbe zu sein. Und es erfüllt mich mit einem glühenden Stolz, bei diesem Husarenstücke mitzureiten. Ich weiß es nicht und niemand hat mit mir darüber gesprochen, aber mir scheint, die geheimnisvolle Elise selber hat diesen tollkühnen Plan erdacht und, weiß Gott, ich will meine Rolle darin spielen, mehr noch: In diesem Augenblick brenne ich sogar darauf! Eine der in Drachenblut gebadeten Schwestern wird uns ein Zeichen geben. Bis dahin lege ich meine Rüstung an.

Die Hose kratzte, die Schuhe waren zu groß, und seit er in die Jacke geschlüpft war, schwitzte er. Beim Abendessen hatte er kaum etwas heruntergebracht, aber sogar von den wenigen Bissen war ihm jetzt schlecht. Er saß auf dem Bett, knetete die Mütze, die wie alles andere für ihn bereitgelegen hatte, und lauschte auf die Geräusche im Gang. Die Wäscherinnen waren endlich fertig und klapperten die Stiege hinauf, bald hörte er sie draußen auf der Straße, gefolgt von der Labasch, die zur Heiligen Messe aufbrach, ohne Kergels frechen Gruß zu erwidern.

Nur Augenblicke später schlüpfte Mathilda durch die Tür, in einen langen schwarzen Umhang gehüllt, ein schwarzes Häubchen auf dem Kopf – plötzlich mehr ein neues Fräulein Labasch als eine angemietete Wäscherin. Momme sprang auf und zog sich pflichtschuldig die Mütze über. Sie musterte ihn prüfend, nickte und verschwand, um Clemens herzuholen. Momme klopfte wie besessen, bis die beiden wiederkamen. Das kleine Nachtlicht ließen sie für Kergel brennen. Sollte er doch denken, dass Momme noch in der *Philosophia perennis* las.

Stumm schlichen sie durchs stille Haus bis in den Hof. Es mochte halb acht sein oder wenig später, finster war es schon seit dem späten Nachmittag. Dünnes Mondlicht leuchtete ihnen den Weg am stillen Örtchen vorbei – in diesem hinteren Teil des Hofs war Momme noch nie gewesen. Mathilda hielt auf die rückwärtige Mauer zu, und Momme erkannte das niedrige Tor, von dem er gern vor dem gestrigen Abend erfahren hätte, doch offenbar hatte es nie auf Clemens' Weg gelegen. Die Mägde hatten ihr eigenes Reich. Unbemerkt von der Herrschaft, führten sie ein geheimes Leben.

Oben in einem der hinteren Fenster brannte Licht. In Minnas Krankenzimmer bewegte sich ein Schatten. Dann verschwand das Licht und tauchte eine Etage tiefer wieder flackernd auf, bevor es nach einer Weile erlosch. Das Haus war jetzt nur ein konturlos schwarzer Klotz. Die Kamine ragten wie abgebrochen in den Himmel.

Momme hörte Clemens neben sich atmen, er hörte leise, schnelle Schritte im Hof. Jenny hatte sich ein dunkles Plaid übergeworfen, sie trug die warm eingepackte Minna auf dem Arm, der bemützte Kopf des Kindes lag an ihrer Schulter. Die Kleine schlief nicht, aber sie war auch nicht richtig wach. In ihrem Arm hielt sie den Phönix, weshalb Momme für einen Moment das Wasser in den Augen stand. Jenny entwand ihr den Vogel sanft, reichte ihn Momme, und weil Minna sich plötzlich regte, murmelte sie: »Schsch … du kriegst ihn ja gleich wieder.«

»Ich trage sie.« Clemens nahm die leise stöhnende Minna auf den Arm und legte sie sich flüsternd an der Brust zurecht. Jenny schloss das Tor auf und reichte Momme den Schlüssel: Er hatte ihn gestohlen, das war die Geschichte. Die Mägde würden es in einer Stunde bemerken, weil Minna plötzlich verschwunden war und Momme fehlte.

Mathilda drängte mit einer knappen Geste zum Aufbruch. Jenny strich Minna zum Abschied flüchtig über den Arm, und dann tauchten sie auch schon durch das niedrige Tor, Mathilda zuerst, Momme als Letzter, ungelenk hob er noch einmal die Hand, aber Jenny war schon mit der Dunkelheit verschmolzen, und für einen Moment hielt es Momme für möglich, dass es sie nie gegeben hatte. Statt mit der einmal erhobenen Hand zu winken, begann er zu klopfen – den ganzen Weg durch den angrenzenden Hof bis zur Straße, wo Doktor Murkens Kutsche am Rinnstein stand. Es mochten zehn Minuten vergangen sein, seit sie aufgebrochen waren. Wer hatte das alles eingefädelt?

Doktor Murken, das Gesicht zur Hälfte von einem Schal bedeckt, öffnete ihnen den Schlag. In der Kutsche saß eine fremde Frau, mit der Momme nicht gerechnet hatte. Als sie ihn hineinwinkte, sah er ein Brillenglas blitzen. Misstrauisch rutschte er neben sie auf die eiskalte Bank. Viel Platz war da nicht mehr, außerdem wurde der Fußraum fast ganz von der Weidentruhe ausgefüllt. Mit einigen Verrenkungen brachte er seine Beine unter. Anders als die Frau gehörte die Truhe zum Plan, den Momme kannte.

Er hielt sich an den Phönix in seinem Schoß und mied den Blick seiner Nachbarin. Sie roch nach Lavendel und vielleicht hatte er sie doch schon einmal gesehen. War sie im Saal gewesen, als er zu Clemens auf die Bühne gestolpert war? Hatte sie in dem kleinen Pulk gestanden, als man ihn abgeführt hatte? Irgendwie gehörte sie in diese wirre, betrunkene, halb verdrängte, albtraumhafte Nacht. Er spürte, dass sie ihn musterte, und er hätte gerne geklopft.

Die Kutsche senkte sich, als Clemens einstieg, sich wieder hinausbeugte und die reglose Minna aus Doktor Murkens Armen löste. Mathilda folgte als Letzte, Doktor Murken schloss die Tür. Es dauerte einen Moment, bis die Kutsche anruckte. Es knirschte und knarzte, dann hallte der Hufschlag. Momme wischte seine nassen Hände notdürftig am Phönix ab. Clemens wiegte Minna und flüsterte in ihr Ohr.

»Hier.« Die fremde Frau reichte Mathilda ein gefaltetes Blatt, dann wandte sie sich Momme zu. »Wiederholen Sie«, sagte sie, während die Kutsche schneller wurde. »Nennen Sie mir jeden Schritt, sobald Sie drüben sind!«

Momme schluckte. Die fremde Frau verwirrte ihn. Er suchte Mathildas Blick, aber Mathilda nickte, und Clemens, die Hand schützend um Minnas Hinterkopf gelegt, nickte gleich mit.

»Ich …« Momme wusste nicht, wo anfangen. »Wir …« Mühsam berappelte er sich. »Wir warten oben«, sagte er dann. »Im Flur, bis sie kommt. Das … Haus ist leer, aber wir machen kein Licht.«

»Weiter.«

»Ich nehme Minna und laufe hinaus. Ich muss mich beeilen. Und links herum, an der Garage vorbei, nicht rechts. Links herum. Zurück kommen sie vom Parkplatz.«

»Halt«, sagte die Frau. »Nichts vergessen?«

»Doch … doch, natürlich. Die Papiere.« Momme würgte den Phönix in seinem Schoß. »Als Erstes gibt sie mir die Papiere, wenn sie oben ist, und ich stecke sie ein: Krankenkarte, Ausweis, Geld. Das Foto ist nicht besonders, wenn jemand fragt, später, sage ich, es ist alt. Ich laufe erst los, wenn ich die Papiere habe. Ich hatte das nicht vergessen«, schob er halb entschuldigend, halb ärgerlich hinterher.

»Dann ist es gut.« Die Frau schob sich die kleine Brille zurecht. Jetzt bezog sie auch Clemens in ihre Prüfung mit ein. »Im Saal sagen Sie beide kein Wort, verstanden? Sie verlassen sich ganz auf Mathilda. Hast du den Beutel gefunden, Mathilda?«

Mathilda hob einen Stoffbeutel hoch, der neben der Truhe im Fußraum gelegen haben musste. Der Beutel war offenbar schwer, es klirrte Glas darin.

Die Kutsche war unterdessen langsamer geworden, sie kurvten jetzt durch enge, dunkle Gassen. Sie waren schon in Unterbaum. Minna stöhnte im Schlaf, Clemens drückte sie ein wenig fester an sich, die Kutsche kam endlich zum Stehen, und Doktor Murken half Mathilda die Weidentruhe auf die Straße zu wuchten. Clemens schlüpfte hinaus, Momme wollte ihm folgen, aber die fremde Frau hatte eine Hand auf sein Bein gelegt und ließ ihn nicht gehen.

»Verderben Sie es nicht«, sagte sie. »Wenn alles gutgeht, hat das Kind nicht mehr als sein Leben und Sie.«

So weit hatte Momme in den letzten Tagen nur selten gedacht.

Wenn sie es nach Wrota schafften, wenn er es mit Minna bis in ein Krankenhaus schaffte, wenn Minna es schaffte, würde er für sie verantwortlich sein. Er, Momme Bang, der vor lauter Angst nicht mal sein eigenes Leben auf die Reihe bekam.

»Finden Sie den Briefkasten?«, fragte die Frau. »Schaffen Sie das?«

Mathilda hatte ihm das verwilderte Grab beschrieben. Eine rostige Laterne im Gestrüpp. Sie hatte auch das Mausoleum an der Ostseite beschrieben. Ein Irrer wie er würde es erkennen – Mathilda hatte es höflicher ausgedrückt. »Der Alte St.Matthäus-Kirchhof.« Momme nickte. Er war plötzlich heiser. »Den finde ich.« Er hielt inne. »Sind Sie …«

»Ja. Wenn alles gutgeht, werden wir uns dort wiedersehen. Ich werde Ihnen helfen, so gut ich kann. Vom Friedhof haben Sie ihm nicht erzählt, oder?« Mit dem Kinn deutete sie auf die Gasse hinaus, wo Doktor Murken und Clemens Minna in die Truhe betteten.

»Ich habe ihm nur gesagt, was ich ihm sagen sollte.« Momme machte eine Pause. »Passen Sie auch auf ihn auf?«, fragte er dann.

»Keine Sorge. Wir werden nicht den Fehler machen und ihn aus den Augen lassen. Aber ich glaube, er ist ein beherzter junger Mann.« Sie ließ sein Bein los. »Und jetzt geben Sie ihm diesen komischen Vogel. Er soll ihn in die Truhe legen. Na los!« Sie stupste ihn an, er rutschte über die Bank zum Schlag, er hatte sie im Kastell gesehen, auf dem Weg ins Büro von Oberst Falke. Als er Clemens den Phönix reichte, fiel es ihm ein.

Angeblich war es nicht weit bis zum Saal, aber Momme erkannte überhaupt nichts wieder. Diese dünne, sich windende Gasse, diese sich darüber beugenden, rachitischen Häuser, das alles konnte überall in Unterbaum sein. Sie folgten Mathilda, die kippelnde Truhe zwischen sich, manchmal redete Clemens auf die unsichtbare Minna ein. »Ganz still, Minna, ganz still, es dauert nicht lange.«

Abrupt endete ihr Weg vor einer unscheinbaren Tür. Mathilda klopfte, als würde sie sie einschlagen wollen. Sie würde noch die ganze Gasse wecken, aber offenbar störte sie das nicht, dabei stand in einigen der kleinen Fenster gegenüber Licht. Doch niemand trat auf die Straße, niemand sperrte ein Fenster auf und die belagerte Tür blieb auch geschlossen. Mommes Arm wurde immer länger. Die Truhe war erstaunlich schwer.

Mathilda klopfte noch einmal. Drei, vier drängende Hiebe. Dann schlurfte drinnen jemand heran.

»Der Saal ist geschlossen.« Die Stimme schlurfte nicht. »Gehen Sie weiter!«

Mathilda dachte gar nicht daran. »Wachtmeister Leberecht Kamp? Ihre Abteilung schickt uns. Ein Botengang für Oberst Falke.«

Zunächst geschah nichts, dann hörte Momme einen Riegel, danach klackte zweimal ein Schloss. Die Tür öffnete sich einen Spalt weit, ein käsiges Gesicht erschien, darüber ein Helm, von dem der Kinnriemen lose herabbaumelte. »Der Leutnant ist nicht dabei?« Der Blick des Polizisten wanderte von Mathilda zu Clemens, von Clemens zu Momme und blieb dann an der Truhe hängen. Momme atmete erst aus, als sich der Wachtmeister wieder an Mathilda wandte. »Habt ihr einen Passierschein?«

Beinahe gelangweilt streckte ihm Mathilda den Zettel hin, den sie eben erst in der Kutsche bekommen hatte. Momme hegte nicht den geringsten Zweifel, dass er wirklich aus dem Büro von Oberst Falke kam.

»Augenblick. Ich brauche Licht.« Der Wachtmeister schloss die Tür, der Schlüssel klackte wieder, Mathilda hatte seinen Namen gekannt – wenn es nötig war, kannten die Schwestern offenbar sogar die Dienstpläne.

»He!« Mathilda klopfte wieder an die Tür. »Hören Sie, Wachtmeister. Der Oberst wartet.«

Die Tür ging wieder auf. Der Wachtmeister ließ sie in den engen Vorraum ein und drückte sich rücklings an die Wand, um für die Truhe Platz zu machen. Sie mussten jetzt hintereinandergehen, Clemens war vorne und senkte den Blick. Momme starrte auf die Truhe. Für den Fall, dass sich Minna regte, hustete er.

»Was ist denn da drin?« Der Wachtmeister beäugte die Truhe.

Mathilda, ein paar Schritte voraus, lachte in aller Eile auf. »Das wüsstet ihr gerne, was?« Sie ließ Clemens und Momme vorbei, die beiden betraten den Saal, ein zweiter Polizist empfing sie mit einer Laterne. Der größte Teil des Saals lag im Dunkeln. Momme und Clemens schoben sich durch den Mittelgang und traten vor der Bühne schüchtern zur Seite. Mathilda lief schnurstracks auf den zweiten Polizisten zu.

»Hier, für euch.« Sie hob den Beutel aus der Kutsche an, dann zog sie eine schimmernde Flasche und zwei Gläser heraus und stellte sie auf die Bühne. Vermutlich war in der Flasche Wein. »Mit Gruß vom Oberst. Er wollte sich nicht lumpen lassen, wenn er …«, sie zeigte auf die Truhe, »… es sich selber mal schmecken lässt.«

»Verbindlichsten Dank!« Der zweite Polizist bellte und stand stramm. Wachtmeister Kamp zog schnuppernd die Nase kraus. Momme war heilfroh, so weit von ihm weg zu stehen. »Was lässt der Oberst denn auftischen drüben?«

»Lecker Essen«, antwortete Mathilda leichthin, raffte Umhang und Kleid und stieg auf die Bühne. »Ich mache es drüben noch warm. In längstens einer halben Stunde sind wir zurück.« Sie winkte Clemens und Momme heran. »Keine Sorge, die Herren, wir kennen uns aus. Treiben Sie es nicht zu bunt, verstanden?« Sie wies auf die Flasche, lachte hell auf und stiefelte dann, ohne sich noch einmal umzusehen, über die Bühne, in diesen engen, grässlichen Raum, den Momme leider nicht vergessen hatte. Dort hatte er mit Clemens gerungen. Jetzt ging ihm Clemens zum letzten Mal voran.

»Augenblick, Fräulein!« Plötzlich tauchte Wachtmeister Kamp

wieder in Mommes Rücken auf, er legte ihm sogar eine Hand auf die Schulter, mit der anderen hob er die Laterne hoch. Grell fiel das Licht in Mommes Gesicht, er wandte sich ab, so gut er konnte. »Einer muss euch doch leuchten«, rief Kamp und strahlte Mathilda an.

Der Raum hinter der Bühne war leer, die beiden Sessel fehlten, der Vorhang war zur Seite gezogen, und da war die Tür. Der Wachtmeister öffnete sie, als wollte er sie einfach ins nächstbeste Zimmer geleiten. Das Licht seiner Laterne schwappte auf den ochsenblutroten Flur.

»Halbe Stunde, ja?«, sagte er.

Clemens schob sich an ihm vorbei. Dann kam die Truhe, dann Momme. Es war der alte Wrota-Geruch, staubig und gottverlassen.

»Halbe Stunde höchstens«, hörte Momme Mathilda sagen.

Jetzt war auch die weiße Frau zurück in Wrota, und gleich wurde es dunkel, denn Wachtmeister Kamp schloss die dreizehnte Tür.

Vierter Teil

Mors porta vitae aeternae

Er neigte zu einsamen Entscheidungen, genau wie sie. Er hatte das Handy unterschlagen, er hatte seinen Leutnant möglichst rausgehalten, er war allein vor dem Raritätenladen aufgetaucht, er schützte Primus, immer noch … Nein, Secundus würde nicht mit einer Armee in Wrota auf sie warten. Da waren nur Nusselt und er.

Schwieriger zu bestimmen war, wo er ihr auflauern würde. Er wusste von der Garage, er kannte den Ablauf: Sie fuhr bis vors Haus, deponierte die Medikamente und suchte das Weite.

Er würde dennoch nicht in der Garage warten, denn die Garage machte ihn langsam und blind. Es gab dort kein Fenster, aus dem er die Zufahrt im Blick behalten konnte, er müsste hinter einer verrammelten Tür auf den Weihnachtsmann warten, und das passte nicht zu ihm. Eher würde er hinter der Garage lauern oder sich im Windfang postieren, was ihrem Plan in jedem Fall zuwiderlief. Sie musste rein, Bang musste mit dem Kind raus, und damit das gelang, mussten beide, Secundus und Nusselt, sich ein ganzes Stück vom Haus entfernen. Merle hatte den Uber deshalb oben auf den Schotterparkplatz bestellt, pünktlich um acht Uhr am Abend.

Ihren eigenen Wagen hatte sie in der letzten Ortschaft geparkt – sie rechnete nicht ernsthaft damit, ihn jemals wieder abzuholen. Dann hatte sie sich querfeldein auf den Weg gemacht, mit Google Maps stur auf den kleinen See zu, und dabei ziemlich gefroren: Winddicht waren diese Retrosachen nicht, aber ohne würde der billige Trick nicht funktionieren. Sie hatte sogar überlegt, ihr langes Haar zu opfern, aber dann hatte sie es einfach unter der Mütze versteckt. Es würde schnell gehen im Saal, sie war auf dem Weg in eine Stadt ohne vernünftiges Licht und kam aus einer, in der die Grenzen zwischen Mann und Frau verschwammen. Sie würde ein genauso überzeugender Knecht sein wie Minuten vorher Moritz Bang.

Das Haus lag im Dunkeln, nur der Mond beschien die Fassade, spiegelte sich schwach in den Scheiben und warf einen dünnen Streifen Licht auf den See. Wäre sie wirklich Elise, dachte Merle, hätte sie ein Nachtsichtgerät. Immerhin hatte sie eine Waffe, von der sie leider nicht so genau wusste, wie man sie benutzte.

Unweit der Garage kauerte sie sich hinter eine Kiefer. Es war halb acht gewesen, als sie zum letzten Mal auf das Handy geschaut hatte. Weil der leuchtende Bildschirm sie verraten konnte, hatte sie es danach gleich ganz ausgemacht. War überhaupt noch jemand im Haus? Sie richtete sich auf, sie fürchtete das raschelnde Laub. Aber wollte sie den Uber kommen sehen, dann musste sie auf die Hangseite und bis ans Haus. Sie bewegte sich in Zeitlupe. Merle war zu alt für so ein Kommando, Elise aber nicht, und Sibylle Diesel war seit jeher eher der sportliche Typ gewesen.

Erleichtert, so weit gekommen zu sein, lehnte sie sich rücklings an die Hauswand, lugte um die Ecke und spähte den schwarz bewaldeten Hang hinauf. Da oben musste der Parkplatz liegen, sie würde die nahenden Scheinwerfer sehen. Sie hatte sich die Glock in den Hosenbund gesteckt, wo sie jetzt drückte.

Hatte sich Secundus im Kastell auch eine Waffe besorgt? Wäre er um Primus' willen bereit, auf sie zu schießen? Würde er es für Julius tun oder um ihr Julius' Vergeltung zu ersparen? Der junge Secundus hatte es nicht mal geschafft, den Blick auf sie zu richten. Ja, er konnte ihre Pläne vereiteln, darüber hinaus hatte sie vor Oberst Falke keine Angst.

Komm schon, Secundus. Wo steckst du?

Da kam der Uber – wenn es der Uber war. Fernlicht stach über die Hügelkuppe und stieß dann gleißend in den Wald. Es war nur ein Augenblick, bevor es der Kurve hinab zum Parkplatz folgte, aber der eine Augenblick hatte gereicht: Im Gegenlicht hatte sich eine Gestalt abgezeichnet, sogar die Basecap hatte Merle erkannt: Secundus lauerte unterhalb des Parkplatzes zwischen den Bäumen. Er wollte dem Wagen folgen und ihr notfalls den Rückweg versperren. Was machte ihn eigentlich so sicher, dass sie ihn nicht über den Haufen fahren würde? Sie war nicht so schüchtern wie er.

Blieb die Frage, wo Nusselt steckte. Sie hörte den Uber über den Schotter knirschen, bis er zum Stehen kam. Der Fahrer ließ den Motor laufen, die vorderen Scheinwerfer leuchteten kalt ins winterliche Gestrüpp, die Rücklichter glühten. Der arme Mann, dachte sie, würde da oben vergeblich warten, oder aber Secundus jagte ihm gleich einen Mordsschrecken ein.

Sie lief an der Hauswand entlang Richtung Ufer. Sie war kaum an der Ecke angekommen, da hörte sie die Haustür gehen. Nusselt war wirklich drinnen gewesen. Sollte *er* an der Garage Position beziehen?

Sie riskierte einen Blick, viel konnte sie nicht erkennen, aber Nusselt strebte den asphaltierten Weg hinauf. Die Phase der Verwirrung hatte begonnen: Der Wagen war gekommen, aber er hatte oberhalb des Hauses auf dem Parkplatz Halt gemacht, und es war auch niemand ausgestiegen. Jetzt waren beide Männer draußen und mit diesem Rätsel befasst – von nun an lief die Uhr. War alles glatt gegangen im Saal, lotste Mathilda die anderen gerade oben in den Flur.

Merle löste sich aus der Deckung. Sie huschte zur Tür. Sie hätte einen Schlüssel gehabt, aber Nusselt hatte die Tür offengelassen. Sie stand im Windfang, sie war lange nicht im Haus gewesen, sie hörte Schritte hinter sich und fuhr herum: Der Mann im Haus war gar nicht Nusselt gewesen. Nusselt trug die Basecap, oben im Wald. Secundus sprang die Treppe zum Windfang herauf.

Merle warf mit aller Kraft die Tür zu. Sie hörte das Glas splittern und wusste nicht, ob Secundus noch auf den Beinen stand. Sie hatte keine Zeit, sich umzusehen, sie war schon auf der Treppe, sie hetzte in den ersten Stock, wischte um die Ecke und stolperte auf die Stiege. Unter sich hörte sie ihn poltern. Ihr Vorsprung betrug eine Etage. Sie hatte die Glock, aber was half die Glock dem kranken Mädchen?

Mathilda – das war also Mathilda! – packte ihren Arm und zerrte sie hinauf in den dunklen Flur. Die beiden Männer waren bloß dunkle Schemen, aber Moritz Bang hatte das Kind schon auf dem Arm. An der Weidentruhe vorbei stürzte Merle auf ihn zu und riss die nächstbeste Tür auf – Türen gab es hier oben reichlich. Am anderen Ende des Flurs stieß Mathilda die leere Truhe die Stiege hinab, um den heraufstürmenden Secundus aufzuhalten.

Es polterte, *er* polterte, Merle stieß Bang in den dunklen Raum, zog den Umschlag mit den Papieren aus der Joppe und warf ihn blindlings ins Zimmer. Dann zog sie die Tür zu und tastete nach der Glock. Es war Mathilda, die die dreizehnte Tür aufmachte.

»Haltet sie auf!«, brüllte Secundus aus dem Stiegenloch, in der Hoffnung, dass man ihn jenseits der magischen Grenze hörte.

Merle hatte die Waffe in der Rechten, mit der Linken zog sie den steifen, störrischen, zischenden Stein hinter sich her. Sie waren jetzt hinter der Bühne des Saals, Merle war zurück in Dreizehneichen. Die Wachtmeister hockten auf dem Bühnenrand, zwischen sich eine Laterne und eine schimmernde Flasche.

Merle richtete die Glock auf sie – die erste automatische Pistole Dreizehneichens. Die Gesichter froren ein. Die beiden hoben die Hände. Mathilda nahm einem von ihnen wortlos die Schlüssel ab, Merle behielt sie im Blick. Den jungen Stein musste sie fast von der Bühne schubsen, er schien kaum noch bei Verstand.

Unten nahm Mathilda ihn an die Hand und zog ihn durch den Mittelgang. Merle ging rückwärts, die Waffe immer noch auf die Pickelhauben gerichtet, als Secundus mit blutender Stirn auf die Bühne brach. Für einen Moment trafen sich ihre Blicke: Er wirkte verstört, mit ihrem Übertritt hatte er nicht gerechnet, und falls er jetzt schon so weit dachte: Vermutlich hatte sie gerade seine Karriere zerstört. Sie senkte die Waffe, drehte sich um und rannte.

Im engen Eingangsbereich hatte Mathilda die Tür schon entriegelt. Sie platzten zu dritt auf die dunkle Gasse hinaus und rannten, bis Merle beim besten Willen nicht mehr weiterkonnte, sich gegen eine Hauswand stützte und dann langsam in die Knie ging. Sie keuchte, lauschte, sie hörte keine Verfolger, wenigstens nicht im Moment. Sie riss sich die Mütze vom Kopf und fuhr sich durchs schweißnasse Haar.

»Hoffentlich«, brachte sie heraus, »ist Bang gleich losgelaufen.«

Dann sah sie zu den beiden jungen Leuten auf. Schweigend standen sie über ihr, im Halblicht einer gegenüber an die Tür gehängten Laterne: der fahlgesichtige Stein, noch ein halbes Kind, und Mathilda, eine ernste junge Frau mit scharfen Zügen. Irgendetwas stimmte nicht.

»Bang ist hier«, murmelte Mathilda schließlich.

Der bleiche junge Mann rang weniger um Atem als um Fassung. »Sie haben Clemens in das Zimmer geschubst.«

In eine Pferdedecke gehüllt, saß Merle abseits von den anderen, gleich neben dem winzigen Dachfenster, an die eisige, unverputzte Mauer des Giebels gelehnt. Die Ironie war ihr nicht entgangen: Binnen Stunden hatte sie sich in die verrückte Frau auf dem Dachboden verwandelt – eine tobende, gemeingefährliche Alte, die der Patriarch wie ein schmutziges Geheimnis verbarg.

Sie zog sich die Decke ein wenig fester um die Schultern und sah zu, wie der Speicher endlich aus dem Dunkel trat: die schwarz gewordenen Balken, von denen die Spinnfahnen hingen, darunter die Spuren ihrer nächtlichen Ankunft im Staub. Der demoralisierte Bang hatte sich unter einem verlassenen Wespennest zusammengerollt; von Mathilda am gegenüberliegenden Fenster war nicht mehr als ein Scherenschnitt zu sehen, das schönste Stück einer Silhouettensammlung in einem hochherrschaftlichen Palais, in dem sie sonst nur waschen, putzen oder sich in eine Abstellkammer zerren lassen durfte. Doch selbst im Schlaf hielt Mathilda den Kopf noch hoch. Sophia wäre jetzt in ihrem Alter.

Merle schaute durchs Fenster auf eine graue, blätternde Fassade, im Erdgeschoss hatte ein Tapetenmaler sein Geschäft. Sie war niemals zuvor hier gewesen; sie kehrte nicht nach Hause zurück. Es schloss sich kein Kreis, und es begann auch kein letztes Kapitel. Im Süden, irgendwo hinter dem Tapetenmaler, vermutete Merle die immerfort treibende Spree.

Wenigstens dem Fluss konnte sie stromaufwärts in ihre Vergangenheit folgen. Auf der Promenade begann ihr altes Revier, dort war sie erst mit ihrer Gouvernante, dann mit ihren Freundinnen in weißen Kleidern und schließlich mit dem steifen, stolzen, ständig erbleichenden Julius spaziert. Ein paar Mal war sie auch mit Primus dort unterwegs gewesen, der so viel unterhaltsamer als Julius war, und manchmal war auch sein ernster jüngerer Bruder mitgekommen: Secundus, der die Zähne nicht auseinanderbrachte und meist einen Schritt zurückblieben war.

Natürlich hatten die beiden gegen Julius nie eine Chance gehabt, man heiratete von Palais zu Palais und nicht ins Petriviertel. Sie hatte den jungen Geheimen Rat bekommen und der junge Geheime Rat bekam sie, und wäre Sophia nicht krank geworden und hätte Julius sie nicht sterben lassen, statt auf die Idee des jungen Doktor Murken einzugehen, dann hätte sie vielleicht ein Leben geführt, in dem Unterbaum genauso ein Gerücht geblieben wäre wie Kreuzberg.

Wahrscheinlich wusste Secundus bis heute nicht davon, aber Primus war schon damals bereit gewesen, Arznei aus der Zwölfwelt herzuschaffen – Julius hatte ihn damals nur nicht gelassen. Sie alle, dachte Merle, schleppten zu viel Vergangenheit mit sich herum.

Sie warf einen beinahe neidischen Blick auf Mathilda und dann lächelte sie. Es war höchste Zeit gewesen, nach Unterbaum zu kommen. Julius und seinesgleichen herrschten vielleicht noch, aber sie teilten nicht mehr. Die Schwestern hatten auch jene Grenze überwunden, die das arme und das reiche Dreizehneichen trennte – damit hatten sie den eigentlichen Anfang gemacht.

Jetzt würden sie es zu Ende bringen.

Für manche würde es doch ein letztes Kapitel sein.

Merle spähte wieder aus dem Fenster, hinter dem ein diesiger Novembertag begann. Sie fragte sich, wo Lotte blieb, und dann unwillkürlich, wo Secundus jetzt wohl steckte. Sie konnte sich nicht vorstellen, dass Nusselt ihn deckte, vielleicht stand Secundus schon vor Julius, seinem Richter. Julius' Richterin aber saß hier. Die Verrückte würde nicht lange auf dem Dachboden bleiben.

Etwa eine Stunde später hörte Merle jemanden unten auf der Leiter. Die Luke wurde aufgestemmt und dann erschien der schmale Kopf von Frau Schikalla. Bang fuhr aus dem Schlaf, Merle setzte sich auf, Mathilda war schon auf den Beinen und reichte der Schusterin den Arm.

Lotte war weit weniger behände. Wie einen Sack Mehl zogen sie sie zu zweit den Dachboden hinauf. Lotte stöhnte und schnaufte, für einen Moment auf allen vieren, dann richtete sie sich auf. Sie klopfte sich den Staub von den Knien, rückte sich den Hut zurecht, und in einer schönen Geste der Vertrautheit strich Mathilda glättend über Lottes Mantel.

Merle verharrte schweigend in ihrem Ausguck, bis Lotte endlich zu ihr kam. »Und?«, sagte sie trotzig, nichts sonst.

Die schlaflose Nacht hatte Spuren hinterlassen. Lotte war bleich, hinter der Brille dunkle Ringe, die Kälte hing ihr in den Kleidern. Sie sah auf Merle herab. »Du hast sie verwechselt?«

Rückgängig machen konnte Merle es nicht. Sie nickte widerwillig.

»Und ich dachte, es wäre dir um das Kind gegangen.«

Merle spürte Lottes bohrenden Vogelblick. Sie hatte sich abgewendet. Sie sah aus dem Fenster. »Wenn ich jetzt sagen würde, dass ich die Sache bereue, wärst du dann zufrieden?«

Lotte war wütend, an ihrer Stelle wäre Merle das auch gewesen. »Mathilda kann nirgends mehr hin. Du und er sowieso nicht.« Lotte gestikulierte Richtung Bang, er wirkte immer noch schockiert. »Was glaubst du, wie lange wir das durchhalten?«, fragte Lotte.

»Ein paar Tage?«, sagte Merle leise. »Kannst du Kontakt zu Stein aufnehmen? Über den Kirchhof?«

»Er weiß nichts vom Kirchhof«, sagte Lotte. »Und wie soll ich dahin kommen ohne den Oberst?«

»Wo ist er jetzt?« Merle meinte Secundus.

»Angeblich im Kastell. Ich kann dir nicht sagen, ob er noch im Amt ist. Es wird sicher eine Untersuchung geben. Rund um den Saal wimmelt es von Offizieren. Wir können niemanden hinschicken. Es war kompliziert genug hierherzukommen.«

»Was war los? Patrouillen?« Natürlich gab es jetzt Patrouillen. Gab es nicht immer Patrouillen? Merle wusste zu wenig davon. In ihrem Exil hatte es nur die Wächter gegeben.

»Auch.«

Spielte Lotte gerade ihre Überlegenheit aus? War sie derart verärgert? Sie hatte bei all dem mitgemacht.

»Es sind nicht nur Wachtmeister, Merle«, sagte Lotte jetzt. »Die Legion sucht in Gruppen die Gassen ab. Sie geben sich als Bürgerwehr. Teilweise gehen sie zusammen mit der Policey auf Streife …«

Das war keine gute Nachricht, vor allem nicht für Julius. Patrouillen, die er nicht kontrollierte, waren Ausweis seiner schwindenden Macht. Unwillkürlich sah Merle auf die Gasse hinaus, als würde sie dort Hinckeldey persönlich erwarten. »Er ist schnell«, sagte sie, ohne Lotte anzusehen. Gewiss hatte Hinckeldey auf eine Gelegenheit wie diese nur gewartet. Endlich hatte Oberst Falke den lang ersehnten Fehler gemacht.

Lotte nickte. »Der Oberst kann es schon deshalb nicht überstehen. Der Direktor muss ihn opfern. Und damit sind meine Übertritte Geschichte. Stein muss alleine klarkommen.«

»Er kriegt das hin«, sagte Merle. »Er hat die Papiere.«

»Ach ja?« Lotte sah sich um. Mathilda, Bang, die Schusterin Schikalla: Sie alle sahen zu ihnen hinüber. Lotte senkte die Stimme. »Wir zahlen einen hohen Preis, Merle. Wir alle. Weißt du, wofür?«

Merle ließ die Frage stehen. »Es wird ein paar Tage Durcheinander herrschen«, sagte sie stattdessen. »Die müssen wir nutzen. Du fährst jetzt ins Kastell?«

Lotte nickte.

»Wann kommst du wieder?«

Lotte nestelte an ihren Handschuhen.

Dann eben nicht, dachte Merle.

»Hast du dein Schießgewehr mit?« Lotte sah sie nicht an. Sie sah auf ihre Hände.

»Ich bin nicht deshalb gekommen«, sagte Merle.

»Nicht?«

»Misstraust du mir, Lotte?«

»Vielleicht misstraue ich deinem Plan? Womöglich, weil ich glaube, dass ich ihn nicht kenne? Was immerhin heißt, dass ich glaube, dass du einen hast.«

»Immerhin«, sagte Merle.

»Hast du einen?« Lotte hätte auch als Gouvernante getaugt. Sie hätte eine Schule, ein Waisenhaus oder die Abteilung XIII leiten können.

Merle zog die Decke fester. Sie war übernächtigt. Ihr war kalt. »Es ist vorbei, Lotte. Das weißt du, oder? Es sind nicht nur deine Übertritte … Wrota, das Lid, die Schwestern. Ich habe Fehler gemacht, straf mich dafür, meinetwegen. Ich habe Stein und Bang verwechselt, und die Brosche zurückzubringen, war bestimmt noch dümmer. Aber vorbei war es schon, als Primus sich entschlossen hat, ein Fährmann zu werden.«

»Und deshalb müssen wir jetzt alle zum Teufel gehen?«, fragte Lotte aufgebracht.

Merle stand auf. Hier im Giebel konnte sie sich aufrichten. »Kommt drauf an, wo du den Teufel vermutest«, sagte sie. »Jedenfalls müssen wir jetzt alle nach drüben. Darum bin ich hier.«

Sie hatten Secundus in seinem eigenen Bureau eingesperrt. Vermutlich war das anständig von ihnen. Sie hatten ihn sämtlich mit Respekt behandelt: der käsige Leberecht Soundso, mit dem er durch Unterbaum gerannt war, bis die Sinnlosigkeit ihrer Suche unabweisbar wurde, genauso wie der Oberwachtmeister der Abteilung XII, der ihn, zurück im Saal, in Empfang genommen hatte – Nusselt war da schon wortlos auf Abstand gegangen.

Ins Kastell eskortiert hatte ihn ein steifer Leutnant aus Jochums Stab; Secundus erinnerte sich, gedacht zu haben, dass man sie gerade alle aus den Betten holte: Jochum, Hinckeldey, wahrscheinlich rüttelte Alfarts diensteifrige Mumie in diesem Augenblick auch den Generalpoliceydirektor wach:

Es hatte schon wieder einen Übertritt gegeben.

Elise war zurück in der Stadt.

Es tat Secundus nicht leid um Alfarts Nacht- und Seelenruhe. Wenn, dann schmerzte ihn Hinckeldeys nahender Triumph, aber selbst dieser Schmerz war eher ein Ziehen und Reißen im Hintergrund, kaum schlimmer als das dumme Loch im Kopf.

Niemand hatte das Bureau abgeschlossen, aber Jochums Leutnant hatte einen seiner Männer im Vorzimmer postiert. Offenkundig wurde die Abteilung XIII jetzt schon kaltgestellt. Secundus machte sich keine Illusionen: Er hatte sie ruiniert. Er hockte auf ihren Trümmern und tupfte sich die Stirn. Das Taschentuch hatte er hoffnungslos vollgeblutet, dabei war es nicht einmal seins. Der

Overall war vermutlich auch nicht zu retten – wahrscheinlich hatte er das mit dem ganzen Fundus gemein.

Natürlich hatte Secundus es abgelehnt, nach einem Arzt zu schicken, aber anders als üblich nicht unwirsch oder barsch. Er hatte bloß abgewunken, wie man eine Fliege verscheucht, und sich in sein Schicksal gefügt, ohne viel darauf zu geben.

Die Wanduhr in seinem Rücken war stehengeblieben, und er dachte gar nicht daran, sie aufzuziehen. Hinter dem Fenster dämmerte der neue Tag, aber er hatte wenig Interesse, an ihm teilzunehmen. Er dachte an Merle, immer wieder, und manchmal schüttelte er dabei unwillkürlich den Kopf. Wie er hatte sie alles auf eine Karte gesetzt, aber anders als er hatte sie noch nicht verloren. Was war das nur für ein Wiedersehen?

Für Secundus währte es immer noch. Er hatte die Hälfte der Nacht damit verbracht, es wieder und wieder zu durchleben. Kaum hatte er sie gefunden, hatte sie ihm eine Tür vor den Schädel geknallt. Kaum hatte er geglaubt, sie ausgerechnet zu haben, hatte sie ihm einen Strich durch seine armselige Rechnung gemacht. Er war so verdammt stolz darauf gewesen, ihr Telephon entschlüsselt zu haben, und sie hatte es wie einen Spion einfach umgedreht.

Woher hatte sie gewusst, dass er in Wrota wartete? Von Primus? War sie mit Primus derart vertraut? War sie es all die Jahre gewesen? Die Einzelheiten erschlossen sich ihm nicht, aber was kümmerten ihn jetzt noch Einzelheiten? Wenn er unter der pochenden Stirn die Augen schloss, sah er sie mit ihrer automatischen Pistole unterhalb der Bühne zwischen den Stühlen stehen, und so unvorstellbar dieser Anblick in ihrer gemeinsamen Vergangenheit auch einmal gewesen sein mochte: Verändert hatte sie sich nicht. Nichts hatte sich verändert. Was wichtig war, veränderte sich nicht.

Vermutlich zum letzten Mal stützte Secundus die Hände auf seinen wuchtigen Schreibtisch und wartete geduldig, dass jemand kam.

Sie holten ihn irgendwann am Vormittag, Jochums Leutnant führte ihn an teils schon besetzten Tischen vorbei, aber kaum einer der Beamten wollte Secundus ansehen, fast alle hatten plötzlich am Ärmelschoner zu zupfen oder an einer der unteren Schubladen zu tun. Secundus war auch nicht danach zu grüßen. Er wusste um seinen Aufzug, den lachhaften, überdies blutfleckigen *Overall* und die mittlerweile sicher rotgeschwollene Stirn. Aus dem Augenwinkel sah er die Schaf herbeieilen – noch in Hut und Mantel, also offenkundig zu spät –, aber dann bogen sie schon in Richtung des Verhörzimmers ab, das Secundus nie benutzt hatte, weil es gewöhnlichen Kriminellen vorbehalten war. Würde dort Jochum auf ihn warten? War es so schlimm?

Am schlichten Tisch saß Julius Alfart und erhob sich nicht. Jochums Leutnant schloss die Tür. Secundus blieb stehen. Vertrautheiten empfahlen sich jetzt nicht. Vor Alfart lag der Wrota-Akt. Er blätterte ihn auf. Er ließ Secundus warten. Er wendete Blatt um Blatt.

Dann sah er endlich auf. »Warum lässt du sowas überhaupt führen, wenn du das wirklich Wichtige doch nicht dokumentierst?« Stirnrunzelnd klappte er die Mappe zu.

Secundus schwieg. An Alfart vorbei sah er durch das kleine, vergitterte Fenster und das Nichts aus Nebel dahinter.

»Du hast ein Telephon gefunden?«

Was waren das für Fragen, wenn Alfart die Antwort schon wusste? Das Telephon war in Wrota geblieben. Sie hatten es zweifellos sichergestellt. Womöglich hatte der illoyale Nusselt es rübergetragen.

»Ihr Telephon? Du findest ihren gottverdammten Telephonapparat und verschweigst es mir?« Alfarts dünne Oberlippe zuckte.

»Hast du schon mit Nusselt gesprochen oder mit Kammholz?« Das war wenigstens eine echte Frage. Secundus stellte sie ohne Scheu.

»Was geht es dich noch an?« Alfarts Gesicht sah wie versteinert aus, ins Gelbliche schimmernder weißer Marmor. »Aber ja, Nusselt hat alles getan, um sich reinzuwaschen. Mein Gott, Secundus! Von der Brosche auch kein Wort … Kugler hätte mir jederzeit erzählen können, dass sie wieder aufgetaucht ist. Hast du wirklich geglaubt, du würdest damit durchkommen? Hast du den Verstand verloren?«

Secundus zuckte mit den Schultern. Er wartete jetzt darauf, dass Alfart den Fährmann erwähnte, aber offenbar wollte Alfart bloß noch seine eigene Haut retten. Veil Wallasch spielte dabei keine Rolle. Vielleicht kam Primus davon. Vielleicht war Secundus wenigstens das gelungen.

»Weißt du, in welche Lage du mich gebracht hast? Machst du dir auch nur eine Vorstellung davon?«

»Es hätte klappen können«, sagte Secundus. Eigentlich war es nicht mehr wichtig, aber einen Rest Ehrgefühl hatte er noch. »Es war knapp.«

»Knapp? Närrisch war es!« Alfart hob die Stimme. »Wir hätten mit einer ganzen Armee auf sie warten können!« Er sprach immer schneller, mit funkelnden Augen beugte er sich über den Tisch. »Du hast sie laufen lassen, das ist doch die Wahrheit. Du hast unsere einzige Chance in Jahren vertan …« Alfart setzte sich wieder auf. Er atmete durch. Er versuchte sich zu beruhigen. »Mit Absicht, Secundus? Hast du sie mit Absicht entkommen lassen?«

Secundus schüttelte den Kopf. Nein, Absicht war es nicht gewesen. Aber war man sich seiner Absichten immer bewusst? Anders als Primus hatte er das ein Leben lang geglaubt.

Alfart rieb sich über die verhärteten Wangen. »Hast du sie gesehen?« Das war ein anderer Ton. Ein letzter, schwindender Rest Vertrautheit.

»Flüchtig«, log Secundus. Und dann fügte er aus tiefster Überzeugung hinzu: »Du würdest sie nicht wiedererkennen.« Alfart hatte sich ja nie die Mühe gemacht, sie wirklich kennenzulernen.

»Setz dich«, sagte Alfart.

Secundus nahm auf dem zu kleinen Holzstuhl Platz, ein Gymnasiast vor dem erzürnten Rektor, ein Angeklagter vor Gericht. Er legte die Hände in den Schoß. Es kümmerte ihn nicht.

»Moritz Bang ist verschwunden. Die kleine Minna Eisenmann ist verschwunden. Und dieser … dieser …«

Secundus verstand nicht.

»Wie heißt der Dichterling, den der alte Eisenmann alimentiert?«

»Vom Stein. Clemens vom Stein«, half Secundus aus.

»Richtig.«

Secundus schluckte. Da taten sich Abgründe auf. »Ich weiß nichts von ihm und Bang«, sagte er. »Und ich weiß auch nichts von Minna Eisenmann. Ist das die Enkelin?« Auf einmal überfiel ihn der Verdacht, dass er nicht die geringste Vorstellung hatte, was in der Nacht wirklich geschehen war. Er war Merle kopflos nachgerannt. Dass sie in die falsche Richtung lief, dass sie *zurück* nach Dreizehneichen wollte, war Überraschung genug gewesen. Er hatte keinen halben Zoll weitergedacht.

»Sechs Jahre alt und sterbenskrank, die Kleine«, sagte Alfart. »Fleckfieber, hieß es.«

Secundus stieg das Blut in den Kopf, er merkte es an seiner Wunde. Verdammt nochmal, sie hatten das kranke Kind nach drüben geschafft! Merle und die Kleine hatten Plätze getauscht! Es war die ganze Zeit um das Mädchen gegangen … Secundus' Gedanken rasten, dann standen sie ganz plötzlich still.

Merle hatte es ein letztes Mal wiedergutmachen wollen …

Ein lebendes Kind für ein totes …

In Secundus machte sich eine verwirrende Wärme breit, irgendetwas zwischen Rührung und glühender Verehrung. Aber dann fiel sein Blick auf Alfart, der offenbar einfach weitergeredet hatte, und aus der glühenden Verehrung wurde kalter Hass. Er hasste Alfart dafür, dass er Merle nicht verstand. Er hasste diesen Mann für seine Selbstsucht. Er hasste ihn für seine miese kleine Angst.

»Was soll das? Was will sie hier, Secundus?«

Fürchtete Alfart jetzt um sein Leben? Fürchtete er um seine Stellung im Rat? Fürchtete er den Zorn des geistigen Führers im Kloster? Konnte er dem Eremiten denn nicht alles weismachen? Der alte Müller sprach doch mit niemand anderem.

»Ich weiß es nicht«, sagte Secundus viel zu spät. Und wenn er es wüsste, dachte er, würde er es Alfart als Allerletztem erzählen.

»Ist das alles?« Alfart lehnte sich steif zurück. »Mehr hast du nicht zu sagen?«

»Mehr gibt es nicht zu sagen, Herr Direktor«, sagte er ruhig. Sie waren geschiedene Leute. Und so unangenehm die Situation auch sein mochte: Secundus war tief zufrieden damit.

»Ach, so ist das?« Alfarts Stimme war jetzt schneidend. »So lässt du eine lebenslange Freundschaft zu Ende gehen?«

Keine Freundschaft, dachte Secundus. Höchstens war es eine Kumpanei gewesen. Dumm, vor allem aber schwach von ihm.

»Nun, ich hätte dich ohnehin nicht retten können.« Mit einem Ruck stand Alfart auf. Er trat ans vergitterte Fenster und wandte ihm den Rücken zu. »Glaub nicht, dass deine unverschämte Illoyalität mich dazu bringt.« Langsam drehte er sich wieder um. Der Hass war jetzt wenigstens gegenseitig. Alfart wurde förmlich. »Hiermit setze ich Sie über Ihre Demission in Kenntnis, Oberst Falke. Sie verlieren Rang und Uniform und sämtliche erworbenen Ansprüche. Ein Verfahren wird beizeiten eingeleitet.«

»Jawohl, Herr Generalpoliceydirektor.« Secundus erhob sich ohne Eile. Wäre er noch Oberst, er hätte salutiert. Aber das war nicht mehr nötig. Secundus wandte sich zum Gehen. Dass sie ihn fürs Erste ziehen ließen, empfand er als Überraschung. Er hatte sich auf Schlimmeres als ein *Verfahren beizeiten* gefasst gemacht.

»Ich habe das Dekret schon unterzeichnet«, hörte er Alfart sagen. »Die Abteilung XIII wird aufgelöst und der zwölften von Jochum zugeschlagen. Haben Sie verstanden, Oberst a. D.? Ihre Abteilung ist Geschichte! Vorbei. Die Policey macht Schluss damit.«

Secundus öffnete die Tür. Draußen wartete Jochums Leutnant. Alfart wollte ihm wehtun, aber das konnte er nicht.

»Er soll seinen Schreibtisch ausräumen«, rief Alfart noch, aber da war schon die Angst zurück in seiner Stimme, und diesmal war es nicht die Angst vor Merle, es war die Furcht vor Heinrich Hinckeldey.

»Herr Oberst?«

Die Schaf rief ihn plötzlich auf der Treppe an. Er machte auf dem Absatz halt. Über ihm ragte eine der mächtigen Säulen auf. Unter ihm eilten aufgescheuchte Pickelhauben durch die steinerne Steppe der Halle.

Sie raffte ihren komischen Kaftan, wie sie es seit Jahren tat. Sie war ein wenig außer Atmen. Sie hatte sich beeilt.

»Sie können so nicht auf die Straße«, sagte die Schaf. Sie hielt ihm einen Mantel hin. »Ihr alter Uniformmantel. Der ausgemusterte. Er hing noch oben im Schrank.«

Er nahm ihr den schweren Mantel ab. Eigentlich hatte er keinen Anspruch mehr, noch Uniform zu tragen, aber vermutlich hatte sie recht. Er konnte schlecht den grässlichen Overall spazieren führen. Daran hatte er überhaupt nicht gedacht, und Jochums Leutnant war es offenbar egal gewesen.

»Den Anzug lasse ich in Ihrer Wohnung abholen, einverstanden?« Der Blick der Schaf blieb an den eingetrockneten Blutflecken hängen. »Er muss in den Fundus zurück.«

Er nickte und zog sich schwerfällig den Mantel über. Sie half ihm mit den Knöpfen und nestelte an seiner Brust. Sie sah angegriffen aus, fand Secundus. Sie war eine treue Seele, seine Demission nahm sie sichtlich mit.

»Wie wird es jetzt weitergehen, Herr Oberst?«, sagte sie, bloß halblaut und so beiläufig, als spräche sie vom Wetter, dem Nebel draußen und der schlechten Sicht.

»Ich erwarte ein Verfahren, Fräulein Schaf. Ich komme nicht wieder. Es ist Zeit, Abschied zu nehmen.«

Sie schloss seinen obersten Knopf. Dann trat sie ein Stück zurück, wie um ihr Werk zu betrachten.

»Haben Sie von Kammholz gehört?«, fragte er. Seinen Leutnant würde er auch vermissen. Im Augenblick war er zu schwach, um das zu leugnen.

»Man hat ihn verhört, soweit ich weiß.« Die Schaf korrigierte den Sitz ihrer Brille. »Er hat nichts zu befürchten, denke ich.« Sie nickte leicht ruckend, auf ihre Hühnerart. »Er wird in der Abteilung XII weitermachen, aber bestimmt wird es schwer für ihn, sich dort zu behaupten. Er war schließlich ein Falke-Mann.« Sie lächelte ein wenig schwermütig. »Sie haben sie gesehen, oder?«

»Wen?«

»Die Elise.«

»Aber Fräulein Schaf …«

»Entschuldigung. Ich weiß, das geht mich nichts an.«

»Mich geht es auch nichts mehr an, Fräulein Schaf.« Er war so furchtbar müde und doch würde er fortan vermutlich so schlecht schlafen wie sie. Tatsächlich sah sie heute aus, als hätte sie in der Nacht kein Auge zugetan. Dabei war doch er wie ein Verrückter durch Unterbaum gerannt und sie hatte bloß in ihrem einsamen Bett gelegen.

Unter ihnen hallten Stiefeltritte. Geschäftige Beamte eilten an ihnen vorüber, strebten treppauf, treppab ihren ach so dringlichen Aufgaben zu. Eine Abteilung aufzulösen bedeutete eine Menge

Papierkram, dachte Secundus, aber das ging ihn auch nichts mehr an.

»Ich wusste gar nicht, dass Eisenmanns Enkelin krank ist«, sagte er zur Schaf. »Wussten Sie es?«

Einen Augenblick schien sie über seine Frage verwundert, dann nickte sie. »Der Leutnant hat es im Vorübergehen mal erwähnt.« Ihre Altfrauenhand tastete nach dem Geländer.

»Sie hätten mir das sagen können, Fräulein Schaf.« Ein letzter, sanfter Tadel. Hätte es wirklich einen Unterschied gemacht? Traute er sich zu, so weit zu denken? Wenn, dachte Secundus, dann ehrlicherweise nur im Nachhinein.

»Sie waren beschäftigt, Herr Oberst«, sagte die Schaf. »Sie waren in Wrota.«

»Das war ich«, sagte er. »Da haben Sie recht.« Er zupfte an dem alten Mantel, er saß ein wenig eng. Es war jetzt höchste Zeit zu gehen. »Werden Sie bleiben, Fräulein Schaf? Ich meine …« Es ging ihm nicht so ohne weiteres über die Lippen. »… bei der Abteilung XII?«

»Oh.« Rührte sie sein Interesse an ihr? Sie musste einen Frosch aus ihrem Hals verscheuchen. »Meine Zukunft ist noch ganz ungewiss, Herr Oberst.«

»Das tut mir leid.« Das tat es wirklich. Secundus fühlte sich schuldig. Er hatte ihr das Zuhause genommen. Außer der Abteilung hatte sie doch nichts.

»Machen Sie sich keine Gedanken«, sagte sie. Die Schaf räusperte sich, ein Hauch Rot auf ihren teigigen Wangen. »Vielleicht sehen Sie ja mal nach Ihrem Bruder?« Sie setzte einen Fuß auf die Stufe nach oben.

»Ja.« Er schob eine Hand in die Manteltasche. Mit der anderen tastete er vorsichtig nach der Schramme auf der Stirn. »Das mache ich, Fräulein Schaf.«

Sie lächelte. »Nun. Dann …«

»Äh, eins noch …« Es fiel ihm nicht erst jetzt ein, er hatte nur damit gewartet.

»Ja?«

»Welcher Arzt, sagten Sie, hat die kleine Minna Eisenmann behandelt?«

Merle kam sich wie die bärtige Frau auf dem Jahrmarkt vor, die Kleine beobachtete sie verstohlen. Die mageren Hände hatte das Mädchen vor der Kittelschürze verschränkt, das Kinn fest an die Brust geheftet. Merle schaute auf den bleichen Scheitel zwischen den Zöpfen.

»Jetzt mach schon den Mund auf«, sagte Frau Schikalla, die hinter ihrer Tochter stand, die Hand auf der kleinen, knochigen Schulter. »Sag, was du gesehen hast.«

Die Kleine sagte nichts. Sie musste ein Nachkömmling sein, sie war nicht einmal zehn. Wie viele Kinder hatte Frau Schikalla geboren? Wie viele hatte sie nicht gewollt? Wie viele hatte sie verloren? Auch dieses Mädchen, dachte Merle, musste von hier fort.

Sie ging in die Knie und widerstand der Versuchung, die Kleine zu berühren. »Weißt du, wer ich bin?«, fragte sie.

Das Kind nahm all seinen Mut zusammen und nickte. Für den Bruchteil einer Sekunde waren seine blitzblanken Augen zu sehen.

»Und?«, fragte Merle. »Wie heiße ich?«

»Elise«, flüsterte die Kleine.

»Und wer bist du?«

Für den Moment war der Mut des Mädchens aufgebraucht.

»Elisabeth«, sagte Frau Schikalla. »Wir haben sie Elisabeth genannt, aber wir rufen sie Elli.«

»Elisabeth«, sagte Merle. »Elli. Wir haben alle mehr als einen Namen, stimmt's?«

Ein überraschter Blick der Kleinen. Jetzt blieb ihr Kopf endlich oben.

»Meine Eltern habe mich Merle genannt. Ich bin nur manchmal Elise. Und wenn ich will, kann ich auch Sibylle sein.« Sie verwirrte die Kleine. Sie stellte sich ungeschickt an. Aber jetzt hatte sie einmal so angefangen. »Wer soll ich jetzt sein, Elli? Such es dir aus. Wem willst du erzählen, was du gesehen hast? Merle? Sibylle ...«

»Elise«, sagte die Kleine. »Ich will's Elise sagen.«

»Dann los ... Sie hört dich.«

Ellis Lippen bewegten sich wie zur Probe. Dann sagte sie: »Das Haus.«

»Was für ein Haus?« Merle sah zu Frau Schikalla auf.

»*Das* Haus ...« Offenbar wollte Elli keine Hilfe. »Wo ...«

»Ja?«

»Wo ...«

»Sie sollte eine Besorgung machen«, half ihre Mutter. »Ihr Weg führte am Lid vorbei.«

»Ah, das Haus, wo ich hergekommen bin, Elli«, sagte Merle. »Wo es hinübergeht, ja?«

Elli nickte, zugleich ernst und erleichtert. Es gab hier so vieles, das man nicht sagen konnte, sondern mühsam umschrieb.

»Und was hast du gesehen? Die Policey?«

Elli schüttelte den Kopf. Dann sagte sie schnell: »Sie machen es kaputt. Sie reißen es ab.«

Plötzlich hatte Merle einen Kloß im Hals. Das ging schneller als erwartet. »Wer? Die Wachtmeister?« Sie wollte ihre Verunsicherung nicht zeigen. Nicht vor Mathilda, nicht vor der Schusterin Schikalla und schon gar nicht vor dem Kind.

»Die sind auch da«, sagte Elli. »Aber die schauen nur zu. Da sind andere Männer. Die mit dem ...« Mit der Hand fuhr sie an ihre dünnes Ärmchen. »Die mit dem Schwert«, sagte sie.

»Die Legion?«

Frau Schikalla nickte.

Die Legion, das waren Hinckeldeys Leute. Schon jetzt ließ die Policey sie einfach gewähren.

»Sie haben ein Loch ins Dach gemacht«, sagte Elli. »Sie werfen die Ziegel auf die Straße.«

Merle schluckte. So war das: Häuser riss man von oben ab, Stockwerk für Stockwerk, bis zum Grund. Der Saal war ein für alle Mal verloren. Secundus war sicher nicht mehr im Amt. Er hätte nicht zugelassen, dass das Lid dem Erdboden gleichgemacht würde, solange noch eine Ermittlung lief.

»Wie gut, dass du aufgepasst hast«, sagte sie. »Danke, Elli.« Ihr Blick suchte Mathilda. Mathilda hockte wieder neben dem bleichen, immer noch teilnahmslosen Bang. Sie hatte die Arme um die Knie geschlungen und hörte aufmerksam zu. Sie hatte schon lange begriffen, worum es ging. Man sah ihr ihre Schnelligkeit an.

»Mathilda und ich bräuchten bitte Kleider«, sagte Merle zur Schusterin. »Und wenn es geht, auch solche Binden.« Sie legte die Hand auf Sibylle Diesels durchtrainierten Oberarm.

Der Nebel hatte sich verzogen, vom Fluss kam ein bitterkalter, schon winterlicher Wind. Die Männer auf den Kähnen wirkten verfroren. Zwei rotgesichtige Kerle luden an einem der Stege Federvieh aus, Enten und Hühner streckten die Köpfe aus den grob gezimmerten Kisten. Nicht mehr lang und man würde ihnen den Hals umdrehen und sie in einer dunklen Küche rupfen. Der Wind fuhr durch Frau Schikallas Kleider bis auf Merles Haut.

Wie Mutter und Tochter strebten sie zur Promenade hinauf. Als sie gleich hinter der Unterbaumbrücke der ersten Patrouille begegnet waren, hatte Mathilda den Männern einfach zugenickt. Sie trugen ihre Binden gut sichtbar. Ein flammenumkränztes Schwert: Merle fand es eigentlich bloß lächerlich. Der nächste Hinckeldey, dachte sie, würde eine Keule oder einen Faustkeil wählen.

»Haben Sie Ihre Pistole mit?«, fragte Mathilda unvermittelt.

»Du kannst du zu mir sagen«, sagte Merle. Sie hatte nicht nur die Glock, sie hatte auch das ausgeschaltete Handy dabei. »Ich sage ja auch du zu dir. Sag Merle.«

»Ich würde auch lieber Elise sagen«, murmelte Mathilda.

»Du weißt aber schon, dass sie mir den Namen gegeben haben, oder?«

Mathilda nickte. »Lotte hat es mir erzählt.«

»Wisst ihr es alle? Wer ich bin?« Wer ich gewesen bin, korrigierte sich Merle im Stillen. Hätte sie vorher überlegt, hätte sie *gewesen* gesagt.

Mathilda schüttelte den Kopf. »Wir reden nicht darüber. Wir lassen Elise Elise sein. Das macht es ...«, sie zögerte, »... wunderbarer.«

War sie eine Enttäuschung? Merle dachte diese Gedanken seit gestern nicht zum ersten Mal. Elise war eine Legende, sie aber kam bloß als Merle Alfart zurück, eine Frau, der man ihre viele Vergangenheit ansah. »Es durfte nicht die Frau des Policeydirektors sein«, sagte sie. »Er hatte einen Ruf zu wahren. Ich glaube, eine Zeitlang ist ihm Elise sogar nützlich gewesen. Als Sündengeiß. Kann man das sagen?« Versuchte sie, jetzt Stimmung zu machen? Natürlich war Mathilda unbestechlich und lachte nicht.

»Ist sie für ihn?«

»Was?«

»Die Pistole. Sie sind deshalb zurückgekommen? Um ihn zu erschießen?« Mathilda sah stur geradeaus. Es war noch gar nicht so lange her, da war auch sie eine Elli gewesen, ein schüchternes, neugieriges Kind.

»Ich bin euretwegen gekommen«, sagte Merle. »Wir machen hier Schluss.« Mathilda musste wissen, wie großmäulig das war. Sie ließ sich bestimmt nichts vormachen.

»Wir werden nicht viel Zeit haben«, sagte Mathilda.

»Sie werden uns nicht finden. Das siehst du doch. Wir laufen am helllichten Tag durch die Stadt.«

»Sie werden eine von uns finden. So lange wird das nicht dauern. Sie fangen beim Hutmacher Eisenmann an. Zuerst befragen sie die Mägde. Und die Gouvernante natürlich. Danach wissen sie von den Wäscherinnen. Spätestens heute Nachmittag sind sie beim Comptoire.«

»Aber da ist niemand mehr, oder?« Bestimmt hatte Lotte dafür gesorgt.

»Aber dann haben sie Namen«, sagte Mathilda. »Meinen zum Beispiel. Viele von uns stehen dort in den Büchern.«

»Eine Weile können wir uns verstecken.« Merle war schon wieder in die Defensive geraten, genauso wie eben bei Lotte. Den Schwestern gefiel ihr Ausfall nicht. Verstanden sie denn nicht, dass sie die Stellung nicht länger halten konnten? Dass es gar keine Stellung mehr gab?

»Ein paar Tage vielleicht. Und nicht in Unterbaum. Und dann?« Mathilda blieb stehen. Der Wind riss an ihrem Kopftuch. Von der Kälte waren ihre Wangen brandrot. Über der Nasenwurzel hatte sie eine charakteristische Zornesfalte. »Mir ist egal, was mit deinem Mann passiert, hörst du? Es tut mir leid, dass dein Kind gestorben ist. Aber das ist lange her, richtig? Das ist so lange her, dass es schon fast nicht mehr wahr ist.«

»Das stimmt«, sagte Merle, auch wenn es sich anders anfühlte.

»Wenn du zu den Toten willst, hättest du nicht herkommen müssen.«

»Ich will nicht zu den Toten.« Stritten sie jetzt? Vielleicht, dachte Merle, stritten sie ja wie Mutter und Tochter.

»Du hast kein Lid gefunden drüben, oder?« Mathilda sprach jetzt immer schneller.

»Nein, habe ich nicht.«

»Und wie willst du jetzt hier eines finden?«

Wenn sie an Mathilda vorbeisah, konnte Merle die Opernbrücke ausmachen und auf der Brücke den Müller aus Bronze. Sie waren schnell vorangekommen. Am Ufer ging es sich leicht. Es war, als machte der Fluss einem Beine, selbst gegen den Strom. »Manchmal ist die Vergangenheit schon zu etwas gut, Mathilda«, sagte sie.

»Und zu was?«

»Fehlern«, sagte Merle. »Eigentlich ist die Vergangenheit aus Fehlern gemacht. Und nach den Fehlern kommen die Lügen. Das eine folgt aus dem andern. Das ist immer so.«

Mathilda sah sie eher wütend als ratlos an, die Zornesfalte jetzt eine tiefe Kerbe, der Blick so blank wie der von Elli. Der Wind hatte eine schmutzigblonde Strähne aus dem Kopftuch gelöst.

»Wir suchen eine ihrer Lügen, verstehst du? Das ist der Weg raus.« Leider klang das so nebulös, wie es war.

»Und dazu gehen wir auf den Friedhof? Genau dort werden sie Merle Alfart doch vermuten. An dem kleinen Grab.«

»Ich habe doch gesagt, ich bin nicht auf dem Weg zu den Toten. Können wir jetzt weiter? Deshalb sind wir doch hier, oder? Um weiterzugehen.«

Einen Moment lang hielt Mathilda ihrem Blick stand. Dann wandte sie sich ab und sah düster auf den kalten, grauen Fluss.

»Ich finde ein Lid«, sagte Merle. »Keine Angst. Es gibt immer eine Tür, die sonst niemand sieht.«

Das Rondell öffnete sich wie ein Rachen, durchgefroren erreichten sie den großen Platz, auch wenn er Merle lange nicht mehr so groß vorkam wie früher. Sie hatte weitere Plätze und höhere Häuser gesehen. An die Orte seiner Kindheit zurückzukehren, hieß wohl immer, sie zu schrumpfen, aber das hier war nur noch die Kulisse einer Modelleisenbahn, eine Hobbykellerfantasie, die keine Abweichung und keinen Stilbruch duldete.

Von den Geschäftshäusern in Reih und Glied schweifte Merles Blick zum malerischen Uhrturm und zur romantischen Brücke hinüber und blieb dann am Ballhaus hängen, wo sie selbst vor unvordenklichen Zeiten auch nichts anderes als ein Figürchen gewesen war, eine willenlose Statistin in einem Historienspiel von herbeifantasierter Ordnung und Größe.

Die Legion allerdings war etwas anderes, auf den ersten Blick passten ihre Anhänger nicht hierher. Sie hatten die Illusion vom *immerwährenden So* durch eine neue, noch idiotischere ersetzt. Sie vergötterten nicht das Alte, sondern verteufelten das Neue und dünsteten Bosheit und Bitterkeit aus. Wenn diese Leute an ihr vorbeistrebten, sah Merle in erwartungsvoll grimme Gesichter. Vor Hinckeldeys Pelzgeschäft versammelte sich ein Mob, herbeigerufen durch ein giftiges Gerücht oder eine bloße Ahnung.

Es mochten gut fünfzig, vielleicht hundert Menschen sein, und es wurden immer mehr, in der Mehrzahl Männer, aber auch ein paar Frauen, vornehmlich mittleren Alters. Viele trugen die Binde, je ärmlicher ihre Kleidung, desto eher, aber die Menge speiste sich nur zu geringen Teilen aus Unterbaum. In ihren steifen Kleidern und unter den gebürsteten Hüten sahen die meisten Hinckeldey-Verehrer eher nach Cölln oder dem Petriviertel aus, nach Sonntagsbraten und Nachbarschaftsstreit, nach Nachtmütze und allabendlicher Enttäuschung. Ein vierschrötiger Mann, der eher aus Unterbaum kam, trug eine Spitzhacke an Merle und Mathilda vorbei.

Hüte Eisenmann, der Laden gleich neben dem Pelzgeschäft, war heute geschlossen und Merle wusste, warum. Niemand hier rechnete mit Elise, alle warteten auf Heinrich Hinckeldey. Merles Blick wanderte hinauf zu den höher gelegenen Fenstern, als fingen alle Revolutionen auf Fenstersimsen oder Balkonen an. Wenn es dazu kam, dachte sie, dann ging es zuallererst Julius an den Kragen.

Doch Hinckeldey stieß kein Fenster auf, er kam von hinten, zu Fuß und mit kleiner Entourage.

»Ist er das?« Merle hatte ihn nie gesehen und ihn sich weniger fadenscheinig vorgestellt, dafür vitaler und charismatischer, nicht so verhuscht. Der schmale Mann verschwand fast hinter den beiden kräftigen Kerlen, die ihm den Weg freisperrten, und hatte auch wenig mit den eitlen Honoratioren in seinem Schlepptau gemein, bärtige Zylinderträger allesamt, denen man ihr Geld und ihren Appetit ansah und die dem kleinen, in einen übergroßen Pelz gehüllten Mann heute vermutlich zum ersten Mal nachliefen. Merle war sich nicht sicher, aber eine dieser feisten Gestalten hätte Gustav Kugler sein können. Vor einer Ewigkeit, zu Ballhaus-Zeiten, war er nur halb so viel gewesen, aber auch da schon ein ganzer Opportunist. Ein schwerer Verlust für die Fraktion Alfart im Rat, dachte Merle. Neugierig drängte sie vorwärts und zog die zaudernde Mathilda mit.

Hinckeldeys Grüppchen kam in der drängenden, schiebenden Menge jetzt zusehends schlechter voran, teils verlor Merle den kleinen Mann ganz aus den Augen.

»Eine Rede!«, rief jemand und andere fielen ein, bis die Umstehenden zu applaudieren begannen und der Mob nach und nach in ein rhythmisches Klatschen fiel.

»Eine Rede!«

Aus dem Pelzgeschäft wurde eine Truhe herbeigeschafft und aufs Pflaster gestellt. Hinckeldey erklomm sie mit einem Ausdruck zwischen Ekel und Erfüllung. Halb abwehrend, halb gönnerhaft hob er die Arme, noch ging, was er sagte, im Lärm unter, doch dann wurde es langsam still.

»Die Policey hat versagt« war das Erste, was Merle verstehen konnte. »Verräter sind unter uns. Die Elise ist in der Stadt.« Hinckeldeys Stimme war so grau und so dünn wie der Mann. Wie Julius war er ein Strippenzieher, aber fraglos der gefährlichere Mann.

»Freunde! Bürger Dreizehneichens! Ich höre soeben, man hat das Rattenloch in Unterbaum geschleift!« Hinckeldey hatte den Ton getroffen. Einige der Umstehenden johlten, es wurde wieder applaudiert. Auf seiner Truhe wartete Hinckeldey geduldig, bis der Applaus verebbte. »Gut so!«, rief er. »Schluss damit! Schluss mit Bahnen und Wächtern! Schluss damit, angsterfüllt hinüberzuäugen … Wir, Freunde, haben es immer gesagt: SCHLIESSEN WIR DIE TORE ZUM PARADIES!« Das letzte brüllte Hinckeldey so gut er konnte, und die Menge belohnte ihn dafür. Sie schrie Zustimmung, Hacken, Schaufeln, Knüppel wurden in die Höhe gereckt. Merle ahnte, wozu sie dienen würden.

»Gäbe es die teuflische Elise ohne diese Höllentore?«, rief Hinckeldey.

Frenetisch rief die Menge »NEIN!«.

»Gäbe es ohne sie die gottlosen Schwestern?«

»NEIN!«

»Und gäbe es diese Tore zur Hölle ohne die Abteilung XIII, die sie offenhält?«

Jetzt, dachte Merle, während ihre Nebenleute brüllten, ging er auf Secundus und Julius los.

»Es gäbe sie NICHT. Ganz richtig. Ohne sie hätten wir all diese Löcher lange gestopft. Damit der Pesthauch des Fortschritts nicht länger zu uns hinüberweht!« Mit der flachen Rechten vollführte Hinckeldey auf seiner improvisierten Bühne einen symbolischen Schnitt. Dass er selber einmal durch eines dieser Löcher geschlüpft war, schien ohne Bedeutung.

»Die Welt feindlich gespalten sehen, Freunde, das ist der Geist! Das ist die Forderung des Absoluten! Des Absoluten, das die Abteilung XIII nicht will. Des Absoluten, dem der Rat allzu lange in schäbigen Kompromissen ausgewichen ist!« Hinckeldey hielt inne. Er schien die Wirkung des Gesagten zu überprüfen, aber allzu viel Wirkung hatte es diesmal nicht. Merles Nebenleute wollten johlen und die Fäuste schütteln, aber dafür brauchten sie einen eingängigeren Text. Hinckeldey schien es selber zu merken. Mit diesen abstrakten Parolen ließen sich allenfalls die Zylinderträger ködern.

»Freunde«, rief er, sich sammelnd, »es gibt nichts Stärkeres als
eure Entschlossenheit! Eure Entschlossenheit, unsere Stadt mit allen Kräften und Mitteln zu verteidigen! Denn was ist es denn, was
durch die Rattenlöcher des Oberst Falke dringt? Der Geist des
Mammons, der die Zehnwelt regiert! Der Geist der Maschine, der
eine freie Gesellschaft zu einer Masse seelenloser Sklaven macht!
Wollt ihr das?«

Beifall. Er hatte sie wieder. Merle stupste die erstarrte Mathilda
an. Sicherheitshalber klatschten sie mit.

»Wollt ihr verlieren, was die Zehnwelt verleugnet und verraten
hat? Moral? Religion? Familie? Wisst ihr, dass sie drüben nicht
mal mehr an Mutter und Vater glauben? Sie schaffen die gottge-
wollten Unterschiede ab, sogar die zwischen Junge und Mädchen!
Zwischen Mann und Frau! Wollt ihr das? Nein! Ihr erkennt die
falschen Propheten und leider Gottes sind sie in der Stadt. Sie sind
eingedrungen in unsere Festung! Sie haben sich sogar Einfluss im
Rat verschafft!« Hinckeldey ließ den Mob eine Weile toben. Als er
weitersprach, sprach er ruhiger. Seine Stimme wurde kalt.

»Und jetzt frage ich euch, Freunde, was ich mich selber seit geraumer Zeit frage. Ich frage mich: Weiß unser geistiger Führer
davon? Ist der heilige Mann im Kloster im Bilde? Er, der in selbst-
gewählter Einsamkeit tiefer und tiefer zur einen, zur letztgülti-
gen Wahrheit vordringt? Der für uns liebt und sinnt und denkt?
Dessen Geist unser Geist ist? Der eine glorreiche spirituelle Wahl
getroffen hat, um unseretwillen? Weiß er, was die Abteilung XIII
treibt? Wissen wir, was der einzige Mann, der mit ihm sprechen
darf, unserem geistigen Führer verheimlicht?«

Hinckeldey war fast am Ende angelangt. Jetzt hatte er das Fenster aufgestoßen, jetzt stand er auf dem Balkon. Jetzt stand er im
Begriff, Julius zu stürzen.

»Freunde, ich habe soeben eine außerordentliche Sitzung des
Rats beantragt und weiß mich darin einig mit den hohen Herren,

die mich hierher begleitet haben.« Hinckeldey deutete vage auf die Zylinderträger, die sich um sein Podest versammelt hatten. »Bald werden wir zusammenkommen und neu über das zweithöchste Amt in der Stadt entscheiden.«

Die Menge hatte verstanden. Sie skandierte jetzt einfach »Hinckeldey!«

»Wir holen uns unsere Stadt zurück!« Einmal noch versuchte Hinckeldey laut zu werden. »Vertraut auf mich. Ich danke allen! Allen, die hier zusammengekommen sind! Allen, die jetzt wacker durch die Straßen streifen, um dem Schwestern-Spuk ein Ende zu machen! Gott segne euch. Und Gott segne euch auf eurem Weg über die Brücke nach Cölln!«

Er hatte sie wirklich losgeschickt. Während Hinckeldey noch etwas unsicher von seiner Truhe stieg, strebten schon die ersten Legionäre an Merle vorbei, die Schaufel-, Knüppel- und Spitzhackenträger machten den Anfang, die Nachfolgenden rissen sie und Mathilda einfach mit. Sie fanden sich in einer wogenden Menge wieder, die bald schon den Uhrturm hinter sich ließ, die Brücke überquerte und erst auf Höhe des Ballhauses zu zerfasern begann.

Mathilda fasste Merle am Arm. Sie wollte sie aufhalten, aber Merle schüttelte den Kopf. Es war besser zu sehen, was als Nächstes geschah, und sollte das eine Ausrede sein, dann hatte Mathilda recht gehabt und sie war doch auf dem Weg zu den Toten.

»Komm schon«, sagte sie zu Mathilda. »Komm mit!«

Als sie den Friedhof erreichten, stand das Tor sperrangelweit offen. Wachen gab es keine mehr. Hinckeldeys Mob spülte sie einfach aufs Gelände. Plötzlich knirschte der Kies unter Frau Schikallas Schuhen und Merle konnte es kaum fassen: So oft hatte sie sich hierhergesehnt und jetzt ebnete ihr ausgerechnet Hinckeldey den Weg.

Sie staunte die alten Baumriesen an, für die all die Jahre nur

Augenblicke gewesen waren, und dann die Steine des naheliegenden Gräberfelds. Sie spürte ihr Herz sinken und hoffte, dass es all den verwitterten Engeln und Putten noch besser erging als den Bäumen. Vielleicht hieß Ewigkeit ja einfach keine Zeit. Vielleicht war die Ewigkeit einfach ein köstliches Nichts, das einen von aller Vergänglichkeit befreite, vielleicht war sie sogar nicht mal ein Nichts – nichts Dunkles, nichts Leeres, kein Fehlen –, sondern Zuhause.

»Nicht stehen bleiben.« Mathilda nahm sie an der Hand. Sie liefen über den Kies, vorbei an all diesen Denkmälern des Beharrens, einem eingezäunten Obelisken, einem versteinerten flechtenüberwucherten Geheimrat, dem Wandgrab der Krammers, bei denen sie in einem anderen, leider nur halb vergessenen Leben zum Sonntagstee gewesen war.

Gott segne euch auf eurem Weg nach Cölln … Merle hörte das Hacken und Hämmern lange bevor sie das Brusedorffsche Mausoleum nach all den Jahren wiedersah.

Hinckeldeys Mob hatte es schon geentert, auch Grabmäler riss man von oben nach unten ab. Ein paar Männer standen auf dem Dach, einer – vielleicht der, den sie vor dem Pelzgeschäft gesehen hatte, vielleicht aber auch nicht – schlug mit seiner Spitzhacke auf den Giebel ein, der Sandstein fiel in Brocken herunter, die Menge jubelte, die Schrift verschwand. MORS PORTA VITAE AE-TERNA.

MORS PORTA

MORS

Merle wandte sich ab. Es war nicht weit bis zum Kinderfriedhof. Wer würde dort auf sie warten? Julius' Männer? Oder die von Hinckeldey? Secundus Falke, Oberst a. D.?

Mathilda schaute wie gebannt auf das Mausoleum und die bald unter Schutt und Trümmern verschüttete Bahn. Merle trat einen Schritt zurück, ohne dass Mathilda es bemerkte. Es war jetzt, als würde die Vergangenheit an ihren Kleidern zupfen, so wie damals Sophie, wenn sie ihr unbedingt etwas zeigen wollte. Etwas, das neu und faszinierend war und keinen Aufschub duldete.

»Frau ...«

Es war die kleine Elli, trotz der Kälte verschwitzt und atemlos. Sie war einen langen Weg gelaufen.

»Was machst du denn hier?« Merle ging auf die Knie. Sie fasste das Mädchen an beiden Schultern.

»Die Mutter schickt mich. Die Wachtmeister sind gekommen. Ich soll sagen, ihr dürft nicht mehr nach Unterbaum.«

Die Unruhe holte Secundus erst auf dem Obstmarkt ein, auf halber Strecke zu seiner Wohnung. Vielleicht lag es an der Kälte, die ihn wacher machte, wahrscheinlicher lag es an den Patrouillen. Der ersten war er begegnet, kaum dass er auf den Tannhäuser Damm gebogen war, aber auch auf dem verwaisten Obstmarkt lungerte eine herum – zwei Pickelhauben und zwei sich Amtsgewalt anmaßende Bindenträger, von denen einer obendrein einen bühnenreifen Säbel umgeschnallt hatte. So weit also war es schon: In Dreizehneichen gab es eine Miliz; die Macht rann Alfart aus den Händen, früher und noch viel schneller als gedacht.

Wie ein Strauchdieb schlug Secundus den Mantelkragen hoch. Bisher hatte er beinahe unverschämtes Glück gehabt, aber das würde nicht so bleiben. Hinckeldey würde auf sie alle losgehen, wenn auch vermutlich auf Alfart zuerst.

Eine Chance davonzukommen hatte allenfalls Primus. Hatte er die verdammten Couverts verbrannt, auf denen Bangs Name stand? Gab es eine Spur zu Veil Wallasch, die er übersehen hatte? Was wussten Merles Helferinnen und was würden sie preisgeben, sobald man die ersten von ihnen in Gewahrsam genommen hatte? Secundus eilte den Tannhäuser Damm hinauf. Die alte Vettel im Erdgeschoss verwahrte einen Schlüssel zu seiner Wohnung. Wenn es schlecht lief, blieben ihm nur Stunden.

In seinem kalten, stickigen Schlafzimmer riss er sich den elenden *Overall* vom Leib, warf im Spiegel einen flüchtigen Blick auf seine verschrammte Stirn und kramte dann im Schrank nach einem Anzug. Er hatte seit Jahren kein Zivil mehr getragen und erinnerte sich an das alte Stück kaum. Es war nur noch mattschwarz, so als wäre es auf dem Altenteil ergraut, und roch entsetzlich nach Mottenkugeln; er sah darin wie ein Gast bei seiner eigenen Beerdigung aus, und vermutlich war das nahe an der Wahrheit. Er kämpfte mit dem Hosenbund, fand ein krumm und hart gewordenes Paar Stiefel, aber keine Gamaschen und lief strumpfsockig in die Stube, weil er alt geworden war und sich setzen musste, um die Schuhe anzuziehen.

Die Stube wirkte kaum mehr bewohnt, Secundus war wochenlang nicht mehr hier gewesen und aller Wahrscheinlichkeit nach würde er auch nicht mehr zurückkehren. Kammholz war irgendwann noch einmal vorbeigekommen, um Moritz Bangs komischen Vogel zu holen, und als Nächstes kämen dann wohl Jochums Leute, um unter dem Teppich nachzusehen und den Nussholzsekretär zu durchsuchen. Würden sie ihm eine Verbindung zu den Schwestern andichten und ihn zu Elises Mitverschwörer machen? Es würde die bessere Geschichte sein und mittlerweile wünschte sich Secundus, sie wäre wahr gewesen. Secundus Falke: Gesucht wegen Verbrechen gegen die natürliche Ordnung.

Er zwängte den linken Fuß in den alten Schuh und lachte bitter, weil ausgerechnet die *natürliche Ordnung* keine Ordnung war. Sein Leben lang hatte er Deiche gegen das immerfort anbrandende Chaos errichtet, und jetzt schlug es umso heftiger über Dreizehneichen zusammen. Was für eine Idiotie, nach etwas ewig Gültigem zu streben, wenn nicht mal das Geringste auch nur für ein Menschenleben gültig war! Er pfefferte den rechten Schuh gegen den Nussholzsekretär und blieb einen Augenblick schnaufend sitzen, dann stand er gedemütigt auf und hinkte zum Sekretär, um den Schuh gleich wieder aufzulesen.

Er hatte sich kaum gebückt, da hörte er Hufgeklapper vorm Haus. Er hinkte ans Fenster und spähte aus dem Schutz des Vorhangs auf die Straße: Wer immer da gekommen war, war schon drinnen. Die Droschke stand wartend am Rinnstein, ein Wachtmeister auf dem Bock.

Hatte es sich Alfart so schnell anders überlegt? Kamen sie ihn jetzt schon holen? Es konnte kaum anders sein.

Fluchend zwängte er sich gewaltsam in den Schuh, lahmte unter Schmerzen ins Schlafzimmer und raffte den alten Uniformmantel vom Bett, den ihm die Schaf so fürsorglich nachgetragen hatte. Dann wagte er sich auf Zehenspitzen in den Flur; er hörte Schritte auf der Treppe. Was half es, sich totzustellen, wenn sie ja doch die Tür aufbrechen würden?

Als es klopfte, riss er gerade im Schlafzimmer das Fenster auf und spähte ein Stockwerk tief in den traurigen Gemüsegarten. Er war zwei Jahrzehnte zu alt für ein solches Manöver, aber an seine Wohnungstür wurde jetzt schon gehämmert; er hatte keine Wahl. Ungelenk erklomm er den Sims, schob Füße und Beine zuerst hinaus – vermutlich würde er sie sich brechen. Sein Bauch schrammte über den Fensterrahmen, dann hing er wie ein lüftendes Plumeau vom Sims, schloss die Augen und ließ sich fallen. Als er sich unten aus dem Dreck erhob, war er zwar heil, aber auch ein für alle Mal ein Flüchtling.

Flucht, dachte Secundus, während er sich durch ein quietschendes Gartentor Richtung Packhof stahl, war ein Kunststück in Dreizehneichen.

Nur eine Stunde später lag die Petrikirche hinter ihm, trotz all der Haken, die er hatte schlagen müssen, um den vermaledeiten Patrouillen zu entgehen. Er hatte die kleinen Gassen benutzt und war in der Not gleich mehrfach sinnlos abgebogen, aber kaum, dass er das Petriviertel verließ, wurde es in Unterbaum noch ärger. Teils musste er in schäbigsten Hinterhöfen warten, bis eine Traube aus Pickelhauben vorübergezogen oder lärmend in eines der windschiefen Häuser eingedrungen war. An eine feuchte Mauer gedrückt, hörte er die Trupps dann drinnen über die engen Stiegen poltern, Türen aufreißen und die allzu zahlreichen Bewohner anbrüllen. Manchmal trieben sie sie auch auf die Straße hinunter, und dann schritt ein arroganter Offizier die Reihen ab, als könnte er die Elise an der Nasenspitze erkennen.

Sie kannten sie schlecht, dachte Secundus, wenn sie glaubten, dass sie noch in Unterbaum war. Er kannte Hinckeldey schlecht, dachte er, als er am Ende einer abgesperrten Gasse Zeuge des laufenden Abbruchunternehmens wurde. Sie hatten begonnen, das Lid mit allem Drum und Dran abzureißen. Sie trugen bereits die Dachbalken ab.

War Primus stur genug, unter solchen Umständen in Unterbaum auszuharren? Hatte er andere Möglichkeiten? War Merle ihm etwas schuldig oder hatte er sich nicht vielmehr schuldig an ihr gemacht, indem er zum Fährmann wurde? Die Frage blieb, warum sie gekommen war, aber mittlerweile glaubte Secundus die Antwort zu kennen.

Er lugte in die Gasse hinaus, zu Primus' erbaulicher Bruchbude hinüber, lauschte und ging die letzten Meter gemessenen Schritts. Die Haustür stand sperrangelweit offen und die Tür zu Primus' Bureau war nur angelehnt.

»Primus?«

Das Vorzimmer war verwüstet. Jemand hatte den Kontorschrank aufgebrochen und alle Papiere verstreut. Die Öllampe lag zerschmettert in einer Zimmerecke, das Tintenfass war umgekippt, sein Inhalt über den Schreibtisch verschüttet und auf die ausgetretenen Dielen getropft. Das Fenster hatte man aufgerissen und der

November wehte herein. An der Garderobe hingen Primus' Paletot und sein überkandidelter Künstlerhut.

»Primus?« Secundus' Schritte knarzten auf den Dielen. In Primus' Zimmer sah es nicht besser aus. Den Schreibtisch hatte man umgeworfen, die Schubfächer herausgerissen, der Besucherstuhl hatte nur noch drei Beine. Hatten sie die Couverts oder nur irgendetwas gesucht? Alfart hatte am Vormittag weder nach dem Fährmann noch nach Veil Wallasch gefragt, aber natürlich musste das nichts heißen

In seiner Not versuchte Secundus, den Besucherstuhl auf seine verbliebenen drei Beine zu stellen. War Primus wie Merle und er auf der Flucht? Irrten sie jetzt alle drei durch diese Stadt, die sie nicht wiedererkannten? Der Stuhl wollte einfach nicht stehen. Behutsam bettete Secundus seine Lehne in das Durcheinander, da kam jemand die Treppe herauf.

Er huschte in den Vorraum und verbarg sich hinter der offenen Tür. Er war zu allem entschlossen, er wünschte nur, er hätte mehr als seine bloßen Hände.

Die Schritte kamen näher. Jetzt stand nur noch das Türblatt zwischen ihnen und ihm, und als Secundus die Uniform erkannte, stürzte er sich blindlings auf ihren Träger und riss ihn um. Entscheidend war jetzt, oben zu bleiben, und das gelang ihm. Er saß auf dem Kerl, die Knie fest auf den uniformierten Oberarmen, und hob die Faust zum Schlag. Mit etwas Glück würde er nur den einen brauchen.

»Herr Oberst!«

Secundus sah in Kammholz' erschrockenes Milchgesicht. Er ließ den Arm wieder sinken.

»Sie sehen ja furchtbar aus, Herr Oberst. Was ist mit Ihrer Stirn?«

»Was machen Sie denn hier Kammholz?« Er hockte immer noch auf Kammholz' Brust. Der Leutnant war ein Falke-Mann, hatte die Schaf gesagt, aber zum Vortrag über die Veden war er mit Jochum gegangen. Und Jochum war jetzt Alfarts Mann.

»Ich suche Sie, Herr Oberst, was denn sonst? Ich bin auch schon an Ihrer Wohnung gewesen, aber da waren Sie nicht.«

»*Sie* waren das?«

»Herr Oberst?«

Secundus schüttelte nur den Kopf. Er rutschte von Kammholz' Brust und blieb kopfschüttelnd auf dem Fußboden hocken. Er war Kammholz' wegen durch das Fenster getürmt. Leider war ihm nicht danach zu lachen. »Was wollen Sie von mir, Kammholz? Ich bin nicht mehr Ihr Oberst.«

»Ich weiß.« Kammholz setzte sich auf und rieb sich die Schulter, auf die er gefallen war. »Ich habe das Fräulein Schaf gesprochen. Ich wollte, dass Sie es von mir erfahren. Ich wollte Sie warnen.«

»Wovor warnen? Was erfahren?«

»Sie wissen es nicht?«

»Ich weiß was nicht?«

Kammholz war auf einmal kreidebleich.

»Dass die Abteilung aufgelöst ist?«, fragte Secundus. »Keine Sorge, Kammholz. Der Direktor hat mir das keineswegs verheimlicht.«

Der Leutnant rappelte sich auf. Seinem Gesicht fehlte noch immer alle Farbe. Auf seine Schaustellerart nahm er Haltung an. »Herr Oberst, ich spreche Ihnen mein tief empfundenes Beileid aus.«

»Was reden Sie da, Kammholz?« Secundus kam auf die Füße. Sein Blick fiel auf das offene Fenster. Ihm wurde eisig kalt.

»Es ist am frühen Morgen geschehen«, hörte er Kammholz sagen. »Er sei sogleich gesprungen, heißt es.«

Secundus taumelte zum Fenster. Er stützte sich stöhnend auf den Sims. Er sah in den Hof, auf die Kopfsteine zwei Stockwerke tiefer. Es musste viel Blut gewesen sein. Sie hatten die Spuren nur notdürftig beseitigt.

»Er soll Veil Wallasch gewesen sein.« Kammholz redete einfach immer weiter. »Oberst Jochum sagt, dass er gesprungen ist, sei der Beweis.«

Secundus schloss die Augen. Er fühlte nichts, nichts außer einer gewaltigen Leere und dann, als Kammholz endlich verstummt war, eine bodenlose Verzweiflung. Sie waren nicht zuerst auf Alfart losgegangen, sondern auf Primus. Er hatte jedes seiner Spiele verloren, aber zuallererst dies: Sie hatten keinen Akt und keine Untersuchung, sie hatten keine Couverts und keine Beweise gebraucht. Das Chaos dieses Tages war ihnen genug gewesen.

»Gesprungen, Herr Leutnant?« Wütend fuhr Secundus herum. »Glauben Sie etwa wirklich, dass mein Bruder gesprungen ist?«

»Nein, Herr Oberst.« Kammholz stand wieder stramm. »Sie unterschätzen mich, Herr Oberst.«

»So?«

»Unter einem Oberst Jochum würde ich dienen, Herr Oberst, aber nicht unter einem Direktor Hinckeldey. Es waren Hinckeldeys Männer, die hier eingedrungen sind, Herr Oberst. Es heißt, sie hätten nach der Korrespondenz Ihres Bruders gesucht. Briefe, die er an Moritz Bang geschrieben hat, Herr Oberst. Und die Sie womöglich aus Wrota entfernt hätten.«

»Ich habe so einiges aus Wrota entfernt, nicht wahr?«

»Das Telephon, Herr Oberst. Es heißt, sie hätten der Elise den Weg zurück geebnet. Nachdem ich bei Ihrer Wohnung war, bin ich zum Stab ins Kastell zurück. Wenn Sie mich fragen, empfängt Oberst Jochum seine Befehle bereits von Geheimrat Hinckeldey. Man hat auch eine Ratssitzung anberaumt, Herr Oberst. Man wird Sie suchen wie die Elise.«

Na und? »Dann verhaften Sie mich doch, Kammholz. Jetzt und hier. Das dürfte Ihnen Tor und Tür im neuen Dreizehneichen öffnen.« Secundus streckte Kammholz die Hände hin. Er hasste Primus, weil er tot war, aber sich selbst hasste er noch tausendmal mehr.

»Ich dachte eher daran, Ihnen Tor und Tür zu öffnen«, sagte Kammholz, nicht länger bleich, sondern mit einem Anflug von Stolz, der ihm die Wangen rötete, als wäre er wirklich ein Kind.

Das Diarium des Clemens vom Stein

Unfallkrankenhaus Marzahn,
bei elektrischem Licht am 10. November

So also neigt sich mein längster Tag auf diesem wunderlichen Er-
denrund. Ich möchte glauben, auf diesem durchs All schleudernden
Ball hätte ich die ungläubige Sonne, solange er währte, öfter um-
rundet als an all meinen Tagen zuvor.

Hat sich da, kaum habe ich Dreizehneichen für die leuchtende
Zwölfwelt verlassen, schon die erste szientistische Metapher in
meine Prosa geschlichen? Wenn ja, dann zu Lob und Preis und gar
nichts anderem, denn es ist ja der Szientismus, der meiner Minna
in diesem Augenblick das Leben rettet, und vor allem anderen —
namentlich meiner Angst vor dem Unbekannten und meinem kin-
dergleichen Staunen — empfinde ich eine gewaltige Erleichterung.

Wahrlich, ich möchte es in den kleinen, dunkelnden Park hinter
meinem Fenster brüllen — und hoffen, dass es noch die zurückgelassenen Freunde in Dreizehneichen hören: Minna, unsere Minna,
wird gesund!

Mein weiß gewandeter Gabriel, ein Erzengel aus eigenem Recht,
hat es mir geschworen, als er mich lächelnd aus Minnas Zimmer
schob, und ich hätte ihn küssen mögen dafür! In der Tat möchte ich

ihn immer noch küssen, aber das ist ein Kapitel für sich. Mag sein, dass mir der sündige Strom das Herz verwirrt, immerhin schreibe ich das hier im Schein elektrischen Lichts. Und die Laterne dort draußen, die nun mein Versteck hier drinnen beleuchtet, könnte bei Gott eine zweite Sonne sein. Einerlei, ich habe mein herübergerettetes Diarium ganz ohne Argwohn in ihren Kegel gerückt.

Größer ist mein Befremden über den neuen Federkiel. Ich habe ihn drüben vom zufällig unbemannten Empfang stibitzt und schätze mich glücklich, ihn überhaupt als Schreibgerät erkannt zu haben. Zwar liegt er durchaus leicht in der Hand, jedoch verdirbt er mein Schriftbild, indem er statt Tinte eine zähe, klebrige Masse auf dem Papier verteilt. Ob, was davon in seiner Röhre steckt, für meine lange Erzählung reicht?

Wohlan, jetzt braucht es eine Reihenfolge! Ich muss den Faden finden, auch wenn's die Umstände erschweren. Soeben etwa hat sich wieder eines dieser erhabenen Fluggeräte wie eine riesenhafte, eiserne Libelle auf das schier unglaubliche Gebäude vis-a-vis gesenkt, und abermals habe ich mich in den Eindrücken verloren — den wirbelnden Flügeln auf seinem Rücken und dem dramatisch anschwellenden Gebrumm und in den bunt blinkenden Lichtern, die sich im Haupthaus spiegeln, das sagenhafterweise auf einem gläsernen Sockel ruht. Ich bin auch schon darin gewesen und habe mich in seinem luftigen Rund verpflegt und nachher habe ich mich im Park nach den Fluggeräten erkundigt, die für diesen Flecken Zwölfwelt offenbar bezeichnend sind.

Sie meinen den Hubschrauber?, hat mich der Angesprochene gefragt, und so ist mein Wortschatz also um einen trefflichen Begriff reicher, denn tatsächlich hebt und senkt sich diese eiserne Libelle ja, indem sie ihre langen Flügel dreht. Wie banal mir dagegen jetzt das Automobil vorkommt, mit dem wir in der Steinzeit dieses Tages an diesem Orte angelangt sind — dabei erschien es mir in jener grauen Vorzeit, als ich drinsaß, gleichfalls wie ein Wunder. Glaubte ich nicht einmal, die Maschinen hätten keine Poesie? Kann ich zu meiner Rechtfertigung vorbringen, dass ich nicht von Hubschraubern wusste? Dass mich Stackebrandts rüttelndes, schüttelndes Automobil noch nicht — und ganz buchstäblich — im Innersten erschüttert hatte?

Doch jetzt der Faden — und nicht länger die Krumen, die ein launisches Gedächtnis im Wald der Erinnerung verstreut! Ich bin wieder in jenem dunklen Zimmer, in das mich die Elise — ich *glaube*: die Elise — kurzerhand gestoßen hat. Oh, ich erinnere mich ungern an die Furcht, die ich darin empfand, aber ich barg die besinnungslose Minna in meinen Armen und hielt nicht nur aus lauter Verblüffung, sondern auch ihretwegen still.

Hinter der eilig zugezogenen Tür schien derweil ein Weltenkampf entfacht. Man brüllte — ich glaube: es brüllte Oberst Falke —, und es brauchte eine Ewigkeit, bis all die gefährlich polternden Schritte verklangen. Erst danach habe ich mich, die kleine Minna tragend, aus meinem improvisierten Versteck gewagt, stets jene Anweisungen memorierend, die statt meiner doch eigentlich der gute Momme empfangen hatte. Doch ich dachte gar nicht viel an ihn, ich dachte nun allein an meine Queste — sie leitete mich zwei Treppen tief durch das dunkle, gespenstische Haus und dann hinaus in den Mondschein, wo ich mich am Ufer eines rabenschwarzen Gewässers wiederfand.

Links herum, an der Garage vorbei, so hatte es Momme bei unsrer abenteuerlichen Kutschfahrt zur Probe einmal aufgesagt, und so beschloss ich es zu halten, und also wandte ich mich nach links. Eilends trug ich Minna in den Wald, der an das Gewässer grenzte. Ich strauchelte und stolperte in der Dunkelheit oft, doch stürzte ich nie — ich glaube, weil Minna ihre kleine, fiebrige Hand die ganze Zeit schützend über mich hielt. Einmal nur verloren wir Mommes Phönix, den Minna in den Armen trug wie ich sie in den meinen, aber weiterhastend las ich ihn gleich wieder auf.

Doch Flucht war das eine — ich hatte bald das Gefühl, sie gelinge —, Hilfe zu finden etwas ganz anderes. Immerhin: Ich wähnte mich in Feindesland. Ich mochte mit Dreizehneichen abgeschlossen haben, aber ich war — ich bin! — doch in der Zwölfwelt fremd. Wohin sollte ich mich wenden — zumal da doch außer dem Spukhaus in meinem Rücken gar nichts war?

Ich lief um das dunkle Gewässer, schon weil es am Ufer leichter vorwärtsging, und dann — zu meinem Glück, aber zugleich zu meinem großen Schrecken — sah ich mein erstes elektrisches Licht! Ich hatte mich, Minna im Arm, einen Hang hinaufgekämpft, und es leuchtete mir aus einem Gehöft entgegen, das sich in die dunklen Felder duckte. Für einen Augenblick schien es mir unerreichbar zu sein — unerreichbar, weil ich mich nicht überwinden konnte —, aber dann rannte ich doch auf diesen Hoffnungsschimmer zu.

Hilfe!, schrie ich, Hilfe! — und kurz darauf erschien auch Meister Stackebrandt in der Tür, natürlich kannte ich da noch nicht seinen Namen, den ich auf immer in Ehren halten will.

Wer sind Sie denn?, fragte er im elektrischen Lichterkranz auf seiner Schwelle, und als ich darauf zunächst nichts Besseres wusste, denn mit aufgerissenen Augen zurück zum Haus zu sehen, das ich geflohen hatte, sagte er: Ach so, zeigte seltsamerweise auf den Phönix und fragte: Haben Sie jetzt die Stelle? Sehen Sie auch Gespenster? Ich weiß es noch Wort für Wort, obwohl es sich mir bis jetzt so gar nicht erschließen will.

Und natürlich weiß ich auch noch, wie ich: Fleckfieber! schrie und nach einem Doktor verlangte und mir überdies nicht mehr zu helfen wusste. Sie ist krank, sie ist krank — ich glaube, mehr habe ich für einige Äonen nicht gesagt, nicht als Meister Stackebrandt die Stirn plötzlich in dicke Sorgenfalten legte, und auch nicht, als er entschwand, um sein Automobil für unsere Ausfahrt zu rüsten. Ich habe auf unserer Reise hierher noch viele andere Automobile gesehen — gar nicht zu reden von den Hubschraubern — und kann deshalb sagen: das Stackebrandt'sche ist eher ein bescheidenes, altes, übrigens auch übelriechendes Exemplar. Doch als er es aus seiner Scheune zauberte und Minna und mich auf der rückwärtigen Bank verstaute, erschien es mir wie der Sonnenwagen des Helios. Über dunkle Straßen, glatt wie der Wind, brausten wir wie dessen vier Feuerrösser leuchtend zu Minnas Rettung — auch wenn ich natürlich gar nicht wusste, wohin. Doch ich verließ mich auf Meister Stackebrandt, dem an seinem Steuerrad ein ätherisches Licht im Gesichte stand.

Ach, Lichter — was habe ich auf dem Weg für Lichter gesehen! Bald war es, als würden wir in Stackebrandts Sonnenwagen über die Milchstraße sausen, wenngleich vielleicht eine, auf der obendrein Jahrmarkt war. Von gebirgsgleichen Häusern sprangen mich grell leuchtende Botschaften an, und weil Minna sich jetzt rührte, begann ich ihr wie damals auf dem Sternenfest von all den Lichtern zu erzählen. Diesmal aber versicherte ich ihr, dass der Himmel heute geschlossen habe und wir — sie und ich und Meister Stackebrandt — bald an ein weltliches Tor klopfen würden, hinter dem man sie in Windeseile gesund machen würde. Und Stackebrandt, der wackere Stackebrandt, stimmte in meine Erzählung ein, während er an seinem Steuerrad drehte und immer noch schneller und schneller fuhr.

Hand aufs Herz: Ich wäre ohne ihn verloren gewesen, bei allem, was dann kam. Stackebrandt hat mir jede Tür aufgestoßen, er hat eine jede Verhandlung geführt und Gott sei Dank wusste er auch mit den Kärtchen umzugehen, die die Schwestern — ich weiß nicht wie — zum Zwecke von Minnas zwölfweltlicher Rettung beschafft hatten. In einer Art gläsernem Kubus wartete er mit mir auf seltsamen Bänken, während über unseren Köpfen in einer Art Fenster ein elektrisches Theater spielte, und als der Morgen graute und mir erstmals mein Erzengel Gabriel erschien, sprach er ihn fachmännisch mit Dr. Ergun an und übersetzte mir, der ich nicht nur von Gabriel geblendet war, die frohe Botschaft: Minna, unsere Minna, wird gesund!

Stackebrandt bot mir nachher sogar an, mich zurück zu seinem Gehöft zu kutschieren und mir dorten Logis zu gewähren, aber niemals hätte ich Minna allein gelassen — und wie froh bin ich jetzt, dass ich am Nachmittag an ihrem Bett sitzen konnte, während sie den Schlaf der Genesung schlief, Mommes Phönix über sie wachte und ich, stumm vor Ehrfurcht, zusehen durfte. Habe ich je auf Fortschritt und Wissenschaft geschimpft? Habe ich je die Abschaffung der Krankheit die wahre Krankheit genannt? Es war in einem anderen Leben, in dem es keine Minna und auf ihrem Nachttisch keinen Phönix gab.

—

Ich habe mich gerade auf den Flur gestohlen, was kein ganz einfaches Unterfangen ist, aber jetzt bin ich glücklich und vor allem unbemerkt zurück — um einen Apfel und ein Glas Wasser reicher. Und so nehme ich meinen sonderbaren Federkiel aufs Neue in die Hand. Denn bevor mein längster Tag zu Ende geht, will ich noch festhalten, wo ich hier gelandet bin — ich gebe zu, nach langem Suchen. Zugleich aber erfüllt mich diese Lösung mit einem gewissen Stolz. Ich bin als Narr in die Zwölfwelt gereist, keine Frage, aber zu helfen habe ich mir als Kind Dreizehneichens gewusst. Ich konnte ja weder auf den Bänken im Kubus noch an der Verpflegungsstelle noch im bitterkalten Park da draußen bleiben, wusste aber, nachdem Stackebrandt die Heimreise angetreten hatte, auch nicht, wohin, zumal mich meine Kräfte langsam verließen.

Ist es die Fügung gewesen, die mich ein Nebengebäude unweit des Kubus betreten ließ, oder hat es mich angezogen, weil es ein traditionelles, in gelben Backstein gekleidetes Gebäude ist, wie es sie auch in meiner zurückgelassenen Heimat gibt? Neurologie, stand an der gläsernen, ganz und gar nicht traditionellen Tür, aber was hier an den Türen steht, sagt mir im Allgemeinen nichts, und so trat ich einfach dennoch ein und schlafwandelte eine Weile über den feuerroten Boden eines langen Gangs. Ich war entsetzlich müde, einerseits, aber andererseits war ich gehobener Stimmung, vor allem Minnas verbesserten Zustandes wegen, aber nicht nur. Es war auch die Neugier, die in mir brannte — so rot wie der Flur, auf dem die Schritte lustig quietschten.

Geschäftige Krankenschwestern, Männer wie Frauen, flitzten vorbei, ein Bett, darin eine holde Greisin, segelte über den Gang, man schob auch einen großen, grauen Turm an mir vorüber, in dessen blindweißer Fensterscheibe unausdeutbare Schriftzeichen aufschienen. Niemand schenkte mir Aufmerksamkeit, ganz offensichtlich hielt man mich für einen Besucher, ohne zu ahnen, was für ein sonderbarer Besucher ich bin — einer, der nunmehr begann, sich für die kleinen Schilder zu interessieren, die links von jeder Tür etwa auf Kopfhöhe angebracht sind. Wie gesagt, die meisten Wegweiser hier haben mir bisher keine Wege gewiesen — die großen, einsamen Ps draußen etwa hatte ich nicht entschlüsseln können und auch das rätselhafte Stroke Unit verriet mir weniger als nichts. Die Schilder an den Türen jedoch sangen mir eine altvertraute Melodey, und bald fand ich mich ihre Tonleiter abschreitend wieder.

Ich schritt von der 1 hinüber zur 2 und immer so weiter und spürte es schon, das Zauberkunststück der Zahl, das zwischen der biederen 12 und der einfallslosen 14 das weiße Kaninchen der 13 verbirgt. Ist es nicht kurios, dass sie der Zwölfwelt als Unglückszahl gilt? Und ist es dann zugleich nicht folgerichtig, dass ein dreizehntes Krankenzimmer in einem hiesigen Spitale fehlt? Wer wollte jemanden dort einquartieren, der ängstlich auf Genesung hofft? Wer, der die 13 fürchtet, wollte ausgerechnet in einem dreizehnten Zimmer mit dem Unglück seiner Erkrankung ringen?

Nun wohl, es gibt hier ein dreizehntes Zimmer und es gibt es zugleich auch nicht. Ich, der ich bin, wer ich bin, sah es auf meinem Weg die Zahlenreihe entlang — von mir abgesehen jedoch quietschte ein jeder eilig vorüber; ich nahm mir die Zeit, darin ganz sicherzugehen. In einem unbeobachteten Augenblick schließlich trat ich durch die dreizehnte Tür und so und nicht anders erreichte ich diese meine Insel, auf die vom Festland des Parks jene Laterne scheint, in deren elektrischem Licht ich diese Zeilen schreibe.

Gleich morgen, sobald die wahre Sonne scheint, werde ich wieder nach meiner Minna sehen und, denke ich, dem Erzengel Gabriel von meinem hübschen Unterschlupf erzählen.

Murken war grau geworden, und das Monokel fand Merle nach all den Jahren drüben eigentlich nur lächerlich, seine Courage aber hatte er sich bewahrt. Scheinbar ungerührt hatte er selbst auf dem Bock gesessen und sie unweit des Cöllner Tores aufgelesen; Elli hatte sie an den Treffpunkt geführt. Zurück ging es über das westliche Cölln, am Neuen Friedhof vorbei, begründet nach der Sperrung des Alten, und via Unterbaumbrücke über den Fluss. Den spreewärts gelegenen Teil Unterbaums zu durchqueren, war nicht ohne Risiko, aber Murken, scheinbar immer auf dem Weg zu einem Hausbesuch, konnte stets ungehindert passieren. Und so rumpelten sie bald die Kirchstraße hinauf, die das Petriviertel teilte; als sie so weit waren, dämmerte es schon.

Murkens Haus lag unweit der Sadtmauer, nur einen Spaziergang vom Tannhäuser Tor, und war von einer mit Efeu bewachsenen Mauer umgeben. Murken öffnete selber das Tor, unter einem Vorwand hatte er dem Gesinde freigegeben. Und so erreichten sie ihr nächstes Versteck – mutmaßlich das letzte, das Lotte aufbieten konnte. Bang erwartete sie hier, furchtsam und mit hängenden Schultern, Frau Schikalla hatte ihn gerade noch rechtzeitig vom Dachboden geschafft. Ihr aus allen Wolken gefallener Mann, der nichtsahnende Schuster, hatte die Policey durch lauter unverdächtige Räume geführt, in denen sich Sattlernadeln, Rohhauthämmer und jede Menge Schuhe fanden, aber keine Elise und kein Moritz Bang.

Sie aßen schweigend in einem Hinterzimmer, bei vorgezogenen Vorhängen und Kerzenschein, Merle und Mathilda immer noch in Frau Schikallas Kleidern, bis Murken ihnen seltsam verschämt die Gesindestuben zuwies, irgendwo mussten sie ja schlafen. Gäste empfing Murken sonst offenbar nicht; er hatte auch weder Frau noch Kinder – vielleicht vertrug sich das nicht mit seinem Beruf. Es war so schwer, Arzt in einer auf den Tod versessenen Stadt zu sein. Es war schon damals schwer gewesen, als Murken noch kein silberbärtiger, Monokel tragender Hagestolz gewesen war. Seitdem hatte er Hunderte Augenpaare geschlossen.

Am Fuß der Dienstbotentreppe nahm Merle seine weiche Hand, um ihm zu danken. Die richtigen Worte fand sie nicht – auch weil da eine gemeinsame Erinnerung zwischen ihnen stand, an die sie beide besser nicht rührten. Murken hatte auch Sophias Augen geschlossen und – so seltsam das klang, wenn man ihn nach so langer Zeit in seiner Altmännerhaftigkeit vor Augen hatte – über die Jahre hatte es ihn zu einer Schwester ehrenhalber gemacht. Er räusperte sich, früher hatte er sie Frau Geheimrat genannt. Das kleine Licht, mit dem er ihr leuchtete, zuckte.

»Ich habe Nachricht von Charlotte«, sagte er, zumindest das *Fräulein Schaf* gehörte offenbar der Vergangenheit an.

»Ja?« Sie ließ seine Hand los. Plötzlich hatte sie Angst. Lotte war in der Löwengrube, vollkommen schutzlos, ganz allein. Und Murken sprach mit Grabesstimme.

»Sie wird versuchen herzukommen. In der Nacht.«

Erleichtert atmete Merle aus, ein mustergültiger Seufzer. Mit Lotte war offenbar alles in Ordnung.

»Es heißt, dass Primus ums Leben gekommen ist.« Jetzt griff Murken nach ihrer Hand. »Es tut mir leid …«

Wenn einen die eine schlechte Nachricht verfehlte, die nächste traf bestimmt. Merle schluckte und drückte Murkens Hand ganz fest. Primus, der weise, dumme Primus …

»Wie?«, fragte sie leise. Mehr gab ihre Stimme gerade nicht her. »Angeblich gesprungen, aber …« Murken hob das silberne, von der unruhigen Kerze beschienene Kinn. »Im Kastell nehmen Sie es als Beweis, dass er Bangs Fährmann war.«

Sie nickte. Bang war ein tödlicher Fehler gewesen. Nein, der Fehler war Primus' unauslöschliche Sehnsucht gewesen. Nach einem Jenseits vom Diesseits des nackten Lebens, in dem es nur darum ging, es bis morgen zu schaffen und vielleicht bis übermorgen. Nach etwas anderem als dem besinnungslosen Weiter oder dem blindwütigen Zurück. Primus hatte dieses Etwas mal Glaube, mal Kunst und am Ende wohl einfach Liebe genannt. Dass Männer wie Julius oder Hinckeldey gar nichts glaubten, hatte er nie anerkannt.

»Es ist meine Schuld, nicht wahr?« Über ihnen, im Halbdunkel der Treppe, stand Moritz Bang. »Ich bin ihm beim Sternenfest nachgelaufen.« Im schwachen Schein von Murkens Licht sah er aus wie ein Gespenst.

Merle stieg die paar Stufen zu ihm hinauf. »Unfug«, sagte sie. »Sie haben alles richtig gemacht. Sie haben ein Leben gerettet. Sie waren mutig.«

Bang schüttelte den Kopf. »Das war ich nicht«, sagte er. »Eigentlich war das Clemens.« Mit der einen Hand umklammerte er das Treppengeländer, mit der anderen klopfte er an seine Schläfe. Es schien eine Art Beschwörung zu sein.

»Sie sind aus meiner Kutsche gesprungen«, sagte Murken, unten an der Treppe mit seiner tiefen Stimme. »Sie sind zu Frau Schikalla gelaufen.«

»Damit habe ich doch alles nur schlimmer gemacht. Man will es besser machen und macht es nur schlimmer …«

»Das ist nicht wahr, Moritz«, sagte Merle. »Sie haben es besser gemacht. Sie und Clemens und Mathilda … die Mägde beim Hutmacher Eisenmann …« Die jungen Leute, dachte Merle. Auf ihrer Hoffnung beruhte alles. Vielleicht hatte Primus ja bloß die Lektionen des Alters nicht gelernt. »Kommen Sie, ich begleite Sie hinauf.«

Murken reichte ihr das Licht und sie brachte Bang zu Bett wie ein Kind, und als er sich in der kleinen Stube auf der Matratze einfach zusammenrollte, hockte sie sich auf den Stuhl, auf dem Murkens Knecht sonst wohl seine Kleider zusammenlegte.

»Schlafen Sie ein bisschen«, sagte sie.

Bang starrte in die Kerze. Sie hatte sie auf dem kleinen Nachttisch abgestellt.

»Er hat etwas Seltsames gesagt in Wrota. In der Nacht, als ich durch die Tür gegangen bin«, sagte Bang.

»So? Was denn?«

»Ich komme wegen der Kerze drauf«, sagte Bang. »Ich glaube, es war ein Zitat, aber ich habe vergessen, von wem. Ich krieg's auch nicht richtig zusammen.«

»Versuchen Sie's.«

Bang ließ die Hand sinken, die schon wieder an seiner Schläfe gelegen hatte. »In der Not, hat er gesagt, würde er die eine Kerze dem Heiligen Michael opfern.« Bang streckte sich lang aus und sah an die Decke. »Aber die zweite dem Drachen.«

Als sie aus dem Schlaf schreckte, war die Kerze heruntergebrannt. Merles Nacken schmerzte. Kaum, dass sie sich regte, wurde Bang wach.

»Was war das?«, fragte er.

Unten im Haus hörten sie Schritte.

»Lotte«, sagte Merle. »Vermutlich.« Und weil der junge Mann nicht verstand, fügte sie an. »Sie kennen sie. Sie hat sie zum Saal gebracht.«

Sie huschte zur Tür und spähte in den Flur. Mathilda kam aus der Tür nebenan, im eilig übergeworfenen Mantel.

Im Erdgeschoss wanderte ein Licht.

Zu dritt stiegen sie die Treppe hinab. Das Licht war verschwunden, durch die offene Haustür drang die Kälte ins Haus. Offenbar war Murken schon draußen am Tor.

Und wenn es nicht Lotte war, die dort wartete?

»Ihr bleibt hier«, flüsterte Merle.

Sie trat in die Nacht. Ein fahler Mond beschien die Einfahrt. An ihrem Ende schwankte Murkens Laterne. Er hantierte am Tor. Durch den knirschenden Kies lief sie zu ihm hinüber. Bald erkannte sie Lotte hinter den Streben, in Hut und Mantel, zu Fuß. Murken sperrte das Tor auf, Lotte kam herein, nicht anders, als sie drüben den Kirchhof betreten hatte. Mit einem Klingen schloss das Tor, Murkens Schlüssel knirschte.

Lotte war außer Atem. »Da war jemand hinter mir.« Sie sah in die vergatterte Dunkelheit zurück. »Vielleicht hätte ich nicht herkommen sollen …«

Merle legte ihr eine Hand auf die Schulter. Vergeblich versuchte sie, da draußen irgendetwas zu erkennen. Murken half mit der Laterne aus, aber das brachte wenig. Das Haus lag ein ganzes Stück zurück. Da war nichts als eine leere Straße, von kahlen Bäumen gesäumt.

»Ich glaube, es war ein einzelner Mann. Er schloss zu mir auf. Ich habe nur seine Schritte gehört. Aber vielleicht täusche ich mich.«

Merle sah zum Haus hinüber. Mathilda und Bang standen fröstelnd in der Tür und sahen zu ihnen herüber. Mussten sie auf Nummer sicher gehen? Mussten sie mitten in der Nacht weiterziehen?

»Wir sollten zurück ins Haus«, sagte Murken. »Es ist nicht gut, wenn wir hier rumstehen.«

Hinter der Mauer, ein ganzes Stück weit rechts vom Tor, knackte es, ein Tritt in trockenem Laub.

Lotte erstarrte. Murken baute sich vor ihnen auf. Er breitete schützend die Arme aus. Sie sahen alle zur Mauer. Es raschelte. Der

Efeu auf dem First regte sich, als risse jemand daran. Ein Kratzen, Schaben, ein Ächzen vielleicht.

»Wer ist da?« Murken lief zu der Stelle vor. Er streckte den Arm mit der Laterne in die Höhe. »Geben Sie sich zu erkennen, sonst rufe ich nach der Policey!«

Über dem Mauerfirst erschienen ein Kopf, ein Schuh und ein verrutschtes Hosenbein. Jemand stemmte sich auf die Mauer. Er machte: »Schhhh«, kniete ungelenk auf dem First, dann sprang er zu ihnen herunter.

»Oberst Falke!« Murken mit der Laterne hatte ihn zuerst erkannt.

»Secundus …« Als müsse sie nachsehen, ob das wirklich sein konnte, trat Merle zu ihm vor. Secundus: barhäuptig, in einem schlechtsitzenden, verschossenen Anzug, noch im schwachen Laternenlicht sah man die arg verschrammte Stirn.

Es war kein Moment der Gefahr. Secundus suchte bloß nach Worten, wie eigentlich schon immer, wenn er vor ihr stand. Er hatte nur Augen für sie.

»Primus ist tot«, sagte er endlich. Es klang nicht wie eine Nachricht, die er überbrachte, eher wie eine Feststellung. Vielleicht sagte er es sogar mehr zu sich selbst als zu ihr.

Merle nickte. »Ich weiß.«

»So?« Sein Blick löste sich von ihr und fiel auf Murken, dann trat Lotte in den Schein von Murkens Laterne.

»Guten Abend, Herr Oberst«, sagte sie.

Er hielt sich beachtlich. Nur für einen Moment schien der schiere Unglaube in seiner Miene auf. Es brauchte allerdings eine ganze Weile, bis er den Mund aufmachte und auch dann kam nicht viel heraus.

»Fräulein Schaf?« Er rettete seinen Blick zu Merle hinüber, dann zu Bang und Mathilda in der Tür. Er straffte seine Schultern. »Ach so ist das«, sagte er leise.

»So ist das, Herr Oberst«, sagte Lotte. »Wie es aussieht, hatten wir heute Nacht zufällig denselben Weg.« Sie lächelte. »Gehe ich recht in der Annahme, dass Sie nicht gekommen sind, um uns zu verraten?«

Secundus schüttelte den großen, schweren, angeschlagenen Kopf. »Im Gegenteil«, sagte er. »Vielleicht täusche ich mich auch darin, aber ich glaube, ich kann helfen.«

Leutnant Kammholz' Kassiber erreichte sie am nächsten Abend, lange nach Einbruch der Dunkelheit. Merle hatte mit wachsender Nervosität darauf gewartet. Wie es um Secundus' Nerven stand, wusste sie nicht; er sprach nicht mehr als unbedingt nötig, und wenn sie gemeinsam beratschlagten, war auch nicht immer eindeutig, mit wem er eigentlich sprach. Falls er Lottes Anwesenheit als Demütigung empfand, ließ er es nicht merken; vielleicht aber fühlte er ohnehin ganz anders. Er hatte seinen Bruder, seinen Rang, seine Abteilung verloren, das »Fräulein Schaf« aber war ihm geblieben, und fast sah es so aus, als hielte er sich an ihr fest.

Als er sich im Morgengrauen von ihr verabschiedete, glaubte Merle das Echo all ihrer beiläufigen Abschiede im Kastell zu hören: flüchtige Grüße in Hut und Mantel und die stete Gewissheit eines nächsten Tags. War das die Ewigkeit gewesen, an der sich Secundus aufgerichtet hatte? Eine 13. Stunde der Gewohnheit?

Bald darauf war er verschwunden, um sich den Bart abzunehmen, und als er mit geröteten Wangen und faltigem Hals wiederaufgetaucht war, hatte ihm Merle allzu neugierige Blicke und jeden Kommentar erspart. Es würde nicht ganz leicht werden, eine Frau aus ihm zu machen, hatte sie gedacht, aber viel leichter, als es ihm sein Bedürfnis nach Gewissheiten zu glauben erlaubte. Wie oft hatte er sich schon verwandelt und es nicht wahrhaben wollen?

Vor ein paar Stunden erst hatte er buchstäblich sein ganzes Leben hinter sich gelassen, und doch würde er auch jetzt noch behaupten, immer derselbe zu sein.

Als Leutnant Kammholz' Kassiber eingetroffen war, trug Secundus Kleid, Kittel und Kopftuch aus Doktor Murkens Beständen und statt eines Säbels einen Besen. Oberst Jochum sei soeben abkommandiert worden, im Rat vorzusprechen, schrieb Kammholz; mitsamt seiner Entourage habe er das Kastell verlassen. Das neue Dreizehneichen formierte sich. Womöglich war Julius seines Postens schon enthoben. Vielleicht kämpfte er auch noch. Merle stellte sich den tabakrauchgeschwängerten Ratssaal vor und einen Stellungskrieg am Tisch.

Kaum eine halbe Stunde später sperrte Lotte ihnen mit Feldwebel-Miene die Hintertür auf und führte sie durch die verwaisten, unbeleuchteten Gänge des Kastells. Merle, Mathilda und ein wie ein altes Mütterchen gebeugter Secundus schleppten Eimer, Feudel und Besen hinter ihr her: drei Frauen, die sich sichtlich unwohl fühlten im Reich der hohen Herren.

So öffnete sich ihnen am Ende des Wegs die gewaltige Halle, in der das Zwielicht wie Nebel stand: gegenüber das Bollwerk des Haupteingangs, rechts das mächtige Treppenhaus und zur Linken der schwach beleuchtete Empfang, an dem schon der Nachtdienst saß. Merle trug die Glock in der Kittelschürze.

Lotte stellte sie am Treppenaufgang wie ein paar Gerätschaften ab und ging festen Schritts zum Wachtmeister hinüber. Sie sprach zu leise, als dass Merle sie hätte verstehen können, aber sie kannte Lottes Text: Oberst Jochum habe die Reinemachfrauen bestellt, die Abteilung XIII gründlich zu säubern – droben im ersten Stock brächen jetzt andere Zeiten an. Wahrscheinlich trug Lotte das mit jenem ironischen Fatalismus vor, über den sich niedere Chargen gewöhnlich näherkamen; jedenfalls wurden sie nicht an ihrem Aufstieg gehindert und schleppten ihre Geräte gleich darauf bergauf. Secundus, erst gestern als Oberst entlassen, kam schon heute für den eigenen Kehraus zurück. Merle hätte gern seine Miene gedeutet, aber bestenfalls sah sie ihm die Anstrengung an, in seiner neuen Rolle nicht aufzufallen.

Hatte sie ihm zu viel zugetraut? Hatte sie Alternativen? Von Leutnant Kammholz wusste sie nur, was Lotte ihr berichtet hatte. Sie stellte ihn sich vor wie einen stabilen Moritz Bang. Immer brauchte es junge Männer, um die alten zu verraten.

Im zweiten Stock lotste Lotte sie über einen langen, von der Fensterseite aus mondbeschienenen Gang. Hier oben war Merle früher nie gewesen, und das Zentrum der Macht enttäuschte sie. Wo sie herkam, sahen die Behördenflure kaum anders aus, obwohl sie doch alle Autorität hatte fahren lassen.

Ihr Weg endete an einer geschlossenen Tür, durch deren Spalt ein schwaches Licht drang. Secundus trat vor, sah noch einmal in den Gang zurück und klopfte leise. Nach einer Weile näherten sich Schritte, die Tür wurde einen Spalt breit geöffnet; im Schein einer Öllampe erschien Leutnant Kammholz' langes Gesicht, und für einen Augenblick entgleisten ihm die Züge, mit seinem Kopftuch sah Secundus auch wirklich seltsam aus.

»Schnell, rein!« Kammholz hatte seine Fassung zurück. Er hielt die Tür auf. Sie schlüpften hinein; nur Mathilda blieb, wie verabredet, auf dem Gang, um Schmiere zu stehen. Merle fand sich in einer Art Kontor wieder, die Schreibtische standen stramm wie auf einem Exerzierplatz.

Kammholz starrte Merle wie ein Weltwunder an. Bestimmt verglich er sie gerade mit dem idiotischen Bild, das angeblich überall hing. »Sie sind …?« Er rettete den Blick zu Secundus hinüber. »Das ist …?«

Secundus wischte die unvollendete Frage weg. »Haben Sie den Schlüssel?«, zischte er und riss sich das Tuch vom Kopf.

Kammholz nickte, machte aber keine Anstalten, sie weiterzuführen. »Herr Oberst«, sagte er, sah aber eigentlich Merle an. »Ich möchte erst noch etwas besprechen.«

»Besprechen? Jetzt?« Secundus schüttelte ärgerlich den Kopf und drängte schon am Leutnant vorbei, aber der, einen ganzen Kopf größer, versperrte ihm den Weg. »Herr Oberst …«, sagte er, aber zu Merle, »… ich riskiere hier Kopf und Kragen.«

Secundus' Blick verfinsterte sich noch.

»Falls wir hier etwas finden …«

»Kammholz?«, sagte Secundus ungläubig.

»Jawohl, Herr Oberst!« Kammholz stand stramm, das Öllicht in beiden Händen akkurat vor der Brust. »So wir ein Lid finden, möchte ich bitte mit nach drüben. Das …«, sein ausgeprägter Adamsapfel wanderte einmal auf und ab, »… ist meine Bedingung.«

»Einverstanden.« Merle übernahm, bevor Secundus alles verderben konnte. »Willkommen bei den Schwestern, Leutnant Kammholz!«

Kammholz zwinkerte, nickte erkennbar irritiert und warf einen unsicheren Blick auf Secundus. Dann hatte er sich seinen Reim drauf gemacht, wer hier entschied. »Der Kartenraum ist dort drüben«, sagte er zu Merle und deutete ins Dunkel des Raums. »Gleich neben dem Bureau von Oberst Jochum.«

Merle studierte Secundus' verdüsterte Miene. Ärgerte ihn, dass Kammholz einen Preis hatte? Suchte er selbst denn keinen Weg hier raus? War *er* auf dem Weg zu den Toten?

Der Kartenraum war ein geräumiges, rechteckiges Zimmer, in der Mitte nichts als ein großer, mit Filz bespannter Kartentisch, an der Wand ein mächtiger Rollladenschrank. Während die praktische Lotte die Lampen entzündete, nestelte Kammholz den offenbar entwendeten Schlüssel hervor, ließ das hölzerne Rollo hochschnappen und enthüllte eine Registratur. Von den herausziehbaren Laden baumelten Packpapierordner. Secundus und er griffen sie sich stapelweise und schichteten sie auf den Tisch. Sie arbeiteten wortlos und schnell, Lotte sortierte die Akten in vier Häuflein, dann nahm sie Merle zur Seite, schlug den ersten auf und zog die Lampe näher. Merle sah eine sorgfältig gezeichnete Karte, sie erkannte die Windungen der Spree.

»Du musst nur die erste und die letzte Seite prüfen«, erklärte Lotte. »Alles dazwischen spielt keine Rolle. Hier.« Sie zeigte auf die Karte. »Das war am Alten Markt.« Sie wendete das Blatt, noch ein Karte, darüber stand in Versalien NEUKÖLLN. Sie überflog den Eintrag darunter. »Das Lid ging auf irgendeine Pension …« Sie schlug drei, vier, fünf vergilbte, tintenbeschriebene Bögen um, bis sie die letzte Aktennotiz erreichte. »Sie haben es noch in derselben Woche zugemauert und dann …«, ihr Finger fuhr die Zeilen hinab, »neu gebaut natürlich, nichts für uns.« Sie klappte den Ordner zu und schob ihn über den Filz zur Seite. »Verstanden? Erste Seite: wo? Letzte: was gemacht? Sie haben selten etwas stehen gelassen, also mach dich auf Enttäuschungen gefasst.«

Gegenüber, auf der anderen Seite des Tischs, hatten Secundus und Kammholz die Arbeit schon aufgenommen. Konzentriert pflügten sie durch die Papiere.

Hatten sie überhaupt eine Chance? Merle hatte Lotte am Arm gefasst. Plötzlich kam ihr das alles aussichtslos vor. Wenn sie Glück hatten, fanden sie eine Mauer, die sich vielleicht aufstemmen ließe. Wenn sie denn irgendwo abseits lag …

Lotte ging an ihren Platz, Merle machte sich ans Werk. Jetzt raschelten sie hastig zu viert. Merles Blick huschte über die Seiten, die teils schon ausbleichenden Karten, die feinen Bleistiftnotizen und fetten Stempel und die seit langem ungewohnte, stets nach rechts kippende Kurrent mit ihren steifen Schleifen, tiefen Schäften und den Strichen über den zackigen *n*s und *m*s. Dreizehneichen war nicht zuletzt ein Gefängnis aus Papier, und diese Akten waren seine Wärter.

Sie musste schneller machen, sie ermahnte sich zur Konzentration, die hielt, bis sie auf ihr Zimmer im Viktoria stieß und der Versuchung nicht widerstehen konnte, auch das zweite Blatt zu prüfen. Was heute eine Insel am Gendarmenmarkt war, war mal ein Lid gewesen, das sich auf einen Kellerraum des Palais Markstein geöffnet hatte – bis der Keller kurzerhand zugeschüttet worden war. Ein Zimmer des Wilhelm-Griesinger-Krankenhauses wiederum, von dem Merle nie zuvor gehört hatte, hatte einmal in die Küche eines Wohnhauses in der Kastellstraße geführt, was das Ende des Wohnhauses bedeutet hatte. Und wer wusste schon, was drüben aus dem Griesinger-Spital geworden war? Beide Ordner wanderten auf den Stapel, der zu gar nichts nutze war.

Den anderen erging es offenbar nicht besser. Kammholz stöhnte leise, Secundus stand der Schweiß auf der malträtierten Stirn. Lotte arbeitete ohne erkennbare Regung, bis sie plötzlich eine der Mappen in die Höhe reckte.

»Die ist leer«, sagte sie.

»Bitte?« Secundus ging zu ihr, um den Tisch herum. Lotte hatte den Ordner geöffnet, es lag nur ein winziger Zettel darin.

»Was ist das? Haben Sie sowas schon mal gesehen, Herr Oberst?« Sie hielt am *Oberst* fest. Dann reichte sie ihm das Zettelchen.

Secundus streckte es von sich, die typische Geste der Weitsichtigen. »Das ist Alfarts Sigel«, murmelte er.

»Was?« Kammholz hatte stur weitergemacht. Er schichtete seinen letzten Ordner um.

»Das Kürzel des Direktors«, sagte Secundus. »Er hat den Akt entfernt.« Erst jetzt sah er auf. Er suchte Lottes Blick.

»Sie haben keine Idee, welcher Fall es gewesen sein könnte?«, fragte Lotte zurück. »Etwas, dass vielleicht nur Sie …?«

Secundus schüttelte den Kopf. Er drehte die Mappe um; nichts fiel heraus.

»In seinem Bureau verwahrt er keine Unterlagen«, sagte Lotte.

»Und gewiss nicht ... sowas. Im Prinzip kann jeder da rein. Zumal er doch kaum hier ist.«

Secundus, immer noch ungläubig, fingerte jetzt in dem leeren Ordner herum. »Das hier ist Jochums Schrank. Jedes befugte Mitglied der Abteilung XII könnte auf diese Mappe stoßen. Genauso wie wir.«

»*Falls* sie die alten Unterlagen durchsehen«, sagte Lotte. »Und selbst wenn ... Er ist der Direktor. Er ist allein dem geistigen Führer auskunftspflichtig. Er kann entfernen, was er will.«

»Er hat die Papiere mitgenommen?«, fragte Merle. Sie kam nicht so ohne weiteres mit.

»Er hat den Akt gewissermaßen als geheim eingestuft«, sagte Lotte. »Wenn nicht mal der Leiter der Abteilung XIII davon weiß, ist er mit großer Sicherheit gar nicht erst in Umlauf gekommen. Vielleicht, weil ...«

»... das Lid noch offen ist?«, fragte Merle. War das möglich? Dass Julius, ausgerechnet Julius, ein Lid im Verborgenen offen hielt? Ohne dass irgendjemand davon wusste?

»Aber warum gibt es dann überhaupt einen Ordner?« Secundus wog die leere Mappe in der Hand.

»Alles andere wäre offener Verrat«, sagte Lotte. »Er sichert sich ab. Nehmen wir an, das Lid ist wirklich noch offen. Was, wenn Moritz Bang dort hindurchgestolpert wäre? Wenn jemand von hier aus darauf stieße?«

»Dann hätte er auf diese Mappe verweisen können«, murmelte Secundus. »Dann hätte er den zugehörigen Akt beigebracht, und alles hätte einigermaßen seine Ordnung gehabt. Vorausgesetzt, dass es sehr gute Gründe gab, das Lid zu verschweigen.«

»Aber welche Gründe könnten das sein?«, fragte Merle. Hatte

Julius sein eigenes Tor in die Freiheit gehabt? Sie konnte es sich nicht vorstellen. Dreizehneichen war sein Leben. Er hatte ihr Kind geopfert dafür. Viel wahrscheinlicher war, dass es die Mappe gab, weil das Gesetz es befahl. Und wenn er wirklich ein Lid geheim gehalten hatte, dann nur, weil es zu schließen aus irgendeinem Grund noch schlimmer gewesen wäre.

Am Kartentisch herrschte Schweigen. Schließlich wagte Kammholz einen Versuch. »Vielleicht führt es an einen strategisch wichtigen Ort? In der Zwölfwelt?« Er zuckte hilflos mit den Schultern, als niemand darauf einging. »Oder der geistige Führer hat es befohlen? Was, wenn er es befohlen hat?«

Päpstlicher als der Papst zu sein, dachte Merle, das würde Julius ähnlichsehen. Und die Existenz der leeren Mappe am allerbesten erklären.

»Spielt das für uns überhaupt eine Rolle?« Wie ein General stützte Lotte beide Arme auf den Kartentisch und spähte über den Rand ihrer kleinen Brille. »Ist es jetzt nicht viel wichtiger, *wo* er den Akt verwahrt?« Sie schaute Merle an. Musste sie Julius Alfart nicht am besten kennen? War sie nicht mal, wenn auch in einem anderen Leben, seine Frau gewesen?

»Früher hatte er einen Tresor.« Das schwere, schwarze Ding stand Merle auf einmal wieder vor Augen. Seit sich Lady Vintage ihren gekauft hatte, hatte sie nie mehr daran gedacht. »Er stand neben seinem Schreibtisch in der Bibliothek«, sagte sie.

Die dreizehnte Nachtstunde war lange vorüber. Die Stadt, schien es Merle, lag in einem unruhigen Schlaf. Die Straßen waren verwaist, aber hoch über den Dächern stand ein misstrauischer Mond und warf sein forschendes Licht in die Fenster und Gassen.

Sie hielten sich so gut es ging in den Schatten und folgten dem hochaufgeschossenen Kammholz, der Uniformmantel und Tellermütze trug. Secundus hatte ihn wie einen Aufklärer vorgeschickt, doch eine Patrouille grüßte der Leutnant nur ein einziges Mal, überlaut und rechtzeitig genug, dass Merle, Lotte, Mathilda und Secundus sich in eine Seitenstraße stehlen konnten und abwarten, bis die Luft wieder rein war.

Schließlich stießen sie auf die Allee mit ihren Lichterketten. Kammholz stand mutterseelenallein auf dem Trottoir, wandte sich nach allen Seiten und überquerte den breiten Boulevard so selbstvergessen, als kehre er noch tief in Gedanken von einer besonders eindrucksvollen Aufrichtung zurück – irgendeinem perennischen Zinnober unter funkelnden Lüstern oder dem Vortrag eines bleichgesichtigen Brahmanen, der die Vielheit der Welt zur Illusion erklärte, weil er sie anders nicht aushalten konnte.

Wie viele 13. Stunden hatte Merle abgesessen, als sie so jung wie der Leutnant gewesen war? Wie oft war sie nachts über diesen Boulevard zurückgekehrt und an Julius' Arm die Stufen zum Palais hinaufgeschritten? Wie oft hatte ihr der alte Friedel einen guten

Abend gewünscht, wenn er sie buckelnd auf der Schwelle empfing und ihr dann in der Halle mit seinen eiskalten, arthritischen Händen den Pelz von den Schultern nahm? Primus hatte ihn immer die Mumie genannt, und wie die Pyramiden war das Palais Alfart ja wirklich seit jeher ein Grab gewesen – die Merle, die sie gewesen war, hatte das nur nicht gewusst. Die Merle, die sie geworden war, konnte es nicht mehr vergessen. Sie folgten Kammholz mit einigem Abstand. Merle hielt sich hinter der schnaufenden Lotte, die keine Sibylle Diesel war.

Kammholz schritt die Fassade des Palais Alfart ab und baute sich am Fuß der Treppe auf. Er wartete, bis sie auf wenige Meter zu ihm aufgeschlossen hatten und im Dunkel zwischen zwei Lichterketten verharrten. Schließlich ging er die breiten, flachen Stufen zum Portal hinauf und griff nach dem prachtvollen Klopfer; Merle wusste, er lag schwer in der Hand.

Die Schläge hallten lauter durch die Nacht, als es ihnen lieb sein konnte. Nach bangem, vergeblichen Warten hallten sie ein zweites Mal. Merle tastete nach der Glock in ihrer Schürze. Was, wenn Kammholz nicht geöffnet würde? Niemand von ihnen wusste, was im Rat geschehen war; vielleicht tagte er auch noch. Konnten sie noch einen dritten Tag durch alle Maschen schlüpfen? Einen vierten?

Plötzlich stand Kammholz auf der Treppe im Licht. Die Tür war endlich aufgegangen. Secundus, ungeschickt seine Kleider raffend, lief ihnen voran.

Es war ganz und gar nicht das, was Merle erwartet hatte. Friedel bemerkte sie nicht einmal. Die Halle war hell erleuchtet und mit rudernden Armen lief der alte Diener Kammholz voran. Er greinte und kreischte, ein Rumpelstilzchen in Livree.

»Hier entlang, Herr Leutnant! Hier entlang, bitte doch! Eilig!«
Friedel hinkte am Treppenaufgang vorbei und wandte sich erst,

als Kammholz nicht unmittelbar folgte, wieder um. Merle starrte auf den kahlen, altersfleckigen Schädel, die eingefallenen Wangen und den zahnlosen Mund. Würde er sie erkennen? Sie verbarg sich hinter Mathilda. Lotte schloss die immer noch offenstehende Tür.

»Herr Oberst? Herr Oberst, sind Sie das?« Friedel hinkte auf Secundus zu. Ungläubig starrte er aus der Senke seines verkrümmten Rückgrats zu Secundus' bartlosem Kinn hinauf. Dann wanderte sein Blick vom Kinn zum Kittel. Immerhin seinen Besen war Secundus losgeworden.

»Inkognito«, brummte er, »aber das ist jetzt nicht wichtig.« Offensichtlich hatte die Nachricht von seiner Demission die Grabkammer des Palais Alfart nicht erreicht. »Wo ist der Direktor?«

Friedel fing gleich wieder zu greinen an. »In der Bibliothek, Herr Oberst! Aber er hat sich eingeschlossen. Er ist vor kaum einer halben Stunde aus dem Rat zurückgekehrt. Er ist ganz außer sich gewesen. Herr Direktor, rief ich, was ist denn mit Ihnen? Aber er fuhr mich bloß an, er sei kein Direktor mehr … Ogottogott, Herr Oberst … Sie schickt der Himmel!«

»Das tut er, Friedel, sicherlich.« Secundus fasste den alten Mann an der Schulter und drehte ihn wieder um. »In der Bibliothek also, ja?«

»Er hat sich eingeschlossen, ich habe unaufhörlich geklopft. Was ist denn nur geschehen, Herr Oberst? Ich bin in größter Sorge!«

Antwort darauf bekam der Alte keine mehr. Secundus ließ ihn einfach stehen. »Kommen Sie, Kammholz! Jetzt kommen Sie schon!«

Auch Merle setzte sich in Bewegung. Als sie Friedel erreicht hatte, traf sie sein Blick. Seine milchigen Augen weiteten sich, er sperrte den Greisenmund auf. Damals hatte er sie *Frau Geheimrat* genannt, und vielleicht war es ja genau das, was seine speicheltriefenden Lippen jetzt formten. Heraus brachte er die Worte nicht.

»Schon ewig nicht mehr, Friedel«, sagte sie nur und lief an ihm vorbei ins Museum ihres alten Zuhauses.

Sie hörte Secundus' und Kammholz' Schritte auf dem schimmernden Parkett. Sie hatte keine Augen für die spinnenbeinigen Lüster, die von den Stuckdecken hingen, die sündhaft teuren Tapisserien an den Wänden, die Möbel mit den Intarsien, das Porzellan, das zwinkernde Silber, die Troddeln von Reichtum und Macht.

»Auf drei!«, hörte sie Secundus rufen, und als sie die Flügeltür zur Bibliothek erreicht hatte, warfen sich beide gerade dagegen. Die Tür bebte in ihrem Schloss, hielt aber stand.

»Nochmal!« Wieder nahmen die beiden Anlauf, rammten die Schultern gegen das dunkle Holz, und diesmal hörte Merle es splittern, bevor gleich beide Flügel aufsprangen. Mit dem verbliebenen Schwung stolperten Kammholz und Secundus in die Bibliothek. Secundus kam auf dem dicken Perser zu Fall, war aber gleich wieder auf den Beinen.

Merle hatte die Glock in der Hand. Sie wusste selbst nicht, wie sie dahin gekommen war. Wie ferngesteuert trat sie durch die gesprengte Tür, links und rechts lederne Buchrücken über die ganze Wand bis hoch zur Decke.

Im Kamin brannte ein Feuer, Merle erinnerte sich an die beiden schweinsledernen Sessel davor. Auf dem Kaminsims hatte mal ihr Porträt gestanden, aber jetzt stand da eine Uhr, als gäbe es hier noch eine Zeit zu messen.

Merle kam es vor, als würde sie schweben. Sie wehte über den Teppich wie ein Gespenst. Da war auch Julius' Schreibtisch, auf dem gewiss noch das Bild des geistigen Führers stand, und darüber die Galerie, deren Boden gefedert hatte, wenn man da oben die Regale abging. Noch immer schraubte sich dieselbe schmiedeeiserne Treppe zu ihr empor. Merle legte den Kopf in den Nacken, so wie Secundus und Kammholz auch.

Julius hing von der Balustrade, er baumelte an einer dicken, goldenen Kordel. Sein Gesicht war angeschwollen und schimmerte rötlich bis blau. Er hatte einen Schuh verloren, der unter ihm auf dem Teppich lag. Er war immer ein kleiner Mann gewesen, aber jetzt sah er noch kleiner aus. Sie steckte die Glock in die Schürze zurück. Es war wie ein Film ohne Ton – sie hatte in ihrem neuen Leben so viele Filme gesehen.

Und dann ging die Tonspur plötzlich wieder, denn sie hörte Secundus lauthals fluchen. Unerklärlicherweise entdeckte sie ihn am Kamin, wo er sich offenbar verbrannt hatte. Sie sah ihn mit einem lodernden Stück Papier in den Händen, das er jaulend auf den Boden warf, um dann wild darauf herumzutrampeln. Merle roch den angesengten Teppich und wandte sich wieder zum leblosen Julius um, jetzt umklammerte Kammholz dessen Beine und hob ihn an. Aber in Julius' Körper war ein für alle Mal kein Leben mehr. Ein stummer Friedel schlug das Kreuz, als Secundus oben auf der Galerie die Kordel löste. Kammholz legte die Leiche ab wie einen Sack. Merle fand sich in einem der schweinsledernen Sessel wieder. Mathilda schob den gebrochenen Diener aus der Tür.

»Sperren Sie ihn in eines der Zimmer oben«, hörte sie Secundus sagen. Er stand vor ihr, sie wusste nicht genau, wie er dorthin gekommen war, und bückte sich nach dem verkohlten Stück Papier. »Merle?« Hatte er sie irgendwann in den vergangenen Stunden schon mal beim Namen genannt?

»Warum?«, fragte sie. Julius' Leichnam lag neben dem Schreibtisch auf dem Teppich. Kammholz kniete vor dem offenen Tresor. In seinem Rücken stand Lotte, die Hand an der Brille, ihr Vogelblick.

»Er hat die Abstimmung verloren.« Secundus ließ sich in den zweiten Sessel sinken. »Und was immer im Tresor war, er hat es vorher verbrannt. Oder, Fräulein Schaf?«, rief er zum Schreibtisch hinüber.

Lotte hatte Papiere in der Hand, aber offenbar waren sie ohne Bedeutung. Sie schüttelte den Kopf.

»Er hatte ein schreckliches Geheimnis«, sagte Secundus.

»Mich?«, fragte Merle.

»Wohl kaum.« In seiner Verkleidung sah Secundus so komisch aus und doch war er ihr seltsam vertraut. »Schau mal, das habe ich aus dem Feuer gefischt.« Er reichte ihr den verkohlten Fetzen Papier. Es war fast nichts davon übriggeblieben. Mit etwas Mühe erkannte sie eine Art Kreis.

»Ich nehme an, das stammt vom fehlenden Akt«, sagte Secundus. »Und ich glaube, dass es eine der Kuppeln des Klosters zeigt.«

»Du meinst …«

»… dass das Lid im Kloster ist, genau. Kein Wunder, dass er es geheim gehalten hat.«

»Bist du sicher?«

»Nein«, sagte Secundus. »Der Kreis könnte alles mögliche sein. Aber so macht es Sinn. Auch dass er …« Er wandte sich zum toten Julius um. »Was macht ein neuer Policeydirektor wohl als Erstes?«, fragte er.

»Er stellt sich dem geistigen Führer vor«, sagte Lotte. Sie kam zum Kamin herüber.

»Dann ist Hinckeldey schon dort?«, fragte Merle.

»Er ist sozusagen auf dem Weg«, sagte Secundus. »Ich nehme an, er wartet bis zum Morgen.« Er warf einen Blick auf den Kaminsims, zur Uhr.

»Dann müssen wir uns beeilen«, sagte Merle. Es war vier Uhr in der Früh, eine der kleinen Stunden des Tages, der hier ein bisschen länger war. »Wo ist Mathilda?«

»Hier.« Sie kam gerade zurück.

»Du und Lotte, ihr müsst in die Stadt und allen Bescheid sagen. Es geht zum Kloster – und wer hinkommt, kommt nicht wieder. Wir treffen uns dort im Morgengrauen. Leutnant Kammholz?«

Kammholz trat vor. Er hatte eine aufreizende Art, aufs Wort zu gehorchen.

»Würden Sie zu Doktor Murken aufbrechen? Wir sind es Bang schuldig, finde ich.«

»Und du?«, fragte Lotte.

Ich kann kaum einen Schritt weit sehen«, sagte Merle. Sie hätte das Handy einschalten können – die ganze Zeit trug sie eine Pistole und ein Smartphone mit sich herum –, aber sie fürchtete den weithin sichtbaren Schein.

Secundus grunzte. Dann, nach einer ganzen Weile, als Merle schon gar nicht mehr damit rechnete, murmelte er: »Ist das nicht immer so?«

Sie hatten sich eingehakt. Ihre Schritte waren kurz und tastend. Knirschte der Kies unter ihren Füßen, waren sie auf einem Weg, war es das matte, flüsternde Wintergras, wechselten sie vorsichtig die Richtung, und wenn sie Glück hatten, kam ihnen der Mond zu Hilfe, dessen Licht nur noch selten durch das dichte Astwerk der Bäume fand und sich nur manchmal ins Labyrinth der hochaufragenden Hecken verirrte. Sehr alte Ehepaare bewegten sich so, ängstlich besorgt, einer von ihnen könnte auf den letzten Metern des Lebens stürzen.

Merle ging auf, dass sie jetzt offiziell eine Witwe war. Julius war tot, Primus war tot, nur sie und Secundus waren übriggeblieben, der schüchterne kleine Bruder von einst. Vielleicht verband sie in diesem Augenblick ja das schiere – schreckliche, schuldhafte, eitle, erleichternde – Überleben.

»Ich hab dich gesehen«, sagte Merle. »Als du vor meinem Laden in Kreuzberg standst, hab ich im Auto gesessen. Ich hab dir die SMS geschickt und gesehen, wie sie ankam.« Sie konnten, fand sie, jetzt ebenso gut reden, auch wenn sie vermutlich nicht dieselbe Sprache sprachen. Aber hatten sie das je?

Secundus antwortete mit einiger Verzögerung. »Du hast das Buch in Wrota gelassen. Danach war ich sicher.«

»Was für ein Buch?«

»Dickens' Raritätenladen. Da hattest du den Namen doch her. Für dein … Geschäft.«

Für einen Augenblick war sie verwirrt. »Das war nicht meins«, sagte sie dann. »Ich habe alle Bücher weggegeben und bestimmt nie eins nach Wrota mitgebracht. Ich bin kaum im Haus gewesen.«

»Es war nicht deins?« Secundus schien ehrlich verblüfft. Irrte einer von ihnen? Dachten sie jetzt beide über dumme Zufälle nach, die man mit etwas Fantasie und gutem Willen für Fügung halten konnte?

»Hattest du viel mit Primus zu tun in all den Jahren?«, fragte Secundus.

»Nur in seiner Wächterzeit«, sagte Merle. »Nachdem er das Lid gefunden hatte.«

»Er hat das ziemlich geschickt eingefädelt«, sagte Secundus. »Ich habe mich immer gefragt, warum er sich mit der Erbaulichen Gesellschaft eingelassen hat. Es ist ihm immer bloß um den Saal gegangen. Er hat ihn vor aller Augen versteckt.«

»Du tust ihm Unrecht.«

»Bitte?«

»Er hat nicht so gedacht.«

»Ach nein?«

»Er hat es wirklich geglaubt.«

»Was geglaubt?«

»Dass Dreizehneichen ein besserer Ort sein könnte. *Der* bessere Ort.«

Sie tauchten unter einem tiefhängenden Zweig hindurch. Schon wieder hatten sie den Weg verloren. Merle erinnerte sich kaum an den Park.

Weil Secundus mal wieder schwieg, redete sie einfach weiter. »Er hat wirklich geglaubt, dass man innehalten könnte. Oder … sich festhalten. Hier … irgendwo …« Es ging hügelan. Es war so dunkel. »Und dann kommt Bang zu ihm und will wieder rüber«, sagte Merle. »Sogar Bang. Und der hat mal wirklich Angst vor der Welt drüben.«

»Du sprichst von der Beschleunigungskrise?«

Sie lachte leise über den dämlichen Begriff. »Ich meine seine Dreizehnfurcht.«

Secundus lotste sie auf den unsichtbaren Weg zurück. Ihre Schritte knirschten wieder über Kies.

»Zwölf, dreizehn …« Merle dachte eigentlich bloß laut. »Das ist alles so verdreht. Genau falsch herum, wenn man darüber nachdenkt, oder nicht? Denn eigentlich haben sie doch drüben weitergezählt. Eigentlich ist sie doch dort, die Dreizehnwelt. Und die Vierzehnwelt. Die Fünfzehnwelt. Und immer so weiter.«

Secundus grunzte, als wäre ihm das alles zu viel. »Und hier?«, fragte er widerwillig.

»Hier haben sich die Furchtsamen verkrochen«, sagte Merle. »Sie haben Angst und nennen es Ewigkeit.«

»Ich habe es Ordnung genannt«, sagte Secundus. Das kam schnell und aus tiefster Überzeugung. Ganz sicher hatte er schon vorher darüber nachgedacht, wenn auch auf seine Weise.

Merle lächelte, aber das konnte er kaum sehen. »Das ist beinahe dasselbe, Oberst Falke«, sagte sie. Sie wechselte das Thema, sie wollte ihn nicht quälen. »Ich verlasse mich darauf, dass du weißt, wo wir sind. Weißt du's?«

»Das ist der Ficino-Hain. Erinnerst du dich? Hier sind wir mal mit Primus gewesen. Vor … einer Ewigkeit.«

»Ja sicher.« Sie log. Sie hatte es völlig vergessen. Aber natürlich kannte sie den Hain. Und da trat der Held der ewigen Ewigkeit tatsächlich aus dem Dunkel: eine schwarze Masse auf einem Sockel, den Schatten eines Folianten in der Hand. »Wusstest du, dass er ein Buch gegen die Pest geschrieben hat?«, fragte sie.

»Ich hätte es lesen sollen.«

Sie ließen das Denkmal hinter sich. Eine Hecke gab den Nachthimmel frei.

»Da unten liegt das Kloster«, sagte Secundus.

Merle spürte das Tal mehr, als dass sie es sah, aber vom Schiefer der Klosterkuppeln perlte das Mondlicht: dreizehn Buckel für die Ewigkeit. Sie waren beinahe am Ziel, so ungefähr es sein mochte.

»Ist denn dort unten niemand von deinen Leuten?«, fragte sie.

»Ich habe keine Leute mehr«, sagte Secundus.

»Die Policey, meine ich. Habt ihr das Kloster denn gar nicht bewacht?«

»Wir durften uns nicht einmal nähern. Niemand durfte sich nähern, und niemand hat es getan. Nur Alfart ist dort über die Allee gefahren, zu seinen Audienzen. So ist es seit Jahren gegangen, und noch scheinen sich alle daran zu halten.«

»Ist er verrückt geworden?«

»Der geistige Führer?« So wie er seine Frage stellte, schien er ihre noch immer für ungebührlich zu halten.

»Schon gut. Er wird bald Gesellschaft kriegen.« Sie spähte in die Finsternis zu ihren Füßen. Soweit sie erkennen konnte, war es ein ziemlich steiler Hang. »Und da müssen wir jetzt runter?«

»Besser wäre es, wir würden bis zum Sonnenaufgang warten«, sagte Secundus. »Wir könnten uns hier einfach auf eine Bank setzen. Ausharren. Und uns dabei in Bäume verwandeln.«

»Bäume?«

»Wie Philemon und Baucis«, sagte er. »Nur Philemon und Baucis haben den Göttern Einlass gewährt. Der Rest der ungastlichen Stadt ist untergegangen.«

»Die waren aber ein Ehepaar«, sagte Merle.

»Ja«, sagte Secundus. Er zitierte leise. »Was die Götter je wollten, ist schon vollendet.«

Dann tat er den ersten Schritt den Hang hinab, raffte mit der einen seine Kleider und reichte ihr die andere Hand.

Auf halbem Weg wurde der Himmel licht. Zunächst war es ein blasser, blauer Streifen am Horizont, vor dem das Kloster nur noch undurchdringlicher wirkte. Meist im Seitwärtsgang suchten sie den nächsten sicheren Tritt, konzentriert auf das Stück, das noch unter ihnen lag, und ohne einen Blick zurück.

Langsam kam die Novembersonne aus ihrem nächtlichen Versteck und erhellte die lange, schnurgerade Reihe der Bäume, die die Zufahrt zum Kloster säumte. Sie brach erst unmittelbar vor dem gedrungenen, schieferverkleideten Sockelgeschoss ab, das die Last der Kuppeln scheinbar kaum tragen konnte. Fast sah es aus, als triebe die exzentrische Dachkonstruktion es nach und nach immer tiefer ins Erdreich, bis vielleicht irgendwann nur noch ein unterirdischer und ein himmlischer Teil vom Kloster übrig wären. Die schmalen Fenster im Erdgeschoss blinzelten misstrauisch in die Welt. Allein in die der Allee zugewandten Seite der äußersten Kuppel hatte man eine Art Kirchenfenster eingelassen. Bald fiele das Licht der aufgehenden Sonne hinein.

Dort oben musste es auch eine Tür geben, die auf eine Dachterrasse führte, denn Merle erinnerte sich, Raimar von Müller dort oben in einem langen weißen Gewand stehen gesehen zu haben, zur einen Hälfte Habit und zur anderen Hälfte Totenhemd. Damals hatte er die Arme ausgebreitet, so als klebten Flügel daran, und sie erinnerte sich an ihre kindliche Enttäuschung, dass er nicht abgehoben hatte. Wenigstens schweben hätte er können, dachte sie und erreichte stolpernd den Fuß des Hangs.

Secundus war schon unten. Er wandte ihr den Rücken zu und

spähte über die Wiese, ein weites, im Morgendämmer graublaues Feld. »Wir sind zu spät gekommen«, sagte er.

Über die Allee kam eine Kutsche gefahren. Baum für Baum kam sie im blauen Zwielicht voran, hinter jedem blitzten ihre Laternen auf. Auf dem Bock saßen zwei Männer. Einer von ihnen war sehr groß.

»Runter!«

Sie kauerten zwischen feuchten Büscheln aus Gras und sahen die Kutsche langsamer werden, bis sie schließlich vor dem Kloster zum Stehen kam. Heinrich Hinckeldey stieg aus wie ein König und krönte sich mit seinem Zylinder. Dann schritt er auf die Klosterpforte zu, ohne seine Begleiter noch weiter zu beachten. Was dann geschah, wurde vom Gespann verdeckt. Die beiden Männer aber blieben draußen, als bauten sie sich dort zur Verteidigung auf. Harte Tür nannte man sowas in Kreuzberg, dachte Merle. In Dreizehneichen sprach man vom Erzengel Uriel.

»Und jetzt?«, fragte sie. Konnten sie das Kloster noch unbemerkt erreichen? Könnten sie es irgendwie umrunden und auf der Rückseite eine der bunten Scheiben zertrümmern?

Secundus wandte sich zu ihr um. »Hast du deine Pistole noch?«

Die Pistole beulte ihre Kitteltasche aus. Den ganzen Abstieg über war sie ihr lästig gewesen. Sie nickte.

»Dann gib sie mir.«

Sie schaute ihn zweifelnd an. Es war gar nicht so lange her, dass sie ihn mit der Glock bedroht hatte.

»Wird nicht groß anders funktionieren als ein Revolver«, sagte er, als machte sie sich Sorgen, er käme mit einer automatischen Waffe nicht zurecht. »Jetzt gib sie schon her.«

»Und dann?«

»Dann wartest du ab, bis die beiden so beschäftigt sind, dass sie nicht mehr auf die Pforte achten.«

»Und du?« Sie wurde den Verdacht nicht los, dass er auf dem

Weg zu den Toten war. Sie war ihn die ganze Zeit nicht losgeworden. Vermutlich hatte er nie mit nach drüben gewollt. *Mors porta vitae aeterna*. Leider hatte er einen Plan und gute Argumente.

»Es wird nicht mehr ewig dauern, bis deine Schwestern über die Straße dort kommen, habe ich recht? Möchtest du, dass Hinckeldeys Schläger sie hier in Empfang nehmen?«

Sie tastete nach der Waffe und zog sie hervor. Die Glock war schwer und kalt. »Hier.« Sie hielt sie ihm hin. Er nahm sie, ohne groß hinzusehen. »Die haben bestimmt auch Waffen«, sagte sie. »Besonders gern mögen sie Schwerter«, sagte Secundus. Bäuchlings im Gras, spähte er zum Kloster. »Aber wenn es wirklich drauf ankommt, werden es schon Revolver sein.« Er stemmte sich auf die Knie. »Ich hoffe nur, dass da drinnen wirklich ein Lid ist.«

Und damit huschte er in seinem seltsamen Aufzug davon.

Momme hatte nicht mehr in den Schlaf gefunden. Alle Versuche blieben aussichtslos. Jeder Gedanke bedrängte ihn, sein Arm war ganz lahm vom vielen Klopfen, denn er hatte für alle und jeden geklopft: für die einschüchternde Elise, die im schlimmsten Moment an seinem Bett gesessen hatte, und für den mittlerweile äußerst verwirrenden Oberst Falke, für Mathilda, die er hemmungslos bewunderte, für Doktor Murken, der ihn behandelte wie ein krankes Kind, für Jenny und Lisbeth, die er einfach zurückgelassen hatte, für Minna natürlich – für Minna klopfte er viele Extra-Sätze – und für Clemens, der jetzt an seiner Stelle auf der anderen Seite war und sich dort bestimmt hundertzwanzigmal besser schlug, als Momme sich je irgendwo geschlagen hatte. Ins Kastell hatten sie ihn nicht mitgenommen. Jetzt wartete er hier, ohne zu wissen, auf was.

Richtig schlimm, unaushaltbar schlimm aber wurde es erst, wenn er für Primus Falke klopfte, denn Primus Falke gab es nicht mehr, und er, Moritz Bang, hatte, was immer die anderen sagten, seinen Anteil daran. Einmal, ein einziges Mal hatte er die Initiative übernommen, und das war dabei herausgekommen. Er hatte Schuld auf sich geladen, und jetzt klopfte er in seinem unbestreitbaren Irrsinn für Primus Falkes Eingang ins Himmelreich.

Wenn er es tat, suchten ihn alle möglichen Bilder heim: Veil Wallasch über der sämigen Suppe, klein geschnittene Schweineohren im Mund; Veil Wallasch, dessen Schlapphut nachts beim

Sternenfest durch die Menge pflügte; Primus Falke, der mit seiner Angel unter der Unterbaumbrücke stand.

Irgendwann hatte es Momme sogar mit Beten versucht. *Dein Wille geschehe*, murmelte er, als Doktor Murken in seiner Kammer erschien. Wenn sie mit ihren Kerzen kamen, sahen in Dreizehneichen alle gleich immer wie Spukgestalten aus.

Leutnant Kammholz wartete in Murkens kaltem, unzureichend beleuchteten Salon. Die Uniformmütze hatte er unter die Achsel geklemmt, sein Haar war trotz der Kälte draußen verschwitzt. Offenbar war er gerannt, sein Atem beruhigte sich nur langsam. Momme wäre ihm am liebsten um den Hals gefallen, einfach dafür, dass Kammholz am Leben war. Dann fiel ihm ein, dass er für Kammholz nicht geklopft hatte. Dann fürchtete er, dass sein Klopfen schaden könnte, wenn offenbar das Nicht-Klopfen half. Und erst dann wurde ihm wirklich bewusst, worauf ihn der Doktor auf dem Weg in den Salon schon vorbereitet hatte: dass nämlich auch Kammholz die Seiten gewechselt hatte. Momme war nicht bis ins Letzte klar, warum, aber er hatte auch nicht die Kraft, es zu ergründen. Schon jetzt hatte er über seinen magischen Spielen wesentliche Teile von Kammholz' atemloser Erzählung verpasst.

Er fixierte Doktor Murken, der verständig nickte und Fragen hatte, aus denen Momme sich im zweiten Versuch zuzuhören das Wichtigste erschloss: Sie mussten zum Müller'schen Kloster; dort gab es womöglich ein Lid. Kammholz, so unwahrscheinlich das auch scheinen mochte, war auf Befehl – er sagte wirklich *Befehl* – der Elise hier.

»Wollen Sie sich uns nicht anschließen, Doktor Murken?« Wenn Kammholz das sagte, klang es kaum anders als eine Einladung zum Tee.

Aber Murken schüttelte so langsam wie entschieden den Kopf.

»Ich bringe sie bis zum Park«, sagte er. »Sie können mir beim Anschirren helfen, Leutnant. Dann geht es schneller.«

Nicht viel später saßen sie in Murkens Kutsche und ratterten durch die Dunkelheit, und Momme suchten schon wieder lauter Erinnerungen heim: Er war ja schon einmal mit Kammholz in Richtung Kloster gefahren; er hatte schon einmal in Murkens Kutsche gehockt. Er dachte an die Frau mit dem strengen Blick hinter der kleinen Brille und an die Weidentruhe, die den Fußraum ausgefüllt hatte, er klopfte ein bisschen für Minna, und dann klopfte er – weil ihn die Erinnerung an Hinckeldey im Klosterpark bedrängte – ein bisschen für sich selbst. Schließlich beugte sich Leutnant Kammholz zu ihm herüber und griff nach seiner verkrampften Hand.

»Herr Bang, ich weiß nicht, ob es Ihnen hilft, aber ich setze größtes Vertrauen in die Elise.«

Die Elise, dachte Momme, hatte den falschen Mann in das dunkle Zimmer gestoßen. Immer fiel ihm das Schlechte vor allem anderen ein. Die geheimnisvolle Elise hatte Minnas Rettung doch erst möglich gemacht. Er wollte schon wieder klopfen, aber Kammholz hielt noch seine Hand.

»Danke«, sagte Momme.

»Und bedenken Sie: Wir haben den Oberst auf unserer Seite.«

Momme nickte aus reiner Höflichkeit. Wenn ihm außer Hinckeldey und Kergel jemand unheimlich war, dann Oberst Falke.

»Und die Schwestern.« Mit seiner freien Hand hob Kammholz den Vorhang ein wenig und spähte hinaus. Dann wandte er sich wieder Momme zu, spreizte Zeige- und Mittelfinger und wies damit auf seine Augen. »Sie sind quasi unsichtbar, wissen Sie? Sie sind mitten unter uns, aber wir können sie einfach nicht sehen. Phänomenal, Bang, wenn Sie mich fragen. Phänomenal! Wir sind all die Zeit blind gewesen, sogar der Oberst.« Kammholz' Stimme war hell vor Bewunderung. »Wussten Sie, dass sie vermutlich als

Wäscherinnen ins Haus des alten Eisenmann gekommen sind?«
Kammholz ließ Mommes Hand los. »Ach, was rede ich! Sie sind ja
wohl dabei gewesen!« Er lehnte sich auf seiner Bank zurück.
»Können Sie mir etwas über … das Lid sagen, Leutnant?«, fragte
Momme. Er war dabei gewesen, genau. Kammholz hatte das voller
Anerkennung gesagt, das gab ihm etwas Auftrieb.

»Leider so gut wie nichts. Wir vermuten es im Kloster. Ausgerechnet …« Staunend schüttelte Kammholz den Kopf. Die Ungewissheit schien ihm gar nichts auszumachen. Und vielleicht, dachte
Momme, war das ja das Beste an Dreizehneichen gewesen: Ungewissheit war hier normal. Obwohl natürlich auch das Gegenteil
stimmte. Alle dreizehnten Stunden, die er besucht hatte, hatten
Gewissheit gepredigt: letzte – oder erste – Wahrheiten und eine
Zeit vor – oder hinter – der Zeit.

Vielleicht, dachte Momme in diesem dafür ganz unpassenden
Moment, bestand der Unterschied darin, dass es große und kleine
Gewissheiten gab, sodass, wenn man die ganz große hatte, die kleinen nicht mehr ins Gewicht fielen. Vielleicht lief es am Ende bloß
darauf hinaus, ob man Panik vor dem nächsten oder dem letzten
Tag hatte. Der Gedanke hätte ihn trösten können, hätte sich nicht
ausgerechnet dieser Tag wie ein heißer Kandidat für einen letzten
angefühlt. Anders als Hinckeldey mochte Momme keine Unter-
gänge.

»Wissen Sie, dass es mein vierzehnter Übertritt wäre?«, sagte
Kammholz. »Ich meine, *falls* wir das Lid finden …«

»So?«, sagte Momme. Vierzehn war zugegebenermaßen eine
gute Zahl. Vierzehnte hatte er immer genossen. Er erinnerte sich
an das himmlische Gefühl überstandener Gefahr.

»Ja.« Der Leutnant nickte gewichtig. »Der zwölfte fand unmittelbar nach Ihrer Festsetzung statt.«

Momme dachte mit Grausen daran, wie er auf Clemens' Bühne
gestolpert war.

»Und dann«, sagte Kammholz, »bin ich nochmal ohne Geneh-
migung rüber. Als im Palais Kugler die Trauerbrosche wieder aufgetaucht war ...«

»Die Trauerbrosche?« Von einer Trauerbrosche hatte Momme
noch nie gehört. Und ebenso wenig vom Palais Kugler. Es war hier
gar nicht so viel anders als in Treptow zwischen Späti und Küchentisch. Egal, wo er war: Er irrte durch Labyrinthe.

»Einerlei. Das sind alles Einzelheiten. Der Oberst war freilich
ziemlich verärgert. Ich war nicht mal im Fundus gewesen. Ich trug
Uniform.« Kammholz schien ein neuer Gedanke zu kommen.
»Wussten Sie, dass das Fräulein Schaf eine Agentin der Schwestern ist, Bang?«

»Das Fräulein Schaf?«, fragte Momme matt.

»Unfassbar, nicht wahr?« Der Leutnant plauderte, als wäre gerade nicht die halbe Stadt hinter ihnen her. Als wäre es nicht schon,
Momme schauderte, zu einem Mord gekommen. Als stünde nicht
alles auf der Kippe.

»Dieses Geschick!«, sagte Kammholz mit hörbarer Bewunderung. »Diese Verschwiegenheit. Eisern. Einfach eisern!« Er beugte
sich wieder zu Momme vor. Er war immer freundlich zu ihm gewesen, aber jetzt behandelte er ihn wie einen Mitverschwörer. »Wissen Sie, ich glaube schon, dass es den Oberst schwer getroffen hat.«

»Was?«, fragte Momme.

»Na ja, die Schaf. Ich meine, sie hat ihn offenbar jahrelang an der
Nase herumgeführt. Ich muss aber sagen ...« Kammholz rutschte
zurück. »Er hat es sich nicht anmerken lassen, soweit ich das be-
urteilen kann. Hat Haltung bewahrt, der Alte.« Er hob wieder den
Vorhang. »Ah, sehr gut, wir sind schon auf der Allee. Ohne den
Doktor müssten wir uns jetzt unsichtbar machen wie die Schwestern. Was Männern, möchte ich behaupten, im Allgemeinen weit
schlechter gelingt. Schauen Sie, das könnten welche sein ...«

Momme rutschte ein Stück vor und sah aus dem Fenster auf das von den Lichterketten beschienene Trottoir.»Aber das sind doch Lisbeth und Jenny!«, rief er und dann hämmerte er wie wild gegen das Kutschendach, damit Doktor Murken stoppte.

Die Kutsche rollte noch aus, da öffnete Kammholz schon den Schlag. Jenny und Lisbeth wichen erschrocken zurück.»Es ist gut, es ist gut, meine Damen, ich bin auf Ihrer Seite!« Sie sahen in weit aufgerissene Augen. Jenny und Lisbeth drängten sich auf dem Trottoir aneinander. Unter den Mänteln trugen sie ihre immerselbe Uniform. Sie hätten ebenso gut auf dem Weg zum Milchwagen sein können, zum Comptoire, um ein paar Wäscherinnen anzumieten, oder unterwegs zum Schuster Schikalla, um Eisenmanns frisch besohlte Stiefel abzuholen.

»Zum Kloster?«, raunte Kammholz.»Im Auftrag der Elise? Dann haben wir denselben Weg.«

Ein wenig hatte Momme den Eindruck, dass die beiden nur einstiegen, damit der euphorisierte Kammholz endlich die Klappe hielt. Die Mägde brachten die kühle Frische der Dämmerung mit. Die Kutsche fuhr schon wieder, Doktor Murken wollte keine Zeit verlieren.

Jenny saß jetzt neben Momme, strich sich ordentlich den Mantel glatt und sah dann fragend zu ihm herüber.

»Oh.« Natürlich, sie hatte Kopf und Kragen riskiert, um ihn nach Wrota zu schaffen, und jetzt saß er, vermutlich ein Bild des Jammers, hier.»Es … es … Clemens ist drüben.« Er versuchte, es kurz und schmerzlos zu machen.»Mit Minna.«

Sie nickte, den Blick bereits von ihm abgewandt, und legte die Hände akkurat in den Schoß. Mehr musste sie für den Augenblick nicht wissen. Nach mehr würde sie also auch nicht fragen. Jenny war so ganz anders als er.

»Darf ich mich erkundigen, wie die Nachricht der Elise Sie erreicht hat?«, meldete sich Kammholz zu Wort.

Jenny und Lisbeth tauschten einen misstrauischen Blick.

Momme stellte sich vor, wie sie aus Eisenmanns Haus geschlüpft waren. Sie hatten alles hinter sich gelassen, wie er auf seinem Weg nach Wrota. Allerdings hatten sie für ihre Entscheidung nur ein paar Augenblicke Zeit gehabt. Es war nicht die Angst, es war der Mut, der ihnen Beine machte.

»Wir möchten lieber nicht darüber sprechen, Herr Leutnant«, sagte Jenny so undurchdringlich höflich, als hielte sie Kammholz ein Tablett mit einem funkelnden Cognacschwenker hin.

Murken setzte sie in einer unscheinbaren Seitenstraße ab. Er sagte kein Wort, sondern hob nur die behandschuhte Hand, dann wendete er die Kutsche. Kammholz strebte schon über das Pflaster, am Ende der Straße begann der Park, markiert durch nicht mehr als eine hohe, immergrüne Hecke.

Der neue Tag war mittlerweile angebrochen, noch aber lag der Park in ungefährem Dämmer, die auf der weiten Fläche verstreuten Bäume scharf umrissen und schwarz. Rechts von ihnen schimmerte die unbegradigte Spree zwischen struppigen Weiden. Davor feuchte Wiesen, eher graubraun als grün.

Sie waren nicht alleine hier. Vom Fluss strebte eine Gruppe Frauen auf sie zu, es mochten fünf oder sechs sein. Sie hielten inne, als sie Kammholz' Uniform erkannten, aber Lisbeth hob den Arm und winkte sie heran.

Sie gingen weiter, ohne auf die Gruppe zu warten, und trafen bald auf die schnurgerade Allee, die Momme von einem Hügel aus gesehen hatte, als er mit Hinckeldey durch den Park gelaufen war. Der baumelnde Blaufuchs fiel ihm ein mit seinen zugenähten Augen. *Rundbauten*, hörte er Hinckeldey noch einmal sagen, *rufen das Gefühl des All-Göttlichen hervor*. Momme allerdings wurde beim Anblick des Klosters bloß mulmig: Da stand es, noch weit entfernt und doch schon riesig, im aufsteigenden Licht.

Sie schlossen zu einer Gruppe Frauen mit müde quengelnden

Kleinkindern auf, links von ihnen, die niedrige Sonne im Gesicht, kamen gleich mehrere Gruppen über die Wiesen, Frauen, Kinder, Halbwüchsige, nur keine Männer. Niemand hatte Gepäck, alle wirkten wie unversehens in den Park gezaubert. Niemand rannte, und doch zeichnete diesen stummen Zug eine große Zielstrebigkeit aus. Momme sah zu Jenny, die neben ihm ging, aber sie ging gar nicht mehr neben ihm, sondern half, einen Kinderwagen über den flachen Graben auf die Straße zu tragen. Momme blieb stehen, um auf sie zu warten, da ging Frau Schikalla an ihm vorbei, an der einen Hand die kleine Elli und an der anderen einen nur wenig älteren Sohn. Auch die zwei jungen Frauen, die ihr folgten, mochten ihre Töchter sein. Frau Schikalla nickte mit dem ihr eigenen Ernst.

Jenny war wieder zur Stelle und hakte sich bei Momme ein; das Kloster mit seinem Beulendach kam mit jedem Schritt näher. Licht fiel auf den feuchten Schiefer und ein buntes Fenster blitzte auf. Vor dem Kloster stand eine Kutsche, aber jemand hatte die Pferde abgeschirrt. Sie grasten hinter den Bäumen auf der Wiese, in einem Kranz aus winterlichem Licht.

Es war ein seltsam erhebender Moment, weshalb Mommes Zwang gleich einfiel, heute könnte der 13. sein. Momme war sich nicht sicher. Im Kopf fing er an, die Tage auf der Flucht zu zählen.

»Schauen Sie, Bang, schauen Sie doch.« Der lange Kammholz riss ihn aus seinen Gedanken. »Da vorn wartet der Oberst, glaube ich!«

Merle hatte das Allerheiligste betreten. Sie hatte es atemlos erreicht, nach einem Spurt über die wellenschlagende Wiese, kaum dass Hinckeldeys Männer Secundus entdeckt, ihm nachgerannt und auf der Ostseite des Klosters verschwunden waren. Hatte sie, nachdem sie durch die Pforte geschlüpft war, Schüsse gehört? Möglich, aber sicher war sie sich nicht. Die Wände des Sockelgeschosses waren dick. Geräusche von draußen drangen nicht ins Kloster, umso lauter hallten ihre Schritte auf dem glatten, grauen Stein.

Im sakristeiartigen Vorraum hatte sie mit kalten, zitternden Fingern das Handy angemacht und die Taschenlampe eingeschaltet, noch gab der Akku das her. Das Licht war über schmucklos weiße Wände gehuscht, darunter ein steinernes Becken, in dem man sich vermutlich das Profane von den Fingern wusch. CONTRA MUNDUM stand auf einer tönernen Flügelschwinge, die man über dem Türstock angebracht hatte. Merle war ihrem kleinen, elektrischen Licht gefolgt, das sich, kaum hatte sie den Eingangsbereich verlassen, in einem trüben Säulengang verlor. Es kam ihr vor, als betrete sie den Tempel des Horus.

Sie durchquerte den Gang und machte zwischen zwei der mächtigen, hochaufragenden Säulen halt. Über ihr öffnete sich die erste Kuppel, ein gewaltiger Dom. Die Säulen, die ihn stützten, formten ein weites, leeres Rund, in das von schräg oben eine einzige, farbig schimmernde Lichtbahn fiel, ein Fingerzeig der Morgen-

434

sonne. Fröstelnd trat Merle in den Kreis und warf einen Blick zur Empore mit ihrer steinernen Brüstung hinauf. Sie entdeckte sogar die halsbrecherische Treppe dorthin; wie Schwalbennester klebten die Stufen an der Rundwand des Gangs. Raimar von Müller war ein alter Mann: schwer vorstellbar, dass er dort noch hinaufstieg; kein Wunder, dass er seit Jahren nicht mehr auf dem Balkon erschien. Merle stach der schwache Geruch von Rauch in die Nase. Auch Hinckeldey leuchtete gegen den sakralen Dämmer des Klosters an. Wusste er, wohin er musste? Oder irrte er umher wie sie?

Sie ließ den Säulenkreis hinter sich, erreichte einen irgendwie maurisch aussehenden Durchbruch und betrat den nächsten Raum, der weniger wie eine Halle als wie ein Kellergewölbe wirkte. Offenbar wurde er von mehreren, dafür kleineren Kuppeln der Dachkonstruktion überspannt und von entsprechend vielen, gedrungenen Pfeilern getragen. Es war, als ginge man durch einen versteinerten Wald mit Bäumen aus Ziegeln.

Merle lauschte auf Schritte, aber sie hörte nichts. Sie suchte nach einem wandernden Licht, aber da war nicht mehr als der frühe Morgen, der mit Mühe durch die fernen Fensterscharten drang. Sie hielt das Handy, als zeigte sie einen Ausweis her, und folgte seinem schwachen, ausfasernden Licht, bis der Schatten einer Axt vor ihre Füße fiel und sie erschrocken zurückwich. Im einem Geviert aus Säulen wartete ein hölzerner Derwisch auf sie, auf dem Kopf die charakteristische Tadsch, in den Händen eine Bettelschale und eine halbmondförmige Klinge. Merle holte tief Luft und schüttelte den Schrecken ab. Sie hatte so manche dreizehnte Stunde mit Vorträgen über den Sufismus verbracht, die allesamt zwischen mystischem und geografischem Orient unterschieden, was einen der Vortragenden nicht daran gehindert hatte, in einem arabisch anmutenden Gewand zu erscheinen, aus dem oben sein Vatermörderkragen und unten seine Knöpfgamaschen ragten. Schon damals hätte sie am liebsten über dieses beseelte Männchen gelacht, aber natürlich hatte Julius neben ihr gesessen und sie hatte den Anstand gewahrt. War er bei seinen exklusiven Audienzen diesen Weg gegangen? Gab es einen anderen? Musste der alte Müller nicht irgendwo schlafen, scheißen, essen, wohnen?

Eingangs des nächsten Saals erwartete sie der Erzengel Uriel, übergroß und grob geschnitzt, ein reichlich unförmiges Schwert in beiden Fäusten. Sie leuchtete in sein ausdrucksloses, hager-zerfurchtes Gesicht und passierte dann die Schranke der ausgestreckten Klinge. Abermals roch sie Rauch; Hinckeldey musste ihn wie eine Fahne hinter sich herziehen. Auf den steinernen Fußbodenplatten knirschten manche ihrer Schritte, als liefe sie über Splitt.

Wenig später leuchtete sie zu einem fahlen, einäugigen Obelisken hinauf, der sich in die ausgemalte Kuppel streckte. Sie leuchtete mit dem Handy hinauf, konnte aber nicht mehr als ein Geschmier aus dunklen Farben erkennen, schmutziges Ocker, Tannengrün, ein dumpfes Rot ohne Feuer. Dann schaltete sie hektisch die Taschenlampe aus und duckte sich hinter den Obelisken – im Saal nebenan hatte sie schlurfende Schritte gehört. Und jetzt hörte sie Hinckeldey auch zaghaft rufen.

»Geistiger Führer? Oberhaupt? Mein Tröster?«

Sie wagte sich hinter dem Obelisken hervor und huschte zum nächsten Durchbruch hinüber, darüber das Henkelkreuz eines Anch, dahinter eine Halle, die noch größer wirkte als die erste. Zwei Kuppeln schienen hier quasi miteinander verschränkt, die stützenden Säulen aber waren mit Kapitellen geschmückt und formten, aufeinander zulaufend und sich dann wieder voneinander entfernend, eine Acht. Aber natürlich war das keine Acht, sondern ein Uroboros, der Doppeldrache der Ewigkeit, und Hinckeldey irrte durch seinen sich windenden Leib. In der Hand trug er eine lodernde Pechfackel, die wüste, zuckende Schatten warf und so gar nicht zu seinem übrigen Aufzug passen wollte, dem Zylinder und dem langen, mit einem Pelzkragen besetzten Mantel. Ganz offensichtlich war er so desorientiert wie sie. Seine Stimme klang beinahe angsterfüllt, brüchig und noch dünner als bei seiner Rede vor dem Pelzgeschäft. Die Selbstgewissheit, die sie dort noch ausgestrahlt hatte, war verschwunden.

»Paraklet? Oh, Paraklet, ich rufe dich an!« Zögernd näherte sich Hinckeldey der Längswand, wo zwischen den letzten beiden Säulen tatsächlich so etwas wie ein steinerner Thronsessel stand. Schließlich verharrte Hinckeldey davor, zunächst sprachlos oder in stummer Verehrung. Hatte er den alten Müller hier erwartet, in einer eiskalten Säulenhalle, auf seinem Thronsitz, quasi selbst zur Säule erstarrt?

Hinckeldey wandte sich um. Er hob die Stimme. »Geistiger Führer! Hier ist dein Diener Heinrich Hinckeldey! Ich komme an Julius Alfarts Stelle. Dein Volk, vom Geheimen Rat vertreten, hat mich zu seinem Nachfolger erwählt.«

Das alles verhallte. Merle nutzte Hinckeldeys Fackelschein, sie suchte nicht den alten Müller, sie suchte das unterschlagene Lid und war doch, seit sie den Vorraum verlassen hatte, nicht mal auf eine Tür gestoßen. Jetzt war ihr Hinckeldey im Weg und die Glock hatte Secundus.

Sie entschied sich abzuwarten. Blieb sie geduldig, konnte Hinckeldey ihre Vorhut sein. Sie dachte an Lotte und Mathilda. Hoffentlich, hoffentlich waren sie auf dem Weg. Hoffentlich, hoffentlich würde sie, bis sie kamen, etwas finden, das nützlicher als Derwisch, Engel und Thronsessel war.

Nach einer halben Ewigkeit, die sie nutzlos verwartet hatten, setzte sich Hinckeldey endlich wieder in Bewegung. Hinter den Säulen Deckung suchend, folgte Merle seinem Fackelschein.

An der Ostseite des Saals, ein ganzes Stück weit von der äußersten Säulenreihe entfernt, stieß Hinckeldey endlich auf eine Tür.

Einige wenige Stufen führten zu ihr hinauf, Hinckeldey betrat sie, als müsste er erst ihre Tragfähigkeit prüfen.

Hatte Julius ihm einen großen, klirrenden Schlüsselbund überlassen? Hatte er ihm überhaupt irgendetwas übergeben, bevor er aus dem Rat geflohen war, um die Spuren des Lids zu verwischen und sich aufzuknüpfen? Stand Hinckeldey gerade, ohne es zu ahnen, vor einer Tür nach drüben? Würde sie sich auf ein Röntgenzentrum in Tegel oder ein dreizehntes Stockwerk in Hohenschönhausen öffnen?

Hinckeldey brauchte keinen Schlüssel, er drückte die Tür einfach auf und verschwand nach bangem Zögern. Merle hielt sich zurück, bis sich auch der Lichtschein der Fackel verflüchtigt hatte, erst dann wagte sie es, ihm zu folgen.

Hinter der Tür lag reines Dreizehneichen, ein düsterer, muffiger Raum und so klein, dass Hinckeldey ihn schon hinter sich gelassen hatte, als Merle auf dem Treppenabsatz stand und vorsichtig den Kopf hineinstreckte.

Offensichtlich begannen hier Müllers Privatgemächer. Ein Vorhang verdunkelte das einzige Fenster, gegenüber ein bulliger Schrank, vielleicht der Sarkophag für Müllers Throngewänder. Ohne sich groß aufzuhalten, folgte Merle Hinckeldeys Pechgestank. Sie hörte ihn auch wieder rufen.

»Paraklet? Hier spricht dein Ritter Heinrich Hinckeldey ...«

Ritter ... Merle schlüpfte in so etwas wie eine Bibliothek, plötzlich etwas Widerliches, Weiches unter den Füßen, das aber bloß ein schimmelnder, stinkender Teppich war. Die Philosophia perennis, das Wesen des Urgrunds, die eine einzige einheitliche Wirklichkeit ... all das hatte der alte Müller hier schon lange nicht mehr studiert. Die Regalbretter bogen sich unter klammen Büchern, ihre Rücken teils von Spinnennetzen verhängt. Es gab kaum Luft zum Atmen und in die bodentiefen Vorhänge waren die Motten gefallen. Über das Leder eines Sessels wucherte etwas Glitschiggrünes.

Merle hörte Hinckeldey im Raum nebenan. Sie folgte ihm durch ein Schlafgemach, darin nicht mehr als das Gespenst eines Himmelbetts, und kauerte sich dann an die angrenzende Tür, weil Hinckeldey nebenan im Museum eines Salons verharrte, zwischen ehemals hochherrschaftlichen Möbeln, unter einem stumpf gewordenen Lüster, ein blinder Spiegel an der Wand und daneben ein stockfleckiges Porträt von Müller Nummer eins.

Sein Erbe fehlte, der geistige Führer zeichnete sich durch Abwesenheit aus. Hinckeldey rief auch nicht mehr nach ihm; es musste ihm dämmern, was für Merle mittlerweile Gewissheit war. Julius hatte sich nicht aufgehängt, weil er die Macht verloren hatte. Es ging auch nicht um das unterschlagene Lid – er hätte es zumauern lassen können und gewiss hätte er es auch zumauern lassen, wenn nur der geistige Führer es nicht benutzt und klammheimlich auf die andere Seite verschwunden wäre – in diesen seelenlosen, zum Untergang verdammten, szientistischen Sündenpfuhl. Deshalb die einsamen Audienzen. Deshalb die Legende von Weltabgewandtheit und vollkommener Vergeistigung. Der geistige Führer war eine Chimäre wie die Elise. Julius hatte lieber mit sich als mit seinen Lügen Schluss gemacht.

Das Beste daran: Es musste hier wirklich ein Lid geben. Sie würden alle den Weg des Raimar von Müller gehen. Sollte Dreizehneichen doch verrotten wie Müllers Bibliothek.

Hatte Hinckeldey das ganze Ausmaß des Betrugs schon begriffen? Er ließ seine blödsinnige Fackel sinken, er ließ sie fallen, sie erlosch. Die Flammen zuckten ein klägliches letztes Mal. Dann griff er sich an den Kopf und verlor den Zylinder. Er starrte auf den immerselben Punkt. Beinahe sah es aus, als litte er physische Schmerzen. Als er auf die Knie sank, kam Merle aus ihrem Versteck. Es war tatsächlich eine Tür, die Hinckeldey fixierte, nicht anders als alle anderen Türen in diesen Gemächern, aber für Hinckeldey schien sie das reine Grauen zu sein.

Er sah zu Merle auf. Er wirkte nicht einmal sonderlich überrascht. Womöglich fehlte ihm einfach die Kraft.

»Ich war Elise«, sagte Merle. Auf einmal schien ihr die Vergangenheitsform angebracht. Es war nun fast vorüber. »Und ich«, sagte sie zu Hinckeldey, »öffne jetzt diese Tür.«

»Nein!« Er stöhnte. Er hielt sich mit beiden Händen den Kopf. Er krümmte sich wie unter Schmerzen. »Strom! Strom!«, stieß er hervor. »Er dringt durch die Ritzen! Hier ist alles verseucht!« Er führte sich auf wie ein Vampir, der gleich zu Staub zerfallen würde, und war doch nur ein weinerlicher Mann. Die meisten Männer wussten wenig von Schmerzen und seine schienen auch noch reine Einbildung zu sein.

Merle wandte sich ab. Sie stand vor der Tür. Hinckeldey brüllte, aber sie lächelte nur. Sie hatte keine Ahnung, was sie hinter der Tür erwartete, aber etwas erwartete sie. Und dann stand sie plötzlich in einem Schwall klimatisierter Luft und über einen schimmernd hellen Kalksteinboden glitt ihr Blick bis hinüber zu einer lichten Fensterwand. Dahinter die blendende Weite eines Rollfelds und der Tower, davor ein paar moderne Bänke und ein weinrotes Schild. E13. Sie sah auf ein Gate des BER.

Lotte und Mathilda erschienen als Erste im Salon. Bestimmt hatten sie den Zug angeführt, quer durchs Kloster mit seinen kalten Steinen und dem okkulten Klimbim, durch Thronsaal und die paar Stufen in Müllers verrottende Gemächer hinauf. Es gab nicht viel zu sagen, sie hatten ein Ziel.

Merle hatte sich an der Tür aufgebaut wie ein Streckenposten und sie alle zogen an ihr vorbei: hundert Frauen und Kinder, vielleicht mehr. Manche von ihnen berührten die Frau, die die Elise gewesen war, wie einen Talisman, ein paar andere fasste Merle an. Der kleinen Elli strich sie über den Kopf, als sie an der Hand ihrer Mutter übertrat.

Dem kecken Leutnant Kammholz nickte sie nur zu.

Moritz Bang hatte zur Abwechslung mal ein bisschen Farbe im Gesicht; er kam mit zwei Mägden, die Merle, ohne es wirklich zu wissen, für die Mägde des Hutmachers Eisenmann hielt.

Doktor Murken war nicht mitgekommen. Merle hatte es nicht anders erwartet und bedauerte es doch.

Dann läpperte der Zug aus, ein letzter Kinderwagen wurde über die Schwelle geschoben; Merle und Hinckeldey waren wieder allein im Salon. Hinckeldey war nicht wieder aufgestanden, seltsam verkrümmt lehnte er an einer Wand.

»Secundus?«

Da stand er in der Tür zum Salon, immer noch in seinen Frauenkleidern und stumm. Ließ er sich bitten oder zögerte er? Er war doch schon den ganzen Weg mitgegangen. Er könnte weiterziehen bis nach Wrota. Er könnte, weit draußen, Veil Wallasch werden. Er hatte die Mittel dazu.

»Hast du die Pistole noch?« Sie war froh, ihn zu sehen, aber nach mehr würde sie nicht fragen. »Du kannst sie nicht mitnehmen«, sagte sie. »Da drüben ist ein Flughafen.« Sie wies auf die sperrangelweit offenstehende Tür, dahinter das Gate, auf dem sich ihre Leute drängten. In ihren altmodischen Kleidern mochten sie nicht so aussehen, aber sie gehörten dorthin.

Secundus trat ein und legte die Glock in die Staubschicht auf dem Tisch. Er sah blass und übernächtigt aus, seine Kittelschürze war schmutzig und feucht. Misstrauisch spähte er zum Gate hinüber – er war Oberst Falke gewesen, er hatte sowas schon gesehen. Es war nicht sein erstes Lid, aber es war ziemlich sicher sein letztes. Auch für ihn gab es keinen Weg zurück.

»Er war nicht hier?«, fragte er, aber was sollte Merle sagen? Secundus war doch gerade selber durch Müllers verlassene Gemächer gelaufen. Der geistige Führer war auf und davon.

Sie zuckte mit den Schultern

»Und was machen wir mit dem hier?« Secundus zeigte auf den apathischen Hinckeldey. Wenn er auf Rache für Primus aus gewesen war, dann hatte er sie offenbar befriedigt.

»Es wird Zeit«, sagte Merle, und das stimmte ja auch. Die Zeit wurde und wurde und wurde.

Secundus nickte, dann packte er Heinrich Hinckeldey am Pelzkragen und schleifte ihn durch die letzte Tür. Dreizehneichens neuer Generalpoliceydirektor blieb halb bewusstlos auf dem schimmernd hellen Kalkstein von Gate E^{13} liegen.

Merle ging als Letzte. Licht gab es keins zu löschen, also schloss sie bloß die Tür; hinter ihr hätten sich ebenso gut ein paar bunte Kabelstränge verbergen können oder ein paar isolierte Rohre. Dann nickte sie Secundus zu und sah sich um. Einen Flug hatten sie nicht gebucht, aber dafür eine Passage.

Das Diarium des Clemens vom Stein

UKB, an einem Freudentag

Es ist die Zeit der Wunder! Ich spüre es, seit der gute Momme auf meine Bühne gestolpert ist. Es ist die Zeit der Wunder, und jetzt bin ich überdies in Wunderland, das jedes Wunder noch überbietet, als wäre es niemals genug. Und es ist doch auch niemals genug, wenn man wie ich nach dem Guten, Wahren und Schönen giert, zum Beispiel nach Gabriel, Gabriel und Gabriel.

Aber ich mag nicht unersättlich sein, Minnas fortschreitende Genesung sei mir Güte, Wahrheit und Schönheit genug — wäre mir Güte, Wahrheit und Schönheit genug, denn es ist, wie ich sage: Es ist die Zeit der Wunder, und es gab schon wieder eins!

Vom Glück ganz trunken bin ich auf meine kleine Insel zurückgekehrt — fast hätte mich ein stolzer Doktor an meiner dreizehnten Tür ertappt! Aber ich konnte mich einfach nicht gedulden, niederzuschreiben, was ich erblicken durfte — auch wenn es mir, wie freilich beinahe alles, letzthin noch unergründlich ist. Oh, ich kann es kaum abwarten, zum Punkt zu kommen, der dieses mein Märchen beschließt, aber, herrje, ich weiß es doch besser: Am Ende müssen es statt des einen doch immer drei Punkte sein — so sind die Menschen und nicht anders sind ihre Geschichten gemacht.

Wohlan, ich wollte mit meinem Gabriel durch den Park spazieren, denn an mein dreizehntes Zimmer und meine dreizehnte Welt will er nicht glauben — er hält sie wohl für einen Scherz. Andererseits ist ihm meine Erzählung auch nicht aus dem Kopf gegangen, denn eben kam er mit wehendem Kittel auf mich zugestürmt, um mir aufgeregt etwas zu zeigen.

Wir nahmen also auf einer der kalten Parkbänke Platz, während sich um uns herum die Rekonvaleszenten ergingen und auch sonst ein munteres Treiben herrschte. Ich allerdings war bald von etwas ganz anderem gefangen, das zugleich zugegen und woanders war — es ist in dieser Wunderwelt eine sonderbare Sache mit den Bildern. Sie scheinen auf jenen elektromagnetischen Wellen zu schweben, von denen man in Dreizehneichen nur Schlechtes gesagt hat, mein Gabriel aber greift sie sich gefahrlos aus der Luft, sodass sie auf seinem Telephon erscheinen, und sein Telephon hielt er mir nun hin.

Wahrlich, mir sind die Augen aus dem Kopf gefallen! Denn winzig verkleinert sah ich plötzlich lauter Frauen und Kinder aus Dreizehneichen zu — in ihren grauen, braunen, wollenen Gewändern, unter ihren Hauben und Hüten sind sie völlig unverkennbar! Gabriels Telephonapparat schien auf einmal ein Schlüsselloch nach Unterbaum zu sein — nur war es eben keineswegs Unterbaum, das ich da erblickte, vielmehr strebten die Frauen und Kinder über helle, schimmernde Böden durch weite, lichte Hallen — an lauter verblüfften Zwölfweltlern vorbei, die Koffer und Taschen sinken ließen, um ihnen nachzusehen.

Das ist am Flughafen, sagte mein Gabriel und beugte sich zu mir herüber, um mit dem Finger immer neue Bilder heraufzubeschwören. Guck mal, sagte Gabriel, sehen die nicht aus wie du?

Oh, ich brauchte lange, um mich zu fassen, und noch länger, um tausendundeine Frage zu stellen, aber mein Gabriel gab sich größte Mühe, auch wenn er meine ewige Unkenntnis, fürchte ich, für eine lustige Scharade hält. Und so erschloss ich mir also, derweil die Bilder weiter und weiter liefen, dass wir Zeuge eines Ereignisses wurden, das mehr oder minder in diesem Augenblicke in Berlin vonstatten ging — niemand im Äther, sagte mein Gabriel, wisse sich gerade einen Reim darauf zu machen. Niemand außer mir, hätte ich Gabriel gerne gesagt, aber mir erstickten die Tränen die Stimme: All diese wackeren Frauen und Kinder waren in Wunderland!

Und so sah ich also, was ich als Nächstes sah, durch den Schleier eines schon tränennassen Glücks. Doch wie schluchzte ich erst, als mir eine dieser rasenden Bilderfolgen meinen Momme zeigte und Jenny und Lisbeth dazu! Und als ich dann auch noch unsere Fährfrau erkannte und die gestrenge Brillenträgerin aus Doktor Murkens Kutsche, war ich vollends überzeugt, dass ich nichts anderes als einen Triumphzug der Schwestern schaute! Ich fiel meinem Gabriel um den Hals — mir kommen die Tränen schon wieder, kaum dass ich an diesen Augenblick denke! Ich werde ihn mir für immer und ewig bewahren und irgendwann werde ich ihn auch dem ratlosen Gabriel erläutern — heute war's mir im Rausch der Gefühle unmöglich. Er wird mir hoffentlich vergeben, dass ich einfach fortgelaufen bin, aus keinem anderen Grund, als mich über meinem Diarium zu beruhigen.

Sollte ich jetzt die gefahrvolle Reise zum Flughafen wagen — diesmal ohne meinen Leitstern Stackebrandt? Ich habe mich entschieden, hier zu warten — Momme, Lisbeth, Jenny und die unbesiegbare Elise finden uns bestimmt. Mein nächster Weg wird mich also ins Zimmer unserer kleinen Patientin führen, über die außer mir doch bisher nur Mommes Phönix wacht. Alles wird gut, Minna, werde ich sagen, kaum dass ich ihre Türe geöffnet hab. Alles wird gut, Minna, werde ich sagen, denn die Schwestern sind in der Stadt …

Der Autor dankt Stephan Askani, Tom Kraushaar und Michael Zöllner für ihr Zutrauen und ihre Geduld.